HEYNE<

Zum Buch
Zwei Familienschicksale im Venedig der Renaissance-Zeit: Die Kinder der Kaufmannsfamilie Zibatti, Crestina und Riccardo, interessieren sich nicht für das Geschäft ihres Vaters, sondern für Kunst und Literatur. Da lockt ein Intrigant aus der Familie einen Dominikanermönch ins Haus, der nach verbotenen Büchern sucht. Riccardo beschließt, seine Schwester nach Nürnberg zu begleiten, wo sie Lukas Helmbrecht heiraten soll. Doch Crestina kann sich nicht für den Kaufmannssohn erwärmen. Währenddessen bricht in Venedig die Pest aus, und für das jüdische Paar Lea und Abram, die mit ihren Kindern im Ghetto wohnen, beginnt eine Tragödie.
Erst als sich die Wege von Crestina und Lea nach der Katastrophe erneut kreuzen, können die beiden Frauen gemeinsam in die Zukunft blicken.

Zur Autorin
Ingeborg Bayer, geboren in Frankfurt am Main, studierte nach einer Ausbildung zur Diplombibliothekarin Medizin und Hindi in Tübingen. Ihre zahlreichen Romane wurden mit deutschen und internationalen Preisen ausgezeichnet, in viele Sprachen übersetzt, sowie verfilmt und fürs Theater bearbeitet. Sie ist Mitglied im PEN-Club und lebt heute als freie Schriftstellerin bei Freiburg im Breisgau.

Ingeborg Bayer

Stadt der tausend Augen

Roman

Wilhelm Heyne Verlag
München

Verlagsgruppe Random House
FSC-DEU-0100
Das FSC-zertifizierte Papier München Super
für Taschenbücher aus dem Heyne Verlag
liefert Mochenwangen Papier.

Taschenbuchausgabe 09/2005
Copyright © 1991 by Droemersche Verlagsanstalt TH.Knaur
Nachf., München
Copyright © dieser Ausgabe 2005 by
Wilhelm Heyne Verlag, München,
in der Verlagsgruppe Random House GmbH
Printed in Germany 2005
Umschlagillustration: © Bridgeman Giraudon, Berlin
Umschlaggestaltung: Nele Schütz Design unter Verwendung
von Ausschnitten aus den Gemälden »Ansicht der Mole und
des Dogenpalast in Venedig« von James Holland (1799-1879)
Roayl Miles Fine Paintings und »Portrait einer Frau« von
Jacob Ferdinand Voet (1639-1700) Musée de la Ville de Paris
Druck und Bindung: GGP Media GmbH, Pößneck
ISBN: 3-453-47015-X

http//www.heyne.de

Inhalt

Der Palazzo

Die Überschwemmung 9 – Das Haus am Canal Grande 17 – Der Flug des Falken 23 – Die *limonaia* 30 – Die Spur zum Ghetto 36 – *La festa della sensa* 43 – Die Druckerei in der Merceria 53 – Das zweite Leben 57 – Taddeo 60 – Der Zensus 64 – In den Gärten von San Giorgio 72 – Das Kloster 77 – Der Fondaco dei Tedeschi 83 – Torcello 89 – Tarot 98 – *Carnevale* I–VI 110 – Die Visitation 128

Das Ghetto

Der Chazer 143 – Der *capel nero* 153 – Sulzburg 158 – Das Zeichen 167 – Lebensträume 173 – Der Ruf des Schofar 183 – Aarons Rückkehr 190 – Sara und Leon 196 – Das Lachen 200 – Der Fremde 205 – Tiberias 219 – *La Banca rossa* 224 – Das Stück Erde 236 – Seelenleben 243 – Das unheilige Land 247 – Benjamin 253

Das ferne Land

Swant 261 – Glockenläuten 265 – Frauenleben 272 – Safranschau und Kriegsgeschrei 280 – *Risi e bisi* 291 – Wie ein Mann ein fromb Weib soll machen 296 – Schattentrei-

ben 300 – Hexenbrennen 305 – Der Dutzendteich 310 –
Rialto 316 – Tief unter der Stadt 325 – Die Pegnitz im
Rücken 331

La Bocca

Die Ankunft des Inquisitors 339 – Der Widerstand 343 –
Leas Krankheit 352 – Der Prozeß 362 – Zur Zeit deines
Grimmes verfahre mit ihnen 367 – *Il morbo* 373 – Zeit
der zweifachen Angst 379 – Endzeit 383 – Lazzaretto vecchio 398 – Das fremde Kind 408 – Niemandsland und
Heimkehr 410 – Neue Welten 423 – Bartolomeo 436 –
Das Sonett 444

Worterklärungen

– 449 –

Schauplätze

– 459 –

Der Palazzo

Die Überschwemmung

Bartolomeo kam mit der Flut.
Er wurde vom Kanal aus mit einer mächtigen Woge in den Palazzo hineingespült, hineingeschleudert, schwamm inmitten einer schaumigen, lehmbraunen Brühe, die nicht nur aus Wasser bestand, sondern aus einem Gemisch von zerfetzten Pollerstücken, zerfledderten Kohlköpfen sowie einem aufgedunsenen Tierkadaver, von dem nicht klar war, ob Hund oder Katze, und irgendwo in diesem recht seltsam zusammengestückelten Stilleben tauchten auch noch die Reste einer halb aufgeweichten Karnevalsmaske auf, deren einstige Farbenpracht nur noch zu ahnen war.
Die Woge, mit der Bartolomeo kam, war gewaltig. Sie kam mit einem durch nichts gebremsten Schwung auf das Haus zu, ließ das schwere eichene Wassertor bei der ersten Berührung bersten, obwohl es von innen durch Balken verstärkt war. Sie warf gleichzeitig mit einem splitternden Geräusch die an einem Pfosten vertäute Gondel an die Hauswand und ließ schließlich Bartolomeo auf der zweituntersten Stufe des *androne* zurück. Wie einen von Nässe durchtränkten Sack, dessen Inhalt ebensogut Mehl wie Pfeffer hätte sein können.
Die Toten kommen ins Haus, murmelte Jacopo und bekreuzigte sich, die Toten vom Canale Orfano. Wenn die Toten ins Haus kommen, ist auch unsere Zeit zu Ende.
Er legte die Hände auf den glitschigen Lauf des Treppengeländers, als sei wenigstens hier noch eine Spur von Sicherheit zu ertasten, die er in diesem Augenblick, da die Flut bereits ein zweites Mal auf das Haus zurollte, sonst nirgendwo mehr fand.
Die Karten, sagte er dann und schaute vorwurfsvoll zu Anna hinüber, die Karten, du weißt ja, der Turm, der Mond, der Teufel, das Schicksalsrad und alles auf einmal. Aber du, du hast es ja nicht geglaubt.

Schweig, sagte Anna und wischte Turm, Mond und Teufel mit einer einzigen Handbewegung zur Seite. Schweig still, und laß deine Karten, wo sie sind: Hier gehören sie nicht her. Und überhaupt, Ertränkte schwimmen nicht mehr, und vom Canale Orfano bis hierher schon gleich gar nicht.
Sie schob ihren mächtigen Leib an Crestina vorbei, die unter ihr auf der Treppe stand, dann an Riccardo, der den Arm um Crestina gelegt hatte, und hob, als sie in das Wasser hinabstieg, die Röcke.
Seit wann bewegen sich Tote, sagte sie dann und warf einen raschen Blick auf Jacopo, der sich bereits ein zweites Mal bekreuzigte.
Es ist das Wasser, das ihn bewegt, wehrte sich Jacopo und starrte auf das Kleiderbündel hinab, das sich nun träge, als zehre es noch von der Gewalt des Aufpralls, von der zweiten Stufe zu lösen begann und auf die erste hinabzugleiten drohte. Das Wasser holt ihn zurück, es gibt ihn nicht her.
Anna hatte inzwischen das Ende der Treppe erreicht, watete, die schweren Röcke ins Wasser schleifend, auf das Bündel zu und murmelte etwas von Aberglauben, der die Gehirne der Menschen umneble.
Noch bevor sie sich über das hin- und herschwappende Kleiderbündel gebeugt hatte, sagte Riccardo: Es ist Bartolomeo.
Anna verharrte einen Augenblick, wischte sich das Wasser, das sie wie Nieselregen übersprühte, aus dem Gesicht und warf sich dann mit ihrer ganzen Fülle über die auf der Treppe liegende Gestalt, um sie vor der nächsten Woge zu retten, die ins Haus eindrang und das untere Geschoß bis jenseits der niederen Bänke überflutete.
Dann waren sie plötzlich alle da, zerrten und schoben, und obwohl Jacopo erneut Zweifel anmeldete, ob dies Bartolomeo sei, brachten sie ihn gemeinsam die Treppe hinauf, die ins Mezzanin führte.
Er ist es nicht, sagte Jacopo.
Er hat die Narbe, sagte Riccardo und entblößte den Hals des Jungen. Erinnert ihr euch?
Der Adler, sagte Crestina leise und schüttelte sich.
Ob Narbe oder nicht Narbe, meinte Anna und strich sich die Haare aus dem Gesicht, sie brauche gewiß keine Narbe, um zu wissen, wer dieser Mensch sei. Sie habe es von Anfang an gewußt, daß es Bartolomeo sei, so etwas spüre man einfach.
Spüren, spottete Jacopo und bemächtigte sich der Beine des Jungen,

spüren – vielleicht bei eigenen Kindern, aber doch nicht bei fremden.
Ob eigen oder fremd, sei ja wohl im Augenblick völlig egal, empörte sich Anna, ein Kind sei er in jedem Fall noch. Höchstens fünfzehn.
Siebzehn, sagte Riccardo, der Unfall damals sei geschehen, als Bartolomeo neun war.
Zehn, sagte Crestina, er war zehn.
Ob zehn, fünfzehn oder siebzehn, sie brauche heißes Wasser in einem Bottich, verlangte Anna, und da die Küche überschwemmt sei, brauche sie es in irgendeinem der Zimmer. Und Ziegelsteine für das Bett. Und heißen Tee mit Zitrone. Und sie wolle das Bett von Alessandro.
Alessandro? Sie hielten alle für einen Augenblick inne, Jacopo ließ Bartolomeos Beine baumeln, Riccardo senkte den Blick.
Wir nehmen das Bett von Alessandro, wiederholte Anna und schaute fragend zu Riccardo hinüber, oder etwa nicht?
Riccardo blickte zu Crestina, nahm ihr Kopfnicken wahr und sagte dann: Ja, nehmen wir das Bett von Alessandro.
Jacopo verstellte den Weg. Das Bett von Alessandro, sagte er, und er sagte es diesmal nicht mißmutig, sondern verstört, das Bett von Alessandro habe die Herrschaft nicht einmal dem langjährigen Freund aus Nürnberg gegeben, und mit dem mache sie schließlich Geschäfte und sein Sohn Lukas sei Crestina versprochen.
Der Vater von Lukas Helmbrecht ist auch nicht bei einem Orkan in das Haus gespült worden, sagte Anna und lud sich Bartolomeo allein auf die Arme. Und wenn Riccardo, der diese Herrschaft, solange seine Eltern unterwegs seien, repräsentiere, das für richtig halte, dann sei ja wohl klar, was mit Bartolomeo geschehe. Und Alessandros Zimmer sei eines der wenigen, die nicht nach Norden gingen, und wenn Bartolomeo aufwache, solle er die Sonne über San Giorgio sehen.
Die Sonne über San Giorgio, sagte Jacopo kopfschüttelnd und hielt Anna Bartolomeos Arm hin. Faß ihn an, dann wirst du merken, daß ihn keine Sonne mehr interessiert! Nicht einmal die von San Giorgio. Er ist bereits eiskalt.

Bis Bartolomeo die Sonne sehen konnte – es war inzwischen April geworden, und man schrieb das Jahr 1629 –, vergingen Wochen. Er hatte zunächst eine Lungenentzündung, dann heilte der Bruch schlecht, den er sich zugezogen hatte, als ihn die Woge an das Haus warf, und schließlich hatten sie alle das Gefühl, er habe die Sprache verloren, weil er tagelang nicht mit ihnen redete. Und als er es endlich tat, dachten sie, er habe den Verstand verloren.

Er kann die Mauserkammer nehmen, die ich ihm damals gebaut habe, sagte er, als er Riccardo und Crestina an seinem Bett stehen sah. Er wird nicht viel Lärm machen, weil ich ihn oben auf dem Dach halten werde, und ihr dürft sicher sein, daß ich allein für ihn sorgen kann.

Anna sagte: Madonna! Jacopo schaute Anna triumphierend an, Crestina nahm Bartolomeos Hand und sagte beruhigend: Es wird schon alles gut, du mußt jetzt schlafen. Lediglich Riccardo nickte mit dem Kopf und sagte: Ja, das wird schon gehen, und in sechs Wochen gehen wir miteinander auf die Jagd.

In fünf, sagte Bartolomeo. Ich muß nur noch warten, bis seine Federn trockengeschoben sind.

Dann in fünf, sagte Riccardo lächelnd. Beeil dich bis dahin, seinen ersten Flug mußt du selbst überwachen.

Daß seine Mutter gestorben war, erzählte Bartolomeo ihnen nie. Geschweige denn, wie sie gestorben war, und sie konnten, als sie es erfuhren, nur vermuten, daß es das Fieber war, wobei keiner so recht wußte, was dieses Fieber eigentlich bedeutete. Es starben vier Fünftel aller Leute in dieser Stadt am Fieber, und so schrieb es auch der Sekretär in die Totenbücher. Man konnte lediglich sagen, was es nicht war – nicht die Pest, nicht die Cholera, nicht der Typhus, weil man dies dann gewußt hätte und die Gesundheitsbehörden mit Sicherheit Vorsorge getroffen hätten.

Ein Sohn, der seine Mutter verloren hat, spricht als erstes über seinen Habicht, mit dem er auf die Jagd gehen will, sagte Jacopo empört zu Anna. Er sei ganz sicher, daß mit Bartolomeo das Unheil über dieses Haus kommen werde.

Er will nicht daran denken, verteidigte ihn Anna, wobei auch sie zugeben mußte, daß es mehr als seltsam war, was Bartolomeo als erstes nach seiner Krankheit gesagt hatte. Er war schon immer ein Besessener, sagte sie dann in der Küche, aber er hat immer gewußt, was er wollte. Schon als Kind hat er das gewußt. Und die Sache mit dem Adler damals – na ja, sie verstehe ja nichts davon.

Wie ein Zehnjähriger auf die Idee kommen könne, sich einen Adler abrichten zu wollen für die Beizjagd, sagte einer der Diener, so etwas mache nur ein Verrückter. Oder ein Größenwahnsinniger. Und er sei auf der Seite von Jacopo. Unheil werde er bringen in dieses Haus, und wenn es nach ihm ginge, würde er so einen auf eines der Schiffe geben, wie es mit allen geschehe, die keine Arbeit haben.

Daß Alfonso Zibatti Bartolomeo nicht auf ein Schiff geben, sondern in seinem Haus erziehen würde wie seine eigenen Kinder, stand fest, ohne daß er dies mit seiner Frau Donada erst diskutiert hätte. Dieser Junge war das Kind seiner Schwester, und da sie nun nicht mehr lebte, war es selbstverständlich, daß er dafür sorgte, daß der Junge nicht in die falschen Hände geriet.
Zu den *bravi* würde er passen, hatte Jacopo gesagt, zu den *bravi*. Schon sein Gesicht passe zu den *bravi*. Und es sei an der Zeit, daß auch dieses Haus seine Beschützer bekomme wie andere Häuser.
Aber Alfonso Zibatti hatte andere Dinge im Kopf, als sich eine Schlägertruppe zuzulegen, auch wenn dies bereits seit einiger Zeit in seinen Kreisen üblich war. Im Augenblick beschäftigte er sich mit nichts anderem als mit der Verheiratung seiner Tochter Crestina, er war damit, wie er allen Leuten mitteilte, voll und ganz beschäftigt. Dies vor allem deswegen, weil außer seiner Frau Donada offenbar niemand im ganzen Haus von dieser Heirat überzeugt war. Riccardo nicht, Jacopo und Anna nicht, Crestina selbst schon gar nicht, und wenn er sich's recht überlegte, gefiel ihm der Gedanke, seine Tochter in ein fremdes Land zu geben, Tausende von Meilen entfernt, auch nicht eben sonderlich gut. Und dies, obwohl alles so gut zusammenpaßte, daß man es sich besser nicht vorstellen konnte, wie Donada stets zu sagen pflegte, wenn es um diese Heirat ging und ihr Mann in Zweifel geriet.
Acht Scheiben Salz, sagte sie gerade voller Hochachtung, acht Scheiben, damit steht er an der Spitze, oder etwa nicht?
Ja, das tut er, sagte Alfonso Zibatti mit leichtem Unbehagen, da soeben Riccardo ins Zimmer gekommen war und im Bücherregal nach irgendeinem Band suchte. Aber das sei ja wohl nicht alles.
Hast du gehört, was dein Vater gesagt hat? fragte Donada mit Nachdruck und schaute zu Riccardo hinüber. Es könnte auch für dich wichtig sein.

Ich habe gehört, daß jemand acht Scheiben Salz im Hause hat, aber da ich nicht weiß, wer es hat und was es bedeutet, wird es wohl auch kaum von großer Wichtigkeit sein. Riccardo ging mit einem Packen Bücher wieder zur Tür.
Nicht von Wichtigkeit! sagte die Mutter vorwurfsvoll. Es sind die Salzscheiben, die Lukas' Vater in seinem Haus aufbewahrt.
Und was ist daran aufregend? spottete Riccardo. Wenn es Juwelen wären oder sonstwas.
Donada schüttelte den Kopf. Hat dein Sohn nur immer studiert und sich nie für Geschäfte interessiert? fragte sie dann und schaute vorwurfsvoll ihren Mann an.
So ist es, sagte Alfonso Zibatti kurz. Er hat studiert.
Wenn ihr mir erklären würdet, was es mit diesen acht geheimnisvollen Salzscheiben auf sich hat, will ich sie gerne bewundern, sagte Riccardo bereitwillig und setzte seinen Packen Bücher auf dem Tisch ab.
Deine Schwester kommt in ein gutes und vermögendes Haus, sagte Donada.
Ich habe es bereits gehört, sagte Riccardo, in das des Lukas Helmbrecht, dessen Vater acht Salzscheiben aufbewahrt. Und einer, der so viel tun muß für die Allgemeinheit in Krisenzeiten, der muß ein vermögender Mann sein. Wenn es das ist, was ihr mir sagen wollt, so nehme ich es gern zur Kenntnis. Und über alles andere haben wir ja wohl schon genug gesprochen.
Hör zu, sagte Alfonso Zibatti, du mußt dich damit abfinden, mit dieser Hochzeit. Crestina ist im heiratsfähigen Alter, und es ist völlig normal, daß ein Mädchen in diesem Alter ihre Familie verläßt. Auch ihren Bruder verläßt. Dich verläßt.
Uns, korrigierte ihn Riccardo.
Dich, sagte Donada laut, vor allen Dingen dich. Und es ist gut, wenn du es dir klarmachst.
Und was meinst du damit, mit diesem dringenden Appell? fragte Riccardo wachsam.
Nichts, sagte die Mutter. Nichts.
Dann könne er ja gehen, meinte Riccardo und nahm die Bücher wieder auf. Er sei schon froh, wenn die Schwester nicht mehr den Untergang der Schiffe seines Vaters aufwiegen müsse. Mit Pfeffersäcken oder Safran oder Mumien.

Wenn wir die Villa an der Brenta einweihen, sagte Alfonso, wird der Vater von Lukas anwesend sein. Dann kannst du mit ihm reden und auch erfahren, wie sie dort leben wird. Sie werden sie auf Händen tragen.
Auf Händen tragen! Riccardo lachte auf. Das wird dann wohl auch alles sein, was sie tun werden und können, obwohl ich nicht mal das glaube. Um seine Schwester auf Händen zu tragen, habe ganz gewiß kaum jemand Zeit in diesem Haus. Es sind Kaufleute, sagte Riccardo verächtlich, und nichts als das.
Es ist Zeit, daß du deinen Hochmut ablegst, sagte der Vater zornig, und...
Und dieser Vater von Lukas, unterbrach ihn Riccardo, kann er etwa Ovid lesen oder Plato? Und dieser Lukas Helmbrecht, was weiß er? Hält er etwa Raffael für einen der drei Erzengel und Aristoteles für einen Dramatiker, oder denkt er, der Name tauge nur gut als Schiffsname?
Die Mutter lachte, tätschelte den Arm ihres Mannes und sagte: Aristoteles, keine schlechte Idee für dein neues Schiff. Wollen wir es so nennen? Ich hoffe, du hast endlich genügend Platz vorgesehen für meine Perücken und meine Schuhe, im alten war viel zuwenig Raum für alles.
Was ist es, was euch so stört? fragte Riccardo hartnäckig. Ich will's endlich wissen. Darf man eine Schwester etwa nicht lieben?
Du darfst deine Schwester lieben, aber bei euch ist alles zuviel. Zuviel Liebe, zuviel an Zusammensein, zuviel...
Zuviel Liebe, was ist das, zuviel Liebe, erklär mir's!
Zuviel Liebe, das ist... Die Mutter stockte, hob hilflos die Arme. Nun, es ist... es ist eben zuviel.
Man kann nicht alles gemeinsam haben, sagte der Vater, nicht den Beruf, die Literatur, die Musik, die Beizjagd, die Freunde. Es muß auch so sein, daß jeder von euch seinen eigenen Weg geht.
Ja ja, Sara Coppio, sagte Riccardo lächelnd. Sag's doch gleich, es stört euch, daß ich sie mitnehme zu einer Dichterin, zu einer jüdischen zudem. Sie könnte ja vielleicht auf die Idee kommen, daß es außer Sticken und Weben und dem Spinnrocken noch etwas anderes gibt im Leben einer Frau, das wichtiger sein könnte.
Du hast sie zu einem Maler geschickt, gibst ihr Lautenunterricht, lehrst sie Falken züchten...

Was ist schlecht daran – am Falkenzüchten, am Lautenspielen, am Malen? Könnt ihr mir das sagen? Schließlich tun das auch andere junge Mädchen, oder etwa nicht?
Ja, das tun sie, aber ihre Brüder tun etwas anderes, das ist der Unterschied, sagte die Mutter. Ich stelle mir einfach etwas anderes vor für ein junges Mädchen. Ich...
Du stellst dir vor, daß sie auf der Loggia sitzt, Spitzen klöppelt und auf ihren Gatten wartet, bis er von der Handelsreise zurückkommt, möglichst mit Hunderten von Säcken mit Safran oder Pfeffer. Das ist es doch, was ihr sagen wollt, oder? Pfeffersäcke sollen sie interessieren, nicht Ovid und nicht Horaz. Sie wird nie diesen Pfeffersack heiraten, sagte Riccardo zornig, nie. Und wenn er seine Schwester entführen müsse.
Die Helmbrechts sind angesehene Kaufleute in Nürnberg, sagte der Vater, von jedermann geachtet, und der Vater ist im Rat der Stadt.
Mag sein, daß sie das alles sind, aber was ist sonst noch in ihren Köpfen außer Pfeffer? Gibt es da irgendwo auch nur einen einzigen Winkel für Literatur, für Musik, für Philosophie? Für etwas anderes als Geschäftsbücher?
Du versteigst dich, Sohn, sagte der Vater, und im übrigen ist sie nicht mit der Familie verheiratet, sondern mit Lukas. Und dieses Haus, das sie in Nürnberg haben wird, ist zwar kein Palazzo, hat aber genügend Platz für eine große Familie.
Im Augenblick ist sie, Gott sei Dank, noch mit gar niemandem verheiratet, sagte Riccardo mit Genugtuung. Und im übrigen sei er ganz sicher, daß für seine Schwester ein Haus mehr bedeute als nur einen Ort, der Platz habe für eine große Familie. Zumal noch gar nicht sicher sei, ob sie diese große Familie überhaupt wolle.
Versprochen ist versprochen, sagte der Vater hart. Ein Handschlag sei ein Handschlag, und das sei ein Leben lang bei ihm so gewesen. Bei ihm wie bei allen anderen, die vor ihm diesen Namen getragen hätten.
Sie starrten sich an, minutenlang, nahezu bewegungslos, dann drehte sich Riccardo abrupt um und ging zur Tür.
Hättest du auch den Mut, alle diejenigen, die vor dir waren, zu fragen, ob sie in dieser Situation genauso handeln würden wie du? fragte er und ließ die Tür hinter sich ins Schloß fallen.

Das Haus am Canal Grande

Dieses Haus, der Palazzo, war in Crestinas Kindheitserinnerungen ein Haus mit vielen Türen und unzähligen Treppen, Treppen außen, Treppen innen, Treppen bis unters Dach, dazu Räumen mit fast gar keinen Möbeln, Räumen mit so vielen Möbeln, daß das Atmen schwer wurde, mit Decken, die bis an den Himmel zu reichen schienen, Decken, die den Nacken berührten, und Türstürzen, bei denen normal große Menschen den Kopf einzogen.

Dieses Haus war bevölkert mit vielen Menschen, die mit schnellen Schritten die unzähligen Treppen hinaufhasteten – das waren die Diener, die ständig Kandelaber, Platten und Schüsseln hin und her trugen –, Menschen, die gemessenen Schrittes die Treppen benutzten, um Macht und Größe zu demonstrieren – das waren die, die dieses Haus regierten: der Vater, der Onkel, deren Frauen, die aber bereits genau eine Stufe unter den beiden Brüdern, die gleichrangig nebeneinander standen. Sie hatten einen Namen, den sie allen anderen einst weitergeben würden, einen starken Namen, einen, der im Goldenen Buch der Stadt eingetragen war. Ein Name, der nie vergehen würde, wie alle glaubten, die ihn trugen.

Dieses Haus, das nicht nur nach seinen Treppen und Räumen eingeteilt werden konnte, sondern auch nach den Graden seiner Wärme und Kälte.

Das Wassergeschoß, der *androne,* im Winter stets feuchtkalt, im Sommer kühl. Hier legten die Barken an und brachten die Waren, die von den Dienern dann in den unteren Räumen gestapelt wurden. Hier liefen außer den vielen Menschen, die normalerweise schon dieses Haus bevölkerten, noch einmal so viele herum, schleppten Ballen mit Stoffen, Fässer mit Wein und andere Dinge. Er handelt mit vielem, dieser Alfonso Zibatti, sagten die Nachbarn bewundernd.

Der *androne* war auch der Ort, an dem die lädierten Gondeln ihren Platz hatten. Sie besaßen inzwischen drei, weil ganz gewiß eine davon ständig repariert werden mußte, und Jacopo, der dafür zuständig war, stöhnte bisweilen, daß er nicht wisse, wie er zu all der Arbeit, die er schon habe, nun auch wieder eine der Gondeln zurechtflicken solle.

Die Küche, die von der rechten Seite des *androne* abging, war riesengroß, fast halb so groß wie die *sala* im ersten Stock. An der einen Wand der mächtige Kamin, an den übrigen Wänden große Regale, die die Töpfe, Pfannen und das Geschirr aufnahmen. In der Mitte des Raumes dann drei große, lange Tische. Bei Festen sah es hier so aus, als befinde man sich auf dem Gemüsemarkt oder bei den Fischständen am Rialto, und Crestina hatte als Kind, wenn sie hierher kam, um sich zu wärmen, oft das Gefühl, sie könne verlorengehen, wenn sie nicht recht aufpaßte.

Das Hauptgeschoß, der *piano nobile*, mit dem Kaminzimmer, dem *salotto*, und der *sala*: im Winter ebenfalls eiskalt, im Sommer jedoch keinesfalls kühl. Hier fanden die großen Empfänge statt, die Feste, die der Vater und der Onkel, als er noch mit seiner Familie hier lebte, aus Anlaß eines Geschäftserfolges zu geben pflegten. Wieder unzählige Menschen, meist Frauen, die an den Wänden entlang saßen, auf langen Bänken, warteten, daß sie zum Tanz aufgefordert wurden, warteten, daß das Essen gereicht wurde, warteten, daß irgend etwas stattfand, von dem sie Wochen später noch erzählen konnten: Dieser Alfonso, wißt ihr, seine Bäume scheinen allmählich in den Himmel zu wachsen.

Darüber und darunter dann jene Stockwerke, in denen das eigentliche Leben stattfand, in denen man lebte, nicht repräsentierte oder arbeitete. Die Mezzanine, die Halbgeschosse. Sie beherbergten gemütliche kleine Räume, mit Kohlenbecken, heizbar die meisten, was von den übrigen nicht gesagt werden konnte. Hier fanden sie sich zusammen zum Schlafen, Reden, Handarbeiten, zu tausend Dingen, für die die anderen Räume ungeeignet waren.

Unter dem Dach dann die winzigsten Zimmer, Kammern nur, in denen die Diener schliefen, zumindest einige von ihnen. Riccardo hatte sein Studio einen halben Stock darunter, weil er, wie er sagte, nicht ständig Leute durch seinen Raum rennen sehen wollte. Und ganz oben schließlich auf dem Dach, über ein enges Treppchen zu erreichen, die Altane, ein Ort, den Crestina mit zu den glücklichsten Orten ihrer Kindheit zählte. Hier war das Reich von Anna, hier waltete sie, lüftete Teppiche, hängte jeden Tag Berge von Wäsche zum Trocknen auf und schalt ebenso jeden Tag mit den Kindern, die zwischen diesen Wäschestücken Verstecken spielten und ihre schmutzigen Finger an den frisch gewaschenen Leintüchern abwischten.

Wenn es ganz heiß war, saß auch Donada bisweilen hier oben und ließ ihre Haare in der Sonne bleichen, wie dies allgemein üblich war.

Die Stunden, an denen die Familie bei den Mahlzeiten zusammen war, sie waren schön, aber keinesfalls von Ruhe erfüllt. Die Entscheidung, in welchem Zimmer heute gegessen wurde, sie wurde stets neu gefällt, was hätten die Diener denn auch sonst zu tun gehabt, wenn nicht das ständige Hin- und Hertragen von Tischen und Stühlen notwendig gewesen wäre. Es ist anregend, sagte die Mutter, jeden Tag in einem anderen Raum zu speisen.

Wärme und Kälte regierten dieses Haus. Äußerliche Kälte, äußerliche Wärme. Aber es gab auch die innerliche Kälte, die innerliche Wärme, und manchmal teilte Crestina das Haus nach diesen Kategorien ein.

Das Zimmer des Vaters etwa war ein Raum, der Wärme ausstrahlte. Die Bücher in den Regalen rings an den Wänden bis zur Decke hoch, der strenge Geruch der ledernen Bucheinbände, die Weltkugel, die der Vater erst kürzlich gekauft hatte, dies alles umhüllte sie, vermittelte ihr Geborgenheit. Der Vater dann in einem Stuhl, der höher war als normale Stühle. Der Vater, so stark und so mächtig wie der Doge, so sah sie ihn zumindest als Kind. Er verdient das Doppelte wie der Doge, hatte irgend jemand einmal gesagt, und sie hatte es geglaubt, weil es zumindest damals sicher der Wahrheit entsprach.

Die Räume, in denen sie miteinander umgingen, entsprachen jeweils dem Ereignis, das in diesen Räumen stattfand. Strafe wurde verkündigt im *piano nobile,* egal, wem sie zugedacht war, ihren Brüdern oder ihr. Für Belobigung, falls sie überhaupt stattfand, war die Bibliothek zuständig. Das, was sie weder beim Vater noch bei der Mutter fand, die ohnehin ihre zweite Mutter war, eine Stelle, an der Kinder ihren Kleinkram abladen, war dagegen die Küche. Und Anna. Anna konnte zuhören, mit ihr hatte sie jemanden, der nichts weiter tat als am Tisch sitzen, vielleicht dabei Zwiebeln schälte, Fische entgrätete, Gemüse putzte, *risi e bisi* vorbereitete oder auch nur das Kalbfleisch in so feine Scheiben schnitt, daß man nahezu durch sie hindurchschauen konnte.

Anna war stets da, oder nahezu immer, der Vater dagegen so gut wie nie. Die Mutter blieb in ihre eigene Welt eingesponnen, in die Welt der Frau, die sie darzustellen hatte, und vergaß bisweilen, daß sie

Kinder zu betreuen hatte, die um sie herum lebten, auch wenn sie sie nicht geboren hatte.

Über Anna erfuhr man alles, was in diesem Haus geschah. Anna war der Ort, zu dem man brachte und von dem man holte, jemand, der wunde Knie verband, verbrannte Finger mit Öl betupfte, heiße Ziegelsteine ins Bett legte, heimlich, weil Verwöhnen in diesem Haus nur bei Krankheit erlaubt war. Ansonsten fror man. So wie alle froren. Die ganze Stadt fror. Man stand beisammen, vielleicht auf der Straße, in der Kirche oder sonstwo, und erzählte es sich. Zwei Dekken und immer noch gefroren. Und man erzählte es sich so, wie die Soldaten von Lepanto erzählten, daß sie die Türken besiegt hatten: voller Stolz. Und das Gliederreißen hatte ohnehin jeder. Was also viel darüber reden, hieß es. Und war es nicht besser, dieses Gliederreißen, als die Pest?

Daß es außerhalb dieses Palastes Menschen gab, die anders lebten, nicht so viele Diener hatten wie der Vater und der Onkel, nicht so viele Räume, die bis zur Decke vollgestopft waren mit Waren, ging Crestina erst sehr spät auf. Sie erinnerte sich noch genau an den Tag. Sie war mit Anna in die Stadt gegangen, sie hatten miteinander eingekauft, Strümpfe hatte sie nötig gehabt, ein Paar Schuhe auch. Dann waren sie auf dem Heimweg an einer Kirche vorbeigekommen, die hinter San Marco lag. Sie hatte diese Kirche nie wahrgenommen, weil die Stadt so unendlich viele Kirchen hatte, daß sie als Kind Mühe hatte, sie auseinanderzuhalten. Anna war vor der Kirche stehengeblieben, vor dem rechten Eingang hatte sie sich bekreuzigt, es war kalt, sie hatte Anna an der Hand weitergezogen, aber Anna war hartnäckig stehengeblieben, als wären ihre Beine in der Erde festgewachsen oder als halte sie eine magische Kraft an diesem Ort fest. Als sie schließlich weitergingen, hatte sie Tränen in Annas Augen gesehen, hatte wissen wollen, weshalb, aber Anna hatte den Kopf geschüttelt und gesagt: Das verstehst du nicht. Später zu Hause hatte die Mutter gefragt, weshalb sie so lange unterwegs gewesen seien, es sei ja eisig kalt heute. Und Crestina hatte erzählt von dieser Kirche, daß Anna dort so lange stehengeblieben sei und geweint habe. Die Mutter hatte den Kopf geschüttelt, irgend etwas von schlimmen Zeiten gemurmelt und zögernd berichtet, daß Anna dort, nahezu selber ein Kind, ihr Neugeborenes abgelegt habe, weil sie es nie hätte ernähren können. Ein Findelkind, hatte die Mutter gesagt, ein Findelkind in dieser Stadt wie hundert andere auch, und sie müsse demnächst mal wieder bei San Rocco vorbeigehen und dort mit den Frauen gemeinsam beratschlagen, was man gegen das Elend in dieser Stadt tun könne.

Wenn die Mutter San Rocco erwähnte und daß sie dort vorbeigehen wolle, war für alle Bewohner des Hauses Zibatti klar, daß zwar wieder einmal San Rocco auf Donadas langer Liste der Besorgungen stehen würde, aber mit absoluter Sicherheit an letzter Stelle. Denn es war klar, daß Donada solche Anstrengungen für das Gemeinwohl überhaupt nur dann in Erwägung ziehen würde, wenn die Besuche beim Perückenmacher, der Schneiderin und der Putzmacherin sowie eine Massage hinter ihr lagen und ein Treffen mit ihren Freundinnen bevorstand, ein Zusammensein, bei dem sie stets die Aktivitäten ihrer Barmherzigkeit, wie sie es nannte, mit grandioser Geste darzustellen pflegte.

Sie lud zu diesen Treffen immer nur Frauen ein, deren Männer wie Alfonso Zibatti Mitglieder der *Scuola di San Rocco* waren, weil sie es haßte, wenn ihr zum Beispiel Frauen der *Scuola di San Marco* vorrechneten, wie viele Advokaten, Notare und höhere Beamte ihre *Scuola* als Mitglieder aufzuweisen habe. Weshalb sind es bei uns nur drei Advokaten, fragte sie dann vorwurfsvoll ihren Mann, nur drei Notare und ein Gemeindesekretär, wenn es bei den anderen so viele sind?

An solchen Punkten pflegte Alfonso das zu tun, was er sich in seinem Zusammenleben mit Donada bereits seit Jahren zur Gewohnheit hatte werden lassen: Er lenkte ihre Gedanken auf Dinge, von denen er wußte, daß Donada sie sofort zu ihrer Sache machen würde. Dieser Umzug zum Beispiel, diese Prozession an *corpus domini* oder zur Ehre Marias, wie weit sie denn seien mit ihren Vorbereitungen? Er habe gehört, daß die *Scuola di San Giovanni Evangelista* sich überlegte, ob sie sich von einer Gruppe von Flagellanten bei diesem Umzug begleiten lassen wolle wie in vergangenen Jahrhunderten, und daß die Mitglieder der *Scuola della Misericordia* sich wunderbare Szenen aus der Bibel ausgedacht hätten, die in dem Zug dargestellt werden sollten.

Sie habe siebenundzwanzig Knaben als Engel in silberne Brokatgewänder gesteckt, ereiferte sich Donada sofort, und es solle ihr erst einmal jemand nachmachen, wie sie sich die Darstellung Moses' und der zwölf Stämme ausgedacht habe, und das Floß, das sie habe bauen lassen, übertreffe an Prunk ganz gewiß sämtliche Darstellungen der *Scuola di Santa Maria della Carita, San Giovanni Evangelista* und aller anderen *scuole* zusammen.

Bei diesen Treffen im Hause Zibatti, bei denen Donada die Aktivitäten ihrer Barmherzigkeit ins rechte Licht rückte, ging es zwar stets um die eigentlichen Belange der *scuole grandi* – Krankenhausbau, Waisenbetreuung, die Versorgung von Witwen, die Mitgift von armen Mädchen oder die Fürsorge für Mitglieder der *scuola*, die in Not geraten waren –, aber Donada wußte es immer so einzurichten, daß dabei auch alle anderen Dinge, die ihr wichtig waren, nicht zu kurz kamen. Zu ihnen gehörte in erster Linie die Gemäldesammlung ihres Mannes, der zu der beträchtlichen Anzahl der bereits von seinem Vater gesammelten Werke Tizians eine ganze Reihe neuer Bilder dazuerworben hatte. Sie legte nicht nur Wert darauf, daß der Kreis derer, die die Sammlung kannten, wechselte, damit die Bewunderung für diese Bilder stets frisch blieb und keinen Rost ansetzte, sondern vor allem auch darauf, daß dieser Palazzo, der in den Augen von Donada einzigartig war, stets von einer anderen Seite vorgeführt werden konnte. War es heute die Bibliothek, in der man bei Kakao und Kuchen und Kerzenschein über das Unglück von armen Waisen nachdachte, so war es beim nächstenmal das Kaminzimmer, in dem man sich vor brennenden Scheiten beratschlagte, wie Gefangenen geholfen werden konnte, die in kalten Verliesen saßen, oder wie die Almosen unter den Hungernden zu verteilen waren, was Riccardo bisweilen zu der bissigen Bemerkung verführte, daß sich die Reichen dieser Stadt die Armen hielten wie Sklaven und daß sie sie lediglich brauchten zu ihrer Selbstdarstellung und zu nichts sonst.

All das, was Donada selbst nicht war, war der Palazzo. Er bot den Hintergrund, vor dem ein scheinbar buntschillernder Schmetterling eine Pracht entfalten konnte, die er in Wirklichkeit gar nicht besaß. Eine Pracht, die ihm zuzugestehen freilich jedermann bereit war, weil keiner merkte, daß dieser Schmetterling ohne diesen Hintergrund nichts weiter sein würde als eine graubraune, unscheinbare Motte.

Der dies dachte, war ebenfalls Riccardo. Es zu äußern, selbst gegenüber seiner Schwester Crestina, verbot er sich. Weil in diesem Palazzo kaum etwas gesagt werden konnte, was nicht sofort wie ein tausendfaches Echo über seltsam verschlungene Wege zu dem gedrungen wäre, den es zwar betraf, dem es aber keinesfalls gutgetan hätte, es zu erfahren.

DER FLUG DES FALKEN

Der Falke stieg senkrecht in den Himmel empor, schüttelte sich und verharrte für einen Augenblick über dem freien Waldstück, als wolle er sich besinnen, ob eine Rückkehr erwägenswert sei, dann schoß er nahezu im Sturzflug zwischen den Bäumen hindurch, ohne sich jedoch um den Reiher zu kümmern, auf den er angesetzt worden war, und verschwand.
Er wird nie zu dir zurückkommen.
Crestina wußte Bartolomeo hinter sich, obwohl sie ihn nicht hatte kommen hören. Und sie wußte, daß sie ihn in diesem Augenblick haßte. Wegen dieses Satzes. Sie drehte sich um, sah ihn stehen mit der abgeschabten Jagdtasche über der Schulter, die Schnur mit den toten Krähen an der Tasche, den Habicht auf der Hand. Sie sah ihn lächeln.
Und sie wußte, daß das, was sie empfand, wirklich Haß war, nicht etwas, was nur in die Nähe dieser Regung kam. Ein Haß, der im Laufe der Jahre, in denen Bartolomeo immer wieder für kürzere oder längere Zeit bei ihnen gewohnt hatte, ganz langsam herangewachsen war, Stück für Stück sich angesammelt hatte, wie in einem Gefäß aufbewahrt, dessen Deckel sie verschlossen hielt, weil die Zeit noch nicht da war, dieses Gefäß zu öffnen.
Als Riccardo einige Minuten später heranhastete, wiederholte Bartolomeo den Satz. Er wiederholte ihn ohne Schärfe, in aller Sanftheit, so als gebe er lediglich irgendeine Bemerkung über das Wetter ab.
Riccardo sah ihn an, zog die Brauen hoch, ging zu Crestina und legte seine Hand auf ihre Schulter: Wir werden warten.
Bartolomeo lachte auf. Warten? Und wie lange wollt ihr warten?

sagte er dann belustigt, bis heute abend etwa, bis zu der Hauseinweihung an der Brenta?
Hör auf, sagte Riccardo, spar dir deine Reden! Es ist der erste Flug, und es ist ihr erster eigener Falke.
Bartolomeo hielt ihm die Krähen entgegen. Solange sie keinen Sperber oder Habicht fliegen kann, hätte sie die Hände von einem Falken lassen sollen. Zumal von einem solchen. Er lachte wieder. Einen Gerfalken! Aus Island! Wieviel hast du für ihn bezahlt, Vetter? Ich wette, es waren mehr als fünfhundert Dukaten!
Hör auf, sagte Riccardo und schaute gespannt zu dem Waldstück hinüber. Ich brauche deinen Rat nicht.
Ein weißer Gerfalke aus Island! sagte Bartolomeo kopfschüttelnd. Ich kann's einfach nicht glauben. Wie kannst du nur annehmen, daß sie mit solch einem Tier auf die Jagd gehen kann!
Ich sag's noch mal: Ich brauch' deinen Rat nicht.
Sie hat alles falsch gemacht, sagte Bartolomeo hartnäckig, einfach alles.
Komm, laß es gut sein, lenkte Riccardo ein. Mag ja sein, daß sie einiges falsch gemacht hat, ich war nicht da, als sie ihn aufzog.
Einiges? Sie hat einfach alles falsch gemacht, alles, ereiferte sich Bartolomeo. Sie hatte zu nichts Geduld. Sie hat weder warten können, bis seine Federn trockengeschoben waren, noch hat sie die simpelsten Regeln bei der Aufzucht beachtet. Beim Atzen ist sie, wer weiß wie lange, in seiner Mauserkammer geblieben. Und hat geredet mit ihm, hörst du, geredet! Sie redet mit einem Nestling wie Franziskus mit den Vögeln – oder wie mit einer Katze oder einem Hund! Schenk ihr doch nächstens eine Jungkatze, dann hat sie etwas zum Reden oder zum Streicheln, wenn sie das unbedingt braucht. Bevor er zum erstenmal den Schnabel aufgemacht hat, hatte sie bereits einen Schreier großgezogen, damit du es nur weißt. Sie hat ihn verweichlicht vom ersten Tag an, und du wußtest es.
Meine Schwester steht hier, sagte Riccardo, hier neben uns, vielleicht könntest du dir das klarmachen. Du redest von ihr, als wenn sie nicht da wäre.
Nächtelang konnte ich nicht schlafen, fuhr Bartolomeo wütend fort, nächtelang, weil er herumschrie in seiner Volière. Überhaupt diese Volière! Ein Falke gehört in eine Mauserkammer und sonst nirgendwohin.

Ich hab' ihn nie schreien hören, sagte Riccardo.
Natürlich hast du das nie, du schläfst ja auch zum Kanal hinaus und nicht in der hintersten Stube wie die armen Verwandten.
Hör endlich auf! Du weißt genau, daß meine Eltern dich immer aufgenommen haben wie einen von uns. Du gehörst zur Familie.
O ja, ganz gewiß haben sie das, spottete Bartolomeo, und zur Familie gehöre ich dann, wenn Besuch kommt. Wenn jedermann von euch damit protzen kann, daß ihr einen armen Vetter bei euch wohnen habt und ihm eine Erziehung angedeihen laßt wie den eigenen Kindern. Wie edel!
Ich geh' zum Boot, sagte Crestina und hob ihre leere Jagdtasche auf. Ihr kommt ja wohl ohne weiteres ohne mich aus.
Sie taugt einfach nicht dazu, solch ein Tier zu haben, sagte Bartolomeo, als Crestina gegangen war. Glaub mir, ich mein's gut mit dir und gut mit ihr. Sie ist einfach zu zimperlich. Sie ist eine Frau.
Wieso ist sie zimperlich?
Wenn du solch ein Tier hast, mußt du dich auch dafür verantwortlich fühlen. Du kannst dir nicht alle unangenehmen Arbeiten von jemand anderem machen lassen.
Welche Arbeiten?
Das Kopfabreißen zum Beispiel. Jeder Altvogel wirft die Beute angerissen in den Horst, ohne Kopf, aber sie hat sich das natürlich von Jacopo machen lassen oder von mir, wenn Jacopo nicht da war. Und weißt du überhaupt, weshalb er weg ist, dein weißer Fünfhundert-Dukaten-Gerfalke aus Island? Weil sie ihn nicht mal gegen den Wind geworfen hat! Sie hat freundlich hei! gerufen, und weg war er. Außerdem war er nicht genügend eingejagt. Du kannst einen Falken nicht dreimal an die Leine legen und dann hoffen, daß alles so läuft, wie es laufen soll. Und wenn sie sich nicht mal traut, ihm die Kappe selber aufzusetzen, so hätte sie ihn besser unverkappt getragen. Dann hätte sie auch schöner mit ihm reden können. Vielleicht wäre er dann auch gehorsamer gewesen.
Riccardo drehte sich um, hängte sich die Jagdtasche über die Schulter und wandte sich zum Gehen. Verrätst du mir noch, was das alles soll, lieber Vetter, wenn es nicht purer Neid ist?
O nein, nicht schon wieder damit! wehrte Bartolomeo ab. Ich bin Habichtler, weil es mir Spaß macht. Und meine Erfahrung mit Tieren, die man nicht beherrscht, die habe ich mit zehn gemacht, das

weißt du vermutlich noch. Daß dieser verrückte Steinadler sich mehr für meinen Hals interessierte als für meinen Handschuh, das war mein Fehler. Und ich habe daraus gelernt.
Krähenbeize, ist das eigentlich lustig, Vetter? spottete Riccardo.
Ja, sagte Bartolomeo freundlich, sehr sogar. Euer Boot treibt ab, sagte er dann und deutete zum Fluß hinunter. Wenn sie es weiter treiben läßt, dann landet es vielleicht von selbst bei der Villa, wo ihr heute abend feiern wollt. Rudern kann sie ja wohl auch nicht, oder?

Kommt er nicht mit? fragte Crestina später, als sie mit Riccardo die Brenta hinabruderte.
Nein, sagte Riccardo.
Und weshalb nicht?
Weil er verrückt ist, sagte Riccardo laut, viel lauter, als er es eigentlich sagen wollte. Er ist verrückt und überheblich, so wie ich noch nie einen Menschen kennengelernt habe.
Vielleicht hat er ja recht, sagte Crestina, vielleicht hätte ich wirklich mit einem Habicht anfangen sollen. Was macht er eigentlich mit seinen Krähen?
Riccardo zuckte mit den Achseln. Früher, bei sich zu Hause, hat er sie ausgeweidet und die präparierten Köpfe in seinem Zimmer auf ein Regal über dem Bett gestellt. Wenn er einen verkaufen konnte, tat er es.
Und jetzt, was macht er jetzt damit?
Riccardo schüttelte den Kopf. Ich weiß es nicht. Vermutlich das gleiche. Ich war noch nie in seinem Zimmer.
Und weshalb macht er das?
Die ständige Gegenwart des Todes, er liebt sie. Er berauscht sich an ihr. Manchmal denke ich, er ist in den Tod verliebt.
In den Tod verliebt – er muß wirklich verrückt sein, unser Vetter.

Als Bartolomeo in jener Nacht der Überschwemmung zu ihnen gekommen war, war klar, daß er von nun an bei ihnen wohnen würde, da die Zibatti die einzigen Verwandten waren, die er hatte. Es war ebenso klar, daß er alle seine Wünsche und Ziele nun statt mit seiner Mutter mit seinem Oheim besprechen mußte und daß er sich zu fügen hatte, wenn sie dem entgegenliefen, was Alfonso wollte. Dies betraf aber nur die äußeren Umstände, in die er hineingeworfen worden war. Nie zum Beispiel hätte er auch nur einen einzigen Satz gegen das Zimmer gesagt, das sie ihm zugewiesen hatten. Er ging hinein, öffnete das Fenster, sah, daß es auf eine enge, schwarze Gasse führte, und zog daraufhin die dicken Portieren zu, damit er diese finstere Gasse nicht mehr sehen mußte. Er zog sie nie auf, diese Portieren, egal, wie dunkel dieses Zimmer auch im Winter wurde. Wofür er sich einmal entschieden hatte, das beließ er stets so, und es war ihm auch nicht ein einziges Wort der Beschwerde wert. Alle armen Verwandten wohnten in allen Palazzi dieser Stadt in diesen oder ähnlichen Dachkammern.

Dinge, die nicht das Äußere betrafen, sondern ihn im Innern seiner Person berührten, nahm er jedoch nicht hin. Er wird sich eingewöhnen, hatte Anna zuversichtlich gesagt, auch wenn er als Kind schon seine Eigenheiten hatte. Die kindlichen Eigenheiten hatten darin bestanden, daß Bartolomeo sich nie von irgend jemandem hatte berühren lassen, nicht einmal von Anna. Gebadet zu werden hatte er schlichtweg abgelehnt, das heißt, das Baden im hölzernen Trog und mit heißem Wasser, wie Anna es mit den übrigen Kindern zu tun pflegte. Bartolomeo badete in der Lagune, egal, wie kalt das Wasser war, und er badete selbst im Winter dort. Sie wußten nie, wo er badete, aber es mußte weit draußen bei irgendeiner der Inseln sein. Stets kam er mit blaugefrorenen Lippen und am ganzen Körper zitternd zurück, doch er duldete es selbst dann nicht, daß Anna ihm einen heißen Ziegelstein ins Bett legte oder ihm ein Glas heiße Milch in die Kammer brachte. Er brauchte niemanden und niemandes Zärtlichkeit. Er kam aus ohne all das. Und natürlich hatte er sich nach der Überschwemmung nie eingelebt, wie Anna es gehofft hatte. Er stand stets außerhalb. Nicht weil es die Familie so wollte, sondern weil Bartolomeo es so wollte. Er wurde größer, dünner, seine Augen wurden schlechter, eine Brille lehnte er ab. Sie sei zu teuer, sagte er, als sein Oheim ihm anbot, mit ihm nach Murano zu fahren und dort eine auszusuchen. Er komme aus mit der Lupe, sie reiche ihm völlig. Daß er von einer Lagunenseite zur anderen die Leute nur als völlig verschwommene Schemen sehen konnte, verschwieg er.

Was er in seinem Zimmer tat, wenn er allein war, wußte niemand. Er hielt es stets verschlossen, und das Reinigen besorgte er selber. Er habe immer geputzt, sagte er, als seine Mutter all die Jahre krank gewesen sei, habe er die Wohnung immer geputzt.

Er interessierte sich auch nicht für Frauen. Wenn die anderen ihn deshalb neckten, zitierte er die Sätze von Aristoteles, daß Frauen nur zur Fortpflanzung dienten und zu sonst nichts, und den Schluß seines Plädoyers für eine Welt ohne Frauen garnierte er mit Augustinus und seinen Auslassungen über die Sünde. Überhaupt schien es, als kreise sein ganzes Denken von früh bis spät um die Sünde. Natürlich hätte auch er zu denen gehört, die Reisig auf den Scheiterhaufen von Giordano Bruno warfen, weil das ein Stück der eigenen Sünde wegnahm, und er gab auch ohne weiteres zu, daß er nur deswegen nach Rom gereist sei, um sich die Stelle anzuschauen, an der die Inquisition Bruno verbrannt habe. Und mit Galilei, dessen war er ganz sicher, würden sie wohl kaum anders verfahren können.

Es waren stets Gespräche bei Tisch, bei denen er diese Themen berührte, und bisweilen sagte Riccardo bissig, beim nächsten Gespräch dieser Art verlasse er den Tisch. Essen sei ein Genuß und müsse nicht unbedingt dazu mißbraucht werden, um einer größeren Gemeinde alle Grausamkeiten dieser Welt zu verkünden.

Sie haben einen ausgepeitscht, konnte Bartolomeo zum Beispiel berichten, sie haben schon wieder einen ausgepeitscht, von San Marco bis zum Rialto. Er hatte blutige Striemen, noch bevor er vor San Moisè ankam, konnte er völlig sachlich sagen und dabei in aller Ruhe seine Suppe löffeln.

Und woher weißt du das so genau? fragte Riccardo.

Woher? Bartolomeo schaute ihn verblüfft an, nun woher wohl? Ich bin hinter ihm drein gegangen.

Und hast zugeschaut?

Alle haben zugeschaut, sagte Bartolomeo ruhig, alle, und nahm sich eine zweite Portion Fleisch. Es schauen immer alle zu. Und das sei auch völlig richtig, sonst wirke ja die Strafe nicht.

Ein andermal erzählte er mit sichtlicher Zufriedenheit, er finde es gut, daß man in Rom auf Michelangelos Bildern die Blößen der Nackten mit gemalten Tüchern habe bedecken lassen.

Mit Tüchern, spottete Riccardo, mit gemalten Tüchern gegen Michelangelo! Als ob irgendeiner dieser Leute auch nur einen Funken Verstand habe, und von Kunst verstünden sie ja wohl überhaupt nichts. Wie andere Leute wohl auch, fügte er dann hinzu und schaute zu Bartolomeo hinüber.

Aber Bartolomeo hob nur die Schultern. Dann verstehe er eben

nichts von Kunst. Wenn Kunst unbedingt unzüchtig sein müsse, dann sei ihm Kunst egal. So wie ihm vieles andere ja auch egal sei.
Er sagte nicht, was es war, was ihm egal sei. Aber sie wußten, daß vieles, wodurch er sich gedemütigt fühlte, einfach von ihm abglitt, als existiere es nicht. Die abgetragenen Kleider seiner Vettern zum Beispiel, besonders die von Alessandro: Er trug sie, sie hingen an ihm wie an einer Vogelscheuche, aber es schien ihn nicht zu berühren. Er trug sie klaglos, sie wurden nie zu den seinen, blieben ihm immer fremd. Er ging über sie hinweg, als seien sie ein Beiwerk, das nichts mit ihm zu tun habe, und als wisse er bereits jetzt ganz sicher, daß er diese Kleider eines Tages überwinden werde. Die Kleider, mit denen er einst gekommen war in jener Nacht der Überschwemmung, hatten sie weggeworfen, aber es war allen klar, daß es die einzigen Kleider gewesen waren, in denen er je ganz er selbst gewesen war.
Wie sein Zimmer hielt er auch seine Gedanken unter Verschluß. Nicht einmal Lorenzo, seinem Freund, der Franziskanermönch werden wollte, vertraute er sie voll und ganz an, obwohl der der einzige Mensch war, mit dem er je über sich sprach. Es waren gewaltige Gedanken, die er zuweilen hatte, Gedanken, von denen er wußte, sie waren möglicherweise zu groß für ihn. Zumindest einer, den er auch Lorenzo nicht anvertraute. Als Inquisitor eines Tages in das Haus seines Oheims zu kommen, mit einer lässigen Geste auf irgendwelche verbotenen Bücher zu deuten und sie auf die Straße werfen und verbrennen zu lassen – das war's, was er in seinen kühnsten Träumen sich vorstellte. Er wußte, daß er Zeit brauchen werde, um solche Gedanken vielleicht eines Tages wahr werden zu lassen. Aber dann – und dessen war er sich ganz sicher – würde er die Sünde für immer und alle Zeiten aus diesem Haus vertreiben.
Und – auch dessen war er sich gewiß – sie würden ihm alle dafür dankbar sein.

Die limonaia

Limonaia, so hatten sie es ihr später erzählt, sei das erste Wort gewesen, das sie einwandfrei habe sagen können. Das zweite sei Riccardo gewesen. Daß weder Vater noch Mutter zu Crestinas ersten Wörtern gehört hatten, lag zum einen daran, daß der Vater so gut wie nie zu Hause war und, falls er dies war, wie ein ferner, großer Gott über den Wolken schwebte und daß eine Mutter nicht existierte, weil sie bei Crestinas Geburt gestorben war.

Die *limonaia* hatte es gegeben, bevor es diese Villa an der Brenta gab, deren Einweihung sie heute nun endlich feiern konnten. Die *limonaia* war eine Art Gewächshaus, in dem im Winter die Zitronen- und Orangenbäume untergebracht wurden, damit sie nicht erfroren.

Aber die *limonaia* war nicht nur der Aufbewahrungsort für empfindliche Pflanzen, sie war mehr. Genau genommen hätte die *limonaia* eigentlich gar keiner Pflanzen bedurft, um zu dem zu werden, was sie für Crestina war: ein Raum, in dem alle Träume zunächst geträumt wurden, bevor sie Einzug hielten in den Palazzo. Ein Ort, an dem sie ihren Freundinnen ihre Geheimnisse mitteilte, von Riccardo den ersten Unterricht in Griechisch und Latein erhielt, und vor allem ein Platz, an dem der Großvater ihr Geschichten erzählt hatte. Wilde Geschichten, die nicht immer den Beifall von Riccardo fanden, wenn er davon erfuhr. Was willst du, hatte sich der Großvater stets lachend gewehrt, ich denke, du möchtest nicht, daß sie verweichlicht.

Nicht verweichlichen und Angst erzeugen bei einem Kind seien zwei verschiedene Dinge, hatte Riccardo erwidert. Was den Großvater aber keinesfalls davon abgehalten hatte, weiter Geschichten zu erzählen, die sie unter die Decke schlüpfen ließen, wenn das Licht gelöscht wurde und das Kohlenbecken nur noch einen leise glimmenden Schein von sich gab.

Die *limonaia* war nicht immer ein Raum gewesen, in dem man schlafen, essen, Tee trinken und Geschichten erzählen konnte. Sie hatte ursprünglich zusammen mit einem kleinen Teil Land zum Nachbargrundstück gehört und war zunächst nichts weiter als eine Hütte, in der der Nachbar sein Angelzeug und seine Gartengeräte aufbewahrt hatte. Diesem Nachbarn hatte der Großvater die Hütte eines Tages abgekauft und sie zu einem Gewächshaus umbauen lassen, in dem er die Zitronen- und Orangenbäume unterbringen konnte, die das Klima im Winter nicht vertrugen. Als es Mode wurde, Landhäuser zu bauen und den ganzen Sommer über in ihnen zu wohnen, hatte er ein riesiges Grundstück dazugekauft und von dem größten und bewundertsten Baumeister seiner Zeit, Palladio, den Plan für eine Villa entwerfen lassen. Mit dem Bau des Hauses war begonnen worden, dann gab es einen Rückschlag im Geschäft, und es hatte nicht zu Ende gebaut werden können, weil das Geld dazu nicht mehr reichte. Zu jener Zeit begann sich der Nachbar wieder für seine Hütte, die inzwischen zur *limonaia* geworden war, zu interessieren, und der Großvater überließ sie ihm, weil er das Geld gut gebrauchen konnte. Nach seinem Tod erbten seine Söhne ein halbfertiges Landhaus, und weil sie es gerne fertiggebaut hätten, brauchten sie eine Bleibe, um die Arbeiten an Ort und Stelle überwachen zu können. Also kaufte Alfonso Zibatti die *limonaia* zurück, und da er es leid war, sich von Freunden verspotten zu lassen, wenn sie hier draußen ihre Feste feierten, noch bevor das Haus fertig war – na, ist es jetzt deine *limonaia*, oder gehört sie inzwischen dem Dogen oder sonstwem? –, hatte er sie kurzerhand zu Lebzeiten bereits seinen Kindern vermacht, ohne es ihnen jedoch zu sagen.

Riccardo hatte sich im Lauf der Jahre den Raum eingerichtet, zunächst ein Stehpult herbeischaffen lassen, später eine einfache Holzpritsche, mehr als spartanisch, aber immerhin so, daß man hier im Sommer wohnen konnte, und falls die Kälte nicht allzu groß war, konnte man auch an manchen Wintertagen hier übernachten.

Zu der Villa gehörte ein Garten. Ein großer Garten, der mehr ein Park war und in dessen Labyrinth man sich verlaufen konnte, wenn man nicht genau Bescheid wußte. Als Kind fiel Crestina einmal in den Teich, und es war nur Jacopo zu verdanken, daß sie noch lebte, da Riccardo nicht anwesend war und die Mutter mit ihrem Freund, ihrem Cicisbeo, gerade eine Bootsfahrt unternommen hatte.

Die *limonaia* war also, wie die Mutter spottend sagte, der Ort der Glückseligkeit für die Kinder, die vermutlich auch schon zufrieden wären, wenn es an der Brenta nichts anderes gäbe als diesen Raum. Die *limonaia* war, wenn sie die Kinder beschrieben, Wasserfeuerwerk auf dem Fluß, war Datteln, Feigen, Rosinen und kandierte Früchte, war Kaffeebohnen, die einer mit der Kelle in einer Pfanne röstete und die dann mit einem Knall in die Luft sprangen, war Scheibenschießen, Waldhörner, Blumen, die am Morgen in die Schalen gesteckt wurden und deren Duft alle Räume durchflutete, war Flöße, auf denen sie den Fluß hinabstakten, war Lauten, Gitarren, Flöten, Malteserhündchen, die diese Musik verbellten, war ein Sonett, das irgendwer zu nächtlicher Stunde kreierte, war Kerzen, die nach Honigwachs dufteten, und der Pfau, den sie Kassandra getauft hatten, weil er sie stets mit ohrenbetäubendem Geschrei empfing.

Wenn die Mutter, während der Vater auf seinen langen Reisen war, eingehakt bei ihrem Cicisbeo, lachend den Garten durchschritt, in dem die Nacht mit Pechfackeln zum hellen Tag gemacht wurde, dann sagten die übrigen Männer bewundernd, sie werde auch noch mit sechzig eine Frau sein, der man nachschaut. Und wenn sie dann alle spät in der Nacht, die Barke voll mit lärmender Fröhlichkeit, ein Gondoliere, der sang, wieder nach Hause fuhren, schien es, als ob das Leben nichts anderes brauche zu seinem Bestehen als diesen Fleck Erde, den irgendwer einmal gestaltet hatte.

War Crestina krank, bat sie Riccardo um nichts anderes als um ein Blatt von den Zitronenbäumen. Es hielt seinen Geruch über Monate hinweg, und wenn man es einknickte, verströmte es einen Duft, der intensiver war als manches Parfüm.

Heute, am Tag, da die Villa eingeweiht werden sollte, war, wie Crestina wußte, zugleich der Tag, der ihr späteres Leben entscheiden würde.

Es ist an der Zeit, daß ich jetzt endgültig mit dem Vater von Lukas Helmbrecht rede, hatte der Vater ein paar Tage zuvor gesagt, sonst wird es am Ende noch so sein, daß seine Familie ein Mädchen von drüben aus dem Reich lieber sieht. Er hatte es so gesagt, als ob sie, Crestina, die Familie dieses Lukas Helmbrecht gleich mitheiraten solle. Und es war dies nicht das einzige, was ihr mißfiel – und sie traurig machte. Es war ganz einfach so, daß sie das Gefühl hatte, über sie würde verfügt wie über zehn Sack Pfeffer oder Safran, für die der Vater entschied, ob sie nach Regensburg gehen sollten oder nach München. Nur konnte man Pfeffer und Safran schlecht fragen, wohin sie gehen wollten, sie jedoch sehr wohl. Das Schlimmste da-

bei war, daß Riccardo nach der Beizjagd ganz plötzlich hatte wegmüssen, irgendwohin, er hatte nicht gesagt, wohin, nur daß er erst spät in der Nacht zurückkommen werde, womit jegliche Hilfe von seiner Seite entfiel. Anna um Rat zu fragen oder Jacopo wäre ihr nicht in den Sinn gekommen, dies vor allem deswegen, weil es im Grunde genommen nichts an Lukas auszusetzen gab. Er war gutgewachsen, kam aus einer angesehenen Familie, hatte genug Geld, um seiner zukünftigen Frau alle Wünsche von den Augen abzulesen, und sie war sicher, daß er sie liebte. Nur, was sie tat, dessen war sie sich ganz und gar ungewiß.
Weiß man es, ob man jemanden liebt, hatte sie ihre Freundin Clara gefragt.
Aber Clara war so hilflos wie sie, und Clara war vermutlich sogar froh, daß ihr Vater sie demnächst in eines der Klöster geben wollte, weil sein Geld nicht ausreichte für eine anständige Mitgift.

Sie hätte nie geglaubt, daß das entscheidende Gespräch über diese Hochzeit just in der *limonaia* stattfinden werde. Sie hatte gedacht, es werde irgendwo sein. In einem Zimmer der Villa, unten am Fluß oder im nächtlichen Park. Ganz gewiß jedoch nicht in der *limonaia*. Daß sie mitbekam, daß es dort stattfand, verdankte sie nur dem Zufall. Sie hatte sich irgendwann, erhitzt vom Tanzen, unter einen der Granatapfelbäume zurückgezogen, die in einiger Entfernung hinter der *limonaia* standen, und hörte die Tür gehen. Die Fackeln erhellten den Raum von außen und von innen. Sie sah das Gesicht ihres Vaters hinter den Scheiben auftauchen, dann das von Lukas' Vater Sebald, beide Gesichter vom Wein gerötet. Und sie konnte ihr Leben plötzlich ablesen an diesen Gesichtern, die sich veränderten. Zuerst die lachenden Gesichter der beiden Männer – sie wußte, sie waren bei den einleitenden Worten und jeder pries vermutlich die Qualitäten seines Kindes –, dann die sachlichen Gesichter – sie war ganz sicher, daß nun über die Mitgift gesprochen wurde. Lukas' Vater sagte etwas, was ihr Vater offenbar nicht billigt, sie sah ihn verhandeln, nicht anders, als er sonst in seinem Büro mit den Kaufleuten über Pfeffer und Safran verhandelte. Und sie sah den Abschluß dieses Handels, die Zufriedenheit auf den Gesichtern der beiden Männer und den Handschlag, der alles besiegelte.
Sie werden dich verschachern, hatte Riccardo zornig gesagt, als er

erfuhr, daß die Absprache bei diesem Fest sein sollte. Sie werden über dich genauso reden, wie sie über den Wert einer Reliquie verhandeln würden oder über den eines Kunstwerks. Aber er, so hatte er gesagt, werde es nicht zulassen. Er werde eingreifen, und wenn er dazu seine Schwester entführen müßte. Und nun war er nicht da. Hatte wegmüssen, aus irgendwelchen dringenden Gründen, Gründen, die sie in zunehmendem Maße mit Sorge erfüllten, obwohl sie überhaupt nicht wußte, worum es ging. Laß es meine Sache sein, hatte Riccardo abgewehrt, als sie ihn beim Abschied danach gefragt hatte.

Sie stand unter diesem Granatapfelbaum, hatte vergessen, wie lange sie da bereits stand, als sich die Tür endlich öffnete und die beiden Männer aus dem Gewächshaus kamen, die Gesichter inzwischen noch mehr gerötet. Sie kamen lachend, schwenkten den Pokal in den Händen und tranken sich zu: Auf unsere Kinder!

Die *limonaia*, sie betrat sie Minuten später, ließ sich auf die Holzpritsche fallen und starrte an die Decke, wieder ohne zu wissen, wie lange sie dies tat. Sie hörte ihren Namen rufen draußen, stellte sich stumm, meldete sich nicht, es interessierte sie nicht einmal, wer sie vermißte. Die *limonaia*, sie haßte sie in diesem Augenblick, sie sprang auf, trommelte gegen die Wände und schrie: Du, weshalb hast du es nicht verhindert?

Die *limonaia*, sie kam ihr entweiht vor, so als sei sie gerade geschändet worden.

Später sah sie Lukas in der Männerrunde mit ihren Vettern, Freunden der Vetter, Riccardos Freunden, anderen Studenten. Sie hörte sie lachen, laut lachen, sie wußte, sie waren nicht für sie gedacht, diese Männerrunden, wußte, daß sie weggehen sollte, um die Vergröberung des Festes besser aus der Ferne mitzuerleben. Sie wollte Anna suchen, blieb dann stehen, weil sie, wie unter Zwang, hören wollte, weswegen sie da alle so sehr lachten. Sie sah sie gebeugt über ein Buch, sechs, sieben Köpfe auf einmal, das Lachen klang schrill in ihren Ohren, sie hörte es verstärkt wie ein Echo zu ihr herüberprallen: Fünfundzwanzig Zechinen für die Königin aller venezianischen Kurtisanen. – Wie heißt sie? – Signora Livia Azalina. – Davon kann man einen Monat leben. – Die Anzahl der Damen beträgt zweihundertfünfzehn. – Wer die Freundschaft aller haben möchte, muß tausendzweihundert Zechinen zahlen. – Zwanzig Scudi für Cecilia Caraffa in San Tomà. – Und was ist mit Chiaretta Padfovana und Lucrezia Mortesina? – Denen darfst du geben, was du willst. Und nur einen Scudo für Chiaretta dal Figoi.

Sie ließen Lukas den Titel dieses Katalogs vorlesen, er las ihn mit seinem holprigen Italienisch, einer Sprache, die er noch immer nicht einwandfrei zu sprechen gelernt hatte, vom Venezianisch ganz zu schweigen: *Katalog der wichtigsten und ehrenwertesten Kurtisanen in Venedig, ihr Name, der Name ihrer Vermittlerin und wo sie wohnen.*

Und wieder dieses Lachen, das in ihren Ohren schmerzte, als sie Lukas fragten, wann er zu welcher gehen wolle. Sie hörte, wie er zögerte, und schließlich seine Verweigerung, daß er nicht gehe.

Und weshalb nicht? wollten sie wissen.

Weil ich eines Tages Crestina heiraten werde.

Das Gelächter, das folgte, glich einem Orkan. Und, bitte, was hat das eine mit dem anderen zu tun?

Sie hörte nicht mehr, was Lukas antwortete. Sie floh.

Und noch später dann die endgültige Demütigung. Das Fest schon fast in der Agonie, die Bäuche voll, die Köpfe wirr vom Wein, jemand hüpfte auf dem Dach herum, sie wußte, es konnte nur einer von Riccardos Freunden sein, Alvise, der als Schauspieler bei der Commedia dell'arte mitspielte. Er hob das Bein wie ein Hund, balancierte wie ein Seiltänzer den Dachfirst entlang, machte dann einen Kratzfuß und sagte mit todernster Stimme und deutschem Akzent: Weil ich eines Tages Crestina heiraten werde.

Die Nacht darauf in ihrem Bett versuchte sie sich vorzustellen, wie es sein würde, wenn sie einmal die Frau von Lukas Helmbrecht war. Dieses ferne Land. Dieses Nürnberg, sie wußte weder, wo es lag, noch wie es aussah. Sie schlüpfte aus dem Bett, es mußte bereits gegen Morgen sein, das Licht drang durch die Portieren – aber das Haus war still. Sie ging barfuß in die Bibliothek hinunter, öffnete leise die Tür, fand im Dunkeln die große Weltkugel und entzündete eine Kerze. Sie drehte die Kugel, suchte die Stadt, fand sie nicht, starrte verwirrt auf eine Landschaft mit aufgemalten Kamelen, vielen Zelten, eine andere mit Löwen und wieder eine mit Bären. Es war ihr klar, daß dies nicht Nürnberg sein konnte, aber sooft sie die Kugel auch drehte und rotieren ließ, sie fand nichts, was sie gereizt hätte kennenzulernen. Sie setzte sich vor den Globus, fühlte langsam die Kälte des Marmorbodens in sich hochsteigen, die Müdigkeit überwältigte sie und ließ sie am Fuß der Weltkugel einschlafen.

Am Morgen brachte Anna sie schimpfend zu Bett, die Füße eiskalt, den Kopf heiß, den Hals eng, und durch die Tür hörte sie eine Stimme wie aus dem Nebel, Riccardos Stimme, der den Eltern vorwarf, daß sie ihre Tochter verschachert hätten. Und dazu eine Mitgift von eintausendzweihundertfünfzig Reichsgulden in bar, vierhundertfünfzig für Schmuck und ebenso vielen in Kleidern. Und falls sie nicht wollten, daß diese Tochter nun vor Gram sterbe, so sollten sie ihr wenigstens noch ein Jahr geben, ein einziges Jahr werde dieser Lukas Helmbrecht ja gewiß noch warten können. Und vielleicht lerne er dann ja auch endlich ihre Sprache, Zeit dazu sei genug gewesen. Was ihre Eltern dazu sagten, hörte sie nicht mehr, weil sie es zum einen nicht hören wollte und es ihr zum anderen auch gleich war, was sie sagten. Sie ließ sich hinabgleiten in irgendwelche schläfrige Dumpfheiten, wo sie für den Augenblick für niemanden mehr erreichbar war.

DIE SPUR ZUM GHETTO

Er sagt, man solle ihre Synagogen anzünden, Pech und Schwefel dazuwerfen, und, was nicht brennen will, mit Erde überdecken, so daß kein Stein mehr zu sehen sei, ewiglich, dozierte Bartolomeo, als sie unter der Brücke zum Ghetto hindurchruderten und die Bima, die erhöhte Kanzel der Synagoge, sehen konnten, die im Schatten der Nacht aus der Häuserfront ragte.
Wer? fragte der andere Ruderer schläfrig, mit dem er zusammen im Boot saß.
Wer wohl schon, sagte Bartolomeo, Luther.
Luther, murmelte der andere und fiel in seinen Halbschlaf zurück, ach so, Luther.

Er sagt auch, man solle ihre Häuser zerstören, alle Juden in einem Stall wie Zigeuner zusammentreiben, damit sie einsehen, daß sie nicht die Herren sind, sondern nur Gefangene im Exil, fuhr Bartolomeo hartnäckig fort und zog den anderen am Ärmel. He, hörst du mir überhaupt zu?
Der Mann schreckte für einen Augenblick hoch, blinzelte Bartolomeo an und nickte. Ja ja, es wird wohl so sein.
Man solle den jungen und starken Juden und Jüdinnen Flegel und Axt in die Hände geben, damit sie im Schweiße ihres Angesichts ihr Brot verdienen, beharrte Bartolomeo lautstark, so daß der andere für einen Augenblick erschrocken das Ruder ergriff und ein paar hastige Schläge machte, die das Boot beinahe zum Kentern brachten.
Man sollte das tun, obwohl es besser wäre, die Juden überall aus den Ländern zu jagen, flüsterte Bartolomeo, weil inzwischen das zweite Boot, mit dem sie sich die nächtliche Wache um das Ghetto herum teilten, auf sie zukam.
Sein Begleiter setzte sich auf, führte das Ruder nun besser im Takt, sie nickten den beiden anderen Wächtern zu und fuhren dann weiter.
Hast du überhaupt gehört, was ich dir erzähle, sagte Bartolomeo, als sie wieder in die Dunkelheit der Kanäle eingetaucht waren.
Der andere gähnte. Ja ja, sagte er dann, aber es ist mir egal.
Was ist dir egal?
Was sie mit den Juden machen.
Wieso ist es dir egal, wenn du hier Nacht für Nacht Wache hältst?
Was hat denn das mit den Juden zu tun? fragte der andere, bereits wieder schläfrig. Ich werde bezahlt dafür, daß ich hier rudere, von den Juden bezahlt. Und ob ich am Rialto fahre oder bei San Nicolà oder um den Chazer herum, das interessiert mich nicht. Mich interessieren nur die Dukaten.
Die Dukaten, sagte Bartolomeo verächtlich, nur die Dukaten! Du bist auch nicht anders als sie. Wen interessieren schon die Dukaten, wenn Luther sagt, man solle ihre Synagogen anzünden?
Mich, sagte der andere und zog eine Flasche aus seinem Sack. Mich.
Er nahm einen kräftigen Schluck, reichte die Flasche Bartolomeo, aber Bartolomeo schüttelte den Kopf.
Mit dir kann man nicht reden, sagte er verärgert und ließ das Ruder schleifen, du bist nicht wie Lorenzo.
Der andere lachte und pfiff vor sich hin. Gott sei Dank sei er nicht

wie Lorenzo, dieser Franziskanermönch, der einem die halbe Nacht die Ohren vollpuste mit seinem religiösen Kram, darauf könne er verzichten. Er sei froh, wenn sich dieser Lorenzo bisweilen vertreten lasse, und – er verzog das Gesicht – es wäre ihm lieb, wenn sie über etwas anderes reden könnten.

Lorenzo war kein Franziskanermönch, er wollte erst einer werden. Aber bisweilen, besonders an *carnevale*, tat er so, als sei er bereits einer, weil er glaubte, daß, wer die Kutte trug, besser an die Nachrichten herankomme, die ihn interessierten. Und bei dem, was ihn interessierte, konnten es nicht genug Helfershelfer sein, die ihn unterstützten. Er weihte sie ein, soweit er dies für notwendig betrachtete, aber er achtete stets darauf, daß er die Fäden in der Hand behielt. Was Bartolomeo betraf, so konnte er sicher sein, daß der ihm gehorchte oder sich sogar unterwarf. Bartolomeo fragte nie nach, tat genau das, was man ihm auftrug, er war gewissermaßen der getreue Diener eines späteren Dieners Gottes, und er hätte sich gewiß nie erdreistet, die Wünsche Gottes direkt erforschen zu wollen. Er führte das aus, was andere dachten, für ihn dachten.
Und er hatte bei all dem, was er für Lorenzo tat, das Gefühl, an einer Sache mitzuarbeiten, die an Größe alles übertraf, was er je zuvor getan hatte. Zuvor, das waren Winzigkeiten gewesen, hier ein Wort mitgehört, bewußt mitgehört, dort eines durch Zufall aufgeschnappt und wieder woanders ein Gespräch begonnen, das er dann dazu benutzte, irgend etwas zu erfahren. Er sollte sich umhören, hatte ihm Lorenzo damals aufgetragen. Dies jedoch, was er nun seit einiger Zeit tat, hatte mit umhören nichts mehr zu tun, es war mehr. Er hatte zu erforschen, was in diesem Ghetto vor sich ging, vor allem bei Nacht. Noch genauer: Er sollte herausfinden, ob und wie verbotene Bücher, vor allem der *Talmud*, ihren Weg aus dem Ghetto fanden, wie sie auf die Schiffe gelangten, in deren Laderäumen erst neulich wieder welche entdeckt worden waren. Daß diese Bücher alle auf den Scheiterhaufen gehörten, empfand er genauso wie Lorenzo als richtig, und da sie dort auch bereits in früheren Jahren gebrannt hatten, war es für ihn selbstverständlich, daß sich dies eines Tages gewiß wiederholen würde, wenn er nur die Beweise dafür erbringen konnte. Wir müssen wissen, wo sie die Bücher verstecken, hatte Lorenzo gesagt, in Ballen, Kisten oder Fässern.

Also befuhr Bartolomeo an einigen Tagen der Woche bei Nacht die Kanäle des Ghettos, redete mit den Wächtern und versuchte, sie in Gespräche zu verwickeln, die ihm weiterhelfen würden, etwas zu entdecken. Er tat seine Pflicht, nichts weiter, und der Gedanke, ein Spitzel zu sein, drang nicht einmal bis an die Ränder seines Bewußtseins. Nicht weil er ihn abwehrte, sondern weil er es nicht so sah. Wenn Gott es anders wollte, so würde er es ganz gewiß auch anders in seinen Kopf einfließen lassen, sagte er sich. Und mit Gott, dies wußte er, konnte er jeden überzeugen, der auch nur die Spur eines Zweifels an seinem Tun haben würde.

Entdeckt hatte er bei seinen Erkundungen bis jetzt allerdings nichts oder zumindest so gut wie nichts. Es war lediglich eines Nachts von einer der Inseln ein jüdischer Arzt zurückgekommen, den die Wachen nahezu eine Stunde lang ausgefragt hatten, wo er gewesen sei, wie der Name des Kranken laute, ob er ihn schon länger behandle oder heute zum erstenmal, ob der Patient auch nicht an der Pest erkrankt sei, ob er eine andere ansteckende Krankheit habe, in welchen Abständen er solche Besuche mache und weshalb ausgerechnet bei Nacht.

Der Arzt hatte ruhig und ohne die Geduld zu verlieren geantwortet, bis die Wachen ihn schließlich ziehen ließen. Als ob es keinen christlichen Arzt dort auf den Inseln gäbe, hatte anschließend einer der Wächter mißmutig gesagt. Weshalb es denn ausgerechnet einer aus dem Ghetto sein müsse.

Weil dort gute Ärzte seien, hatte sein Begleiter geantwortet, und falls er das Geld hätte, würde er bei Bedarf auch solch einen Arzt nehmen.

In dieser Nacht ereignete sich ebenfalls nichts. So aufmerksam sie auch in die schmalen Seitenkanäle hineinspähten, an den Häusern emporblickten, in die Straßen schauten, es geschah nichts, was nicht hätte geschehen dürfen.

Wie oft fangt ihr eigentlich jemanden, fragte Bartolomeo, als es im Osten bereits hell zu werden begann.

Kommt drauf an, sagte der andere achselzuckend.

Auf was?

Ob wir *carnevale* haben, oder ein Schiff angekommen ist, oder ein Fest stattfindet, zu dem sie wollen. Es sind meist die Feste, dabei haben sie selber genug davon.

Aber andere, sagte Bartolomeo. Er hielt das Ruder an, um auf die Brücke zu starren, von der sich soeben ein Schatten ablöste. Der Schatten hüpfte zunächst auf dem einen Bein, dann auf dem anderen und ließ sich dann zum Ufer hinabgleiten in ein Boot.
Der gehört zu uns, sagte der Kumpan. Man bekommt steife Glieder, wenn man die ganze Nacht über in einem Boot sitzt.
Wieviel bekommt ihr eigentlich?
Nicht eben viel. Aber mir reicht's. Ich brauch' nicht viel.
Kannst du davon leben?
Der andere lachte. Nicht allein davon. Er schaute Bartolomeo an, deutete dann auf seinen Mund und verzog das Gesicht. Davon lebe ich auch.
La bocca, sagte Bartolomeo und nickte, hab' ich mir immer schon gedacht. Und wie oft?
Es geschieht immer was, sagte der andere und schneuzte sich ins Wasser, jeden Tag geschieht irgendwas. Und fünfhundert Dukaten, das sei, auch wenn sie durch drei geteilt werden, kein schlechtes Geschäft, wenn man es richtig betreibe. Nicht nur er lebe davon. Ich kenne viele, die das gleiche tun, sagte er.
Es ist nicht recht, sagte Bartolomeo.
Nicht recht? Der andere hob die Stimme. Nicht recht? Wie denn diese Republik existieren solle ohne *la bocca?*
Sei still, sagte Bartolomeo und beugte sich aus dem Boot. Was ist das dort drüben?
Sie schauten in die Straße hinein, die einen Teil des Chazers von dem anderen trennte, und sahen, wie ein Mann und eine Frau ein Haus verließen. Die beiden blieben vor dem Haus stehen, zunächst reglos, dann machte der Mann eine Bewegung zum Himmel hinauf, als wolle er jemanden segnen.
Was machen die denn? fragte Bartolomeo mißtrauisch.
Nichts, sagte der andere gelangweilt und ruderte weiter. Das machen die jede Nacht.
Was machen die?
Nun, sie kommen aus dem Haus, der Mann nimmt seine Frau am Arm, sie gehen ein Stück miteinander, und das ist auch schon alles.
Sieht aus wie Geheimsignale, sagte Bartolomeo und beugte sich weit über den Bootsrand, oder sonst ein Zeichen, das irgend jemandem gegeben wird.

Geheimsignale? Der andere lachte. Ein Jude kennt Geheimsignale! Vermutlich sei die Frau krank und brauche Luft. Oder so was Ähnliches.
Weißt du, wie sie aussieht, diese Frau?
Was interessiere ihn schon, wie eine Jüdin aussehe, sagte der andere abfällig, er habe noch nie mit einer zu tun gehabt. Und er sei sicher, daß er dies auch nicht wolle. Er rudere lieber jede Nacht dieses Boot, als daß er auf den Galeeren schmachte wegen einer jüdischen Frau.
Hast du schon mal im *Talmud* gelesen? fragte Bartolomeo plötzlich übergangslos.
Im *Talmud*? Der andere schaute ihn mißtrauisch an. Er lese weder im *Talmud* noch sonstwo. Weil er nämlich nicht lesen könne. Und ob das jetzt reiche an Antworten auf all seine Fragen.
Ja, ja, sagte Bartolomeo und versuchte, seiner Stimme einen beruhigenden Klang zu geben. Er frage ja auch nur, weil er ganz sicher sei, daß eine Spur hierher führe.
Was für eine Spur?
Na, was wohl, sagte Bartolomeo, eine Spur zu irgendwelchen verbotenen Büchern.
Hierher ins Ghetto? fragte der andere verblüfft.
Ja, natürlich, sonst würde er es ja wohl nicht sagen.
Verbotene Bücher, der andere schüttelte den Kopf, das kommt vom vielen Denken und vom vielen Lesen. Das habe schon sein Vater gesagt, daß es der Gesundheit schade.
Mit dir kann man wirklich nicht reden, sagte Bartolomeo verärgert. Er sei ganz sicher, daß es hier verbotene Bücher gebe. Schon wegen Leon da Modena.
Wegen was?
Leon da Modena. Der Prediger, der berühmte Rabbi. Der Mann, wegen dessen Predigten Herzöge und Fürsten hier anreisen, sagte Bartolomeo laut.
Du meinst, christliche Herzöge kommen hierher und hören sich Predigten von Juden an?
Bartolomeo seufzte, fragte nach Lorenzo, wann der wiederkomme.
Morgen, sagte sein Begleiter. Und Herzöge oder Fürsten kämen gewiß nicht hierher ins Ghetto, wenn die Stadt genug Geld hätte. Denn die Juden brauche man nun mal fürs Geld, für sonst nichts.

Die Sonne war inzwischen über der Lagune aufgegangen, Lastkähne kamen langsam den Kanal heraufgezogen, Boote legten an und beseitigten den Abfall, von San Marco läutete die Marangona-Glocke: Es war Zeit, die Tore des Ghettos zu öffnen.

Was bist du überhaupt für einer? fragte der andere plötzlich, als sie anlegten und sich die Beine ausschüttelten. Zu wem gehörst du? Womöglich bist du einer von den Lutheranern, wenn du dich so gut mit Luther und den Büchern auskennst?

Bartolomeo lachte, nahm seinen Sack über die Schulter und winkte dem anderen zu. Grüß Lorenzo von mir! Dann ging er über die Brücke.

Was bist du für einer? Der Satz ging ihm nicht aus dem Kopf, als er durch die engen Gassen nach Hause ging. Er hatte sich angewöhnt, so zu denken: nach Hause. Es auch zu sagen. Aber tief innen wußte er ganz genau, daß es nicht den Sachverhalt traf, daß dieser Palazzo, in dem er zwar wohnte und lebte, nicht sein Zuhause war und es auch nie werden würde. Er war geduldet, nicht mehr und nicht weniger. Und sobald er einmal einen Beruf haben würde, war klar, daß er dann nicht mehr hier wohnen konnte, weil inzwischen längst schon andere arme Verwandte warteten, um hier Einzug zu halten. Irgendwer aus Florenz, hatte ihm Anna neulich gesagt, ein Vetter dritten Grades, habe neulich angefragt, ob nicht ein Zimmer frei sei.

Während er die zahllosen Treppen zu seiner Kammer hinaufstieg, leise die Tür öffnete und ihm die stickige Luft des verdunkelten Raumes entgegenschlug, machte er sich wieder einmal bewußt, an welchem Punkt er stand und wie hoch er seine bisher gewonnene Macht einschätzen konnte. Noch durfte er sie keinesfalls ausspielen, noch war er im Stadium des Abwartens, noch sammelte er Baustein um Baustein, um Schritt für Schritt zu seinem Ziel vorzudringen. Einer seiner Vorteile war, daß er etwas besaß, was die andern nicht besaßen: Er hatte ein Gefühl für Zeit, und weil er dies hatte, verschwendete er nie welche – was die Bewohner dieses Hauses in übergroßem Maße taten, in seinen Augen zumindest. Über jede Minute seines Lebens legte er sich Rechenschaft ab, jede sinnvoll verwendete Minute brachte ihn seinem Ziel näher.

Und dieses Ziel war durchaus nicht der Platz Alfonso Zibattis, der ihn nie und nimmer befriedigt hätte. Sein Ziel lag entschieden höher. Es war ein Sitz, von dem aus er mit einer Handbewegung machen konnte, daß der Platz, auf dem Alfonso Zibatti stand, leer wurde, von einer Sekunde zur anderen. Ein Sitz, der unantastbar war und so hoch in den Wolken, daß niemand wagen würde, daran zu rütteln. Und wie schon oft ließ er das Wort Inquisitor auf der Zunge zergehen, als sei es eine Kostbarkeit, die nur wenigen Sterblichen zuteil wurde. Er wußte, daß die Wege schmal waren, auf denen man solch einen Ort erreichen konnte. Aber er war bereit, alles dafür zu tun. Daß er noch nicht ins Kloster eingetreten war, lag an der Unsicherheit, ob dies den richtigen Weg zu seinem Ziel darstellte. Genau hier steckte eine Spur Skepsis in ihm, die er noch nicht hatte beseitigen können. Er wollte rasch hinauf, sehr rasch, und es war ihm klar, daß dies nur dann gelingen konnte, wenn man über ein großes Wissen verfügte. Ein Wissen, das alle Gefahren in sich barg, ein Wissen, für das der Preis hoch war, wenn man nicht gewann. Zu diesem Risiko gehörte Mut. Und Bartolomeo besaß ihn, diesen Mut. Und jener Mann, mit dem er in dieser Nacht anstelle Lorenzos Wache gerudert hatte, wäre vermutlich zu Tode erschrocken, wenn er auch nur eines der Bücher gekannt hätte, die Bartolomeo besaß – und auch gelesen hatte. Obwohl sie alle auf dem Index der verbotenen Bücher standen.

LA FESTA DELLA SENSA

Seit dem Tag, an dem Crestina das Gespräch in der *limonaia* beobachtet hatte, versuchte sie sich vorzustellen, wie es wohl war, sich versprochen zu fühlen. Sie versuchte herauszufinden, was anders sein sollte gegenüber vorher. Aber je mehr sie sich bemühte, um so ratloser wurde sie. Sie konnte nicht die geringste Spur von Anderssein an sich entdecken.
Was macht ein Mann, wenn er versprochen ist? fragte sie Clara. Wie zeigt er es, daß er versprochen ist?
Clara lachte, sie fragte, was sie sich denn vorgestellt habe. Etwa ein

goldenes Tablett, auf dem ihr die Erfüllung aller ihrer Wünsche präsentiert würde?
Nein, nicht die Erfüllung der Wünsche, aber irgend etwas muß ganz einfach anders sein als früher, beharrte sie. Er, Lukas, er tut nichts.
Nun, wenn er schüchtern ist, mußt du eben versuchen, seine Schüchternheit zu kurieren, ermunterte sie Clara.
Crestina warf die Hände in die Luft. Wie kuriert man die Schüchternheit eines Mannes? Weißt du es?
Wohl kaum, sagte Clara, sonst würde mich mein Vater ja nicht in ein Kloster geben wollen.
Es ist nicht nur Schüchternheit, sagte Crestina, er ist mir in manchem einfach fremd, verstehst du, irgendwo so... ja, so teutsch. Alles ist schwer an ihm, schwer wie zehn Säcke Pfeffer. Ich weiß nicht mal, ob er überhaupt lachen kann.
Versuch doch einfach herauszufinden, ob er es kann, schlug Clara vor. Sie finde allerdings, daß ein Mann, auf den Verlaß ist, auch etwas Gutes sei, und auf diesen Lukas Helmbrecht könne man sich ganz sicher verlassen, das habe sie im Gefühl. Und jemanden zu haben, auf den Verlaß ist, das sei viel.
Es ist viel, gab Crestina zu, und doch sei es für sie gleichzeitig zu wenig.
Und was willst du mehr?
Ich weiß es nicht, das ist es ja, seufzte Crestina, wenn ich es nur wüßte! Vielleicht sollte er in einer mondhellen Nacht ganz einfach einmal sagen: Ich schenke dir den Mond.
Clara lachte. Dann warte auf eine mondhelle Nacht, und hilf ihm dabei, es dir zu sagen. In acht Tagen vielleicht, da sei Vollmond, an der *festa della sensa.*

La festa della sensa, sie feierten dieses Fest seit dem Jahre 1000, seit jenem Himmelfahrtstag, an dem die Venezianer einst mit ihren Schiffen von einer der vorgelagerten Inseln aufgebrochen waren, um Dalmatien und Istrien der Republik untertan zu machen. Seit jenem Tag fuhren die Dogen alljährlich mit ihrem Prachtschiff, dem *bucintoro,* hinaus an den Lido, warfen einen Ring in die Lagune und feierten so symbolisch die Vermählung mit dem Meer.
Und jedes Jahr geschah, was auch zu den Zeiten des *carnevale* geschah: Die Stadt wurde nahezu überspült von Schaulustigen, die die-

ses Spektakel sehen wollten. Sie kamen zu Tausenden vom Festland herüber, quollen aus den Schiffen, den Booten, den Barken, füllten die Gasthäuser der Stadt bis unters Dach, belegten auch die letzten, schäbigsten Zimmer in den verkommensten Vierteln. Und manchmal hätte man meinen können, die restliche Welt sei zu phantasielos, um auch nur ein einziges Fest so zustande zu bringen, wie es diese Stadt vermochte.

Lukas Helmbrecht war geblieben. Er wohnte im Fondaco dei Tedeschi, der deutschen Faktorei, in der seine Familie eine Kammer besaß, die ihr bereits seit Generationen gehörte, ein Privileg, das nur wenigen Handelsherren sonst vergönnt war.

Er ging seinen Geschäften nach, nicht anders als vor der Vereinbarung der beiden Väter über die Heirat ihrer Kinder. Er verhandelte mit Banken, Unterhändlern, Maklern, berichtete ab und zu Alfonso Zibatti über seine Erfolge, und bisweilen, wenn Crestina am Büro im Mezzanin vorbeikam, hörte sie ihren Vater lachen. Du wirst gut aufgehoben sein bei diesem Lukas Helmbrecht, sagte er mehr als einmal, und er bezahle gern ein teures Brautgeschenk, wenn seine Tochter nur glücklich werde. Crestina pflegte dann mit dem Kopf zu nicken, überlegte wohl, was ihr Vater mit diesem Glücklichsein meinen mochte. Daß sie an Lukas' Leben teilnehmen werde, konnte er kaum meinen, denn Lukas erzählte ihr auch nicht ein einziges Mal von diesen Geschäften, lediglich von seiner Familie, deren Mitglieder auseinanderzuhalten sie Mühe hatte.

Also, versuchte ihr Lukas gerade zu erklären, während sie im Schiff ihres Vaters an diesem Feiertag in die Lagune hinausfuhren, die Familie meiner Mutter besteht aus deren Bruder, der im Waffengeschäft tätig ist, zwei Schwestern, einer Halbschwester und einem Adoptivsohn, der wiederum eine Halbschwester mit in die Familie gebracht hat. Die eine Schwester meiner Mutter besitzt eine Papiermühle, eine ziemlich große sogar, sagte er stolz, und sie führt die Geschäfte, seit ihr Mann gestorben ist, gemeinsam mit ihrem Vetter. Sie kennt sich in Geldsorten und bei den Kursen aus wie ein Mann, und die Überweisungsgeschäfte tätigt sie völlig allein. Die andere Schwester ist mit einem Mann verheiratet, der Faktor in Mailand ist und außerdem Unterkäufel, und dessen Bruder wiederum ist Tuchgroßhändler in Nürnberg. Und der Bruder meines Vaters, du weißt, das ist der, der die Apotheke besitzt...

Das ist dieser Nyklas, unterbrach sie ihn in der Hoffnung, wenigstens etwas von dem behalten zu haben, was er ihr erzählt hatte über seine Familie.
Nein, Nyklas ist der mit der Brauerei, sagte Lukas, leicht ungeduldig. Diese Brauerei, du erinnerst dich, sie liegt unter der Stadt, sagte er dann bedeutungsvoll und so, als müsse er es einem Taubstummen erklären. Der mit der Apotheke ist Onkel Friedrich.
Ja, natürlich, sagte sie hastig, es fällt mir wieder ein, das ist der mit dem Sprachfehler, nicht wahr?
Lukas seufzte. Das ist Tante Marie, und sie ist völlig unwichtig.
Unwichtig, weswegen ist sie unwichtig? wollte sie wissen.
Nun, weil sie nichts, aber auch gar nichts mit unseren Geschäften zu tun hat.
Ach so, sagte sie leise, natürlich ist sie dann völlig unwichtig.
Lukas atmete auf und lachte. Und im übrigen bist du bereits Großtante, wenn du mich heiratest, ist das nicht lustig?
Aber gewiß, sagte Riccardo, der dazugekommen war, ernsthaft. Sie hat sich bereits als Kind nie etwas anderes gewünscht, als mit fünfzehn Großtante zu sein.
Ja? sagte Lukas, für eine Sekunde irritiert. Das hätte ich gar nicht gedacht, daß man sich so etwas bereits als Kind vorstellt. Seltsam. Seltsam.
Und er zählte sie weiter auf, die Onkel, die Tanten, die Vettern und Neffen, denen halb Nürnberg zu gehören schien und deren Leben offenbar aus nichts anderem bestand als aus Gewinnen, Abschreibungen, Hauszins und einer Anzahl von seltsamen Büchern, von denen sie nie zuvor in ihrem Leben etwas gehört hatte: das Harnischbüchlein, das Salz- und Getreidebüchlein, das Losungsbüchlein, das Reiserechenbüchlein, das Haushaltsbüchlein und das lange Püchel.
Schon früher hatte sie sich gefragt, ob sie es ein Leben lang in einer Familie aushalten würde, in der offenbar nur das von Wert war, was in irgendeiner Form mit dem Kaufmannsberuf zu tun hatte, und ob sie überhaupt all diese tüchtigen Leute geballt in einem Haus ertragen könne.
Nein, nein, nicht alle in unserem Haus, sagte Lukas lachend, als sie ihn jetzt danach fragte. Im Haus sind außer meinen Eltern nur noch die Agnes, die Zwillinge Margarete und Jeremias sowie Tante Adel-

heit, die das Haus leitet, wenn die Mutter über Land ist. Und Clothilde, fügte er nach einer Weile hinzu. Sie ist meine Base, fuhr er zögernd fort und wechselte den Gegenstand rasch, indem er ihr von weiteren Verwandten berichtete, so daß Crestina den Eindruck gewann, Clothilde sei ein Problem für Lukas.
Sie hätte gern versucht, ihm zu entkommen, wäre gern zum Bug, um einen besseren Blick auf die Insel zu haben, die sie jetzt ansteuerten, aber er wäre ihr bestimmt gefolgt und nicht von ihrer Seite gewichen.
Dort drüben, schau, dort drüben werden wir anlegen, sagte sie lebhaft und versuchte, ihn von seinem Thema abzulenken.
Aber Lukas ließ sich nicht ablenken. Du wirst dich an einiges gewöhnen müssen, sagte er, wie ihr schien befriedigt, bei uns ist eben vieles anders als hier bei euch.
Und was ist anders? fragte sie leise.
Lukas überlegte kurz, sah dann auf Crestinas Füße, wollte es offenbar nicht sagen, meinte aber dann doch: Diese seltsamen Schuhe zum Beispiel, diese *zoccoli*, bei uns brauchst du sie nicht mehr. Die Straßen sind nicht sumpfig wie hier bei euch.
Ich ziehe sie nur an, wenn ich in ein Boot steige oder in eine Gondel, sagte Crestina.
Schon recht, schon recht, beschwichtigte sie Lukas, aber mußten es unbedingt diese sein?
Diese? Was stört dich an ihnen? Es sind meine schönsten, sagte sie laut.
Sie sind sehr hoch, sagte er steif und bemühte sich, eine gerade Haltung einzunehmen, als könne er damit die fehlende Körpergröße ausgleichen. Sie sehen aus wie – er überlegte, sagte dann zufrieden – wie Stelzen, ja, diese seltsamen Schuhe erinnerten ihn an Stelzen, mit denen bei ihnen in Nürnberg die Kinder herumliefen.
Es sind Schuhe, sagte Crestina störrisch, keine Stelzen.
Lukas legte den Kopf in den Nacken, leicht irritiert ob ihres Widerspruchs, wie ihr schien, und so, als habe sie diese Schuhe lediglich angezogen, um ihn kleiner erscheinen zu lassen. Trotzdem, sagte er, trotzdem finde ich diese seltsamen Gebilde wenig kleidsam für eine Frau.
Crestina seufzte und überschlug die Dinge, die ihm bereits nicht an ihr gefielen: das Malen, die Beizjagd, das Latein, das Griechisch, Saras Salon – der Salon störte ihn am meisten, daß er jüdisch war zu-

mal. Und sie überlegte, was sie eigentlich außer den Reichsgulden in bar, in Schmuck und in Kleidern, die sie mitbrachte in diese Ehe, zusammengeführt hatte.

Rette mich, sagte sie später zu Riccardo flüsternd, während sich Lukas mit seinem zukünftigen Schwiegervater auf der Brücke unterhielt, rette mich vor ihm.
Du wirst dich an ihn gewöhnen müssen, erwiderte Riccardo mit starrem Gesicht. Gib dir Mühe, stell dich zu ihnen, wenn sie reden. Hör ihnen einfach zu. Irgendwann wird der Punkt kommen, an dem es dich interessiert.
Du meinst, der Punkt, an dem ich selber ein solches Püchel in die Hand nehme und in dieses Püchel alles hineinschreibe, was in diesem Geschäft in Nürnberg geschieht? Meinst du das? O Riccardo, sagte sie und lehnte sich dabei über den Rand des Schiffes, so daß Riccardo sie brüsk zurückzog.
Geh zu ihnen, sagte er dann hart, geh zu ihnen auf die Brücke! Hör es dir wenigstens an!
Also ging sie auf die Brücke und hörte den beiden zu.
Aber drei Ochsen von Zara haben in etwa den Wert von zwei Ochsen von uns, sagte Lukas gerade stolz, und für ein Tier von etwa sechs oder sieben Jahren bekommt man zwischen vierzehn und siebzehn, höchstens achtzehn Scudi.
Die Haut inbegriffen? wollte Alfonso Zibatti wissen.
Nein, natürlich ohne Haut, sagte Lukas, und er sagte es so, daß man spüren konnte, wie stolz er darauf war, diesem Vater seiner Braut auch einmal überlegen zu sein.
Beim nächsten Mal, als sie wieder zu den beiden Männern auf die Brücke ging, in der Hoffnung, es gebe diesmal etwas anderes zu hören als den Wert eines Ochsen aus Zara, zählte ihr Vater offenbar sämtliche Unternehmen der Stadt auf: sechs Spiegelmacher, fünfzehn Seidenfabriken, einen Zuckerhersteller, fünf Wachsfabriken, zwei Glasperlenfabrikanten und fünf Gewürzhändler en gros. Und beim übernächsten Mal, als sie immer noch nicht aufgeben wollte, sagte Lukas gerade voller Empörung: acht Säcke Pfeffer, ein ganzer Sack mit Gewürznelken, ein Sack Safran, fünfzehn Schachteln mit Konfekt, ein Lagel mit Kandit, acht Senfsäcklein, ein Lagel Weihrauch, eine Schachtel Zitronat und...

Und alles aus eurem Besitz? unterbrach ihn Alfonso Zibatti interessiert.
Nein, nein, sagte Lukas, die Sachen gehörten verschiedenen Handelshäusern, aber...
Und wo brachten sie sie hin? unterbrach ihn Alfonso ein zweites Mal, der nun offenbar auch fürchtete, daß er nunmehr den Rest der Fahrt Waren aufgezählt bekommen würde.
Auf Schloß Lichtenberg haben sie es gebracht, empörte sich Lukas. Zwei schwäbische Adlige, die einen ganzen Nürnberger Handelszug mit Venedigwaren überfallen haben, bringen diesen Zug nach Schloß Lichtenberg!
Und wann war das? wollte Riccardo wissen, der sich dazugesellte.
Nun, das war, sagte Lukas zögernd, das war schon 1426, aber es seien schließlich seine Vorfahren gewesen, denen man es gestohlen habe.
Alfonso Zibatti schwieg, und Lukas Helmbrecht schien sich plötzlich zu besinnen, weshalb er eigentlich mit herausgefahren war: Ihr werdet es mir ja sicher sagen, wenn es soweit ist, nicht wahr? Ich meine, wenn der Doge den Ring werfen wird.
Er hat ihn bereits geworfen, sagte Riccardo freundlich, aber du warst so beschäftigt, daß du es verpaßt hast.
Oh, sagte Lukas enttäuscht, oh. Und ich wollte es doch zu Hause erzählen.
Dann erzähl eben von dem Bankett, zu dem du ja immer noch gehen kannst. Von den goldenen Tellern, den vielen Gängen und all den Leuten, die dabei zuschauen.
Aber Lukas verpaßte auch das Bankett. Als er am Lido aus dem Schiff stieg, übersah er eine Pfütze und bespritzte seine Beinkleider von oben bis unten mit Schlamm.
So unpraktisch sind *zoccoli* ja nun wiederum auch nicht, flüsterte Riccardo seiner Schwester zu.
Crestina unterdrückte ein Lachen, glücklich, daß es wenigstens zu einem Lachen gekommen war an diesem Tag.
Das sind keine *zoccoli*, sagte sie ernsthaft, das sind Stelzen. Und sie sagte es sehr laut, um ganz sicher zu sein, daß es Lukas hören mußte.

Der Heimweg verlief frostig. Lukas strafte Crestina mit Schweigen, als sei sie daran schuld, daß er seiner Familie in Nürnberg nun weder von dem Spektakel auf dem Meer noch von diesem Bankett erzählen konnte, was er offenbar versprochen hatte. Als sie am Dogenpalast vorbeifuhren, fragte er plötzlich: Wie viele goldene Teller waren es, die es bei diesem Bankett gibt?

Crestina schaute Lukas an, dann lächelte sie vor sich hin. Er, der Doge, er hat ein ganzes Service, damit er sich von den anderen abhebt. Die Tische sind voll mit silbernen und goldenen Gefäßen und Geschirren, leierte sie dann herunter, die Tischtücher stammen aus Flandern, die Kristallaufsätze und die Glasleuchter aus Murano und Böhmen. Das Ganze findet statt in der *sala dei banchetti*, in der der Doge pro Jahr fünf öffentliche Bankette gibt, jedes mit hundert Leuten: einmal zu Ehren von San Marco, einmal am Tag des Santo Stefano, einmal von San Girolamo, einmal zu Ehren von Baiamonte Tiepolo und einmal an Himmelfahrt, also heute. Und der Saal ist siebenundachtzigeinhalb Fuß lang, einunddreißig Fuß breit, vierundzwanzig Fuß hoch, und bei keinem der Bankette, egal, zu welcher Jahreszeit es stattfindet, dürfen frische Erdbeeren, Stachelbeeren und Aprikosen fehlen, und es ist alles eingeladen, was Rang und Namen hat...

Euer Vater nicht? unterbrach Lukas den Redefluß Crestinas.

Die Senatoren und andere Ratsherren, die nicht zu den ständigen Gästen gehören, nehmen im Turnus an diesem Fest teil, mein Vater in diesem Jahr nicht.

Was bedeutet, warf Riccardo mit Verschwörerstimme ein, daß er auch keinen dieser kostbaren Körbe bekommt, die am Ende des Banketts von den Stallmeistern an alle Anwesenden verteilt werden, Körbe mit kandierten Früchten, Zuckermandeln und anderem Konfekt, und diese Körbe... Riccardo machte eine Pause, sah Crestina an, die lachte.

Ja, diese Körbe, fragte Lukas ungeduldig, was ist mit ihnen?

Also, jeder Anwesende flüstert sofort seinem Gondoliere den Namen der Dame ins Ohr, der dieser Korb sofort zugestellt werden soll.

Ihren, ihren... Lukas zögerte.

Nein, nicht ihren Ehefrauen, sagte Riccardo lachend. Du hast ganz richtig geraten: anderen Damen.

Und Crestina fuhr fort im leiernden Ton eines Führers, der einem Fremden die Stadt erklären will: Nach dem Bankett begleiten alle geladenen Gäste den Dogen bis zur Schwelle der privaten Gemächer, während unterdessen, also solange in der *sala dei banchetti* das große Essen stattfindet, in einem anderen Saal ebenfalls hundert geladene Gäste ein Essen vorgesetzt bekommen, natürlich keinesfalls solch erlesene Dinge wie beim Dogen. Dafür gibt es aber hier Gänge und Portionen in ungeheuren Ausmaßen, weil es sich nämlich um die hundert Schiffsbaumeister des Arsenals und andere hohe Beamte handelt, nicht zu vergessen die drei Admirale, die den *bucintoro* befehligt haben. Und hier gibt es nun gehackte, mit Butter und Zwiebeln gebratene Leber, Kaldaunen, gekochte junge Hühner, Kapaune, Fleisch vom Kalb, von der Ziege, und natürlich Wein, soviel man möchte. Selbstverständlich keine Körbe für die Damen, fügte sie dann lachend hinzu. Und nicht zu vergessen – Crestina begann zu flüstern, schaute sich um –, nicht zu vergessen, die Spione. Die bei der Republik akkreditierten Höfe, also die Gesandten, können bei diesem Festmahl offen mit dem Dogen reden, natürlich nur im Beisein von sechs Personen, vier Beratern des Dogen und den beiden Obersten des *Quarantia Criminale*. Und die noch nicht Akkreditierten erscheinen vermummt in der *baùtta* und Frauen und Fremde ebenfalls, wenn sie am Abend zuvor die Tafel bewundern dürfen. Denn öffentlich an dem ganzen Fest ist lediglich der erste Gang, danach rasselt ein Diener mit dem Schlüsselbund, sagte Crestina und spielte es vor, und alle überflüssigen Leute müssen den Saal verlassen. Von daher betrachtet, ist die beschmutzte Hose also kaum ein Unglück.
Irgendwann mußte Lukas gemerkt haben, daß sie ihn verspottete.
Ist deine Schwester immer so gut gelaunt, wandte er sich an Riccardo.
Riccardo legte den Finger an die Nase, als habe er Mühe, eine Antwort zu finden: Nein, natürlich nicht immer. Es hängt von den jeweiligen Umständen ab.
Und welche freundlichen Umstände waren es heute, daß ich in den Genuß dieser besonderen Fröhlichkeit gerate?
Du wirst meine Schwester fragen müssen, sagte Riccardo freundlich, es ist nicht gut, wenn ein Dritter sich einmischt zwischen Liebende.
Lukas schaute an seinen Beinkleidern hinab, nickte dann und sagte, das werde er wohl auch tun. Später.

Für einen Augenblick besann sich Crestina auf ihre Wünsche, hoffte auf den Mond und war bereit, das liebe, fügsame Kind zu sein, das sich Lukas offenbar vorgestellt hatte.

Am Abend, als die beiden Männer, ihr Vater und Lukas, sich in die Bibliothek zurückgezogen hatten, weil offenbar noch immer nicht genug über ihre Geschäfte geredet worden war, saß sie vor der Tür in einem der hohen Lehnstühle und wartete. Sie saß und betrachtete den Mond, der drinnen im Zimmer prall und rund durch die Scheiben schaute, und erzählte ihm, daß er wohl gleich verschenkt werden würde. An sie, Crestina Zibatti, von ihrem zukünftigen Mann, Lukas Helmbrecht.
Sie wartete so lange, daß sie nahezu darüber einschlief. Als die Männer schließlich irgendwann, es mußte bereits spät in der Nacht sein, an ihr vorübergingen, sahen sie sie nicht, weil sie sich tief in den Lehnstuhl verkrochen hatte.
Selbstverständlich aus Eiche, sagte Lukas gerade. Er habe nie etwas anderes erwartet, als daß die Truhen und das Hochzeitsbett aus Eiche sein müßten.
Man verwendet auch sehr schönes Ebenholz hier bei uns, sagte der Vater.
Aber Lukas wehrte ab. Eiche, ohne Eiche könne er den Raum nicht vorzeigen, in dem sie zunächst einmal wohnen würden. Und sie müßten ja auch schließlich zu den anderen Möbeln passen, die schon da seien.
Welche anderen Möbel? wollte der Vater wissen.
Nun, Lukas zögerte etwas, seine ältere Schwester, sie sei gestorben, bevor es zu ihrer Hochzeit kam. Und die ganze Aussteuer, sie solle ja nicht ungenutzt bleiben.
Crestina blinzelte unter halbgeschlossenen Lidern hervor und beschloß, auf den Mond zu verzichten. Zumindest für diesen Abend.
Und während sie ihre steifen Glieder streckte, fragte sie sich, wie sie überhaupt je auf den Gedanken hatte kommen können, daß just dieser Lukas Helmbrecht der Mann sein könnte, der ihr den Mond schenken würde.

Die Druckerei in der Merceria

Dafür werden sie uns das *testamur* niemals geben, sagte Leonardo und schob das Manuskript, über dem sie nun bereits seit Stunden saßen, an den äußersten Rand des Tisches. Und um das *imprimatur* vom Rat der Zehn brauchen wir uns dann gleich gar nicht mehr zu bemühen, wenn wir das *testamur* der Inquisition nicht vorweisen können.
Sie werden es uns geben müssen, widersprach Riccardo und zog das Manuskript zu sich herüber, sie werden gar nicht anders können, als es uns zu geben. Wieso auch nicht? Es steht nichts drin gegen sie, nicht ein einziger Satz gegen die Kirche.
Gegen die Kirche nicht, aber gegen hundert andere Dinge.
Hundert andere Dinge, die sie nichts angehen. Es fehlt ihnen jegliche Machtbefugnis, auch darüber zu urteilen.
Das sagst du. Sie sagen etwas anderes. Ich brauche dir wohl kaum Beispiele aufzuzählen.
Hör zu, sagte Riccardo, ich bin ganz einfach nicht bereit, das Gegenteil von dem zu sagen, was ich wirklich denke. Ich mache keine kastrierten Bücher. Es gibt elf Regeln, nach denen Bücher verboten werden können, fünf davon gehen sie nichts an. Und wenn sie sie trotzdem anwenden, so fällt das unter Verleumdung oder Tyrannei oder was weiß ich noch alles. Und wenn es ihnen nicht paßt, können sie meinen Namen mitsamt meinen Büchern auf den Index setzen, *opera omnia*, dann hat die Sache Sinn. Anders nicht.
Das haben schon viele gesagt, erwiderte Leonardo, und ebenso viele haben schließlich irgendwann eingesehen, daß sie nachgeben mußten.
Ich schreibe keine wilden Sonette, sagte Riccardo zornig, oder Spottgedichte oder Pamphlete, zumindest zur Zeit nicht. Ich schreibe eine Geschichte dieser Stadt. Nicht mehr und nicht weniger.
Du mußt mir nicht erklären, was du schreibst, sagte Leonardo Baruzzi, ich bin dein Drucker und Verleger, seit fünf Jahren bereits. Aber ich sehe Unheil auf uns zukommen, wenn du das Manuskript so läßt, wie es jetzt ist.

Ich denke doch, daß wir einen Senat haben in dieser Stadt und in dieser Republik, einen Senat, der sehr wohl Recht von Unrecht unterscheiden kann, oder täusche ich mich da etwa?
Leonardo grinste. Wenn ich deinem Vater begegne, was bisweilen geschieht, dann erzählt er mir stets, daß sein Sohn der Meinung sei, alle Steuergelder würden für nichts und wieder nichts hinausgeworfen, weil der Rat der Zehn die meiste Zeit nichts tue oder das Falsche oder nicht mutig genug sei, sich gegen die Kirche durchzusetzen.
Riccardo lachte. Zu Hause, da sei alles anders. Und vor allem dann, wenn es um seinen Freund Zen gehe, weil er da nämlich in jedem Fall entgegengesetzter Meinung sei zu der seines Vaters. Er stand auf und stülpte seine Handschuhe über. Sie werden es uns geben, sagte er dann zuversichtlich, ich bin sicher, daß keine sechs Wochen vergehen, bis du drucken kannst. Was können sie auch schon viel tun?
Auch Leonardo stand auf. Er seufzte und ging an den Schrank gegenüber. Er zog einen Packen Papiere hervor und breitete sie vor Riccardo auf dem Tisch aus. Das, sagte er dann und deutete auf die zum Teil bis zur Unleserlichkeit mit Tinte unterstrichenen Texte, das alles können sie tun. Sag mir bitte nicht, daß du es nicht weißt. Sie unterstreichen, was ihnen nicht paßt. Und dann hast du es so zu schreiben, daß es ihnen paßt, sonst bekommst du diesen schönen Vermerk nicht, dieses Zauberwort, das da heißt: *testamur*. Und weil das so ist, können wir Zeit sparen, wenn du es gleich so schreibst, daß es ihnen paßt. Das ist es.
Riccardo nahm eines der Blätter hoch, betrachtete es aufmerksam und schüttelte dann den Kopf. Ich kann nichts finden, was störend wäre an diesem Text, sagte er dann langsam.
Eben, sagte Leonardo. Ich auch nicht. Und daß dein Text zehnmal störender ist als dieser, das weißt du genauso gut wie ich.
Kann man sie nicht irgendwie umgehen, diese Prozedur? Gibt es keine Lücke in diesem Netz, durch die wir schlüpfen können?
Lücke in diesem Netz! Leonardo lachte auf. Manchmal frage ich mich, wo du eigentlich lebst. Dieses Netz, es ist so dicht gesponnen, daß nicht einmal eine Maus hindurchschlüpft. Und du kannst es nicht einfach durchlöchern, indem du versuchst, einen von denen, die ein Buch beurteilen, zu bestechen. Das sind jedesmal drei oder vier Leute, die ihren Bericht schreiben, ob sie dir dieses *testamur* geben oder nicht geben. Und ohne Erlaubnis geht nun mal nichts, das

weißt du so gut wie ich. Es darf weder gedruckt noch verkauft, noch länger aufbewahrt, noch übersetzt, noch anderen überlassen werden. Das Höchste, was sie dir zugestehen, ist, daß du solch einen Text einen Monat bei dir aufbewahren darfst, wobei die Logik keinesfalls überzeugt. In einem Monat lese ich zwanzig verbotene Bücher, wenn es sein muß.

Riccardo ging zum Fenster und schaute hinaus auf die belebte Merceria, entlang der sich Geschäft an Geschäft reihte. Manchmal frage ich mich, was sie eigentlich wollen mit all dem. Ich meine...

Sie wollen die Unterwerfung, unterbrach ihn Leonardo, sie wollen die totale Unterwerfung unter ihren Willen. Sie wollen, daß – wenn sie einen Stein vor sich auf den Tisch legen und zu dir sagen, dies ist ein Huhn – auch du sagst: Dies ist ein Huhn. Und sie wollen nicht nur, daß du es sagst, das allein genügt ihnen nicht. Sie wollen, daß du es denkst, fühlst, daß es in deine Seele absinkt, so daß du selbst nachts im Traum, wenn sie dich wecken, sagst: Dies ist ein Huhn. Riccardo – Leonardo legte die Hand auf seine Schulter –, es ist sinnlos, was du willst, sieh es endlich ein! Laß es hineingehen in deinen störrischen Kopf!

Riccardo drehte sich um. Ich weiß nicht, ob ich will, daß es hineingeht, sagte er dann. Ich bin einfach nicht bereit, meine Gedanken, kaum daß sie aus meinem Kopf herausgeflossen sind, wieder zurückzupfeifen. Gedanken müssen fließen können, frei, ganz frei. Und ich habe weder jetzt noch in Zukunft Lust, auf mein Stehpult eine Schere zu legen wie andere einen Totenschädel, der sie an ihr befristetes Leben gemahnt, so daß ich bereits beim Schreiben ständig an dieses *testamur* erinnert werde.

Dann werden sie es dir so lange vorsagen, vorbeten, bis es in deinen Kopf hineingeht. So lange, bis auch du endlich davon überzeugt bist, daß dieser Stein, den sie dir zeigen, ein Huhn ist. So lange, bis du bereit bist, dich vor San Marco wie die Scharlatane, die auf Podesten ihre Sachen verkaufen, auf ein ebensolches zu stellen und den Leuten mit lauter Stimme zu verkünden, daß dieser Stein, den du da in der Hand hältst, das saftigste, wohlschmeckendste Huhn aller Zeiten ist und daß sie dann, wenn sie sich dieses Huhn einverleiben, von allen Krankheiten, sei es Rheuma, Krätze oder die Pest, geheilt werden. Erst wenn du ihnen das erklärst, werden sie zufrieden sein.

Leonardos Vater Taddeo streckte den Kopf zur Tür herein und

sagte: Emigrieren. Emigrieren solltet ihr, aber ihr jungen Leute von heute habt keinen Mut. Damals, als wir, die Drucker, alle die Stadt ver...

Ja, Vater, sagte Leonardo lächelnd, damals, 1601, als ihr alle die Stadt verlassen habt...

Wir haben alles mitgenommen, unterbrach ihn Taddeo und kam in den Raum. Alles. Die Presse, die Lettern, die Druckerschwärze, und wir weigerten uns, je...

Leonardo schob Riccardo zur Tür. Und ihr weigertet euch, je wieder in diese Stadt zurückzukehren, wenn man euch nicht machen ließe, wie ihr wolltet.

Genauso war es, bekräftigte Taddeo und schlug auf den Tisch, genauso und kein bißchen anders.

Vielleicht sollte man es wirklich tun, sagte Riccardo, ehe sie auf die Straße hinaustraten. Einfach weggehen. Irgendwohin, wo man frei denken darf.

Und wen willst du dann überzeugen, he? Was nützen deine Bücher irgendwo, wo die Leute schon deiner Meinung sind? Nein, nein, wir brauchen dich hier bei uns. Und du weißt, weshalb.

Riccardo blickte hoch. Ja ja, ich weiß. Ich bin eure beste Tarnung. Wann kommt die nächste Lieferung?

Wir haben noch keine Nachricht. Sie müssen aber schon ziemlich nahe sein. Agostino hat ausrichten lassen, daß alles in Ordnung ist.

In Ordnung! Riccardo lachte auf. Der Meinung können auch nur wir sein, ein paar Verrückte, die die Welt verändern möchten. Mit Büchern. Ein paar Leute, die Kopf und Kragen riskieren, um die Wahrheit in die Welt hinauszuposaunen.

Leonardo lachte. Sag nicht, daß es uns, abgesehen davon, nicht auch Spaß macht, klüger zu sein als sie, stärker zu sein, die Macht zu haben, sie zu überlisten.

Ja, sagte Riccardo, Spaß macht es schon. Unter der Tür drehte er sich nochmals um. Aber dieses Huhn, das sie wollen, statt des Steins, dieses Huhn werde ich ihnen nie servieren. Bis an das Ende aller Tage werde ich ihnen dieses Huhn verweigern.

Das zweite Leben

Sie hatte von früher Kindheit an niemand anderen heiraten wollen als Riccardo, und sie war stets zornig geworden, wenn sie alle verlachten, sobald sie auf die entsprechende Frage hin seinen Namen nannte.
Einen Bruder heiratet man nicht, hatten ihr die Eltern dann erklärt.
Wieso?
Weil man es nicht tut, hatten die Eltern geduldig geantwortet.
Weshalb tut man es nicht?
Weil es nicht geht.
Und warum geht es nicht? hatte sie hartnäckig weiter gefragt.
Sag du es ihr! hatten die Eltern dann zu Riccardo gesagt. Erklär's ihr, uns glaubt sie es nicht.
Also hatte Riccardo mit ihr gesprochen. Zwar nicht in aller Deutlichkeit, aber doch so, daß sie verstand, Heirat war eine Sache, die nun einmal nicht stattfand zwischen Bruder und Schwester.
Aber beisammensein, das können wir doch, oder?
Natürlich können wir beisammensein, sagte Riccardo lächelnd.
Für immer?
Riccardo lächelte weiter. Vielleicht, sagte er dann, vielleicht.
Versprich es mir, forderte sie, versprich es mir so, wie es Antonio neulich Nunzia versprochen hat in der Kirche.
Riccardo zögerte, hoffte, daß das Gedächtnis seiner Schwester diese Dienerhochzeit genauso wenig speichern werde wie sein Versprechen. Schließlich war sie erst vier.
Also gut, ich verspreche es dir, hatte er gesagt.
Aber Crestina vergaß dieses Versprechen nie. Sie wiederholte es in kurzen oder auch manchmal längeren Abständen, ließ es sich immer wieder bestätigen, so daß Riccardo irgendwann das Gefühl hatte, er dürfe die Wahrheit nicht länger zurückhalten.
Kinder? Crestina hatte ihn verblüfft angeschaut, wenn es um Kinder gehe, dann sei das gewiß kein Problem. Nunzia habe ihr das erzählt, wie es sei, und wenn es nur darum gehe, so wolle sie eben keine Kinder.
Die Mutter hatte zu alldem nur gelacht. Seht her, erzählte sie ihren

Freundinnen, meine Stieftochter will niemand anderen heiraten als ihren Bruder. Mein Mann hat zugelassen, von Kindheit an zugelassen, daß dieser Bruder seine Schwester verwöhnt.
Weil sie eigentlich seine Tochter ist und nicht meine, pflegte der Vater dann lachend zu sagen. Er hat sie erzogen, nicht ich. Und daher wird er wohl auch am besten wissen, was für sie gut ist oder nicht.
Riccardo stand bei Gesprächen dieser Art gewöhnlich dabei, als gingen sie ihn nichts an. Eine Rechtfertigung, wer denn nun Crestina erziehen solle, sein Vater, seine Mutter oder er, war in seinen Augen völlig überflüssig. Es interessierte ihn nicht, was die Leute sagten, es hatte ihn nie interessiert. Ihn interessierte lediglich dieses Kind, das man ihm anvertraut hatte. Mit ihm führte er Gespräche, intensive Gespräche, bereits zu einer Zeit, als Crestina noch keinesfalls verstand, was ihr dieser Bruder alles erzählte.
Aber zu den Eigenschaften, die Riccardo besaß, gehörte, daß er hartnäckig war. Sie wird schon hineinwachsen in diese Gespräche, sagte er zu Leonardo, der bisweilen den Kopf schüttelte, wenn er ihm von dieser sonderbaren Erziehung erzählte.
Es ist unnatürlich, dachte Donada Zibatti, wenn sie die zwei oft in aller Frühe auf der Altane sitzen sah, beide in ein Buch vertieft. Es kann zu nichts Gutem führen. Aber dann vergaß sie ihre Bedenken auch wieder. Feste waren vorzubereiten, viele Feste, sie hatte ihre Verabredungen beim Perückenmacher und bei der Schneiderin, und so war sie froh, daß ihr die Sorge für dieses Kind, das sie hatte mit übernehmen müssen, um Alfonso Zibatti zu bekommen, abgenommen wurde von einem erwachsenen Sohn. Sie gönnte ihm diese Schwester. Und deren Liebe. Und sie stellte angesichts dieser Liebe nur halb so viele Fragen, wie ihre Freundinnen es taten.
Weshalb geht er nicht wie andere junge Männer mit Frauen aus? wollten sie wissen.
Nun, weshalb wohl? pflegte sie dann zu sagen. Schaut ihn euch an, dann wißt ihr es!
Ja, man sieht es, sagten sie, die gefragt hatten, dieses pockennarbige Gesicht, das könne wohl kaum eine Frau schön finden, und sein Wuchs sei auch nur durch einen geschickten Schneider zu kaschieren, und vermutlich sei dies überhaupt der Grund, daß er sich auf seine Schwester gestürzt habe und auf keine andere Frau. Und falls dann jemand etwas von innerer Schönheit zu sagen wußte, so fegte

Donada auch diesen Satz vom Tisch: Innere Schönheit reklamiere nur einer, der keine äußere habe. Und dann lachten sie alle und priesen die Schönheit Donadas, die bereits nicht nur einen der Männer, die um sie waren, an den Rand der Vernunft gebracht hatte.

Das, was alle als die Erziehung Crestinas bezeichneten, fand nur zum Teil vor den Augen der Öffentlichkeit am Tage statt. Was Riccardo wollte, Crestina zu einem Menschen erziehen, für den ein Gedicht von Horaz wichtiger war als Schmuck und Kleider, geschah bei Nacht. Und all das, was sie tagsüber gelernt hatte – singen, stikken, tanzen, Schach und Cembalo spielen und was sonst noch zu einer Frau gehörte –, nachts hatte es jegliche Bedeutung verloren. Es war, als ob es nicht existierte, als lösche die Dunkelheit alles Belanglose aus diesem Frauendasein und mache es frei für die wirklichen Dinge des Lebens. Nachts gehörte Crestina Riccardo. In seinem Zimmer, hinter verschlossenen Türen, hinter dicken Portieren verborgen, wobei nur wenige Kerzen den Raum spärlich beleuchteten, lernten und lebten sie. Hier brachte Riccardo Crestina die Frauen nahe, die er für wichtig hielt: Gaspara Stampa und Vittoria Colonna, die beiden Dichterinnen, deren Porträts im *salotto* an der Wand hingen, die Französin Christine de Pisan, die mit ihrem Buch *Die Stadt der Frauen* großes Aufsehen erregt hatte, die drei Venezianerinnen Lucrezia Marinella, Moderata Fonte und Arcangela Tarabotti, die sich leidenschaftlich gegen die Mißachtung der Frauen aussprachen, sowie Marie le Jars de Gournay, die für die Gleichheit von Männern und Frauen eintrat und die den »Arrest am Spinnrokken« zutiefst verdammte.

Dieses Lernen bei Nacht, ein Leben, von dem niemand etwas wußte, ein zweites Leben, wie sie es nannten, spielte sich in aller Heimlichkeit ab. Sie unterhielten sich flüsternd, versuchten, so wenig wie möglich Geräusche zu machen, weil sie nicht wollten, daß irgendwer davon erfuhr. Zwar lag ein Teil von Bartolomeos Kammer, deren Fenster im Gegensatz zu denen Riccardos auf die dunkle Gasse gingen, über ihnen, aber Bartolomeo kam oft erst in den Morgenstunden nach Hause. Sie hörten, wenn er – was er bisweilen tat – mit gleichmäßigen Schritten in seiner Kammer auf und ab ging. Was er dabei tat, wußten sie nicht. Vermutlich lernt er etwas auswendig, genauso, wie wir es tun, sagte Riccardo.

Manchmal hörten sie auch ein seltsames Klatschen, von dem sie nicht wußten, was es war.
Wenn es nicht so absurd wäre, würde ich sagen, er geißelt sich, mutmaßte Riccardo.
Weshalb sollte er so etwas tun?
Ich weiß es nicht. Aber manchmal scheint er mir wirklich so, als sei er nicht ganz normal. Dieser fanatische Eifer. Ich habe stets das Gefühl, daß er uns eines Tages in ein Unheil stürzen wird.
Es ist sein Fanatismus. Was sollten wir uns um ihn kümmern?
Ja, sagte Riccardo, du hast recht, und deutete auf das Bücherregal. Es ist verschwendete Zeit. Nimm den Petrarca, den *Canzoniere*. Und übersetze! Zuerst ins Latein, dann ins Französische.

Taddeo

Wir haben sie in Wollballen versteckt, kicherte Taddeo Baruzzi verschwörerisch und hielt die Hand vor den Mund. In Wollballen. Manchmal auch in irgendwelche Kleider, aber Wollballen waren besser. Wißt ihr auch, weshalb?
Leonardos winziger Buchladen, vor dem Taddeo den Leuten seine Geschichten erzählte, befand sich am Rialto, unweit der Druckerei, und wenn Riccardo vorbeikam, machte er hier stets halt, auch wenn Leonardo nicht anwesend war.
Diesmal nickte er Taddeo nur kurz zu, ging dann rasch in den Laden und nahm Leonardo beim Arm: Hol ihn rein, hol ihn, verdammt noch mal, sofort in den Laden!
Leonardo entwand sich Riccardos Griff, seufzte und fragte: Was hat er denn nun schon wieder angestellt, deiner Meinung nach? Jedesmal, wenn du über die Brücke kommst, hast du nichts anderes zu tun, als dich über Taddeo aufzuregen. Was willst du? Es ist ein schöner Tag, die Sonne scheint, und er ist ein alter Mann, der Geschichten erzählt. Nicht mehr und nicht weniger. Und die Fremden hören ihm zu, weil es faszinierende Geschichten sind, die sie anderswo nicht hören.

Es sind die falschen Geschichten, sagte Riccardo, die ganz und gar falschen Geschichten.
Was soll falsch an ihnen sein? Die Leute hören zu, und niemand nimmt ihn ernst. Sie lachen, gehen weiter, aber die meisten von ihnen kaufen irgend etwas, was sie vielleicht gar nicht kaufen wollten. Mein Vater ist der beste Buchverkäufer, den ich je hatte. Viel besser als all die anderen, die dauernd alles verwechseln und die Namen der Autoren ständig falsch aussprechen.
Er erzählt ihnen, daß sie damals, als er jung und der Vorsteher der Buchhändlergilde war, die Bücher in Wollballen versteckt und so in die Stadt geschmuggelt haben, sagte Riccardo zornig.
Na und, haben sie doch auch, oder nicht?
Verdammt noch mal, wir verstecken sie auch heute noch in Wollballen! Kapierst du das nicht, daß er uns gefährdet? Er wird uns eines Tages noch alle auf die Galeere bringen.
Leonardo lachte vor sich hin. Keine schlechte Idee, sagte er dann, wirklich keine schlechte Idee. Stell dir einmal vor, du, ich, Alvise, Silvestro, Benedetto, Marcello und alle, mit denen wir uns sonst heimlich treffen müssen, wir alle auf einer Galeere und niemand sonst. Wir könnten uns endlich in aller Ruhe unseren Aretino vorlesen, die Predigten des Ochino hören, den Reuchlin und den Erasmus. Und während unsere Hände rudern, könnten unsere Köpfe endlich frei denken. Großartige Idee.
Ich finde das nicht spaßig, sagte Riccardo und machte einen Schritt näher an die Tür, da, hör dir an, was er jetzt macht!
Führt er ihnen etwa wieder vor, was im *Decamerone* steht? fragte Leonardo grinsend. Das ist seine beste Nummer, und er kann sie besser als unser Freund Alvise von der Commedia dell'arte.
Nein, nicht das *Decamerone*, sagte Riccardo wütend, er berichtet ihnen von seinem Freund Longo. Vielleicht wachst du endlich auf.
Sie haben ihn ertränkt, sagte Taddeo draußen mit unterdrücktem Schluchzen, sie haben Pietro Longo ertränkt. Mitten in der Nacht. Und wißt ihr, weshalb? Weil er ein Buchhändler war, der Bücher verkaufte. Nichts weiter als Bücher. Deshalb haben sie ihn ertränkt. In der Lagune. Mit Steinen an seinen gefesselten Füßen. Nur weil er anders dachte als sie, fügte er dann hinzu und blickte zum Himmel, die dort oben.

Wann war das? wollten sie wissen, die Fremden.
Es war am einunddreißigsten Januar, schon lange her. Ich glaube, es war 1588. Oder vielleicht 1688?
Die Leute lachten und gingen weiter, Leonardo kam nach draußen, nahm Taddeo am Arm und führte ihn, obgleich er sich heftig wehrte, in den Laden. Deinen Abendtrunk, sagte er eindringlich, du willst ihn doch nicht verpassen.
Taddeo hörte abrupt auf zu weinen, putzte sich die Nase, wischte sich die Augen aus und sagte dann freundlich kichernd: Du gibst mir aber von dem, den Dina gebracht hat, er ist zehnmal besser als der, den du dir zusammenbraust, hörst du, den von Dina.
Ja, ja, ja, den von Dina, seufzte Leonardo und griff unter den Tisch, er ist nur für dich. Auch wenn dein Arzt sagt, daß du gar keinen kriegen sollst.
Ärzte! empörte sich Taddeo und nahm einen kräftigen Schluck, Ärzte! Sie haben mir schon vor zehn Jahren prophezeit, daß ich nur noch zwölf Monate zu leben habe, und ich lebe immer noch.

Später, als Leonardo mit Riccardo wieder vor der Türe stand, kratzte er sich am Kopf und sagte: Weißt du, wenn's nicht so absurd wäre, würde ich sagen, er erzählt diese wilden Geschichten nur, damit er die Grappa bekommt, die er sonst nicht bekäme.
Riccardo lachte. Er habe schon immer geglaubt, sagte er, daß Taddeo viel weniger verrückt sei, als sie alle glaubten. Und manchmal habe er schon gedacht, es sei überhaupt alles nur gespielt.
Und weshalb sollte er das tun?
Vermutlich, damit das Leben bunt bleibt bis zum letzten Augenblick, sagte Riccardo. Aber eines Tages wirst du ihn nach San Clemente bringen müssen, eines Tages wirst du nicht mehr drum herumkommen, wenn er weiterhin so verrückte Dinge tut.
San Clemente, Leonardo seufzte. Wahrscheinlich würde ich dann jeden zweiten Tag dorthin zitiert werden und mehr Mühe mit ihm haben, als wenn er hier ist. Er würde ihnen das ganze Haus durcheinanderbringen.
Weshalb? Das bißchen *Decamerone,* das werden die Nonnen doch wohl auch ertragen.
Nicht das *Decamerone,* er kann entschieden mehr. Und je älter er wird, um so mehr erinnert er sich an das, was er irgendwann einmal

auswendig gelernt hat. Das Gefährliche dabei ist nur, daß er nicht mehr weiß, daß dies weitgehend Stellen aus verbotenen Büchern sind.
Ich glaube kaum, daß die Nonnen auf San Clemente alle verbotenen Bücher auswendig können. Sie werden sich an ihn gewöhnen, und du kannst endlich wieder in Ruhe arbeiten.
Ich kann nicht in Ruhe arbeiten, empörte sich Leonardo, ich kann überhaupt nicht in Ruhe arbeiten, wenn mein Vater auf San Clemente ist. Er will hier sitzen, zwischen seinen Büchern, wo er immer gesessen hat, ein Leben lang. Auf Clemente kann er dann bleiben, wenn er nicht mehr weiß, wo er sitzt, aber jetzt, verstehst du, jetzt weiß er es noch. Ich versteh' überhaupt nicht, weshalb du dich so aufregst. Was stört dich so an ihm?
Hör zu, ein Mann mit fast neunzig, der zum *carnevale* geht, wie im letzten Jahr, das ist ganz bestimmt nicht die Regel.
Und was ist die Regel? Daß ein Mann mit fast neunzig im Sessel am Kamin hockt? Er hat Freude am Leben, und ich werde dafür sorgen, daß er sie weiter hat. Und das Kostüm hatte er sich nicht selber besorgt, sondern sein ebenso verrückter Freund Daniele, der noch ein Jahr älter ist als er. Und sie haben schließlich keine Tierhatz damit gemacht, sondern sind nur in der Stadt herumgelaufen.
Ja, das sind sie. So lange, bis man sie jagte, weil man dachte, sie seien *bravi*. Ich fand, das war keine sehr gute Idee. Sich als *bravi* zu maskieren!
Nein, war es nicht, aber das ist auch schon alles, was man ihnen vorwerfen kann. Sie wollten einfach wissen, wie es ist, wenn man für andere Gefährlichkeit ausstrahlt. Und im übrigen kann sich darüber nur aufregen, wer auch nicht einen Funken von Humor hat.
Riccardo zog die Handschuhe über und lächelte. Das sagt meine Stiefmutter alle paar Wochen auch. Wahrscheinlich habt ihr beide recht.
Entschuldige, sagte Leonardo, natürlich hast du Humor, wenn auch einen anderen als mein Vater.
Sag's doch gleich, daß du diesen Humor mehr für Sarkasmus hältst oder gar Zynismus, das werfen sie mir ohnehin immer vor.
Das kommt, weil du allein lebst, sagte Leonardo. Du solltest endlich heiraten. Jemanden haben, mit dem du wirklich reden kannst.
Riccardo nickte, sagte: Ja ja, heiraten, irgendwann. Vielleicht.

Eines Tages bist du so alt wie Taddeo, und dann ist es zu spät.
Riccardo zuckte die Achseln. Dann muß man es nehmen, wie es ist.
Worauf wartest du eigentlich noch? Deine Schwester, ist sie nicht unter der Haube inzwischen?
Riccardo blickte auf seine Schuhe, wischte sich dann ein Stäubchen von seiner stets makellosen Ärmelrüsche und lächelte. Ja, mal sehen, vielleicht ist sie es bald. Dann ging er.
Leonardo blickte ihm nach, blieb unschlüssig an der Tür stehen und wandte sich um. Er stellte ein paar Bücher gerade und fühlte sich nicht wohl bei dem Gedanken an das, was er Riccardo eben gesagt hatte, weil er spürte, daß es das Falsche gewesen sein mußte. Aber er wußte, daß sie über nahezu alles reden konnten, nur nicht über diese Schwester Crestina. Diese Schwester, die Leonardo schon seit langem gern selber geheiratet hätte.

Der Zensus

Sie zählen Herdstellen, Feuerstellen, Seelen, Münder, Schweine, Ziegen, Schafe, Maultiere, Ochsen, Arkebusen, Gondeln, Kutschen und möchten wissen, wie oft du zur Beichte gehst und die Kommunion empfängst, spottete Riccardo. Aber bei den Mündern ist ihnen keinesfalls wichtig, daß es Münder sind, sondern nur, wo diese Münder geboren sind. Wer nicht zu den venezianischen Mündern gehört, sondern etwa zu den florentinischen, der darf keinesfalls hoffen, daß ihm dieser ganze Zensus auch nur irgend etwas nützt, sein Brot bekommt er hier keinesfalls.
Riccardo meint nicht immer, was er sagt, entschuldigte Alfonso Zibatti seinen Sohn gegenüber den Gästen, mit denen er zu Tisch saß. Seinetwegen braucht es diese Republik auch gar nicht zu geben, er ist der Meinung, daß man auch gut und gern ohne Gesetze glücklich sein kann.
Riccardo meint sehr wohl, was er sagt, flüsterte Riccardo seinem Freund Edward zu, mit dem er in Padua studierte, aber er ist nicht immer klug genug, seine Worte zu unterdrücken.

Edward lachte, erzählte von sich zu Hause, von England. Nein, an eine Zählung könne er sich nicht erinnern, aber vermutlich gebe es sie in seinem Land genauso wie hier in der Stadt.
Weißt du, sagte Riccardo, wir sind ein sehr gründliches Volk, es entgeht uns nicht das geringste, und nur deswegen sind wir so versessen auf Zahlen. Das heißt, uns interessieren Zahlen an sich, wir tun, wenn wir sie haben, nicht unbedingt sehr viel damit. Außer natürlich dann, wenn es darum geht, diese Stadt zu verteidigen. Da interessieren uns vor allem erst mal die Leute, die auf Galeeren rudern können, du wirst verstehen, daß nicht unbedingt alle darauf versessen sind, dies anzugeben.
Wenn die Zähler kommen, wirst du genauso wie jeder andere deine Angaben machen, sagte der Vater ruhig.
Jeder andere? wunderte sich Riccardo. Bist du etwa bereit, jedem kleinlichen Mönchlein zu erzählen, was du nicht mal deiner Frau erzählen würdest?
Es ist kein kleinliches Mönchlein, sagte der Vater, es sind drei Männer: der Gemeindepriester, ein Adeliger und ein Bürgerlicher pro Gemeinde. Und ich denke, daß wir unsere Gäste jetzt mit anderem unterhalten sollten als mit diesem Zensus, der in jedem Fall stattfinden wird, egal, ob er dir gefällt oder nicht. Schließlich braucht man die Angaben sowohl für die Wohlfahrt wie für die Steuer, die Bekämpfung der Pest und den Kriegsfall.
Weißt du, fuhr Riccardo, an Edward gewandt, fröhlich fort, mein Vater tut so, als ob er nur mir nicht gefiele, aber Tatsache ist, daß dieser Zensus unendlich vielen Leuten nicht gefällt. Und weil das immer so war, haben die Bäuerlein in Parma vor rund achtzig Jahren ihre Schätzer einfach umgebracht, als die ihr Vieh zählen wollten. Von dem entsetzlichen Durcheinander, das diese Zählung erst hervorbringen wird, will ich gar nicht reden. Hier läßt man die Säuglinge weg, die noch an der Mutterbrust hängen, und dort verwechselt man ständig die Begriffe Männer, Junge und Alte, so daß kein Mensch wissen wird, was eigentlich erhoben werden sollte.
Alfonso Zibatti schob sein Glas zurück und sah Riccardo an. Bisher glaubte ich immer, daß es nicht stimme, wenn mir irgendwer erzählte, mein Sohn halte aufrührerische Reden. Aber inzwischen bin ich mir nicht mehr so sicher. Und was deinen Freund Renier Zen anbetrifft und Fra Paolo Sarpi, so glaube ich...

Laß Paolo Sarpi aus dem Spiel! sagte Riccardo ruhig. Er ist tot. Und nimm den Namen Renier Zen nicht in den Mund, er gehört euch nicht. Sie gehören euch beide nicht, sie gehören zu uns.

Keiner gehört jemandem, sagte Alfonso, und eines Tages, wenn du älter sein wirst, wirst du merken, daß es stimmt.

Dann allerdings, sagte Riccardo, wolle er nie älter sein, wenn dies bedeute, daß man sich dem Unrecht zu beugen habe, wenn man in die Jahre komme. Liegt das Fehlurteil über Foscarini bereits so weit zurück, daß ihr Alten euch nicht mehr an ihn erinnert?

Der Vater versteifte sich. Nenne mir einen Staat auf dieser Welt, einen einzigen nur, der das getan hätte, was wir taten: unsere Schuld eingestehen und dies allen ausländischen Fürstenhöfen danach mitteilen.

Riccardo hob die Schultern. Ich denke, daß dies wohl das mindeste war, was man für einen Mann tun konnte, dem man das angetan hatte – zu Unrecht. In der Nacht erwürgt und dann am andern Morgen mit dem Kopf nach unten aufgehängt zwischen den Säulen von San Marco, öffentlich zur Schau gestellt – es gibt wohl für alle Zeiten kaum etwas, womit sich diese Stadt wird weniger rühmen können als mit diesem.

Sie hat einen guten Ruf, eure Stadt, sagte Edward im Bemühen, etwas Freundliches zu sagen. Man rühmt überall, wie klug und weise dieses Venedig regiert wird von diesen alten Familien, zu denen die eure ja wohl auch gehört.

Nein, sagte Riccardo freundlich, dies genau sind wir eben nicht, eine alte Familie. Zu den *case vecchie* gehören wir nicht. Nur zu den *case nuove*. Was heißt, daß wir zwar auch zu den Ehrenwerten gehören, daß es aber andere in dieser Republik gibt, deren Ehrenwertigkeit eben schon ein bißchen älter und daher natürlich um einiges höher ist als unsere.

Alfonso Zibatti legte seine Serviette zurück und hob sein Glas. Trinken wir auf die Besonderheit dieser Stadt, sagte er dann, eine Besonderheit, die mein Sohn vielleicht erst dann wird schätzen können, wenn er andere Länder und ihre Städte kennenlernt. Vielleicht, daß es ihm dann gelingt, eine andere Einstellung zu dieser Stadt zu bekommen.

Auch Edward hob sein Glas, verwirrt und nicht recht wissend, auf welche Seite er sich stellen solle, aber Riccardo nickte ihm zu. Auf

die Besonderheit dieser Stadt kannst du beruhigt trinken, auch ich schließe mich da nicht aus. Er nahm einen Schluck, stellte sein Glas ab und wischte sich den Mund ab. Aber vielleicht solltest du nun, nachdem du getrunken hast, zumindest wissen, worauf du getrunken hast, damit du eines Tages zu Hause deinen Leuten auch etwas von den Besonderheiten und dem, wodurch wir uns von allen anderen Staaten unterscheiden, erzählen kannst. Also, die Besonderheiten bestehen darin, daß wir es schaffen, an einem einzigen Tag ein Schiff in unserem Arsenal herzustellen, wohlbestückt mit den dazugehörenden Kanonen, daß wir in San Marco die größte Mosaikfläche der Welt vorzuzeigen haben, daß wir mit Tintoretto und seinem Gemälde im Dogenpalast das größte Ölgemälde besitzen und, natürlich nicht zu vergessen, daß wir in dieser Stadt die größte Anzahl von Huren in Europa vorzuzeigen haben. Es sollen mehr als zwölftausend sein, habe ich mir sagen lassen.
Ich sollte wohl langsam gehen, sagte Alfonso Zibatti und schaute auf die Uhr, die Staatsgeschäfte warten.
Und welche Staatsgeschäfte! sagte Riccardo bewundernd. Die höchsten, die es in diesem Staat gibt, die Wahl des Dogen nämlich. Und weißt du auch, wie wir diese Wahl bewerkstelligen? wandte er sich freundlich an Edward und holte eine große Schüssel mit Kirschen zu sich heran. Wir wählen keinesfalls mit unserem Köpfchen, o nein, das tun wir hier nicht. Wir machen das völlig anders: mit Kugeln. Und das Ganze heißt *ballottaggio*. Also, Riccardo nahm eine Handvoll Kirschen, legte sie aufs Tischtuch und begann zu zählen.
Laß dieses alberne Spiel! sagte Alfonso Zibatti verärgert, du bist nicht mehr fünf, als man es dir auf diese Art und Weise erklärte, sondern ein erwachsener Mann.
Also, sagte Riccardo zu Edward und lächelte dabei seinen Vater an, du siehst bereits, in welche Welt dieses Spiel gehört: Man verteilt an alle Mitglieder des Großen Rates Wahlkugeln, das heißt, sie dürfen sie unbesehen aus einer Urne holen. Dreißig Kugeln sind aus Gold, fuhr Riccardo fort und legte Kirsche um Kirsche auf seinen Teller, ich ...
Riccardo! Der Vater war offensichtlich bemüht, seinen Ärger nicht zu zeigen. Die Bildhaftigkeit deiner Darstellung mag sicher bewundernswert sein, aber ich denke, sie interessiert hier niemanden.
Also, im zweiten Wahlgang reduziert man die dreißig Teilnehmer,

die eine goldene Kugel zogen, auf neun, erklärte Riccardo unbeirrt. Diejenigen, die im Besitz der neun Kugeln sind, schlagen nun vierzig Namen vor, die man dann wieder – immer mit Hilfe des schönen Spielzeugs der Kugeln – auf zwölf reduziert. Diese zwölf schlagen ihrerseits wiederum fünfundzwanzig Männer vor, die man auf neun reduziert, diese neun schlagen fünfundvierzig vor, die man auf elf reduziert, diese elf schlagen einundvierzig vor, aus denen dann der Doge gewählt werden soll. Nein, nein, ich erzählte dir gewiß keine Märchen! sagte Riccardo kopfschüttelnd, als Edward ihn verwirrt anblickte. Es geht wirklich so zu bei uns, auch wenn es klingt, als wollten sich die Leute von San Clemente ihren trostlosen Alltag durch ein Spiel verschönern. Ach so, ich vergaß noch zu sagen, daß sich das Ganze selbstverständlich nur innerhalb einer einzigen Schicht abspielt, der unseren nämlich, der der Patrizier. Sich vorzustellen, daß unter Umständen solch eine Kugel auch von einem Spiegelmacher, einem Glasbläser oder gar einem Gondoliere gezogen werden könnte, ist natürlich absurd. Denn in dem Kreis der Ehrenwerten befindet sich nun mal weder ein Spiegelmacher noch ein Gondoliere. Und zugegebenermaßen ist es ja auch etwas befremdlich, sich einen Gondoliere als Dogen vorzustellen.
Der Vater schob zornig seinen Teller zurück und stand auf. Mich würde interessieren, ob du einen Satz, einen einzigen Satz über diesen Staat hast, der nicht vor Spott trieft und der auch nur die Spur einer Anerkennung in sich trägt.
Den Satz kannst du haben, sagte Riccardo fröhlich, er ist ganz einfach: Wir haben mit dem Rat der Zehn vermutlich die beste und brutalste Geheimpolizei, die es auf der ganzen Welt gibt. Und die brauchen wir natürlich auch, fuhr Riccardo heiter fort und beugte sich dann flüsternd zu Edward hinüber: wegen der Spione. O ja, gewiß doch, die ganze Stadt ist nämlich voll von ihnen, überall sitzen sie, stehen sie, liegen sie und kundschaften das Land aus, und wenn eines Tages die Türken kommen, dann können sie die Stadt durch die Hintertür betreten, verstehst du? Riccardo blickte mit Genugtuung in die Runde, in der niemand mehr sprach, und tastete sich mit einer behutsamen Geste an die Zuckerschale heran. Wenn ich recht informiert bin, dann sitzt sogar hier einer drin, sagte er laut und riß mit einem heftigen Schwung den Deckel von der Schale.

Du warst nicht eben freundlich zu ihm, sagte Edward später, als sie durch die Stadt gingen.
Riccardo seufzte. Nein, sagte er dann, das war ich wohl nicht. Wie ich vermutlich überhaupt kein sehr wohlerzogener und folgsamer Sohn bin. Aber ich hasse nichts mehr als diese Welt der Lüge. Dieser Rat der Zehn, damals, vor über dreihundert Jahren, als man ihn schuf nach irgendeiner Verschwörung, da einigte man sich auf zwei Monate. Er sollte zwei Monate im Amt sein und dann nach Aufklärung der Sache wieder verschwinden. Aber er existiert heute noch, dieser Rat der Zehn. Und seine Macht ist grenzenlos. Er darf ganz einfach alles. Jeder der drei *capi* kann verhaften und verhören lassen, kann allein verhören, und er kann aufzeichnen aus diesem Verhör, was immer er will und für nützlich hält. Und wenn der Doge schwach ist, was trotz dieses seltsamen Spiels, mit dem man ihn wählt, bisweilen geschieht, regiert der Rat der Zehn diesen Staat und nicht der Senat. Und ich denke, wenn wir darüber nicht mehr reden dürfen, dann ist es schlimm bestellt um diese Republik. Und mir bedeutet sie etwas, deswegen rede ich.
Dieser Renier Zen, den dein Vater nannte..., begann Edward.
Dieser Renier Zen ist mein Freund, sagte Riccardo, und er gehört zu den wenigen Männern, die zu sagen wagen, was sie denken, die den Mut haben, sich selbst gegen den Dogen zu stellen und gegen die Mißstände anzutreten, die es gibt.
Vermutlich gibt es sie überall, sagte Edward. Glaubst du wirklich, ein Staat kann ohne Makel sein?
Nein, ich bin nicht so realitätsfern, wie mir mein Vater bisweilen vorwirft. Aber eines weiß ich ganz sicher, daß es keinen Staat gibt, in dem man seine Bürger durch Dinge, die man von ihnen fordert, zu etwas macht, was sie nicht sind. Hier erzieht man sie dazu, nämlich zu Menschen, die für fünfhundert Dukaten bereit sind, ihre Seelen zu verkaufen. Und glaubst du wirklich, daß sie so wenig wert sind, unsere Seelen?

Am Abend des gleichen Tages brach der Konflikt zwischen Alfonso Zibatti und Riccardo, der bereits seit Monaten in der Schwebe war, mit aller Deutlichkeit aus.
Der Vater hatte Riccardo in die Bibliothek gebeten, was für Riccardo bereits Anlaß war, den Vorgang mit Spott zu überziehen: Also

keine Familie bei unserem Duell? Ich nehme an, es wird ein solches, oder?
Ich fände es gut, wenn du diesen Edward nicht mehr so oft mit ins Haus bringen würdest, sagte der Vater und goß aus einer Karaffe Wein in zwei Becher.
Diesen Edward? Riccardo schob das Glas von sich, ohne zu trinken. Was meinst du damit: *diesen* Edward?
Nun, ich meine, daß er jemand ist, den man nicht gern in Häusern von unseresgleichen sieht. Oder sollte dir entgangen sein, daß wir angewiesen sind, uns von allen fremden Gesandten fernzuhalten?
Er ist der Sohn des Sekretärs des Sekretärs des englischen Gesandten, sagte Riccardo und schob den Becher noch ein Stück weiter von sich. Ich habe noch nie gehört, daß das verboten sein soll, wenn er mit uns ißt. Und er ist mein Freund. Wir studieren zusammen, falls du das vergessen haben solltest.
Ja, das tut ihr. In Padua.
Ja, in Padua, sagte Riccardo lauter, als er es hatte sagen wollen. Was hast du mit einemmal gegen Padua?
Der Vater zuckte die Achseln, schob irgendwelche Papiere auf dem Tisch hin und her und sagte dann: Nichts.
Du tust, als wäre der Rektor der Universität der Leibhaftige, empörte sich Riccardo. Und früher einmal konntest du allen Leuten nicht oft genug erzählen, daß deine beiden Söhne in Padua studieren.
Ja, früher, gab der Vater zu. Sehr viel früher. Bevor sie Alessandro...
Vater – Riccardo zog den Becher Wein langsam zu sich heran –, daß Alessandro tot ist, daran ist nicht Padua schuld.
Vielleicht nicht. Aber wenn ich ihn nicht dorthin geschickt hätte, wäre er nicht in diese Gruppe von jungen Leuten gekommen und...
Und wenn sich Alessandro nicht ständig in irgendwelche dunkle Affären hätte verwickeln lassen, würde er noch leben, sagte Riccardo. Padua hat ganz und gar nichts mit dem Tod deines Sohnes zu tun. Diese Gewalt ohne Grund, sie ist entsetzlich, aber es gibt sie vermutlich nicht nur in Padua.
Aber Padua ist der Ort – so hat man es mir zumindest neulich erzählt –, wo jeder vierte Student mit *Von der Freiheit eines Christenmenschen* unterm Kopfkissen schlafen geht, oder etwa nicht?

Vater, Riccardo beugte sich vor und berührte behutsam die Hand Alfonso Zibattis, ich weiß nicht, womit Studenten unter ihrem Kopfkissen schlafen, vermutlich gibt's hunderterlei Bücher, die da liegen, aber sie...

Padua ist ein Ort, an dem die Unruhe gedeiht, unterbrach ihn Alfonso erregt, es ist ein Ort, an dem Aufrührer heranwachsen wie Pilze aus dem Boden, heißt es, alles Rebellen. Und ich will nicht auch noch meinen zweiten Sohn verlieren.

Das ist Hysterie, sagte Riccardo. Ihr seht sie einfach überall, diese Rebellen: in Padua, im Fondaco, im Senat, was weiß ich wo sonst noch. Agenten, Hexen, Ketzer, das sind eure Ängste, Ketzer vor allem. Und hier muß ich diese Stadt, unsere Stadt, einmal ausnahmsweise in Schutz nehmen. Sie wehrt sich, sie ist anders als andere Städte. Sie gibt dem Papst nicht, was er möchte.

Aber sie können dich zu einem Ketzer machen, auch wenn du es nicht bist, sagte Alfonso. Und ich bin nicht so sicher, daß du in ihren Augen nicht schon einer bist.

In ihren Augen bin ich der Freund von Renier Zen, sagte Riccardo, und wenn mich eines Tages jemand verhaften wird, dann werden es mit Sicherheit die Inquisitoren des Rats der Zehn sein und nicht die Inquisitoren des Sant' Ufficio.

Verstehst du, daß ich Angst habe, sagte Alfonso leise. Ich weiß im Grunde nicht mal genau, wovor, es ist nur so ein Gefühl, ein Gefühl der Bedrohung, des Unheils. Wenn ich dort sitze, in diesem riesigen Saal, in dieser *sala del maggior consiglio*, einmal im Monat, wenn ich mich reden höre, wie ich Anträge verteidige oder auch ablehne, wie ich mich entscheiden soll, ob jemand verbannt oder bei Nacht heimlich in der Lagune im Canale Orfano versenkt werden soll oder vergiftet – wer gibt mir eigentlich das Recht, so etwas zu tun, über das Schicksal anderer Menschen zu bestimmen?

Wer oben steht, sagte Riccardo nach einer Weile, zahlt immer einen Preis, der höher ist als der Preis, den die entrichten, die unten stehen. Ich denke... er zögerte. Ich denke, es ist gut, wenn einer von denen, die oben stehen, sich bisweilen noch fragt, ob er zu Recht dort steht.

Meinst du... Alfonso Zibatti zögerte ebenfalls. Meinst du, ich stehe noch zu Recht dort oben?

Solange du nicht zu denen gehörst, die versuchen, aus Unrecht

Recht zu machen wie der Doge beim Mordanschlag seiner Söhne auf Renier Zen, so lange wirst du zu Recht im Großen Rat sitzen.
Danke, sagte Alfonso Zibatti und legte Riccardo eine Hand auf die Schulter. Es ist gut zu wissen, daß Väter und Söhne nicht immer gegeneinander stehen.

In den Gärten von San Giorgio

Und – wie viele waren es diesmal? wollte Riccardo wissen.
Leonardo hob die Schultern. Seltsamerweise nur einer.
Wieder der altbekannte Kleinschreiber?
Leonardo lachte. Nein, diesmal nicht. Er war schon länger nicht mehr dabei. Vielleicht ist er krank.
Oder inzwischen so reich, daß er sich bald ins Goldene Buch der Stadt eintragen lassen kann, mutmaßte Riccardo.
Der Schlitz mit dem Kasten dahinter befand sich an der Außenfront des Hauses, in dem die Gilde der Drucker, Verleger und Buchhändler ihre Räume hatte. Einmal im Monat, stets am vierten Sonntag, leerten sie den Kasten und erörterten die Denunziationen, die inzwischen eingegangen waren. Es handelte sich um seltsame Briefe, die da kamen, Briefe voller Schreibfehler und voller Unbeholfenheit. Dieser oder jener Buchhändler habe von diesem oder jenem Absender verbotene Bücher erhalten, man habe ihn dabei beobachtet, wie er sie bekommen und weiterverkauft habe. Auf der Theke dieser oder jener Buchhandlung liege kein Index auf, so daß niemand wissen könne, welche Bücher verboten seien. Die Anzeigen waren stets anonym, nur an der Schrift konnte man bisweilen erkennen, daß es sich manchmal um denselben Denunzianten handelte.
Die Briefe kamen recht unregelmäßig, mal waren es zehn oder zwanzig im Monat, mal auch nur zwei oder drei. Die Priore der Gilde prüften die Denunziationen, sprachen Verwarnungen aus und redeten denen ins Gewissen, von denen sie wußten, daß sie sich mit dem Handel illegaler Bücher beschäftigten, was diese allerdings keinesfalls daran hinderte, sich weiterhin ihrer verbotenen Tätigkeit zu

widmen und sich weiterhin regelmäßig zu treffen, um Strategien auszuhecken, wie dieser Handel weitergehen könne. Solche Treffen fanden meist auf der Insel San Giorgio statt, weil sich hier bereits die Väter und Großväter derer, die wider den Stachel der Inquisition löckten, zum selben Zweck getroffen hatten.

Riccardo traf auf San Giorgio einen Kreis junger Männer, die sich im Laufe der Jahre zusammengefunden hatten und die wußten, daß sie sich fest aufeinander verlassen konnten: Benedetto, der zweitgrößte Drucker in Venedig, der zugleich Verleger und Buchhändler war und dessen Vater das Amt des Priors der Gilde innehatte. Marcello, der außerhalb der Gilde stand, weil ihm deren Taxe zu hoch war und ihn das ganze Brimborium der Aufnahme, wie er es nannte, nicht paßte. Er hatte sich auf okkulte Bücher spezialisiert, von Idealismus hielt er nicht viel, für ihn war das Buch eine Ware wie jede andere Ware auch. Silvestro, dessen Großvater einst einer der ganz großen Buchdrucker gewesen war und sich durch den Druck von hebräischen Büchern einen Namen gemacht hatte, aber dann durch die Verbrennung der *Talmud*-Ausgaben einen solchen Verlust erlitt, daß sein Enkel nur noch mit Handschriften handelte und nicht mehr druckte. Dazu kamen Enrico, ein kleiner Buchhändler, der derzeit im Gefängnis saß, weil man ihn nachts im Boot auf der Lagune mit verbotenen Büchern erwischt hatte, sowie Alvise, der Schauspieler, der zusammen mit dem Studenten Agostino als Kurier und Agent fungierte. Riccardo war der einzige Schriftsteller in dieser Gruppe, und Leonardo gehörte zu ihr, weil auch sein Vater schon dabeigewesen war und weil er den alten Taddeo nicht enttäuschen wollte, obwohl er viel lieber in aller Ruhe an der Merceria seine Bücher gedruckt hätte.

Versammelten sie sich in den Gärten von San Giorgio – so drückten sie sich aus, obwohl es eigentlich keine Gärten waren, sondern lediglich ein paar Bäume und Weinstöcke auf einem schmalen Streifen Land außerhalb der Klostermauern, auf dem Fischer ihre Netze zum Trocknen aufhängten –, so kamen sie stets mit unterschiedlichen Booten und zu unterschiedlichen Zeiten, damit das Treffen wie ein improvisierter Sonntagsausflug aussah und nicht wie das, was es in Wirklichkeit und in den Augen ihrer besorgten Väter war. Du solltest diese Verschwörung tunlichst meiden, hatte Alfonso Zibatti einmal gesagt, sonst wirst du dich eines Tages in den Bleikammern dieser Republik wiederfinden. Silvestros Vater aber hielt diesen ganzen Bücherschmuggel für nichts weiter als einen Sport der jungen Leute, den sie betrieben wie Wettrudern oder die Stierhatz an *carnevale* und bei dem es ihnen hauptsächlich auf den prickelnden Reiz einer verbotenen Sache ankomme.

Diesmal ging es vor allem um die nächste Bücherlieferung, die – wie Agostino mitgeteilt hatte – am übernächsten Tag beim Zoll ankommen sollte. Die Bücher waren in London gedruckt und mit einem falschen Titelblatt gebunden worden, Benedetto und Leonardo hatten sie auf der Buchmesse in Frankfurt gekauft. Von dort waren sie auf normalem Weg nach Süden transportiert worden, und nun sollten sie nach ihrer Ankunft von einem Bevollmächtigten der Inquisition bei der Zollbehörde geprüft werden.

Das Problem war, daß es sich dabei um einen neuen Prüfer handelte, den niemand von ihnen kannte und von dem niemand wußte, wie er reagieren würde, wenn er die gefälschten Titel durch Zufall entdekken sollte, obwohl sie die verbotenen Bücher zwischen ganz normale geschoben hatten.

Auf jeden Fall darf nicht, wie beim letzten Mal, alles in einem entsetzlichen Chaos enden, warnte sie Silvestro. Keiner wußte schließlich mehr, welcher Bücherpacken wem gehörte.

Es hätte kein Chaos gegeben, sagte Leonardo, wenn dieser Dummkopf beim Verladen nicht die Ballen mit den Büchern wie einen Stein in das Boot hätte plumpsen lassen, so daß sie aufgingen.

Egal, wie es war, sagte Alvise, fest steht, daß die Bücher nachher in der Lagune trieben. Und fest steht ebenfalls, daß immer noch ein Ballen fehlt.

Silvestro lachte auf. Lustige Vorstellung oder auch nicht, irgendwo in der Stadt schwirren also jetzt vierundvierzig Exemplare *Von der Freiheit eines Christenmenschen* herum, die ihren Besitzer suchen.

Das muß ja nicht sein, sagte Agostino, aber es spielt auch keine große Rolle mehr. Wir müssen nur zusehen, daß morgen alles anders abläuft. Und wir müssen vor allem überlegen, was wir mit dem Neuen unternehmen.

Leonardo nickte Alvise zu. Bist du nicht immer gut in diesen Sachen?

Natürlich ich, sagte Alvise und klatschte in die Hände. Weil ich

Schauspieler bin, gehe ich ganz einfach zu diesem Prüfer und frage, ob er sich bestechen läßt, damit wir ihm keine Inventarlisten vorlegen müssen. Nein, Freunde, mein Kopf ist mir heilig.
So schnell verliert man ihn nicht, tröstete ihn Marcello.
Es sollen vier Ladungen auf einmal ankommen, sagte Riccardo. Tausende von Büchern aus der halben Welt. Da werden sie kaum Zeit haben für eine gründliche Überprüfung und die Suche nach verbotenen Titeln.
Manche haben einen sechsten Sinn, sagte Leonardo. Und nach einer Weile: Enrico wird übrigens morgen entlassen.
Und? Riccardo zog die Brauen hoch.
Er ist ein entfernter Verwandter des Neuen, sagte Leonardo zögernd.
Und? wollte Riccardo wissen.
Was *und*? fragte Leonardo gereizt. Ich erzähle euch, daß Enrico morgen aus dem Gefängnis kommt und daß er ein entfernter Verwandter des neuen Prüfers ist. Das ist alles.
Und du glaubst, daß einer, der soeben aus dem Gefängnis kommt, Lust darauf hat, es am nächsten Tag gleich wieder zu betreten?
Enrico wird mithelfen, sagte Silvestro zuversichtlich.
Vielleicht, sagte Riccardo, aber ich denke, wir dürfen es nicht annehmen. Wobei keinesfalls sicher ist, daß der Neue sich überhaupt bestechen läßt, selbst wenn es irgendein Vetter wäre, der ihm das Geld bringt.
Mir hat neulich einer drei Ballen Bücher aus Lyon ohne Inventarseiten durchgehen lassen, meldete sich Benedetto.
Ja, ja, beim zweitgrößten Drucker der Stadt einen Wunsch offen zu haben ist immer nützlich, spottete Marcello. Ich denke aber, daß gefälschte Inventarseiten noch besser sind.
Hier sind zwei Manuskripte von zwei Professoren aus Padua, sagte Silvestro und überreichte Agostino einen ledernen Sack. Du sollst sie nach Basel bringen zum Drucken.
Das wird teuer, sagte Agostino, wenn es gleich sein muß. Ich komme gerade von dort und reise erst wieder in zwei Monaten.
Nicht, wenn du ihnen unterwegs diese Bücher besorgst, sagte Silvestro und gab ihm eine Liste.
Lauter okkulte Sachen, wunderte sich Agostino kopfschüttelnd, und nichts als ausgefallene Titel. Habt ihr die nicht hier?

Marcello schüttelte den Kopf. Nein, die habe ich nicht. Und du wirst einige Mühe haben, sie zu...
Sie bauen übrigens ihr Spitzelnetz weiter aus, unterbrach ihn Benedetto warnend. Mein Vater hat gesagt, wir sollen vorsichtig sein.
Priore sehen immer Gespenster, spottete Silvestro, wir passen schon auf. Unsere Großväter haben verbotene Bücher verkauft, unsere Väter haben verbotene Bücher verkauft, jetzt tun wir es, und vermutlich werden auch noch unsere Kinder verbotene Bücher verkaufen. Es ist stets ein Risiko.
Manchmal frage ich mich, was das wohl für Menschen sind, die sich für diese Art von Zensur hergeben, sagte Riccardo. Da sitzen sie jetzt schon seit Jahrzehnten – Jahr für Jahr, Tag für Tag – wie eine Spinne im Netz und warten, warten, bis einer leichtfertig und ohne zu achten in dieses Netz hineinrennt. Und dann packen sie ihn. Irgendwann müßten sie dabei doch auch einmal so etwas wie Scham empfinden, oder vielleicht nicht?
Wieso Scham, sagte Silvestro, sie führen doch nur aus, was man ihnen sagt, daß sie ausführen sollen. Bis hinunter zum kleinsten Lakaien, der unsere Bücherballen und Inventarlisten prüft und uns dazu Fragen stellt, empfangen sie Befehle und sind davon überzeugt, daß diese Befehle richtig sind.
Sie sind nicht mehr normal, sagte Marcello, sie reagieren nur noch hysterisch. Neulich hat der englische Gesandte hier bei uns in seiner privaten Kapelle einen protestantischen Gottesdienst abgehalten, und was macht Rom? Es protestiert beim Rat unserer Stadt.
Und woher wußte Rom, daß der englische Botschafter dieses Verbrechen in seiner Kapelle beging? wollte Benedetto wissen.
Woher wohl? Riccardo seufzte. Wir sind auch ihre Zulieferer, und wir tragen dazu bei, daß sie überhaupt existieren. Wir pusten sie auf, geben ihnen den Atem.
Sie arbeiten mit der Angst, sagte Leonardo. Das ist ihre Waffe, und die ist scharf. Exkommuniziert zu werden ist keine gute Vorstellung. Und sie sagen, es sei noch die kleinste Strafe.
Die kleinste Strafe! Wie gut sie doch den Menschen kennen! sagte Agostino. Sie sagen, sie tun es für uns, für den Menschen, aber ich glaube, irgendwo unterwegs ist ihnen dieser Mensch abhanden gekommen, er interessiert sie gar nicht mehr, er stört nur noch, ist total überflüssig. Und manchmal denke ich, sie kommen sogar ohne Gott

aus, er ist ihnen ebenfalls lästig, und die Wahrheit interessiert sie schon lange nicht mehr. Sie sehen nur noch sich und ihre Grandiosität. Bücher zu verbrennen, Berge von Büchern, es muß ein gewaltiges Gefühl sein. Ich stelle mir vor, es muß so sein wie das Gefühl, die Welt nicht in sieben Tagen geschaffen zu haben, sondern in einem.
Vermutlich würden sie am liebsten nicht nur Bücher verbrennen, sondern gleich ganze Städte, sagte Silvestro. All die, die sie sich nicht unterwerfen können: Straßburg, Genf, Basel, Zürich – alle auf einen Scheiterhaufen und dann die Fackel dran. Das wär's wohl, was sie endlich befriedigen würde.
Und Venedig gleich dazu, erwiderte Agostino. Sie sagen, Venedig sei ein zweites Genf, ein Nest voller Ketzer.
Na und? Benedetto lachte. Sind wir das etwa nicht? In Bergamo hat die Serenissima einen Buchhändler bestraft, der die Zusatzlisten zum Index, die Rom hatte drucken und verteilen lassen, auch wirklich auf dem Ladentisch ausgelegt hatte. Und den Bruno hätten sie in Venedig auch nicht auf den Scheiterhaufen zwingen können.
Giordano Bruno, sagte Leonardo, an ihm haben sie ihre Macht demonstriert. Aber seinen Tod werden sie bis ans Ende der Welt verantworten müssen.
Das werden sie nicht, widersprach Riccardo. Weshalb sollten sie sich auch schuldig fühlen? Und falls sie eines Tages vielleicht doch ihre Meinung ändern sollten, vom Index werden sie seine Schriften deswegen noch lange nicht nehmen. Ich könnte mir gut vorstellen, daß sie auch noch in dreihundert Jahren daraufstehen.

Das Kloster

Sie hatten ihr nicht gesagt, wohin sie mit ihr gehen wollten. Sie hatten gesagt: Es ist schönes Wetter, und jetzt gehen wir spazieren. Zwar hatte es Crestina als ungewöhnlich empfunden, daß sich ihr Vater und ihre Mutter Zeit nahmen für einen gemeinsamen Spaziergang, aber da Riccardo nicht zu Hause war, hätte sie den Tag nur mit Warten auf seine Rückkehr zugebracht, und so hatte sie zugestimmt.

Zuerst führte sie der Vater zum Arsenal. Er brachte sie auf sein neues Schiff, eine Kogge, die soeben aus dem Orient zurückgekehrt war mit einer Vielzahl von Waren: Pfeffer, Zimt, Nelken, Koriander und – da Alfonso Zibatti neuerdings auch Zuckerplantagen auf Zypern besaß – mit großen Mengen Zucker, der hier in Venedig raffiniert werden sollte.

Du mußt nicht glauben, daß dein Vater uns hierhergebracht hat, damit du die Zuckersäcke bestaunen kannst, sagte die Mutter lachend, als Crestina etwas ratlos im Laderaum herumstand. Dein Vater hat eine Überraschung für dich.

Eine Überraschung? Sie dachte an Stoffe aus England und Flandern, an Seide und Brokat, weil sie wußte, daß die Mutter ständig nach diesen Dingen fragte, aber der Vater nahm sie mit in die Kajüte und ging mit ihr zu einem Geldschrank. Er öffnete ihn, nahm eine kleine Samtschachtel heraus und hielt sie Crestina entgegen.

Ein Geschenk ohne Grund? fragte sie verwundert und öffnete die Schachtel.

Der Vater zögerte einen Augenblick und nickte dann. Ja, ein Geschenk ohne Grund. Ich wollte es dir zunächst zu deinem sechzehnten Geburtstag geben, aber bis dahin ist es ja noch eine Weile.

Ein Lapislazuli, sagte sie und legte den Stein behutsam auf die Innenfläche der Hand. Er ist wunderschön. Nein, nicht nur schön, er ist magisch.

Aus der Tatarei, sagte die Mutter und nahm eine schmale Goldkette aus einem anderen Etui. Die Kette habe sie ausgesucht.

Sie legten ihr die Kette mit dem Stein um den Hals, hatten es dann plötzlich eilig, denn, so sagte die Mutter augenzwinkernd, da gebe es noch eine Überraschung.

Noch eine Überraschung? fragte sie verwundert. Welche Überraschung denn noch?

Später wunderte sie sich, daß sie nicht sofort mißtrauisch geworden war. Sie hätte es eigentlich wissen müssen: Wenn ihre Mutter mit den Augen zwinkerte, ging es stets nur um Dinge, die nur sie interessierten und nicht die anderen. Aber Crestina war nicht mißtrauisch geworden, war mitgegangen nach San Zaccaria, wo die Mutter eine frühere Freundin besuchen wollte, die bereits seit Jahren dort im Kloster war und die sie schon lange nicht mehr gesehen hatte. Sie standen im *parlatorio*, zusammen mit vielen anderen. Die Frauen

hinter den Gittern trugen zum Teil normale Kleider, keine Nonnentracht, und die Mutter scherzte mit der Freundin, daß das Gewand vom besten Schneider der Stadt sein könne, das sie trage.
Ist es auch, sagte die Freundin lachend und reckte der Mutter ihren Hals entgegen, um den sie eine Kette aus bläulich schimmernden Perlen gelegt hatte. Und die hier habe ich zu Weihnachten bekommen.
Später war dann die Äbtissin gekommen, diese nun in der Ordenstracht, aber so freundlich und heiter wie die übrigen Frauen hinter den Gittern. Die Äbtissin fragte Crestina, ob sie den *refettorio* sehen wolle, und Crestina stimmte höflich zu, keinesfalls sehr interessiert, aber da sie noch nie ein Refektorium gesehen hatte, war sie neugierig.
Danach waren sie in den Garten gegangen. Der Gemüsegarten sei leider weggegeben worden, damals, damit San Marco habe gebaut werden können, erzählte die Äbtissin, auf dem Rückweg zum Haus. Ob sie nicht auch noch den *dormitorio* sehen wolle, erkundigte sich die Äbtissin dann freundlich.
Die Eltern schauten einander an, dann Crestina. Sie schüttelte den Kopf, hatte längst Horaz im Kopf, den Riccardo sie hatte auswendig lernen lassen und den sie ihm am Abend vorsagen sollte.
Den *dormitorio* nicht? Die Äbtissin schien irritiert. Den *dormitorio* wollen eigentlich immer alle sehen, sagte sie dann, ohne daß die Freundlichkeit aus ihrem Gesicht verschwand. Sie schien gewissermaßen mit der Kutte gekoppelt zu sein.
Nochmals schauten die Eltern Crestina an. Sie nickte schließlich, leicht belustigt, sollten sie ihn ihr zeigen, diesen *dormitorio*, möglichst rasch, damit sie es hinter sich brachte. Und während sie durch die engen Flure gingen, bohrte sich Horaz nun endgültig in ihren Kopf. *Tu ne quaesieris...*
Sie warf einen kurzen Blick in den Schlafsaal mit den vielen Betten, spürte den Blick der Eltern auf ihrem Gesicht, sie drängte nach draußen. Nein, den *scrittorio* nun gewiß nicht mehr, auch nicht die Küche. Sie verspürte plötzlich Angst, ohne zu wissen, wovor.
Draußen dann, auf der Piazza vor dem Kloster, atmete sie tief die Luft ein, die voll von Düften war. Sie warf die Arme in die Höhe und spürte zugleich wieder diesen prüfenden Blick der Eltern, als sie sich umwandte. Aber dann, mit einem Mal, sie hätte nicht einmal sagen

können, was es ausgelöst hatte, witterte sie die Gefahr. Sie erinnerte sich plötzlich an den Morgen, nachdem Lukas Helmbrecht abgereist war, sie erinnerte sich an das Gespräch mit ihrem Vater, bei dem sie gesagt hatte, daß sie Zeit brauche, um zu wissen, ob sie überhaupt heiraten wolle und falls ja, ob es dann dieser Lukas Helmbrecht sein werde, auch wenn sie ihm versprochen sei.

Es gibt andere Frauen, hatte der Vater gesagt, und in Nürnberg sei eine Base, Clothilde, die sei sicher noch in dieser Stunde bereit, ihren Vetter zu heiraten.

Sie gönne ihn Clothilde, hatte Crestina huldvoll gesagt, es sei ihr recht, wenn er die nehme.

Sie solle sich alles in Ruhe überlegen, hatte der Vater gesagt, und selbstverständlich werde er sie nicht in eine Ehe treiben, die sie nicht wolle. Nur wäre es natürlich besser gewesen, wenn man es gleich gewußt hätte und nicht erst nach der Absprache. Und wenn diesen Lukas Helmbrecht nicht, dann müsse man ja wohl auch vorsorglich ein Kloster in Erwägung ziehen.

Sie erinnerte sich genau, daß sie damals übermütig gelacht hatte. Nun denn, eben ein Kloster, das sei allemal besser als Lukas Helmbrecht.

Also, sagte Donada freundlich, hier wirst du nun in Zukunft leben. Du kannst hier einziehen, sobald eine Zelle frei wird.

Es ist das vornehmste Kloster der Stadt, sagte der Vater mit erstaunlich sicherer Stimme, obwohl er ihr entsetztes Gesicht wahrgenommen haben mußte, und tätschelte dabei ihren Arm. Es sei klar, daß nicht jede Familie ihre Töchter in diesem Kloster unterbringen könne. Man müsse dankbar sein.

Sie sahen an ihr vorbei, als sie erstarrt stehenblieb, und bevor sie auch nur einen einzigen Satz hervorbringen konnte, sagte die Mutter rasch: Dein Vater hat die Mitgift bereits bezahlt, es ist also alles bereits entschieden.

Sie schaute den Vater an. Er lockerte, offenbar unbehaglich, den Halsausschnitt seines Hemdes und wiederholte den Satz der Mutter. Ja, sagte er, es ist alles bereits entschieden.

Tu ne quaesieris, scire nefas, quem mihi, quem tibi finem di dederint, Leuconoe. Crestina hielt inne, schaute ihren Bruder an, wollte reden von diesem schrecklichen Tag.

Aber Riccardo schüttelte den Kopf: *Nec Babylonios...*
Nec Babylonios temptaris numeros. Riccardo, bitte!
Ut melius... fuhr Riccardo unerbittlich fort.
...quidquid erit pati. Seu plures hiemes seu tribuit Juppiter ultimam... Sie stand auf, legte das Buch zur Seite und sagte entschieden, nein, sie könne nicht weiter.
Du wirst das *carpe diem* noch sagen, dann reden wir, beharrte Riccardo.
Sie setzte sich, sprach die Verse zu Ende, stand wieder auf und ging ans Fenster. Ich werde nicht dorthin gehen, sagte sie entschieden.
Dann sollten wir uns etwas einfallen lassen, meinte Riccardo, sie werden darauf bestehen.
Er hat die Mitgift schon bezahlt, sagte sie verzweifelt.
Riccardo lachte. Ein Fünftel von dem, was er hätte an den Vater von Lukas Helmbrecht zahlen müssen. Und glaub mir, er wird es verkraften. Falls er überhaupt schon bezahlt hat.
Sie werden sich nicht damit abfinden, daß ich weder das eine tue noch das andere, sagte sie. Irgend etwas muß ich ja tun.
Dann wirst du eben eines Tages diesen Lukas Helmbrecht doch noch heiraten. Oder zumindest so tun, als ob du es vorhättest.
Wie kann ich tun, als würde ich Lukas Helmbrecht heiraten, wenn ich gesagt habe, daß ich ihn nicht will.
Das widerrufst du einfach. Und sagst, du wollest dir einmal anschauen, wo dieser Lukas denn überhaupt lebt. Das gibt uns Zeit.
Du meinst – sie zögerte –, du meinst, ich soll nach Nürnberg fahren? Das lassen sie nie zu.
Wir werden sehen, sagte Riccardo. Laß es mich machen!
Wirst du mit ihnen reden? Gleich morgen?
Riccardo überlegte kurz, schien zu zögern und sagte dann rasch: Nein, morgen nicht, auch in den nächsten Tagen nicht. Ich muß irgendwann in aller Frühe nach Padua. Er klopfte ihr auf die Schulter, sagte, in ein paar Tagen sei auch noch Zeit, und so rasch könnten die Eltern kaum verlangen, daß sie eine Entscheidung fälle.
Sie haben sie bereits gefällt, diese Entscheidung, sagte sie mutlos, nicht ich.
Überlaß es mir! sagte Riccardo nochmals. Wir werden es durchstehen.

Parlatorio, refettorio, dormitorio, scrittorio. In der Nacht lag sie wach, sagte die Worte vor sich hin, einmal, zweimal, horchte ihrem Klang nach, wiederholte sie von neuem, diesmal von rückwärts: *scrittorio, dormitorio, refettorio, parlatorio.*
Was sie noch Stunden zuvor als Möglichkeit gesehen hatte, verschwand, sobald sie in ihrer Kammer war, sie würden sie nie reisen lassen. Sie würden sie dort hinstecken, wo sie die Mitgift bezahlt hatten, und vielleicht hatte es ja doch auch etwas mit Geld zu tun – die geschäftlichen Rückschläge, die der Vater in letzter Zeit hatte hinnehmen müssen, waren schließlich nicht unbemerkt geblieben.
Sie setzte sich hoch im Bett, versuchte, sich ein *dormitorio* vorzustellen, die Lampen hell die ganze Nacht hindurch, weil sie hier niemandem trauten, sie versuchte sich die Schokolade am frühen Morgen vorzustellen, Riccardo auf ihrem Bett sitzend, einen Brief lesend, die Hunde an ihrer Seite, Jacopo, der das Silbertablett hielt – und wußte, daß dies alles völlig falsch war, auch wenn Besuche im *dormitorio* erlaubt waren, sogar Gäste bisweilen dort schlafen durften.
Dieser Schlafsaal – sie wollte nicht länger an ihn denken. Huschte viele hundert Meilen nach Norden, sah Lukas Helmbrecht an seinem Schreibpult stehen, wie er vertieft war in das Haushaltsbüchlein, das große Püchel, das Reiserechenbüchlein und all die anderen hundert Bücher, die sie bis jetzt noch nicht kannte. Sie sah sich sitzen am Stickrahmen oder am Spinnrocken oder beim Weben – daß sie sie nie auf die Beizjagd gehen lassen würden, war sicher. Sie schob auch dieses Bild von sich, legte es zu dem anderen, fragte sich, wer bin ich, daß ich solch ein Lamento mache bei einer Sache, die alle anderen Frauen ganz einfach über sich ergehen lassen. Das eine wie das andere, die Ehe wie das Kloster. Man geht hindurch durch dieses Leben, hatte eine Großtante einmal gesagt. Man beugt den Nacken, läßt es an sich vorbeiziehen, das, was Gott uns bestimmt hat. Am Ende atmet man auf, daß man es überstanden hat. Irgendwie. Und niemand wird sich dafür interessieren, wie dieses Irgendwie ausgesehen hat. Ob es etwas Besonderes war oder nicht.
Ich will's nicht so, hatte sie damals zornig gesagt. Wenn es so ist, dann will ich es gar nicht erst haben. Es soll nicht ein Irgendwie sein.
Auch du wirst es nehmen, wie es kommt, hatte die Großtante lä-

chelnd gesagt. Keine von uns Frauen entgeht diesem Nackenbeugen.
Als sie endlich einschlief im Morgengrauen, schüttelte sie noch einmal zornig den Kopf. Sie haßte dieses Wort *irgendwie* ganz sicher, sie würde verhindern, daß es je in ihr Leben Einzug erhielt.

DER FONDACO DEI TEDESCHI

Der Tag, an dem sie begriff, daß Riccardo nicht nur ein zweites Leben führte mit ihr, sondern möglicherweise auch ein drittes, war jener Morgen, an dem er in aller Frühe nach Padua hatte reisen wollen. Es war ein Tag, an dem das Wasser in der Lagune so niedrig stand wie schon lange nicht mehr. Die kleinen Seitenkanäle lagen trocken, und der schlammige Belag, der auf ihnen zurückgeblieben war, stank.
Sie war früh an diesem Morgen in die Stadt gegangen, um Besorgungen zu machen, weil sie am Nachmittag nach Burano hinausfahren wollte, um Clara im Kloster zu besuchen.
Als sie zum Rialto kam, schaute sie auf einen Sprung zu Taddeo hinein, aber Taddeo war beschäftigt, verhandelte mit Kunden, warf ihr nur rasch einen hastigen Satz hin. Falls sie Leonardo suche, er sei weder hier noch in der Druckerei.
Und wo dann? wollte sie wissen.
Taddeo zuckte die Achseln und sagte: Irgendwo. Ständig sei sein Sohn irgendwo, und er wisse nie, wo er sei. Und immer sei dies genau der Tag, an dem am meisten los sei in der Stadt.
Sie ging weiter, lief an der Außenseite der Brücke, von wo sie auf den Fondaco dei Tedeschi hinabschauen konnte, und verlangsamte den Schritt. Eine Gruppe von jungen Männern stand an der Anlegestelle der Faktorei, unterhielt sich, lachte, und sie war plötzlich ganz sicher, daß unter diesen jungen Männern Riccardo war. Obwohl er doch gesagt hatte, daß er nach Padua müsse. Sie blieb stehen, wartete darauf, daß der, den sie für Riccardo hielt, ihr das Gesicht zuwandte, aber er tat es nicht. Als einer der Männer zur Brücke hoch-

schaute, hob sie die Hand, aber offenbar hatte der Betreffende das Gefühl, daß der Gruß nicht ihm galt, oder er sah sie gar nicht. Schließlich ging die ganze Gruppe gemächlichen Schrittes in das Gebäude hinein.

Sie überlegte, was sie tun sollte. Falls es sich wirklich um Riccardo gehandelt hatte – und sie war nunmehr ganz sicher, daß es so war –, konnte es hundert Gründe geben, weshalb er, obwohl er bereits bei Morgengrauen das Haus verlassen hatte, noch hier in der Stadt war. Und es konnte sich bei diesen hundert Gründen um völlig normale Ursachen handeln, und sicher war es sinnlos, daß sie plötzlich Angst empfand. Vermutlich. Also beschloß sie weiterzugehen. Aber noch bevor sie die Brücke ganz überquert hatte, um nach rechts abzubiegen, wußte sie, daß es falsch war. Und daß sie sich vermutlich den restlichen Tag tausend Dinge vorstellte, die alle nicht zutrafen. Also kehrte sie um, ging zum Fondaco und blieb zunächst im Hof stehen.

Es war schon einige Zeit her, seit sie zum letztenmal hier gestanden hatte, aber es war auch heute so, wie es stets gewesen war: der Platz voll mit dem Geschrei der Ballenbinder und Lader, die sich nicht einigen konnten, ob einer der zweispännigen Deichselwagen mit vier Rädern für diese Fuhre besser geeignet war oder ein einspänniger Karren mit zwei Rädern; dazwischen die Handelsherren, die rasch zur Seite sprangen, wenn ein Faß vom Wagen fiel und auslief oder einer der mächtigen Ballen platzte und seinen Inhalt auf den Boden entleerte; die Kinder, die zwischen den Beinen der Esel hindurchkrochen und Fangen spielten; und die Frauen, die sich hier von ihren Männern verabschiedeten und die nie die Gewißheit hatten, daß diese Männer, nachdem sie Monate unterwegs waren, auch wieder wohlbehalten zu ihnen zurückkommen würden.

Sie wußte, daß es sinnlos sein würde, zu der Kammer der Helmbrechts zu gehen, denn was immer diese jungen Männer zusammengeführt haben konnte, welche Geschäfte oder was auch sonst, es würde gewiß nicht in der Kammer von Lukas stattfinden, da er nicht hier war. Andere Kammern kannte sie nicht, und da sie weder im Hof noch hinter den Bogengängen ein bekanntes Gesicht entdeckte, beschloß sie, wieder zu gehen. Über ihr war das Geschrei von Möwen zu hören, sie blickte an den vier Stockwerken empor und mußte lächeln.

Hier, anhand der Arkaden des Fondaco dei Tedeschi, hatte sie als Kind einst das Zählen gelernt. Sie erinnerte sich genau an den Tag, oder zumindest glaubte sie, sich an ihn zu erinnern, auch wenn man es ihr möglicherweise nur erzählt hatte. Der Großvater hatte sie zum erstenmal hierher mitgenommen. Er hatte sich mit ihr in den Innenhof gestellt, sie auf seine Schultern gesetzt und sie nach oben blicken lassen.
Schau's dir an! hatte er dann gesagt. Schau's dir gut an!
Sie hatte gehorsam nach oben geblickt und gefragt, was sie anschauen solle.
Alles, hatte der Großvater gesagt, alles. Alles, was du hier siehst, ist geworden und gewachsen durch den Fleiß von Menschen. Von vielen Menschen. Und jeder dieser Menschen hat durch seine Arbeit etwas dazu beigetragen, daß dieses Haus hier steht.
Der Großvater hatte sie wieder auf den Boden gesetzt, ihre Hände in die seinen genommen und gesagt, nun solle sie die Arkaden zählen. Wenn man es zu etwas bringen wolle im Leben, müsse man früh beginnen. Und deswegen solle sie das Zählen lernen, jetzt, hier bei ihm. Und so lernte sie zählen mit diesen Arkaden. Sie zählte die vom ersten Stock, dann die vom zweiten, die vom dritten, fühlte ihren Kopf wirr werden von all den Zahlen und brachte sie durcheinander, aber der Großvater hatte Geduld und ließ sie mit ihren kleinen Fingern lange hin und her zählen, bis er endlich meinte, nun sei es genug.
Nie genug fand er dagegen Anlässe, bei denen er seine Enkelkinder möglichst oft und möglichst früh wissen ließ, wo der gegenwärtige Reichtum der Zibatti seinen Anfang genommen hatte. Nämlich mit einem Armbrustschützen namens Marc Antonio, der sich etwa eineinhalb Jahrhunderte zuvor auf einer der Galeeren des Staates, die nach Alexandria fuhr, eingeschifft hatte.
Marc Antonios Besitz bestand zu jenem Zeitpunkt aus dreißig Dukaten, einem dunklen Zimmer in einem Hinterhof des schlechtesten Viertels der Stadt, wo die Kanäle am wenigsten tief ausgegraben waren und bei Niederwasser sofort zu stinken begannen, und aus einer Katze, die ihm seine Mutter bei ihrem Tode namenlos zurückgelassen hatte. Er taufte die Katze Cleopatra, weil sich für ihn mit diesem Namen etwas von dem Reichtum verband, den er sich einmal für sich wünschte.
Daß es just diese Katze war, die ihm den Weg zum Reichtum öffnete,

erfuhr Crestina erst später, weil der Großvater nicht wollte, daß seine Enkel im Aberglauben erzogen würden, und die Rolle des Glücks in dieser Geschichte klein hielt, zählte doch seiner Meinung nach Leistung mehr als ein blindes Glück, das nahezu vom Himmel fiel. Aber genauso hatte es sich in Wirklichkeit verhalten. Marc Antonio hatte eines Tages mit seiner Katze am Fenster gesessen und auf den Hinterhof hinausgeschaut, als plötzlich aus einer Gasse zwei degenfechtende Männer heraussprangen, von denen der eine den anderen schnell zum Rand des nahen Kanals drängte. In dem Augenblick, als die beiden unter dem Fenster kämpften, erschrak die Katze und sprang in ihrer Verwirrung zwischen die Beine jenes Mannes, der seinen Kontrahenten soeben in den Kanal stürzen wollte. Sie brachte ihn damit zum Straucheln, und das Handgefecht, das sich danach entwickelte, endete mit der Flucht des einen, während der andere sich schwankend an die Hauswand lehnte und hilfesuchend zu dem Fenster hinaufsah. Marc Antonio rannte aus dem Haus, schleppte den Fremden in sein Zimmer und wollte einen Arzt holen. Aber der Fremde winkte ab, er habe kein Geld für einen Arzt und so schlimm sei die Verletzung auch kaum, wenn er sich nur für ein paar Stunden hier aufhalten könne.

Aus den paar Stunden wurden einige Tage, die damit endeten, daß Marc Antonio den Platz des Fremden, der Giuliano Cornetti hieß, als Armbrustschütze auf einem Schiff übernahm, weil der Fremde sich in seinem Zustand einerseits dazu keinesfalls in der Lage fühlte und es sich andererseits nicht leisten konnte, auf diese Stelle zu verzichten. Als Armbrustschütze vom Heck aus ein Schiff zu bewachen war eine Vergünstigung, die die Stadt für den armen Adel bereithielt. Armer Adel bedeutete, daß jener junge Mann als Kind und als Jugendlicher in so armen Verhältnissen lebte, daß er zum Betteln gezwungen war. Mit Maske natürlich, damit niemand ihn erkennen konnte. Aber da es nahezu das ganze Jahr üblich war, mit der Maske herumzulaufen, konnten er und seine Eltern sicher sein, daß sie zumindest das Allernotwendigste zum Leben hatten. Die Stelle des Armbrustschützen nicht anzunehmen hätte bedeutet, warten zu müssen, bis sich wieder eine solche Vergünstigung bot, wobei keinesfalls sicher war, daß dies der Fall sein würde. Also bot Giuliano seinem Retter an, als sein Geschäftspartner in Venedig nach dem Rechten zu sehen, während Marc Antonio an seiner Stelle auf einer der Handelsgaleeren der Republik über die Meere fuhr. So lernte Marc Antonio fremde Länder kennen und kehrte Jahr für Jahr an Weihnachten wieder zurück, falls der Monsun günstig gewesen war und das Schiff auf die richtige Route getragen hatte.

Der Besitz der beiden hatte sich bald verdreifacht, da Giuliano umsichtig einen kleinen Handel aufgebaut hatte, den sie später gemeinsam weiterzuführen gedachten.

Die Schiffe, auf denen Marc Antonio fuhr, handelten mit Käse, Öl, Tuchen und Gewürzen. Bisweilen verirrte sich auch einmal eine Reliquie aus fernen Landen unter die Fracht, aber das war zu jener Zeit noch selten.

Als der Punkt kam, an dem Giuliano und Marc Antonio das Gefühl hatten, daß der eine lange genug als Armbrustschütze die Handelsgaleeren des Staates bewacht und der andere lange genug allein gewirtschaftet hatte, fragten sie bei der Serenissima an, ob man bereit sei, ihnen einen Kredit zu geben, damit sie zunächst eine Galeere mieten und sich möglicherweise später bei einem privaten Handelsschiff, einer Kogge, einkaufen konnten. Es war zu jener Zeit bereits üblich, daß das Risiko nicht mehr wie früher nur auf den Schultern eines einzigen lag, sondern auf mehrere verteilt wurde, womit Piratenüberfälle, Sturm, Feuer und sonstige Gefahren nicht mehr ganz so gravierend waren.

Der Neubeginn glückte, und es dauerte nicht lange, bis die beiden einen Ort brauchten, an dem sie ihre Waren stapeln konnten. Da ihre ärmliche Behausung dazu kaum geeignet war, mieteten sie ein Haus, in dem sie sowohl wohnen wie auch die Güter unterbringen konnten. Das Haus war zunächst nicht sonderlich groß, aber es genügte. Als Diener nahmen sie sich einen Tscherkessen, den sie für achtundzwanzig Dukaten günstig auf dem Sklavenmarkt erstanden hatten. Er arbeitete für sie als Hausknecht und Koch und natürlich auch als Gondoliere und Barkenführer. Dafür hatte er das Vorrecht, im Haus zu schlafen, unter dem Dach, in einer Kammer, die nicht größer als drei Quadratmeter war. Aber der Sklave war's zufrieden, die respekteinflößende Livree, die ihm seine beiden Herren schneidern ließen, wog für ihn vieles auf, was er zu erdulden hatte.

Die friedliche Partnerschaft der beiden Männer fand eines Tages ein jähes Ende. Giuliano, der wagemutigere der beiden, hatte dafür plädiert, daß man die Regel, nicht bei Nacht zu segeln, in guten Zeiten doch ohne Schwierigkeiten umgehen könne, weil man dann mit Sicherheit den Profit noch steigern würde. Marc Antonio hatte zögernd zugestimmt. Aber bereits bei der nächsten Fahrt wurde eines der beiden Schiffe, die sie inzwischen laufen hatten, bei Sturm auf eine Felseninsel geschleudert und zerstört. Es war das erstemal, daß es zwischen ihnen eine Mißstimmung gab, die noch verstärkt wurde, als Giuliano eine Frau kennenlernte, die ihn so in Anspruch nahm, daß die Freundschaft der beiden am Zusammenbrechen war. Bevor es endgültig dazu kommen konnte, holte sich Giuliano die Cholera und starb innerhalb weniger Tage. Seinen Besitz hatte er kurz vor seinem Tod Marc Antonio vermacht, da sie gemeinsam alles aufgebaut und vermehrt hatten.

Marc Antonios Glück, es zu bescheidenem Reichtum gebracht zu haben, dauerte allerdings nur kurze Zeit. 1497 segelte der Portugiese Vasco da Gama von Lissabon um das Kap der Guten Hoffnung und gelangte bis nach Malabar – damit war der Seeweg nach Indien entdeckt. Die Handelsware, vor allem Gewürze, die Vasco da Gama dort kaufte, konnte er auf dem gleichen Wege nach Lissabon zurückbringen und damit sowohl die Gefahren des Landweges umgehen wie auch die verschiedenen Zölle. Da Portugal diesen neuen Weg in Zukunft regelmäßig zu befahren gedachte, vierzig Schiffe sollten dafür eingesetzt werden, war für Venedig klar, daß es damit viele seiner Abnehmer, vor allem Franzosen, Deutsche und Ungarn, verlieren würde, was das Ende der Monopolstellung, die die Stadt bis dahin genossen hatte, bedeutete.

Wie viele Söhne und Söhnessöhne Marc Antonios sich später dann mit neuen Waren neue Märkte erschlossen, um sich der veränderten Situation anzupassen, war nie recht auszumachen, fest stand nur, daß Crestinas Großvater derjenige war, der das Geschäft der Zibatti zu seiner gegenwärtigen Größe gebracht hatte, und zwar zu einem Großteil damit, daß er begann, mit Reliquien und Mumien zu handeln, die zu jener Zeit bereits nahezu den gleichen Wert wie Gold besaßen. Diese Reliquien und Mumien mußten, bis sie ihre Käufer fanden, gelagert werden, und Crestina erinnerte sich noch voller Schrecken an den Tag, an dem sie als Kind einmal der Amme davongelaufen war, die sie dann in einem jener Räume wiederfand, in denen ihr Großvater dieses Handelsgut aufbewahrte. Ein Raum voller Arme und Beine, dazu ganze Mumien, halbe, zum Teil schlecht präpariert und für den Verkauf kaum geeignet. Als sie entsetzt fliehen wollte, kamen Gottlob die Amme und Anna angelaufen, und es gab von da an keine gesellschaftliche Veranstaltung mehr, in der Donada einem andächtig zuhörenden Publikum nicht gestenreich diesen schrecklichen Zwischenfall schilderte.

Als Crestina an diesem Morgen an den vier Stockwerken des Fondaco hochschaute, sah sie die beklemmende Situation von damals wieder ganz deutlich vor sich, doch just in diesem Augenblick ertönten aus einem der Fenster Stimmen, die sie zunächst irritierten und dann zutiefst verstörten, weil unter ihnen auch ganz eindeutig Riccardos Stimme zu hören war.

Sie blieb stehen, wie gelähmt, auch als die Stimmen bereits eine ganze Weile verklungen waren. Sie hätte später nicht mehr sagen können, wie lange sie da gestanden hatte, inmitten der Esel, die neben ihr schrien, während sie beladen wurden, der Männer, die lautstark ihre Reise besprachen, und der Hunde, die um ihre Füße herumtollten. Schließlich strich sie ihr Kleid gerade und knüpfte die Bänder ihres Hutes neu, alles mit Bewegungen, die nicht von ihr zu stammen, sondern von irgendwoher gesteuert schienen. Sie nahm ihren Korb, schaute nicht mehr nach oben und ging dann Schritt für Schritt auf das Tor des Hofes zu. Als sie es erreicht hatte, begann sie zu laufen. Erst langsam, dann immer rascher, so als seien tausend Verfolger hinter ihr.

TORCELLO

Sie stand an der Merceria, schaute den Männern zu, die wie schon seit Jahrhunderten ihre Pferde an einem Feigenbaum vor San Salvatore anbanden, weil dieser Straßenzug vom Rialto bis San Marco nur den Fußgängern vorbehalten war, und sie spürte, wie langsam wieder Ruhe in ihr einkehrte. Sie wollte weitergehen, zuckte aber zusammen, als sich plötzlich eine Hand auf ihre Schulter legte.

Kann ich dir beim Einkaufen helfen? fragte Bartolomeo freundlich und schaute auf ihren Korb, der so gut wie leer war.

Sie schüttelte den Kopf und sagte nein.
Bist du allein unterwegs, fragte er weiter. Oder wartest du auf jemanden?
Sie sagte wieder nein und ging in die Richtung von San Marco.
Ich habe übrigens vorhin Riccardo gesehen, sagte Bartolomeo beiläufig, sollte er nicht in Padua sein?
Sie beschleunigte ihre Schritte und sagte, sie wisse es nicht.
Sie gingen nebeneinander her, Bartolomeo lächelte leise vor sich hin und legte dann seine Hand auf ihren Arm.
Wir sind Vetter und Base, sagte er dann, noch immer lächelnd, keine Fremden.
Habe ich etwas getan, was dich annehmen läßt, wir seien Fremde?
Vielleicht, sagte er, vielleicht auch nicht. Eine Weile gingen sie, ohne miteinander zu reden. Dann deutete er zu einem Haus hinüber, das in einer der Seitengassen stand. Gefällt dir das Haus? fragte er.
Sie schaute hin, ohne stehenzubleiben. Weshalb sollte es mir gefallen oder nicht gefallen? Es sieht aus wie alle anderen Häuser auch, sagte sie, auch wenn klar war, daß es nicht stimmte und dieses Haus sich durch den Reichtum, den es zur Schau trug, von den anderen deutlich abhob.
Bartolomeo lachte auf. Riccardo geht in dieses Haus, wußtest du das? Es gehört zu den *stufe*. Ich wette, du wußtest es nicht, oder?
Sie ertappte sich dabei, daß sie Riccardo nicht verteidigte. Sie zögerte eine Sekunde, dann sagte sie kurz: Alle Männer gehen in die *stufe*, oder etwa nicht?
Bartolomeo lachte wieder. Ja, ja, alle Männer, schon. Ich dachte nur, du nimmst an, Riccardo mache da eine Ausnahme.
Und weshalb sollte er das?
Weil es den Riccardo, den du dir zurechtgeformt hast, eigentlich gar nicht gibt. Er existiert nur in deiner Phantasie.
In meiner Phantasie? Wieso? Was meinst du?
Bist du sicher, daß du alles über ihn weißt?
Sie versteifte sich. Keiner weiß alles über den anderen, sagte sie dann. Auch Riccardo nicht über mich. Und im übrigen möchte ich jetzt nicht über Riccardo reden.
Gut, gut, sagte Bartolomeo bereitwillig, reden wir nicht über Riccardo! Reden wir über... über morgen zum Beispiel. Du könntest mit mir auf die Beizjagd gehen.

Ich habe keinen Falken mehr, sagte sie, das dürftest du ja kaum vergessen haben.
Du könntest meinen Habicht fliegen, wenn du magst.
Ich habe noch nie einen Habicht geflogen, und Riccardo war immer...
Riccardo versteht nichts von Habichten, unterbrach er sie, und überdies denke ich, daß wir nicht von Riccardo reden wollten. Ich meinte auch nur, es wäre dir langweilig, so allein dieses Wochenende, wo nahezu alle Bediensteten aus dem Haus sind.
Ich habe meine Bücher, sagte sie kurz, während sie nebenher überlegte, ob sie nicht doch vielleicht lieber mit Bartolomeo auf die Jagd gehen sollte.
Wir könnten auch fischen gehen, schlug er vor.
Wohin fährst du immer? fragte sie.
Bartolomeo zuckte die Achseln. Mal hierhin, mal dorthin. Meist in die Nähe von San Clemente oder San Servolo.
Sie blieb abrupt stehen.
Bartolomeo lachte. Das ist eine Kindermär, daß man dort draußen nicht fischen soll. Der Canal Orfano ist tief, und die Ertränkten treibt es alle ins Meer.
Kein Fischer fischt dort, sagte sie.
Eben. Deswegen gibt es dort auch so viele Fische. Hast du schon mal Aal gegessen, wie ihn die Glasbläser machen?
Sie schüttelte den Kopf.
Sie spießen ihn auf ihre Glasröhre und halten ihn nur ein paar Sekunden in den Schmelzofen. Es ist der beste Aal, den ich kenne.
Sie sagte: Ich mag überhaupt keinen Aal und schon gar nicht, falls er von dort draußen kommt. Also gut, gehen wir auf die Beizjagd, gab sie dann seufzend nach, weil sie ihn zum einen loswerden wollte und weil sie zum anderen plötzlich jenes Bild wieder vor Augen hatte, wie sie Riccardo an der Anlegestelle des Fondaco hatte stehen sehen.

Als sie später feststellte, daß sie zum drittenmal beim gleichen *Frittole*-Verkäufer vorbeikam, der bereits wagte, ihr ein verschwörerisches Lächeln zuzuschicken, weil er offenbar annahm, sie komme seinetwegen, war ihr klar, daß sie ziemlich ziellos durch die Stadt gelaufen sein mußte. Wobei ziellos bedeutete, daß jenes Haus, von

dem Bartolomeo gesprochen hatte, jedesmal an ihrem Weg lag, was die Ziellosigkeit wohl wieder in Frage stellte.
Sie spürte den Korb schwer an ihrem Arm, obwohl er fast leer war. Sie hatte Hunger und Durst. Die Mittagszeit war längst vorbei, und sie überlegte sich, ob sie nicht ein viertes Mal an jenem *Frittole*-Stand vorbeigehen und sich etwas zu essen kaufen solle.
Es war das erstemal, daß sie sich Fragen über Riccardo stellte. Vermutlich Fragen, die schon immer existiert, in ihr gelauert, auf den rechten Zeitpunkt gewartet hatten, um hervorzutreten.. Sie fühlte sich diesen Fragen ausgeliefert, hilflos, voller Verwunderung, und dies, obwohl sie selbstverständlich wußte, daß Männer in dieser Stadt in die *stufe* gingen, ohne eine exakte Vorstellung zu haben, was dort wirklich geschah. Es waren Dampfbäder. Und Kurtisanen badeten in ihnen mit duftenden Essenzen, so hieß es. Was sonst noch geschah, blieb der Phantasie derer überlassen, die sich dafür interessierten.
Sie stellte fest, daß sie sich dafür interessierte. Zumindest an diesem Tag. Und sie ließ ihre Phantasie schweifen. Sah Riccardo mit all den jungen Männern, die sie am Morgen vor dem Fondaco gesehen hatte, in dieser *stufe* sitzen, lachend, lärmend, sich Scherzworte zuwerfend, sie sah den Schweiß an ihren Körpern herabtriefen, die Gestalten vernebelt vom Dampf, die Umrisse nur schemenhaft, so daß sie sich Riccardos Körper nicht vorstellen konnte. Genau genommen hatte sie bis dahin nicht einmal darüber nachgedacht, wie dieser Körper aussah, vermutlich nicht einmal darüber, wie ein Männerkörper überhaupt aussah. Frauen sahen den Körper des Mannes in der Hochzeitsnacht, nicht vorher, zumindest Frauen aus solchen Elternhäusern, wie sie eines hatte.
Irgendwann kam Wind auf, blies ihr den Hut vom Kopf. Sie kaufte sich bei einem anderen Verkäufer nun doch noch *frittole* und fand sich schließlich wieder an der Stelle, an der die Boote nach der Insel Torcello abfuhren. Den Plan, nach Burano überzusetzen, hatte sie inzwischen aufgegeben. Sie stieg ein, ohne recht zu wissen, was sie tat. Sie wußte nur, daß sie weg wollte. Weg von dieser Stadt, weg von diesem Haus, weg von ihren schweifenden Ideen, die sie in Gefilde führten, die sie vor sich selber erschrecken ließen.

Sie hatte nie in San Marco beten können. In San Marco nicht, nicht in I Frari, nicht in Santa Maria dei Miracoli und schon gleich gar nicht in San Moisè. Gebetet hatte sie immer nur in der Kirche auf Torcello, in Santa Maria Assunta. Torcello war der einzige Ort, zu dem sie von Kind an ging, wenn sie Kummer hatte. Sie war stets allein hierhergegangen, sobald sie in dem Alter war, in dem man sie allein gehen ließ, und hatte oft nicht einmal Anna Bescheid gesagt, weil sie nicht darüber reden wollte, weshalb sie eigentlich dorthin ging. Weil sie nicht gefragt werden wollte: Nun, schon wieder nach Torcello? Was ist es denn diesmal, was dich beschwert?

Torcello gehörte zu ihrer Kindheit wie die Hölle, die ebenfalls aus ihrer Kindheit nicht wegzudenken war. Es waren nicht der Vater gewesen und schon gar nicht die Mutter und Riccardo gleich zehnmal nicht, die ihr von der Hölle erzählt hatten. Es war Jacopo, der sie in die Bilderwelt der Hölle eingeführt hatte. In tausend Bilder, denn die Hölle hat tausend Bilder, wie er gesagt hatte, als er zum erstenmal mit ihr nach Torcello gefahren war. Sie hatten es heimlich getan oder zumindest halb heimlich, weil ihre Kinderfrau einen Liebhaber auf Burano hatte, den sie regelmäßig besuchte, wobei Crestina ihr im Wege war. Also war Jacopo mitgekommen, der mit ihr nach Torcello weiterfuhr, weil er dort einen Freund hatte. Und Jacopo hatte gemacht, daß Torcello zu den Alpträumen ihrer Kindheit gehörte. Wegen der Höllenbilder in dieser Kirche. Sieh's dir an! hatte er gesagt und sie dabei vor das große Mosaik an der Westwand geführt, schau's dir genau an! So wird es eines Tages sein: unsere Köpfe nur noch über dem Schlamm, in den wir uns durch unsere Sünden selbst gestoßen haben.

Diese Hölle, sie war für Jacopo allgegenwärtig. Und sie war so wirklich für ihn wie die Lagune, der Palazzo, San Marco oder wie die Rialto-Brücke. Für Jacopo war sie keine Illusion, für ihn existierte sie. Sie wartete, diese Hölle. Auf jeden Menschen. Und Jacopo war, wenn man so will, nahezu süchtig auf die Hölle. In frühen Jahren hatte er einst sein ganzes Geld, das er bis dahin verdient hatte, in eine Reise gesteckt, die ihn quer durch die Länder geführt hatte. Es war freilich keine Reise, wie sie die Herren machten, dazu hätte sein Geld nie gereicht. Er war zunächst als Diener mit einem Grafenpaar nach Norden gezogen, hatte diese Herrschaft so lange begleitet, bis er alles gesehen hatte, was er sehen wollte. Dann war er umgekehrt und hatte mit einer anderen Herrschaft die Alpen in südlicher Richtung überquert, bis er auch hier alles gesehen hatte, was er sehen wollte. Nämlich nichts weiter als Höllen. Er hatte ihre Darstellungen gesammelt, so wie andere Leute Uhren oder schöne Gläser sammeln. Da er im Zeichnen nicht ganz unbegabt war, zeichnete er diese Höllen ab, egal, wo er sie fand, und nicht in Farbe, dazu hätte sein Können nicht gereicht, sondern mit dem Kohlestift. Und er bewahrte diese Höllendarstellungen später in einer großen Mappe auf.

Anna, als sie beim Putzen einmal auf diese Mappe stieß, hatte sich nur kopfschüttelnd an den Kopf getippt und gesagt, es werde sie nicht wundern, wenn auch Jacopo eines Tages auf San Clemente lande.

Später, nachdem Crestina größer war, hatte Jacopo sie nicht nur die Bilder betrachten lassen, sondern sie auch dazu angehalten, diese abzuzeichnen. Und er war voller Stolz im Raum geblieben, als der Vater sich eines Tages über die Zeichenkünste seiner Tochter verwunderte und fragte, von wem dieses Talent wohl geweckt worden sei. Jacopo hatte geschwiegen, wohl wissend, daß niemand in der Familie davon begeistert gewesen wäre, daß er ein junges Mädchen in seine abstruse Höllenkunde eingeführt hatte.

Noch später dann, als sie endgültig aus den Kinderschuhen herausgewachsen war, hatte sie nicht mehr nur einfach hingenommen, was Jacopo ihr erzählte. Sie stellte Fragen, wollte alles ganz genau wissen. Wer kommt dorthin?

Alle, sagte Jacopo, alle.

Alle? fragte sie zurück, in der Hoffnung, daß vielleicht doch ein paar Menschen davon verschont bleiben würden.

Fast alle, korrigierte sich Jacopo, als er den Schrecken auf ihrem Gesicht sah.

Tut sie – ich meine – tut sie sehr weh, diese Hölle?

Jacopo hatte sie an der Hand genommen und aus seiner Truhe ein paar durch ein Band verbundene Tuchstreifen herausgeholt, die er ihr gab. Heb es gut auf, hatte er dann gesagt, es ist das Skapulier des Karmeliterordens, und es lindert nach dem Tod die Schmerzen des Fegfeuers.

Anna hatte das Gegengewicht in diese einseitige Betrachtung von Schuld und Sühne gebracht. Anna erzählte ihr vom Paradies, auch wenn Jacopo dieses Paradies mit einer einzigen Handbewegung vom

Tisch zu wischen pflegte. Für ihn gab es kein Paradies, ihn interessierte nichts anderes als die Hölle, und Paradiesbildern schenkte er auch nicht einen Augenblick seiner Aufmerksamkeit. Er hatte Freiburg besucht, Breisach, Nürnberg, er hatte nahezu keine Stadt aus dem Reich ausgelassen, um seine Höllensammlung zu komplettieren, und er konnte selbst Gelehrte überraschen, wenn er von irgendwelchen Darstellungen berichtete, die jenen noch unbekannt waren.
Später, als Riccardo Crestinas Erziehung übernahm, versuchte er behutsam, sie aus ihren Ängsten zu lösen. Sagte ihr, daß dies Bilder seien, die Künstler gemalt hatten, und daß es diese Hölle keinesfalls gebe. Aber dann hatte Anna sie eines Tages auf einen Spaziergang mitgenommen, sie waren am Arsenal vorbeigekommen, und als sie den Kalfaterern zuschauten, hatte Anna Mühe gehabt, Crestinas Entsetzen zu besänftigen. Es gibt sie also doch, die Hölle, hatte sie weinend gesagt. Riccardo lügt, und Jacopo hat recht.
Und es hatte wenig genützt, daß Riccardo ihr erklärte, Michelangelo habe genau hier den Teer kochenden Kalfaterern zugeschaut, um seine Höllenvisionen malen zu können. Sie glaubte von da an lange Zeit, daß die Hölle hier bei ihnen in der Serenissima sei.
Und noch später, als sie längst über ihre Kinderfurcht lächeln konnte, war Torcello mit seinem Mosaik der Ort, den sie mit der Hölle in Verbindung brachte, es war aber auch der Ort, den sie aufzusuchen pflegte, wenn es Dinge gab, die sie quälten. Dort unter dem riesigen Marienbild fand sie die Sprache, die sie in all den anderen Kirchen nicht fand. Diese Maria in dem nachtblauen Gewand, sie gab ihr Antwort auf all ihre Fragen. Und die Hölle hatte ihren Schrecken verloren.

Nach Torcello werden wir heute kaum mehr kommen.
Sie brauchte einige Sekunden, um sich klarzumachen, daß der Satz ihr galt. Sie schaute den Barkenführer an, hörte mit einemmal die Nebelhörner über der Lagune, die dumpfen Klagen der Schiffe und wußte, daß er recht hatte.
Wir sollten so rasch wie möglich wieder zurück.
Zurück? Sie schaute sich um und stellte fest, daß sie in Burano waren. Und es stand fest, daß sie den Barkenführer unmöglich bitten konnte, nach Torcello weiterzufahren. Sie konnten froh sein, wenn sie unbeschadet in die Stadt zurückkamen.

Der Barkenführer sah sie an, nahm ihr Schweigen als Zustimmung – das Klagen der Nebelhörner war inzwischen stärker geworden – und wendete.
Sie sagte: Halt! Nein, nicht zurück!
Und wohin dann?
Ich bleibe hier, sagte sie kurzentschlossen.
Hier? Der Barkenführer lachte verschwörerisch, nahm wohl an, daß sie hier einen Schatz habe, und ruderte zurück zum Ufer. Ihr werdet schwer jemanden finden, der Euch zurückbringt, sagte er vorsorglich.
Sie sagte, ich weiß, zählte ihm das Geld für die Überfahrt auf die Hand und stieg aus.
Als er abfuhr, dachte sie, daß sie heute vermutlich einige Leute für verrückt halten würden. Sie ging rasch von der Anlegestelle durch eine der engen Gassen, überquerte eine Brücke, stand auf dem Marktplatz, wandte sich nach rechts, ging um zwei Ecken und wieder über eine Brücke und stand schließlich vor dem Kloster, in dem Clara lebte. Sie hatte ihre Freundin nie besucht, seitdem die hier war, und das, was sie von diesem Kloster gehört hatte, machte sie unsicher, noch bevor sie das Tor geöffnet hatte.

Sie betrat den *parlatorio* und blieb verblüfft stehen. Es war nicht nur der Lärm, der sie erstarren ließ, sondern auch das, was sie sah. Man hätte meinen können, daß es sich hier um den Vorraum einer Handelsniederlassung, um die Rialto-Brücke oder sonst etwas handelte. Der Raum war groß, hatte an drei Seiten die üblichen Gitterwände, aber eigentlich war der Sinn dieser Gitter nicht recht einzusehen, und sie hätten geradeso auch fehlen können. Denn es schien wie in San Zaccaria kaum ein Unterschied zu sein in der Kleidung derer, die hinter den Gittern, und derer, die vor ihnen standen.
Sie ließ nach Clara schicken und erwartete ein Mädchen, das sich in die Klosterordnung eingefügt hat, nicht eben freiwillig, aber auch ohne allzu große Widerstände.
Aber die Clara, die ihr entgegentrat, entsprach keinesfalls dem Bild, das sie sich von ihr gemacht hatte. Die Freundin schien auf eine sehr seltsame Art und Weise verwandelt. Sie sah nicht ernster aus als früher, sondern im Gegenteil um einiges heiterer. Und ihre Kleidung schien sich ebenso gewandelt zu haben. Clara, die früher eher spär-

lich mit ihrem Schmuck umgegangen war, schien überladen mit Ketten, Ringen, Armbändern und Rüschen aus Gold und Silber an ihrem Kleid zu sein. Und Clara lachte. Clara lachte nahezu pausenlos. Sie lachte über Dinge, über die sie früher nicht gelacht hätte, und über Dinge, über die zu lachen nicht lohnte.
Es ist wunderbar, sagte sie und streckte Crestina die Hand entgegen, du kannst dir nicht vorstellen, wie wunderbar es hier ist.
Crestina lächelte irritiert, suchte nach Fragen, die ihr aber nicht einfielen, da Claras Redefluß durch nichts zu hemmen war. Die Sätze purzelten nur so aus ihr heraus: Und dann erst die Äbtissin, und weißt du, und, hör zu…
Als Crestina schließlich die erste Frage anbringen konnte, hatte sie das Gefühl, daß Clara keinesfalls hingehört hatte.
Ihr Vater habe sie ein Leben lang zur Tugend erzogen, aber – Clara lachte wieder – diese Tugend, von der man Frauen dauernd sage, daß sie ihnen nützlich sei, sie tauge nichts. Heute wisse sie, daß sie entsetzlich langweilig sei.
Crestina versuchte ein zweites Mal, ein Gespräch zu beginnen, aber Clara beugte sich zu ihr herüber, begann zu flüstern, schien plötzlich ein ganzes Heer von fremden Männern zu kennen; aus Frankreich, weißt du, aus England auch, einer ist aus Griechenland.
Crestina, immer verwirrter, wußte nichts anzufangen mit diesen fremden Herren. Sie konnte sich auch nicht recht vorstellen, woher Clara all diese Männer plötzlich kannte, da sie schließlich hinter Klostermauern lebte.
Hinter Klostermauern? Clara barst nahezu vor Lachen, wollte ihr dann ins Ohr raunen, wie es hinter Klostermauern aussah, aber Crestina ergriff die Flucht.
Ich kann nicht länger, sagte sie hastig, aber ich komme bald wieder.
Clara lachte mit einem Mal nicht mehr. Man gewöhnt sich an dieses Leben, sagte sie dann leise, man gewöhnt sich sogar sehr rasch. Zuerst habe ich gedacht, ich müsse wieder gehen, aber dann habe ich mich gefragt, weshalb eigentlich. Ehe oder Kloster, was bleibt uns schon anderes, und vermutlich ist das eine nicht besser als das andere, oder?
Crestina streifte ihre Handschuhe über. Ich kenne weder das eine noch das andere, sagte sie dann, und während sie den *parlatorio* ver-

ließ, der sich inzwischen noch mehr bevölkert hatte, überlegte sie, daß sie im Grunde genommen keines von beiden kennenlernen wollte, falls das eine so war, wie Clara ihr das andere dargestellt hatte.

Abends im Bett dachte sie nach über diesen verqueren Tag. Sie versuchte, ihn ins rechte Maß zu rücken, ihn nicht so chaotisch zu sehen, wie sie ihn sah. Sie fragte sich, was eigentlich geschehen war: Sie hatte Riccardo vor dem Fondaco gesehen, obwohl er eigentlich in Padua sein sollte; Bartolomeo hatte ihr das Haus gezeigt, in dem die *stufe* waren; sie hatte sich – ohne großen Erfolg – vorgestellt, wie Riccardos Körper aussah, wenn ihn nicht der Dampf des Bades einhüllte; sie war nach Torcello gefahren, um zu beten, ohne dort angekommen zu sein; sie war statt dessen zu Clara nach Burano gegangen, hatte deren Gelache ertragen und danach nur mit größter Mühe einen Bootsführer gefunden, der bereit gewesen war, sie zurückzubringen zur Stadt, weil der Nebel inzwischen so dick geworden war, daß man kaum mehr die Hand vor den Augen sehen konnte.
Und sie entschied, daß sie nun Gründe genug hatte, mit Bartolomeo am anderen Tag auf die Beizjagd zu gehen.

TAROT

Sie waren auf eine der Inseln hinausgefahren, wo Bartolomeo sicher war, daß es dort Wildkaninchen geben würde für seinen Habicht.
Ich denke, es geht nur mit Habichthund, sagte Crestina, während Bartolomeo einen Kaninchenbau suchte.
Es ist besser mit, aber es geht auch so, sagte Bartolomeo kurz. Ich habe auch kein Frettchen, obwohl auch das besser wäre.
Nach einigem Suchen war ein Bau gefunden. Bartolomeo schirrte den Vogel ab bis auf die Bellen und das Geschüh, dann setzte er ihn Crestina auf die Faust. Er ist nicht anders als ein Falke, sagte er beruhigend, als sie unter dem Gewicht des Habichts zusammenzuckte.
Ich weiß, sagte sie, und sie bemühte sich, sich vorzustellen, es sei ihr Gerfalke, der viel kleiner gewesen war.

Er will nichts von dir als das Fleisch, das du ihm am Schluß geben wirst, sagte Bartolomeo und beobachtete Crestina. Das Kaninchenfleisch, das du für ihn herrichten wirst. Selber. Es gibt keinen Riccardo und keinen Jacopo, der es diesmal für dich tun wird.
Ich weiß, sagte sie seufzend und fragte sich für einen Augenblick, ob sie das alles wollte.
Halte ihn hoch, damit er die Röhren sehen kann, sagte er dann, und wirf ihn gegen den Wind, wenn ich dir ein Zeichen gebe!
Sie schluckte, überlegte, ob sie protestieren solle, ihn bitten, sie hier nicht mit dem fremden Vogel zurückzulassen, dann ließ sie es.
Er hat so wenig eine Bindung an mich oder dich wie dein kostbarer Gerfalke, sagte Bartolomeo lächelnd, als er sie verließ.
Sie nickte, sah ihn weggehen, wollte rufen, dann ließ sie auch das. Sie sah ihn hinübergehen zum Waldrand, mit ruhigen Schritten, sie wußte, daß er sich nicht umdrehen würde. Der Habicht saß schwer auf ihrer Faust, aber er saß ruhig, spähte nur irgendwohin in die Ferne.
Als Bartolomeo ihr ein Zeichen gab, warf sie den Vogel hart gegen den Wind, obwohl sie ihren Arm kaum mehr spürte.
Sie sah das Kaninchen nicht, konnte nur an dem Flug des Vogels erkennen, daß es Haken schlug, weil der Vogel seine Richtung änderte. Dann schlug er zu, einmal, zweimal, schließlich ein drittes Mal. Crestina und Bartolomeo liefen dem Klingen der Bellen nach und fanden den Habicht über dem toten Kaninchen, das er mit einem guten Kopfgriff hielt. Bartolomeo ließ die Erregung des Vogels abklingen und übernahm ihn dann, während er gleichzeitig die Falknertasche über das Kaninchen schob, um es zu verdecken.
Soll ich ihn atzen? wollte Crestina wissen.
Erst am Schluß, sagte Bartolomeo und übergab ihr den Vogel. Nun bist du an der Reihe, du kannst es auch allein.
Sie fühlte Sicherheit in sich aufsteigen, als der Habicht bereits mit dem übernächsten Flug wieder ein Kaninchen schlug, aber sie spürte, es war nicht nur Sicherheit, es war mehr. Es war ein Glücksgefühl, das sie jedoch nur halb genoß, weil sie dabei das Gefühl hatte, als entferne sie sich damit von Riccardo.
Als sie insgesamt vier Kaninchen mit sechs Flügen gebeizt hatte, entschied Bartolomeo, daß es genug sei. Eine gute oder sogar sehr gute Tagesleistung, lobte er sie, und die wunderschönen Flüge des Vogels seien für ihn ebenso wichtig wie die Jagd.

Sie atzte den Vogel mit der letzten Beute auf, schnitt mit dem Stilett aus dem Kaninchen Herz, Leber und Lunge und gab dem Vogel einen vollen Kropf. Bartolomeo schaute ihr dabei zu, lächelte vor sich hin und sagte, ich wußte immer, daß du gut sein wirst, wenn du deinen Meister gefunden hast. Sie ließ den Satz stehen, wie er in der Luft stand. Auch wenn sie das Gefühl hatte, daß er einen Verrat an Riccardo bedeutete.

Später setzten sie sich unter einen Baum, sahen über das Wasser. Bartolomeo zog ein Tarotspiel aus seiner Tasche und begann die Karten zu mischen.
Hast du eine Frage? sagte er, ohne sie dabei anzusehen.
Sie zögerte, nickte dann langsam.
Du darfst sie nicht sagen, wehrte er ab, als sie reden wollte. Denk einfach daran! Denk stark daran! Er sah sie an, zögerte. Hast du es schon einmal gemacht?
Sie schüttelte den Kopf. Nur zugeschaut bei Jacopo. Riccardo hat es mir verboten.
Bartolomeo lachte. Das wundert mich.
Weshalb?
Ich denke immer, er meint, daß er eine starke Schwester hat. Oder daß er sie zu einer solchen erziehen möchte.
Sie sagen, sie sind ein Werkzeug des Teufels, die Karten, sagte sie.
Ja, ja, das sagen sie. Alle. Und vermutlich sind sie das auch. Wir werden sehen. Er mischte die Karten ein zweitesmal, ließ sie mit einem geschickten Stoß ineinanderfallen und mischte sie wieder.
Es sind schöne Karten, sagte sie, wo hast du sie gekauft?
Gekauft? Nirgendwo. Ich habe sie geerbt.
Geerbt?
Ja, sagte er und legte die Karten vor sich hin. Geerbt. Haben sie es dir nie erzählt? Von meinem Vater erzählt?
Sie schüttelte den Kopf. Ich weiß nur, daß er früh gestorben ist.
Na ja, so früh auch nicht, sagte Bartolomeo und pustete über die Karten hinweg. Dachte ich mir, daß sie es dir nicht erzählen würden.
Er lachte kurz auf und nahm die Karten wieder in die Hand, machte eine kreisende Bewegung, ließ sie vor Crestinas Nase zu einem Fächer werden, schob sie in den Ärmel, ließ sie aus dem anderen Ärmel wieder erscheinen, so daß sie ihn verblüfft anschaute.

Er war nicht der Mann, den sich dein Vater als Gatten vorstellte für seine Schwester, sagte er dann leise. Zumindest später nicht. Am Anfang schon. Als wir noch in Rom waren.
Ich denke, ihr habt in Florenz gelebt.
In Florenz haben wir gelebt, als sie uns aus Rom verjagt hatten. Aber nicht nur uns, die anderen auch. Er war Kartenmacher, sagte er dann achselzuckend, und das war ein ehrbares Gewerbe, zumindest in den Augen der meisten. Aber der Papst dachte da ganz anders. Er war der Meinung, daß die Kartenmacher besser Heiligenbilder herstellen sollten als dieses Teufelszeug. Mein Vater wollte jedoch nun mal keine Heiligenbildchen machen, sondern Karten, und gerade Tarotkarten waren wegen ihrer Beliebtheit in den Adelshäusern ein einträgliches Geschäft. Danach, nachdem wir vertrieben worden waren, natürlich nicht mehr.
Wieder ließ er die Karten ineinanderfallen, dann legte er sich ins Gras zurück.
Schau mich nicht so an, sagte er, als wenn du wüßtest, was nun kommt. Du weißt es nicht. Du kannst es nicht wissen.
Er machte eine Pause, setzte sich wieder hoch.
Von irgend etwas mußten wir leben. Wenn nicht vom Kartenmachen, dann eben vom Kartenlegen. Vom Kartendeuten. Und das taten wir auch. Mein Vater zog umher, wir mit ihm, ein richtiges Zuhause hatten wir kaum mehr. Wir standen auf den Freitreppen und Tribünen der großen Städte, und meine Mutter, mein Vater spielten Wahrsager. Und weil mein Vater das offenbar eines Tages satt hatte, lief er davon. Verstehst du, er war plötzlich eines Morgens ganz einfach nicht mehr da. Er ging nach Konstantinopel. Nach Konstantinopel! So wie andere mal kurz nach Vicenza gehen. Irgendwann erzählte uns dann jemand, der ihn dort getroffen hatte, er sei dort auch umgekommen. Vermutlich. Na ja.
Und dann?
Und dann? Bartolomeo nahm die Karten wieder in die Hand und begann, sie auszulegen, mit der Rückseite nach oben. Ich mach' die großen Arkanen, sagte er, das andere ist zu verwirrend, wenn man es zum erstenmal sieht oder macht.
Weshalb habt ihr euch nicht helfen lassen, du und deine Mutter?
Etwa von euch?
Ja, natürlich.

Bartolomeo lachte. Von euch doch nicht. Wir hatten das, was wir brauchten zum Leben. Und sehr viel mehr braucht man ja auch nicht, oder? Er schaute sie an, lächelte wieder, ließ das Lächeln dann schnell verschwinden.
Was wirfst du mir vor? fragte sie. Etwa unseren heutigen Reichtum? Dafür haben die Vorfahren meines Vaters ihr Leben riskiert, damals, als sie als Armbrustschütze über die Meere fuhren oder als Handelskaufleute in ferne Länder zogen.
Bartolomeo lachte. Da hatten es die Vorfahren meines Vaters entschieden besser. Sie gehörten zu den Leuten, die deinen Vorfahren all das, was sie gerade aus fernen Ländern geholt hatten, wieder abnahmen. Und ich bin ganz sicher, daß dir das auch niemand erzählt hat. Ein Patrizier, der in seiner Familie Piraten hat! Eine gute Geschichte. Ich habe heute noch das Messer, das einer meiner Ahnen im Mund trug, wenn sie zum Entern ansetzten.
Er hatte die Karten aufgelegt, sah sie einen Augenblick an, dann Crestina. Du kannst dich mir anvertrauen, sagte er, die Kunst des Kartenlegens habe ich bereits mit der Muttermilch mitbekommen. Ich werde dir sicher eine ganze Menge über dich erzählen können.
Und, sie zögerte, falls ich nicht will, daß du mir Dinge über mich erzählst?
Ich fand noch nie jemanden, der Dinge nicht erfahren will, die ihn angehen. Du wärst die erste. Also, fang an! Hast du deine Frage parat?
Sie nickte, wollte reden, er erinnerte sie noch einmal daran: Du darfst sie nicht sagen, deine Frage, du mußt sie nur denken, ganz intensiv denken. Nimm die erste Karte und die zweite gleich mit, damit wir wissen, wo du zur Zeit stehst, weshalb du fragst und was dich zu dem gemacht hat, was du heute bist.
Sie deckte jene beiden Karten auf, die über Kreuz lagen.
Bartolomeo lachte. Das hätte ich mir denken können, sagte er dann, als sie ihm die Herrscherkarte entgegenhielt. Der *imperatore*. Ja, er hat dich gemacht, sagte er dann langsam, der Mann, der das Zepter in der Hand hält. Und sein Ziel verfolgt, um jeden Preis verfolgt.
Mein Vater, sagte sie.
O nein, nicht dein Vater, sagte Bartolomeo lächelnd. Der hat dich nur gezeugt, und das ist vermutlich dann auch schon alles... Mach weiter! Diese da, die vierte! Der Tod bedeutet nicht nur Tod, sagte er

dann, als er ihr Erschrecken sah, er liegt auf dem Platz, der die Vergangenheit aufzeigt, alles was dich geformt hat. Nimm die Sechs! sagte er dann. Wir wollen sehen, wie deine Zukunft wird.
Sie zögerte einen Augenblick, bevor sie die Karte umdrehte.
Der Eremit, sagte Bartolomeo verblüfft. Wieso der Eremit?
Wieso nicht der Eremit, wollte sie wissen. Diese Karte sei für sie keinesfalls unheimlich.
Nein, unheimlich nicht. Nur, sie ergibt nicht viel Sinn.
Glaubst du im Ernst an alles, was sich da zeigt?
Meistens, sagte Bartolomeo, und meistens trifft es auch zu. Nimm die zehnte Karte! sagte er dann. Sie korrespondiert mit der sechsten, die du gerade genommen hast.
Sie nahm die oberste der Karten, die am Rand lagen, und drehte sie um. Es war die Karte der *imperatrice*, der Herrscherin.
Seltsam, sagte Bartolomeo, die zehnte und die sechste gehören zusammen. Die Zehn ist der Schlußstrich unter alle anderen Karten. Du wirst dich also durchsetzen, fuhr er fort. Du wirst tüchtig sein, sowohl eine gute Geschäftsfrau sein wie eine gute Frau, eine Mutter oder Schwester – nur, als Geschäftsfrau kann ich dich mir gar nicht vorstellen. Aber vielleicht bedeutet es ja auch etwas anderes, und ich weiß es nur nicht. Wollen wir weitermachen, oder hast du genug?
Eine noch, sagte sie, eine.
Nimm diese, die neunte! sagte Bartolomeo, welche Ängste du hast, welche Wünsche, welche Geheimnisse, welche Sehnsüchte. Er lächelte. Mich interessiert's schon.
Sie deckte die Karte auf, Bartolomeo sah sie an, sagte jedoch nichts.
Ich denke, wir sollten gehen, sagte Crestina.
Ja, Bartolomeo nickte, es ist Zeit.

Später fingen sie draußen bei San Servolo einen dicken fetten Fisch, von dem Bartolomeo behauptete, er sei der größte, den er je hier gefangen habe, und damit sehe man ja, wohin all der Aberglaube führe.
Und was sagen wir Anna, fragte sie.
Anna? Bartolomeo lachte auf. Glaubst du, ich habe ihr je gesagt, woher meine Fische stammen, die ich ihr in die Küche brachte?

Bartolomeo hatte in der Bibliothek decken lassen, einem Raum, den sie sonst selten zum Essen benutzten.

Sie saßen sich gegenüber, an den Stirnseiten des langen Tisches. Einer der wenigen Diener, die nicht freihatten, bediente sie, und Crestina beschlich das Gefühl, daß dieser Tag damit einen Abschluß bekam, der ihm nicht zustand, aber gegen den sie sich schlecht wehren konnte, ohne Bartolomeo zu verletzen. Sie ließ diesen ungewöhnlichen Speiseraum, diese seltsame Sitzordnung zu, obwohl sie etwas signalisierten, was es nicht geben sollte. Wenn sie sich allerdings fragte, weshalb es dies nicht geben sollte, so mußte sie sich gestehen, daß sie noch immer in den Kategorien dachte, in denen von jeher in diesem Hause gedacht wurde. Die armen Verwandten, es gab sie überall in dieser Stadt, und wo ihr Platz war, wußte jeder. Und er war ganz gewiß nicht dort, wo Bartolomeo an diesem Abend saß.

Diese Karte da, diese letzte Karte, die du aufgedeckt hast…

Laß diese letzte Karte, sagte sie leise. Ich will nicht, daß wir darüber sprechen.

Bartolomeo legte Messer und Gabel auf den Tisch und wischte sich den Mund mit der Serviette. Gut, lassen wir diese letzte Karte.

Als sie nach dem Abendessen für eine kurze Weile auf die Terrasse hinausgegangen waren, sagte er: Es zieht ein Gewitter herauf.

Ein Gewitter? Sie sah zum Himmel, verwünschte dieses Wochenende in einem leeren Haus mit einem Gewitter, das sie fürchtete. Als Kind hatte sie Gewitternächte meist im Bett von Anna verbracht, und später, als sie verständiger war, hatte Riccardo sie auf sein Zimmer genommen. Er hatte sie in eine Decke gehüllt, an den Tisch gesetzt und sie Verse vortragen oder irgendeinen Text lesen lassen. Es wird schon vorüberziehen, sagte sie zuversichtlich und versuchte, ihrer Stimme einen festen Klang zu geben.

Bartolomeo schaute sie an. Vielleicht, sagte er dann, vielleicht wird es das tun. Wenn du genügend Vaterunser und Ave Maria gebetet hast. Aber immerhin sind wir bis jetzt doch recht gut ohne Riccardo ausgekommen, oder etwa nicht?

Der Schlag, von dem sie erwachte, war so gewaltig, daß sie voller Entsetzen aus dem Bett sprang, weil sie annahm, es sei ein Erdbeben. Sie rannte die Treppe hinunter, nahezu blindlings, stolperte dabei über die Säume ihres langen Nachthemdes und fand kaum Atem, als sie in die *sala* kam. Zunächst sah Crestina die Kerze nicht, weil sie nur schwach brannte und zudem noch flackerte.

Ich fand nur diese, sagte Bartolomeo, der noch die gleichen Kleider trug wie beim Abendessen. Anna muß vergessen haben, welche zu besorgen.

Es gibt manchmal keine Kerzen in der Stadt, flüsterte sie, außer auf den Friedhöfen.

Ja, sagte er, außer auf den Friedhöfen.

Der zweite Blitz, gemeinsam mit dem Donnerschlag, tauchte die *sala* in ein gleißendes Licht, das sie an das Jüngste Gericht erinnerte, wie es in dem Mosaik auf Torcello dargestellt war.

Knie nieder! befahl Bartolomeo und wies nach der Kerze, die nur wenige Meter von dem Fenster entfernt stand.

Nicht hier, sagte sie voller Entsetzen, als der nächste Schlag das Haus in der Mitte auseinanderzureißen schien. Nicht am Fenster. Ich will's nicht sehen. Bitte, hinten in der Ecke.

Nein, sagte Bartolomeo und deutete sanft, ohne sie dabei zu berühren, auf den Platz vor dem Fenster. Gott muß uns sehen können, wenn wir beten.

Sie kniete nieder, merkte erst jetzt, daß sie außer dem Nachthemd nichts weiter anhatte. Sie fror, wollte aufstehen, um eine Jacke zu holen, aber Bartolomeo schüttelte den Kopf, zog seine Jacke aus. Sie nahm an, er wolle sie ihr um die Schultern legen, doch er legte sie nur achtlos auf den Boden. Es ist nicht kalt, sagte er dann. Bete!

Sie versuchte zu beten, brachte ein Vaterunser hinter sich, bevor der nächste Schlag sie erreichte. Es fiel ihr kein weiteres Gebet ein, sosehr sie ihren Kopf auch bemühte.

Du mußt laut beten! befahl Bartolomeo. Gott muß hören, daß du ihn rufst.

Sie betete laut, wieder das Vaterunser, dann das Salve Regina, versuchte zu hören, was Bartolomeo betete, stieg ein in sein Ave Maria, verhaspelte sich dabei, schämte sich, konnte ihre Angst nicht bezwingen, trotz des Betens, verstand nicht, weshalb Bartolomeo in aller Gelassenheit betete, während sie langsam spürte, wie ihr Gaumen trocken wurde vor Angst. Sie hielt inne, wagte einen Blick nach rückwärts, kam sich grotesk vor, diese vierundvierzig Meter hinter sich, diesen Riesenraum, einen Saal, der nicht aufzuhören schien in der Länge und in der Breite, und vielleicht hatte Bartolomeo ja recht,

wozu brauchten Menschen so viel Raum. Vielleicht war es dies, vielleicht schickte Gott dieses schreckliche Gewitter, damit sie dies einsah, obwohl ihr absolut unklar war, was sie gegen diese vierundvierzig Meter Länge und dreiundzwanzig Meter Breite tun konnte, falls sie diesen Alptraum je überleben würde. Unbestraft.
Irgendwann in einem der kurzen Intervalle zwischen Aves, Vaterunsern und den Blitzen und Donnern fragte Bartolomeo: Bis zu welcher Seite bist zu gekommen?
Sie glaubte, sich verhört zu haben, schaute ihn fragend an. Er deutete mit dem Kopf auf eine der Truhen an der Wand und sagte nur: Es lag dort, dein Buch.
Sie versuchte Ordnung zu schaffen in ihrem Kopf, der ihr wie ein Chaos erschien, neben Gebeten sich nun auch noch auf Bücher zu besinnen, die dort hätten liegen sollen. Ja, sagte sie hilflos, ja.
Ich habe dich gefragt, bis zu welcher Seite du gekommen bist, wiederholte Bartolomeo geduldig.
Sie öffnete die obersten Knöpfe ihres Nachthemdes, ihr war plötzlich heiß, nicht mehr kalt, und sie wußte nicht, wohin dieses Gespräch trieb.
Das Buch, in dem du gerade liest, sagte Bartolomeo sanft.
Sie versuchte ein zweites Mal, Ordnung in ihrem Kopf zu schaffen, überschlug alle Bücher, die sie auf ihrem Nachttisch liegen hatte, es waren viele, und nachdem erneut ein Blitz niedergegangen war, konnte sie sich an gar keines mehr erinnern. Ihr war, als hätte sie nie in ihrem Leben überhaupt eines gelesen.
Ich weiß von nichts, sagte sie schließlich, spürte, wie ihr das Nachthemd am Rücken klebte, und stimmte ein neues Gebet an, das ihr gerade einfiel.
Es lag dort, sagte Bartolomeo, du hattest es vergessen, im *salotto*. Ich legte es dann auf die Truhe.
Sie zuckte zusammen, als er *salotto* sagte, und plötzlich schien ihr Kopf doch zu funktionieren. Natürlich war da ein Buch, genau genommen waren da viele Bücher, die sie las, allein oder mit Riccardo zusammen. Und von den vielen Büchern, die sie las, waren viele auf dem Index.
Es war der Ariost, sagte sie langsam und versuchte, ihrer Stimme einen festen Klang zu geben.
Der Ariost war es nicht, sagte Bartolomeo freundlich, aber, nun ja,

es sei natürlich schlimm, daß es nun auch noch der Ariost gewesen sein könne. Es war der Ochino.
Der Ochino? fragte sie zurück.
Der Ochino, bestätigte Bartolomeo. Wie weit hast du ihn gelesen?
Gelesen?
Bartolomeo lachte leise, sagte etwas von Papagei. Ja, gelesen, wie weit?
Ich weiß es nicht, sagte sie hilflos. Ich weiß es nicht mehr. Nicht weit.
Nicht weit? Wie weit das sei, nicht weit? Wenn ein Buch tausend Seiten habe, dann seien fünfzig Seiten nicht weit. Wenn ein Buch nur hundert habe, dann seien fünfzig Seiten die Hälfte. Also, wie weit nun wirklich.
Sie hatte die Hände auseinandergenommen, es sah aus, als wolle sie an ihren Fingern abzählen, was *wie weit* sei. Bartolomeo nahm ihre Hände, legte sie zusammen und machte sie wieder zu betenden Händen. Erinnere dich!
Der Donner schien inzwischen direkt über ihrem Kopf zu explodieren, so heftig, daß selbst Bartolomeo für einen winzigen Augenblick zusammenzuckte. Sie hatte inzwischen das Gefühl der völligen Apathie. Irgendwann mußte jeder Mensch sterben. Weshalb sie nicht hier? Und in diesem Augenblick?
Erinnere dich! Es wird dir helfen, deine Sünden zu bekennen. Sage es ganz einfach vor dich hin: Ich erinnere mich.
Ich erinnere mich, sagte sie leise, baute den Satz ein in ihre Aves, aber es geschah nichts. Weder hörte der Donner auf zu grollen, noch suchten sich die Blitze eine andere Richtung. Sie hatte inzwischen das Gefühl, nicht mehr zu wissen, ob sie die Tochter von Alfonso Zibatti war oder von irgendwem auf dieser Welt, sie schien losgelöst von allem Irdischen, von diesem Palazzo ganz gewiß. Sie, Crestina, hatte in dieser Stunde offenbar Rechenschaft abzulegen vor Gott, und dieser Gott interessierte sich vermutlich kaum dafür, daß sie die Tochter eines reichen Handelsherrn war und fließend Griechisch, Latein, Französisch, Deutsch und Englisch sprach, sondern er interessierte sich für ein Buch, das sie gelesen hatte, obwohl es verboten war.
Vergiß dich nicht! mahnte Bartolomeo, als er sah, daß sie weder betete noch sonst etwas zu tun schien. Du kennst das Buch, sag mir, was drin stand! Beginne auf Seite eins. Befreie dich davon.

Auf Seite eins, sagte sie leise, auf Seite eins stand... Sie zögerte, sah dann plötzlich den Text vor sich, als läge er aufgeschlagen da, sagte ein paar Sätze und stockte wieder. Bartolomeo half ihr weiter, und sie fuhr fort, zunächst langsam, dann flüssiger. Er nickte ihr aufmunternd zu, ergänzte, wenn sie nicht weiter wußte, und sie wurde sicherer, sprach rascher, gegen Ende zu mit wachsendem Trotz. Sie las es nahezu ab in ihrem ausgedörrten Kopf, so lange, bis Bartolomeo ihr Einhalt gebot.
Es genügt, sagte er zufrieden, ich wußte, daß du es kannst. Vermutlich kannst du es sogar bis zur Seite zehn.
Als das Gewitter irgendwann abflaute, hatte sie das Gefühl, in der Lagune gebadet zu haben. Ihre nassen Brüste mußten sich auf dem dünnen Nachthemd abzeichnen, aber das schien Bartolomeo nicht zu interessieren. Er half ihr auf, als es draußen nur noch gelegentlich über den Himmel zuckte, sagte dann, er sei sicher, daß sie den Teufel ausgetrieben hätten in dieser Nacht.
Ich werde morgen zur Beichte gehen, flüsterte sie am Ende ihrer Kraft.
Es war eine Beichte, sagte er rasch, oder fast eine Beichte. Was man Gott in einer solchen Situation erzähle, brauche man an anderen Orten nicht mehr zu wiederholen.
Wenn ich lutherisch wäre, brauchte ich es überhaupt nicht, sagte sie in einem letzten Aufbäumen von Trotz.
Wenn du lutherisch wärst, brauchtest du mehr als eine Beichte, sagte Bartolomeo, du brauchtest vermutlich einen Advokaten. Auch wenn er nichts nützt, falls jemand erfährt, was du da alles in dich hineinliest – ihr beide. Er legte ihr für einen Augenblick die Hand auf die Schulter, aber sie empfand dies kaum als eine menschliche Berührung, eher als ein *te absolvo*, das sie intensiver spürte als das gesprochene Wort.
Ich frage mich nur, weshalb du dies alles tust, sagte er nach einer Weile, weshalb du so begierig darauf bist, dich mit diesen Texten zu infizieren. Du nimmst doch auch keine vergiftete Nahrung zu dir. Weshalb dann Bücher, die die Seele töten?
Sie töten keine Seele, sagte sie heftig, und was wißt ihr überhaupt von unseren Seelen?
Viel, sagte Bartolomeo und blickte dabei starr vor sich hin, ziemlich viel sogar. Sie sind durchsichtig für uns, eure Seelen, wie Glas so

dünn, wir wissen jederzeit, was in ihnen vor sich geht. Und nicht nur, was in ihnen vor sich geht. Es ist alles durchsichtig für uns: die Wände eurer Kammern, die Mauern eurer Häuser, wir werden stets wissen, was darin geschieht. Und was wir nicht wissen, wird man uns erzählen, freiwillig oder nicht freiwillig. Eure Gedanken werden zu uns kommen, noch bevor sie sich in euren Köpfen eingenistet haben. Wir werden stets allwissend, allmächtig und zugleich allgegenwärtig sein.

Später, in ihrem Bett, als sie ruhiger wurde, die groteske Situation überdachte, ihr klar wurde, daß Bartolomeo den Text gekannt haben mußte, weil er ihn ihr sonst nicht hätte vorsagen können, später dachte sie, jetzt sei vermutlich sie reif für San Clemente, wenn ein Gewitter es fertigbrachte, daß sie völlig außer sich geriet und sich einem Menschen unterwarf, den sie bis dahin immer als den Unterworfenen gesehen hatte.
Aber sie hatte sich nun mal unterworfen, auch wenn ihr unklar war, wie es dazu hatte kommen können.
Diese letzte Karte, hatte Bartolomeo gesagt, als sie in Schweiß gebadet die Treppe hinaufhastete, diese letzte Karte...
Sie hatte innegehalten, ohnehin die ganze Zeit über gewußt, daß sie ihm nicht entkommen würde mit dieser Karte. Ja...
Es ist dir klar, daß du vergessen mußt, was diese Karte signalisiert hat. Ist es dir klar, wiederholte er, als sie schwieg. Sag es mir.
Sie nickte langsam, zog das Nachthemd über der Brust zusammen, weil sie diesmal das Gefühl hatte, daß Bartolomeo nicht mehr über sie hinwegschaute. Ja, sagte sie.
Was bedeutet dieses Ja? hakte er nach.
Ja, sagte sie, ich vergesse es. Dann rannte sie in ihr Zimmer. Aber sie wußte genau, daß sie diese Karte nie vergessen würde. Daß sie lieber tausendmal lügen würde vor Bartolomeo und allen übrigen Menschen der Welt. Und daß sie, auch wenn sie dem ganzen Tarotspiel mißtrauen würde, dieser einen Karte stets Glauben schenken würde.
Weil es die Karte der beiden Liebenden gewesen war, die sie aufgedeckt hatte.

Carnevale I–VI

I. Giovedi grasso

Der Karneval – er beginnt in den ersten Tagen des Oktober. Der Karneval – er beginnt im Sommer, nach Christi Himmelfahrt. Der Karneval – er beginnt an Santo Stefano, am zweiten Weihnachtsfeiertag. Der Karneval – er beginnt am *giovedi grasso*, am fetten Donnerstag.

Wenn Fremde in die Stadt kamen und sich nach dem Beginn des Karnevals erkundigten, um ihn nicht zu verpassen, so konnten sie all dies hören, und bisweilen verließen sie diese Stadt irritiert, weil sie das Gefühl hatten, daß in Venedig stets Karneval herrsche und daß die *baùtta* – der Dreispitz, die Maske und der Umhang – hier vermutlich ein so normales Kleidungsstück sei wie andernorts Hut und Mantel.

Falls sie sich jedoch bereit machten, diesen Karneval mitzuerleben, falls sie sich Maske und Kostüm kauften oder liehen, falls sie versuchten, sich in das Treiben fallen zu lassen, um später dann zu Hause von ihren Abenteuern zu erzählen, so wußten sie eines nicht: daß sie den wirklichen *carnevale* nicht miterlebt hatten. Weil der sich nämlich hinter verschlossenen Türen abspielte. Und während sich auf den Straßen zwar Alt und Jung, Arm und Reich, Patrizier und *popolani* vermischten, während da ein Bäuerlein sich als Doge verkleidete und dort ein Herr von Welt sich als *Frittole*-Verkäufer, blieben die echten Venezianer zu Hause und feierten hinter geschlossenen Türen ihre Bankette und Bälle, zu denen eben ebenfalls nur wieder echte Venezianer Zutritt hatten.

Im Hause Zibatti begann der *carnevale* stets mit dem gleichen Spiel, das in der Küche stattfand. Jacopo, sagten sie, erzähl es uns jetzt, erzähl es uns, wie es damals war! Und Jacopo, der, weil er es gern geglaubt hätte, jedes Jahr von neuem so tat, als glaube er, daß sie es diesmal ernst meinten, begann zu erzählen, wie er als junger Mann bei der Pyramide der Athleten, der *Kraft des Herkules*, mitgewirkt hatte.

Ganz oben, nicht wahr? fragten sie und unterdrückten bereits das Lachen.

Ganz oben, ja, sagte Jacopo jedesmal voller Bereitwilligkeit und dann, wenn er ihr Lachen bereits im Rücken spürte, voller Zorn: Es war so. Ich war der Zogolin.
Der Zogolin, wiederholten sie ernsthaft, natürlich warst du der Zogolin. Aber vielleicht doch nicht der Zogolin, sondern nur einer der drei Ugnoli?
Noch bevor sie alle anderen aufzählen konnten, die Jacopo möglicherweise gewesen sein konnte, stampfte er zornig mit dem Fuß und sagte: Zogolin. Nicht Cimiereto, nicht Impalo, nicht Leon, nichts als dieser Zogolin, der auf der Spitze der Pyramide stand. Von dem behauptete Jacopo, daß er es gewesen sei.
Verließ Jacopo endlich die Küche, so hielten sie sich den Bauch vor Lachen und sagten, falls Jacopo der Zogolin, der Mann an der Spitze, gewesen sei, dann könne diese Pyramide nur zwei Stockwerke hoch gewesen sein, und dann seien sie auch alle der Zogolin. Und die Jüngsten unter ihnen stiegen auf die Schultern der anderen und sagten: *Io sono Jacopo, il Zogolin.*

Bartolomeo ging nie auf eines der Feste, zumindest sagte er das. Aber sie waren alle nicht sicher, ob er sie nicht einfach anlog. Er habe weder ein Kostüm, sagte er, noch sehe er einen Sinn darin, sich ein Stück Pappe oder ein Stück Leder vors Gesicht zu halten und sich dann einzubilden, er sei ein völlig anderer. Diesmal hatte er sich bereits vier Tage vor dem *giovedì grasso* ins Bett gelegt, angeblich mit einer schweren Erkältung, aber sein Husten klang merkwürdig dünn und von seinem Halsweh konnte sich auch niemand überzeugen, weil er sich noch immer von keinem Menschen berühren ließ.
Crestina hatte in diesem Jahr ebenfalls beschlossen, dem Treiben fernzubleiben, ein Buch zu lesen, Cembalo zu spielen oder gar zu der *limonaia* hinauszufahren, da das Wetter ungewöhnlich mild war. Aber dann kamen Silvestro, Alvise und Leonardo zu Riccardo, erklärten, daß Edward unbedingt diesen Karneval miterleben müsse, da er im nächsten Jahr bereits wieder in England sei, und so stimmte sie schließlich zu mitzukommen.
Der *giovedì grasso* gehörte der Regierung, und so begann das Fest auf der Piazzetta vor dem Dogenpalast. An drei Seiten des Platzes waren Sitztribünen errichtet, von denen die meisten dem Senat und den Patriziern vorbehalten waren, und als Riccardo mit seinen

Freunden und Crestina dort ankam, waren kaum noch Plätze frei. Es schien, als habe sich auch noch ganz Rom und Florenz aufgemacht, um diesem Fest beizuwohnen. Maskierte Mütter mit ihren Säuglingen auf dem Arm drängten sich durch die Menge, Pilger, die für ihren Aufbruch ins Heilige Land auf günstigen Wind warteten, hatten sich unter die Masken gemischt, Barkenführer, denen an diesem als gefährlich geltenden Tag erlaubt war, Waffen zu tragen, ließen ihre Mädchen ihre Messer bewundern, mit Rosenwasser gefüllte Eier flogen durch die Luft und in die Menge – manche waren auch mit Tinte gefüllt –, und seit dem frühen Morgen krachten in bestimmten Abständen die Kanonen, die von sechshundert Kärntnern und Friaulern bedient wurden.

Das Fest begann mit einem Spiel, das Crestina als Kind stets als grausam empfunden hatte: mit der Opferung der Stiere, denen mit einem Schlag der Kopf vom Rumpf getrennt werden mußte, ohne daß das Beil danach den Boden berührte. Falls das Köpfen nicht mit einem Hieb zustande kam, wurden die Männer ausgepfiffen. Bravo, rief die Menge diesmal, als die Köpfe der Stiere vor dem dreistöckigen Holzgerüst, auf dem die Raketen für das Feuerwerk befestigt waren, beim ersten Hieb auf den Boden rollten.

Als weiteren Höhepunkt in der großen Zahl der Darbietungen ließ sich ein türkischer Akrobat an einem Seil, das vom Campanile in steilem Fall zu der Loge des Dogen führte, hinabrutschen und überreichte der Dogaressa einen Blumenstrauß.

Den Nachmittag verbrachten sie im Gedränge der Piazza von San Marco, und spät am Abend, als auf der Piazzetta das Feuerwerk über den Himmel zischte und die Lagune taghell werden ließ, als sie alle miteinander die *moresca* tanzten, als noch immer die mit Rosenwasser gefüllten Eier durch die Luft schwirrten, die Masken in einem immer rascher werdenden Rhythmus zu der Musik tanzten, sagte Edward zu Riccardo atemlos: Nun... dies ist deine Stadt, über die du soviel Spott ergießt... tust du es heute auch?

Riccardo lachte, nahm Crestina in den Arm und tanzte davon. An solch einem Abend gehört Venedig nicht uns, da gehört es den Fremden. Und wer von uns wollte so unhöflich sein, Fremden die Freude an unserer Stadt zu nehmen?

II. Venerdì

Edward hatte das Rhinozeros sehen wollen, und so war Crestina tags darauf bereits am frühen Morgen mit ihm unterwegs, um dieses seltsame Tier zu bewundern. Außer daß es hinter seinem Bretterverschlag ziemlich laut vor sich hinschnaufte, war jedoch nichts Aufregendes zu erleben, und deshalb waren sie weitergezogen zum *ridotto*.
Ich werde gewiß kein Glück haben, sagte Crestina. Sie habe bisher nicht ein einziges Mal in ihrem Leben etwas gewonnen. Edward nahm eines der Lose, öffnete es, drückte Crestina ebenfalls eines in die Hand, dann lachten sie beide. Ich habe es dir ja schon gesagt, meinte sie, ich habe noch nie Glück gehabt.
Und dann, kaum eine Minute später, schien das Glück auch Edward verlassen zu haben. Als er seinen Geldbeutel ziehen wollte, um den Eintritt für ein Puppenspiel zu zahlen, stellte er fest, daß dieser Geldbeutel nicht mehr vorhanden war.
Ich hatte ihn eben noch, sagte er verstört, noch bei dem Rhinozeros steckte er in meinem Gürtel, und dann... Er stockte.
Und dann, als wir den Raum verließen, fiel eine dicke Frau um und streifte dich, vollendete Crestina seinen Satz. Und du halfst ihr wieder auf die Beine, war es nicht so?
Edward erinnerte sich, nickte, sagte: Ja, ja, so wird es wohl gewesen sein. Wir werden also wohl unser Vergnügen für heute morgen beenden müssen.
Sie hängte sich bei ihm ein und tröstete ihn, zumal es nicht sehr viel Geld gewesen war, das er bei sich getragen hatte. Es passiert jeden Tag bei uns, in dieser Zeit, sagte sie, sie kommen von weit her an diesen Tagen, aus dem ganzen Süden.
Nun, wir werden uns den Tag dadurch nicht verderben lassen, sagte Edward zuversichtlich, und beim nächsten Mal passe er gewiß besser auf. So etwas geschehe ja gewiß auch nicht gleich ein zweites Mal.
Sie lachte ihn an, aber noch während sie lachte, sah sie hinter ihm vier oder fünf maskierte Männer in der *baùtta*, sah, wie sie sich auf eine andere *baùtta* stürzten und sie zu Boden rissen. Ein Degen blitzte, Blut spritzte, die Menge teilte sich, bildete einen Kreis um die am Boden liegende Gestalt, tat jedoch nichts.

Edward drehte sich um, sah das Blut, den Degen, wollte sich um den am Boden Liegenden kümmern und machte einen Schritt.
Crestina hielt ihn an seinem Mantel zurück. Tu's nicht! sagte sie hastig und zog ihn fort.
Edward wehrte sich, wollte umkehren, aber Crestina riß ihn mit sich. Misch dich nicht ein! Niemand tut es. Es kommen die zuständigen Leute, sie veranlassen, was notwendig ist.
Die zuständigen Leute, wiederholte Edward benommen. Das gibt es doch nicht, daß niemand bereit ist, inzwischen zu helfen.
Bei uns schon, sagte Crestina und zog Edward weiter, bei uns schon. Und es gibt immer Tote an *carnevale*, an manchen Tagen gab es schon mehr als zehn.
Edward blieb stehen, wischte sich den Schweiß von der Stirn, schüttelte den Kopf. Es paßt nicht zu dir, sagte er dann ungläubig. Es paßt nicht zu dir. Ich glaube das einfach nicht, daß du es bist, die mich daran hindert, einem verletzten Menschen zu helfen.
Crestina schaute an ihm vorbei. Dann glaube es eben nicht, sagte sie leise, ich erwarte es nicht. Nur – sie hielt einen Augenblick inne – vielleicht solltest du eines wissen: Alessandro, mein Bruder, er kam ums Leben, als er sich in solch eine Sache einmischte.

III. Sabato

Sie hatte Bartolomeo gesehen. Auch wenn er stets behauptete, daß er nie eines dieser seltsamen Gewänder anziehen werde, die einen Menschen zu etwas anderem machen wollten, als er sei, so war sie doch ganz sicher, daß sie Bartolomeo gesehen hatte. In der schwarzen Toga der Inquisitoren, die die Leute *negri* nannten.
Sie war die Merceria entlang gegangen, als sie ihn entdeckte. Das heißt, zunächst entdeckte sie einen Schwarm von Kindern, die einer Gestalt nachliefen und *babàu, babàu, babàu* riefen. Zuerst ließ sich die Gestalt davon nicht beeindrucken, ging nur ein wenig rascher als zuvor. Als die Kinder wilder wurden, um sie herumsprangen und schließlich eines versuchte, ihr die Maske vom Gesicht zu reißen, begann sie zu laufen. Die Bewegungen kamen Crestina bekannt vor, aber sie war nicht bereit zu glauben, daß Bartolomeo, den angeblich

nichts an diesem ganzen Fest interessierte, ausgerechnet in der Maske eines Staatsinquisitors herumlaufen würde.
Die Kinder waren inzwischen noch zahlreicher geworden, kippten Papierschnipsel über die Figur, die sich jedoch mit einem Mal in eine Seitengasse absetzte und verschwand, als eine Gruppe von Leuten entgegenkam.
Crestina wollte zunächst weitergehen, aber dann blieb sie stehen am Eingang der engen Gasse und wartete. Sie wartete eine ganze Weile. So lange, bis sie den Mann aus einem der Hauseingänge kommen sah, die Ledermaske in der Hand, die er soeben wieder aufsetzen wollte.
Sie erkannte ihn, er erkannte sie. Er blieb stehen, die Maske in der Hand, als sei sie da festgefroren. Er schaute zu ihr herüber. Und sie war sicher, daß er sie dafür haßte, daß sie ihn so sah.

IV. Domenica

Sie saß mit Riccardo auf der Altane. In dicke Mäntel gehüllt, tranken sie Kakao und schauten hinunter auf den Kanal, auf dem sich die Boote drängten und drängelten, um rechtzeitig nach San Marco zur Tierhatz zu kommen.
Was findet man daran, an dieser Grausamkeit, sagte Crestina, ich verstehe es nicht.
Wir jagen auch Tiere, sagte Riccardo, und ob sie glaube, daß dies weniger grausam sei, als daß im Hof des Dogenpalastes Stiere und Bären gejagt würden.
Wir jagen, weil wir Nahrung brauchen, sagte Crestina.
Die Stiere im Hof des Dogen sind auch Nahrung, erwiderte Riccardo.
Der Bär nicht, widersprach Crestina.
Vielleicht, sagte Riccardo, aber er wisse es nicht genau. Es habe ihn nie interessiert, und es interessiere ihn auch heute noch nicht.

Am Abend in der Dämmerung – sie hatten beschlossen, diesen Abend zu Hause zu verbringen – stand Crestina auf dem Balkon vor dem *salotto* und schaute hinunter zur Anlegestelle des Nachbarhau-

ses, in dem ein großer Ball stattfand. Eine Gondel nach der anderen legte an, lachende Menschen in Kostümen stiegen aus und gingen rasch auf die hell erleuchtete Tür zu.
Dort kommen gerade Romeo und Julia, sagte Crestina zu Riccardo, der mit einem Buch und einem Glas Wein im Zimmer saß.
Riccardo stand auf, trat zu Crestina auf den Balkon und ging dann wortlos wieder in den *salotto* zurück. Er nahm die Karaffe, goß sich erneut Wein ein und begann wieder zu lesen.
Es ist traurig, nicht dabeizusein, sagte sie plötzlich, kam in den Raum und setzte sich zu seinen Füßen vor den Sessel. Wir hätten irgendwohin gehen sollen.
Er las weiter in seinem Buch, ohne aufzusehen. Aber sie spürte, wie die Spannung, die bereits den ganzen Tag über zwischen ihnen bestanden hatte, noch stärker wurde und wie ein Gewitter im Raum stand, das noch unentschlossen ist, ob es losbrechen soll oder nicht.
Sie lehnte ihren Kopf an die Lehne des Sessels, so daß der Rücken seiner Hand ihre Haare berührte. Sie spürte, wie er sich versteifte, dann abrupt aufstand und zur Tür ging. Ich bin müde, sagte er leise, ich gehe schlafen.
Weshalb tun wir es eigentlich nicht, fragte er sich dann, zornig über sich selbst, als er die Treppe hinaufstieg. Weshalb nur verschenken wir all diese kostbare Zeit?

V. Lunedì

Der Rhythmus des Festes veränderte sich, wurde von Tag zu Tag rascher, die Stadt schien in einen Taumel zu geraten, einen Kreisel, der sich, je weniger Zeit verblieb, immer rascher drehte.
Die Menschen, die in diese Stadt kamen, sie wie Heuschrecken überfielen, die *locande* füllten, die Gasthäuser – kein privates Quartier, das noch frei gewesen wäre an diesen Tagen –, sie kamen mit Wünschen, die nie erfüllt, Sehnsüchten, die nie gestillt worden waren, sie nahmen, was sie bekommen konnten, schaufelten sich zu mit Erlebnissen, die sie sich nie gegönnt, ein Leben lang versagt hatten, ließen Quellen in sich springen, von denen sie nichts geahnt hatten.

Und die Stadt nahm alle auf. Bot ihnen, was sie zu bieten hatte. Die Maskenmacher arbeiteten Tag und Nacht, um den Bedarf an Masken zu decken, und auf dem Höhepunkt des Festes wurden ihnen ihre Produkte nahezu aus der Hand gerissen, egal, ob sie ganz fertig waren oder nur halb, oft sogar nur als Rohmaske, ungeglättet und unbemalt. Um den berühmtesten Karneval Europas zu erleben, war jedermann bereit, einen Beutel mit Scudi auf den Tisch zu legen, für den er vielleicht einen ganzen Monat lang hatte arbeiten müssen.

Crestina stand vor dem Spiegel, setzte die Maske auf und fragte sich: Wer bin ich? Sie stellte sich diese Frage nicht erst seit dem ersten Tag des *carnevale*, sondern bereits seit damals, als die Eltern sie nach San Zaccaria gebracht hatten und sie tags darauf bei Clara gewesen war. Sie spürte eine Müdigkeit in sich, als sie die Bänder der Maske festzurrte, fand sich zugleich begierig, sich mittreiben zu lassen, den vorletzten Tag auszukosten bis an die Grenze, und hatte Angst vor dem Danach – wenn es kein gemeinsames Kostüm mehr für sie und Riccardo geben würde, das sie ein Paar sein ließ, das sie sonst nicht sein durften: Romeo und Julia, Héloïse und Abaelard, Caesar und Cleopatra.
Sie puderte sich ihr Gesicht ein zweites Mal, weil sie das Gefühl hatte, die Farben verschmiert zu haben, inzwischen klopfte es an der Tür. Sie sagte, sie komme gleich, lief die Treppe hinunter, erst rasch, dann, als sie die Männer unten in der *sala* lachen hörte, gemessenen Schrittes.
Die Dogaressa! riefen sie, lachten und verbeugten sich vor ihr bis auf den Boden. Riccardo bot ihr den Arm, dann verließen sie das Haus. Zu siebt. Sie und Riccardo als Dogenpaar, Leonardo ihnen voran als Herold. Silvestro, der kleinste und dickste von ihnen, hatte sich noch den Bauch ausgestopft, das Gesicht geschwärzt und führte als Mohrenmammi die beiden Kinder, die Alvise, der den Diener darstellte, mitgebracht hatte. Sie gingen gemessenen Schrittes, der Herold voran, der Diener bemüht, das Paar gut durch die Massen zu bringen, stolzierte hinter ihnen drein. Es gab niemanden, der ihnen nicht zuwinkte, zujubelte, ihnen Platz machte, damit die Schleppe der Dogaressa auch würdevoll getragen werden konnte.
Sie waren mit dem großen Boot hinübergefahren auf die andere Lagunenseite, bei San Marco ausgestiegen, hatten sich in der Men-

schenmenge einen Weg erkämpft, waren die Merceria entlanggebummelt und den gleichen Weg wieder zurück, bis sie vor den Scharlatanen standen, die auf ihren Holzpodesten den Leuten die Zukunft voraussagten, aus den Karten oder aus der Hand.
Die Zukunft für die Dogaressa! rief einer und streckte Crestina die Hand entgegen, um sie zu sich auf das Podium zu holen. Wer wird sich nicht für die Zukunft der Dogaressa interessieren!
Sie wehrte lachend ab, drückte sich nach hinten, andere schoben sie wieder vor. Riccardo hielt sie am Arm fest, zog seine Maske vom Gesicht und sagte: Nein.
Nein?
Nein, sagte Riccardo, du wirst nicht da hinaufgehen.
Silvestro, der hinter ihnen stand und nicht hören konnte, was Riccardo gesagt hatte, glaubte Crestina unterstützen zu müssen. Jeder will die Zukunft der Dogaressa wissen, sagte er lachend, und drängte sie wieder zum Podest. Schließlich stand sie oben, ohne recht zu wissen, wie sie hinaufgekommen war. Der Wahrsager nahm ihre Hand, machte eine weit ausladende Bewegung mit seinem Arm, um noch mehr Schaulustige heranzulocken, und rief dann fröhlich: Nur einen Scudo für die Zukunft der Dogaressa!
Er beugte sich über Crestinas Hand, nickte anerkennend, lobte die starke Lebenslinie – ein langes Leben, ein langes Leben, sagte er laut –, kratzte sich dann am Ohr, wiederholte das lange Leben, weil die Lebenslinie so stark sei, und kratzte sich noch einmal am Ohr.
Sag's uns, riefen sie von unten herauf, sag's uns, wir wollen es wissen. Wie viele Kinder?
Kinder... Der Mann tat, als müsse er überlegen, sagte dann, obwohl Crestina das Gefühl hatte, er habe etwas ganz anderes sagen wollen, rasch: Kinder, mindestens sechs, und diese Herzenslinie ist die schönste Herzenslinie, die ich je in meinem Leben gesehen habe.
Alle lachten, und *carnevale* hin oder her, sie fragten nach dem Vater dieser Kinder.
Natürlich einer von den edelsten, die es gibt in unserer Stadt. Ein Prokurator vielleicht, er wandte sich fragend an das Publikum, ein Berater des Dogen, ein Gesandter, ein Botschafter gar? Er schnalzte mit der Zunge, zählte die Geschlechter der Kinder auf, die sie haben würde, vier Knaben, zwei oder gar drei Mädchen. Dann fühlte sie sich hinuntergehoben, hilfreiche Hände streckten sich ihr entgegen,

die von Riccardo waren nicht dabei. Und als der Scharlatan auch ihn auf die Bühne bat, wehrte er brüsk ab.

Unser Doge, er hat keinen Mut, sein Schicksal zu erfahren, spottete der Mann, und auch Silvestro und Leonardo versuchten, den Freund dazu zu bewegen, auf die Bühne zu gehen. Weshalb nicht, wollten sie wissen, weshalb er denn nicht solch einen harmlosen Spaß mitmache.

Er habe keinen Gefallen an diesen Dingen, sagte Riccardo und führte Crestina aus der Menge. Er wisse ganz einfach nicht, was davon hängenbleibe. Auch wenn er ziemlich sicher sei, daß er sich nicht beeinflussen lasse von solchen Weissagungen, so halte er sie doch lieber fern.

Sie gingen gemeinsam weiter, aber irgend etwas schien gestört. Crestina hängte sich bei Riccardo ein, versuchte herauszufinden, was es war, aber Riccardo wehrte ab und sagte schließlich, er habe keine Lust mehr, durch diese Stadt zu gehen, in diesen Kleidern, nur damit Fremde ihren Spaß hätten.

Die Gruppe blieb stehen, ratlos. Leonardo meinte, dann könne er ja auch gleich in sein Geschäft gehen, wo ohnehin nur eine Aushilfe sei in diesem Augenblick.

Eine Aushilfe? Wo ist dein Vater?

Leonardo warf die Hände in die Luft und seufzte: Er hat den Arm in der Schlinge und ist hilflos wie ein Säugling.

Riccardo lachte. Waren sie etwa wieder als *bravi* unterwegs?

Nein, sagte Riccardo, diesmal als Volkszähler. Sie sind durch die Straßen gegangen und haben die Leute gefragt, wie oft sie Fisch essen in der Woche, wie oft sie aus dem Fenster schauen am Tag, ob sie und, wenn ja, wie oft sie in die *stufe* gehen und ob sich der Cicisbeo hält an das, was er darf, oder wie oft er dagegen verstößt. Und das haben sie aufgeschrieben und laut vorgelesen – sie haben diesen ganzen Zensus so verspottet, wie man es nicht schlimmer tun kann. Und dabei sind sie dann verprügelt worden, von irgend jemandem, Daniele und er.

Alle lachten, dann trennten sie sich und versprachen, einander am Abend wieder zu treffen. Riccardo nahm seine Dogenmütze vom Kopf, Crestina ihre Haube, sie gingen an den Kai, setzten sich irgendwo ans Ufer, obwohl ein scharfer Wind zu ihnen herüber blies. Nach einer Weile nahm Riccardo kleine Kieselsteine und warf sie flach über das Wasser.

Was ist es? fragte sie.
Er warf weiterhin die Steinchen, fragte: Was?
Sie legte eine Hand auf seinen Arm. Was hat dich verstört?
Verstört? Er warf drei Steinchen gleichzeitig, sie hüpften wie Heuschrecken über das Wasser hinweg, dann verschluckte sie der Nebel. Bin ich verstört? Er lachte, legte den Arm um ihre Schulter und sagte: Daß du morgen sechzehn wirst, kann ich noch immer nicht glauben.
Sie blickte auf das Wasser, sah, wie der Nebel langsam ans Ufer kroch, schüttelte sich. Riccardos Arm fiel neben ihr zu Boden, als sei er ein Stück für sich.
Ich habe den Magister gemacht, sagte er dann.
Du hast was?
Den Magister gemacht, wiederholte er, stand auf und machte einen Kratzfuß.
Und weshalb weiß davon niemand? Kein Mensch im ganzen Haus?
Wem sollte ich es denn erzählen? fragte Riccardo. Unser Vater ist unterwegs, und unsere Mutter interessiert sich nur dafür, ob der Goldbrokat, den sie sich gerade gekauft hat, auch zu der Farbe ihrer Haare paßt. Und ob er es etwa Jacopo und Anna erzählen solle und den restlichen Dienern, daß er ein Examen gemacht habe.
Der Magister, sie stand auf, schob ihre klammen Hände unter den großen Kragen des Mantels, was nun weiter werde.
Das, sagte Riccardo und erhob sich ebenfalls, sei ihm durch den Kopf gegangen, als sie bei den Scharlatanen gestanden hatten. Das Niemandsland sei ihm bewußtgeworden, in dem er sich befinde. Und daß er kein Mensch für ein Niemandsland sei.
Und das neue Buch? fragte sie.
Es gebe vermutlich kein neues Buch, sagte Riccardo. Sie werden es ablehnen, beide, die Inquisitoren des Staates und die anderen, die vom Heiligen Offizium. Zumindest habe er das gehört.
Sie werden verlangen, daß du es umschreibst?
Ja, sagte Riccardo, das werden sie verlangen. Aber er schreibe nicht um. Er habe nie umgeschrieben. Und ehe er ein kastriertes Buch mache, mache er gar keines. Und Leonardo sei da, zumindest zum Teil, auch seiner Meinung.
Und, sie zögerte, was dann?
Ja, was dann. Ich gebe zu, es macht mir Mühe, mir vorzustellen, was

nun geschehen soll. Eine Reise vielleicht... Er hielt inne und sagte: Du weißt, daß ich mit den Eltern gesprochen habe inzwischen?
Ja, sagte sie, ich weiß. Es war klar, daß sie es nicht zulassen würden, und vielleicht war es auch keine so gute Idee. Wer weiß, was es gegeben hätte, wenn ich dort hingegangen wäre.
Du wirst doch wohl kaum befürchtet haben, daß du diesem Lukas Helmbrecht verfallen könntest, spottete Riccardo, oder?
Das nicht, aber es hätte ja immerhin sein können, daß ich ja gesagt hätte, weil alles andere nicht lebbar ist, sagte sie leise und ging weg von ihm.

Spät am Abend, als sie alle auf der Piazza San Marco tanzten, sie von einem Arm in den anderen flog, von Leonardo zu Silvestro, Edward, Alvise, Benedetto, als sie ihr alle beim Glockenschlag um zwölf zum Geburtstag gratulierten und sie küßten und an sich drückten, blieb Riccardo abseits. Er stand am Rand des wogenden Meeres von Menschen, schaute zu ihr herüber und sah, wie seine Freunde ihr Glück wünschten. Sie lief zu ihm, wollte ihn mit in den Strudel ziehen, aber sie hatte das Gefühl, daß er sich sperrte.
Was ist, fragte sie, gratuliert mir mein Bruder etwa nicht?
Er nahm sie in den Arm, küßte sie zärtlich auf die Stirn und wünschte ihr alles Gute.
Sie blieb für einen Augenblick in seiner Umarmung, machte sich dann los. Was ist? fragte sie noch einmal und schaute ihn prüfend an.
Nichts, sagte er rasch, gar nichts. Was soll schon sein?
Ich weiß es nicht, sagte sie ratlos.
Er nahm sie wieder in den Arm, drängte sich mit ihr rasch zwischen die tanzenden Paare, tanzte schnell und ausgelassen, aber mit einer wilden Verbissenheit an den Freunden vorbei, ohne ihr ins Gesicht zu sehen, so daß sie sich fragte, was sie wohl falsch gemacht hatte. Aber sie fragte ihn nicht mehr, weil sie sicher war, daß sie keine Antwort bekommen würde.
Daß diese Antwort, falls sie sie je erhalten hätte, gewesen wäre: Ich habe mir soeben vorgestellt, wie es sein würde, wenn wir diese sechs oder mehr prophezeiten Kinder haben könnten, darauf wäre sie vermutlich bis ans Ende der Welt nicht gekommen.

VI. Martedi grasso

Der Tag, der der Höhepunkt des *carnevale* werden sollte, begann mit einem Mißklang.

Sie hatten ihr freundlich zu ihrem Geburtstag gratuliert, der Vater, die Mutter, aber Crestina hatte das Gefühl gehabt, sie empfanden es als peinlich, daß dieser sechzehnte Geburtstag noch im Hause der Eltern gefeiert wurde und nicht irgendwo als Braut. Die Mutter fühlte sich offenbar schuldig, weil sie es nicht geschafft hatte, diese Tochter – trotz Geld und Schönheit – unter die Haube zu bringen, und der Vater suchte die Schuld bei sich, weil er die Erziehung dieser Tochter weitgehend Riccardo überlassen hatte, den er maßgebend dafür hielt, daß Crestina sich so ablehnend einer Heirat gegenüber verhielt.

Sie wird sich schon richtig entscheiden, sagte Riccardo beim Frühstück lächelnd und bewunderte ihr goldenes Armband, das sie vom Vater bekommen hatte, obwohl sie doch bereits den Lapislazuli hatte und sich wenig aus Schmuck machte.

Sie wird sich entscheiden, wenn es eines Tages zu spät ist, sagte die Mutter und erhob sich.

Am Abend waren sie eingeladen bei irgendwelchen Freunden von Freunden, die in der Nähe von San Marco wohnten. Und es war Riccardo, der für diesen letzten Abend des *carnevale* etwas vorschlug, was sie zunächst irritierte, dann aber war sie damit einverstanden: Wir werden diesmal getrennt gehen, hatte er gesagt, auch was die Kostüme betrifft. Carlo wird dich hinbegleiten, damit du sicher ankommst.

Getrennt, auch was die Kostüme betrifft? Sie wußte nichts Rechtes damit anzufangen und wunderte sich ein zweites Mal, als Riccardo sagte, daß er für sie das Kostüm einer Nonne besorgt habe.

Und du wirst als Mönch kommen? fragte sie.

Nein, sagte Riccardo, nicht als Mönch. Du mußt es herausfinden.

Herausfinden? Unter Hunderten von Menschen seinen Bruder finden?

Ich denke, daß das doch möglich sein müßte, sagte Riccardo. Er finde dies zum Abschluß dieser Tage ein schönes Spiel.

Also legte sie am Abend das Gewand einer Nonne an, lachte, als sie sich Anna damit zeigte, und fragte Jacopo, ob er wisse, als was sich Riccardo kostümiere.
Aber weder Jacopo noch Anna schienen Bescheid zu wissen, und falls sie es gewußt hätten, hätten sie es vermutlich nicht verraten.
Carlo, ihr Gondoliere, begleitete sie zu dem Haus, aus dem bereits lautes Lachen und Musik zu hören waren, als sie dort ankamen. Crestina stieg die breite Treppe hinauf, gab eine Karte ab, die ihr Riccardo ausgehändigt hatte, und blieb zunächst einmal am Eingang der *sala* stehen, um sich umzuschauen.
Es war gewiß das größte Fest, das sie je erlebt hatte. Die Bänke an den beiden Seiten des Saales dicht gedrängt voll Frauen, die darauf warteten, zum Tanzen aufgefordert zu werden, die Männer in kleinen Gruppen am Ende des großen Raumes, andere quollen aus den Nebenräumen, von denen es unzählige geben mußte. Sie schätzte die Anzahl der Personen auf mehr als dreihundert und mußte lachen, als sie sich vorstellte, daß sie hier Riccardo finden sollte.
Jemand nahm sie beim Arm, zog sie auf die Tanzfläche, und von da ab konnte sie später kaum mehr sagen, was alles geschehen war. Sie tanzte, als würde morgen dieser Palazzo nicht mehr existieren, die Lagune nicht mehr, diese Stadt nicht mehr, und als wäre die Welt am Aschermittwoch zu Ende. Und das Kloster und Lukas Helmbrecht kümmerten sie schon gar nicht mehr. Es war, als hätten beide nie existiert, sie nie bedroht, und als sei ihr Leben so vorgezeichnet, daß sie bis an seine Neige in solchen Räumen mit solchen Menschen, die lachten, tranken und ihr Schmeichelworte ins Ohr flüsterten, zusammensein wollte. Nicht wahr, sagte einer der Männer und zog sie an sich, so daß sie kaum atmen konnte, nicht wahr, es stimmt ganz einfach, was sie überall in der Welt über unsere Stadt erzählen: Sie ist nun mal einmalig.
Sie hätte in der Rückschau auch nicht mehr sagen können, mit wem sie alles getanzt hatte. Mit Pantalone, Pulcinella, Arlecchino, Zingaro, Dottore, mit Doge oder Bischof oder einfach mit all denjenigen Masken, die keinerlei Namen hatten und nichts weiter sein wollten als schön.
Und je länger der Abend dauerte, je mehr sie tanzte, Wein trank und in ihrem Kopf eine große rote, feurige Sonne spürte, die immer heißer wurde, immer sengender, eine Sonne, die sie zu verbrennen

schien, je mehr sie also tanzte, trank, lachte, Liebesworte empfing und zurückgab, um so mehr vergaß sie, daß sie hergekommen war, um Riccardo zu finden. Es schien ihr unwichtig geworden zu sein ob all der Dinge, die sie erlebte. Und am Ende wußte sie auch nicht mehr, welche Intimitäten und wie viele Nächte sie bereits versprochen hatte: eine und dies dem französischen Gesandten, eine andere und das dem englischen Gesandten, eine dem griechischen Botschafter, ein gewagtes Spiel dem russischen... Sie überschlug lachend, daß das Jahr wohl kaum ausreichen würde, um all diese Nächte und Versprechungen einzulösen.

Dann nahte Mitternacht, was sie nur merkte, weil irgendwer, mit dem sie gerade tanzte, mit dem Zeigefinger zur Uhr hinaufdeutete und weil sich dieser Jemand auf eine so seltsame Art und Weise von allen anderen unterschied, mit denen sie bisher getanzt hatte, daß sie dabei fast wieder nüchtern würde. Weder preßte er sie an sich, noch spürte sie seinen Alkoholgeruch auf ihrem Gesicht, noch ließ er zu, daß sie sich an ihn preßte. Er hielt sie auf Abstand, so sehr, daß sie mit einem Mal wachsam wurde. Zunächst nahm sie an, es müsse eine Frau sein. Sie schaute auf die Schuhe hinunter, doch die konnten sowohl einer Frau als auch einem Mann gehören. Sie versuchte, den Tänzer in der *baùtta* in ein Gespräch zu verwickeln, obwohl sie Mühe hatte, die rechten Worte zu finden. Aber die Maske schwieg. Sie tanzte nur. Crestina dachte an all die Gesandten und Botschafter, denen sie zuvor tausend Nächte und ihren Körper versprochen hatte, den englischen, den russischen, den griechischen, ließ sich dann wieder treiben, wollte nicht mehr denken, jetzt, da Mitternacht nahte. Noch drei Minuten, rief lachend eine Frau neben ihr, noch zwei, sagte eine andere.

In der letzten Sekunde vor Mitternacht beugte sich die Maske über sie und küßte sie plötzlich. Ein Kuß, nicht wie all die Küsse, die sie an diesem Abend empfangen hatte, hingetupft auf ihre Wange, verspielte, unverbindliche, gelachte Küsse. Dieser hier war anders. Er war so, als hätte ein Mann sechzehn Jahre warten müssen, eine Frau küssen zu dürfen. Eine Frau. Nicht eine Schwester.

Als sie auftauchte aus diesem Kuß – er mußte eine Ewigkeit gedauert haben, und sie hatte das Gefühl, als sei ihr Gesicht für immer und alle Zeiten von diesem einen Kuß gezeichnet oder gebrandmarkt –, war das Fenster weit geöffnet. Die Glocken von San Marco dröhn-

ten zu ihnen herein, laut, so laut, daß sie das Gefühl hatte, sämtliche Posaunen des Jüngsten Gerichts aus Jacopos Mappe schmetterten mit einem Mal vom Himmel.
Es verging eine ganze Weile, bis sie wahrnahm, daß ihr Tänzer wie alle anderen die Maske abgenommen hatte und sie ansah. Und vermutlich sah sie in diesem Saal voll lachender, fröhlicher Menschen das einzige Gesicht an, das nicht lachte.
Möchtest du, daß es so ist, dein Leben? fragte Riccardo hart und hielt sie kaum fest, als sie zu taumeln begann. Möchtest du, daß es sich so abspielt wie hier heute abend? wiederholte er, als sie ihn nur anstarrte. Jede Nacht einem anderen Mann versprochen? Seinen Wünschen gefällig, seinen Forderungen willfährig?
Dann ließ er sie stehen und verschwand.

Sie hätte später nicht mehr sagen können, was sie in der Zeit von zwölf bis jetzt, da sie mit dem Aschezeichen auf der Stirn aus der Frühmesse kam, getan hatte, vermutlich war sie quer durch die Stadt gelaufen, aber sie wußte es nicht mehr. Fest stand nur, daß sie in irgendwelchen verborgenen Ecken und Winkeln gesessen hatte, so daß sie unbelästigt blieb von all den fröhlich Heimkehrenden.
Und fest stand auch, daß sie Riccardo so rasch nicht wiedersehen wollte. Sie würde Zeit brauchen, um die Scham zu überwinden, die sie überfiel, wenn sie sich an all die Worte erinnerte, die sie in dieser Nacht gesagt hatte. Zu diesen angeblichen Botschaftern oder Gesandten, den englischen, französischen, russischen, griechischen, die niemand anders gewesen sein konnten als Riccardo in jeweils anderer Verkleidung. Sie versuchte, die Worte zu löschen in ihrem Kopf, die sie einfach nachgeplappert hatte, ohne genau zu wissen, was sie bedeuteten. Sie konnte nur annehmen, was es war, weil sie die Mägde in der Küche hinter vorgehaltener Hand hatte tuscheln hören, daß dies zu den Spezialitäten gehöre, die Fremde hier in dieser Stadt erwarteten, wenn sie auf Liebesabenteuer aus waren, in die *stufe* gingen, diese Dampfbäder, oder sonstwohin, wo man ihnen zu Gefallen alles tat, was es andernorts offenbar nicht gab.
Sie wußte, daß sie Riccardo haßte in diesem Augenblick, obwohl ihr klar war, weshalb er es getan hatte. Sie erinnerte sich, daß sie ihm von ihrem Besuch bei Clara erzählt hatte, von Claras Veränderung, ihrem Lachen, daß sie von all dem erzählt hatte, was es über dieses

Kloster zu erzählen gab, ein Kloster, das sich jedoch kaum von anderen Klöstern in dieser Stadt unterschied. Er hatte sie mit seinem Spiel zu einer Entscheidung bringen wollen, aber der Weg zu dieser Entscheidung war in ihren Augen der falsche Weg.

Sie berührte das Aschezeichen auf ihrer Stirn, betrachtete ihren Finger, fragte sich, ob sie auch alles gebeichtet hatte. Oder ob es unter Umständen Dinge gab, die sie nicht gebeichtet hatte, Dinge, die sie vielleicht in die nächste Messe führen würden, um ein zweites Mal zu beichten oder gar ein drittes Mal. Ob sie alles gesagt hatte, was ihr klargeworden war in dieser Nacht, da sie durch die Straßen geirrt war? Oder gab es da etwas, was unter Umständen noch schwerer zählte als dieser *coitus a tergo*, den sie einem Mann versprochen hatte, ohne zu wissen, was es war? Nämlich dies, daß sie Riccardo haßte, aber ihn gleichzeitig liebte? Auch wenn es unvorstellbar schien, daß dies möglich war. Und doch wußte sie es plötzlich mit einer Klarheit, über die sie nie zuvor verfügt hatte. Und es hatte nicht nur mit diesem Kuß zu tun, der Kuß hatte es lediglich ausgelöst, nicht mehr. Und sie fragte sich, ob es Riccardos Absicht gewesen war, mit diesem Kuß eine Art Exempel zu statuieren, mit dem er die Schwester zum Nachdenken bringen wollte, oder ob möglicherweise auch für Riccardo nur etwas geschehen war, was einfach geschehen mußte. Etwas, über das er keinerlei Macht mehr besaß, nachdem es erst einmal begonnen hatte.

Sie ging ziellos durch diese Stadt, die ihr jetzt im Morgengrauen wie geschändet vorkam mit den Bergen von zerbeulten Masken, Abfallsäcken und Essensresten, durch die sich die Katzen wühlten. Die Piazza von San Marco sah aus, als habe ein Wirbelsturm getobt und allen Unrat der Stadt hier abgeladen. Während irgendwo das Geklapper von Pferdehufen zu hören war und ein Signalhorn über die Lagune tutete, begann sich langsam die Asche von ihrer Stirn zu lösen.

Noch einmal fragte sie sich, ob sie ein zweites Mal würde beichten müssen. Ihre Erkenntnis war genau diese Nacht alt. Und sie paßte nirgendwohin, stellte sie erleichtert fest. Offenbar konnte es keine Sünde sein. Ihr war nur klargeworden, was Riccardo offenbar schon längst wußte, und mit einem Mal, als reiße ein Schleier, sah sie Begebenheiten, die sie damals, als sie stattfanden, nicht verstanden hatte, im neuen Licht. Riccardo hatte offenbar verhindert, daß sie sich

ein Bild machte, weil dies notwendigerweise auch eine Selbstbefragung seinerseits erfordert hätte. Seinen eigenen Bruder zu lieben war vermutlich keine Sünde, aber irgend etwas war wohl doch falsch. Vielleicht war es nicht einmal eine normale Sünde, sondern am Ende gar eine der Todsünden, und wieder tauchten die Höllenbilder, die Jacopo in seiner Mappe hatte, vor ihr auf, machten sie schwindlig, wobei sie nicht mehr wußte, ob es noch immer die Wirkung des Weins war oder nur diese ungeheuerliche Erkenntnis.
Irgendwann fing es zu regnen an. Maskierte zogen an ihr vorüber, doch ihr Nonnengewand schien sie zu schützen vor Annäherungen. Sie wußte nicht, wie lange dies anhalten würde. Sie ging über die Piazzetta, Schritt für Schritt, setzte ihre Füße sorgfältig einen vor den anderen, als könne sie damit die verlorengegangene Ordnung in ihr Leben zurückbringen.
Als sie schließlich in einer Gondel saß, durchfroren, das Gesicht verschmiert mit Asche, sagte sie zu dem Gondoliere: Ich fahre nach Nürnberg. Zu Lukas Helmbrecht. Er ist mir versprochen.
Der Gondoliere lachte, sagte etwas von keine gute Zeit, im Winter nach dem Reich zu fahren, aber sie meinte, doch, es sei eine gute Zeit. Sie werde dort erwartet, und es sei eine gute Familie.
Der Gondoliere sagte wiederum lachend und inzwischen ganz sicher, daß er eine kleine Zofe vor sich habe oder eine Küchenmagd: Ja, ja, die deutschen Kaufleute in diesem Fondaco, reich seien sie ja, aber ob es ihr dort in Nürnberg gefalle, das sei doch sicher eine andere Frage. Da solle sie sich doch besser überlegen, ob sie nicht hierbleiben wolle. Und wenn sie nachmittags Zeit habe, könne er sie nach Murano fahren, dort habe sein Bruder ein Geschäft – und außerdem einen guten Wein, fügte er erwartungsvoll hinzu.
Sie sagte, wenn sie zu den Inseln fahre, dann fahre sie nach Torcello.
Auch gut, meinte der Gondoliere und versuchte, sich zu ihr hinabzubeugen, aber dazu brauche er mit seiner Gondel mindestens zwei Stunden, und dann sei nicht sicher, ob er überhaupt ankomme, es sei Sturm gemeldet.
Sturm, sagte sie und nickte, o ja, Sturm. Ob er sie bei San Tomà absetzen könne.
Er bringe sie nach Hause, bot sich der Gondoliere an, wo sie denn wohne.

In dem Palazzo an der Ecke, sagte sie.
Wieder lachte er. Ja, ja, in einem Palazzo. Da wohne er auch. In seinen Gedanken zumindest. Aber in einer Hütte zu wohnen sei besser, wenn man da nur glücklich sei. Und ob die in den Palazzi das immer seien, das bezweifle er ganz und gar.
Ja, sagte sie, das bezweifle sie auch.

Die Visitation

Sie kamen im Morgengrauen. Und sie kamen zu zweit, zwei Dominikanermönche, ließen den Türklopfer gegen das Tor fallen und baten um Einlaß.
Worum es sich handle, wollte Jacopo wissen und spürte, wie ihm bereits, obwohl er weder den Anlaß dieses Besuches noch sonst etwas wußte, der Schweiß im Nacken hinunterlief.
Es sei eine Anzeige ergangen, sagte der eine der beiden Mönche, der eine Narbe im Gesicht hatte, und sie hätten die Aufgabe, in diesem Haus nach versteckten Häretikern zu suchen.
Häretiker? Jacopo lachte auf. In diesem Haus sei niemand versteckt und Häretiker schon gar nicht. Aber, bitte, wenn die Herren Platz nehmen wollten, er sage rasch seinem Herrn Bescheid.
Die Mönche blieben im *androne* stehen, gingen bis zu der Treppe, die zur Wassertür führte, horchten auf die Geräusche des Hauses und wandten sich dann Alfonso Zibatti zu, als der die Treppe herunterkam.
Ob er wisse, daß die Häuser derjenigen, die einen Häretiker nicht innerhalb von acht Tagen meldeten, zerstört würden, fragten sie zunächst.
Alfonso Zibatti schüttelte ungläubig den Kopf. Hauszerstörung? Häretiker? Er sei ganz sicher, daß es sich um eine Verwechslung handle.
Ob er wisse, daß sein Sohn mit dem Sohn des Sekretärs des Sekretärs des englischen Gesandten zu Mittag speise? fragte der mit der Narbe im Gesicht. Hier im Haus. Und auch sonstwo.

Sage Riccardo Bescheid! wandte sich der Vater an Jaçopo. Er soll kommen. Was sein Sohn tue, darüber könne er keinerlei Auskunft geben, sagte er dann, junge Leute dächten anders als alte. Sie beide wüßten ja gewiß Bescheid, was sich zur Zeit alles im Senat abspiele. Alt gegen jung, das sei ein Spiel, das sich bereits seit Jahren abspiele. Alfonso Zibatti versuchte dabei, seiner Stimme einen versöhnlichen Tonfall zu geben, legte noch ein Lächeln drauf, aber keiner der beiden Mönche lächelte zurück.

Riccardo sei noch nicht zu Hause, meldete Jacopo nach ein paar Minuten.

Wann er zurückkomme, wollten die Mönche wissen.

Junge Leute kommen zurück, wann sie wollen, sie sagen nicht vorher Bescheid, entschuldigte Alfonso die Abwesenheit seines Sohnes, obwohl er sicher war, daß Riccardo das Haus nicht verlassen hatte.

Es sei ihre Pflicht nachzuschauen, ob sich jemand in diesem Hause versteckt halte, sagte der zweite Mönch, der klein und dünn war und bis jetzt nichts gesagt hatte. Ob Alfonso damit einverstanden sei, daß sie sich umschauten?

Einverstanden oder nicht, sagte Alfonso Zibatti lächelnd, es sei ja wohl das gleiche. Also sei er einverstanden.

Sie stiegen zu viert die Treppe hinauf wie in einer Prozession, Alfonso Zibatti würdevoll vorneweg, die beiden Dominikanermönche und Jacopo hinter ihm drein.

Wo sie beginnen wollten, fragte der Vater, als sie in der *sala* waren.

Mit der Bibliothek, sagte der mit der Narbe rasch. Zunächst wollten sie die Bibliothek sehen.

Gut, die Bibliothek, sagte der Vater und drehte sich wieder um. Die Bibliothek sei im Mezzanin.

Ob es eine zweite Bibliothek gebe, fragte der zweite Mönch, ohne sich dabei umzudrehen.

Es gebe einen Raum, in dem ein paar Bücher herumstünden, aber das sei keine Bibliothek. Bibliothek, Alfonso Zibatti versuchte wieder ein Lächeln, das fange bei ihm und sicher bei vielen anderen mit tausend Bänden an oder mehr. Hier, in dem kleinen Raum hinter der Kapelle, seien lediglich ein paar.

Wir suchen Menschen, keine Bücher, sagte der mit der Narbe freundlich, und er sei dafür, daß man zunächst einmal in den kleinen Raum gehe.

Wem diese Bücher gehörten, fragte der kleine Dünne, als sie das Zimmer hinter der Kapelle durchschritten hatten, ohne etwas zu berühren, da bereits beim Eintritt klar war, daß sich hier niemand versteckt haben konnte.
Also doch Bücher, sagte Alfonso mit einem Unterton, der zumindest versuchen sollte, die beiden in ihre Schranken zu verweisen, obwohl er wußte, daß dies sinnlos war.
Nein, nicht Bücher. Nur, was er dort sehe, per Zufall sehe, sei ein Buch, das bereits seit 1559 auf dem Index stehe, also bereits eine ziemlich lange Zeit, so daß man gewiß nicht sagen könne, man habe es nicht gewußt. Ob diese Bücher Alfonsos Bücher seien, fragte der mit der Narbe freundlich weiter.
Alfonso Zibatti zögerte einen Augenblick und sagte dann, ja, dies seien seine Bücher. Oder zumindest die meisten von ihnen. Manchmal ließen natürlich auch Gäste Bücher zurück, weil sie sie vielleicht hier gekauft hatten und ihr Gepäck auf dem Heimweg nicht belasten wollten.
Gäste? Der Dünne lächelte leicht und sagte dann, daß es doch höchst seltsam sei, daß alle diese Gäste offenbar den gleichen Geschmack hätten, und er machte eine vage Bewegung zu dem Regal hinüber.
Mein Sohn Alessandro interessierte sich für dergleichen, sagte Alfonso Zibatti leise, aber der ist tot. Und dann mit einem plötzlichen Anlauf zur Wut: Selbst Geistliche interessierten sich doch dafür, oder ob er sich da etwa täusche.
Nein, nein, natürlich nicht. Aber, um solche Bücher lesen zu können, zu dürfen, brauche man eine Genehmigung.
Niemand von uns liest solche Bücher weiter als bis zur Seite zehn, sagte der andere eifrig, niemand. Aber das stehe ja im Augenblick wohl kaum zur Debatte. Dagegen dieser andere Sohn, dieser jüngere Sohn, also Riccardo Zibatti, der ja hier im Haus wohne...
Er wohnt nicht immer hier, sagte Alfonso rasch, nur zeitweise.
Der mit der Narbe holte umständlich ein Stück Papier aus der Tasche und hielt es Alfonso Zibatti unter die Nase. Bei der letzten Zählung der Herdstellen und der Münder, beim letzten Zensus, sei er aber aufgeführt, ob sich das inzwischen geändert habe?
Alfonso Zibatti spürte, wie sein Mund trocken zu werden begann.
Er studiert noch, sagte er dann leise.
Etwa in Padua? wollte der kleine Dünne wissen.

Alfonso Zibatti seufzte. Ja. In Padua.
Wenn er in Padua studiere, dann sei es doch unter Umständen möglich, daß diese Bücher hier im Raum, der keine Bibliothek sei, vielleicht Riccardo gehörten. Geschichte, Theologie, Jurisprudenz – sei es das nicht, was dieser Sohn studiere?
Alfonso überlegte, welchen Schritt er als nächsten gehen solle. Es war klar, daß es sich in den Augen dieser Dominikanermönche nicht um ihn allein oder eine einzelne Sache, sondern um eine ganze Reihe von Vergehen handeln mußte. Es war ebenso klar, daß sie ihn nicht einfach mitnehmen konnten ohne Grund.
Er studiert nicht Theologie, sagte er schließlich mühsam. Auch nicht Jurisprudenz. Er hat Vorlesungen gehört über diese Fächer, aber er studiert sie nicht. Er studiert genau genommen Philosophie. Das heißt, er interessiert sich eigentlich für alles.
Für alles? Der Kleine zog die Augenbrauen empor. Was das sei: alles.
Ist es verboten, sich für alles zu interessieren? fragte Alfonso Zibatti zurück.
Er spricht gut Deutsch, euer Sohn, nicht wahr? wollte der andere wissen.
Und? fragte Alfonso Zibatti wachsam.
Nun, er könnte auch in Basel studieren. Tut er das?
Nicht jeder, der in Basel studiert und gut Deutsch spricht, ist ein Ketzer, oder? fragte Zibatti zornig.
Aber nein, natürlich nicht. Der dünne Kleine lachte. So einfach sei das selbstverständlich nicht.
Ob er viele Freunde habe, dieser Sohn, der da in Padua studiere, fragte der mit der Narbe weiter, während er das Regal abschritt und sich voller Interesse die Bücher betrachtete.
Junge Leute haben immer viele Freunde. Er sehe keinen Grund, weshalb sein Sohn wenige haben sollte. Auch das könne ja wohl kaum verboten sein.
Ja, ja, selbstverständlich, aber es komme natürlich darauf an, welche Freunde. Und ob man einige der Bücher vielleicht mitnehmen dürfe? Gegen eine Bescheinigung selbstverständlich. Denn schließlich, der mit der Narbe drehte sich um und deutete mit dem Kinn auf das Regal, schließlich sei hier, dies wisse er auch ohne exakte Überprüfung und ohne den Index auswendig zu kennen, nicht nur *ein* Buch, das zu den verbotenen Büchern gehöre.

Hier ist nicht ein einziges Buch dabei, das sich auch nur am Rande mit den Ideen von Luther befaßt, wehrte sich Alfonso Zibatti.
Mag sein, räumte der Kleine ein, mag sein. Nur, außer Luther gebe es noch einen ganzen Katalog von Autoren, die gefährlich seien, sogar höchst gefährlich. Und überhaupt seien die Hälfte der verbotenen Bücher gar keine Werke mit religiösem Inhalt, sondern okkulte Bücher. Liebeszauber, Chiromantie, Astrologie, nicht wahr, das wisse doch wohl ein Mann, der im Großen Rat sitze.
Alfonso Zibatti stand unter der Tür, seine Ohren schienen zu dröhnen, er sah Bilder vor sich, die ihn schreckten, sah sich verloren, angeklagt wie Foscarini und bereits kopfüber an den Stangen vor San Marco aufgehängt.
Einen Korb. Sie hätten keinen Korb mitgenommen, weil sie ja einen Häretiker suchten. Ob sie einen Korb haben könnten für die Bücher. Selbstverständlich gegen Bescheinigung, sagte der mit der Narbe freundlich.

Sie nahmen das Mittagessen spät im Kaminzimmer ein, nachdem Alfonso Zibatti den Schock des frühen Morgens nur sehr langsam verwunden hatte und es für ihn lange undenkbar schien, trotz seiner Demütigung zu essen. Die Regale im Raum hinter der Kapelle waren ausgeweidet. Es schien, als hätten Riccardo und Alessandro nichts anderes als verbotene Bücher besessen.
Und während sie diskutierten, was nun geschehen solle, weil klar war, daß irgendein weiterer Schritt in den nächsten Tagen folgen würde, während Riccardo versuchte, das, was geschehen war, mit Spott abzutun, worauf der Vater noch erboster wurde, als er es schon war, legte Crestina den Löffel auf den Tisch und sagte laut und deutlich: Ich werde Lukas Helmbrecht heiraten.
Das Gespräch ging noch eine Sekunde weiter, brach dann abrupt ab, und sie wußte, daß alle sie anstarrten, während sie konzentriert auf ihren Teller schaute. Sie spürte das Erschrecken Riccardos, fühlte, wie sein Gesicht erstarrte, und für eine Sekunde sah sie Reste dieses Erstarrens, als sie wieder hochblickte, dann war es bereits vorbei. Sie hatte Riccardo seit jenem Kuß nicht mehr gesehen, und es war klar, daß er sie gemieden hatte, vermutlich um alles zu vergessen, und sie war sicher, daß dies ihm besser gelingen werde als ihr.
Und es war auch Riccardo, der die Stille brach, indem er lachte. Zu-

nächst leise, dann lauter, um eine Spur zu laut, wie sie fand, um echt zu wirken. Unser Küken wird erwachsen, sagte er dann fröhlich, endlich wird unser Küken erwachsen.

Die Mienen der Mutter und des Vaters entspannten sich, für einen Augenblick schien nicht mehr wichtig, was an diesem Morgen geschehen war, für einen Augenblick stand sie im Mittelpunkt, und alle redeten durcheinander, wie und wo diese Hochzeit stattfinden solle.

Für den Fall, daß Lukas Helmbrecht unsere Tochter überhaupt noch haben möchte, sagte die Mutter schließlich. Ein Mädchen, das ständig seine Meinung wechsle wie ihre Tochter – nun, sie hoffe, daß diese Heirat überhaupt noch zustande komme.

Sie kommt zustande, sagte Crestina und legte sich ein Stück Fleisch auf den Teller. Ich habe einen Boten geschickt.

Einen Augenblick war Stille am Tisch und alle blickten sie verblüfft an. Einen Boten? fragte Donada gedehnt. Nun, das werde ja dauern, bis man eine Nachricht bekomme.

Sie habe die Nachricht bereits, sagte Crestina und blickte lächelnd in die Runde, und diese Nachricht sei gut. Die Hochzeit könne stattfinden.

Alfonso Zibatti legte das Messer auf den Tisch und starrte Crestina mißtrauisch an. Wann sie den Boten denn abgeschickt habe.

Es war ein Sonderkurier, sagte Crestina mit aller Selbstverständlichkeit. Er brauchte vier Tage hin und vier Tage zurück.

Ein Sonderkurier kostet fast achtzig Gulden, sagte der Vater fassungslos, das ist fast so viel, wie ein Chirurg im Jahr bekommt.

Ja, das ist es, sagte Crestina, aber es sei ihr Geld. Sie habe es von ihrer Mutter geerbt und könne daher damit tun, was sie wolle.

Und was werden sie sich in Nürnberg gedacht haben, fragte Riccardo, als man es ihnen auf diese Art und Weise mitteilte.

Crestina hatte den Eindruck, daß es diesmal niemanden mehr an diesem Tisch gab, der auch nur eine Spur von Verständnis für sie hatte. Das sei ihr egal, sagte sie, was man dort denke. Schließlich sei über diese Heirat so lange und so gründlich geredet worden, daß sie inzwischen genau wisse, wie man so etwas in Gang bringe. Und zunächst wolle sie sich ohnehin erst einmal alles anschauen, und dann sehe man weiter.

Sie ist Wildwuchs, sagte Donada zu Alfonso, deine Tochter. Sie wird sich nicht einfügen in dieser anderen Stadt. Und du hast ihr nie beigebracht, wie es ist, wenn eine Frau sich einem Mann zu unterwerfen hat.

Riccardo stand auf, ging zu Crestina hinüber und klopfte ihr auf die Schulter. Unterwerfen brauche sich seine Schwester ja nun nicht gerade, meinte er. Es genüge, wenn sie aus freien Stücken heirate. Er beugte sich zu ihr hinunter. Es geschieht doch aus freien Stücken, sagte er dann und schaute sie prüfend an.

Crestina lachte. Ja, sagte sie rasch und sprang auf, selbstverständlich geschieht es aus freien Stücken.

Gegen Abend, als sie alle im *salotto* saßen, kam Anna atemlos zu ihnen gelaufen. Sie wischte sich mit der Hand über die Augen und sagte: Er ist weg.
Der Vater seufzte. Wer?
Bartolomeo, sagte Anna und wischte sich noch stärker die Augen. Er ist weg.
Woher sie das wisse, wollte der Vater erfahren.
Ein junger Mann habe es Jacopo ausgerichtet.
Und weshalb ist er weg?
Anna schüttelte den Kopf. Niemand weiß es, sagte sie und begann zu weinen.
Riccardo nickte. Dann wissen wir wenigstens, von wem die Denunziation stammt.
Anna weinte stärker und sagte, das könne sie nicht glauben. Dann ging sie. Aber die Art, wie sie ging, ließ kaum einen Zweifel daran, daß auch Anna glaubte, Bartolomeo habe etwas mit dieser Denunziation und dem Besuch der Dominikanermönche zu tun.
Sie gingen hinauf in seine Kammer, deren Tür Anna offengelassen hatte, weil es, wie sie verlegen gesagt hatte, dort nicht gut riecht.
Ich denke, sie hat untertrieben, sagte Riccardo, als er an der Tür stand, und schob Crestina zurück, so daß sie lediglich einen kleinen Ausschnitt des Zimmers überblicken konnte.
Ich möchte es sehen, sagte sie und drängte sich an Riccardo vorbei. Du kannst mich nicht ein Leben lang vor allem bewahren.
Dann sieh es dir an! sagte er und trat zur Seite.
Sie stand unter der Tür und starrte in den Raum, dessen eine Seite voll war mit präparierten Vogelschädeln, die fein säuberlich auf

Brettern angeordnet waren, der Größe nach, so daß es aussah, als marschierte dort der Doge, gefolgt von den restlichen Würdenträgern. Auf einem Tisch lagen die Werkzeuge, mit denen er die Präparation ausgeführt hatte, und es war klar, daß der Geruch von diesen Werkzeugen herrührte, die offenbar viel benutzt, aber hinterher keinesfalls gesäubert worden waren. Auf der anderen Seite des Zimmers über einer schmalen Pritsche mit einem durchgelegenen Strohsack hing ein Regal mit Büchern. Die Bände waren so aufgestellt, daß sie mit ihren Titelseiten ins Zimmer blickten und daher wie Anschläge wirkten, die am Rialto und vor San Marco auf sich aufmerksam machten. *Ob die Weiber Menschen seyn oder nicht*, eine offenbar anonyme Schrift, stand da neben einem Buch von Giuseppe Passi mit dem Titel *Die Fehler der Frauen* oder *Die Frau, Ursprung jeden Übels* von Abate Tondi. Und unter diesen Büchern waren quer über die Wand Sprüche der Kirchenväter und des Aristoteles geschrieben, die alles andere als ein Loblied auf das weibliche Geschlecht darstellten.

Riccardo lachte auf, als er sie vorlas. Da brauchen wir uns keinesfalls mehr zu wundern, wo seine Einstellung zu den Frauen herrührt. Er hat dies wohl kultiviert über Jahre hinweg.

Verstehst du das? fragte Crestina und zeigte auf einen großen Zettel, der auf einem Schreibpult lag. Was soll das: *cattaver, familiare, negri, tribunale supremo, grande inquisitore*?

Nun, ich denke, daß dies all das ist, was er gern wäre, und die Kreuze dahinter bedeuten ganz einfach, wie wichtig ihm der jeweilige Begriff ist. Der Großinquisitor an oberster Stelle – er will hoch hinauf, unser Vetter, sagte Riccardo, sehr hoch. Und man kann nur hoffen, daß er nicht abstürzt bei alldem, was er will.

Und es war doch die Geißel, sagte Crestina und deutete an die Schräge neben dem Fenster, an der eine kurze Peitsche hing. Das Geräusch, von dem wir nie recht wußten, was es ist, erinnerst du dich?

Sie stiegen hinauf zur Altane, wo in der Mauserkammer ein Habicht schrie. Riccardo schob ihm ein Stück Fleisch in den Schnabel, dann öffnete er den Käfig. Der Vogel würgte das Fleisch hinunter, flog dann zaghaft auf den Holzstab, den ihm Riccardo hinhielt, und warf sich mit einem kräftigen Schwung in die Abendluft.

Ich habe Angst, sagte Crestina leise, ich habe Angst. Ich kann bestimmte Worte nicht mehr hören. *Tribunale supremo*, Rat der Zehn, *negri*, ich ertrage sie nicht mehr.

Dann werden wir wohl gehen müssen, sagte Riccardo, oder du wirst gehen.
Allein, sagte sie, und wohin?
Nach Nürnberg, sagte Riccardo. Du wirst es dir anschauen, ob du für den Rest deines Lebens dortbleiben willst.
Und du?
Wir werden sehen, sagte Riccardo, laß uns darüber schlafen.

Am anderen Morgen in aller Frühe kam Leonardo in den Palazzo. Er kam in Riccardos Zimmer, wirkte abgehetzt und mußte sich zunächst setzen, bevor er reden konnte. Ich denke, es ist besser, wenn du die Stadt verläßt, sagte er dann und wischte sich den Schweiß von der Stirn.
Riccardo lachte. Siehst du das nicht ein bißchen zu dramatisch?
Es ist nicht so lustig, wie du offenbar glaubst, sagte Leonardo und trank das Wasser, das ihm Riccardo eingegossen hatte. Wenn du nicht bald gehst, werden sie dich verhaften.
Verhaften? Ich denke, du bringst hier einige Dinge durcheinander. Es waren die Inquisitoren des Heiligen Offiziums, die hier schnüffelten, um einen Häretiker in unserem Haus zu entdecken, den es nicht gab, aber von dem jemand offenbar annahm, daß es ihn gab. Die Spur der Denunziation führt zu Bartolomeo, zumindest fürs erste einmal. Er ging weg ohne ein Wort. Also, ich denke, daß du dich da täuschst mit deiner Sorge.
Ich täusche mich nicht, sagte Leonardo. Leider. Du wirst nämlich außer den Dominikanern auch bald die Inquisitoren des Staates hier haben oder deren Büttel. Ja, ja, wiederholte er, als er Riccardos verblüfftes Gesicht sah, du hast zu gewagte Reden gehalten, du bist der Freund von einem Aufrührer, von Renier Zen, sagen sie.
Und das, was wir in den Gärten von San Giorgio geredet haben, wissen sie das auch?
Noch nicht. Aber wer weiß, wie bald. Du solltest wirklich gehen.
Riccardo deutete auf die gestapelten Bücher, die Wäschepacken in seinem Zimmer und sagte: Nun gut, also schlage ich zwei Fliegen mit einer Klappe. Meine Schwester möchte nach Nürnberg heiraten, ich wollte sie ohnehin begleiten. Wie hat dein Vater doch neulich gesagt: Wir Jungen hätten nur den Mut zum Reden, aber nicht zum Auswandern, nicht wahr, das war's doch?

Ja, sagte Leonardo. Aber es ist ein Unterschied, ob jemand mit seiner Druckerschwärze, den Lettern und der Druckpresse die Stadt verläßt oder so, wie du sie verlassen wirst, falls du es tun wirst.
Du meinst, lediglich mit einem Packen von Todsünden auf dem Rücken? Riccardo ging zum Fenster, öffnete es und deutete hinüber zum Dogenpalast. Es ist weit gekommen mit unserer Stadt, sagte er dann. Ein Doge will ins Kloster gehen, schafft es aber nicht, weil er sich aufregt über seinen Sohn, der ihm ein paar Hühner stiehlt, die er, der Doge, in seinem Palast hält, damit er jeden Tag ein frisches Ei hat. Und darüber stirbt er. Gibt es wirklich in unserem Staat nichts Wichtigeres mehr, über das sich ein Doge aufregen kann, als gestohlene Hühner? Und ist der, der darüber spottet, sofort ein Aufrührer, weil er darüber redet?
Du hast nicht nur *darüber* geredet, sagte Leonardo, und das weißt du.
Natürlich weiß ich das, aber als Bürger dieses Staates darf ich doch reden, oder etwa nicht? Dieser Staat, er ist mir wichtig, sehr wichtig. Deswegen kritisiere ich ihn, rege mich auf über Bücher, die auf den Index kommen, obwohl es einfach lächerlich ist, daß sie auf den Index kommen.
Eines Tages wird es ihn nicht mehr geben, diesen Index, sagte Leonardo. Aber wenn sie dich bei Nacht und Nebel in die Lagune bringen und im Canale Orfano ertränken, mit Steinen an den Füßen, dann kann dich niemand mehr heraufholen.
Du meinst also – Riccardo holte Luft –, du mein Freund seit Kindertagen, meinst, man solle einfach warten, bis sich eine Sache von selber erledigt? Sag mir, ob du das wirklich meinst?
Ich meine es nicht, sagte Leonardo, aber ich möchte dich nicht verlieren.
Das ist löblich, sehr löblich, ich danke dir dafür.
Spotte nicht, du weißt, wie ich es meine.
Riccardo ging auf und ab und schüttelte den Kopf. Glaubst du wirklich, daß es den Index eines Tages nicht mehr geben wird? Glaubst du das im Ernst? Ich nicht. Ich kann mir durchaus vorstellen, daß es diesen Index auch noch in dreihundert Jahren gibt – oder noch später. Und ich kann mir sogar vorstellen, daß die Bücher von Giordano Bruno dann immer noch draufstehen, weil man sie möglicherweise auch noch in dreihundert Jahren für gefährlich hält. Verstehst du, es

paßt mir nicht, vor etwas zu fliehen, wenn ich gar nicht weiß, was es ist. Ich weiß überhaupt nicht, was gegen mich vorliegt.
Es braucht nichts vorzuliegen. Wen sie zum Ketzer machen wollen, den machen sie zum Ketzer, und du weißt das so gut wie ich. Verteidigung gibt's keine. Nur Zeugen. Eine Unzahl von Zeugen. Und ich bin sicher, daß sie dich finden werden.
Vermutlich, sagte Riccardo und schaute auf den Kanal hinunter, vermutlich hast du recht. Und so ganz frei von Schuld bin ich ja wohl auch nicht.
Genau das denke ich auch, sagte Leonardo und stand auf, deswegen bin ich gekommen.
Gut, sagte Riccardo langsam und ging zu seiner Truhe, in der er sein Reisegepäck verwahrte, gut. Verlassen wir also diese Serenissima, diese heiterste aller Städte. Und meine Geschichte, heb sie auf. Stecke es irgendwohin, das Manuskript, wenn sie es dir zurückgeben, irgendwohin, wo sie es nicht finden.
Leonardo umarmte ihn. Ich bin sicher, daß es eines Tages gedruckt wird, so wie du es möchtest. Nicht kastriert.

Sie verließen das Haus am nächsten Morgen. Carlo hatte ihre Dachsranzen und die Mantelsäcke bereits in der Gondel verstaut, als sie einstiegen. Die Pferde würden sie auf dem Festland vorfinden.
Carlo ruderte die Gondel wie immer, wenn sie den Palazzo für längere Zeit verließen, in die Mitte des Kanals und hielt dann für einen Augenblick inne. Auf dem Balkon hatte sich außer Jacopo und Anna nur der Vater eingefunden, Donada kam einige Augenblicke später und hielt mit der Hand ihre Haare zusammen, da die Zofe offenbar noch nicht Zeit gehabt hatte, diese zu ordnen. Alfonso winkte ihnen zu, die Hand hoch erhoben, nickte auch mit dem Kopf, was sie in etwa als Zustimmung deuten konnten. Donada nickte weder mit dem Kopf, noch konnte sie sich zu einem rechten Winken entschließen. Sie hob die Hand, ihre Haare verrutschten, und sie sahen, wie sie verärgert die Lockenflut zu bändigen suchte. Als Carlo die Gondel weiter den Kanal hinabführte, konnten sie noch sehen, wie die Mutter sich mit einer abrupten Bewegung dem Vater zuwandte und etwas sagte, was dieser mit Achselzucken quittierte.
Crestina lachte. Sie wird es mir nie verzeihen, daß ich so wenig Frau-

enkleider in meinem Mantelsack habe und auf der Reise zumindest diesseits der Alpen Männersachen trage.

Riccardo wandte sich ihr zu und lachte aus vollem Halse, als Crestina einen Kratzfuß machte.

Zwei Studenten, die nach Nürnberg fahren, sagte er dann. Wer will schon daran zweifeln, daß es so ist.

Das Ghetto

Der Chazer

Chazer. Das Wort bedeutete Hof auf hebräisch. Wenn sie es venezianisch-jiddisch aussprachen, hieß es *hazèr*. Die Venezianer aber nannten dieses Viertel, das sie im Jahre 1516 den Juden als Wohnort zugewiesen hatten, Ghetto, weil hier früher eine Gießerei gestanden hatte, in der man Kanonen goß. Und gießen hieß in ihrer Sprache *gettare*.

Ob Ghetto, *hazèr* oder Chazer, für sie sei alles gleich, pflegte Lea zu Abram zu sagen, und dieser Chazer hier in Venedig sei ganz einfach ein Käfig und nichts anderes. Ein kümmerlicher Käfig, bei dem man sich an Regentagen oder bei Nebel auch noch den Himmel dazu erfinden mußte, weil dieser Raum, den ihnen die Stadt überlassen hatte, so eng war, daß schon an hellen Tagen kein Himmel darüber Platz hatte.

Wenn Abram versuchte zu widersprechen, wenn er sagte, dieser Chazer, dieser Hof, sei für ihn ein Wort wie jedes andere, und er spreche es auch nicht anders aus als Fluß, Haus, Straße, Baum oder Brücke, so hatte Lea bereits ihre Entgegnung auf den Lippen, noch bevor er seinen Satz zu Ende gedacht hatte. Im Dorf ihrer Großeltern sei ein Hof ein Platz gewesen, auf dem Kinder gespielt und abends die Leute auf Stühlen vor ihren Häusern gesessen hätten, um sich Geschichten zu erzählen. Und diese Häuser seien ganz gewiß keine Häuser gewesen, die bis an den Himmel reichten, wie das hier in dieser Stadt der Fall sei.

Nun, Häuser mit Stühlen davor gebe es bei ihnen hier ja wohl auch, sagte Abram dann meistens, wohl wissend, daß das Duell bereits fast verloren war, denn Lea pflegte das Wort Häuser stets so auszusprechen, als sei es ein unanständiges Wort, das ein rechtschaffener Mensch nicht in den Mund nimmt. Sie ließ dabei die Luft mit einem

Schwall von Zorn durch ihre Lippen pfeifen, stemmte die Hände in die Hüften und gab dann kund, was diese Häuser in Wirklichkeit seien: Nämlich nichts weiter als wild aufeinandergetürmte Backsteine, und diese Backsteine gehörten nicht ihnen, den Juden, sondern Christen. Und sie, die Juden, müßten von Mal zu Mal einen Kniefall machen, um in diesen christlichen Backsteinen überhaupt vegetieren zu dürfen.

Falls das Gespräch bis zu diesem Punkt gedieh – manchmal erstarb es bereits vorher –, wußte Abram, daß es sinnlos war, jetzt noch weiterzureden. Es war längst alles gesagt, was es zu diesem Thema zu sagen gab. Und Abram pflegte derartige Gespräche klugerweise für sich damit abzuhaken, daß er sich sagte, sie wird ihre Frauentage haben, oder es ist der Mond, oder es wird warm werden. Denn er wußte genau, daß dieser Chazer, der für einige der Puls der Welt war, auch für Lea nicht immer nur einen Käfig darstellte, sondern manchmal eine Muschel der Geborgenheit, was sie ehrlicherweise hin und wieder zugab.

Diese Geborgenheit empfand sie an guten Tagen stark, fühlte sich dann eingebettet in die Riten ihrer Religion. Jeder wußte, wohin er zu gehen hatte zum Beten, und jeder hatte seinen Sitz in einer der fünf Synagogen. Der Chazer enthielt alles, was Menschen zum Leben brauchten: Schulen für die Kinder, Rabbinerseminare für die, die Rabbi werden wollten, es gab Ärzte, Chirurgen, ein Hospital und Geschäfte, die für den täglichen Bedarf Gemüse, Kräuter, Brot, Geflügel, anderes Fleisch und Milch bereit hielten.

Und natürlich gab es auch Abrams Buchladen. Er lag an der Stelle des Chazer, die Abram als einen Vorzugsplatz zu bezeichnen pflegte, weil nämlich hier einer der vier Brunnen des Ghettos lag, um den sich nahezu alles Leben abspielte, selbst wenn Lea gern ohne diese Art von Leben ausgekommen wäre. Welche Wäsche von wem wie oft an diesem Brunnen gewaschen werde, interessierte sie keinesfalls, und auf den entsetzlichen Lärm, der dabei entstehe, könne sie gut verzichten, auf den Streit, wer zuerst dagewesen sei, schon allemal.

Hinter dem Brunnen, auf den Lea schauen konnte, stand ein Haus, das dem, in dem sie wohnte, glich – es reichte ebenfalls bis an den Himmel, wie Lea sagte, und noch war keinesfalls sicher, ob es mit seinen acht Stockwerken schon zu Ende war. Neun Menschen oder gar mehr wohnten oft in zwei Räumen, und das Licht, das in diese Räume fiel, war so spärlich, daß die Frauen ständig gerötete Augen hatten, weil sie jegliche Arbeit, die sie zu verrichten hatten – Nähen, Flicken, Weben –, nur in der Nähe des Herdfeuers vornehmen konnten. Jeder Fremde, der diesen Teil des Ghettos durchschritten hatte, der die wenigen Meter von dem einen Ghettotor bis zur Brücke, die in den anderen Teil führte, gegangen war, hatte das Gefühl, einem dunklen Wald entronnen zu sein, nach dem er ganz gewiß nicht so rasch wieder ein Verlangen haben würde.

Wenn Lea versuchte, das Ghetto zu beschreiben, so sagte sie stets, den Chazer müsse man hören und riechen, dann wisse man sofort, wo man sich befinde, und brauche nicht einmal die Augen zu öffnen. Man könne sich zum Beispiel im alten Teil des Ghettos, der seltsamerweise *ghetto nuovo* hieß, in die Mitte des Platzes stellen, und sofort wisse man an dem fehlenden Lärm, daß hier der Ort sei, an dem Geschäfte abgewickelt werden, ernste Geschäfte. Hier waren die Banken und die Pfandhäuser, und die Menschen, die vor den Pfandhäusern Schlange standen, waren schweigsame Menschen. Einen geliebten Gegenstand wegzugeben mache niemandem Spaß, sagte Lea. Der Geruch dieses *ghetto nuovo*, in dem die aus Deutschland, Frankreich und den anderen italienischen Städten zugewanderten Juden wohnten, sei so typisch, daß er sich einem mitteilte, noch bevor man diesen Teil des Chazer überhaupt betreten habe. Er kam aus rund sechzig Läden, manche so klein, daß man sich kaum darin umdrehen konnte, und alles, was hier verkauft wurde, waren alte Kleider – neue Kleider zu verkaufen war verboten – und Knochen. Da die Knochen zum Teil an Ort und Stelle verarbeitet wurden, roch es nach allem möglichen, vor allem nach Leim, und der süßliche Geruch dieses Leims zog in die Kleider und der alte Geruch der Kleider in die Seife, die ebenfalls aus den Knochen gesiedet wurde.

Und so war Lea froh, daß sie im anderen Teil des Ghettos lebte, dem *ghetto vecchio*, in dem die reichen Levantiner lebten, jene Juden, die mit den Levantehäfen Saloniki und Konstantinopel Handel trieben, und das überwiegend Geschäfte aufwies, die sie gern betrat. Ihr Einkaufsweg begann bei dem Geflügelhändler oben an der Ecke, direkt am Kanal, mit dessen Frau sie, als ihre Kinder noch klein waren, die Sorgen mit diesen Kindern besprochen hatte, dann kamen der Bäkker, bei dem sie inzwischen nicht mehr einkaufte, nachdem sie einmal festgestellt hatte, daß Schaben in dem Ladenraum herumliefen, der Kolonialwarenhändler, bei dem es auch Wein gab, und der Fleischer gleich nebenan. Am Brunnen vorbei ging es die Straße entlang bis fast zum Tor und dann in eine der Seitengassen hinein zum anderen Bäcker, dessen Brot gut durchgebacken war und keine großen Löcher hatte. Und wieder zurück führte der Weg zu Abrams Buchladen, neben dem sich Baruch und Sara Levis Gemüseladen befand, in dem sie kaufen mußte, weil es der einzige Gemüsehändler war in dieser Straße. Daß sie nicht gern dort kaufte, hing nicht damit zusammen, daß Baruch und Sara Levis Waren schlecht waren, sondern damit, daß deren Schlafzimmer unmittelbar an Abrams und Leas Schlafzimmer angrenzte, und da die Zwischenwände wie überall im Ghetto nur aus Holz bestanden, war es unmöglich, in diesen Räumen zu leben, ohne daß der andere genau mitbekam, was nebenan vorging. Jedes Knarren des Bettes, jedes Öffnen des Fensters bei Nacht, jedes Husten – alles wurde von Sara sofort mit einem lauten Klopfen gegen die Wand gerügt.

Der Geruch, der weder für das *ghetto nuovo* noch für das *ghetto vecchio* typisch war, ein Geruch, der sie beide verband, war der Geruch der Kanäle, der im Sommer so unangenehm war wie im Winter. Im Sommer, weil die Kanäle bisweilen trocken standen und jeglicher Müll, der tagtäglich in sie hineingeworfen wurde, dann sichtbar und ruchbar wurde. Im Winter, weil der Müll dann oft festfror und die Eisschicht ein Abfließen des Unrats verhinderte.

Die Geräusche des Ghettos, die sich an manchen Tagen bis zur Unerträglichkeit steigerten, so daß Lea klagte, das Hirn drohe ihr aus dem Kopf zu fallen, diese Geräusche verebbten, wenn der Freitagnachmittag herannahte und den Sabbat ankündigte. Und sie erstarben, sobald der erste Stern am Himmel sichtbar wurde. Zwar gab es dann immer noch welche, die es nicht schafften, bis zum dritten Trompetenstoß innerhalb der Ghettotore zu sein, weil ihr Schiff sich verspätet hatte oder die Postkutsche durch widrige Umstände später ankam als vorgesehen, aber dies geschah nicht oft, und niemand hätte den Chazer je lärmend betreten, wenn aus allen Fenstern bereits die Gesänge ertönten und die Gebete. Einmal nur eine ganze Woche lang Sabbat! seufzte Lea manchmal. Dann wolle sie dieses Leben auch gerne weiter ertragen.

Lea verließ den Chazer äußerst selten. Und wenn sie ihn verließ, so mußte es einen besonderen Grund geben, einen handfesten Grund, weil sie sonst nie und nimmer bereit gewesen wäre, sich dieser Stadt Venedig auszuliefern, die sie bereits ängstigte, wenn sie nur die Brücke überschritten hatte, die das Ghetto von der Stadt trennte.
Lea war Dörfer gewohnt, kleine verschlafene Dörfer, in solchen hatte sie ihre Kindheit verbracht, und sie hatte in dieser Stadt Jahre gebraucht, bis sie sich in dem Gewirr von Gassen und Brücken zurechtfand, und anfangs war sie in Situationen geraten, an die sie nicht mehr gerne zurückdachte. Einmal hatte ihr Vater sie zurückholen müssen, weil sie sich so verlaufen hatte, daß sie weinend in einem Hausflur sitzenblieb, nahezu unfähig, sich zu bewegen, und ein anderes Mal, als Abram sie mitgenommen hatte zu einer Druckerei und sie lediglich hatte ein paar Schritte in eine Seitengasse machen wollen, war sie in kürzester Zeit meilenweit entfernt von dem Ort, an dem sie sich von Abram getrennt hatte.
Der Grund, weshalb sie heute, an einem naßkalten Januartag des Jahres 1629, den Chazer verließ, war solch ein handfester Grund, zumindest für sie, eine Mutter, die sich darum zu kümmern hatte, daß ihre Familie ordentlich gekleidet war.
Sie hatte eine *cappa* machen lassen für ihren Sohn Samson, einen Mantel mit einer Kapuze, die er hochschlagen konnte, so daß auch der Kopf bedeckt war. Und sie hatte für diese *cappa* einen Schneider gewählt, der nahezu am anderen Ende der Stadt wohnte, in jedem Fall teurer war als alle anderen Schneider und der einen zudem so lange warten ließ, wie es ihm geraten schien. Außerdem war bei jeder Abwicklung des Auftrages seine Frau mit im Raum und mischte sich mit ihren Ratschlägen ein: welchen Stoff, welches Futter, welche Knöpfe, wobei sie selbstverständlich jedesmal das Teuerste vorschlug. Dem allem hatte sich Lea unterworfen, weil es ihr die Gewißheit gab, daß dieser Mann gut war, und weil sie wußte, daß dieser Mann nicht log. Zumindest hatte ihr das Diana, ihre Freundin, versichert. Und was Diana sagte, hatte für Lea Bestand, da Diana schon immer in dieser Stadt wohnte und ihre Eltern bereits Kunden dieses Schneiders waren; die Juden selbst durften das Schneiderhandwerk bei Strafe nicht ausüben.
Das besondere Anliegen, das Lea diesmal zu diesem Schneider gebracht hatte – denn beileibe wählte sie ihn nicht immer für ihre Auf-

träge –, war ihr Wunsch, daß der Mann ihren Auftrag an einem Dienstag beginnen würde, weil der Dienstag ein Glückstag war. Dinge, die am Montag begonnen wurden, hatten keinen guten Fortgang, und der Mittwoch galt gar als ein Unglückstag. Selbstverständlich hatte sie Abram nie von diesem seltsamen Auftrag erzählt, weil sie wußte, daß es Aberglaube war und Abram mit strenger Stimme zu ihr gesagt hätte, Aberglaube sei Sünde. Dabei hätte es Abram sicher gutgeheißen, daß Lea zwischen Bestellung und Fertigstellung des Mantels diesen Weg schon einmal gemacht hatte, um zu überprüfen, ob der Schneider – und sei es nur aus Versehen – nicht eine Mischung aus Leinen und Wolle verwendete, was das jüdische Gesetz verbot. Sie war also nochmals gekommen, hatte die feindseligen Blicke der Ehefrau ertragen und war erst wieder gegangen, nachdem sicher war, daß alles, aber auch alles so wurde, wie sie es bestellt hatte und wofür sie bereit war, auch mehr als das Übliche zu bezahlen.

Nun endlich trug sie den Mantel in einem Korb nach Hause, war glücklich beim Gedanken an das Gesicht Samsons, wenn er in einigen Wochen diesen Mantel auf seiner Schlafbank vorfinden würde. Daß dieser Mantel helfen sollte, Samson das, was ihm in den nächsten Monaten bevorstand, leichter zu ertragen, daran wollte sie in diesem Augenblick noch nicht denken.

Die Marangona-Glocke auf dem Campanile von San Marco schlug bereits die vierte Nachmittagsstunde, aber Lea brachte es nicht über sich, diesen so erfolgreichen Gang zu beenden, ohne Diana davon zu berichten. Und so betrat sie rasch einen der vielen Kleider-und-Knochen-Läden des *ghetto nuovo* und schlüpfte durch den Vorhang nach hinten, wo sie Diana mit beiden Händen tief in einem Knettrog voller Teig vorfand.

Probiere! sagte Diana und streckte Lea den Finger entgegen. Reicht der Honig?

Lea probierte, nickte mit dem Kopf, probierte ein zweites Mal und sagte dann entschieden: Noch einen Löffel mehr.

Einen ganzen Löffel? fragte Diana mißtrauisch. Er soll das Gefühl haben, daß er aufgenommen ist in den Kreis der Lernenden, aber nicht, daß er verwöhnt wird.

Trotzdem, sagte Lea, wusch sich die Hände und legte gemeinsam mit Diana die aus Teig geformten Buchstaben eines Verses aus dem

einhundertneunzehnten Psalm auf den Kuchen, den Dianas fünfjähriger Sohn am nächsten Tag bei seinem ersten Gang in die Schule bekommen sollte.
Einen fünfjährigen Sohn, Lea seufzte und schrieb mit geübter Hand weitere Verse aus diesem Psalm auf die Schale eines gekochten Eies, einen fünfjährigen Sohn, das müßte schön sein. Ein Kind in die Schule zu geben, zu erleben, wie es die Welt begreift.
Also, Diana wischte sich die Hände sauber und ging hinüber zum Herd, natürlich bedeute er nicht nur Lust, dieser Fünfjährige, und abends sei sie manchmal kaum mehr fähig, auf ihren Beinen zu stehen, denn schließlich wollten die übrigen auch versorgt sein. Sie goß Wasser in einen Topf, stellte ihn auf den Dreifuß über dem Herd und machte Tee, den sie miteinander tranken. Dann mußte Diana den Mantel bewundern. Sie erkundigte sich, was er gekostet habe, und fand ihn zu teuer. Aber an einem Dienstag begonnen! sagte Lea vorwurfsvoll. Du weißt ja, weshalb.
Nun ja, an einem Dienstag, das sei schon gut, meinte Diana. Bei den Baldosas sei bald Hochzeit, auch an einem Dienstag, weil das ja mal ein Glückstag sei, und die Beschneidung bei den Soares falle ebenfalls zufällig auf diesen Tag.
Wie nennen sie ihn? wollte Lea wissen.
Diana lachte. Nun, wie wohl? Moisè, so wie nahezu alle hier im Chazer heißen.
Benjamin sei ein schöner Name, erwiderte Lea, und wenn sie noch mal ein Kind haben sollte, dann würde es ganz gewiß Benjamin heißen.
Und sie würde eine Tochter Esther nennen, sagte Diana und bereute ihre Worte im gleichen Augenblick, weil Lea die Hände über dem Kopf zusammenschlug und mit geschlossenen Augen bat: Sprich mir nicht von Esther!
Und was ist es diesmal? wollte Diana lachend wissen. Wieder das Geschirr verwechselt – oder fallen gelassen?
O nein, sagte Lea und schüttelte den Kopf, diesmal fast noch schlimmer.
Schlimmer als das Geschirr verwechselt, wunderte sich Diana, wo man doch alles neu kaufen müsse nach dem Gesetz, sie sei gespannt.
Sie hat eines dieser Fläschchen fallen lassen mit irgendwelchen Es-

senzen, sagte Lea seufzend. Und der Schlafraum habe tagelang danach gerochen, und jeder, der in den Laden gekommen sei, habe geschnüffelt und sich erkundigt, was denn dies für ein Haus sei, das solche Gerüche produziere. Und einige hätten gar gesagt, es rieche wie in den *stufe*. In den *stufe*, wiederholte Lea erzürnt. Den Buchladen Abrams mit den Dampfbädern der Kurtisanen zu vergleichen, es sei schlimm.

Diana lachte, klopfte Lea auf die Schulter und sagte: Es ist ein Mann, da darfst du es mir glauben, es ist ein Mann.

Und wieder gerieten sie in einen Disput, ob ein Mann dahinterstecke, und wenn ja, welcher, und ihre Mutmaßungen erstreckten sich nahezu über den halben Chazer, bis Lea erschöpft Einhalt gebot und beteuerte, daß es einfach kein Mann sein könne. Weil nämlich Esther trotz ihrer fünfzehn Jahre noch ein halbes Kind sei und weil sie Esthers Blick noch nie länger als eine Sekunde auf einem der Gesichter der jungen Männer in der Synagoge habe verweilen sehen, und bei den Einkäufen, die sie meist miteinander machten, sei es kaum anders.

Und das Nüssespiel? fragte Diana lächelnd. Ob sie sich an das Nüssespiel erinnere.

Nüssespiel, sagte Lea erregt, Esther sei gewiß bei keinem Nüssespiel dabeigewesen.

Sie war dabei, sagte Diana. Und sie wisse es deswegen so genau, weil auch ihre Bathseba dabeigewesen sei.

Wann? fragte Lea und ließ die Hand, in der sie den Becher mit Tee hielt, kraftlos auf den Tisch sinken. Wann dies gewesen sei.

An irgendeinem der Festtage, sagte Diana. Sie wisse nicht mehr, an welchem.

Sie haben um Freier gewürfelt, fragte Lea ungläubig, wirklich um Freier gewürfelt?

Wir haben es früher auch getan, weißt du es nicht mehr?

Sie habe nie um Freier gewürfelt, wehrte sich Lea, und wenn sie so etwas...

Damals, dieses Pesachfest, half Diana ihr nach, weißt du es nicht mehr, drunten am Wasser?

Lea strich sich die Haare aus dem Gesicht, versuchte sich zu entsinnen, entdeckte Erinnerungsspuren an dieses Fest, aber Diana stand bereits auf und stellte die Teebecher zusammen. Ob Nüssespiel oder nicht, sagte sie dann, sie müsse die restlichen Kuchen backen für morgen. Und im übrigen sei sie der Meinung, daß Lea alles viel zu ernst nehme. Diana machte ein paar Tanzschritte, lachte und sagte: Schau her, schau mich an, du erträgst das Leben damit besser, und wenn die Zeit kommt für traurige Tage, dann ist immer noch Zeit, sich auf sie einzustellen.

Alles viel zu ernst nehmen, murmelte Lea vor sich hin, als sie in der hereinbrechenden Dämmerung ihrer Behausung zueilte, viel zu ernst. Was sollte man tun mit sich, wenn man so war, wie man war, obwohl Diana das alles längst wußte. Lea erzählte es leichter, wenn sie Diana dabei nicht vor sich hatte, wie sie überhaupt bisweilen mit sich selber redete und dabei Erleichterung empfand. Und plötzlich, während sie noch grübelte über Dianas Art zu leben, trat etwas in ihr Bewußtsein, was sie beim Weggehen nur mit einem Seitenblick erhascht hatte: ein Bündel hinter dem Vorhang am Eingang zu Dianas Wohnung. Sie hätte nicht mehr genau die Farbe sagen können von diesem Bündel, die Öllampe hatte geflackert und der Raum war ohnehin zugestellt mit allen möglichen Gegenständen, aber sie war plötzlich ganz sicher, daß es kein kleines Bündel gewesen war. Für einen Augenblick gelang es ihr, sich einzureden, daß sie sich getäuscht und daß nur ein Schatten sie genarrt hatte. Aber je rascher sie ging, um so bedeutsamer wurde dieses Bündel, beunruhigte sie in einem Maße, daß sie kaum mehr die Kraft hatte, den Korb zu tragen, in dem Samsons *cappa* lag. Ein Bündel, das mit jedem Schritt an Umfang zunahm, und je mehr sie darüber nachdachte, wem es wohl gehörte, um so mehr stand fest, daß es sich eigentlich nur um Dianas Bündel gehandelt haben konnte.

Sie spürte den Korb mit der *cappa* schwer an ihrem Arm, versuchte an den Mantel zu denken und nur an ihn, rief sich ins Gedächtnis, wofür sie ihn hatte machen lassen, aber nicht einmal der Zweifel, ob mit der Arbeit an diesem Mantel auch wirklich an einem Dienstag begonnen worden war oder ob sie dem Schneider unter Umständen vergebens einen halben Dukaten extra gegeben hatte, brachte es fertig, dieses Bündel von ihrer Netzhaut zu löschen. Es blieb haften mit einer Hartnäckigkeit, die Lea verstörte, und sie sah den ganzen Aufwand um den neuen Mantel mit einem Mal der Lächerlichkeit preisgegeben, obwohl das eine mit dem anderen nicht das geringste zu tun hatte.

Als sie schließlich, in Schweiß gebadet, vor der Wohnung stand, stellte sie fest, daß die Mesusa am rechten Türpfosten schief hing. Sie schob sie gerade, beschloß, eine weitere an der Schlafkammer ihrer Söhne anzubringen, überschlug im Geiste die bereits vorhandenen Mesusot in ihrer Wohnung und wußte, daß Abram behaupten würde, ein Mehr sei zuviel.

Und dann, als sie mit schwirrendem Kopf – der Mantel, das Bündel, der halbe Dukaten und die Mesusot rauften in ihm in einem wilden Wirrwarr miteinander – endlich ins Zimmer trat, blieb sie verblüfft stehen, weil sie zunächst so gut wie nichts erkennen konnte. Das Zimmer war voll mit beißendem Rauch. Als sie sich etwas an ihn gewöhnt hatte, sah sie Esther an der Herdstelle stehen. Sie versuchte mit einem Lappen die Reste einer Sabbatkerze, die sie offenbar auf die heißen Steine hatte fallen lassen, wegzuwischen. Abram hatte sowohl die Bank für die Milchspeisen als auch die für die Fleischspeisen mit gewellten Büchern bedeckt, deren Einbände stockfleckig waren, weil das Pech des Fasses undicht geworden war beim Transport. Aaron saß in der Ecke auf einem niederen Schemel und kratzte mit einer Feile Wachsflecken von seinem roten Hut, was jedoch eher einem Einwachsen gleichkam, und Samson saß am Eßtisch, auf dem bereits das Geschirr für das Abendessen stand, und hatte offenbar soeben damit begonnen, seine Häusermodelle aus Ton anzumalen.

Lea blieb an der Tür stehen, als sei sie dort festgenagelt. Sie betrachtete das Bild, das sich ihr bot, einige Sekunden lang und konnte sich nicht entscheiden, ob sie es faszinierend finden sollte oder unmöglich, denn alles spielte sich mit einer absoluten Lautlosigkeit ab. Keiner schien sich um den anderen zu kümmern, sich jedoch auch nicht gestört zu fühlen durch dessen Tätigkeit, sie hatten gelernt auszukommen mit einem Minimum an Raum, vier Meter in die Länge, knapp drei Meter in die Breite war schon viel. Und Lea bedauerte für einen Augenblick, daß es in ihrer Sprache keinen Ausdruck gab, der mit diesem vergleichbar gewesen wäre, den jede venezianische Mutter in dieser Situation parat gehabt hätte.

Aber sie stellte gleichzeitig auch erleichtert fest, daß wohl nichts weiter nötig war, um einen lästigen Gedanken aus dem Gehirn zu verbannen, als das bloße Vorhandensein dieser Familie in solch einer Situation.

Der capel nero

Lea erwachte mitten in der Nacht, das Laken wild um ihre Beine geschlungen, das Kopfkissen wie ein Stein auf ihrer Brust. Sie wußte, sie hatte geschrien und war dann von diesem Schrei aufgewacht. Und wie stets, wenn ihr dies passierte, hatte sie ein schlechtes Gewissen, weil sie wußte, daß nicht nur sie von ihren Schreien aufzuwachen pflegte, sondern ebenso Abram. Und so griff sie auch diesmal rasch nach seiner Hand, aber bevor sie noch etwas sagen konnte, murmelte Abram bereits: War es der Hut?
Sie sagte rasch und erleichtert, daß sie es loswerden konnte: Ja, es war der Hut.
Ein Fremder, der diesen Dialog mitgehört hätte, hätte annehmen müssen, daß einer der beiden, wenn nicht gar beide, meschugge waren, sich mitten in der Nacht nach einem Hut abzufragen. Aber natürlich war es kein beliebiger Hut, der hier zur Debatte stand. Und bestimmt keiner, den sie etwa in ihren Truhen hätten aufbewahren können. Es war ein Hut, dessentwegen Juden des Ghettos seit Jahren Kopf und Kragen riskierten und Gefahr liefen, auf die Galeere zu kommen. Es war der *cappello negro* oder der *capel nero*, der schwarze Hut, wie er in den Prozeßakten auftauchte, ein Hut, der für keinen Venezianer ein Problem war, weil er ihn tragen durfte, wann immer er wollte. Ein Hut, der aber für alle Juden ein Problem war, weil sie ihn nicht tragen durften – und doch bisweilen verbotenerweise trugen, weil sie sich nach ihm sehnten wie andere nach einem Sack voller Dukaten.
Lea träumte nicht nur vom *capel nero*, sie hatte auch einen zweiten Traum, der mit der gleichen Regelmäßigkeit wiederkehrte wie der erste, und da diese Träume grundverschieden waren, wußte Abram, daß auch seine Reaktion auf sie grundverschieden zu sein hatte. Der Traum vom *capel nero*, in dem er, Abram, immer den schwarzen Hut der Venezianer trug, war ein Wunschtraum, ein weißer Traum, wie Lea ihn liebevoll zu nennen pflegte, und Abram konnte sich, wenn er sich versichert hatte, daß es dieser Traum gewesen war, beruhigt auf die andere Seite legen und getrost weiterschlafen, weil Lea das gleiche tun würde.

Der andere Traum war kein Wunschtraum, er war ein Alptraum. Lea wachte dann stets schweißgebadet auf, saß verstört im Bett – meist wußte sie nicht einmal, auf welcher Seite sie aus dem Bett steigen konnte – und betastete voller Entsetzen die Wand, die ihr kein Entkommen ließ. Und Abram wußte, daß dies der Traum war, bei dem seine Hilfe gefragt war.

Es wird im Winter sein, nicht wahr? fragte Lea dann manchmal. Nicht wahr, sie werden es wieder im Winter tun, wie damals. Im Winter werden sie uns auf die Straße hinausjagen und unsere Kinder werden erfrieren.

Abram pflegte Lea dann in den Arm zu nehmen und aus dem Bett zu heben, weil dieser Traum auch äußerlich gebrochen werden mußte. Er führte sie in die Küche, legte Holz auf die Glut, falls es noch welche gab, machte Milch warm und gab sie Lea zu trinken.

Die Gemeinde wird zahlen, versuchte er Lea dann stets zu beruhigen, sie hat noch immer bezahlt.

Und wenn sie eines Tages kein Geld mehr hat, weil sie schon so viel hat bezahlen müssen?

Sie wird es haben, sagte Abram zuversichtlich, sie wird es auftreiben.

Woher er das wisse, wollte Lea wissen und kuschelte sich in Abrams Arm, von Geld verstehe er so viel wie ein Kind vom Mond.

Ob er seine Familie nicht immer gut über die Zeiten gebracht habe, fragte Abram sie dann, ob es ihnen nicht immer gutgegangen sei?

Ihnen schon, aber diese Gemeinde, diese *università*, wieso sie es nicht immer gleich schaffe, daß der Vertrag, diese *condotta*, verlängert würde, weshalb man stets so lange bitten müsse. Und jetzt sei es doch bereits wieder soweit, oder etwa nicht?

Abram schwieg einen Augenblick, wußte, daß Lea recht hatte und auch nicht. Die Verhandlungen hatten bereits begonnen, waren zäh gewesen, hatten gestockt, waren neu aufgenommen worden. Sie müsse Vertrauen haben, sagte er schließlich, Vertrauen in diese Männer der jüdischen Gemeinde, die ihre Sache schon recht machen würden.

Sie habe Vertrauen in diese Männer. Aber keinesfalls in diese Stadt.

Abram seufzte, nahm Lea das Milchglas aus der Hand und versuchte sie zu überreden, wieder ins Bett zu gehen, weil er wußte, daß sie andernfalls nun alle Ängste wegen dieser Stadt hervorzuzerren pflegte und diese Diskussion endlos dauern würde. Die tausend Augen dieser Stadt, wie sie es nannte, sie würde sie wieder und wieder ins Gefecht führen, und er wäre unfähig, ihr diese tausend Augen auszureden. Niemand hätte dies können, vermutlich nicht einmal Männer in diesem Chazer, die klüger waren als er, oder der Rabbi. Lea würde sie mit Sicherheit alle an die Wand reden, ihr Geist verstieg sich in schwindelnde Höhen, wenn es galt, diese Augen, tausend oder abertausend – sie nahmen je nach Leas Stimmung zu oder ab –, dingfest zu machen. Es gelang ihr mühelos, so zu argumentieren, daß jedermann am Ende solch eines Disputes diese Augen der Stadt vor sich sehen konnte, eines neben dem anderen, weit geöffnet und darauf wartend, daß irgend etwas geschah.

Nein, nicht wartend, verbesserte Lea gewöhnlich jeden, der sie so beschrieb, nicht wartend, sondern lauernd. Diese Augen würden nicht gemächlich warten, sie würden genußvoll lauern, und sie sei nicht mal ganz sicher, ob sie den Menschen nicht überhaupt erst eingaben, was sie anschließend zu verdammen hatten.

In dieser Nacht verlief die Unterbrechung anders als üblich. Noch bevor Abram erleichtert wieder in den Schlaf abdriften konnte, sagte Lea: Bring mir das Bündel!

Abram fuhr abrupt hoch und fragte verstört: Wieso das Bündel? Ich denke, es war der *capel nero*?

Ja, sagte Lea geduldig, es war der *capel nero*. Aber das Bündel wolle sie trotzdem.

Lea, sagte Abram hilflos, es ist noch alles genauso wie beim letztenmal, du hast nichts herausgenommen.

Bitte, sagte Lea, bitte.

Abram seufzte, stieg aus dem Bett, schob die Decke zurecht, um die Wärme nicht vollends in den eiskalten Raum entweichen zu lassen, und tappte hinüber zu dem Schrank. Er schaute sich noch einmal um, Lea nickte bestätigend, gab jedoch nicht nach, wie er gehofft hatte. Abram seufzte ein zweites Mal und schob einen Stuhl an den Schrank. Er stieg hinauf, griff nach hinten und zerrte nach einigem Suchen schließlich ein schwarzes Bündel hervor, das er hochhielt und Lea zeigte. Es ist Staub darauf, sagte er dann störrisch, viel Staub. Du kannst es also gar nicht verändert oder umgepackt haben.

Gib es mir, sagte Lea. Der Staub sei ihr egal.

Abram stieg vom Stuhl herab, schüttelte das Bündel, damit Lea den Staub auch sehen konnte und vielleicht noch davon abzubringen war, dieses nächtliche Ritual fortzusetzen. Aber Lea blickte nur starr vor sich hin, schien zu warten, bis er wieder bei ihr im Bett war, ihr ein Kissen in den Rücken stopfte und eine Decke um die Schultern legte, die sie beide wärmte. Er wußte, er hatte es ganz einfach durchzustehen, egal ob es Winter war oder Sommer, von Zeit zu Zeit mußte Lea wissen, ob Verlaß war auf das, was sie da irgendwann einmal zusammengepackt hatte.

Lea knüpfte das Bündel auf, als habe sie unendlich viel Zeit, und für Abram stand fest, es war sinnlos, ihr dabei helfen zu wollen, sie mußte es alleine tun. Er wußte nie recht, was sie eigentlich dabei empfand, wenn sie dann die einzelnen Gegenstände vor sich auf dem Bett ausbreitete, sie mit einer Zärtlichkeit nebeneinanderlegte, die ihn irritierte. Für ihn waren diese Gegenstände eben nichts weiter als Gegenstände, Dinge dieser Welt. Für Lea mußten sie – diese Gewißheit hatte sich im Laufe ihrer Ehejahre bei ihm eingebürgert – entschieden mehr bedeuten, und manchmal hatte er das Gefühl, daß es nichts gab, was dieses Bündel aufwiegen würde.

Lea legte eine Mesusa vor sich – es gab deren fünf –, öffnete den Deckel des Röhrchens, zog die kleine Pergamentrolle heraus, strich über die Schrift, die inzwischen verblaßt war, doch war sie nicht bereit, sie nachschreiben zu lassen. Die Konturen hatten so zu bleiben, wie sie vor achtzig oder gar hundert Jahren geschrieben worden waren. Sie nahm die nächste der Mesusot, wiederholte den Vorgang, die übernächste. Es dauerte allein eine halbe Stunde, bis sie mit dem Lesen der Inschriften fertig war. Dies geschah wie stets lautlos, sie wollte keine Fragen gestellt bekommen dabei. Abram wußte das, hielt sie nur im Arm, fror standhaft neben ihr, die die Kälte nicht zu spüren schien, seit sie in diese Bündelwelt eingetaucht war. Sie hielt stumm Zwiesprache mit Gegenständen, mit denen gelebt worden war, über Generationen hinweg, und Abram war klar, daß sie zum Teuersten gehörten, was Lea besaß. Sie nahm den Schofar heraus, das Horn war abgewetzt vom vielen Blasen, ihr Großvater hatte es geblasen und danach ihr Vater. Sie betrachtete die Gebetsriemen, die ihr geblieben waren von einem Bruder, der kurz nach der Bar-Mizwa starb, eine geflochtene Sabbatkerze, ziemlich verstaubt und bereits verformt, ein Amulett aus Elfenbein von einem Urgroßvater, der Kabbalist gewesen war, und ein Säckchen mit Sand aus dem Gelobten Land.

Und dann, gegen Ende ihrer Betrachtung, kamen die Bilder, und Abram hatte stets das Gefühl, am Rande des Erlaubten zu stehen, wenn er diese Porträts auch nur betrachtete, da sie schließlich gegen jenes Gebot des *Talmud* verstießen: Du sollst dir kein Bildnis machen. Aber offenbar hatte der Urgroßonkel Leas, der diese Bilder gemalt hatte, es nicht so ernst mit den Geboten und Verboten genommen, vielleicht hatte er auch gar nicht die Gesichter der Menschen malen, sondern lediglich ihre Kleidung und Kopfbedeckung festhalten wollen, die Zeichen der Demütigungen durch die Jahrhunderte hinweg: ein gelber Ring auf dem Mantel, ein gelber Turban, den spitzen Hut der Juden aus dem Rheinland, den roten derer aus Venedig.

Dieser Urgroßonkel, er hatte sie alle gemalt, seine Vorfahren, seine Großväter, seinen Vater. Ihre Bilder lagen hier auf der Bettdecke, schauten sie an, und wenn Abram die Hüte betrachtete, so hatte er stets das Gefühl eines leichten Makels, weil er nun mal keine Ahnen vorzuweisen hatte, die Hüte hatten tragen müssen. Seine Angehörigen waren in Livorno seßhaft gewesen, hatten dort Besitztümer gehabt, nicht in einem Ghetto gelebt und daher nie eines dieser Zeichen tragen brauchen.

Die Betrachtung der Bilder war stets der Abschluß von Leas Ritual, und es schien Abram dann jedesmal so, als habe sie eine Pflicht erfüllt. Die Pflicht, diese Vorfahren nicht zu vergessen, sie fortleben zu lassen, und sei es auch nur auf diese seltsame Art und Weise. Wenn Lea alles zurückgelegt hatte in das Tuch, ihre Bündelwelt verschloß, atmete Abram jedesmal unhörbar auf. Es war, als habe er seine Frau wieder von einer gefährlichen Klippe in Sicherheit gebracht, als sei es ihm einmal mehr gelungen, sie vor einem Absturz zu bewahren. Aber er war nie sicher, ob es ihm glücken würde, Lea ein Leben lang vor solch einem Absturz zu bewahren. Und wenn Lea manchmal sagte, die Gräber, sie habe die Gräber zurücklassen müssen und sie wisse nicht einmal, wie diese Gräber heute aussähen, ob jemand Steine auf die Grabsteine lege, dann betete Abram jedesmal zu Gott, daß er Lea diesen Platz hier in dieser Stadt erhalten möge. Auch wenn diese Stadt zehntausend und abermals zehntausend Augen haben sollte und die Abgaben, die sie von der jüdischen Gemeinde forderte, sich von *condotta* zu *condotta* steigerten, so daß sie nur unter großen Opfern von der *università* aufgebracht werden konnten.

Denn Geld blieb schließlich immer noch Geld. Die Verzweiflung, die die Gemeinde vor rund siebzig Jahren dazu gebracht hatte, eine Bittschrift an den Großen Rat zu schicken mit dem Satz, daß sie lieber alle zugleich in die Lagune springen wollten als die Stadt verlassen, damit es wenigstens ein gemeinsamer Tod sei, war etwas, was er Lea nie erzählt hatte und auch nie erzählen würde.

Sulzburg

Wäre Abram je von irgend jemandem gefragt worden, worüber bei ihm zu Hause am meisten diskutiert werde, so hätte er ganz gewiß, ohne auch nur eine einzige Sekunde zu zögern, gesagt, außer *condotta* sei dies Sulzburg und das *jus gazaka*. Es waren die drei Reizworte seiner Ehe, und bei jedem hatte Abram das Gefühl, es sei – zumindest in den Augen Leas – seine Schuld, daß es diese Worte überhaupt gab. Denn diese Worte vermochten Lea unvermittelt entweder in tiefste Verzweiflung zu stürzen oder aber sie vor Sehnsucht nahezu zerfließen zu lassen.

Die Sehnsucht ging nach Sulzburg, einem kleinen Ort nördlich von Basel und südlich von Freiburg, und Lea brauchte stets eine ganze Weile, bis sie mit ihrer Geschichte, die sie nie müde wurde, den Kindern zu erzählen, in Sulzburg angelangt war. Denn diese Geschichte begann nicht in jenem kleinen Ort in Baden, sondern Jahrzehnte vorher in Nürnberg. Dort hatte ein Urgroßvater Leas gelebt, hatte Papierhandel betrieben, war von dort verjagt worden und dann mit Juden aus anderen Städten nach Venedig gegangen. Sie hatten sich hier niedergelassen, weil sie fanden, daß diese Stadt gut für ihre Geschäfte war. Die Serenissima war umgekehrt der Meinung, daß die Juden gut für sie waren, weil sie von ihnen hohe Abgaben erzwingen konnte. Mit den Juden zusammen leben wollte sie allerdings nicht. Und so schob man sie eines Tages im Jahre 1516 auf jene Insel in Canareggio ab, auf der früher Kanonen gegossen wurden. Man gestand ihnen zu, drei Brunnen, *pozzi*, zu bauen, nur für ihre Leute, weil man stets unsicher war, ob die Pest nicht doch, wie 1348 angenommen, durch das Brunnenwasser, von dem man sagte, daß es die Juden vergiftet hätten, ausgebrochen war. Diese verjagten Männer aus Nürnberg, aus Augsburg und Regensburg hatten also das erste Ghetto, das *ghetto nuovo* aufgebaut, das heißt, sie hatten sich dort niedergelassen in Häusern, die ihnen die Christen überließen. Kaufen konnten sie sie nicht, nur mieten. Wenn sie sich ordentlich verhielten, konnten sie ihr Mietrecht, das sogenannte *jus gazaka*, weitervererben, wobei sie aber vor Preiserhöhungen nie sicher waren. Als dieses Ghetto größer und größer wurde, als mit der Ankunft neuer Juden aus aller Herren Länder die Vielfalt der Sprachen und damit auch der religiösen Kulte wuchs, fügte die Stadt dem Ghetto ein weiteres Quartier hinzu, das *ghetto vecchio*. Hier ließen sich dann die reichen Kaufleute nieder, vor allem jene, die Fernhandel trieben in der Levante.

Leas Großvater war in Venedig geboren. In den Papierhandel einsteigen wie sein Vater wollte er nicht, dagegen hätte er gern eine Druckerei besessen, was jedoch für Juden nicht erlaubt war. Da er trotzdem mit Büchern zu tun haben wollte, arbeitete er bei einer der ganz großen Druckereien jener Zeit, die vor allem durch den Druck von hebräischen Büchern berühmt wurde: bei der Offizin Bomberg.

Und dann mußte er eines Tages miterleben, daß jene Bücher, die herzustellen er mitgeholfen hatte, auf der Piazza von San Marco verbrannt wurden. Wenn Lea in ihrer Geschichte bis an diesen Punkt gekommen war, mußte sie stets eine Pause machen, weil die Kinder nicht bereit waren, diese Ungeheuerlichkeit der Verbrennung von Büchern mit einem einzigen Satz an sich vorüberziehen zu lassen.

Wieso den Talmud, wollten sie wissen, wie viele es waren, wer sie verbrannt und wie man die Bücher dorthin gebracht habe, ob Leute zugeschaut hätten, ob diese Leute es geduldet hätten, daß die Bücher verbrannt wurden, ob die Juden sich nicht gewehrt, ihre Bücher wieder aus den Flammen herausgeholt und gesagt hätten, bitte, verbrennt diese wunderschönen Bücher nicht.

Nein, sagte Lea, das habe niemand gesagt, und Juden, die sich wehren, wenn ihre Bücher verbrannt werden, die gebe es nicht.

Sie haben also zugeschaut. Der Großvater auch? wollte Samson wissen?

Nein, sagte Lea dann jedesmal mit erhobener Stimme, weil sie nun

etwas hatte, worauf sie stolz sein konnte, zugeschaut habe der Großvater nicht. Im Gegenteil, er habe die Stadt verlassen, weil er der Meinung war, daß er in einer Stadt, die Bücher verbrenne, nicht mehr leben wolle.
Und der Urgroßvater? wollten die Kinder wissen.
Er blieb, er war alt. Er sagte, er könne nicht noch einmal neu anfangen. Er sei nur hier zu Hause.
Erzähle von Sulzburg! sagten die Kinder dann meist, weil sie diesen Urgroßvater nie so ganz begriffen. Jetzt kommt es doch endlich, oder?
Ja, jetzt kommt Sulzburg, sagte Lea, und es schien, als mache bereits dieses Wort Sulzburg sie zu einer anderen Erzählerin und als sei alles, was sie vorweg erzählt hatte, unwichtig gegenüber dem, was sie nun zu berichten hatte.
Also, dieser Großvater, er wollte natürlich gar nicht nach Sulzburg, er kannte es gar nicht. Er kam nur durch Zufall durch den Ort, weil er auf dem Weg nach Straßburg war, wo er zu dem Bruder seines Vaters gehen wollte, zu dem, der die Bilder malte, die ihr kennt. An einem Abend nun, als er müde und von Staub bedeckt in dieses Dorf kam, gab es ein Gewitter, ein schreckliches Gewitter. Und Lea erzählte, wie der Großvater in ein Gasthaus ging und nach einer Kammer fragte, weil er bei diesem Wetter nicht mehr weiterwandern konnte. Und wie just in jenem Augenblick ein junges Mädchen aus der Küche kam, das Gesicht gerötet vom Feuer, und wie sich dieses Mädchen verlegen die Haare zurückstrich, als sie den Fremden sah. Sie sah aus wie ein Kind, flachbrüstig, und auf den Rücken hing ihr ein langer Zopf hinab. Aus dem Kleid war sie längst herausgewachsen, es war so eng, daß man das Gefühl hatte, es müsse an den Nähten gleich platzen.
Der Wirt befahl dem Mädchen ziemlich barsch, sie solle den Sack des Fremden nehmen und ihm die Kammer zeigen. Sie nickte, nahm eine Kerze vom Tisch und ging die Treppe hinauf, der Fremde hinterdrein. Als sie die Kammer betraten, blies die Zugluft mit einem heftigen Stoß die Kerze aus, und die Kammer war stockdunkel.
Und jetzt? fragten die Kinder jedesmal wie gebannt und hingen an den Lippen von Lea, denn sie waren nie sicher, ob Lea hier in ihrer Geschichte nicht das Wichtigste überging. Was jetzt?
Der Großvater blieb an der Tür stehen, erzählte Lea weiter, weil er ja

nicht wußte, wo das Bett war, und das Mädchen, das später seine Frau wurde, lief vor Angst an ihm vorbei, stieß ihn fast um und rannte die Treppe hinunter.

An diesem Punkt begann Leas Geschichte über Sulzburg endgültig, und dies ist auch der Punkt, um zu sagen, daß Lea Sulzburg nie in ihrem Leben mit eigenen Augen gesehen hatte. Daß sie nie auch nur einen Fuß in dieses Dorf, dieses Gasthaus gesetzt hatte und nie auf dem Gottesacker droben am Waldrand gewesen war, um die Gräber ihrer Vorfahren zu besuchen. Dies ist der Punkt aufzudecken, daß Sulzburg für Lea – wie Abram gutmütig zu spotten pflegte – nichts weiter war als eine Fata Morgana, ja fast ein Hirngespinst, obwohl Abram natürlich wußte, daß Sulzburg auf der Landkarte existierte. Aber je mehr Lea von diesem Ort erzählte, je mehr ihre Phantasie sich im Laufe der Jahre in ihn hineinlebte, um so bunter und praller wurde er. Was ihr entfallen war, erfand sie neu, und schließlich wußte sie selbst nicht mehr genau, was wahr und was erfunden war an ihrer Geschichte. Und so konnte es passieren, daß Abram sagte: Nun, Lea, erzähle uns endlich von dem Schloß – es war doch ein Schloß, auf dem dein Großvater gelebt hat, oder?

Kein Schloß, wehrte Lea dann jedesmal betroffen ab, weil sie spürte, daß sie in ihrem Stolz auf diesen Großvater und alles, was mit ihm zusammenhing, diesen Ort Sulzburg möglicherweise etwas zu großartig hatte erscheinen lassen. Kein Schloß, es war kein Schloß, nein, nein, wirklich nicht.

Und dann erzählte sie den Kindern von dem Haus, das der Großvater besessen hatte. Draußen hätte vermutlich die Welt untergehen können, wenn Lea bei dieser Passage ihrer Geschichte angelangt war, sie hätte es ganz sicher nicht wahrgenommen. Dieser Großvater nämlich, er hatte ein Haus besessen. Ein Haus, obwohl es Juden verboten war, Häuser zu besitzen. Lea zog das Wort *besessen* so in die Länge, daß manchmal schon kaum mehr zu verstehen war, was sie damit eigentlich meinte. Und dann forderte sie ihre Kinder, so klein sie auch waren, auf, zu erklären, was das bedeutete, etwas zu besitzen.

Es genügte ihr nicht, wenn sie sagten, daß es einem gehören müsse, wenn man etwas besitze, sie wollte, daß die Kinder verstanden, hier in dieser Stadt, in diesem Venedig, in diesem Ghetto, gehörte ihnen nun mal nichts, überhaupt nichts.

Nicht mal ein Stein? wollten die Kinder dann wissen.
Nicht mal ein Stein, sagte Lea, und ihre sonst so sanfte Stimme klang sofort anders, nein, nicht mal ein Stein. Und sie setzte ihnen auseinander, daß dies nichts, wie ja möglicherweise anzunehmen war, mit fehlendem Geld zu tun hatte, sondern einfach damit, daß es allen Juden nun mal verboten war, Steine zu besitzen. Häuser.
Dieses Haus des Großvaters in Sulzburg war ein zweistöckiges Haus, das Erdgeschoß bestand aus Stein, das übrige war Holz, und dieses Haus hatte einhundertfünfzig Florin gekostet, die der Großvater sich in Venedig zusammengespart hatte. Es war ein einfaches Haus, betonte Lea jedesmal, ein ganz, ganz einfaches Haus. Sie hatte sich auch schon mehrere Male überlegt, ob es unter Umständen glaubwürdiger wäre, wenn sie das zweite Geschoß weglassen würde, aber da der Traum nie ausgeträumt war, daß ihre Kinder vielleicht eines Tages doch noch in diesen Ort kommen könnten, schien es ihr ratsamer, den Sachverhalt exakt wiederzugeben.
Hatte sie das Haus in allen Einzelheiten beschrieben – ein kleines Zimmer für den Großvater, um dort zu studieren und zu beten und um seine Bücher aufzustellen, einen Backofen, um die ungesäuerten Brote darin zu backen, und in diesem Backofen ein kleiner Herd, um die Speisen für den Sabbat warm zu halten und freitags die Sabbatbrote zu backen, dazu ein kleines Badezimmer hinter dem Winterofen –, dann wollten die Kinder etwas über die Scheuer hören, und Lea wußte, daß sie bei dieser Scheune ganz gewiß von der Realität abwich, doch sie fand nichts dabei. Sie stattete die Scheuer mit einem oberen Boden aus, auf den die Heuballen geworfen wurden, obwohl sie sicher war, daß es keinen solchen gab, sie erzählte, wie man in dieser Scheuer spielen, sich verstecken konnte und wie die Nachbarskinder bisweilen, wenn der Großvater, der die ganze Woche unterwegs war auf Märkten und in den Städten auch von Tür zu Tür ging – wie diese Kinder dann, wenn er seine Sachen in dieser Scheune abgestellt hatte, sich dem Karren näherten, die Geräusche aufsaugten und bisweilen den einen oder anderen Gegenstand herauszogen, um ihn zu betrachten.
Der Großvater, er war ein Trödeljud gewesen. Lea sagte dies stets mit einem Zurückwerfen des Kopfes. Er hatte dieses Haus gewollt, sein Geld hineingesteckt, und für den Papierhandel, den er in Straßburg hatte betreiben wollen, war kein Geld mehr vorhanden. Die

verschiedenen Abgaben, die Juden zu leisten hatten – Kopfsteuer, Nachtgeld, Pflastergeld, Leibzoll beim Betreten der Städte –, schluckten fast die ganzen Einnahmen, und der Großvater mußte sparen, um überhaupt nur ein Kind – meinen Vater – in Schutz bringen zu können, wie es hieß.

Wenn die Geschichte an diesem Punkt angelangt war, wußten die Kinder, daß sie beinahe zu Ende war, das heißt, ihre Mutter brach, wenn die Rede auf das Jahr 1577 kam, stets abrupt ab. Sie brach so ab, als hätte die Welt nach 1577 für die Juden dort nicht weiter existiert. 1577 waren die Juden aus Sulzburg verjagt worden.

Alle? fragten die Kinder immer wieder und jedesmal in der Hoffnung, von einem Mal zum anderen habe sich möglicherweise doch noch etwas geändert, weil sie es kaum ertrugen, daß der Großvater nun von diesem schönen Haus mit dem warmen Winterofen fortgehen mußte.

Alle, sagte Lea dann nur und scheuchte die Kinder auf ihre Schlafbänke, es durfte keiner bleiben.

Und die Schutzbriefe? traute sich Samson manchmal noch zu fragen, weil er einen Schutzbrief seines Großvaters schon mehrere Male in der Hand gehalten hatte.

Ich habe gesagt, sie wurden verjagt, wiederholte Lea dann ungeduldig, und nur wenn Esther sich an sie drängte und bettelte: die Geburt noch, nur deine Geburt noch! konnte Lea sich widerstrebend bereiterklären, über ihre Geburt zu erzählen, auch wenn das, was den Kindern romantisch erschien, für Leas Mutter alles andere als romantisch gewesen war.

Diese Geburt, sie hatte viele Jahre später auf der Flucht stattgefunden, zwischen einem Ort, den sie gerade hatten verlassen müssen, und dem nächsten, in dem sie noch nicht angekommen waren. Es war eine eiskalte Winternacht gewesen, und der Nebel stand so dicht, daß man das Dorf, in das man wollte, nicht einmal sehen konnte. Vermutlich trugen die Aufregung und das Holpern des Karrens, auf dem Leas Mutter lag, dazu bei, daß Lea sich diesen unmöglichsten aller Orte und die unmöglichste aller Zeiten – genau zwei Tage vor Chanukka – aussuchte, um diese Erde zu betreten. An einem abschüssigen Waldhang also geschah es, der Weg war so steil, daß sie den Karren kaum halten konnten und die Männer sich gegen ihn stemmen mußten, damit er nicht abrutschte. Daß diese Geburt genau zwischen zwei Gemarkungen stattfand, konnte in diesem Augenblick niemand wissen, dies erfuhr Leas Vater erst am anderen Tag, als er zur Gemeindekanzlei ging, um seine Tochter in das Geburtsregister eintragen zu lassen, und man ihn fragte, wo denn genau die Tochter zur Welt gekommen sei.

Es war Nacht, sagte der Vater. Und er könne nur sagen, daß es oben am Wald gewesen sei.

Am Wald, der Schreiber lachte und sagte, Wald sei hier bei ihnen überall. Wo am Wald?

Irgendwo, sagte Leas Vater und spürte bereits, wie ihn die Angst überfiel, irgendwo. Es sei doch Nacht gewesen, und sie hätten nur Fackeln gehabt und ein paar Kerzen.

Der Wald gehöre zur Nachbargemeinde, sagte der Schreiber und schickte den Vater dorthin. Aber auch die Nachbargemeinde interessierte sich nicht für Leas Geburt, und nach zwei Tagen war klar, daß es letztendlich gleichgültig war, wo Lea nun in das Register eingetragen wurde, denn bleiben konnten sie in keinem Fall, da die Juden in dem einen Dorf gerade verjagt worden waren und im anderen die Vertreibung bevorstand. Und so blieb für immer ungeklärt, wo Lea nun genau geboren worden war, denn eingeschrieben wurde sie erst drei Tage später in einem dritten Dorf, einem Weiler, in dem sie alle zusammen Chanukka unter dem Dach einer Scheune feierten, weil keine andere Unterkunft möglich war.

Von dieser Zeit der absoluten Heimatlosigkeit erzählte Lea nie. Sie dauerte noch zwanzig Jahre und endete erst, als der Vater nach des Großvaters Tod mit der Familie nach Venedig ging. Lea sparte sie aus aus ihrem Leben, als habe sie nicht stattgefunden.

Und doch erinnerte sie sich sehr gut an sie. Es war eine Zeit des Bündellebens. Bündel, die alle verschiedenen Zwecken dienten und nie ausgepackt wurden: ein Bündel für die Eßsachen, eines für die Schlafsachen und die wenigen Kleider, eines für die allerheiligsten Dinge. Sie blieben unter den jeweiligen Schlafbänken oder Lagern stehen, so daß sie bereit lagen für einen Aufbruch, mochte er nun mitten in der Nacht geschehen oder am hellichten Tag, mochte er angekündigt worden oder von der Obrigkeit von einer Stunde zur anderen befohlen worden sein oder notwendig werden, weil die Bevölkerung die Juden quälte und jagte, nicht anders als sie ein Wild zu Tode hetzten. Und stets war alles völlig anders. Mal gab es keine

Schule, mal gab es eine, mal fanden sie keine Synagoge, mal die Reste von einer, von der andere Juden Jahre zuvor vertrieben worden waren, mal wurden die Kinder zu Hause unterrichtet, mal war selbst dies verboten. Und manchmal wußten sie kaum noch, an welchem Haken sie ihre Kleider aufgehängt hatten, ob er links oder rechts von der Tür gewesen war, neben dem Herd, oder ob es überhaupt einen gegeben hatte, weil alles stets nur von kurzer Dauer war. Was heute in der einen Grafschaft galt, konnte morgen in der gleichen Grafschaft schon wieder anders sein, weil irgendwelche Umstände eingetreten waren, die den neuen Grafen anders mit den Juden umgehen ließen als seinen Vorgänger. Und als Abram später einmal ein kleines Büchlein zu sehen bekam, in dem Lea mit ihrer krakeligen Kinderschrift alle Orte aufgeführt hatte, in denen sie Quartier bezogen hatten in diesen Jahren der Heimatlosigkeit – zuerst im Badischen: Bremgarten, Müllheim, Wolfenweiler, dann im Elsässischen: Nothalter, Blienschweiler, Rosheim, Dangolsheim, Mittelbergheim, hinunter ins Eidgenössische: Klingnau, Lenzburg, Rheineck, und wieder zurück ins Badische –, hatte er nur den Kopf geschüttelt und gemeint, dies lese sich wie der Fahrplan einer umfangreichen Postkutschenlinie, von dem von vornherein klar sei, daß dem Passagier an keinem Ort eine rechte Verschnaufpause gegönnt sei.
Als die Familie endlich in Venedig zur Ruhe kam, war Lea noch immer nicht verheiratet, was manche fragen ließ, mißtrauisch fragen ließ, ob denn mit dieser jungen Frau etwas nicht in Ordnung sei, da sie noch immer keinen Mann gefunden habe.

Was Lea den Kindern nie erzählte, weil es der Großvater auch ihr nie erzählt hatte, war, daß die Freude am Besitz dieses Hauses, das er gekauft hatte, obwohl es verboten war, nur kurze Zeit dauerte. Die Demütigung, die man dem Großvater angetan hatte – er mußte an den Markgrafen einen Brief schreiben, in dem er untertänigst zu bitten hatte, daß er das Haus wieder verkaufen dürfe –, diese Schmach unterschlug Lea, weil sie den Kindern diesen Großvater lebendig erhalten wollte als einen, der wider den Stachel gelöckt, einer, der sich gewehrt hatte. Auch daß er eine Strafe zahlen mußte, hatte sie nie erzählt, weil sie es nie von ihm erfahren hatte zu seinen Lebzeiten, sondern erst viel später, nachdem er bereits eine ganze Weile tot war. Sulzburg und dieses Haus, das war für diesen Großvater ein wirkliches Stück Freiheit gewesen, keine solche, wie sie in jenem Schutzbrief gestanden hatte, der dann von einer Stunde zur anderen hinfällig geworden war. Vierzig Gulden hatte er einst bezahlt, um diesen Schutzbrief zu bekommen, vierzig Gulden, dazu vierundzwanzig Ellen Sammet und vierundzwanzig Ellen Damast jährlich, und der Brief sollte zwölf Jahre gültig sein. Der Großvater war bereit gewesen, dies alles zu bezahlen für das Gefühl, einen Backstein zu besitzen, viele Backsteine, achthundert vielleicht oder noch mehr. Und der Vater hatte ihr später erzählt, wie ihr Großvater bisweilen nachts durch das Haus gegangen sei, verweilt habe bei der Tür, die er selber hatte einsetzen lassen, dem Gartenhaus, der Veranda, wo man im Sommer draußen sitzen konnte, wie er die Hand auf diese Wände gelegt und gesagt hatte: Sie gehören mir, es sind *meine* Backsteine.

Nachdem er erfahren hatte, wie es ist, sagen zu dürfen, *mein* Haus, *meine* Scheune, hatte er beides auch wieder verlassen können. Er hatte es klaglos getan, seinen Karren genommen an einem Sonntag, war weiterhin durch die Lande gezogen und ein Trödeljud geblieben, auch als er irgendwann merkte, daß ihm das Kreuz weh tat, daß die Füße nicht mehr wollten, und er mehr als einmal in Betracht zog, nach Venedig zurückzukehren. Daß er es so spät tat, lag an der panischen Angst seiner Frau vor der fremden Sprache, die sie nicht konnte.

Lea hatte es Sulzburg nie übel genommen, daß ihre Eltern von dort verjagt worden waren, und es war in diesem Falle auch nicht die Dorfbevölkerung gewesen, die die Juden vertrieb, sondern der Markgraf. Lea webte an der Legende, daß dieser kleine Flecken im Badischen nahezu frei von Fehlern war, sie ließ den Glorienschein der Scheune und dieses Hauses nie verlöschen. Sulzburg, das blieb – zumindest in ihren Augen – der Ort, an dem David Goliath besiegt hatte, auch wenn dieser Sieg nur von kurzer Dauer gewesen war. Sulzburg war in ihren Träumen stets so lebendig, als habe nicht ihre Mutter, sondern sie selbst die achtzackige Sabbatlampe herabgezogen und als sei die Zeit zwischen dem Herabziehen dieser Lampe und dem Heute geschrumpft auf einen Abend und einen Tag. Und als warte diese Lampe noch immer darauf, von ihr oder ihren Kindern oder gar Kindeskindern eines Tages, und sei es auch erst in ferner Zukunft, wieder emporgezogen zu werden.

Das Zeichen

Als Lea eines Morgens von einem scheppernden Geräusch geweckt wurde, dem das Kreischen einer Winde folgte und anschließend der Aufprall eines Gegenstandes unmittelbar unter ihrem Fenster, dachte sie, bevor sie überhaupt die Augen aufschlug, daß dieser Tag sicher wieder nur ein Mittwoch sein könne. Sie zog das Laken über den Kopf, ohne zunächst wissen zu wollen, was dieses Geräusch bedeutete, aber als schließlich ein zweiter Knall folgte und daraufhin laute Stimmen vor dem Haus zu streiten begannen, beschloß sie aufzustehen, Abram hatte das Bett ohnehin längst verlassen.
Sie ging mit schlurfenden Schritten zum Fenster, öffnete es ein wenig, um hinauszuschauen, und lief dann, ohne nachzudenken, in Abrams Laden hinunter.
Abram, sagte sie, nachdem sie sich vergewissert hatte, daß niemand da war, was tun sie schon wieder?
Sie bauen, sagte Abram, öffnete die Tür einen Schlitz, so daß Lea sehen konnte, daß hinter dem *pozzo* eine Flaschenwinde stand, um vom Nachbarhaus Eimer mit Schutt nach unten zu transportieren. Das Kreischen der Winde hatte seinen Ursprung darin, daß eines der Seile gerissen und deshalb ein Eimer mit seiner vollen Ladung auf den Boden gefallen war und sich hier entleert hatte. Steine und Ziegel lagen quer über dem Weg, Männer schrien, als müßten sie die Trompeten von Jericho übertönen, wie Lea bei solchen Situationen zu sagen pflegte.
Was bauen sie? fragte sie und ließ sich erschöpft auf einem Hocker nieder. Was bauen sie schon wieder? Es ist doch ganz gewiß kein Platz mehr in diesem Haus.
Sie ziehen ein zusätzliches Stockwerk ein, sagte Abram und schloß die Tür, damit der Lärm etwas leiser wurde. Es sind neue Leute gekommen, sie brauchen Platz.
Platz. Lea schlug die Hände über dem Kopf zusammen. Wie viele denn noch hier in diesem Chazer wohnen sollten, der schon lange kein Ort mehr sei, an dem auch nur eine Maus leben wolle. Wo denn in diesen schrecklich hohen Häusern noch ein Platz für eine einzige Schlafbank sein solle.

Ja, sagte Abram befriedigt, da habe sie recht. Und er nutzte die Gelegenheit, um Lea den Vorzug ihrer Wohnung in aller Deutlichkeit vor Augen zu führen. Er zählte auf, was es in jenen Wohnungen, die sie gegenüber zu bauen begannen, alles zu erdulden galt: Gemeinschaftsküchen und oft mehr als zehn Menschen in einem Raum. Ich weiß. Lea seufzte und war bereit, die Diskussion als beendet zu betrachten. Und all dies ist bei uns anders.
Ja, bestätigte Abram, noch keineswegs zufrieden mit seiner Lektion, dies alles ist bei uns anders. Er sagte es mit Nachdruck, weil Lea in die Lücken solcher Gespräche stets geschickt den Wunsch nach einem Balkon einzuschieben pflegte. Ein Erker, ein Balkon, drängte sie auch diesmal, nur ein ganz kleiner Balkon, ob das denn nicht möglich sei in diesem Haus.
Wenn du willst, daß ich für solch einen Balkon ins Gefängnis gehe, dann bin ich gerne bereit, einen solchen Balkon für dich bauen zu lassen.
Ins Gefängnis? Lea holte erschrocken Luft. Wenn Abram mit dem Gefängnis drohte, brachen alle Wünsche und Sehnsüchte zusammen, zerstoben im Wind, als hätte sie sie nicht einmal gedacht, geschweige denn geäußert.
Und wenn es brennt, wagte sie an diesem Morgen noch eine letzte Frage, da sie ohnehin das Gefühl hatte, daß ein Tag, der auf diese Art und Weise begann, kein guter Tag werden konnte. Wenn es brennt, oder Seuchen kommen oder Sturm? Wohin sollten rund fünftausend Menschen gehen, rennen, wenn sie auf solch engem Raum zusammenleben mußten?
Abram scheuchte Lea aus dem Laden, als er sah, daß sich jemand der Tür näherte. Gott... sagte er noch, brach dann aber ab, und Lea wußte, daß sie nichts mehr ausrichten konnte. Gegen Gott anzudiskutieren war eine verlorene Sache. Abram schaffte es jedesmal, Lea mit wenigen Sätzen von genau dem Gegenteil dessen zu überzeugen, was sie wollte, und stets verließ sie anschließend den Raum in dem Gefühl, daß Gott natürlich helfen werde. Es lag lediglich an ihrem Ungestüm, wenn sie Gott nicht die Zeit ließ, die er brauchte, um all das zu tun, was die Juden von ihm bereits seit Jahrhunderten erwarteten, etwa die Rückführung ins Gelobte Land.

Daß dieser Tag einen Verlauf genommen hatte wie ein Mittwoch, auch wenn es gar keiner war, dessen war sich Lea am Abend ganz sicher. Zunächst war sie beim Einkaufen auf einer zerquetschten Zwiebel ausgerutscht, die ihr Nachbar Levi nicht weggekehrt hatte, dann hatte am *pozzo* eine Frau ihre frisch gewaschene Wäsche aus Versehen auf den Boden gekippt, so daß sie von neuem beginnen mußte, und Esther war in ihrer Zerstreutheit diesmal etwas passiert, was niemand in der Familie mehr lustig fand: Sie hatte Zucker mit Salz verwechselt, und die Kichlech, das Gebäck für den Sabbat, schmeckten entsetzlich, waren nahezu ungenießbar. Zu allem Überfluß hatte Aaron sich auch noch so in den Finger geschnitten, daß sie mit ihm zum Arzt mußte, um die Wunde nähen zu lassen.

Als sie schließlich froh war, daß es nur mehr das Abendessen zu überwinden galt, bevor sie sich in den Schlaf fallen lassen konnte, ging die Tür auf und Samson kam herein. Er sah aus, als habe er etwas Wichtiges mitzuteilen, und Lea, die von schlechten Nachrichten bereits genug hatte, beschloß gar nicht erst hinzuhören. Aber zunächst – sie stand mit dem Rücken zum Tisch, an dem bereits Esther, Abram und Aaron versammelt waren – geschah nichts, das heißt, sie hörte nichts, was darauf hindeutete, daß sich hinter ihr irgend etwas abspielte.

Was ist das? fragte Abram nach einer ganzen Weile.

Lea zuckte zusammen und wandte sich um. Sie kannte die Stimme ihres Mannes, und sie wußte jeden Tonfall zu deuten. Dieser Ton hier, mit dem er sich fragend erkundigte, war nicht seine normale Stimmlage, und Lea fiel sofort in diesen Ton mit ein. Was habt ihr? fragte sie, und dann mit ihrer Hiobsstimme, wie sie die Familie zu bezeichnen pflegte: Was hast du da?

Eine Madonna, sagte Samson ganz ruhig und hielt ihr ein Stück Papier entgegen, das in der Mitte gezackt durchschnitten war. Dies sei eine Madonna, ob man das nicht erkennen könne.

Lea wich einen Schritt zurück, als wolle sie sich vor dieser Madonna in Sicherheit bringen.

Abram nahm Samson das Stück Papier aus der Hand, hielt es dicht vor seine Augen, weil er seine Brille nicht bei sich trug, und fragte ein zweites Mal, was das sei, obwohl inzwischen jeder der um den Tisch Versammelten wußte, worum es sich handelte.

Woher hast du es? wollte Aaron von seinem Bruder wissen, nachdem offenbar niemand mehr etwas dazu sagen wollte.

Woher wohl? fragte Samson und zog einen Brief aus dem Mantel, der gehöre dazu.

Er streckte ihn dem Vater entgegen, Abram schüttelte den Kopf. Gegen wen geht es?

Gegen den Bäcker, sagte Samson.

Du wirst ihn zurücklegen, da, wo du ihn weggenommen hast, sagte Abram.

Lea schrie auf, sagte, wie sich Abram das vorstelle. Wenn Samson eine Nachricht, die für die *cattaveri* gedacht sei, eine Denunziation, wieder in den Mauerschlitz lege, und jemand ihn dabei erwische, werde jeder annehmen, daß die Anzeige von ihnen komme, da jeder wisse, daß sie diesen Bäcker, der hier genannt ist, nicht mögen und ihre Backwaren bei dem anderen kaufen.

Diesen Bäcker mag niemand, sagte Abram, und Esther widmete sich ihrer Stickarbeit, weil sie sich keinesfalls für das interessierte, was nun sicher eine halbe Stunde lang diskutiert werden würde.

Was wirft man ihm vor? fragte Lea.

Was wohl? sagte Samson. Daß er den Hut getragen habe, den schwarzen Hut, und daß er dreimal damit in die Stadt gegangen sei und einmal damit über Land gereist.

Aber wer von den Christen weiß denn überhaupt, daß die Juden diesen Bäcker nicht mögen? fragte Aaron.

Jeder, der hier im Ghetto aus und ein gehe, und das seien immerhin nicht wenige. Der Wasserträger, der Postverteiler und sonst noch einige.

Lies es vor, sagte Lea schließlich, nun will ich es auch genau wissen.

Samson entfaltete den Brief und las mit lauter Stimme.

Und wieviel bekommt er dafür, wollte Lea wissen, dieser Denunziant.

Ein Drittel von den fünfhundert Dukaten, sagte Abram und nahm Samson den Brief aus der Hand.

Sie wußten, wie es geschah. Der Denunziant legte entweder seinen Zettel mit einem durchschnittenen Erkennungszeichen in einen der Briefkästen, oder er ging direkt zu den *cattaveri*, die seine Anzeige in ein dickes Buch eintrugen. Das Erkennungszeichen, das die Initialen seines Namens trug, schnitten sie in diesem Fall heraus und gaben es ihm mit. War der Prozeß für die Ankläger erfolgreich, so brachte der Denunziant das durch- oder ausgeschnittene Beweisstück zurück

und durfte, wenn es zum anderen Teil paßte, die Belohnung in Empfang nehmen.
Sie sparen damit ein ganzes Heer von Beamten, sagte Samson, das Volk stellt seine Beamten selbst.
Die Stadt spioniert durch die Augen ihrer Bürger, sagte Lea bitter und ging zum Herd. Die Bürger leihen ihre Augen der Stadt.
Bevor Lea noch etwas über die Augen dieser Stadt sagen konnte, nahm Abram den Brief samt dem Zeichen, zerknäuelte ihn zornig und warf ihn in das Feuer. Dann ging er, bevor das Essen auf dem Tisch stand, aus der Stube. Da Abram nur ein- oder zweimal im Jahr solch ein zorniges Verhalten an den Tag legte, sagte Lea nichts weiter und trug das Essen auf. Sie wußte, wohin Abram in solchen Situationen ging, wem er sich anvertraute, und es war keinesfalls irgendein Fremder oder Weinseliger in einem Gasthaus, sondern sein Freund David. Er lebte im *ghetto nuovo* und besaß dort eine kleine Werkstatt, in der er Stühle reparierte. Nur Stühle, nie Tische, er wehrte sich gegen Tische, als gehe von diesen alles Unheil der Welt aus. Ich mache Stühle heil, sagte er. Er habe sich in die Welt der Stühle eingelebt, und es sei eine Philosophie, wer auf einen Stuhl passe oder nicht, mit der man genug für den Rest seines Lebens zu tun habe.
Es war stets Abram, der zu David kam, nie umgekehrt, was damit zusammenhing, daß Davids Frau schon seit einiger Zeit gestorben war. Da seine Kinder über die ganze Welt verstreut waren, lebte David – wie er sagte – in einer Welt voller Stille und Ruhe. Seine Bedürfnisse waren gering, und sein ganzes Glück bestand darin, daß er mit den gelehrtesten Leuten der Welt in Kontakt stand und Briefe wechselte – über sein Spezialgebiet, die Kabbala.
Die Kabbala lieferte auch einen ständigen Gesprächsstoff für die beiden Männer, war jedoch nicht nur ein Gegenstand des Gesprächs, sondern genausogut ein Gegenstand des Zorns, des Streites, weil Abram nicht Kabbalist, sondern Talmudist war. Wenn Fremde an Davids Werkstatt vorbeigingen, blieben sie mitunter erschrocken davor stehen, weil sie dachten, daß sich hinter dem Vorhang gleich zwei Männer prügeln würden.
Ein Besuch in Davids Werkstatt bedeutete zunächst einmal, an der Tür stehenzubleiben und abzuwarten, wohin David einen verwies.
Nicht dahin! sagte er auch an diesem Abend, als Abram sich rasch setzen wollte. Nicht auf diesen, um Himmels willen!

Abram, der sich auf einen der hochlehnigen Stühle in der Mitte des Raumes setzen wollte, schreckte zurück, sah sich um und steuerte dann auf einen Schemel zu, um jeder weiteren Stuhlphilosophie zuvorzukommen. Aber David nahm ihn sanft am Arm und zog ihn zu einem sehr alten Stuhl mit halbhoher Lehne, der einen Ledersitz hatte.
Leder, spottete Abram, du bietest mir Leder an? Was ist in dich gefahren?
Es ist brüchig, sagte David lächelnd, es paßt zu uns. Setz dich! Erzähle!
Aber wie so oft erzählte Abram dann nichts. Er schaute David zu, während dieser mit ein paar raschen Schlägen geschmiedete Nägel in den Sitz eines Stuhles trieb, ein Stück Leder sorgfältig glättete und es über einen Rahmen spannte.
Es kennt kein Mann sein Grab, sagte Rabbi Berechja, nahm nach einer Weile David das Gespräch auf und schlug mit dem Hammer auf seinen Stuhl. Niemand.
Und Rabbi Chama, Rabbi Chaninas Sohn, fragte: Weshalb wurde Moses bei Beth Peor begraben? Um für die Tat von Peor Sühne zu schaffen? fragte Abram.
Es gibt welche, die sagen, er ist gar nicht gestorben, erwiderte David. Hier steht geschrieben, er starb dort, und woanders steht geschrieben, da verblieb er beim Herrn.
Und da begrub er ihn im Tal im Lande Moab gegenüber Beth Peor, sagte Abram mit erhobener Stimme.
Und es gab weder das Erkennungszeichen einer Madonna an diesem Abend, worüber gesprochen wurde, noch einen Sohn Samson, der bald dreizehn sein, seine Bar-Mizwa haben und damit erwachsen sein würde, aufgenommen in den Bund, und der sich dennoch stets so benahm, als sei er noch ein Kind. Ja, es gab nicht ein Familienthema zwischen den beiden Männern, über das es wert gewesen wäre zu diskutieren. Es gab Moses. Und die Frage, die nie geklärt werden konnte: Ob er überhaupt gestorben und, falls ja, wo er begraben war.

Lebensträume

Sie wird nicht auf dieses Fest gehen.
Lea stand an der Tür zu Abrams Hinterstübchen und hielt ihm ein rotes Seidenkleid entgegen, das mit silbernen Brokatlitzen und Rüschen verziert war. In der anderen Hand hatte sie ein Körbchen mit Dosen und Fläschchen. Schau es dir an, was deine Tochter – bei Vorwürfen war es stets seine Tochter – mit sich veranstaltet! Wenn sie so weitermacht, kannst du sie bald in die *stufe* schicken.
Abram legte das Messer zur Seite, mit dem er soeben das Pech von einem der Fässer mit den neuesten Büchern entfernt hatte, und schüttelte müde den Kopf. In die *stufe*, Lea!
Ist es etwa nicht so, ereiferte sich Lea. Schau sie dir an, diese Litzen und Rüschen. Silber, es ziemt sich nicht, und niemals hätte meine Mutter zugelassen...
Lea, sagte Abram nur, Lea.
Gut. Aber sie geht nicht auf dieses Fest.
Was sie denn plötzlich gegen dieses Fest habe, fragte Abram, schließlich seien doch auch Aaron und Samson zu diesem Fest eingeladen, und zwei Brüder würden doch wohl imstande sein, auf ihre Schwester aufzupassen.
Sie geht nicht dorthin, sagte Lea. Auch wenn ihre Söhne eingeladen seien, sei bis jetzt keinesfalls sicher, ob sie auch hingingen. Und ich bin es, die die Kinder zu erziehen hat.
Abram nahm das Messer wieder zur Hand und wandte sich dem nächsten Faß zu. Der Meinung sei er schon immer, sagte er.
Lea seufzte. Es war ihr klar, daß sie zu weit gegangen war, schließlich brauchte sie den Beistand Abrams, wenn sie Esther verbieten wollte, auf dieses Fest zu gehen. Ein Fest in einer Villa. An der Brenta. Erbaut von diesem, wie hieß er noch?
Palladio, sagte Abram und schnitt das Pech aus dem zweiten Faß. Und er sei dafür, daß sie dorthin gehe. Es sei nicht gut, wenn keinerlei Kontakte bestünden. Christen kämen zu ihnen zu Festen ins Ghetto, und Juden könnten geradesogut auch zu solchen Familienfesten der Christen gehen. Die drei seien eingeladen, weil Aaron diesen Riccardo, den Sohn von diesem Signor Zibatti von Padua her

kenne, und schließlich sei das nicht irgendwer, dieser Signor Zibatti. Er kenne den Mann und seinen Palazzo.
Sie kenne ihn nicht, sagte Lea entschieden, er interessiere sie auch nicht. Und dies hier sei Bleiweiß.
Bleiweiß? Abram beugte sich neugierig über das Döschen, das ihm Lea entgegenhielt. Bleiweiß, und wofür sei dieses Bleiweiß?
Für die Augenlider.
Für die Augenlider, sagte Abram interessiert. Soso. An *carnevale* sicher?
Nein, trumpfte Lea auf. Heute. An einem ganz normalen Tag. Und sie frage sich, was diese Tochter sich eines Tages sonst noch anmale.
Wieso, was denn noch? wollte Abram wissen. Was man denn sonst noch anmalen könne außer Augenlider.
Aber Lea hatte das Döschen bereits wieder geschlossen. Schließlich wußte sie selber, daß ihre Anspielung nur ihrem Zorn entsprang und sie Esther nicht mit den Kurtisanen vergleichen konnte, die ihre Brustwarzen mit Karmesin schminkten und sich mit den angemalten Brüsten dann an die Fenster ihrer Häuser stellten, um die Freier anzulocken.
Wenn sie nicht dorthin darf, wird sie nie Leute kennenlernen, sagte Abram. Und schließlich sei Esther bald sechzehn.
Ich werde schon einen Mann für sie finden, sagte Lea. Noch sei Esther im richtigen Heiratsalter, und schließlich sei die Mitgift, die sie bekomme, nicht gerade klein.
Groß auch nicht, sagte Abram. Groß sei sie gewiß nicht.
Aber dafür sei Esther auch nicht eben häßlich.
Nein, sagte Abram gehorsam, auch nicht häßlich.
Und es solle in jedem Fall jemand sein, der nicht in einem Ghetto lebe, forderte Lea.
Du wirst weit gehen müssen, sagte Abram, weit. Vielleicht gebe es das irgendwo. In Polen vielleicht. Oder Rußland. Ob sie Esther etwa nach Polen schicken wolle oder nach Rußland, nur weil es dort kein Ghetto gebe?
Livorno, sagte Lea, Livorno sei in der Nähe. Und in Livorno sei alles anders. Das brauche sie ihm ja wohl kaum zu erklären, da er schließlich von dort stamme. Und sie finde zum Beispiel einen Sanser gut für Esther.

Einen Sanser? Wieso unbedingt einen Makler, einen, der Geschäfte vermittelt?
Weil der immer zu Hause ist oder zumindest meist. Hier im Chazer seien zwei, die leider schon verheiratet seien, und deren Ehefrauen kenne sie.
Und? fragte Abram verblüfft.
Nun, diese Ehefrauen seien zufrieden, sagte Lea mit etwas zögernder Stimme, weil ihr bewußt war, daß ihre Logik nicht unbedingt traf. Schließlich war nicht allein der Beruf des Mannes die Garantie dafür, daß eine Ehe in Ordnung blieb.
Weil Abram zu gutmütig war, um Lea auf ihre offensichtlich schwache Argumentation hinzuweisen, lachte er nur. Einen Sanser aus Livorno für unsere Tochter, einen Doktortitel nebst schwarzem Hut für Aaron und das Amt eines Rabbi, möglichst mit Midrasch, für Samson – meine Frau holt die Sterne vom Himmel.
Und Lea fiel ein in dieses Lachen, weil sie wußte, daß es das einzige war, was ihr übrigblieb bei solch einem Gespräch.

Lea wußte, daß Abram recht hatte. Sie wußte, daß sie die Sterne vom Himmel wollte, und sie bekannte sich dazu. Und wenn sie um diese Sterne betete, fügte sie jedesmal entschuldigend hinzu: Du weißt, Herr, ich tue es nicht für mich, ich tue es für meine Kinder.
Aber es war ihr klar, daß es so einfach nicht ging. Und selbstverständlich wußte sie auch längst, was die Nachbarn redeten und was sonst noch von ihr im Chazer gesagt wurde. Sie will hoch hinaus, diese Lea Coen, sagten sie, sehr hoch. Und die unmittelbaren Nachbarn, etwa die Levis von nebenan, sagten sogar noch Schlimmeres, besonders Sara. Sie ist einfach stolz, diese Lea Coen, sagte sie, und ich frage mich nur, ob sie einen besonderen Grund dazu hat.
Nun, Lea war ganz sicher, daß sie einen Grund dazu hatte, stolz zu sein. Sie hatte drei Kinder, gesund und gutgewachsen und ihrer Meinung nach befähigt, es im Leben zu etwas zu bringen. Für Esther einen passenden Mann zu finden schien ihr leichter als das, was sie für ihre Söhne wollte. Deren Lebenspläne waren sperriger, und obwohl sie nahezu jede freie Minute damit verbrachte, bis in die letzten Details ihre Vorkehrungen dafür zu treffen, so war sie doch bisweilen ziemlich unsicher, ob auch alles so eintreten würde. Samson als Rabbi und Aaron als Arzt, das war das Ziel, auf das sie zulebte.

Nicht nur wegen des Ansehens, das diese beiden Berufe genossen, sondern vor allem deswegen, weil es Berufe waren, die aus diesem Ghetto herausführen konnten. Einem Arzt war es zumindest von Zeit zu Zeit hier in der Republik erlaubt, nicht den verhaßten roten spitzen Judenhut zu tragen. Und so hatte der Tag, an dem Aaron zum Studium nach Padua ging, zu den glücklichsten Tagen in Leas Leben gehört. Es ist ein Schritt, sagte sie sich, ein erster Schritt. Und wenn er bereit sei, langsam und beharrlich emporzusteigen, dann würde er eines Tages dort stehen, wo sie es sich vorstellte.

Daß es schwieriger sein würde, Samson auf einen ähnlichen Weg zu schicken, war klar, weil Samson in allem genau das Gegenteil von Aaron darstellte. Zu Aaron hatte sie bereits als Kind sagen können, tu dies oder das, und sie durfte sicher sein, daß Aaron es tat, ohne lang Fragen zu stellen. Samson fragte stets zurück – warum, wozu und weshalb gerade jetzt. Und Samson, der nun zwar schon einige Zeit in den Midrasch des Leon da Modena ging, hatte auch hier von Anfang an gefragt, warum, wozu, weshalb. Weil es ihm viel leichter fiel, etwas mit seinen Händen zu tun als mit dem Kopf, hatten sie damals tagelang zusammengesessen, sie beide, und hatten mit Samson geredet. Also Schneider, hatte Lea gesagt, du weißt, daß du das nicht werden darfst. Worauf Samson nur nickte und sagte, daß er ohnehin nicht habe Schneider werden wollen.

Maler doch auch nicht, oder? fragte Abram damals.

Nein, er wolle auch nicht Maler werden.

Aber Drucker doch, sagte Abram, nicht wahr, Drucker?

Ja, Drucker, gab Samson zu. Und er würde viel dafür geben, wenn es eine Möglichkeit gebe, daß er das werden könne.

Es gibt keine, Sohn, sagte Abram seufzend, du weißt, daß es keine gibt.

Rabbi, sagte Lea dann, aber Rabbi, das sei doch etwas, was schön sei, oder?

Samson zuckte die Achseln. Schön? Ein Beruf müsse doch mehr sein als nur schön. Und schön sei Rabbi zu sein sicher nicht. Die dauernden Querelen hier in der Gemeinde, ständig der Streit, ob sich der Rabbi zuviel einmische oder nicht einmische und ob er sich einmischen dürfe und wo das Einmischen beginne. Also, so erstrebenswert sei für ihn dieser Beruf nun eben nicht. Und ein Leben lang die Streitigkeiten anderer Menschen zu schlichten, sich die intimsten

Dinge anzuhören, sie zu erörtern, das sei für ihn so, als müsse er gallenbittere Pillen schlucken. Er wolle Häuser bauen, sagte Samson daraufhin und ging zu seiner Schlafbank, wo er in einer Kiste seine Modelle aufbewahrte. Er baute die kleinen Tonmodelle vor seinen Eltern auf dem Tisch auf und schaute sie abwartend an.
Eine Weile war Stille, dann sagte Lea behutsam, weil sie ihren Sohn nicht verletzen wollte: Sie sind sehr schön, deine Häuser.
Ja, sagte Samson und nahm einen der weißen Türme hoch, hielt ihn gegen das Licht, ließ Lea durch die Bögen hindurchschauen, die versetzt angeordnet waren. Es bläst immer der Wind durch.
Ja, sagte Lea, bemüht, diesen Traum nicht zu zerstören. Das sei schön, wenn der Wind durchkönne.
Sie schluckte, wollte weiterreden, aber Samson stellte den Turm wieder zurück.
Ich baue sie nicht für hier, sagte er dann lächelnd, als er Leas Blick bemerkte, der zu dem Haus gegenüber gewandert war, das ihnen kaum Luft zum Atmen ließ.
Sondern? fragte Abram.
Für das Gelobte Land, sagte Samson in aller Schlichtheit und legte die Modelle in die Kiste zurück: Sie sollen die wüsten Städte bauen und bewohnen, Weinberge pflanzen und Wein davon trinken, Gärten machen und Früchte daraus essen. Denn ich will sie in ihr Land pflanzen, daß sie nicht mehr aus ihrem Land gerottet werden, das ich ihnen gegeben habe, spricht der Herr, dein Gott. Amos, neun, Vers vierzehn und fünfzehn.
Es wird dauern, hatte Abram gesagt und dem Sohn die Hand auf die Schulter gelegt. Du brauchst viel Kraft, um darauf zu warten.
Er habe sie, hatte Samson geantwortet, und er wisse, daß er diese Häuser eines Tages bauen werde. Häuser, die einen die Wärme spüren lassen und den Wind auf der Haut.

Wir haben irgend etwas versäumt, grübelte Lea abends im Bett, irgend etwas.
Wir haben nichts versäumt, widersprach Abram, nichts.
Wir haben versäumt, Samson beizubringen, daß er sich ducken muß.
Das könne man einem nicht beibringen, sagte Abram, das müsse er lernen. Und er sei ganz sicher, daß auch dieser Sohn es lerne, genauso wie es der andere Sohn gelernt habe.

Der andere Sohn bereitet sich auf einen Beruf vor, für den er sich interessiert, sagte Lea, aber Samson wollte doch eigentlich nie Rabbi werden.
Und wer wollte den Rabbi in der Familie, fragte Abram zurück, du oder ich?
Lea seufzte und bekannte sich zu dem Rabbi. Aber schließlich habe Aaron für Bankgeschäfte kein Interesse gehabt, und dies sei das andere gewesen, was in Betracht gekommen und Abrams Wunsch gewesen sei.
Dieser Sohn müsse seine Erfahrungen machen mit dieser Welt, und jede Erfahrung sei schmerzhaft, schloß Abram und überließ Lea ihren Heimsuchungen, wie er sich auszudrücken pflegte.
Wenn Abram das Wort Heimsuchungen aussprach, wehrte sich Lea nie, obwohl das, was sie empfand, nicht mit diesem Wort abgedeckt werden konnte. Für sie waren es Träume, zugegebenermaßen maßlose Träume bisweilen, aber sie konnte stets ins Feld führen, daß sie nichts für sich wollte, sondern alles für diese drei Kinder, die ihr geblieben waren. Sie hatte noch drei andere Kinder geboren, eines war bei der Geburt gestorben, die beiden anderen im Säuglingsalter, aber das war etwas, was nicht von den Schicksalen der anderen abwich, und es war auch etwas, was Christen und Juden gleichermaßen zu erleiden hatten.
Was sie bisweilen in Unruhe versetzte, war, daß sie sich mitunter fragte – und je älter sie wurde, um so häufiger –, ob dies also das Leben war, das Leben, das sie sich als junges Mädchen nie so recht hatte vorstellen können. War es das wirklich: eine Woche nach der anderen, das Hoffen und Bangen am Wochenbeginn, es möge eine gute Woche werden, den Kindern möge nichts geschehen und Abram nichts. An sich zu denken vergaß sie meist, und nur wenn sie irgendwelche Beschwerden hatte, die Knie sie schmerzten oder das Kreuz, fügte sie Wünsche für sich hinzu. Es hatte alles seine Ordnung in diesem Leben, die Gebete dreimal am Tag, die Feste, die die Eintönigkeit der Wochen unterbrachen, das Eingefügtsein in eine Ordnung – aber genau deswegen hatte sie manchmal das Gefühl, daß es ein Zuviel an Ordnung sei.
Ihre Unruhe verging, wenn es auf den Freitagnachmittag zuging. Sobald draußen in den Straßen die Trompetenstöße den Sabbat ankündigten, sobald das Haus bis in die letzte Ecke gesäubert war, der

Fußboden mit gelbem Sand bestreut, die Sabbatkerzen gerichtet, die Sabbatbrote und der Wein, die Kleider bereitlagen, sobald das letzte Stäubchen entfernt und für den kommenden Tag vorgesorgt war mit warmen Speisen im Ofen, so daß kein Handgriff mehr getan zu werden brauchte – dann floß Ruhe in sie ein. Und wenn sie dann am Freitagnachmittag in das Ritualbad ging, das stets überfüllt war, so daß man wirklich nur an Reinigung denken konnte und nicht an Träumen, was sie gerne getan hätte, hatte sie endgültig das Gefühl, daß die Welt ins Lot kam.

Bisweilen gestattete sie sich freilich verwegene Gedanken, sie rutschten ihr versehentlich heraus, wenn sie nach Hause zurückging und aus einer Seitenstraße reich gekleidete Kaufleute mit ihren Frauen herauskommen sah, für die Synagoge hergerichtet. Diese Kaufleute nämlich kamen aus Straßen, die ihren Namen trugen. Auch ein eigenes Ritualbad hatten sie, brauchten sich also nicht dem Gedränge der anderen auszusetzen, und schließlich hatten diese Kaufherren und vornehmen Familien – nur selten wagte sich Lea mit ihren Gedanken so weit vor – sogar ihr eigenes Wappen. Ein Wappen, das kaum zu übersehen war, wenn sie in die Synagoge gingen, da es die Gebetsbücher schmückte, die sie unter dem Arm trugen.

Lea war vernünftig genug, dies alles zwar zu registrieren, aber Abram davon nichts zu erzählen, weil sie wußte, daß Abram sie lediglich verständnislos angeschaut hätte. Ein Wappen? Wozu sollte er ein Wappen brauchen? Eine Straße? Wozu sollte eine Straße seinen Namen tragen? Und ein privates Ritualbad – er nahm sehr selten ein Tauchbad und vermißte eine solche Anlage daher auch nicht. Und Lea wußte, daß Abram nicht aufhören würde, ihr die Sprüche der Väter herunterzubeten, die Gebote, die Verbote, die es in ihrer Religion gab, und daß er, der sonst gut schlief, sich sicher die halbe Nacht im Bett herumwälzen würde in der Annahme, er habe seine Frau vernachlässigt, die nur deswegen auf solch abartige Ideen komme.

Daß seine Frau sich bisweilen wirklich mit abartigen Ideen beschäftigte, Vorstellungen, Träumen, die die Realität verließen, hätte Abram, falls er es gewußt hätte, nicht nur beunruhigt, sondern in höchsten Alarmzustand versetzt. Und so war Lea auch bemüht, dieses winzige Eigenleben, das sie abseits ihrer Familie führte, streng geheim zu halten. Denn das, was sie tat – oder auch nicht tat, je nachdem wie man es auslegte –, war etwas, was auf jeden Fall in den Räumen des Sant' Ufficio der Inquisition enden würde. Und was danach noch kommen konnte, so weit wagte Lea erst gar nicht zu denken.

Begonnen hatte es an einem Tag, an dem Lea wieder einmal die Last der alltäglichen Pflichten als einen solchen Alptraum empfand, daß sie am Herd zusammenbrach, wo Abram sie mit Schweiß bedeckt vorfand. Er rief den Arzt, der Lea untersuchte und Überarbeitung feststellte, Wunden aus der Vergangenheit, übermäßige Sensibilität, von der Abram nicht sicher war, ob sie wirklich existierte und was darunter zu verstehen war, und dazu Blutarmut. Gegen die Blutarmut gab es ein Mittel, das sie gehorsam einnahm, gegen das übrige gebe es keine Arznei, sagte der Arzt. Alle lebten mit irgend etwas, mit dem sie nicht fertig würden, er auch.

Einen Tag später war Lea zu Besorgungen in der Stadt gewesen und war auf dem Heimweg bei jenem kleinen Buchladen auf der Rialto-Brücke vorbeigekommen, vor dem meist ein alter Mann saß, den sie Taddeo nannten. Fast alle Bücher dieses Ladens waren gebraucht, und Abram hätte sich geweigert, diese zum Teil recht schäbig aussehenden Bücher auch nur anzufassen, geschweige denn in seine Regale zu stellen. Aber Lea wühlte gern voller Neugier in den Buchkisten vor diesem Laden, immer in der vagen Hoffnung, ihr könne eines Tages irgend etwas in die Hände fallen, was für ihr Leben einen tiefgreifenden Einschnitt bedeutete. Sie war jahrelang zu diesem Laden gekommen, immer wieder mit dieser unbestimmten Sehnsucht, die vor allem wohl deshalb nie ihre Erfüllung fand, weil Lea nicht wußte, was genau sie von diesen Buchkisten erwartete, außer einer Art von Erleuchtung, die sie aber keinesfalls hätte beschreiben können.

An jenem Tag nun war sie stehengeblieben, als der Alte gerade aus dem Laden trat und ein Buch in die Kiste legte, das er vermutlich soeben gekauft hatte, was für Lea später die Schicksalhaftigkeit ihres Unternehmens bestätigte. Sie nahm das Buch in die Hand, es sah unscheinbar aus und hieß *Der rote Drachen*. Der alte Mann beobachtete sie, und sie hatte ohnehin immer das Gefühl, daß von diesem Buchladen etwas ausging, das sie nicht recht benennen konnte, ein Geheimnis, etwas Verbotenes. All dies zusammen und der Umstand, daß der Mann etwas von Kabbala sagte, veranlaßten Lea, das Buch zu kaufen, bevor sie recht wußte, was sie überhaupt tat. Und erst als sie es zu Hause näher betrachtete, entdeckte sie, daß es ein Zauberbuch war, das auf den Lehren der Kabbala fußte und auf Salomon zurückgehen sollte. Als sie dann Zeit fand, es richtig zu studieren, hatte sie das Gefühl, daß es ihr Arbeit abverlangte, daß man das Buch nicht einfach aufschlagen und magische Dinge verlangen konnte, wenn man nicht bereit war, sich intensiv mit den Zeichen dieser Lehre zu befassen. Ständig verwechselte sie die Drei Mütter mit den Sieben Doppelten, den Zwölf Einfachen und die Stellung des Polarsterns. Alpha im Drachen vermochte ihr im Zusammenhang mit den Öffnungswinkeln der Galerien der Pyramiden von Giseh auch nicht besonders viel zu vermitteln, da sie nicht einmal wußte, wie diese Pyramiden von Giseh aussahen.

Kurzum, Lea benutzte dieses Buch nicht, um mit seiner Hilfe Berechnungen und Spekulationen anzustellen, sondern sie benutzte es lediglich als Vorwand, aus dem Alltag auszusteigen, zumal an irgendeiner Stelle dieses Buches die Rede davon war, daß der Mensch sich über die Erde erheben, daß er fliegen könne. Die Praktiken, die zu diesem Fliegen führten – Salben und gewisse Kräuter –, waren Lea ziemlich gleichgültig, und sie hätte nie gewagt, solche Mixturen anzuwenden. Lea vertraute auf ihre Phantasie, die stärker war als Salben. Und so setzte sie sich, wenn ihr wieder einmal alles zuviel war, in der Schlafkammer auf einen Schemel, schloß die Augen und flog davon. Sie sah sich stets als Taube, deren trägen Flug sie mit ihrem eigenen Gang in Verbindung brachte, und dieser träge Flug ermöglichte ihr, in aller Gelassenheit eine Runde über dem Chazer zu drehen, bevor sie ihn verließ. Da sie ehrlich war, gestand sie sich ein, daß sie diese Runde genauso genoß wie das Verlassen des Chazer. Sie sah dabei gewissermaßen von oben all die kleinen Sünden, die sich tagtäglich in diesem Mikrokosmos abspielten, die jeder beim anderen zwar vermutete, von denen er aber doch nie mit letzter Sicherheit wußte.

Sie sah etwa, wenn sie den Laden von Sara und Baruch Levi überflog, wie Sara die schlechten Tomaten sorgfältig aussuchte und sie hinter den schönen roten, festen versteckte. Sie sah, wie der Weinhändler vor seinen Flaschen mit koscherem Wein stand, sich wohl überlegte, ob er den, den er den Christen verkaufte, etwas mit Wasser strecken solle, da sie es sicher nicht merken würden und der Handel ohnehin in aller Heimlichkeit stattfand, weil es nun mal verboten war, daß Christen koscheren Wein tranken. Sie sah die Hausgehilfin von Caleb, von der jedermann wußte, daß sie eine Christin war, was ebenfalls verboten war, mit der Caleb aber ins Bett ging, obwohl ihn das auf die Galeere bringen konnte. Den Bäcker sah sie, den sie nicht mochte, wie er mit seinem eingefrorenen Lächeln den Kunden seine Waren anpries, an denen jedoch meist irgend etwas nicht korrekt war, so daß manche sagten, sie würden im Hause des Bäckers nie etwas essen, weil keinesfalls feststehe, daß es koscher sei.

Wenn Lea all dies gesehen hatte, flog sie mit einem raschen, triumphierenden Flügelschlag über die Tore des Ghettos hinweg und ließ den christlichen Torwächtern mit einem kurzen Ruck einen Klacks vor die Füße fallen. Mit einem fröhlichen Gurren nahm sie ihr empörtes Nach-oben-Blicken und Schimpfen zur Kenntnis, sie fühlte sich frei und federleicht, während sie ihre Kreise zog über dieser Stadt: keine steilen Brücken, die ihre Knie schmerzen ließen, kein Labyrinth von Gassen, in dem sie sich verirrte. Sie flog meist eine oder zwei Runden über der Piazza von San Marco, wo sie unter ihresgleichen war, dann hob sie an zum Flug über die Lagune.

Hier verweilte sie am längsten, ließ sich emportragen, hinabfallen, versuchte zu segeln, was ihr zwar nicht gut gelang aufgrund ihres Gewichtes, sie aber trotzdem mit wilder Freude erfüllte. Sie ließ ihr Gurren anschwellen, so daß es fast an den Schrei der Möwen erinnerte, war Taube unter Tauben, kein Flügel, der anders war, die Größe gleich, die Farbe gleich, und das Gefühl eines Anderssein konnte sich gar nicht erst einstellen, weil Gott es nicht in ihr Taubenhirn hatte einfließen lassen, da es unwichtig war und hier nicht existierte.

Du siehst heiter aus, pflegte Abram zu sagen, wenn er an solchen Tagen nach Hause kam und Lea am Herd fröhlich vor sich hinträllern hörte.

Lea legte dann die Arme um seinen Hals, küßte ihn und sagte: Ich bin es.

Was Abram stets das erhabene Gefühl gab, ein vorbildlicher Ehemann zu sein, der seine Frau auch nach zwanzig Ehejahren noch zum Singen bringen konnte.

Der Ruf des Schofar

Lea erinnerte sich noch ganz genau an den Tag, an dem sie zum erstenmal in ihrem Leben den Schofar gehört hatte, der an hohen Festtagen die Gläubigen zur Synagoge rief. Es war in einem der zahlreichen Dörfer gewesen, in denen sie damals Unterschlupf gefunden hatten, und es war der Großvater gewesen, der dieses Horn geblasen hatte, an Jom Kippur, dem höchsten Feiertag der Juden. Lea war in der Küche gewesen, bereits fertig angezogen zum Gehen, und von draußen waren die Hornsignale hereingedrungen. Sie war mit einem Schrei zu ihrer Mutter gelaufen, hatte sich in deren Rockfalten versteckt und vor Schreck fast zu atmen vergessen, weil sie das Gefühl hatte, als würde sie bereits jetzt vor Gott gerufen.

Sie verspürte später nie mehr dieses intensive Gefühl wie damals in ihrer Kindheit, nie mehr liefen ihr Schauer der Angst über den Rücken, vielmehr gab dieses Horn ihr eine Geborgenheit, die sie nicht hätte benennen können. Dieses Horn blies alle Sorgen von Lea hinweg, baute eine Mauer um sie herum, die sie schützte, hüllte sie ein wie in einen Tallit, den Gebetsschal, den nur die Männer tragen durften. Dieser Schofar – ein unsichtbarer Tallit. Sie hätte nie gewagt, Abram so etwas zu sagen.

Als sie an diesem Morgen die Klänge des Schofar hörte, empfand sie Glück und Trauer zugleich. Sie hatte ihrem Sohn Samson, der gestern dreizehn geworden war und heute seine Bar-Mizwa feierte, den neuen, von jenem Schneider in der Stadt gefertigten Mantel in die Kammer gelegt, hatte mit ihm gebetet, noch bevor sie in die Synagoge gegangen waren, und sah ihn nun tief unten sitzen in den Bankreihen der Männer.

Du sollst nicht rachgierig sein noch Zorn halten gegen die Kinder deines Volks. Du sollst deinen Nächsten lieben wie dich selbst, denn ich bin der Herr.

Lea saß auf der Empore in der Synagoge, sah ihren Sohn vorgehen zur Bima, wohin er gerufen worden war, sie bemerkte die leichte Röte in seinem Gesicht, schämte sich ein klein wenig dafür, aber dann drang die Stimme Samsons zu ihr herauf, klar und deutlich las er zum erstenmal in seinem Leben öffentlich aus der *Thora* vor. Die

Bar-Mizwa nahm ihn auf in den Bund der Erwachsenen, für sein religiöses Leben trug Samson nun selbst die Verantwortung.
Lea lehnte sich zurück, als Samson seinen Platz wieder einnahm, unter den Männern nun saß, sich erwachsen fühlen mußte, obwohl er gerade erst dreizehn geworden war. Diana, die neben ihr saß, nickte ihr zu, lächelte dabei, was heißen sollte: Gut hat er es gemacht, dein Sohn. Er hatte weder die Jad, den Thorazeiger, fallen gelassen vor lauter Aufregung, wie es ihrem Sohn geschehen war bei dieser Feier, noch zu stottern begonnen, was viele taten, die zum erstenmal in ihrem Leben öffentlich eine Leistung zu vollbringen hatten.
Lea nickte zurück, lächelte ebenfalls, wußte, daß dieses Lächeln viel zu spärlich war, wenn sie an den morgigen Tag dachte. Sie schloß die Augen, fühlte, wie sich eine Träne hartnäckig durch ihre Wimpern drängte, wischte sie weg und hoffte, daß der Sturz von der Höhe dieses Festes in den morgigen Tag nicht allzu tief sein werde.

Der Hut, der rote spitze Hut, den Juden tragen mußten, sobald sie das dreizehnte Lebensjahr abgeschlossen hatten, lag am anderen Morgen auf dem Fenstersims neben dem Chanukka-Leuchter. Abram hatte ihn vermutlich dorthin gelegt, weil alle anderen Plätze in dieser Wohnung stets mit Dingen belegt waren, die die Familie brauchte und für die immer zu wenig Platz war.
Sie hatten bereits Wochen zuvor über diesen Hut diskutiert – wie üblich mit völlig unterschiedlicher Meinung. Was wird sein, hatte Abram gesagt und versucht, Lea zu trösten, für die es so war, als müsse nun sie diesen Hut tragen und nicht Samson, was wird schon sein? Vielleicht wird er sich am Anfang sträuben, aber dann wird er einsehen, daß es sein muß, und er wird seiner Pflicht nachkommen.
Seiner Pflicht, hatte Lea aufgebracht gesagt, seiner Pflicht?
Also gut, hatte Abram eingelenkt, er wird ihn nicht als Pflicht tragen, sondern einfach so, weil ihn alle tragen.
Nicht Samson, hatte Lea gesagt, doch nicht Samson.
Aaron hat ihn angenommen, ohne ein Wort des Widerspruchs.
Aaron sei nicht Samson und ob er seine Söhne so wenig kenne, daß er nicht wisse, wie verschieden sie seien? Samson, der sich bereits mit vier Jahren ein Holzschwert umgegürtet habe und stolz zu ihnen in die Stube gekommen sei, um zu verkünden, er werde Jerusalem zurückerobern. Und dann müßten alle anderen tun, was er befehle, er

werde sie alle unterwerfen, weil er nicht mehr wolle, daß sie ihm sagen, was er zu tun habe. Mit diesen Worten war Samson auf die Straße gegangen – es war an Purim gewesen – und bereits nach kurzer Zeit weinend zurückgekehrt, ohne Holzschwert, die Nase blutend, die Kleider zerrissen. Lea hatte ihren Sohn in den Arm genommen, hatte wissen wollen, was passiert sei, aber Samson hatte nur schluchzend den Kopf geschüttelt und sich geweigert, auch nur einen Satz von sich zu geben. Erst am Abend im Bett hatte er seine Mutter gefragt, ob es stimme, daß Juden in dieser Stadt nie ein Schwert tragen dürften, nie eine Waffe?
Ja, hatte Lea gesagt, das stimmt. Juden erheben sich nicht gegen andere.
Und was tun Juden, wenn andere das Schwert heben gegen sie? hatte Samson weiter gefragt.
Sie gehen, hatte Lea gesagt und sich dabei geschämt, weil sie ihrem Sohn nichts sagen konnte, worauf er hätte stolz sein können.
Der rote Hut lag also auf dem Fenstersims, und Lea nahm an, daß Abram ihn bereits spät am Abend dorthin gelegt hatte, damit dem Frühaufsteher Samson genügend Zeit blieb, sich an diesen Hut zu gewöhnen, bevor die Familie in den Raum kam. Aber Samson mußte den Hut entweder übersehen haben, oder er hatte darauf verzichtet, ihn wahrzunehmen. Als Lea den Raum betrat, war Samson emsig damit beschäftigt, die letzten Reste der Grütze aus seinem Teller zu schaben, und er tat dies mit einer Sorgfalt, als sei es für ihn in diesem Augenblick das Wichtigste auf der Welt.
Auch Aaron und Esther verhielten sich, als gebe es diesen Hut nicht. Und Lea wußte nicht, war es Absprache unter den Geschwistern, oder hatte jeder der beiden Angst, auch nur ein Wort könne den Vulkan zum Ausbruch bringen, denn Samsons Ausbrüche waren so, daß die Erde Stunden danach noch bebte.
Nach dem Morgenessen stand Samson auf, nahm seine Bücher unter den Arm und verließ die Stube.
Lea wollte aufspringen, ihn bitten, diesen Hut aufzusetzen. Sie hatte bereits einige Sätze im Kopf, die Samson trösten sollten, aber Abram hielt sie zurück.
Er muß es selber tun, sagte er ruhig. Oder ob Lea ihrem Sohn etwa diesen verhaßten Hut mit Gewalt überstülpen wolle?
Er *muß* ihn tragen, sagte Lea erregt, er ist dreizehn geworden, es ist das Gesetz.

Wer wird denn wissen, daß Samson gerade dreizehn ist, warf Aaron ein, niemand wisse dies außerhalb des Chazer.
Aber im Chazer weiß man es, schließlich sei gestern die ganze Gemeinde Zeuge gewesen, als sie die Bar-Mizwa gefeiert hätten.
Er muß es selber tun, wiederholte Abram ruhig. Und er wird es selber tun. Samson trage nun die Verantwortung für sich, und er habe nicht vor, seinem Sohn diese Verantwortung jeden Tag ins Gedächtnis zu rufen.
Lea schob die Teller zusammen, stellte sie so hastig aufeinander, daß es klirrte und Esther sie ihr aus der Hand nahm. Esther brachte die Teller an den Tisch, an dem sie das Geschirr spülten, und näherte sich dann tänzelnd dem Fenstersims. Sie nahm den roten spitzen Hut, drehte ihn spielerisch in der Hand und setzte ihn sich auf. Aaron lachte, als seine Schwester sich vor dem Spiegel im Kreis drehte, Lea wandte sich um, riß Esther den Hut aus der Hand und legte ihn wieder auf das Fensterbrett.
Was werden sie nun wieder sagen, murmelte sie dabei vor sich hin, wo sie doch ohnehin sagen: Dieser Samson, auf ihn mußt du aufpassen, ständig will er anders sein als die anderen, er traut es sich nur nicht.
Nun traut er es sich ja, sagte Esther zufrieden, aber das gefällt sicher auch wieder niemandem.

Drei Tage später – der Hut lag noch immer auf dem Fenstersims und Samson hatte gedroht, wenn man ihn zwinge, diesen Hut zu tragen, so bleibe er einfach zu Hause – kam Lea aus der Stadt zurück und fand Samson auf dem Schemel sitzen inmitten seiner Tonmodelle, seiner Häuser, die er gerade zerbrach. Eines nach dem anderen, und wo ihm dies nicht gleich beim erstenmal gelang, nahm er einen Hammer und zermalmte die Häuschen zu Krümeln.
Samson! schrie Lea auf, ließ ihren Einkaufskorb auf den Boden fallen und riß dem Sohn eines der letzten Modelle aus der Hand, um es zu retten. Was, um alles in der Welt, machst du da?
Ich werde erwachsen, sagte Samson mit starrem Gesicht und zerbrach das nächste der Häuser, ich werde endlich erwachsen. Wolltet ihr nicht immer, daß ich erwachsen werde?
Erwachsen, sagte Lea hilflos, wieso wird man erwachsen, wenn man solch verrückte Dinge tut?

Samson nahm das nächste Haus in die Hand, legte es auf den Tisch wie ein Tier auf die Schlachtbank und ließ den Hammer darauf fallen, so daß der Staub sich in der ganzen Küche verteilte.
Samson, warum tust du das? fragte Lea voller Zorn und ergriff seinen Arm.
Weil ich nie Häuser bauen werde. Und wenn ich sie nie bauen darf, dann will ich sie auch nicht mehr besitzen.
Lea nahm ihr Tuch vom Korb, sammelte den Rest der Modelle in das Tuch und trug es hinunter in den Buchladen. Als sie zurückkam, saß Samson vor dem Tisch mit den zertrümmerten Modellen. Er hatte den Kopf auf die Arme gelegt, seine Schultern zuckten. Als Lea ihn behutsam berührte, hob er den Kopf, und die Tränen hatten auf dem Gesicht braune Lehmbäche zurückgelassen, die irgendwo in seinem Hemdkragen versiegten.
Ich werde ihn nie tragen, flüsterte er dann, nie, diesen Hut werde ich nie tragen.

Es vergingen zwei Wochen, bis Samson bereit war, den roten spitzen Hut anzunehmen. Und es waren Wochen, die Lea gerne aus ihrem Leben herausgeschnitten hätte. Denn als er ihn endlich trug, geschah dies lediglich, weil sowohl der Rabbi wie der Lehrer sowie sämtliche Freunde versucht hatten, ihm klarzumachen, was es für sie alle mit sich bringe, wenn nur einer von ihnen versuche auszubrechen. Und Lea hatte schließlich eines Tages in ihrem Zorn etwas von Ausweisung aus dem Ghetto gesagt, obwohl sie wußte, daß es dazu nicht kommen würde. Den venezianischen Behörden war diese Maßnahme zwar bekannt, aber sie taten so, als wüßten sie nichts, weil diese Strafe der Juden für Juden bisher so gut wie nie verhängt worden war.
Samson trug also den Hut, aber sie hatten alle das Gefühl, daß er sich veränderte. Entweder tat er es wirklich, oder er tat nur so, um sie alle damit zu erschrecken. Er, der bisher den Kopf aufrecht getragen hatte, ging mit gebeugtem Rücken. Er hob den Blick nicht mehr zur vollen Höhe, krümmte sich devot, wenn man ihm etwas auftrug, gab sanfte Antworten, wenn er gefragt wurde, und verrichtete alle Gebete und Gebote mit einer Pünktlichkeit, die Lea und Abram in wilde Streitgespräche stürzte, bei denen Abram stets für Abwarten war, Lea stets für Eingreifen.

Er macht nichts Verbotenes, sagte sie mit unterdrücktem Zorn, wenn man sie auf der Straße ansprach, er macht nur, was sich gehört. Und dann ging sie weiter.
Er braucht Zeit, sagte Abram, wenn Lea verzweifelt aus dem Chazer oder der Stadt nach Hause kam, laß ihm diese Zeit. Wenn er den Narren spielen will, dann soll er es tun. Narrenspielen bringt ihn nicht auf die Galeere. Und irgendwann wird er einsehen, daß er Kraft verschwendet, und dann wird er sich unterwerfen.

Aber Samson unterwarf sich nicht. Er tat genau das Gegenteil. An einem Abend, als sie alle aus der Synagoge kamen, war er bereits in der Stube und saß auf einem Stuhl, den er so gestellt hatte, daß er alle genau beobachten konnte, wenn sie zur Tür hereinkamen.
Hätte ein Chronist die Aufgabe gehabt, die Reaktionen der einzelnen Familienmitglieder nach dem Eintreten zu beschreiben, er hätte Seiten füllen müssen, um alles exakt wiederzugeben. Aaron kam als erster, sah den schwarzen Hut auf dem Fenstersims, stutzte, legte dann seine Bücher auf das Stehpult und begann zu lernen, ohne ein Wort zu verlieren. Esther, die als nächste kam, sah den Hut, lachte auf, griff nach ihm, setzte ihn sich auf den Kopf und drehte sich wieder vor dem Spiegel im Kreis. Dann legte sie ihn widerstrebend zurück, just in dem Augenblick, in dem Lea die Stube betrat. Lea sah den Hut, erschrak nahezu zu Tode, obwohl sie selbst Abram bisweilen gedrängt hatte, auch nur einmal, nur ein einziges Mal gegen das Gesetz zu verstoßen. Sie griff sich ans Herz, wischte sich dann über die Augen, als sei dieses schwarze Barett der Venezianer, das dort lag, dieser *capel nero,* nichts weiter als eine Fata Morgana und verschwunden, wenn sie die Augen wieder öffne. Aber der schwarze Hut war nicht verschwunden, als sie die Augen wieder öffnete. Er lag nach wie vor auf dem Fenstersims, schien sie anzugrinsen, zu verspotten, war eine Herausforderung, der sie nichts entgegenzusetzen hatte in diesem Augenblick.
Als Abram nur eine Minute später den Raum betrat, löste sich das Problem so rasch, daß Lea kaum Zeit hatte, aus ihrer Erstarrung zu erwachen. Abram sah den Hut, sah seinen Sohn abwartend sitzen, blieb einen Augenblick reglos stehen, und obwohl alle wußten, daß Abram nie seinen Sohn schlagen würde, sah es zunächst für eine Sekunde dennoch so aus. Aber dann atmete Abram tief durch, sie sa-

hen, wie er zu dem Fenstersims hinüberging und den Hut nahm – nicht so, wie Lea ihn vermutlich angefaßt hätte, mit spitzen Fingern. Er nahm ihn wie selbstverständlich in die Hand, trug ihn zum Herd und warf ihn in die Flammen. Dann setzte er sich an den Tisch und begann in aller Ruhe das Gebet, obwohl er allein dort saß, der qualmende Hut inzwischen die Stube vernebelte und die Familie sich erst zum Ende des Gebets zusammenfand. Bis auf Samson, der starr vor sich hinblickte und nicht einmal die Lippen bewegte.

Du brichst ihn, sagte Lea abends im Bett, du machst einen Menschen aus ihm, der er nicht ist.
Wir Juden sind alle Menschen, die wir nicht sind, gab Abram ruhig zurück. Und wir werden so lange Menschen bleiben, die wir nicht sind, nicht sein wollen, bis der Messias kommt und uns erlöst. Dann endlich werden wir frei sein.
Und... Lea zögerte, stockte. Wenn er...
Er wird kommen, sagte Abram zuversichtlich, er wird kommen.
Du nimmst ihm seinen Stolz, wagte Lea noch zu sagen, obwohl sich Abram bereits auf die Seite gedreht hatte, du befiehlst ihm die Unterwerfung.
Ja, sagte Abram ernst, ich zwinge ihn zur Unterwerfung. Er muß sie lernen. Es ist meine Pflicht, ihn dazu zu zwingen, wenn er hier leben will. Wenn wir alle hier leben wollen. Und darum geht es. Ich tue es nicht freiwillig. Wenn einer von uns aus dem Pfad ausbricht, den sie uns hier gehen lassen, dann sind wir dort, wo du herkommst – erinnerst du dich nicht mehr?
Lea nickte, wußte, daß dieses Gespräch zu Ende war und daß, was immer sie nun auch sagte, Abram ins Recht setzen würde. Er ist noch so jung, murmelte sie traurig vor sich hin. So jung. Und die Last ist so groß. Herr, laß ihn nicht daran ersticken, an dieser Last, betete sie, gib ihm Kraft, daß er sie tragen kann!

Aarons Rückkehr

Eine Woche war vergangen seit Samsons Drohung mit dem schwarzen Hut, auch eine zweite, und Lea hatte das Gefühl, sie könne aufatmen, selbst wenn sie manchmal nicht sicher war, ob ihr Sohn sie nur alle dafür büßen ließ, daß er sich dem roten Hut unterworfen hatte. In der dritten Woche kam er an einem Freitagnachmittag nach Hause und teilte ihnen mit, daß er den Midrasch des Leon da Modena heute zum letztenmal besucht habe.
Lea, die am Herd stand, setzte sich an den Tisch, fragte nach, weil sie dachte, sie habe sich verhört. Ob das sein Ernst sei, wollte sie dann wissen.
Ja, natürlich, sagte Samson mit aller Selbstverständlichkeit. Er fange am Montag in der *Banca rossa* an.
Lea sprang auf, stieß dabei einen Topf vom Tisch, eine Platte mit gefülltem Fisch, und Abram fand Frau und Sohn vereint den Boden wischend vor, als er in den Raum trat.
Er will in die Bank, sagte Lea, den Tränen nahe, er will nicht mehr zur Schule.
Wer will in die Bank? wollte Abram wissen, ohne dabei seine Stimme zu heben, und so, als habe er mindestens fünf Söhne, die ihn mit solch einer Nachricht überraschen könnten.
Er wolle Geld verdienen, sagte Samson, viel Geld, und legte dabei seiner Mutter den Lappen unausgewrungen über den Arm, so daß die Brühe herabtropfte. Geld sei offenbar das einzige, das die Christen in ihrer Haltung den Juden gegenüber gnädig stimme.
Und was bringt dich zu dieser Meinung?
Was wohl? fragte Samson. Weswegen die *università* wohl nun schon seit Wochen mit der Serenissima verhandle? Doch über nichts weiter als über Geld, Geld und nochmals Geld. Ist Geld nicht die einzige Macht, die uns schützen kann?
Nein, sagte Abram, uns schützt das Gebet, der Glaube an den Messias.
O nein, erwiderte Samson zornig und machte einen Schritt zur Seite, als Lea ihn zurückhalten wollte. Nicht das Gebet. Und der Messias vielleicht später. Jetzt sehe es doch wohl so aus: viel Geld – viel

Schutz, wenig Geld – wenig Schutz. Sie sind käuflich, diese Christen. Spenden, Darlehen, Steuern – alles die gleichen Worte für Geld, und offenbar seien sie dafür so empfänglich wie die Katholiken in der Kirche für das Weihwasser.

Hör auf! sagte Abram heftig. Hör auf mit diesen Vergleichen, sie gehören sich nicht.

Ob er ihm etwa sagen könne, daß dies nicht stimme, verlangte Samson zu wissen und verschränkte die Arme vor der Brust. Ob ihm der Vater ein Beispiel, ein einziges nur, nennen könne bei diesem ganz und gar unwürdigen Spiel, wo es nicht darum gegangen sei, daß Juden sich lediglich mit Geld retten konnten. In Florenz zum Beispiel, damals vor fünfunddreißig Jahren, fuhr Samson fort, und zwar so hämisch, wie Abram seinen Sohn noch nie gesehen hatte. Ob er sich nicht erinnere. Nur durch riesige Geldmengen hätten sie sich in Sicherheit bringen können, als die Macht der Medici gesunken war und die Volksregierung unter Savonarola die Vertreibung aller Juden befahl. Und in Rom – Samsons Häme steigerte sich noch – habe sich die Gemeinde vor der Bulle Papst Eugens IV. ebenfalls nur durch Unsummen von Geld gerettet. Und die Steuern, die der Barberini-Papst mit seiner Reverenda Camera Apostolica erzwinge, seien überhaupt nur dadurch möglich, daß die Juden mehr als hohe Kredite aufnähmen.

Lea versuchte einzugreifen, weil sie bereits den nächsten Konflikt ahnte, aber Abram wischte ihren Satz hinweg, bevor sie ihn zu Ende sprechen konnte. Er könne seinen Sohn allein widerlegen, sagte er brüsk, und Lea war klar, wie sehr Samson ihn verletzt haben mußte, wenn er sie so behandelte.

Aber sie gab nicht nach. Kannst du ihn wirklich widerlegen, fragte sie ruhig. Denk an das Arsenal! Wem haben sie es aufgebürdet, als sie dafür Geld brauchten, etwa der ganzen Stadt? Es waren nur wir, die bezahlen durften.

Abram senkte den Kopf und schwieg.

Was denn überhaupt gegen die Arbeit in einer Bank einzuwenden sei, fuhr Samson unbeirrt fort, es sei doch ein ehrsamer Beruf. Er wolle einfach lernen, wie man mit Geld umgehe, was man damit machen könne. Und den Unterschied zwischen der *Banca rossa* und den *Monti di pietà,* den wolle er auch wissen. Vielleicht gebe es ja doch auch mal die Möglichkeit, daß man diese Banken der Christen ausstechen könne.

Ausstechen, die *Monti di pietà* ausstechen? Lea merkte, wie Abram zunehmend in Wut geriet, und war froh, daß draußen bereits die Trompeten zu hören waren, die den Sabbat ankündigten. Sie nahm Samson am Arm, schob ihn in die Kammer und hieß ihn, sich umziehen.

Abram trat ans Fenster, und seine Schultern verrieten Lea, daß er ganz tief atmete, was er stets tat, wenn er etwas zu verkraften hatte. Und so verbot sie sich ein Gespräch über diese *Monti di pietà*, ein Gespräch, das auch zwischen ihnen beiden Zwietracht gesät hätte, weil Abram in seinem Gefühl, die Christen verteidigen zu müssen, stets über das Ziel hinausschoß. Daß diese anderen, ursprünglich von Mönchen ins Leben gerufenen Banken zu wilden Haßausbrüchen gegenüber den Juden Anlaß gegeben hatten, weil sie niedrigere Zinsen nahmen, war Abram kaum bereit zuzugeben. Für ihn ging es um Gerechtigkeit, um nichts sonst.

Er mache noch ein paar Schritte vors Haus, sagte er dann zu Lea, in der Zwischenzeit werde ja sicher auch Aaron endlich aus Padua eintreffen.

Lea nickte, schaute auf die Uhr, stellte fest, daß Aaron längst hätte da sein müssen, und wußte nicht, worüber sie am meisten ungehalten sein solle, über die Unmöglichkeit, daß Samson ihnen seinen Entschluß ausgerechnet am Freitagnachmittag mitteilte, oder über Aaron, der offenbar die Postkutsche verpaßt hatte. Als Esther schließlich noch mit ihrem Festtagskleid an einem Nagel hängenblieb, so daß Lea nochmals Faden und Nadel herbeiholen mußte, wäre sie lieber zu Bett gegangen als zum Beten.

Abram fragte nicht einmal nach, wo Aaron blieb, nachdem er die Familie zur Synagoge abgeholt hatte. Und als sie von der Synagoge zurückkamen, war Aaron noch immer nicht angekommen. Lea konnte vor Aufregung kaum die Sabbatlampe herabziehen, so zitterten ihre Hände. Erst als sie die Kerzen anzünden wollte, waren auf der Treppe Schritte zu hören.

Später sagte Lea, sie habe es bereits an den zögernden Schritten gemerkt, daß etwas los sei, aber Abram meinte, wann sie es gemerkt habe, spiele keine Rolle, es sei, wie es sei.

Als Aaron zur Tür hereinkam, die Kleidung mit Staub bedeckt, die Schuhe beschmutzt, starrten ihn alle an. Er hob entschuldigend die Schultern, ging in die Kammer und kam kurze Zeit später wieder zurück, gewaschen und mit sauberen Kleidern. Lea hatte das unbestimmte Gefühl, daß es etwas gab, was sie nicht lokalisieren konnte, aber sie war ganz sicher, daß es existierte. Und während sie nun – nach außen hin – in aller Ruhe die Kerzen anzündete, den Segen über die Lichter sprach, während Abram die zwei unter einem Tuch verborgenen Challot segnete, die Sabbatbrote, tobten ihre Gedanken wie eine Affenherde, machten sich breit in ihr, verdrängten Gebet und Kerzen und rankten sich um diesen Sohn, der ihr auf eine sehr seltsame Art und Weise verändert schien. Nicht greifbar verändert, aber doch so, daß sie als Mutter es spürte, obwohl später, als sie das festliche Essen austeilte – Fisch, Leber, Pasteten, Suppe, Fleisch und Zimmes – und als Esther von dem Theaterstück erzählte, in dem sie mitspielte, zunächst alles wieder normal zu sein schien.

Bei der Nachspeise dann, bei Mandelbrötchen und Mohnplätzchen, fragte Samson die Eltern, ob sie ihn morgen zu der Regatta begleiten würden. Abram lehnte lächelnd ab, Lea protestierte: Aber doch nicht am Sabbat, worauf Samson widersprach und Leon da Modena anführte, der ebenfalls hingehe. Er werde auch hingehen, sagte Aaron plötzlich und ohne dabei aufzublicken, er werde mitgehen.

Mußt du nicht lernen? fragte Lea zögernd.

Nein, sagte Aaron, überlegte kurz, schien etwas hinzufügen zu wollen und stand vom Tisch auf. Er wolle noch ein wenig Luft schnappen, sagte er und schaute zu Abram hinüber. Ob er ihn begleite?

Abram nickte langsam und holte seinen Mantel.

Lea, die ganz sicher war, daß sie keine Ruhe finden würde, bis die beiden Männer zurückkamen, half Esther das Geschirr vom Tisch zu räumen. Sie stellten es in die Ecke, ungespült, nahmen beide ein Buch zur Hand, aber bereits beim dritten Satz merkte Lea, daß ihr Kopf keinesfalls begriff, was da stand, und so ging sie schließlich ins Hinterzimmer des Ladens hinunter, setzte sich dort auf Abrams Stuhl und wartete. Irgendwann, spät in der Nacht, wie ihr schien, kehrten die beiden zurück, ohne sie vom Laden aus zu sehen. Leise sagte Aaron: Sagst du es ihr?

Ja, erwiderte Abram ebenso leise, ich werde es ihr wohl sagen. Morgen.

Lea stand auf. Was wollt ihr mir morgen sagen oder auch nicht sagen? fragte sie.

Eine Weile war Stille. Er wird nicht mehr weiterstudieren, sagte Abram schließlich.

Lea brauchte fast eine Minute, um zu begreifen, was Abram gesagt hatte. Weshalb? fragte sie dann fast flüsternd.
Abram seufzte, sagte, das sei schwer zu erklären.
Ist es dein Studium oder seines? fragte Lea nicht mehr ganz so leise. Hat mein Sohn die Sprache verloren, daß er seiner Mutter nicht erklären kann, weshalb er nicht mehr studieren will? Ist er etwa nicht klug genug, läßt er sich ablenken, oder was ist mit ihm?
Er kommt nicht mit seiner Freiheit zurecht, sagte Abram leise, da Aaron noch immer schwieg.
Wieder brauchte Lea eine ganze Weile, bis sie verstand oder zumindest zu verstehen glaubte, was Abram gesagt hatte. Sie öffnete einen Knopf ihres Kleides, weil ihr plötzlich heiß war, und setzte sich wieder. Komm, sagte sie und deutete auf die Bank gegenüber, erzähl mir's!
Es war wie ein Rausch, sagte Aaron nach einer langen Pause und knetete seine Finger dabei, ohne Lea anzuschauen. Zunächst war alles wie ein Rausch, verstehst du? Keine Ghettotore, niemand, der einen beobachtet, keinen roten Hut, und alle taten so, als wäre ich ihresgleichen.
Wer sind alle?
Nun, die anderen Studenten.
Jüdische oder christliche?
Christliche, sagte Aaron, und einige von uns. Aber die lebten schon fast so wie die anderen.
Jüdische Studenten, die nicht mehr wissen, daß sie Juden sind, sagte Lea langsam. Ist es das, was du mir sagen willst?
Ja, sagte Aaron, das sei es.
Und du gehst weg oder willst nicht mehr studieren, weil du nicht so werden willst wie sie?
Aaron nickte langsam. Ja, das sei es wohl. Er könne nicht so leben, mit dieser großen Freiheit, er gehe zugrunde dabei.
Leas Hand schob sich ganz langsam zu Aaron hinüber, entknotete seine Finger und strich dann behutsam darüber: Du warst also gar nicht mehr mit den anderen zusammen, fandest keine Hilfe bei ihnen, oder?
Sie wollten es nicht, sie sagten, wenn wir auch hier nur unter uns sind, dann stehen wir wieder außerhalb. Wenn sie uns schon die Freiheit geben, dann müssen wir sie auch nützen. Aber ich, ich...

Aaron stockte, und Lea nickte ihm aufmunternd zu. Ich kann nicht ohne die anderen sein, verstehst du? Sie haben nicht mehr gefastet, nicht mehr die Gebete gesprochen, nicht mehr...
Und du, Lea zögerte, und du? Ich meine, dein Essen...
Nein, sagte Aaron, es war nicht koscher. Ich wollte so sein wie die anderen. Ich wollte diese neue Freiheit nicht gefährden, nachdem ich noch nie im Leben eine hatte.

In der Nacht weinte Lea vor sich hin. Abram schlief bereits, nachdem er ihr geraten hatte zu beten, um ihren Kummer in Gebeten zu begraben. Diesen *capel nero*, dieses schwarze Barett der Venezianer, als Arzt hätte er ihn vielleicht tragen dürfen, dieser Hut war nahezu zur Besessenheit geworden, wenn auch nicht für Abram, so doch für sie und die Söhne. Aber der eine Sohn, er war zu schwach für die Freiheit, die sie ihm verordnet hatte, er ertrug sie nicht, kehrte zurück in den Chazer, in den Schoß der Gemeinde, die er offenbar nicht als Käfig empfand so wie sie. Und auch der andere Sohn hatte am gleichen Tag eine Entscheidung getroffen, die er später ganz sicher bereuen würde.
Ich habe es zu sehr gewünscht, warf Lea sich vor, immer wünsche ich mir alles zu sehr. Nur einem der Kinder, einem nur gib die Freiheit, betete sie. Laß sie nicht hinter Mauern leben, nicht in fremden Häusern, die in den Himmel ragen, laß sie Menschen sein! Sie drehte sich auf die andere Seite, wollte schlafen, da fiel ihr noch ein, daß Esther bald sechzehn wurde und noch kein Mann in Sicht war.
Ehe endlich der Schlaf kam, überlegte sie die Stelle aus dem Buch Daniel, die Stelle der Gemara, an der die Ankunft des Messias beschrieben wird. Aber sie brachte die Dinge, müde wie sie war, nicht mehr recht zusammen. Wenn die Menschen völlig unschuldig waren, oder hieß es völlig schuldig, dann sollte er wohl kommen. Aber sie, Lea, mit ihren Wünschen und Sehnsüchten, war nichts weiter als eine Frau, völlig dazwischen, vom einen so weit entfernt wie vom anderen.

Sara und Leon

Wenn Lea durch den Chazer ging, hatte sie trotz des Lärms, des Gestanks und der Unruhe stets auch den Eindruck der Geborgenheit, des Aufgehobenseins, ja der Sicherheit, und selbst die Vielzahl der hohen Häuser mit ihren vielen Menschen aus so unterschiedlichen Ländern ließ nie das Gefühl der Fremdheit aufkommen. Es gab unter all diesen Häusern lediglich zwei, die ihr dieses Gefühl vermittelten, die ihr fremd blieben, an manchen Tagen Unbehagen einflößten, sogar Mißtrauen, auch wenn sie nie gewagt hätte, dieses Mißtrauen auszusprechen.

Dies waren die Häuser, in denen Leon da Modena und Sara Coppio Sullam lebten, wobei vor allem das Haus Sara Coppios ihr Mißtrauen erregte, weil dort, wenn sie zum Einkaufen ging, stets aus einem der Fenster Gelächter drang. Es war ziemlich gleichgültig, zu welcher Tageszeit sie vorbeikam, das Gelächter war nahezu immer zu hören. Und falls sie kein Lachen vernahm, dann ein Gewirr von Stimmen, die sich übereinanderschoben, laut wurden, leise, Frauenstimmen, Männerstimmen. Lea schaute nie hinauf zu diesen Fenstern, und es war auch nicht so, daß sie diesem Gelächter gram gewesen wäre, denn schließlich war es ein ungewöhnliches Lachen, eines, zu dem sich die Stimmen von Christen und Juden vereinten, was nicht unbedingt jeden Tag vorkam.

Der Hauptgrund ihres Unbehagens war ein anderer. Er lag ganz einfach in der Tatsache, daß in jenem heiteren Haus ihre beiden Söhne verkehrten, in diesem Salon, wie sie es nannten. Und es war bereits das Wort Salon, das Lea mit tiefem Mißtrauen erfüllte, sie auch dann erfüllt hätte, wenn ihre Söhne dort nicht gewesen wären. Salon. Das war nichts, was in Leas Welt gehörte, das lag außerhalb, gehörte in die Stadt, die jenseits des Chazer lag und Lea ebenfalls mit Mißtrauen, bisweilen sogar mit Angst erfüllte. Salon. Das roch nach Müßiggang, Zeitverschwendung, nach Unklarheit, war ein Wort, das sich nicht einsperren ließ in Leas säuberlich geordnetes Schubladensystem, wie Abram es gutmütig lächelnd zu bezeichnen pflegte. Daß ihre Söhne in diesem Salon verkehrten, erfüllte sie mit Unbehagen, weil sie nicht wußte, was in diesem Haus eigentlich vor sich ging, was in einem solchen Salon geschah. Fragte sie ihre Söhne, so erzählten sie ihr zwar bereitwillig, daß man dort redete, etwas aß, etwas trank, aber in Leas Phantasie blieben die Lücken dazwischen leer, und dies störte sie.

Worüber man denn geredet habe, wollte sie oft wissen, wenn Aaron und Samson zurückkamen.

Es gebe stets ein Thema, über das man einen Disput führe, erklärten ihr die Söhne.

Heute seien Sonette vorgetragen worden, sagte Samson einmal.

Sonette? fragte Lea mißtrauisch. Welche Sonette, und wer hat sie gemacht?

Nun, eben Sara Coppio.

Sonette, versuchte Aaron bereitwillig zu erklären, als er sah, daß seine Mutter ins Grübeln geriet, das seien...

Sie wisse sehr wohl, was Sonette seien, unterbrach ihn Lea ungeduldig, ihre Söhne sollten nicht glauben, sie habe keine Bildung, nur weil sie in ihrer Kindheit von einem Dorf zum anderen gejagt worden seien. Sie frage sich nur, was mit einem geschehe, wenn man solch ein Sonett höre.

Was geschehe, wenn man solch ein Sonett höre, fragte Aaron verblüfft. Er verstehe die Frage nicht.

Meine Söhne verstehen meine Fragen nicht! sagte Lea und verzog das Gesicht. Dann tauge dieser Salon ja wohl wenig, wenn seine Besucher eine solch simple Frage nicht beantworten könnten. Sie wolle wissen, was anders sei, nachher, nachdem man das Sonett gehört habe. Anders als vorher.

Nun, sagte Aaron langsam, man spürt, daß man herausgehoben wird aus dem Alltag, zum Beispiel.

Lea nickte befriedigt und fragte dann, was der Unterschied sei zwischen solch einem Sonett und den Sprüchen der Väter, ob es da überhaupt einen Unterschied gebe.

Man kann ein Sonett nicht mit den Sprüchen der Väter vergleichen, wehrte sich Aaron. Das sei so, als wolle man...

Ja, ja, sie wisse schon, unterbrach ihn Lea wieder. Das sei so, als wolle man Erbsen mit Fischen vergleichen oder so ähnlich. Aber nun wolle eben sie mit ihren Söhnen über diesen Unterschied zwischen einem Sonett und den Sprüchen der Väter einen Disput führen.

Und so disputierten sie. Stundenlang. So lange, bis Lea sicher zu sein glaubte, daß die Sprüche der Väter zumindest für den Augenblick über das Sonett gesiegt hatten. Sie war sich darüber im klaren, daß sie ihren Söhnen damit nicht diesen Salon ausgetrieben hatte, aber immerhin hatte sie sie zum Nachdenken gebracht, wie sie anschließend befriedigt feststellte, als sie an der offenen Kammer vorbeiging und Aaron und Samson in ein heftiges Gespräch über Hillel und Schammai verwickelt waren.

Abram hielt sich stets heraus aus solchen Debatten, zumal er nie auch nur eine Sekunde erwogen hatte, diesen Salon auch aufzusuchen. Er zwinkerte bisweilen seinen Söhnen bei den Diskussionen zu, was heißen sollte: Laßt eure Mutter gewinnen, es ist besser für den Familienfrieden. Und da Lea für ihre Argumentation einen Bundesgenossen hatte, nämlich Abrams Freund David, war es ohnehin klüger, sich herauszuhalten. Eine Dichterin hier bei ihnen im Ghetto, eine berühmte Dichterin sogar, das sei natürlich ehrenvoll, pflegte David hochachtungsvoll zu sagen, wenn Lea mit ihren Problemen zu ihm kam, aber ihm genüge das Hohe Lied der Heiligen Schrift.

Einen kleinen Triumph feierte Lea, als bekannt wurde, in welche Prozesse Sara Coppio verwickelt war, ob all der Aktivitäten, die sie berühmt gemacht hatten. Lea sagte ihn nicht laut, jenen Satz, der stets geäußert wurde, wenn einer von ihnen ins Rampenlicht geriet: Sie tut es uns allen an, nicht nur sich. Aber sie dachte ihn natürlich. Daß der Rechtsstreit schließlich zu einem Sieg für Sara wurde, daß Sara den Mut hatte, für ihr Recht zu kämpfen, und gegen die Anklage der Häresie öffentlich auftrat mit ihrem *Manifest über die Unsterblichkeit der Seele*, beeindruckte Lea zwar wie jedermann im Chazer, aber es blieb eine Spur von Unbehagen, und wenn sie gesagt hätte, daß auch sie diese Dichterin als eine bestimmte Art von Bedrohung empfand, hätte sie sicher niemand verstanden. Man fiel eben auf, wenn man etwas hatte, was andere nicht hatten, man lenkte die Aufmerksamkeit auf sich, machte andere neidisch, und all dies empfand Lea als überflüssig.

Und hier war die Brücke zu Leas Unbehagen an der zweiten Berühmtheit des Ghettos: Leon da Modena mit seinem Midrasch, der Rabbinerschule. Leon da Modenas Stimme war aus der europäischen Gelehrtenwelt nicht wegzudenken, die Schar seiner Zuhörer wuchs von Jahr zu Jahr, Christen und Juden strömten gleicherma-

ßen zu seinen Predigten, die er meistens in einer der Synagogen des *ghetto nuovo* hielt. Selbstverständlich waren es nicht diese Predigten, die Leas Widerspruch weckten, sie verzieh Leon da Modena einfach nicht, daß er zwar ein großer Mann war, aber auch ein Mann, der zu Kritik Anlaß gab. Sie verzieh ihm nicht, daß ihn seine Spielschulden immer wieder ins Gespräch brachten, sowohl in der Gemeinde wie auch draußen. Schulden seien an sich schon schlimm, pflegte sie zu sagen, aber Spielschulden! Wenn ein Mann sein einziges Theaterstück einem Freund zum Pfand geben müsse, um diese Spielschulden zu bezahlen, dann sei das für sie mehr als schlimm.
Laß ihn ein Mensch sein, sagte Abram bei diesen Gesprächen meist, ein ganz normaler Mensch, dazu gehören auch Fehler.
Aber Lea wehrte sich, hätte Leon gern makellos gehabt zum Vorzeigen draußen in der Welt, der nichtjüdischen Welt.
Meinst du, sie wollen es hören, fragte sie Abram zweifelnd, als er ihr erzählte, Leon versuche mit seinem Buch *Historia de riti hebraici* dieser Welt verständlich zu machen, wer und was Juden eigentlich seien? Meinst du wirklich, irgendwer will wissen, wer wir sind? Sei es nicht vielmehr so, daß alle immer schon alles wußten und nur das bestätigt haben wollten, was sie bereits glaubten?
Lea, sagte Abram eindringlich, tritt nicht in die Fußstapfen deines Sohnes Samson, Haß und Ablehnung sind keine guten Gefühle. Wir müssen hier in dieser Stadt leben, und wir müssen froh sein, wenn man uns hier leben läßt.
Lea seufzte. Das genau ist es, was mir manchmal das Leben schwer macht, sagte sie dann, verstehst du? Und wenn sie je einen Wunsch frei hätte, dann würde sie sich wünschen, daß sie einmal, einen einzigen Tag nur, den Kopf nicht mehr zu neigen brauche, sagte sie. Und sie verließ den Raum, bevor Abram sie mit dem Messias trösten konnte.

Das Lachen

Seit Tagen drohte die Stadt im Nebel zu ersticken. Er hing über der Lagune wie ein gieriger Polyp, der seine geschmeidigen Arme lautlos um die Häuser und die Paläste legte, sie mit zähem Griff umklammerte und nur von Zeit zu Zeit und auch da nur für einen winzigen Augenblick die feuchtkalte Umarmung lockerte. Die Menschen, alle scheinbar in graue Gewänder gehüllt, denn Farben waren kaum mehr zu erkennen, versuchten ihm zu entrinnen, schoben wollene Tücher über Kopf und Ohren, aber der Polyp durchdrang sie, nistete sich ein in ihre Nasen, Ohren, Bärte, Münder und gab sich erst geschlagen, wenn eine Haustür sich zwischen das Drinnen und Draußen schob und ihm Einhalt gebot.
Carnevale war früh in diesem Jahr, nahezu mitten im Winter, und Lea wäre sonst während dieser Zeit keinesfalls in die Stadt gegangen, weil sie das Gedränge der Fremden fürchtete. Aber dann stellte sie sich vor, daß sie den Nachmittag über in einer Küche ohne Licht stehen würde, weil der Nebel so dicht war, daß man die Hand kaum vor den Augen sehen konnte, sie malte sich aus, wie der Rauch des an solchen Tagen stets noch stärker qualmenden Herdes ihren Kopf umhüllen würde, und so entschloß sie sich, auf dem Markt am Rialto noch einige Dinge zu kaufen, die ihrer Meinung nach dort besser waren als im Chazer.
Auf dem Heimweg – der Nebel hing nun wie ein bleiernes Tuch über der Stadt, erstickte alle Geräusche – kam sie wie üblich an dem Buchladen auf der Rialto-Brücke vorbei. Sie wollte schnell weitergehen, sah aber, als sie schon fast vorüber war, den alten Mann, der ihr freundlich zuwinkte. Sie zögerte stehenzubleiben, weil sie – nach wie vor ohne Gründe nennen zu können – das Gefühl nicht loswurde, daß hier etwas vorlag, was sie nicht durchschaute.
Der Mann griff in eine der Kisten, ging die paar Schritte auf sie zu, drückte ihr ein Buch in die Hand und sagte, vielleicht wolle sie das sehen, da sie sich doch offenbar für solche Themen interessiere.
Lea wehrte ab, schaute nicht einmal recht auf den Titel des Buches, nahm an, es sei wieder etwas, was ihr Zeit und Kraft abverlange, hatte sie doch eigentlich schon genug mit dem *Roten Drachen*, den sie ohnehin völlig sinnwidrig benutzte.

Sie interessiere sich doch für Bücher, sagte der Alte, und er bewundere sie. Seine Frau habe sich nie für Bücher interessiert, die seien ihr völlig gleichgültig gewesen. Aber sie, sie habe doch dieses Buch da neulich gekauft – der Alte überlegte, Lea wand sich, denn es war ihr unangenehm, daß das Buch noch in seiner Erinnerung war.

An diesem Punkt des Gesprächs kam ein anderer Kunde dazu, und Lea verabschiedete sich, so rasch sie konnte. Wenn sie in diesen Kisten mit den gebrauchten Büchern wühlte, hatte sie ohnedies stets ein schlechtes Gewissen, denn man wußte nie eindeutig, wie die Einstellung der Obrigkeit zu den einzelnen Titeln war. Mal war verboten, was gestern noch gegolten hatte, und dann wieder war plötzlich erlaubt, was gestern noch als Übel betrachtet worden war. Und da Lea nie die Anschläge las, stets sagte, was zu wissen notwendig sei, erfahre sie beim Bäcker, Gemüsehändler oder Metzger, wußte sie auch nie Bescheid, wo man sich beim Kauf eines solchen Buchs gerade befand – noch auf erlaubtem Terrain oder mit einem Fuß bereits in den Dunkelzellen des Rialto-Gefängnisses oder gar auf der Galeere.

Bei Abram war es selbstverständlich anders. Er kannte seine Bücher und wußte, ob sie der Obrigkeit gerade genehm waren oder nicht. Wenn Lea am frühen Morgen, nachdem die Trompeten sie zum Gebet in die Synagogen riefen, in den Laden kam, dann fand sie ihn stets dabei, wie er liebevoll seine Bücherregale entstaubte, die Bücher von Zeit zu Zeit neu ordnete oder sie auch nur wieder sorgsam dahin stellte, wo sie die Kunden erwarteten. Bei Abram war alles übersichtlich und ordentlich, ein halber *tedesco*, wie sie ihn nannten, obwohl er zu den Levantinern gehörte.

Sie wußte nicht, weshalb ihr die Sache mit den Büchern, obwohl sie sich längst auf dem Heimweg befand, nicht aus dem Kopf ging. Sie wehrte sich auch dagegen, daß ihr dieser alte Mann, je weiter sie sich von ihm entfernte, seltsam erschien, auch wenn sie nicht hätte sagen können, in welcher Form seltsam. Als sie die Marangona-Glocke läuten hörte, beeilte sie sich, weil sie wußte, daß die Ghettotore bald geschlossen wurden. Aber sich beeilen in dieser Stadt, wenn *carnevale* war, konnte lediglich ein Wunsch bleiben, umsetzen ließ er sich nicht. Tausend Leute, die vom Festland herübergekommen waren, drängten sich durch die engen Gassen, zwangen Lea, andere Wege zu gehen, die einen Umweg bedeuteten, auch wenn sie noch gangbar waren.

Als sie schließlich abgehetzt an der Brücke zum Chazer ankam, mehr geschoben als gehend, stand der Wächter bereits mit dem Schlüssel in der Hand am Tor. Wahrscheinlich würde er nun in das Buch schreiben, daß Lea Coen noch nach dem Glockenschlag um Einlaß begehrt habe, oder was immer sie in diese Bücher schrieben. Sie hatte das Gefühl, den Tag vergeudet zu haben. Nichts würde bleiben von ihm, sagte sie sich, während sie in ihre Straße einbog, nichts. Ihr Vater, der ihr beigebracht hatte, daß Zeit das Kostbarste ist, was Menschen besitzen, wäre nicht einverstanden gewesen mit solch einer Zeitverschwendung, und vermutlich hätten auch ihre Ausflüge zum Buchladen am Rialto seine Billigung nicht gefunden, weil er überall die Gefahr gewittert hatte. Aber er hatte sich ihr trotzdem ausgesetzt, auch wenn er streng darauf achtete, daß seine Familie außerhalb der Gefahrenzone blieb. Und Lea fragte sich, wenn sie an diesen *Roten Drachen* dachte, wo sie wohl stand: noch in der Geborgenheit ihrer rauchigen Küche oder am Ende gar doch schon mit einem Fuß in jenen Dunkelzellen am Rialto.

Lea erwachte in der folgenden Nacht, und sie war ganz sicher, daß sie diesmal nicht geschrieen hatte. Es war ein Geräusch, das sie gehört hatte, irgend etwas wie ein Stuhl, der gerückt worden war, dann etwas, als stoße ein Glas an ein anderes. Zunächst nahm sie an, es habe sich drüben, hinter der Wand, bei den Levis etwas geregt, aber dann, als sie genau hinhorchte, hörte sie durch die Holzbretter das gleichmäßige Schnarchen Baruchs und das hektischere Rasseln Saras, das jeweils die Zwischenräume der Schnarchgeräusche ihres Mannes ausfüllte.
Lea stieg langsam aus dem Bett, um Abram nicht zu wecken, legte sich ein Tuch um die Schultern und ging leise in die Küche hinüber. Bevor sie dazu kam aufzuschreien, als sie den maskierten Mann an ihrem Küchentisch sitzen sah, sagte Samson rasch: Erschrick nicht, ich bin's.
Lea setzte sich, ohne zu wissen, wohin sie sich setzte, starrte Samson an, der inzwischen die schwarze Maske vom Gesicht genommen und sich ein Glas Wein eingeschenkt hatte, und schüttelte schließlich verstört den Kopf. Nicht schon wieder so etwas, murmelte sie dann verzweifelt, nicht schon wieder. Weshalb nur immer du?
Nicht schon wieder, hieß, daß Samson an einem der hohen christli-

chen Feiertage, an denen es Juden nicht erlaubt war, auf die Straße zu gehen, dieses Verbot einfach mißachtet, an einer der riesigen Prozessionen teilgenommen und sich unter die Menge gemischt hat. Anschließend war er für seine Freunde, die noch nie solch eine Prozession gesehen hatten, ein Held, und da jeder wissen wollte, wie es gewesen war, und die Eltern keinesfalls zuhören sollten, hatten sich die Jungen auf einem Gerüst zusammengefunden, das an einem der Häuser über dem Kanal angebracht war. Die Nachricht, daß Samson bei der Prozession gewesen war, hatte sich mit Windeseile im Chazer verbreitet, und es waren immer mehr Jugendliche gekommen, die seine Schilderung hören wollten. Und schließlich waren es so viele gewesen, daß das Gerüst zusammenbrach und alle in den Kanal fielen.

Es hat niemand gesehen, versuchte Samson jetzt seine Mutter zu beruhigen. Und dann, mit einer gehörigen Portion Trotz in der Stimme: Und wenn's einer gesehen hat, ich würd's grad wieder tun.

Lea stand auf, griff nach einem Tuch und wischte den Tisch ab, den Samson beim Eingießen des Weines naß gemacht hatte.

Eines Tages wird es passieren, murmelte sie, eines Tages wird es ganz gewiß passieren. Und wenn, dann wird es die Galeere sein.

Samson lachte. Dafür gibt's keine Galeere. Sie solle endlich die Anschläge lesen, damit sie wisse, was in dieser Stadt vor sich gehe.

Weshalb hast du das gemacht, fragte sie und nahm die schwarze Maske in die Hand.

Verstehst du das nicht?

Nein, sagte Lea fröstelnd, sie verstehe es nicht. Es seien ja gleich zwei Gesetze, gegen die er verstoßen habe. Einmal dagegen, Masken zu tragen und *carnevale* zu feiern mit Christen, und zum anderen gegen das Unterwegssein bei Nacht. Schließlich bezahle die Gemeinde ja nicht umsonst die Wächter und die Boote.

Es hat mich niemand gesehen, sagte Samson laut, und Lea legte erschrocken die Hände auf ihren Mund. Ich schwör' dir's, da war niemand. Sie waren gerade alle auf der anderen Seite, falls sie überhaupt da waren. Schließlich sei *carnevale*.

Weshalb? fragte Lea und legte die Maske wieder vor Samson. Weshalb?

Ich wollte wissen, wie es ist, wenn man dazugehört, das ist alles. Es ist – Samson stand auf und ging ans Fenster – ein Gefühl, weißt du.

Ich glaube nicht, daß man es beschreiben kann, man muß es gespürt haben.
Du hast es doch bereits gespürt bei der Prozession, erinnerte Lea ihren Sohn, und du warst acht Tage krank danach.
Samson lachte. Das ist längst vergessen. Komm mit, sagte er dann plötzlich und drehte sich um.
Lea zog ihr Tuch fester um die Schultern und fragte irritiert: Wohin?
Samson nahm Leas Mantel vom Haken und legte ihn seiner Mutter um. Ich möchte, daß du mich verstehst, ein einziges Mal verstehst, drängte er. Komm mit!
Samson! wehrte sich Lea, als ihr Sohn sie zur Tür zog. Samson, was wird dein Vater sagen, wenn ich mitten in der Nacht…
Samson legte ihr den Zeigefinger auf den Mund und flüsterte: Er wird gar nichts sagen, wenn du nicht so laut bist. Komm mit!
Sie gingen die Straße entlang, Samson mit raschen, weit ausgreifenden Schritten, Lea zögernd hinterher, bisweilen den Kopf schüttelnd, ob dieses ganz und gar verrückten Unternehmens. Sie bogen ab in eine der engen Seitengassen, so daß sie den Kanal vor sich hatten und nicht eines der Tore. Steig hinauf, sagte Samson leise und half seiner Mutter auf einen Mauervorsprung, ich halte dich. Hörst du, wie sie lachen? flüsterte er dann.
Wir lachen auch, flüsterte Lea zurück und legte den Kopf schräg.
Aber anders, sagte Samson hartnäckig.
Wie anders?
Wenn wir lachen, überlegen wir uns sofort, ob wir es auch dürfen, sagte Samson, ob der Ort nicht vielleicht der falsche ist, die Stunde paßt, die Umgebung, ob es nicht irgend jemanden gibt auf der Welt, dem dein Lachen mißfallen könnte, so daß er dich noch in der gleichen Stunde von diesem Ort verjagt. Und nicht nur dich verjagt, sondern sogleich uns alle. Deswegen lachen wir anders.
Drüben, auf der anderen Seite des Kanals, war das Lachen inzwischen lauter geworden, es war ein Hüpfen zu hören, zwei-, dreimal, dann ein lautes Klatschen.
Was machen sie? wollte Lea wissen.
Sie steigen einer auf die Schultern des anderen und bilden eine Pyramide. Wenn es klappt, lachen sie, und die Zuschauer klatschen.
Männer?

Natürlich Männer.
Hast du es schon mal gemacht?
Nein, natürlich nicht. Meinst du, sie lassen einen mit dem roten Hut mitmachen?
Ich möchte es wissen, sagte Lea leise, zeig mir's.
Was?
Wie es ist, wenn man auf den Schultern des anderen steht. Und dann lacht.
Samson schaute zu Lea auf, schüttelte den Kopf und murmelte lächelnd: Du bist die meschuggenste Mutter, die ich kenne. Dann stemmte er sie empor, zeigte ihr einen Eisenhaken, an dem sie sich festhalten konnte, und hob sie auf seine Schultern.
Siehst du etwas?
Nein, sagte Lea, ich sehe nichts. Aber sie wolle auch gar nichts sehen. Sie wolle nur wissen, wie es ist, wenn man hier steht.
Und dann lachte sie. Ein Lachen, von dem sie nie geglaubt hatte, daß sie es in sich trug. Ein Lachen, herausgeschleudert wie aus einem Vulkan, dessen Öffnung äonenlang verstopft gewesen war und von dem feststand, daß seine Lava nach diesem Ausbruch für weitere zehntausend Jahre von einem Stopfen am Austreten gehindert werden würde. Einem Stopfen, der nichts weiter zuließ als diesen einen einzigen Ausbruch in einem von Menschen nicht zu messenden Zeitraum.

DER FREMDE

Eine Woche später bereits war Samsons Banktraum verblaßt. Er hatte inzwischen, wie er sagte, eine weit bessere Möglichkeit gefunden, Geld zu machen. Er stieg bei einem reichen Tuchhändler ein, einem Levantiner, der Handel trieb mit dem Osten.
Lea dachte an die Straße – dieser Mann wohnte in einer, die seinen Namen trug – und fand sich damit ab. An Samsons Stelle übernahm Aaron den Posten, den sein Bruder hatte antreten wollen. Lea fand sich auch damit ab, obwohl sie wußte, daß für Aaron Geld das Un-

wichtigste war, was es gab, ja, daß er Geld verachtete. Irgendwann müssen sie lernen, für sich selber zu denken, hatte Diana gesagt, und Lea fand, daß dies richtig sei und sie sich im Laufe ihres Lebens genug Sorgen gemacht habe um ihre Kinder.

Bleibt noch Esther, sagte sie zu Diana, und für Esther ist es nun mehr als Zeit, einen Mann zu finden. Sie gingen miteinander zunächst die Heiratsvermittler durch, dann wieder einmal die Männer, die in Frage kämen hier im Chazer. Aber an jedem Namen, den Diana nannte, hatte Lea etwas auszusetzen. Der eine Kandidat war ihr zu alt, beim zweiten störte sie die Familie, die ihr nicht fromm genug war, bei einem dritten das Haus, in dem er lebte und in dem Leas Meinung nach die meisten Raufbolde des Chazers wohnten, falls sie überhaupt irgendwo wohnten.

Livorno, sie denke noch immer an Livorno, sagte Lea schließlich.

Diana brachte irgendwelche Verwandten von Verwandten ins Gespräch, die dort lebten und die sie ja einmal fragen könne.

Und vergiß nicht, wenn es geht, einen Sanser, fügte Lea hinzu.

Diana lachte, wollte wissen, weshalb Lea mit solch einer Verbissenheit einen Sanser wolle, aber Lea hatte nur vage Vorstellungen von diesem Beruf. Irgendwie schien ihr ein Sanser, einer der Geschäfte vermittelte, Sicherheit auszustrahlen, eine Sicherheit, die es vermutlich gar nicht gab, an die sie aber glaubte.

Weißt du, versuchte sie Diana auseinanderzusetzen, wenn ein Geschäft nicht mehr geht, weil die Leute Angst haben, es selbst zu machen, dann steckt immer etwas dahinter. Und je früher man weiß, was da an neuen Gefahren auftaucht, um so früher kann man sich darauf einstellen und sich rüsten.

Diana lachte, spottete über die verschiedenen Bündel, die Lea dann wohl wieder richten werde, doch Lea nahm es ihr nicht übel. Bei ihr waren sie ohnedies stets gerichtet, und schon als die Kinder ganz klein waren, hatte es unter ihrer Schlafbank einen Sack gegeben, den man nur zu nehmen brauchte, um fortzugehen.

Selbstverständlich sei der Wunsch nach einem Sanser drittrangig, sagte Lea, als sie Diana verließ, weil sie das Gefühl hatte, die Freundin könne annehmen, daß es ihr um solche Äußerlichkeiten ginge. Livorno sei zweitrangig, aber ob Esther der Mann gefalle, das stehe natürlich an erster Stelle.

Als Lea den Fremden zum erstenmal über den Platz am Brunnen gehen sah, hatte sie das intensive Gefühl, daß sie in irgendeiner Form mit diesem Mann später zu tun haben werde. Sie war sich darüber im klaren, daß diese Vorstellung jeglicher Realität entbehrte, denn schließlich gingen in diesem Chazer Tag für Tag Hunderte von Menschen aus und ein, liefen ganz einfach durch, weil es der kürzeste Weg für sie war, oder sie wohnten als Händler vorübergehend in dem kleinen Gasthaus des Chazer. Sie war sich auch darüber im klaren, daß sie diese Vorstellung nicht hätte mit Abram diskutieren können, weil er sie sofort in den Bereich der Hirngespinste verwiesen hätte. Also vergrub Lea dieses Gefühl, stellte es zur Seite und wartete ganz einfach, daß etwas geschehen würde.

Der Fremde hatte, als sie ihn zum erstenmal sah, ziemlich umfangreiches Gepäck mit sich und einen Diener, der die Sachen trug. Er selbst trug nichts, schaute sich nur ab und zu um, ob der Diener auch folgte.

Offenbar kannte er den Chazer, denn er ging rasch, bog in die Straße gegenüber und verschwand dann in dem Gasthof, in dem er vermutlich sofort Quartier nehmen konnte, denn für die nächsten fünf Minuten, die Lea scheinbar unbeteiligt vor der Tür des Buchladens stand, als sei sie lediglich zum Luftschnappen hier, geschah nichts.

Am Abend, als die Trompetenstöße den Feierabend ankündigten, sah sie den Fremden wieder, und sie war neugierig, in welche der Synagogen er gehen werde, aber der Fremde ging offenbar in gar keine Synagoge hier bei ihnen im *ghetto vecchio*, zumindest nicht an diesem Abend. Er schritt rasch in die entgegengesetzte Richtung, sie konnte ihn über die Brücke gehen sehen und sah ihn dann im *ghetto nuovo* verschwinden. Vermutlich wird er zu einer der Banken gehen, sagte sie sich, da sie sich kaum vorstellen konnte, daß er sich in einem der Lumpen- und Knochenläden gebrauchte Kleider kaufen würde.

An diesem Abend gelang es ihr nicht mehr, etwas über den Fremden zu erfahren, da ihre Familie sie mit Problemen eindeckte, die wie üblich so unterschiedlich waren, daß die Lösung auch nur eines einzigen den Abend für sich beansprucht hätte. Aaron hatte, als er seine restliche Habe aus Padua holte, seinen Mantelsack in einer Postkutsche liegenlassen, und es war fraglich, ob er ihn je wiederbekam. Abram war bereits zweimal bei der Zollbehörde gewesen, um eine

Buchsendung von der Buchmesse in Empfang zu nehmen, aber sie hatten ihn jedesmal nach Hause geschickt, weil die Sendung noch nicht eingetroffen war, was Abram nicht bereit war zu glauben. Esther schließlich sollte bei einem Theaterstück ihre Namenspatronin Esther spielen und war unfähig, auch nur die einfachsten Sätze zu behalten. Sie klagte über Kopfschmerzen, die sie ihrer Meinung nach nur bekommen hatte, weil die Räume so dunkel waren und sie ständig am offenen Feuer arbeiten mußte, um überhaupt etwas zu sehen.

Hätte man Lea gefragt, weshalb ihr der Fremde aufgefallen war, so hätte sie, ohne nachzudenken, gesagt: wegen des Hutes. Dieser Fremde, er trug den roten spitzen Hut nicht wie einen Judenhut, wie ein Brandzeichen, unter dem er litt, sondern so, als handle es sich um eine Schöpfung der neuesten Mode, einen Modellhut, den er die Ehre habe, den Leuten vorzustellen.

Ich habe noch nie jemanden gesehen, der diesen Hut so trägt, erzählte sie später Diana, aber Diana konnte nichts dazu sagen, weil sie den Fremden überhaupt nicht gesehen hatte.

Für Esther? fragte sie lachend. Er würde dir passen für Esther? Vielleicht ist es endlich der ersehnte Sanser.

Sanser? Nein. Lea zögerte. Er sieht eigentlich nicht aus wie ein Sanser, schon eher wie ein...

Wie ein reich gewordener Trödler, mutmaßte Diana.

Trödler, empörte sich Lea, nein, nein, er sieht aus wie ein Reeder oder so was. Nein, nicht wie so was, wie ein Reeder eben, wiederholte sie, und von neuem ging ihr die Sache mit der Straße durch den Kopf, diesem Straßennamen, den sie selber nie erreichen würden. Nun gut, wenn es nur einem aus der Familie gelinge... Vielleicht sei er ein Portugiese. Sein venezianisches Jiddisch, das nicht besonders korrekt gewesen sei, lasse es sie vermuten, es habe sich irgendwie spanisch oder portugiesisch angehört.

Venezianisches Jiddisch, Diana lachte. Woher sie das wissen wolle, wenn sie nicht mit ihm gesprochen habe.

Am *pozzo* habe er sich mit jemandem unterhalten, sie habe es gehört.

Der zweite Tag verlief nicht aufschlußreicher als der erste, weil Lea den Fremden überhaupt nicht zu Gesicht bekam, sooft sie auch das Fenster öffnete oder unten bei Abram aus der Ladentür schaute.

Am dritten Tag jedoch wurde Leas Neugier auf eine Art und Weise befriedigt, wie sie es nicht für möglich gehalten hätte. Sie öffnete am Nachmittag die Tür zu Abrams Hinterstübchen, weil sie ihm eine Nachricht überbringen wollte, und blieb, ohne sich zu rühren und den Türgriff in der Hand, stehen: Auf dem kleinen Tisch, der stets frei von Büchern zu sein pflegte, standen eine Karaffe mit Wein und zwei Gläser, und auf Stuhl und Bank saßen sich Abram und der Fremde gegenüber.

Abram bat Lea herein, stellte sie dem Fremden vor und sagte: Weißt du, das ist der Mann, von dem ich euch schon erzählt habe, wir kennen uns von Frankfurt, von der Buchmesse.

Lea begrüßte den Fremden. Abram lachte, als er sah, wie es in ihrem Kopf zu arbeiten begann. Nein, niemand der mit Büchern zu tun hat, sagte er dann. Senhor Rodriguez handle mit anderen Dingen, und sie könne sich ohne weiteres dazusetzen, sie würden ganz gewiß nicht über Bücher reden.

Abram holte ein drittes Glas, und Lea setzte sich zu ihm auf die Bank, spann in ihrem Kopf bereits kühne Pläne, rief sich aber dann zur Ordnung: Noch hatte der Fremde Esther nicht einmal aus der Ferne gesehen. Von Frankfurt also, sagte sie, so so, von Frankfurt, und sie überlegte, wie sie die tausend Fragen, die sie bereits seit drei Tagen in ihrem Kopf wälzte, nun vorbringen könne. Wenn ich mit Pesach beginne, dachte sie bei sich, kann nichts falsch sein, schließlich reden alle hier im Chazer bereits seit Tagen von Pesach. Wie lange ihn seine Arbeit denn hier in Venedig festhalte, fragte sie mutig, sicher wolle er bald nach Hause zu seiner Familie. An Pesach allemal.

Der Fremde schwieg einen Augenblick, und sein Gesicht schien sich zu verschließen. Schon befürchtete Lea, daß Abram ihr später Unhöflichkeit vorwerfen werde, aber dann klarte die Miene des Fremden wieder auf, und er sagte, Pesach sei er hier, und er habe keine Familie mehr, wisse auch gar nicht, wann er dieses Fest zum letztenmal in einer Familie gefeiert habe.

Lea überlegte kurz, wollte schon zu einer Einladung ansetzen, als Senhor Rodriguez sich erhob, hastig, wie ihr schien. Er müsse noch auf eine der Banken, sagte er, er müsse Geldangelegenheiten klären, ehe er weiterreise.

Wohin er denn reise, fragte Lea rasch, sich der Rüge Abrams nun ohnehin gewiß.

Nach Spalato, sagte der Fremde, er plane, sich dort niederzulassen.
Spalato, Lea sah fragend zu Abram hinüber, Spalato, das liegt...
An der dalmatischen Küste, sagte der Fremde, nun wieder freundlich und mit einem Mal ohne Hast.
Spalato, Lea wiederholte den Namen, um Zeit zu gewinnen. Ob sie denn dort auch einen Chazer hätten?
Ja, natürlich, sagte Senhor Rodriguez, schließlich unterstehe Spalato ja der Serenissima.
Und dieser Chazer, forschte Lea weiter, wie es sich in ihm lebe? Die Häuser etwa auch bis in den Himmel so wie bei ihnen hier. Kein Licht, keine Sonne?
Nein, das nicht, sagte der Fremde. Licht gebe es, Sonne auch, und einige Wohnungen, die sich in christlichen Häusern befänden – ganz habe man dort nicht trennen können –, hätten sogar einen kleinen Garten. Und in solch einem Haus wolle er wohnen.
Einen Garten, Leas Gesicht rötete sich, und Abram sah bereits den restlichen Nachmittag schwinden ob dieses Gesprächs. Einen Garten würde Lea nicht so ohne weiteres an sich vorüberziehen lassen, ohne wissen zu wollen, wie auch der letzte Grashalm in diesem Garten beschaffen sei.
Wie groß sind diese Gärten, fragte sie, rechteckig oder rund, woran grenzen sie und ob...
Lea! Abram wandte sich lachend an den Fremden und sagte entschuldigend, Lea sei gartensüchtig und für eine Handvoll Erde vermutlich bereit, ihre Seele zu verpfänden.
Lea wehrte ab, sagte, einen Garten, das habe sie sich schon immer gewünscht, ihr Leben lang, und eine ihrer glücklichsten Kindheitserinnerungen sei ein Dorf, in dem sie zwar nie gelebt habe, das ihr aber durch die Erzählungen ihres Großvaters vertraut sei. Sulzburg, das...
Abram schlug die Hände über dem Kopf zusammen, erklärte Senhor Rodriguez, was es mit Sulzburg auf sich habe und daß diese Sehnsucht seiner Frau wohl in diesem Leben nicht mehr gestillt werde, es sei denn im Gelobten Land.
Als sei er dankbar für dieses Stichwort, griff der Fremde den Faden auf und erzählte gerade, Tiberias sei wieder aufgebaut worden, als Samson den Raum betrat und sich zu ihnen setzte, um zuzuhören.
Von zwei reichen Juden, dem Herzog von Naxos und dessen Tante

Donna Gracîa Nasi, sei es aufgebaut worden, und er könne verstehen, daß dies für das Gelobte Land ein Geschenk sei, für das man nicht dankbar genug sein könne, falls es gelinge, dort wirklich eine Seidenzucht anzulegen und Schafe zu züchten.
Dieses Haus in Spalato, von dem er da erzähle, fragte Lea unbeirrt weiter und schob Tiberias zur Seite, wie viele Stockwerke es seien, ob es einen Balkon habe und, falls ja, wie groß er sei, es interessiere sie. Sie schaute an Abram vorbei, weil sie sicher war, daß er ihr gewiß bald Einhalt gebieten werde, und Abram war tatsächlich drauf und dran, es zu tun. Leas Kopf erschien ihm in diesem Augenblick nahezu gläsern, er sah ihre Überlegungen darin wachsen: Da kam einer, der nichts mit Büchern zu tun hatte, unverheiratet war und in einem Haus wohnen wollte mit Garten. Ein Garten mit Erde, Erde, die man durch die Finger rieseln lassen konnte. Und Abram hoffte nur, daß Senhor Rodriguez irgendwann dieses Frage-und-Antwort-Spiel satt haben und das Haus verlassen werde.
Aber offenbar störte den Fremden dieses Verhör nicht, er gab bereitwillig Auskunft, bisweilen dabei lächelnd, als erkläre er einem Kind eine Sache, die zu verstehen es ein Recht habe.

Später am Abend, als sie miteinander im Bett lagen, wußte Abram, daß die Zeit des Schlafens noch nicht gekommen war. Er hörte es förmlich in Leas Kopf rumoren, sah die Affenherde von Gedanken, unter der sie sich duckte, ein klein wenig selbstverständlich nur, denn es war klar, daß sie mit jeder Affenherde fertig werden würde, egal, welchem Gedankenansturm sie entsprach.
Dieser Senhor Rodriguez, sagte sie nach einer Weile sinnend, womit er eigentlich handle.
Abram seufzte, das sei ja wohl die einzige Frage, die bei diesem Verhör noch übriggeblieben sei. Mit Juwelen.
Mit Juwelen? Lea setzte sich abrupt im Bett auf. Seit wann Juden denn mit Juwelen handeln dürften?
Abram seufzte ein zweites Mal. Seit einiger Zeit schon. Mit Rohlingen zumindest.
Und weshalb hast du mir nie davon erzählt?
Wozu er ihr das hätte erzählen sollen, da sie ja ohnehin keine Juwelen trage, auch keine wolle. Nie welche gewollt habe. Jede Frau hier im Ghetto trage solche Sachen, nur sie nicht. Bisweilen schäme er

sich, wenn er in der Synagoge nach oben zu der Empore blicke und überall funkle es, nur bei seiner Frau nicht. Als ob er nicht in der Lage sei, seiner Frau auch solche Dinger zu kaufen.
Lea starrte Abram an, wurde, je länger sein Räsonieren dauerte, um so heiterer und lachte schließlich laut, als er geendet hatte.
Nebenan klopften die Levis an die Wand, aber Lea lachte weiter.
Was es da zu lachen gebe, sagte Abram beleidigt, es sei so.
Lea schlüpfte zu ihm hinüber, legte zärtlich den Arm um seinen Hals und flüsterte dann, während sie auf ihren Ausschnitt zeigte, er warte darauf. Und sie habe nur deswegen nie Schmuck wollen, weil doch die Kinder und das Geschäft und die Bücher...
Abram hielt Leas Arm fest, setzte sich seufzend auf und sagte: Diese Kinder, irgendwann werden sie aus dem Haus sein, und dann...
Dann, unterbrach ihn Lea, sei immer noch Zeit. Und wer weiß, vielleicht werde ja Esther eines Tages in Spalato in diesem Haus wohnen und in einem Garten Gemüse pflanzen.
Lea! Abram sah sie liebevoll an, wußte, daß er ohne diese Frau nie würde leben können, auch wenn es bisweilen schwierig war. Er hat unsere Tochter noch nicht einmal gesehen, sagte er, geschweige denn ein Wort mit ihr gewechselt.
Lea lachte, sagte, die Männer seien wohl überall auf der Welt gleich ahnungslos. Er hat ihr Taschentuch aufgehoben, sagte sie, das Spitzentaschentuch, das sie an ihrem letzten Geburtstag von Diana bekommen hat.
Er hat was aufgehoben?
Lea weidete sich an Abrams Gesicht und wiederholte dann: das Taschentuch.
Wo hat er das getan?
Auf dem Weg zur Synagoge. Vorgestern.
Und weshalb sollte er das nicht tun, ein Taschentuch aufheben. Wenn eine Frau ein Taschentuch verliere, würde er es auch aufheben.
Lea lächelte mitleidig. Sie hat es nicht verloren, sie hat es fallen lassen, damit er es aufhebt.
Woher sie das wisse?
Weil ich es gesehen habe, sagte Lea geduldig und bemühte sich dann, den Vorgang vollständig zu berichten. Der Fremde sei auf dem Weg ins *ghetto nuovo* gewesen, und sie seien auf dem Weg zur Synagoge gewesen.

Weg! warf Abram spöttisch ein, Weg, wenn man zur einen Haustüre hinausgehe und auf der anderen Straßenseite wieder in eine Tür hinein.
Ob er die Geschichte nun hören wolle oder nicht, fragte Lea streng.
Gut, gut, natürlich wolle er sie hören.
Also, Esther habe getrödelt, statt ihren Text für das Theaterstück zu lernen, und ständig zur Tür hinausgeschaut, so daß sie, Lea, dies auch getan habe, endlich. Und dann habe sie den Fremden stehen sehen, im Gespräch mit Baruch und sonst noch jemandem, und sie habe deutlich gesehen, wie er auf ihre Haustüre geblickt habe. Und dann, als sie zu zweit das Haus verließen, habe sich der Fremde ganz abrupt...
Abrupt?
Jawohl, abrupt, beharrte Lea, er habe sich also abrupt verabschiedet und sei rasch auf sie zugekommen, und als sich ihre Wege kreuzten...
Wege kreuzten?
Nun ja, der Fremde ging ins *ghetto nuovo,* wir schlugen den Weg zur Synagoge ein. Und wo sich unsere Wege gekreuzt haben, hat Esther das Taschentuch fallen gelassen.
Und woher sie wissen wolle, daß das kein Zufall gewesen sei? Schließlich lasse Esther in ihrer Zerstreutheit ja oft etwas fallen.
Geschirr, sagte Lea, sie lasse Geschirr fallen und Parfumfläschchen, aber kein Taschentuch. Und egal jetzt, wie es gewesen sei, sie wolle nicht die halbe Nacht über Esthers Taschentücher reden. Ein Garten in diesem Spalato, das gefalle ihr schon für ihre Tochter.
Weißt du überhaupt, ob sie so gern wie du Erde zwischen ihren Fingern hindurchrieseln lassen möchte? fragte Abram, inzwischen schläfrig und froh, daß die Taschentuchgeschichte überstanden war.
Nein, sagte Lea und ließ sich wieder in ihr Bett zurücksinken, das wisse sie nicht. Aber schließlich liebe ihre Tochter das Matzepletzelbacken, das sei ja wohl kaum viel anders, weil man da auch nur Matzen zu zerkrümeln brauche.
O Lea, sagte Abram nur noch und dann nichts mehr.

Leas Hochstimmung wegen Spalato, Garten, Erde und eines Fremden, der mit Juwelen handelte und möglicherweise als Mann für

Esther in Betracht kam, dauerte genau sechs Tage, dann fiel sie in sich zusammen.
Er ist ein *converso*. Er gehört zu den *nuevos cristianos*.
Lea stand an der hinteren Tür zu Abrams Laden und sagte diesen Satz. Ließ ihn wirken, ohne etwas hinzuzufügen. Sie wußte, wenn sie gesagt hätte, daß Senhor Rodriguez ein Marrane sei, was auf portugiesisch und kastilisch soviel wie Schwein hieß, hätte Abram sie gewiß keiner Antwort gewürdigt.
Abram stieg von der Leiter herab, legte die Bücher, die er soeben in das oberste Regel hatte einstellen wollen, zur Seite und nickte. Nach mehr als zwanzig Ehejahren erschreckten ihn Leas Eröffnungssätze für einen Disput nicht mehr in dem Maße, wie sie es früher vermocht hatten. Auch wenn sie wie soeben in einem Ton vorgebracht wurden, der ihm vorweg verriet, daß es sich um Leas typische Hiobssätze handelte. Und er wußte inzwischen auch, daß es wenig Sinn hatte, sich auf wichtige Arbeiten zu berufen, wenn diese Hiobssätze im Raum standen, was sie wenigstens in einigermaßen erträglichen Abständen taten. Er mußte Lea ausrollen lassen, wie er es im stillen für sich nannte.
In diesem Falle hätte er gerne gesagt: Na und? Aber er wußte, daß er Lea damit verletzt hätte, und so ließ er es. Zu sagen: Ich weiß, war ebenfalls unmöglich, weil Leas Empörung und Zorn dann möglicherweise noch größer geworden wären, weil er geschwiegen hatte, um ihren Höhenflug nicht zu bremsen. Also entschloß er sich zu einer Gegenfrage: Wer?
Dieser Fremde, sagte Lea und vermied es, ihn bei seinem Namen zu nennen. Der im Gasthof wohnt, setzte sie überflüssigerweise hinzu, obwohl doch klar war, um wen es sich handelte.
Woher hast du es?
Lea zuckte mit den Achseln, was soviel hieß wie: Von wem wohl? Also konnte sie es nur von Diana haben.
Was hat sie dir sonst noch erzählt? fragte Abram.
Lea sah ihn empört an. Was er damit meine? Ob das nicht genug sei?
Kennst du seine Geschichte? fragte Abram.
Nein, die kenne ich nicht, sagte Lea und trommelte dabei mit den Fingern auf die Tür. Aber, sie stockte, sagte das Wort nun doch, was Marranos seien, das wisse sie schließlich. Sie schaute Abram an wie

ein trotziges Kind, das gezwungen ist, sich zu verteidigen, im hintersten Winkel seines Herzens jedoch bereits weiß, daß es unrecht hat.
Es ist einfach, nicht wahr? sagte Abram. Es ist mehr als einfach, über jemanden zu urteilen, dessen Schicksal man nicht teilen muß. Über jemanden den Stab zu brechen, der kein Sulzburg hatte als Traum, nicht wahr?
Lea zuckte zusammen, dämpfte ihre Stimme und sagte: Nun, selbst wenn er getauft sei, zwangsgetauft, oder seine Eltern, dann wäre ja wohl inzwischen Zeit gewesen, dies rückgängig zu machen, oder?
Vielleicht, sagte Abram. Ja, möglicherweise schon. Aber da sie schon solche festgefaßte Meinungen habe, habe sie wohl jetzt auch die Pflicht, sich die Geschichte dieses Mannes anzuhören. Pesach. Ob sie sich noch an seine Reaktion erinnere, vor ein paar Tagen.
Lea zuckte wieder mit den Achseln, hörte aber auf zu trommeln. Sie habe sie nicht deuten können, diese Reaktion, aber sie sei sicher, daß da etwas gewesen ist.
Setz dich, befahl Abram, und Lea konnte sehen, daß sie sich diesmal mit keinem Disput würde entziehen können. Sein Urgroßvater gehörte zu den rund hunderttausend Juden aus Spanien, die das Land verließen und nach Portugal flüchteten, als die Kirche sie 1493 vor die Entscheidung stellte: Tod oder Taufe. Hörst du mir auch zu? fragte Abram eindringlich, als Lea den Kopf zur Seite wandte.
Sie nickte, spielte jedoch weiter mit der Kordel ihres Kleides und hatte dabei das Gefühl, auf die Schulbank verwiesen zu sein.
Seine Vorfahren kannst du also schon gleich gar nicht verurteilen, fuhr Abram fort. Sie zogen samt ihren Familien lieber ins Ungewisse, als daß sie bereit gewesen wären, ihren Glauben aufzugeben. Du kennst die Zahl derer, sagte Abram leise, die in Spanien blieben als Getaufte, es waren mehr als fünfzigtausend. Zu Christen wurden sie in den seltensten Fällen, weil die Altchristen diese Neuchristen nie akzeptierten. Viele kehrten irgendwann heimlich zu ihrem alten Glauben zurück und gerieten in die Hände der Inquisition, die sie dafür brennen ließ. Jeder, der nur am Freitagnachmittag die Tischwäsche wechselte oder die Bettücher, war verdächtig, wer kein Schweinefleisch aß, genauso. Und wer ganz sicher gehen wollte, daß er nie mit diesen Neuchristen verwechselt wurde, ließ sich von der Inquisition eine *limpieza de sangre* ausstellen, eine Bescheinigung,

daß er kein jüdisches Blut in den Adern habe. In Portugal bekamen die Flüchtlinge nur die Genehmigung für einen kurzen Aufenthalt. Wer kein Geld hatte, wurde als Sklave verkauft, seine Kinder benutzte man, um Inseln zu besiedeln. Die, die bleiben konnten, weil sie bezahlten, waren genau vier Jahre in Sicherheit, dann begann die Massenbekehrung. Die jüdischen Kinder wurden in Kirchen geschleppt, zwangsgetauft und dann zu christlichen Familien gegeben. Ein Bruder dieses Urgroßvaters, dem es nicht gelang, seine Kinder rechtzeitig zu verstecken, brachte sich und die ganze Familie um. Der Urgroßvater war bereit, wieder auszureisen, aber da sperrte man die, die noch immer nicht willens waren, ohne Wasser und Brot in ein Haus, so lange, bis sie zur Zwangstaufe bereit waren. Wer sich noch immer weigerte, hatte inzwischen die Ausreisefrist verpaßt und wurde als Sklave verkauft. Also unterwarf sich der Urgroßvater, ließ sich und seine Familie taufen, weil er nicht wollte, daß seine Kinder für den Rest ihres Lebens das Los von Sklaven zu tragen hatten. Erst bei der heimlichen Bar-Mizwa erfuhren die Kinder, daß sie Juden waren.
Abram schaute Lea an, Lea blickte zu Boden.
Aber diese Nachbarschaft der Christen, ich meine in Spalato, hältst du das für gut? fragte sie dann zögernd. Wenn einer doch gar nicht mehr weiß, wo er hingehört.
Er wird lernen, wohin er gehört, sagte Abram, oder vertraust du deiner Tochter so wenig, falls da überhaupt etwas draus wird? Und noch habe sie den Fremden gar nicht gefragt, ob er überhaupt je erwogen habe, in diese *casa dei catecumeni* zu gehen, um den katholischen Glauben anzunehmen.
Lea seufzte, sagte, sie mache sich Sorgen, egal wie alles sei.
Willst du etwa strenger sein als Maimonides? fragte Abram. Hat er nicht gesagt, das Gesetz ist gemacht, um zu leben, nicht, um dadurch zu sterben? Und selbst Rabbiner seien konvertiert, damals, nach den vielen Disputationen mit christlichen Theologen.
Abram stand auf und begann, langsam die Leiter wieder hinaufzusteigen. Glaubst du wirklich, daß sie das Taschentuch hat fallen lassen und es nicht verloren hat? fragte er plötzlich und schaute Lea schmunzelnd an.
Sie lachte. An Pesach, sagte sie dann, an Pesach werden wir es wissen. Er soll unser Gast sein, dann werden wir sehen.

Sie feierten gemeinsam Pesach, und João Rodriguez hielt um Esthers Hand an. Die Ketubba, der Vertrag, der die Rechte und Pflichten der Eheleute festlegte, wurde besprochen, und da João Rodriguez dringend nach Spalato aufbrechen mußte, sollte die Hochzeit bald gefeiert werden.

Gerade noch unter dem Herzen, und schon sind sie aus dem Haus. Lea hatte sich flüsternd zu Diana hinüber geneigt, wischte sich die Tränen vom Gesicht und richtete den Blick wieder nach vorne, wo Esther und João Rodriguez unter dem Baldachin Platz nahmen. Zwei von Dianas Söhnen trugen Fackeln in der Hand und sangen, der Rabbi füllte aus einer Karaffe Wein in zwei Gläser und ließ Esther und João davon trinken, dann schob João den Ring über Esthers Finger und Esther den Ring über Joãos Finger, und die Trauformel wurde gesprochen: Jetzt bist du mit mir verheiratet, gemäß dem Ritus von Moses und Israel.
Weitere Sprüche wurden gesagt, das Brautpaar trank ein zweites Mal von dem Wein, goß den Rest dann auf den Boden, João übernahm das Glas und warf es zur Erde, so daß es zersplitterte zum Zeichen dafür, daß der Tod stets gegenwärtig sei.
Masel-tow! riefen alle und umarmten das Brautpaar. Lea mußte wieder weinen und murmelte noch einmal den Satz von unter dem Herzen getragen und nun schon die Perücke auf dem Kopf.
Am späten Nachmittag dann, als das Paar sich anschickte, das Haus zu verlassen und Lea rasch noch ein paar Erinnerungsstücke in die Truhe der Tochter legte, umarmte Esther ihre Mutter und weinte ebenfalls.
Lea schob sie von sich ab, betrachtete sie prüfend. Es sind doch hoffentlich Tränen der Freude? erkundigte sie sich, plötzlich verunsichert. Schließlich hatten sie und Abram diesen Mann für ihre Tochter ausgesucht, alles behutsam eingefädelt, und nun sollte es auch recht sein.
Esther begann zu lächeln, unter Tränen noch, und nickte. Ja, es sei alles recht, sie habe ihn ja wollen, diesen Mann. Diesen oder keinen.
Na ja, Lea wand sich etwas, wenn auch beruhigt, ausgewählt habe *sie* diesen Mann, schließlich habe *sie* ihn zuerst gesehen und gefallen habe er ihr gleich.

Esther wischte die Tränen mit dem Handrücken zur Seite und lachte, ohne Lea dabei anzusehen.
Was es da zu lachen gebe, fragte Lea irritiert.
Nun, ausgesucht, ausgewählt habe *ich* diesen Mann, sagte Esther behutsam. Er habe ihr schon lange gefallen, von Anfang an.
Ausgesucht und ausgewählt? Lea setzte sich. Und schon lange gefallen? Was das bedeute?
Nun ja, sagte Esther lächelnd und klappte die Truhe zu. Sie habe ihn sich bereits vor drei Jahren in den Kopf gesetzt, als er zum erstenmal hier war.
Vor drei Jahren? Lea hatte das Gefühl, als glitten ihr noch im nachhinein alle Fäden aus der Hand und als würde sie mit einem Mal all ihrer Mutterpflichten beraubt. Vor drei Jahren, da warst du dreizehn.
Na und? sagte Esther lachend. Den Trick mit dem Taschentuch habe sie bereits damals versucht, und er habe geklappt. Und weil er damals geklappt habe, sei der Fremde überhaupt wiedergekommen. Und das mit dem Geschirr und den Parfumfläschchen und all die anderen verqueren Dinge seien ihr von da ab nur deswegen passiert, weil sie pausenlos an diesen Mann gedacht und sich gefragt habe, wie oft sie noch das Taschentuch fallen lassen müsse, bis etwas draus würde.
Lea glaubte zu träumen. Aber dein Vater kannte ihn doch schon von der Buchmesse, und...
Esther umarmte ihre Mutter zärtlich. Natürlich von der Buchmesse, nur hat sich offenbar keiner von euch überlegt, daß ein Mann wie João gar nichts auf der Buchmesse zu suchen hat. Er handelt mit Juwelen, nicht mit Büchern, oder?
Und dann hast du?
Ja, lachte Esther, ich fand, daß die Messe ein guter Ort ist, wo Männer sich kennenlernen sollten, um ein Bollwerk zu bilden gegen Mütter, die vielleicht gegen eine solche Heirat sein könnten.
Mutterpflichten, sagte Lea später zu Diana, als alles vorüber war und sie sich beim Abendgebet trafen, Mutterpflichten, das sei wohl das Schlimmste, was man ein Leben lang zu leisten habe. Da verbringe man schlaflose Nächte, wälze die Gedanken hierhin und dorthin, glaube ständig, man müsse in das Rad der Welt greifen, und eines Tages stelle man fest, daß alles Kraftverschwendung gewesen sei und daß diese Welt sich auch völlig allein weiterdrehte.

Tiberias

Seit jenem Abend, an dem Samson zu den Füßen Joãos gesessen und wie auch später, wenn er alleine mit ihm war, seinen Berichten über den Aufbau von Tiberias gelauscht hatte, schien alles Unstete von Leas Jüngstem abgefallen. Es war, als sei er von einem Tag zum anderen wirklich erwachsen geworden und kein Kind mehr, dem man vorschreiben kann, was es zu tun, zu denken, zu träumen habe und welche Sehnsüchte denn nun seine wirklichen Sehnsüchte seien.

Wer nach diesen Gesprächen die Kammer betreten hätte, die Samson mit Aaron teilte, der hätte wohl glauben müssen, er sei mit einem riesigen Schritt aus Versehen in das Gelobte Land geraten. Bis an die Decke hinauf waren die Wände voll von Zeichnungen, Bildern und Berichten über Palästina, genau genommen über Tiberias, von dem João so anschaulich zu berichten wußte. Dazwischen hingen in einem alten Rahmen die Porträts von Donna Gracia Nasi und dem Herzog von Naxos. Wenn Aaron schlechter Laune war, fragte er seinen Bruder, ob diese beiden Bilder neuerdings Gegenstand seiner Anbetung seien und den *Talmud* oder die *Thora* ersetzten, so oft schaue er sie an, und man könne sich sogar vorstellen, daß er hier morgens und abends seine Gebete verrichte.

Samson ließ den Spott an sich abgleiten, als existiere der nicht. Er hatte in der Stadt ein Buch erstanden – sein Vater führte dergleichen nicht –, ein Handwerksbuch für das Häuserbauen. Über diesem Werk saß er nun oft stundenlang, versäumte bisweilen das Essen, und wenn sie ihn dazu riefen, brauchte er Minuten, um sich klarzumachen, daß hier keinesfalls Tiberias war, sondern lediglich eine schäbige Hinterstube im Chazer von Venedig.

Lea, die zunächst gar nicht wahrgenommen hatte, was sich da neben ihr entwickelte, die mehr als froh gewesen war, daß Maskeraden, *carnevale* und verbotene Hüte endlich hinter ihnen lagen und ein ernsthafter Beruf des Sohnes vor ihnen – auch wenn Samson schon eine ganze Weile nicht mehr vom Tuchhandel und dem Geld-machen-Wollen geredet hatte –, begann plötzlich eine neue Unruhe in sich zu verspüren.

Er wolle doch nicht etwa dorthin, fragte sie daher eines Tages, als sie allein mit Samson in der Wohnung war.
Wohin? fragte Samson, ohne dabei von seinem Handwerksbuch aufzuschauen.
Nun, nach diesem Tiberias, sagte Lea zögernd und verunsichert.
Doch, da wolle er hin, genau nach diesem Tiberias, sagte Samson, der noch immer nicht von seinem Buch aufblickte. Und als Lea einige Sekunden sprachlos blieb, fügte er hinzu, er habe es satt, ein Leben lang vor der Tür des Lebens zu stehen, er wolle endlich wissen, was Leben sei. Und er habe auch keine Lust mehr, mit einem Kainsmal auf seiner Stirn herumzulaufen.
Einem was? fragte Lea irritiert.
Einem Kainsmal, sagte Samson, oder als was sonst sie diesen roten spitzen Hut denn bezeichnen wolle.
Aber, Lea holte Luft, um zu einer längeren Rede anzusetzen, aber...
Samson klappte sein Buch mit einem heftigen Knall zu und ließ Leas Anlauf in sich zusammenfallen. Tiberias, weißt du, sagte er dann behutsam, Tiberias, das ist wie Sulzburg.
Lea brauchte eine Weile, um nachzufragen: Wie was?
Wie Sulzburg, wiederholte Samson freundlich, wie Sulzburg. Und ob das Thema damit erledigt sei.
Ja, sagte Lea so leise, daß sie es selber kaum hörte, ja das sei es ja dann wohl.

Er sagt, es sei wie Sulzburg, sagte sie am Abend ratlos zu Abram, als sie miteinander durch die Straßen gingen. Wie kann Tiberias wie Sulzburg sein? Gibt es darauf eine Antwort? Was hat denn das eine mit dem anderen zu tun?
Er finde schon, sagte Abram, daß das eine mit dem anderen zu tun habe.
Aber dieses Tiberias, Lea stemmte die Hände in die Hüften, es existiere doch erst in Samsons Kopf, seit João ihr Haus betreten habe. Wie könne Samson es mit Sulzburg vergleichen.
Weil du ihm lediglich voraus hast, daß dein Sulzburg älter ist. Sehnsucht nach etwas zu haben sei ja wohl kaum an eine exakte Zeitspanne gebunden. Und die Intensität, mit der man etwas wünsche, könne ebenfalls nicht mit der Zeit in Verbindung gebracht werden.

Denk doch an Erde! Wolltest du nicht immer, daß deine Kinder etwas mit Erde zu tun haben?
Erde, begehrte Lea auf, Erde gewiß, aber es müsse ja nicht unbedingt solch eine gefährliche Erde sein. Überfälle, Seuchen, Hungersnot, wilde Tiere...
Wilde Tiere? Abram horchte auf. An welche sie denn da denke?
Wilde Tiere, nun... Lea durchforstete ihren Kopf nach wilden Tieren, die dort im Gelobten Land leben könnten, überflog im Geiste die *Thora,* die Arche Noah, was alles sich dort versammelt hatte, und entwand sich dann der Frage mit einem: Es sei ja völlig egal, welche Tiere es dort gebe. Und überhaupt seien diese Aufbauarbeiten in Tiberias, wie sie gehört habe, längst wieder vorbei – oder etwa nicht?
Ich denke, sie werden die Mauern, die sie gebaut haben, nicht unbedingt wieder einreißen, selbst wenn sie nicht weiterbauen, sagte Abram, und die restaurierten Häuser werden sie nicht leer stehen lassen.
Aber allein! empörte sich Lea, weil sie das Gefühl hatte, daß die wilden Tiere, die sie nicht zu benennen wußte, Abram keinesfalls zu einer anderen Meinung bewegen würden. Wieso geht er allein dorthin?
Allein sei er wohl kaum, ihr Sohn, sagte Abram lächelnd. Erstens gebe es jüdische Gemeinden in Tiberias und in Hebron und in Gaza und in...
Sie interessierten die jüdischen Gemeinden nicht, sagte Lea aufgebracht, sie interessiere, daß dieser Sohn allein dorthin fahre.
Er geht doch mit seinem Freund Ahiram, hat er dir das nicht erzählt?
Nein, sagte Lea zornig, das hat er nicht. Und zwei Maurer anstatt einem seien für sie noch kein Trost.
Gegen wilde Tiere? wollte Abram wissen.
Ja, gegen wilde Tiere.
Der andere ist Fischer, sagte Abram. Er will am See Kinnereth den Fischern helfen, und Samson wird mauern.
O ja, sagte Lea wütend, das war's genau, was ich mir vorgestellt habe für meine Kinder: Ein Sohn wird Maurer, der andere wechselt Geld, und meine Tochter landet im schlimmsten Ghetto, das es überhaupt gibt, im Serail in Rom, zumindest für die Zeit, bis dieses

Haus in Spalato frei wird. Das habe in dem Brief gestanden, der heute gekommen sei.

Abends, als sie im Bett lag, fragte sie sich dann voll Kummer, woher Samson wohl den Satz habe: Ein Leben lang vor der Tür des Lebens stehen. Wie kommt solch ein Satz nur in den Kopf eines Kindes? fragte sie sich und mußte sich eingestehen, daß Samson kein Kind mehr war, auch wenn sie es sich noch so ungern eingestehen wollte.

Als die Auswanderung Samsons in greifbare Nähe rückte, versuchte Lea, sich mit den Gegebenheiten abzufinden. Sie kam bisweilen in seine Kammer, lieh sich irgendwelche Karten aus, studierte sie, versuchte sich vorzustellen, wo und wie dieser Sohn demnächst leben werde.

Am Kinnereth, sagte sie eines Tages hilflos, wie sieht es dort aus, wie ist es dort?

Es ist sehr heiß dort, sagte Samson, sehr heiß.

Heißer als hier im Sommer? wollte Lea wissen.

Samson nickte. Ja.

Von da ab stöhnte sie nicht mehr, wenn an schwülen Tagen die Hitze in das enge Haus drückte. Sie versuchte nachts zu schlafen, obwohl es fast unmöglich war, und wenn Abram sich unruhig hin und her wälzte, sagte sie streng: Schlaf endlich, am See Kinnereth, da wo unser Sohn bald sein wird, ist es in jedem Fall heißer als hier.

An manchen Tagen schwankte sie wieder, wurde mutlos und verfiel in tiefsinniges Nachdenken.

Hattest du dir nicht vorgestellt, daß deine Kinder einst frei leben sollten, ohne Chazer? fragte Abram dann.

Ja, sagte sie kläglich, ja und nochmals ja. Aber dieses freie Leben müsse ja nicht unbedingt am Ende der Welt stattfinden. Es hätte sehr wohl auch hier sein können.

Und wo?

Wo? Lea zögerte einen Augenblick, wohl wissend, daß Livorno keinesfalls den Vergleich mit dem Gelobten Land aufnehmen konnte, aber dann sagte sie es trotzdem.

Ist es dir egal, ob sie glücklich sind oder nicht, wenn es nur Livorno ist?

Nein, sagte Lea und versuchte, die Tränen zurückzuhalten, das ist es nicht. Aber dort im Gelobten Land gebe es doch keinesfalls nur

Milch und Honig, sagte sie dann zornig, sondern nichts weiter als Heuschrecken, Fieber, Stechmücken, Hunger und Überschwemmungen. Und sie traktierte Abram so lange mit den Heuschrecken und Stechmücken, bis er sie in die Arme nahm und festhielt, damit ihr Weinen verebbte.
Aber Tiger nicht, sagte Lea schließlich leise, nicht wahr, keine Tiger?
Nein, keine Tiger, sagte Abram ernsthaft.

Sie brachten Samson und seinen Freund Ahiram an einem heißen Sommertag zum Schiff. Die Luft war feucht und schwül, und Lea fragte sich, wie es wohl erst unter Deck eines solchen Schiffes sein würde. Sie betete im stillen, daß dieser Sohn wohlbehalten dort ankomme, wo es ihm bestimmt war anzukommen.
Als das Schiff langsam in die Lagune hinausglitt und Lea, die Augen verquollen vom Weinen, der Arm bereits weh tat vom vielen Winken, nahm Abram sie am Arm und schob sie zu Ahirams Mutter. Und während die Frauen traurig nebeneinander hergingen und die Männer sich über die neuesten Probleme der *università* unterhielten, fragte Ahirams Mutter, deren Augen ebenfalls rot waren, plötzlich, ob Lea sich je gewünscht habe, ein Mann zu sein.
Lea verschluckte sich nahezu vor Entsetzen. Ein Mann? Ich?
Ja, sagte Ahirams Mutter, ein Mann. Sie nehmen doch alles viel leichter, und sie vergessen schneller, findet Ihr das nicht auch?
Lea nickte, erst einmal, dann ein zweites Mal. Ja, sagte sie dann, das sei wohl so. Sie nehmen alles viel leichter. Und sie vergessen schneller. Das wird's wohl sein.
Abends allein im Bett – Abram verbrachte den Abend der Abreise seines Sohnes bei seinem Freund David, Aaron war ebenfalls unterwegs – grübelte Lea über den Satz der Mutter Ahirams nach, schob ihn beiseite bis an die äußerste Grenze ihres Denkens, holte ihn wieder zurück. Nie wäre ihr eingefallen, einen solchen Satz zu denken, geschweige denn zu sagen. Sie stand auf, ging hinüber in die Kammer der Söhne und sah Samsons Hälfte leer, ausgeweidet wie ein Huhn. Sie setzte sich für einen Augenblick auf seine Schlafbank, dann ging sie hinunter in den Buchladen, zündete eine Kerze an und suchte nach einem Band, den sie neulich entdeckt hatte und der vom Gelobten Land berichtete. Sie nahm das Buch mit in die Kammer der

Söhne, und da sie nicht wagte, die Seiten, auf denen Tiberias beschrieben war, herauszutrennen, stellte sie den geöffneten Band auf Samsons Schlafbank, kauerte davor und blätterte sich behutsam Seite um Seite durch diese Stadt, versuchte sie aufzusaugen in sich, ihrem Sohn nahe zu sein, ihn zu begleiten und zu beschützen, auch wenn es dort – dies war ihr inzwischen klar – gewiß keine Tiger gab.

LA BANCA ROSSA

Nach Esthers und Samsons Weggang folgte eine Zeit der Stille. Eine Stille, die Lea jedoch an manchen Tagen als eine Leere empfand. Sie hatte bisweilen das Gefühl, alt zu werden, obwohl sie erst im vergangenen Jahr ihren einundvierzigsten Geburtstag gefeiert hatte, und sie empfand sich in dieser Männerwelt, in der sie nun lebte, manchmal verloren, da es selten um ihre Probleme ging, sondern stets um die der anderen.
Wenn Abram nach Hause kam, den Kopf voll von Disputen, Männerdisputen – keine Frau würde sich je in Dispute über die Kabbala und den *Talmud* einlassen, außer Sara Coppio –, dann hörte sie aufmerksam zu, aber es berührte sie nicht sonderlich. Ob die Rabbiner sich mit der *università* zankten, die *università* den Rabbinern nahelegte, sich um die religiösen Belange zu kümmern und nicht ständig in die der Gemeinde hineinzuregieren, ob die Talmudisten den Kabbalisten mangelndes Gottvertrauen vorwarfen und zuviel Magie, sie hörte zu. Eine Meinung dazu verlangte Abram von ihr nicht. Das Haus und die Kinder galten als die Welt der Frau, den Männern gehörten das Draußen und die Öffentlichkeit. Lediglich bei der Bekanntgabe der Namen säumiger Zahler, die jeweils am Abend vor Jom Kippur auf einem Plakat angeschlagen wurden, ergriff sie Partei. Haben sie sie auch gefragt, weshalb sie nicht gezahlt haben? wollte sie wissen.
Natürlich haben sie das, sagte Abram.
Sie brauchen einen wie dich, sagte Lea dann, einen, der auch ausgleichen kann.

Sie brauchen keinen wie mich, wehrte sich Abram. Und er habe keinerlei Lust, irgendein Amt auszuüben, so etwas habe noch nie etwas anderes als Ärger gebracht. Und selbst wenn sie ihm nur die Überwachung des Ölvorrats für die Beleuchtung der Synagoge übertragen würden, täte er es nicht gern, denn bei allem, worüber bei den Versammlungen derzeit diskutiert werde, lande man ohnehin nur bei einem, beim *Sohar*. Und wenn man erst einmal bei der Mystik sei, dann seien Steuern, christliche Wächter, Besetzung von Ämtern und die Beleuchtung der Synagoge absolut nachrangig, weil man sich so über den *Sohar* zerstreite, daß keine Zeit für anderes blieb.
Wenn Abram von diesen Dingen erzählte, war Lea zwar froh, daß sie nichts damit zu tun hatte, sie hatte aber auch das Gefühl, daß Streit lebendig halte und daß, wenn es keinen mehr gab, das Leben schal wurde, so, als sei es bereits dreißigmal hintereinander gelebt, abgelebt. Es geschieht wohl nichts mehr, sagte sie sich dann, es ist alles bereits geschehen, was geschehen kann. Selbst ihre Träume, die sie ein Leben lang geplagt hatten, schienen sich dem neuen Rhythmus anzupassen, denn sie überfielen sie nur noch selten. Und Lea fand dies gut so. Denn jetzt noch von dem *capel nero* zu träumen schien ihr nach jenem Erlebnis mit Samson, als der Traum von der Wirklichkeit eingeholt worden war, überflüssig. Und sie konnte sich kaum noch vorstellen, wie es gewesen war, als sie einst in Schweiß gebadet aufwachte, nach Abram rief, warme Milch trank und in seinen Armen wieder einschlief.
Aber genau als sie sich eingelebt hatte in diese Vorstellung, daß alles abnehme, lauer werde, weniger, ruhiger, erwachte sie eines Nachts mit einer Heftigkeit, die alle bisherigen Aufwachrituale in den Schatten stellte. Sie saß bereits im Bett, hoch aufgerichtet, bevor Abram sich nur annähernd aus den Tiefen des Schlafes lösen konnte. Er blieb eine Zeitlang verstört im Bett sitzen, stellte dann langsam den einen Fuß vor das Bett – schließlich konnte es nichts anderes sein als der schreckliche *Condotta*-Traum. Aber Lea hielt ihn zurück, zog ihn an sich, küßte ihn und redete so laut, daß Abram sicher war, Baruchs Frau würde am anderen Morgen den Nachbarn jedes Wort erzählen.
Er ist neu, sagte Lea beglückt, es ist ein neuer Traum. Sie zog Abram vollends ins Bett zurück und deckte ihn zu. Sie waren offen, sagte sie dann, und die Tränen rannen ihr dabei übers Gesicht, stell dir vor, sie waren offen.

Wer war offen, wollte Abram wissen.
Die Tore. Die Tore des Ghettos. Unsere Tore waren offen, verstehst du? Und das war noch nicht alles.
Was war noch? fragte Abram geduldig, da klar war, daß Lea keinesfalls weiterschlafen würde, wenn sie nicht alles erzählen durfte, wovon sie geträumt hatte.
Sie haben die Tore zerschlagen und sie dann auf den Campo gezerrt, sagte Lea, als habe sie eine Vision, auf den großen Platz des *ghetto nuovo*. Und dann haben sie alle Tore angezündet. Und wir, wir alle, haben getanzt. Um das Feuer herum.
Abram seufzte, beschloß Milch zu holen, auch wenn dies ein guter Traum für Lea war.
Nein, nein, keine Milch! sagte Lea entrüstet. Es sei alles wirklich, was sie geträumt habe. Alles. Bis auf die letzte Kleinigkeit.
Und wer soll das getan haben?
Soldaten, sagte Lea rasch, viele Soldaten.
Abram lachte, nicht sehr laut, aber er lachte doch. Venezianische Soldaten zertrümmern die Tore des Chazers und zünden sie an, o Lea!
Nein, nein, wehrte Lea ab, sie habe nicht gesagt, daß es venezianische Soldaten gewesen seien, es waren fremde. Mit fremden Uniformen. Und einer fremden Sprache.
Schlaf, sagte Abram freundlich, schlaf, es wird dir guttun.
Aber Lea widersetzte sich ein zweites Mal. Stell dir vor, es waren nicht nur Juden, die tanzten, da waren auch Christen dabei, glaube ich, sagte sie dann zögernd.
Und den Judenfleck, den gelben, den Judenhut, den roten, die verbrennen sie gemeinsam! O Lea, sagte Abram, vergiß ihn, deinen Traum. Er ist der unwirklichste von allen, die du je gehabt hast.

Aber Lea vergaß diesen Traum nicht, sie ließ ihn auch nicht in den Bereich der Fabel verweisen und wollte ihn, wenn ihn schon Abram nicht ernst nahm, von irgend jemandem bestätigen lassen. Und so erzählte sie ihn eines Tages Aaron, dem sie noch nie zuvor einen ihrer Träume erzählt hatte.
Aaron hörte zu, wiegte den Kopf und meinte, er halte es durchaus für denkbar, daß so etwas eines Tages geschehe. Und wenn sie diese Hoffnung auf den Messias nicht hätten, der sie eines Tages von al-

lem Leid befreien werde, dann sei dieses Leben ja ohnehin sinnlos. Und für ihn seien Träume auch mehr als Träume.
Lea nickte beglückt, machte sich bewußt, daß sie Aaron noch nie danach gefragt hatte, was er träume, und so tat sie dies nun. Ihr Sohn überlegte, schien zum Reden ansetzen zu wollen, aber dann öffnete sich die Tür, und Aarons Miene verschloß sich. Vor seinem Vater Träume preiszugeben wäre ihm nie in den Sinn gekommen. Und dies nicht nur, weil Abram stets sagte, er träume nie, er schlafe. Überdies war Aaron ganz sicher, daß seine Eltern zutiefst erschrocken wären, wenn sie vernommen hätten, was er bisweilen träumte, seit er in dieser Bank arbeitete. Einmal zum Beispiel sah er ein Regal, dessen oberes Ende er nicht ausmachen konnte, weil es bis in den Himmel reichte. Das Regal war angefüllt nicht mit Büchern, sondern mit hölzernen Kästen, die in einer strengen Ordnung angeordnet waren, und er wußte, daß in ihnen Zahlen enthalten waren, Zahlen als in Blei gegossene Lettern: ein Regal voller Bleiziffern. Ein Windstoß brachte dieses Regal zum Einstürzen, und es fiel in seiner ganzen Höhe auf ihn herab, begrub ihn unter sich. Die Kästen hatten sich auf ihn entleert. Er war begraben unter diesen Zahlen, und was ihn am meisten beunruhigte, war, daß er nichts unternahm, um unter diesen Zahlen hervorzukriechen. Er fühlte sich ihnen ausgeliefert, spürte, wie sie ihn verhöhnten, über ihn hinwegpurzelten, ihn zum Aufstehen aufzufordern schienen, aber er fühlte sich keinesfalls bemüßigt, etwas zu tun, er ließ einfach alles geschehen.
Natürlich erzählte er seinen Eltern ebenso wenig, was jeden Morgen geschah, wenn er das Haus verließ. Es waren insgesamt nicht mehr als fünf Minuten von der Haustüre zur *Banca rossa*, aber er brauchte dazu fast immer eine halbe Stunde. Es gab nichts, was er nicht für wert erachtet hätte, um es zwischen sich und diese Bank einzubauen, um sich in dem Gefühl wiegen zu können, den Beginn der Arbeit noch um eine winzige Zeitspanne hinausgeschoben zu haben. Und so sprach er jeden Morgen mit den Lehrern der Midraschim, die auf seinem Weg lagen, er sprach mit dem Gastwirt, erkundigte sich nach dessen Gästen, obwohl es ihn keinesfalls interessierte, wer dort wohnte und wie lange, er spielte mit den Kindern, die ihre Papierschiffchen im Kanal schwimmen ließen, machte neue für sie, wenn die Schiffchen vom Wind abgetrieben wurden, er besuchte den Freund seines Vaters, ließ sich in Gespräche verwickeln, die die

Lumpen- und Knochenhändler ihm aufdrängten, und erst wenn er genau wußte, daß ihn der Vorsteher der *Banca rossa*, Jakob Samuel, bereits unter der Tür erwartete, wenn er die Menschenschlangen sah, die dort vor den Pfandhäusern standen, und es ihm so schlecht wurde, daß er das Gefühl hatte, er müsse sich übergeben, konnte er sich überwinden, den Platz zu überqueren und in die Bankräume einzutreten, die sich unter den Säulen befanden neben der Brücke zur Stadt.

Er wußte genau, daß er dieses Leben nicht für immer würde aushalten können, dieses irdische Leben, wie er es nannte, dieses sehr irdische. Denn er hatte in dieser Bank genau das zu tun, was niemand anderer gerne tat: Er hatte die Listen derer zu führen, die ihren Zahlungen nicht pünktlich nachkamen. Und er hatte nicht nur die Listen zu führen, sondern auch dafür zu sorgen, daß diese säumigen Zahler eines Tages doch zahlten, das heißt, er mußte sie besuchen. Und er kam dabei nicht nur in die Häuser armer christlicher Bürger, sondern auch in die der adligen. Und bei diesen Besuchen kam Aaron jedesmal zur Einsicht, daß es falsch gewesen war, diese andere Laufbahn aufzugeben, das Medizinstudium. Er verachtete sich ob der Schwäche, es nicht durchgestanden, nicht gewartet zu haben, bis er das Nebeneinander von Religion, nicht koscherem Essen und Studium ertrug. Und an manchen Tagen war er drauf und dran, Jakob Samuel zu sagen, daß er nach Padua zurückgehen werde, es zumindest noch einmal versuchen wolle.

Und zugleich wußte er, daß er wohl nie den Mut haben würde, so etwas zu tun. Auch wenn er diese Bank haßte, das Geld haßte und fast auch noch die Menschen, die keines besaßen und sich erniedrigen mußten, hierher zu kommen und um welches zu bitten. Er konnte sich zehnmal sagen, daß es bei anderen Geldverleihern schlimmer zuging als bei ihnen – wo man die Menschen nicht taktlos ausfragte, wo Geld mitunter auch nur mit einer Garantieerklärung und ohne Schuldschein verliehen wurde und man beim Schätzen der Pfänder nicht eben kleinlich war –, der ganze Vorgang des Geldverleihens störte ihn doch an sich. Er kam sich beschmutzt dabei vor, und wenn er überhaupt mit seinem Vater darüber redete, widerlegte er ihn, weil Abram seinem Sohn stets klarzumachen versuchte, daß alles seine Richtigkeit habe, so wie es sei.

Du meinst, damit die Seelen der Christen rein bleiben können, müssen wir Juden es auf uns nehmen, Geld zu verleihen, sagte Aaron an

einem Abend wütend, als sie wieder einmal darüber in Streit gerieten. Ist es das, was du meinst?
Hüte dich vor dem Haß, antwortete Abram, Haß ist schlimmer, als Gerechtigkeit zu erfahren. Und Gerechtigkeit für Juden wird es dann geben, wenn die Zeit dafür reif ist.
Man kann nicht alles dem Messias überlassen, sagte Aaron zornig, etwas müsse man auch selber tun. Nicht nur warten, immer nur warten, seit Jahrhunderten warten. Und leiden. So sehr leiden, daß die Seele Schaden nehme. Er wolle für seine Seele selber Sorge tragen, wolle sie nicht anderen überlassen wie zum Beispiel diesem Jakob Samuel, den er zwar schätze, aber keinesfalls möge.
Aaron, sagte Lea rasch, als sie sah, wie sich Abrams Gesicht veränderte, Aaron, von irgend etwas müssen wir doch alle leben, wenn wir schon keine ehrbaren Berufe haben dürfen, und dein Vater meint doch nur...
Was mein Vater meint, weiß ich genau, unterbrach sie Aaron. Aber kein Sohn sei verpflichtet, das gleiche zu meinen wie sein Vater.
Aaron! Lea versuchte den Arm von Abram festzuhalten, der zur einen Tür wollte, und gleichermaßen den von Aaron, der zur anderen Tür zog, aber die Arme entglitten ihr beide. Als die zwei Türen mit einem lauten Knall zuflogen, stand Lea fassungslos in der Mitte des Zimmers. Sie ging zu dem Tisch zurück, ließ sich langsam auf einen Stuhl fallen und barg den Kopf in ihren Händen. Sie müssen meschugge sein, meine Männer, flüsterte sie dann, beide ganz und gar meschugge.

Die Tage kamen und gingen, ohne daß nach dem Streit ein versöhnendes Gespräch stattgefunden hätte. Die beiden Männer saßen sich gegenüber bei den Mahlzeiten und reichten sich gegenseitig die Schüsseln, aber sie redeten nicht miteinander. Falls es sich einrichten ließ, kam Aaron etwas früher als sonst, Abram kam später, so daß ihr Beisammensein auf einige Minuten am Tag beschränkt blieb und Lea am liebsten das Haus verlassen hätte.
Abends war es am schlimmsten. Aaron, der früher nie große Lust gezeigt hatte, nach dem Essen nochmals wegzugehen, verließ nun regelmäßig die Wohnung und kehrte erst nach Mitternacht zuürck. Er gab keine Rechenschaft ab, wohin er ging, er schüttelte nur den Kopf, wenn Lea ihn behutsam danach fragte. Und so blieben ihr nur

Vermutungen. Ihre Phantasie reichte von der angstvollen Vorstellung, er könne den Chazer heimlich verlassen wie einstmals Samson, bis zur Sorge, er bewege sich in einer Gesellschaft, die sie keinesfalls für ihn gut gefunden hätte. Gewalt traf man bei ihnen genauso an wie draußen in der Stadt, Raufbolde, Diebe und solche, denen es gleichgültig war, ob ein Mensch zu Schaden kam, gab es genug. Erst kürzlich war der Sohn von Leon da Modena bei solch einer Rauferei umgebracht worden, und die ganze Gemeinde hatte vor Schreck den Atem angehalten.

Aaron hatte damals nur die Achseln gezuckt und gemeint, es staue sich eben an, so viele Menschen auf einem Platz, fünftausend in diesen wenigen Häusern, man dürfe froh sein, daß nicht mehr geschehe.

Hätte Lea sehen können, wo Aaron seine Abende und seine halben Nächte verbrachte, so wäre sie beruhigt gewesen. Aber Aaron sagte es ihr nicht, weil er sicher war, daß es dann sofort auch Abram wissen würde, und genau das wollte er nicht. Sollte sich sein Vater getrost Gedanken machen, irgendwann würde er ohnehin damit herausrücken müssen – sagen müssen, daß er zusammen mit seinem Freund Nathan geradezu verbissen lernte, um später einmal etwas anderes tun zu können, als mit Geld umzugehen.

Er traf Nathan regelmäßig einmal am Tag, meistens sogar zweimal. Am Morgen, wenn er zu seiner Bank ging und am Platz gegenüber der *Banca rossa* rasch einen Blick hineinwarf in einen der kleinen Läden, und dann abends nach dem Essen und Abendgebet. Sie trafen sich in der kleinen Stube im hintersten Teil des Ladens, die so wenig Platz bot wie der Laden. Meist mußte Nathan zuerst einen ganzen Packen mit alten Kleidern von den beiden Stühlen räumen, bevor sie sich hinsetzen konnten. Hatten sie ihre Bücher aber erst einmal ausgebreitet, war es so, als würde das chaotische Kleidermeer nicht existieren. Wie gut oder schlecht erhalten die Sachen waren, die herumhingen und mit denen Nathan tagaus, tagein umzugehen hatte, es war unwichtig für diese Stunden, in denen sie in die Welt des Geistes einstiegen, in denen sie miteinander diskutierten über die Kabbala oder den Talmud, beides war gleich aufregend. Knochen und Lumpen und alle Banalitäten des Lebens schienen dann so fern wie der Mond. Wenn sie wild mit den Armen gestikulierten, bisweilen laut wurden, so daß Nathans Vater über ihnen mit dem Stecken auf

den Boden stieß, lachten sie nur und fühlten sich auf einer fernen Insel, die niemand erreichte. Sie lernten beide ohne ein festes Ziel. Rabbi zu werden lag außerhalb ihrer Erwägungen. Dieses Geschäft, sagte Nathan achselzuckend, ich soll es eines Tages übernehmen, egal, ob ich will oder nicht.
Du kannst es ja anders führen, sagte Aaron, wohl wissend, daß dieses Geschäft, von dessen Art es rund sechzig gab auf diesem kleinen Platz, kaum anders geführt werden konnte. Knochen und Lumpen, Lumpen und Knochen. Man kaufte sie und verkaufte sie, und das war auch schon alles.
Einmal, sagte Nathan manchmal voller Sehnsucht, weißt du, ein einziges Mal nur einen Mantel in der Hand zu haben, der neu ist, wirklich neu – es müßte ein unbeschreibliches Gefühl sein.
Und was ist mit dem dort? fragte Aaron und deutete auf einen dunkelblauen Tuchmantel, der auf der Stange hinter der Tür hing. Er sieht doch aus wie neu.
Nathan nahm den Mantel vom Bügel, hielt ihn Aaron hin und sagte rasch: Komm, du mußt ihn anprobieren!
Aaron wehrte ab, sagte, einen Mantel zu probieren, den er sich nicht leisten könne, das sei vertane Zeit.
Zieh ihn an, sagte Nathan lachend, zieh ihn an!
Aaron streifte den Mantel über, drehte sich vor dem Spiegel, lachte mit und sagte: Und, wo ist er?
Nathan hob den Saum des Mantels hoch, auf dem Innenfutter war ein Fleck zu sehen, nicht eben groß, aber eben doch ein Fleck.
Und wenn sie dir dahinterkommen? fragte Aaron und zog den Mantel wieder aus.
Wie sollten sie, sagte Nathan und hob die Schultern. Ein Fleck ist ein Fleck. Dann fuhr er zornig mit einer Hand die Kleiderstange entlang. Ein Leben lang alte Kleider, sagte er dann, ein Leben lang, welcher Mensch erträgt das? Und diesen kleinen Betrug – einen neuen Mantel mit einem kleinen Fleck zu einem alten machen, damit er den Vorschriften für Lumpen entsprach, und ihn dann als neu verkaufen –, wer wollte da schon dagegen angehen? Behörden hin oder her, sie könnten schließlich nicht jeden Tag sämtliche Kleider des Chazer durchwühlen. Ich ertrag's einfach nicht anders, sagte Nathan, wenn ich nicht ab und zu mal so etwas machen kann, auch wenn es verboten ist.

Ja, sagte Aaron seufzend, so etwas müsse es auch in seinem Beruf geben, denn obwohl er immer versuche, die Pfänder richtig zu schätzen, Jakob Samuel mache er es nie recht, der sei stets der Meinung, daß es in jedem Fall zuwenig sei.
Eines Tages, sagte Nathan und nahm Aaron ein Buch aus der Hand, um es zu öffnen, eines Tages werden wir den Beruf finden, den wir wollen.
Eines Tages sicher, erwiderte Aaron und nahm Nathan das Buch wieder weg. Mach es um Himmels willen nicht so weit auf! Mein Vater wundert sich schon immer, weshalb manche Bücher so angelesen sind, daß sie kaum mehr wie neu aussehen.
Nathan lachte. Wenn meinem Vater irgend etwas nicht paßt, droht er mir stets, deinem Vater zu sagen, daß wir seine Bücher zum Lernen benutzen, heimlich.
Nun, wenn er dagegen, daß wir lernen, auch noch etwas hat, ereiferte sich Aaron, dann laufe ich endgültig weg. Die Stimmung zu Hause sei ohnehin danach.

Als die Mauer zwischen den Männern immer höher wurde, entschloß sich Lea, etwas zu unternehmen, um den unerträglichen Zustand zu beenden. Sie dachte daran, das Haus für einige Zeit zu verlassen, Esther zu besuchen, was sie ohnehin schon lange hatte tun wollen, oder Sulzburg wieder einmal ins Gespräch zu bringen und sich ihren Wunsch zu erfüllen, wenigstens einmal im Leben dort gewesen zu sein, das Haus des Großvaters zu sehen und die Gräber zu besuchen.
Aber dann geschah etwas, was diese Überlegungen hinfällig werden ließ, weil nun sicher schien, daß Leas Hirngespinste eben doch keine Hirngespinste gewesen waren.
Sie haben einen Drucker eingesperrt, mit dem du Kontakte hattest. Aaron kam zur Tür herein und sagte den Satz zu seinem Vater, ohne auch nur eine Begrüßung voranzustellen.
Welchen? fragte Abram und aß seine Grütze weiter, allerdings nicht mehr so bedächtig wie zuvor.
Den aus dem Druckerviertel, der das steife Bein hat.
Er mache keine Geschäfte mit diesem Drucker, gab Abram zurück, er kenne ihn lediglich von der Buchmesse her. Und beim Zoll, wenn man sich zufällig treffe, rede man eben miteinander. Das sei alles.

Um genau diese Messe geht es, sagte Aaron, um die Buchmesse in Frankfurt. Sie müssen da irgendeine Spur gefunden haben.
Er mache keine krummen Geschäfte, sagte Abram, er habe ein gutes Gewissen. Bei ihm liege der Index auf dem Ladentisch, und jeder Kunde könne sich überzeugen, ob ein Buch, das er kaufen wolle, darin stehe oder nicht. Er verkaufe keine verbotenen Bücher. Er habe ein gutes Gewissen.
Ein gutes Gewissen! Aaron lachte auf, und Lea zuckte zusammen, weil sie bereits einen neuen Streit am Horizont sah. Was nützt dir ein gutes Gewissen, wenn du in die Mühlen dieses Staates gerätst.
Dieser Staat, er ist gerecht, sagte Abram ruhig und schob seinen Teller zurück. Er vertraue ihm. Er dürfe zwar nicht Bürger dieser Republik sein, aber er vertraue ihr trotzdem.
Vater, es geht um Bücher, die in irgendwelchen Kisten waren, Bücher, die es laut Index nicht geben dürfte.
Und?
Dein Name wurde auch genannt, unter anderen. Sie können dir jederzeit etwas anhängen.
Sie werden mir nichts anhängen können, sagte Abram zuversichtlich, ich habe noch nie etwas Unrechtes getan in diesem Staat.
Aaron wollte wieder zur Tür, Lea zog ihn zurück. Ihr müßt miteinander reden, es geht so nicht weiter.
Reden? Worüber sie denn noch reden sollten, sagte Aaron zornig. Was reden nütze, wenn man in diesem Haus Augen und Ohren verschließe vor allem, was einen nicht selber betreffe? Und er sei ganz sicher, daß es die *università* auch nicht viel anders mache. Ob Lea etwa wisse, daß in diesem Chazer mehr als hundert getaufte Portugiesen lebten, was verboten sei? Ob sie wisse, daß außerhalb des Chazer Juden lebten, die ihre Religion in aller Heimlichkeit ausübten und nur eben nicht in diesem Chazer leben wollten? Aber all dies interessiert die Gemeinde ja offenbar überhaupt nicht, schrie Aaron, die ist nur daran interessiert, daß die Rabbiner nicht in ihre Belange hineinregieren und wer mal wieder zuständig ist für das Ausheben der Kanäle. Das seien offenbar die eigentlichen Probleme der Gemeinde. Und wo im Chazer christliche Dienstboten lebten, bei wem sie lebten, um die Betreffenden auf die Galeere zu bringen. Wer aber Kontakt habe mit christlichen Frauen, das interessiere nicht, obwohl das doch die Inquisition auf den Plan riefe. Der *capel nero* sei

der *università* völlig egal, für den interessiere sich nur der venezianische Staat.
Abram und Lea saßen am Tisch, starrten ihren Sohn an, wußten, daß er recht hatte, und wußten zugleich, daß es nichts gab, was sie hätten tun können. Sollten Juden etwa Juden anzeigen und sie vors Gericht bringen? Ihre eigenen Leute?
Reden könne man ja wohl mit ihnen, sagte Aaron etwas ruhiger, reden sei wohl das mindeste.
Wir haben immer mit ihnen geredet, antwortete ihm Abram müde, aber sie sind trotzdem in diese *case dei catecumeni* gegangen und haben sich taufen lassen. Freiwillig. Man müsse es nehmen, wie es komme. Und es ertragen.
Ertragen, sagte Aaron wieder zornig, dieses Wort sei ein Wort für alte Leute. Nicht für junge. Und damit verließ er den Raum.

Zwei Tage später kam Aaron abends in die Küche und erklärte Lea, daß heute sein letzter Tag auf der *Banca rosso* gewesen sei.
Lea, die Hände gerade noch in der Teigschüssel, wischte sich mit dem Handrücken über das Gesicht, wußte, daß sie es mit Teig verschmierte, und ließ sich dann, so wie sie war, auf die Bank fallen. Sie wußte im gleichen Augenblick, daß sie diesen Satz schon einmal gehört hatte, nahezu mit den gleichen Worten hatte Samson ihr damals mitgeteilt, daß er die Schule aufgeben werde. Aber sie fragte trotzdem.
Wieso, wieso ist das dein letzter Tag? Ob er verjagt worden sei, sich verrechnet habe oder gar…
Nein, sagte Aaron und schüttelte den Kopf, nichts von alldem. Es ist ganz einfach so, daß ich endlich einen richtigen Beruf möchte.
Einen richtigen Beruf? Lea wischte die Hände an einem Tuch ab, versuchte durchzuatmen, weil sie das Gefühl hatte, die Luft hier im Raum werde ihr zuwenig. Einen richtigen Beruf also. Er habe doch schon zwei angefangen, sagte sie dann hilflos.
Leon da Modena habe mehr als zehn Berufe, sagte Aaron und zählte alle auf, die der berühmte Rabbiner schon ausgeübt hatte: Übersetzer, Briefschreiber, Komponist, Amulettverkäufer, Ehevermittler, Richter und noch x andere mehr. Was seien da schon drei Berufe bei ihm.
Und? Lea wagte kaum zu atmen und stockte zweimal, bevor sie die

Frage nach dem neuen Beruf über ihre Lippen brachte, wobei ihr blitzschnell alle freien Stellen im Chazer durch den Kopf gingen. Der Schächter suchte einen Gehilfen, der Posten des Synagogendieners wurde frei, bei den Steuereintreibern waren durch Krankheit gleich zwei Leute ausgefallen, und in einem der Gasthäuser wurde ein Hausknecht gebraucht. Es ist aber doch wenigstens im Chazer? fügte sie rasch hinzu, als Aaron an ihr vorbeiblickte.
Nein, sagte Aaron, es ist nicht im Chazer. Es ist Safed, sagte er dann langsam, ich werde nach Safed gehen, nächste Woche geht mein Schiff.
Safed, Lea nickte langsam, also Safed ist es. Wobei sie für den Augenblick Mühe hatte, Safed richtig einzuordnen, so wirr fühlte sie sich in ihrem Kopf. Es ist die Kabbala, die du studieren willst, sagte sie dann. Sie habe die Bücher gesehen, die er heimlich aus dem Laden genommen habe.
Ja, sagte Aaron, es ist die Kabbala, sonst ginge ich nicht nach Safed.
Herr, gib, daß auch er seinen Weg findet, dieser Sohn! betete Lea am Abend. Laß ihn finden, was er sucht. Und wenn es denn Safed sein muß, so soll es eben Safed sein. Obwohl sie die Vorstellung, daß nun zwei ihrer Kinder im Gelobten Land leben würden, hätte glücklich machen müssen, war es doch für den Augenblick nicht so. Wenn auch noch dieser Sohn aus dem Haus ging, würde sie aufhören, eine Mutter zu sein. Zumindest eine Mutter, die sich Tag für Tag um das Wohlergehen ihrer Kinder sorgt, indem sie kocht, wäscht, näht und das Haus in Ordnung hält.

An einem hellen Frühsommertag begleiteten sie Aaron zu seinem Schiff. Er hatte sein Bündel über der Schulter, Abram trug seine kleine Tasche. So wenig, hatte Lea gesagt, so wenig nur.
Es genüge ihm, war Aarons Antwort gewesen, mehr brauche ein Mensch nicht.
Jerusalem, hatte Lea an einem der vorangehenden Abende noch einmal versucht vorzuschlagen, ob denn nicht Jerusalem besser sei, dort könne er doch genausogut lernen.
Safed, hatte Aaron lächelnd gesagt und sie geküßt, es bleibt bei Safed. Ihr könnt ja für uns sammeln, für die armen Juden in Safed, das habe es ja auch früher schon gegeben, und Abram hatte genickt und gemeint, er werde gewiß wieder solch eine Sammlung in Gang bringen.

Lea hatte nicht gesagt, daß es für sie ein Abschied sei, der auch ein
Abschied für immer sein könne. Safed, das war so weit, daß niemand
wußte, wann der Sohn zurückkehren würde. Und Safed, das
war für sie auch beinahe so schlimm wie irgendwo in Afrika, wo sie
Menschen aßen.
Mutter! Aaron hatte hell aufgelacht, als sie ihm ihre Bedenken
schließlich doch andeutete. Außer Beduinen und Drusen, die hin
und wieder die Dörfer dort oben überfielen, gebe es keine Feinde.
Sie winkten dem Schiff nach. Es war ein Kauffahrteischiff, das Wochen
unterwegs sein würde, bevor es sein Ziel erreichte. Und es
schien Lea und Abram, als sei es nichts weiter als eine Nußschale auf
diesem großen Meer, das jenseits der Lagune erst richtig begann.

Das Stück Erde

Lea durchlebte eine schwere Zeit nach diesem Abschied. Keines der
Kinder war mehr im Haus, und sie fühlte sich so überflüssig wie nie
zuvor. Die leeren Kammern brachten sie stets zu Tränen, und auch
Abram, wenn er sagte, nun könne er endlich sein Buchlager erweitern,
nun habe er Raum für alle die Bücher, die er bisher so unzureichend
auf dem Boden aufbewahren mußte. Für Lea waren es die
Räume, in denen einst Kinder gelebt hatten, die nun auf einmal nicht
mehr da lebten. Daß irgend etwas geschehen müsse, um Lea von ihren
trüben Gedanken abzubringen, war Abram klar, daß es nicht
leicht sein würde, ebenfalls. Denn Lea war nicht einmal bereit, die
Kammern so weit zu verändern, daß er dort mit seinen Büchern einziehen
konnte, alles sollte genauso bleiben, wie es gewesen war, als
die Kinder klein waren. Die Spielsachen an ihrem Platz, die Bücher
in den Regalen, die Betten stets frisch bezogen, so als könnten sowohl
Esther als auch Aaron oder Samson jeden Augenblick zur Tür
hereinkommen.
Die Idee, die Abram schließlich hatte, war eine verwegene Idee, und
er wälzte sie lange in seinem Kopf und besprach sie mit David, bevor
er sie Wirklichkeit werden ließ. Aber dann, eines Tages – es war der

Tag, an dem er mit Lea vor einundzwanzig Jahren unter der Chuppa gestanden hatte – führte er sie aus, entgegen aller Bedenken, mochte es gutgehen oder nicht, er hatte es auf jeden Fall versucht.

Lea entdeckte das Geschenk nicht sofort. Abram hatte es in eine Serviette gesteckt und neben ihre Tasse gelegt, aber so, daß sie es nicht sofort sehen konnte. Sie sollte zunächst die Briefe der Kinder lesen, die in der letzten Zeit eingetroffen waren, und sich erst dann in Ruhe dem Geschenk widmen.

Zwei der Briefe waren aus dem Gelobten Land gekommen, aber Aaron meldete sich nicht aus Safed, sondern weilte noch irgendwo in der Nähe von Jerusalem. Vielleicht... sagte Lea. Meinst du nicht, daß er vielleicht doch noch?

Er wird seinen Weg gehen, sagte Abram zuversichtlich, auch Samson, der aus Tiberias schrieb, sei seinen Weg gegangen, und Esther berichtete, sie seien in Spalato und erwarteten ein Kind.

Als Lea die Briefe gelesen hatte, sah sie das Stück Papier, das mit einer Ecke aus der Serviette hervorschaute. Sie blickte Abram an, bemerkte den gespannten Ausdruck auf seinem Gesicht und zog das Papier rasch heraus.

Was ist das? fragte sie dann, als sie die Zeichnung sah, die einen Baum zeigte, ein kleines Wiesenstück und an einem schmalen Bachlauf im hinteren Winkel zwei derbe Knorren, die Weinstöcke sein konnten.

Nun, nun, sagte Abram und strich sich den Bart, das sei doch wohl eine Wiese. Und ein Apfelbaum.

Ein Apfelbaum? wiederholte Lea, sah wieder zu Abram hinüber – und plötzlich, so absurd ihr die Idee auch erschien, wußte sie alles, brauchte sie nicht weiter zu fragen. Aber sie tat es doch. Was für ein Apfelbaum ist das? fragte sie, und sie fragte beinahe flüsternd, als könne ein lautes Wort diesen Apfelbaum in einer Sekunde wieder zum Verschwinden bringen.

Es ist dein Apfelbaum, sagte Abram ebenso leise.

Wo steht er?

An einem Bach, sagte Abram und machte eine vage Bewegung, als könne dieser Bach ebensogut im Zimmer fließen wie irgendwo draußen in der Welt.

Lea schloß die Augen, drückte das Papier an sich, betastete es beidseitig wie eine Blinde, und Abram sah, daß von ihren geschlossenen

Augenlidern sich langsam ein Tropfen löste und über ihr Gesicht lief.
Nun, nun, sagte Abram entschieden und nahm Lea das Papier behutsam aus der Hand, wer werde denn schon weinen über einen Apfelbaum, auf einem Stück Papier zumal.
Ich, sagte Lea, halb lächelnd, halb weinend. Ich. Kann ich ihn sehen? Morgen vielleicht, wenn du Zeit hast, oder übermorgen?
Morgen, übermorgen? Abram lachte, zog sie hoch und sagte: Heute. Jetzt. Sofort.
Jetzt, sofort? wiederholte Lea nahezu entsetzt. Sie müsse einkaufen, vorkochen, das Haus reinigen für den Sabbat, den Sand streuen...
Lea, sagte Abram und nahm sie in den Arm, es gibt keine Familie mehr, für die du zu sorgen brauchst, es gibt nur noch uns beide, zwei alte Leute.
Alte Leute, wehrte Lea sich und drehte sich im Kreis, an ihr solle es gewiß nicht liegen, wenn sie jetzt sofort am hellen Vormittag dorthinfahren würden, wo dieser Apfelbaum ganz sicher bereits auf sie warte.
Und so fuhren sie los. Abram hatte ein Schild an die Tür gehängt, auf dem stand, daß der Laden an diesem Tag geschlossen sei, Lea hatte feste Schuhe angezogen, weil es dort doch sicher erdig sei, wie sie erwartungsvoll fragte. Sie saß Abram in einem gemieteten Ruderboot gegenüber, da so ein Boot die einzige Möglichkeit war fortzukommen, ohne daß es gleich der halbe Chazer wußte. Lea sah ihrem Mann zu, wie er die Ärmel zurückschob und sie dabei anlachte. Sie kamen sich beide jung vor, so jung, als hätte ihnen der Apfelbaum ein Stück Jugend zurückgegeben. Lea hatte eine Frage auf den Lippen, überlegte sie hin und her, dann verschluckte sie sie wieder. Sie war ganz sicher, daß sie Abram in die Enge trieb, wenn sie ihn nach der Herkunft dieses Apfelbaums und dem, was sonst noch zu diesem Baum gehörte, fragen würde. Sie war überzeugt, daß es kein gepachtetes Land war, sondern ein gekauftes. Und sie wußte, dies war nicht erlaubt. Aber sie wußte auch, daß Abram lieber lügen würde, als sie mit der Wahrheit zu belasten.
Abram sah sie an, lächelte, wie sie dasaß, die Hände voller Erwartung fast zu Fäusten geballt, und auch ihm war klar, daß sie in diesem Augenblick wußte, was er riskierte. Aber ihm war ebenso klar, daß sie ihn nie fragen würde. Daß es ihrer beider Geheimnis bleiben

konnte, soweit etwas in den Mauern dieser Stadt und in diesem Ghetto überhaupt ein Geheimnis bleiben konnte.

Das Grundstück lag an einem Zufluß der Brenta und war kleiner, als es auf der Zeichnung gewirkt hatte. Lea untersuchte jede Bodenerhebung, jedes Büschel Gras, grub mit den Fingern in der Erde, um sie zu begutachten, ob sie denn auch tauglich sei für das Gemüse, das sie pflanzen wollte.

Es sei *terra nera,* sagte Abram stolz, so als sei er verantwortlich für die Güte dieser Erde und als habe er dafür gesorgt, daß es fruchtbare Erde war und keine, die aus nichts weiter bestand als aus Steinen. Im Galil, im Gelobten Land, das hatte er einmal gehört, gab es nur steinige Erde, aber diese hier war gut.

Sie ließen beide die Erde zwischen ihren Fingern hindurchrieseln, spürten die Sonnenwärme auf ihren Händen, und Lea weinte ein zweites Mal. Sulzburg, sagte sie, Sulzburg sei nun nicht mehr wichtig, dies hier sei von nun an Sulzburg.

Sie setzten sich unter den Apfelbaum, schauten in das Land hinaus, hinter ihnen summten Bienen. Bienen, sagte Lea verwundert, Bienen in dieser Stadt an der Lagune, sie könne sich nicht erinnern, daß sie hier je Bienen gesehen habe.

Dann stiegen sie den Hang hinauf, und Lea fragte, wie weit das Grundstück reiche. Abram umgrenzte es mit seinen beiden Armen und deutete auf zwei Weinstöcke, von denen er nicht wisse, ob sie noch fruchtbar seien, aber man werde sehen.

Lea betastete die Stöcke. Sie hatten Blätter, viele Blätter, jedoch nirgendwo einen Ansatz für Früchte. Er ist nicht beschnitten worden, sagte sie. Sie werde es tun im nächsten Frühjahr, sie erinnere sich noch, daß ihr Großvater ihr geschildert habe, wie sie es machten. Sie sagte nicht: in Sulzburg, als habe dieser schmale, armselige Streifen Land bereits jetzt die Kraft, Sulzburg für immer an die Wand zu spielen.

Später, als sie wieder im Boot saßen und Abram mit allen Kräften ruderte, weil sich der Sabbatabend bereits ankündigte und die Sonne schon tief stand, sagte Lea versonnen: Es müßte schön sein, das Laubhüttenfest hier zu feiern. Und Kinder unter diesem Apfelbaum spielen zu sehen.

Abram lachte, ruderte gleichmäßig weiter. Dazu seien die ihren wohl schon zu groß.

Eben, sagte Lea noch immer versonnen.
Abram schaute zu ihr hinüber, ließ kurz das Ruder ruhen. Bedeutet das etwas Besonderes, oder hast du es nur so gesagt? wollte er dann wissen.
Lea lachte und sagte: Vergiß es! Aber nicht das Rudern, sonst werden sie uns nicht mehr in den Chazer lassen.

Abends, als sie beieinander lagen und Abram, müde vom Rudern, schon halb am Einschlafen war, wiederholte Lea ihren Satz vom Nachmittag, und diesmal tat sie es seufzend, um ihm mehr Gewicht zu verleihen. Es müßte schön sein, ein Kind dort aufwachsen zu sehen. Unter dem Baum. Oder am Wasser. Da, wo es kühl ist im Sommer.
Ja, ja, ja, sagte Abram schläfrig. Er tätschelte beruhigend Leas Arm in der Hoffnung, ihr zu entkommen, und sie hörte, wie sein Atem ruhiger und schwerer wurde.
Schenk mir einen Sohn, sagte Lea leise und lauschte dem Klang der Worte nach, als seien es nicht ihre eigenen und als sei sie nur der Überbringer dieser Botschaft, aber keinesfalls der Urheber.
Abrams Atem stockte nahezu im gleichen Augenblick. Er verharrte einen Augenblick, schien sich aber dann dazu durchzuringen, daß er falsch gehört hätte. Und er begann ein zweites Mal abzutauchen in die Ruhe des Schlafs.
Schenk mir einen Sohn, wiederholte Lea, nicht lauter als zuvor, allenfalls ein wenig intensiver in der Betonung. Schlafe bei mir. Es geschah nicht oft, daß sie es zu ihm sagte, aber wenn sie es sagte, sagte sie es stets so, wie es in der Bibel stand.
Abrams Atem stockte wieder, und es wurde ihm in aller Deutlichkeit klar, daß er sich stellen mußte, weil dieser Satz auch in die tiefsten Tiefen seines Schlafes vordringen würde, falls er ihn unbeachtet lassen wollte.
Einen Sohn... Abram brauchte eine Weile, bis er mit den beiden Worten einen Sinn verband, der ihn, Abram Coen, persönlich betraf. Einen Sohn.
Er blieb zunächst liegen, setzte sich dann mit einem Ruck hoch, noch unschlüssig, wohin er sich sollte fallen lassen: auf die Seite der Vernunft oder auf die Seite der absoluten Unvernunft. Einen Sohn, sagte er nochmals. Aber mit einem Mal wußte er, wo er hingehörte. Und

wie er diese Situation meistern sollte, die seine Frau heraufbeschworen hatte, offenbar ohne überhaupt nachzudenken, was sie da von ihm forderte.
Weißt du eigentlich, welchen Geburtstag du letzten Winter gefeiert hast? fragte er.
Den einundvierzigsten, sagte Lea trotzig. Und sie sehe nicht ein, was das mit ihrem Wunsch zu tun habe. Er, Abram, sei nicht viel über fünfzig, und Noah sei um einiges älter gewesen, als er Sem, Ham und Japhet gezeugt habe.
Weißt du, was es bedeutet, in diesem Chazer ein Kind großzuziehen? fragte Abram, der keinesfalls der Meinung war, daß der erste Punkt in diesem Schlagabtausch bereits an Lea gegangen sei. Allein in diesem Haus zweiunddreißig Kinder, nächste oder übernächste Woche würden es vierunddreißig sein, und wenn man eine Wohnungstür aufmache, dann fielen einem zunächst Klumpen von Kindern entgegen, bevor man nur ein einziges Möbelstück sehen könne. Und der Lärm dieser vierunddreißig Kinder... Abrams Stimme verlor sich, wurde leiser. Lea spürte, daß er bereits auf dem Weg zur Einsicht war, daß es dann auf dieses fünfunddreißigste Kind auch nicht ankomme in diesem Haus. Und so tat sie nichts, blieb einfach sitzen in ihrem Bett, schaute vor sich hin, sah den Apfelbaum dabei blühend auf ihrer Netzhaut und wartete.
Vielleicht kann dann er eines Tages Medizin studieren, sagte Abram nach einer ganzen Weile leise.
Nein, sagte Lea sofort, das braucht er nicht. Er soll nichts tun, was ihm schwerfällt. Sie wolle nur, daß er den Himmel über sich habe in diesem Garten, jeden Tag die Sonne sehen könne und daß er kein Ghettokind werde, ständig ermahnt, nur ja leise zu sein, damit er niemanden störe.
Aber das Geschäft übernehmen könnte er schon, meinte Abram zuversichtlich.
Wenn es ihm Spaß macht, sagte Lea, nur wenn es ihm Spaß macht, mit Büchern umzugehen.
Weshalb sollte es ihm keinen Spaß machen, mit Büchern umzugehen? fragte Abram entrüstet, Bücher seien schließlich...
Lea schüttelte den Kopf. Die Straße, sagte sie dann sinnend, vielleicht schafft er die Straße – oder gar das Wappen?
Abram seufzte, schüttelte seinerseits entschieden den Kopf, nein,

das sei eitel und vermessen. Er braucht uns nicht die Straße zu beschaffen. Und schon gar nicht das Wappen. Aber vielleicht sei ein Rabbi nicht schlecht in der Familie, ein Rabbi sei doch etwas, was Lea sich immer gewünscht habe.
Ein Rabbi, sagte Lea, gut, wir werden ihn Rabbi werden lassen. Das sei besser als Bücher. Angesehener.
Angesehener? Abrams Stimme wurde spitz, und Lea war klar, daß sie beide soeben um eines nicht geborenen, ja nicht einmal gezeugten Kindes wegen in Streit zu geraten schienen. Sie beugte sich zu Abram hinüber, legte seine Hand auf ihre Brust und sagte: Laß ihn erst einmal wachsen, dann werden wir sehen.
Abram zögerte einen Augenblick, bevor er sich ihr zuwandte. Dann begann er mit einem Mal lauthals zu lachen.
Lea zog sich verstört zurück, legte Abrams Hand mit einer heftigen Geste wieder auf seine Bettseite hinüber und zog die Decke übers Kinn, weil sie der Meinung war, daß Abram das Gespräch auf diese Art und Weise beenden wollte.
Lea, sagte Abram schließlich, noch immer von Lachen geschüttelt, Lea. Es wird uns niemand glauben, daß es so war. Wenn er – und Abram war nun auch ganz sicher, daß es nur ein Sohn sein konnte –, wenn er uns einmal fragen wird, wie das war bei seiner Zeugung, dann werde ich ihm sagen, weißt du, eigentlich hatte ich deiner Mutter einen Apfelbaum geschenkt. Am Morgen hatte ich ihr einen Apfelbaum geschenkt, und am gleichen Abend bist aus dem Apfelbaum du geworden. Er wird es uns nie glauben.
Und dann lachten sie beide. So lange, bis von der anderen Seite der Wand der übliche Zornesausbruch von Levis Weib zu vernehmen war.
Aber der konnte sie in dieser Nacht schon gar nicht beschweren.

Seelenleben

Wer bist du?
Lea lag, die Augen geschlossen, auf dem Rücken, hatte die Hände über ihrem Leib gefaltet und wußte den Himmel über sich. Ein paar Schritte hinter sich hörte sie Abram ein Gedicht rezitieren, während er die Erde lockerte, in die sie im Spätherbst weitere Weinstöcke gesetzt hatten. Erste Bienen summten über ihren Köpfen, und bisweilen wischte Lea eine Träne hinweg, die sich unter ihren geschlossenen Augenlidern hervordrängte. Eine Träne, die eine Träne der Freude war, wenn sie Zwiesprache hielt mit diesem ungeborenen Kind.
Es war inzwischen Frühjahr geworden. Seit Monaten kamen sie hierher, nutzten jede freie Minute, die ihnen blieb, um herauszurudern und dieses winzige Fleckchen Erde zu bebauen. Sie hatten Stunden damit verbracht, sich zu überlegen, wie sie dieses Stück Land benennen sollten, zu sagen, wir fahren an die Brenta, schien ihnen phantasielos und hätte womöglich den Verdacht nahelegen können, daß sie hier wie die reichen Leute eine Villa besäßen. Natürlich war zunächst Sulzburg zur Debatte gestanden. Abram hatte es vorgeschlagen, sein Geschenk für Lea ging schließlich auf deren Sehnsucht nach diesem Ort zurück. Aber dann hatten sie sich gemeinsam für Israel entschieden, weil diese Bezeichnung nun mal in der Bibel stand und weil damit auch ein Stück Hoffnung blieb, daß sie alle irgendwann einmal wieder in das Land der Väter zurückkehren würden.
Wenn Abram sah, wie Lea diese Erde liebte, wie sie bei jedem Abschied die beiden Weinstöcke streichelte, den Apfelbaum küßte und sich nahezu von jedem Grashalm einzeln verabschiedete, wurde ihm mitunter bang, obwohl er sicher war, daß bis jetzt niemand von diesem Stück Land wußte. Trotz aller Angst hatte er jedoch das Gefühl, recht getan zu haben, egal, was eines Tages geschehen würde. Sie hatten dieses Land zumindest eine Zeitlang besessen, hatten es pfleglich behandelt und ihm die siebenjährige Brachzeit versprochen, damit es nach der ersten Ernte ruhen konnte, wie es Brauch war.

Seit Monaten schon spürte Lea die Bewegungen des Kindes in ihrem Leib. Abends gegen neun, wenn sie am stärksten waren, legte sie Abrams Hand auf die Stelle, um ihn teilhaben zu lassen an ihrem Glück. Sie hatte ihm nie erzählt, was die Hebamme gesagt hatte, als sie zur Untersuchung bei ihr war, sie hatte es für sich behalten, weil sie Abram nicht beunruhigen wollte. Eine schwere Geburt stand ihr bevor, vermutlich eine sehr schwere. Und natürlich war sie viel zu alt.
Aber Lea wollte jetzt nicht an die Umstände der Geburt denken, sie wollte an dieses Kind denken, das in ihr heranwuchs, von irgendwoher gekommen war, aus irgendwelchen Zeiten, sich zu ihnen beiden hingezogen gefühlt hatte und seine Seele ihnen anvertraute.
Sie fanden beide die Vorstellung schön, daß die menschliche Seele nicht nur einmal diese Erde berührt, sie glaubten, daß sie wiederkehrt, und sie wurden nicht müde zu mutmaßen, welche Seele dies sei, die sich zu ihnen verirrte, doch schon was die Zeit betraf, gerieten sie in ernsthafte Streitgespräche. Während Lea der Meinung war, ihr Sohn habe während der Kreuzzüge Jerusalem verteidigt oder Haifa – manchmal war sie ganz sicher, daß es nur Haifa gewesen sein könne, weil zu jener Zeit die Bevölkerung Haifas überwiegend aus Juden bestand und eine große Gemeinde bildete –, war Abram ganz sicher, daß diese Seele einst einem Rabbi gehört haben mußte. Als bescheidener Mensch fügte er stets hinzu, daß er sicher nur ein ganz kleiner Rabbi gewesen sei, vielleicht nur einer, der der Mitwelt keine gelehrten Responsen hinterlassen habe, sondern nichts anderes als ein Gedicht. Abram hatte irgendwann in einem Buch ein solches gefunden, es stammte von Rabbi Jehuda Halevi, einem spanischen Dichter, der in Palästina gelebt hatte, und Abram war der Meinung, nachdem ihn dieses Gedicht so stark berühre, müsse es etwas mit dieser Seele zu tun haben. Und während Lea dem ungeborenen Kind Lieder vorsummte, rezitierte Abram, als er die Weinstöcke schnitt, das Gedicht:

> Ihr Tauben, die ihr euch in fernen Ländern sammelt,
> Mit hängenden Flügeln, schwingt euch auf!
> Es ist euch nicht bestimmt zu ruhen,
> Euer Heim ist in Gefahr.

Dabei betonte Abram dieses Wort Heim stets besonders, weil er wie dieser spanische Dichter der Meinung war, daß das Volk Israel nur dann seine Erlösung finde, wenn es heimkehre nach Zion.

Lea schwankte lange, ob sie ihren Sohn unter den Toten von Jerusalem sehen wolle, dann entschied sie sich dafür, daß er unter jenen gewesen sein müsse, die anschließend in irgendwelchen Dörfern Galiläas, Judäas und Samarias gelebt haben, wo es zu jener Zeit überall jüdische Gemeinden gab.

Auch Akko schien ihr bisweilen eine Stadt zu sein, in der diese Seele möglicherweise gelebt haben könnte, und vielleicht war ihr Sohn um die Mitte des dreizehnten Jahrhunderts unter den dreihundert Schülern gewesen, die dort hingeschickt wurden, vielleicht gehörte er aber auch zu der Gruppe um Nachmanides, der ein berühmter Arzt und Talmudgelehrter war und lehrte, daß die Heimkehr nach Palästina zu der religiösen Pflicht jedes einzelnen Juden gehörte. »Und nun erheben sich viele und erklären sich bereit, in das Land Israel zu ziehen, und viele glauben, wir stehen nahe vor der Ankunft des Erlösers, denn sie sehen, wie die Völker der Welt fast überall Demütige erkennen.«

Wenn die Diskussion um die Herkunft des Kindes auch nie enden wollte, so wurde sie doch eines Tages von einem anderen Disput abgelöst, bei dem sich die beiden keinesfalls nur mehr in Mutmaßungen ergingen.

Im zweiten Jahr oder spätestens im dritten wird Benjamin bereits deine Trauben pflücken, sagte Lea wieder einmal im Garten und schielte zu Abram hinüber, der soeben die Terrassen für die neuen Reben feststampfte. Die Stöcke sind dann noch klein, und er wird gut hinaufgreifen können.

Abram nickte friedlich und sagte, ja, ja, das wird Moisè wohl schon können.

Lea schien den Namen Moisè überhört zu haben und fuhr sinnend fort, sie werde Benjamin früh mitnehmen in die Synagoge, damit er sich daran gewöhne, die Sprache der heiligen Zunge, Hebräisch, zu hören und zu lernen.

Das sei sicher gut für Moisè, erwiderte Abram, seinerseits Benjamin überhörend, denn vielleicht könne einmal er Leas Wunsch nach einem Rabbi in der Familie erfüllen. Andererseits jedoch, Abram zögerte und versteckte sich vorsorglich hinter dem Apfelbaum, andererseits sei es vielleicht auch gar nicht schlecht, wenn er Moisè möglichst bald zur Buchmesse nach Frankfurt mitnehme, damit er früh den Umgang mit Büchern lerne, denn irgendwer müsse ja schließlich einmal dieses Geschäft übernehmen.

Benjamin wird nicht mit zur Buchmesse gehen, entschied Lea unerbittlich und warf einen kleinen Erdklumpen nach Abram, den er lachend auffing. Und wenn Abram sich nicht füge, so werde Benjamin eben ein Schammes.

Kein Synagogendiener! wehrte Abram ab und trat bittend und mit erhobenen Händen wieder hinter dem Apfelbaum hervor. Nein, kein Schammes, er könne schon das Wort nicht hören, und lieber solle ihr Sohn dann Benjamin heißen als Schammes werden.

Lea sprang auf, soweit dies ihr Leibesumfang, der bereits beträchtlich war, zuließ, und umarmte Abram. Benjamin, der jüngste Sohn und Liebling des Patriarchen Jakob und Rahels, Benjamin, das Glückskind, was er denn gegen diesen Namen habe?

Es ist kein Name aus deiner Familie, wagte Abram einen letzten Einwurf, und es ist doch nun mal so üblich, daß abwechselnd ein Name aus der Familie des Mannes und einer aus der Familie der Frau genommen wird.

Woher er denn so genau wissen wolle, daß es in ihrer Familie nie einen Benjamin gegeben habe?

Freilich wisse er das nicht, gab Abram zu, aber niemand hier im Chazer heiße Benjamin.

Eben, sagte Lea glücklich, eben darum. Und alle heißen Moisè. Ständig verwechsle man den einen Moisè mit dem anderen, und allein in ihrem Hause seien es sicher zwanzig Moisè oder gar noch mehr.

Und dann zog sie Abram zu dem Apfelbaum, sie nahm ihn bei den Händen und tanzte mit ihm um den Baum herum, als wäre nicht ein ganz normaler Tag, sondern einer, den sie beide zu einem Festtag ernannt hatten aus keinem anderen Grunde als dem, daß sie glücklich waren.

Das unheilige Land

Je näher die Geburt rückte, um so mehr wuchs in Lea die Vorfreude auf diese Geburt. Zwar spürte sie inzwischen ihre einundvierzig Jahre, hatte Mühe, ihren Körperumfang zu bewältigen, wenn sie sich die Schuhe anzog, auch Mühe, Wasser zu holen vom Brunnen, aber was immer sie tat, sie wußte, sie tat es für dieses Kind, das sie sich so sehnlich gewünscht hatte. Und sie bereute die Entscheidung nicht einen einzigen Augenblick, auch wenn Abram sie mitunter zweifelnd betrachtete, ihre Schwierigkeiten, besonders ihre Kurzatmigkeit, mitzuerleiden schien und sich an manchen Tagen Vorwürfe machte, daß er sich auf diese verrückte Idee seiner Frau eingelassen hatte.

Keine Aufregung mehr, hatte der Arzt empfohlen, als er Lea untersuchte, weil Abram darauf bestand, daß dies ein Arzt mache und nicht allein die Hebamme. Keine Aufregung und möglichst jegliche Arbeit in Ruhe.

Lea lachte über die Vorschriften des Arztes, meinte, so sei sie noch nie in ihrem Leben verwöhnt worden, da sie doch gar keine Arbeit mehr zu verrichten habe, die Kammern leer und die Kinder, die stets die Aufregungen ins Haus brachten, in alle Winde verstreut seien. Und sie war lediglich traurig, daß sie nicht zu Esther reisen und ihr bei der Niederkunft helfen konnte. Es sei nun eben mal, wie es sei, und dieses Enkelkind könne sie auch noch später bewundern, sagte Lea zu Diana, die sie regelmäßig besuchen kam.

Und Samson und Aaron? wollte Diana wissen. Auch alles in Ordnung?

Lea holte bereitwillig und stolz zugleich die Briefe ihrer Söhne aus einer Schale, las sie Diana vor und meinte, nun sei zwar alles ein wenig anders gekommen, als sie es sich immer vorgestellt habe, aber letzten Endes sei nun doch alles gut geworden. Beide im Gelobten Land, und was immer sie dort täten, es sei ganz gewiß zum Wohle dieses heiligen Landes.

Später konnte Lea nicht mehr sagen, wie die Reihenfolge eigentlich gewesen war bei all dem, was sich während der kurzen Abwesenheit

Abrams ereignet hatte. Es dürfte insgesamt höchstens eine Stunde vergangen sein, aber Lea schien es rückblickend, als habe sich die Welt bewegt in dieser knappen Stunde.

Sie war zunächst zum Brunnen gegangen und hatte Wasser geholt, einen halben kleinen Eimer nur, damit es nicht zu schwer wurde. Dann war sie ins Haus zurückgekehrt, hatte das Wasser aus dem kleinen Eimer in einen großen gegossen und angefangen, das Geschirr zu spülen. Sie hatte mit dem Rücken zur Tür gestanden und gefühlt, daß jemand ins Haus getreten war, sich jedoch nicht umgedreht, weil sie annahm, es sei Abram, hatte lediglich den Kopf gewendet, damit sie in den Spiegel schauen konnte. Und dabei hatte sie dann diesen Mann gesehen, diesen schwarzbärtigen jungen Mann, der einen Mantelsack auf die Bank legte und etwas, das sie für ein Messer hielt, aus ihm zog. Mehr hatte sie nicht mehr gesehen, nicht, daß der Mann, als er in der Küche sie entdeckte, freudig auf sie zugehen wollte, nicht, daß er aus dem Mantelsack ein Päckchen gezogen hatte, das er ihr geben wollte. Sie war ganz einfach vor Schreck ohnmächtig geworden.

Als Lea wieder zu sich kam, standen vier Männer um sie herum. Der Arzt, der Rabbi, Abram und jener Fremde mit dem Bart. Er schaute sie voller Schrecken an und flüsterte beinahe lautlos: Mutter, ich bin's doch.

Samson, sagte Lea und schüttelte schwach den Kopf, wie konntest du mich nur so erschrecken.

Sie brachten sie zu Bett, und der Arzt meinte, es könne sein, daß die Geburt früher einsetze. Lea murmelte ein enttäuschtes: Wie schade, sie habe sich so auf Purim gefreut, wenn es da geschehen würde.

Es könne geradesogut auch erst an Purim geschehen, tröstete sie der Arzt, nur in ihrem Alter müsse man vorsichtig sein und einen Tag solle sie auf jeden Fall im Bett bleiben. Wenn nichts passiere, keine Blutung, nichts, dann dürfe sie wieder aufstehen.

Lea blieb zwei Tage im Bett, um ganz sicher zu gehen, dann stand sie auf, und am fünften Tag fuhr sie mit Samson zu dem Stück Land hinaus, weil sie es nicht mehr ertrug, daß Samson die Tage über nur stumm am Tisch und auf der Bank saß und nicht einen einzigen Schritt vor die Haustüre machte.

Samson hatte zwar protestiert, als sie ihn zwang, sie dorthin zu rudern, aber sie war sich nicht sicher, ob er schon wußte, daß seine Mutter in Kürze ein Kind gebären und er ein Geschwisterchen bekommen werde, weil der Arzt die drei Männer bei der Untersuchung vor die Tür geschickt hatte.

Lea hatte einen Korb mit Essen dabei, aber zunächst schien es, als habe Samson den Platz lediglich unterm freien Himmel vertauscht mit dem Tisch zu Hause. Er lehnte sich an den Apfelbaum, nahm einen Grashalm in den Mund, auf dem er so lange herumbiß, bis er weichgekaut war, spuckte ihn dann in hohem Bogen in den Bach und nahm den nächsten. Lea machte sich an den Weinstöcken zu schaffen, hackte die Erde locker und schaute zu ihrem Sohn hinüber, so lange, bis sie der Zorn packte. Er sei keine Ziege, sagte sie dann erbost, und so viele Grashalme hätten sie hier nicht, daß er einen nach dem anderen ohne Grund ausrupfen könne. Dieses Land sei kein Land wie das, aus dem er komme. Und nun wolle sie von diesem Gelobten Land hören, diesem heiligen. Alles. Denn schließlich komme einer nicht Meilen und Meilen übers Wasser gefahren ohne Grund. Was es gewesen sei, wollte sie dann wissen? Die Heuschrecken?

Samson schüttelte träge den Kopf, nahm aber den Grashalm nicht aus dem Mund. Nein, Heuschrecken nicht.

Überschwemmungen?

Nein, keine Überschwemmungen. Zumindest nicht dort, wo er gewesen sei.

Dann etwa die Fiebermücken?

Auch die nicht, murmelte Samson an seinem Grashalm vorbei, den Lea ihm schließlich aus dem Mund riß und zornig vor die Füße schleuderte. Also doch Tiger, Löwen, Elefanten oder dergleichen, was sie stets befürchtet und wofür man sie in dieser Familie immer ausgelacht hatte.

Menschen, sagte Samson, Menschen.

Was für Menschen? Was diese Menschen angestellt hätten?

Samson riß einen neuen Halm aus, steckte ihn aber, als er Leas Gesicht sah, nicht mehr in den Mund. Überfälle, Plünderungen, Räubereien, Diebstähle. Gewalt. Dieses heilige Land besteht aus Blut und Tränen, sagte Samson, aus nichts sonst. Und Juden können dort sowenig leben wie anderswo auf der Welt. Sie sind einfach überflüssig, überzählig.

Ob er Aaron getroffen habe?
Ja, habe er.
Und?
Aaron sei dürr wie ein Strich gewesen, aber zumindest glücklich, weil er habe lernen, Schüler sein dürfen. Daß das Essen kaum reiche, habe Aaron nicht gestört.
Dich hat es offenbar gestört, sagte Lea und bemühte sich, ihren Zorn zu unterdrücken. Sie wußte, sie verurteilte ihren Sohn, obwohl sie nicht einmal wußte, worum es ging. Tiberias, sagte sie, sie wolle jetzt von Tiberias hören, dieser Stadt, wegen der er doch dorthin gegangen sei. Was es damit auf sich habe.
Nichts, sagte Samson und schob den Halm wieder in den Mund. Nichts. Es sei alles bereits wieder vorbei.
Wieso vorbei? fragte Lea und schüttelte Samson an den Schultern. Wieso sei alles vorbei, und was sei vorbei?
Samson sprang auf, spuckte den Halm aus und stellte sich in seiner ganzen Größe vor Lea auf.
Was würdest du tun, wenn du ein Mann wärst, ein jüdischer Mann, und du solltest für Araber eine Mauer bauen, und man sagte dir, wenn du diese Mauer baust, dann stirbt das Judentum?
Lea schaute irritiert zu ihrem Sohn empor. Es klingt nicht gerade wahrscheinlich, sagte sie dann, daß jemand so etwas Irres sagt.
Das ist uninteressant, was würdest du tun? Weiterbauen oder aufhören?
Sicher aufhören – Sohn, was soll diese seltsame Frage?
Nun, genau umgekehrt ist es gelaufen, sagte Samson voller Zorn. Und dann brach es aus ihm heraus, als habe er tagelang, wochenlang nicht mehr gesprochen, keinen Menschen gesehen, dem er sich hätte anvertrauen können. Sie redeten bis zum Abend. Es floß aus ihm heraus wie ein Strom, der breiter und breiter wurde. Ein Strom, der Tiberias hieß.
Sie hatten schon vor vielen Jahren angefangen mit dem Bauen, erzählte Samson und setzte sich neben Lea, dieser Herzog von Naxos und seine Tante, Donna Gracia, die Geschichte kennst du. Und es fing schon damals an mit der Mauer, schon diese Mauer um die Stadt herum paßte niemandem. Zunächst den Christen nicht, die im Land lebten, worauf sich der Papst mit dem türkischen Großwesir verbündete. Und schließlich machte der örtliche Scheich die arabi-

schen Taglöhner blind vor Aberglauben, indem er ihnen einredete, wenn sie diese Mauer bauten, dann verschwinde der Islam. Erst als der Pascha von Damaskus eingriff, konnte die Mauer zu Ende gebaut werden. Dann versuchten die Juden, die zerstörten Häuser aufzubauen, aber dasselbe Spiel wiederholte sich, und als der Ort schließlich wieder das wurde, was er einmal war, eine blühende Stadt, in der es Seminare gab und Juden aus allen Teilen der Welt zusammenkamen, um hier zu studieren, starb der Herzog von Naxos. Sein Nachfolger konnte die Stadt zwar noch halten, man plante sogar die Wiederbesiedlung des Umlandes, die der Pascha unterstützte, aber mit einem Mal war dann alles zu Ende. Die Drusen plünderten die Dörfer und die Städte, Hunger kam dazu, Krankheit, in Jerusalem enteigneten die Araber sogar die Synagoge des Nachmanides.
Aber nicht die... Lea stockte. Doch nicht die...
Genau die, sagte Samson, in der Juden seit dreihundertzwanzig Jahren ihren Gottesdienst abgehalten hatten. Und weißt du, als was sie sie verwendeten? Als Lagerhaus. Eine Synagoge als ein Lagerhaus! Und der neue Pascha warf in Jerusalem alle Obersten der Juden ins Gefängnis, nahm ihr Eigentum an sich und setzte so hohe Steuern fest, daß kein Jude sie mehr bezahlen konnte. Vierzig Prozent Zinsen nahmen die arabischen Geldverleiher, vierzig Prozent.
Und das Land, das Juden urbar gemacht hatten?
Frag nicht danach, es wurde einfach weggenommen, geplündert, und die Menschen wurden verjagt. Die jüdischen Gemeinden in Gaza, in Hebron, in Sichem und sonstwo, es gibt sie nicht mehr. Wer drüben geblieben ist, zieht heimatlos durch die Dörfer. Auch jene Juden, die das Land nie verlassen hatten, die nie im Exil gewesen waren. Und Tiberias, flüsterte Samson, Tiberias war schon wieder tot, als ich dort ankam. Die Seide, die Wolle, es hat keiner von all den Plänen geklappt.
Irgendwann hatte er erschöpft aufgehört zu erzählen, hatte sich gegen den Stamm des Apfelbaums fallen lassen und war eingeschlafen. Am hellen Tag. Lea saß bei ihm, hielt seine Hand, wie sie es getan hatte, als er noch ein kleines Kind gewesen war. Später aßen sie die Sachen, die Lea eingepackt hatte, und Samson ruderte sie gegen Abend zurück.
Am nächsten Tag taten sie das gleiche. Sie fuhren hinaus, Samson er-

zählte, diesmal schon etwas ruhiger als am ersten Tag, an einer Stelle lachten sie sogar beide, sie aßen und fuhren wieder zurück.

Am dritten Tag hatte Samson, als Lea die Reste ihres Essens wegräumte und sich wieder umwandte, ein Stück Holz in der Hand, an dem er schnitzte.

Eine Puppe, sagte er, als Lea ihn fragte, für Esthers Kind. Er wolle es bald sehen.

Er hat eine Puppe geschnitzt, berichtete Lea am Abend zu Hause voller Glück, er wird sie Esthers Kind mitbringen.

Hat er dir auch gesagt, was weiter geschehen soll? wollte Abram wissen.

Er wird es mir schon sagen, erwiderte Lea zuversichtlich. Im Augenblick sei wichtig, daß er überhaupt rede. Wenn es Zeit für ihn sei, dann werde er es sagen.

Du wirst zufrieden sein, sagte Samson nach einer weiteren Woche, die er mit Lea auf dem Stück Land verbracht hatte.
Worüber?
Nach dem, was er erfahren habe in Palästina, gebe es für ihn nur noch eines. Er machte eine Pause, schaute seine Mutter an und sagte dann, während Lea bereits wieder alle offenen Stellen im Chazer überflog – die Gemeinde suchte einen Sekretär, ein Chasan fehlte ebenfalls –: Ich kann den Menschen nur erzählen, daß sie an den Messias glauben müssen. Etwas anderes gibt es für mich nicht mehr.

Lea atmete auf. Also doch Rabbi! Aber sie war nicht froh darüber, weil sie jegliche Freude bei ihm vermißte.

Ist es auch richtig, Sohn, fragte sie ihn – diesmal?

Ja, sagte Samson, das ist es. Vielleicht sei die Zeit ja auch nicht mehr so lange, bis der Messias komme.

Es hat falsche gegeben, sagte Lea zögernd.

Ja, sagte Samson, aber den richtigen werde jeder erkennen, der an ihn glaube.

Benjamin

Während sie im Chazer in aller Ausgelassenheit und Fröhlichkeit das Purim-Fest feierten, gebar Lea in der Stube ihren Sohn.
Es war eine schwere Geburt. Die Hebamme rannte unzählige Male aufgeregt von der Küche in die Stube und wieder zurück, murmelte dabei jedesmal kopfschüttelnd vor sich hin: In diesem Alter noch ein Kind, in diesem Alter noch ein Kind, was Abram von Mal zu Mal mehr erschreckte und in tiefe Schuldgefühle stürzte. Schließlich ging er hinunter in sein Hinterstübchen, nahm ein Buch zur Hand, stellte aber nach einer Weile fest, daß er es auf dem Kopf hielt, weil Leas Schreie sogar bis hierher drangen. Als die Hebamme schließlich nach vier Stunden – Leas Schreie hatten inzwischen aufgehört, und Abram befürchtete bereits, daß Mutter und Kind nicht mehr am Leben seien – mit einem wimmernden Bündel im Arm in den Laden kam, ließ Abram vor Schreck das Buch fallen. Er stolperte der Hebamme entgegen, nahm ihr das Kind aus dem Arm, und dann weinte er über diesem Bündel, bis die Hebamme es ihm wieder entwand und mißbilligend sagte, sein Sohn sei bereits gebadet, er brauche es nicht ein zweites Mal zu tun.

Wer Lea erlebt hatte, nachdem die Kinder das Haus verlassen hatten, und sie nach der Geburt dieses späten Sohnes wieder traf, hätte meinen können, es handle sich um zwei verschiedene Personen. Zwar hatte sie auch früher nie zu denen gehört, die ständig eine äußere Sonne brauchen, um ein fröhlicher Mensch zu sein, aber nun floß sie ganz einfach über vor Glück.
Es war ein nahezu ungestörtes Glück, das Abram bisweilen Angst einflößte, das er zu dämpfen versuchte, aber Lea wies ihn lachend zurück. Sie nahm diesen Sohn mit zum Gartenstück, stillte ihn dort, sang ihm Wiegenlieder vor, so daß er oft schon an ihrer Brust einschlief. Und sie begann, auch für dieses Kind Lebenspläne zu schmieden, und sie waren maßloser als die für die drei anderen zuvor. Ein Rabbi, sagte sie ihm lachend in die kleinen Ohren hinein, weil sie keinesfalls sicher war, daß Samson bei seinem Vorhaben bleiben würde, ein Rabbi wirst du mindestens werden, wenn nicht

ein Arzt oder ein großer Gelehrter. So einer wie Leon da Modena, zu dem die Gelehrten aus der ganzen Welt kommen, Herzöge und Prinzen, um seinen Predigten zuzuhören, genauso einer wirst du sein, und alle Menschen werden deinen Worten lauschen, sagte sie und hatte längst vergessen, daß es Dinge gab, die sie einst als Makel an Leon da Modena empfunden hatte.

Das Glück, Mutter für dieses späte Kind sein zu dürfen, war kurz. Als Benjamin eines Tages Fieber bekam, geriet Lea sofort in Panik und wollte am liebsten drei Ärzte gleichzeitig haben. Abram sprach sich dagegen aus, es sei keines ihrer Kinder großgeworden, ohne einmal am Fieber erkrankt zu sein, und schließlich müsse man auch Gottvertrauen haben. Außerdem beunruhigte ihn bisweilen die übermäßig starke Bindung Leas gerade an dieses Kind, und er dachte bei sich, sie muß lernen, dieses Kind als ein ganz normales Kind zu sehen.
Als das Fieber am zweiten Tag stieg und sie nun einen Arzt holten, bereute Abram bereits sein Zögern, und als Lea am dritten Tag vor Angst weder ein noch aus wußte, schlug Abram von sich aus vor, einen zweiten Arzt hinzuzuziehen, aber das Verhängnis hatte schon seinen Lauf genommen: Keiner der jüdischen Ärzte war an diesem Tag anzutreffen, sie waren alle in der Stadt, über Land, außerhalb des Chazer. Und der Arzt des Hospitals hatte sich just an diesem Morgen so sehr den Magen verdorben, daß er in Krämpfen lag.
Unsere Ärzte, jammerte Lea am Abend, weshalb sind sie nicht da, wenn man sie braucht, wenn *wir* sie brauchen? Es sind doch *unsere* Ärzte!
Es sind berühmte Ärzte, sagte Abram, und andere Menschen wollten auch von diesen jüdischen Ärzten behandelt werden. Sie seien verpflichtet, es zu tun.
Aber wenn wir sie doch brauchen! sagte Lea erregt und trug das wimmernde Kind von der Stube in die Küche und wieder zurück, um es zu beruhigen.
Die Gesetze gebieten, daß sie auch den anderen helfen, sagte Abram und nahm Lea das wimmernde Kind aus dem Arm.
Welche Gesetze? flüsterte Lea. Welche Gesetze gebieten so etwas?
Die Gesetze der Serenissima, sagte Abram verzweifelt, weil er spürte, daß der Atem des Kindes zunehmend schwächer wurde. Die

Gesetze, die sie hier in Venedig haben, gebieten es. Das gehört zu dem Preis, den wir zu zahlen haben – dafür, daß wir hier leben dürfen.
Und woher weiß man das alles?
Was?
Wo steht das, das mit den Gesetzen?
Lea, was soll das? fragte Abram verzweifelt. Es steht überall angeschlagen, im Chazer, an San Marco, an der Porta della Carta, am Rialto – überall, verstehst du? Am Rialto, an San Marco, im Chazer, wiederholte er dann und schluchzte auf, am Rialto, im Chazer, an San...
Abram, sagte Lea und nahm ihren Sohn in die Arme, Abram, laß es gut sein. Was tun sie uns nur an, diese Gesetze.

Benjamin starb in der gleichen Nacht gegen Morgen. Es standen inzwischen drei Ärzte an seinem Bett, jüdische Ärzte, aber sie konnten das Kind nicht mehr retten.
Es war, weil wir ihn nicht Moisè genannt haben, sagte Lea mit starrem Gesicht zu allen, die ins Haus kamen, der Herr bestraft uns, weil wir zu stolz waren, diesem Kind seinen Namen zu geben. Deswegen hat der Herr ihn wieder zu sich geholt.
Sie versuchten, Lea zu trösten, aber es war, als dringe nicht eines der Trostworte auch nur durch die äußerste Schicht in sie. Sie fühlte sich vom Bannstrahl Gottes getroffen. Und als sie Benjamin noch vor Sonnenuntergang in das Boot gelegt hatten, ihn unter der Holzbrücke von San Pietro di Castello hindurchfuhren zum Friedhof von San Nicolò auf dem Lido, als Kinder aus der Stadt mit Steinen nach dem Sarg zielten, war sie die einzige, die nicht vor Schreck und Zorn aufbegehrte.
Es ist die Strafe des Herrn, sagte sie, sie ist gerecht, wir haben sie auf uns gezogen.
Weil wir so sicher waren, daß es ein Sohn wird, dachte Abram bei sich, das muß es gewesen sein. Dabei hätten wir doch gerade so gern eine Tochter gehabt.

Diese Gesetze, sagte Lea zu Abram und Samson, nachdem sie Benjamin begraben hatten und von San Nicolò über die Lagune zurückruderten, diese Gesetze, die sie nie gelesen habe, vermutlich seien das gar keine Gesetze. Man verkauft sie uns nur als solche, weil der Magistrat will, daß man diesen Gesetzen, die keine sind, vertraut. Und deswegen sagen sie, es sind welche. Gesetze, die zuließen, daß ein Kind sterben muß, solche Gesetze werde sie nie wieder in ihrem ganzen Leben anerkennen. Egal, wo sie angeschlagen seien, am Rialto, an San Marco oder im Chazer. Und wenn sie sie auf jede Hauswand malen würden, auf jeden freien Fleck an der Straße – in Zukunft würden für sie nur noch jene sechshundertdreizehn Gesetze gelten, die die Juden hätten, die zweihundertachtundvierzig Gebote und die dreihundertfünfundsechzig Verbote. Und kein anderes mehr.

Sie sahen die *cattaveri* schräg gegenüber vom Buchladen stehen, als der kleine Trauerzug von der Beerdigung zurückkam.
Und sie fühlten sich alle schuldig, im gleichen Augenblick: Lea wegen *Der rote Drachen*, von dem sie nicht mehr recht wußte, wo sie ihn, um den Band gut zu verstecken, nach dem letzten Lesen hingetan hatte; Samson, der Mühe hatte, alle eventuellen Delikte aus der Vergangenheit so weit in seinem Kopf zu ordnen, daß sie einen Sinn ergaben; und Abram, dem sofort Aarons Warnung einfiel und die letzte Buchsendung, das Hin und Her mit den Fässern beim Zoll und daß er vielleicht zu wenig Zeit gehabt hatte, jedes dieser vielen Bücher gründlich zu untersuchen und das Deckblatt zurückzuschlagen, damit kein Versehen passierte. Und natürlich dachte er auch an das Stück Erde mit dem Apfelbaum. Aber dann, während sie sich dem Haus näherten, wurde er ruhig, und er dachte seufzend, daß Juden sich immer schuldig fühlen, egal, ob etwas vorlag oder nicht.
Die *cattaveri* beobachteten den Trauerzug, sprachen miteinander und gingen dann in die entgegengesetzte Richtung davon. Was alles bedeuten konnte oder auch nichts. Es konnte heißen, daß sie Rücksicht nahmen auf die Trauernden und sie morgen wiederkommen würden, es konnte heißen, daß es nicht die Leute waren, die sie erwartet hatten. Es konnte auch heißen, daß sie lediglich auf einem ihrer Routinegänge durch den Chazer gewesen waren, *cattaveri*, die sich überzeugen wollten, daß alles in Ordnung war.
Die Augen, sagte Lea mit starrem Gesicht, als sie ins Haus traten, diese tausend Augen, sie machen nicht einmal Halt vor dem Tod.

Am Abend, als Lea bereits schlief, schlüpfte Abram noch einmal zur Tür hinaus und lief hinüber zu David. Er blieb an der Tür der Werkstatt stehen und sah, wie David letzte Hand an einen Stuhl anlegte, einem hohen Sessel, wie er noch nie einen bei David gesehen hatte. Die Rückenlehne schien bis zur Decke zu reichen, der Brokat schimmerte im düsteren Schein der Lampe golden, und das Holz war mattglänzend, als habe David es einen ganzen Tag lang poliert. Abram blieb stehen, betrachtete David, der ihn nicht sah, bei der Arbeit und begann plötzlich zu schluchzen. Er wußte nicht, weshalb es ihn jetzt überfiel, wo er es doch weder am Sarg getan hatte, im Haus noch draußen auf dem Friedhof von San Nicolò. Aber nun überfiel es ihn, und er ließ es zu.
David fuhr erschrocken herum und sah seinen Freund dort stehen. Er ging auf ihn zu, nahm ihn behutsam am Arm, als wäre Abram todkrank, und führte ihn zu diesem Sessel, der eher einem Thron glich. Er drängte Abram, sich zu setzen, Abram fuhr jedoch zurück, als habe ihn etwas gestochen. Aber David schob ihn behutsam auf den Sitz und legte die Hände des Freundes auf die polierten Armlehnen.
Ich mache ihn dir nur schmutzig, sagte Abram und wischte die tränennassen Hände an seinem Kittel ab. Du wirst ihn nicht mehr verkaufen können.
David sagte nichts, lächelte nur, ging hinüber zu seinem Stehpult, nahm ein Buch und holte sich dann einen Schemel, mit dem er sich vor Abram setzte.
»Herr, wer darf rasten in deinem Zelte, wer darf weilen auf deinem Heiligen Berge?« las David vor.
»Der rechtschaffen wandelt und der Bewährung übt und der die Wahrheit redet in seinem Herzen«, antwortete Abram leise und wischte die Tränen von seinem Gesicht.

Das ferne Land

Swant

Der Ort hieß Swant. Er lag an der Kreuzung zweier Handelsstraßen, von denen die eine von Nürnberg südlich nach Augsburg führte und die andere südöstlich in die Länder entlang der Donau.
Sie erreichten das Dorf am frühen Abend eines kalten Februartages.
Sie könnten baden, hatte der Wirt der Erbschankstätte *Zum Schwan* gesagt, in der sie abgestiegen waren, die Badstube sei geöffnet, im Büttelhaus, und das Bad koste bei ihnen nur drei Pfennige.
Riccardo hatte abgelehnt, wollte es entweder später tun oder gar nicht, Crestina dagegen war gegangen, hatte sich mit Lust in den Zuber fallen lassen, genoß die Wärme des Wassers und hätte am liebsten hier den ganzen Abend verbracht, weil sie keinesfalls sicher war, daß die Wirtsstube gemütlich sein würde. Als die Badmagd kam, um ihr den Rücken einzuseifen, hatte sie über Venedig geredet. Ob es wirklich eine solch wunderbare Stadt sei, wie jedermann erzähle, hatte die Magd wissen wollen. Und wenn sie genug Geld dafür hätte, dann würde sie ganz sicher dort hinfahren. Mit ihrem Liebsten natürlich, der in Nürnberg diene. Die nächste halbe Stunde war dann ausgefüllt mit der Lobpreisung dieses Liebsten, und eine weitere galt den Sehenswürdigkeiten Nürnbergs, der Stadt, in der die Magd geboren war.
Vergeßt nicht, den Ring zu drehen! sagte sie am Ende lachend, als Crestina bereits unter der Tür stand. Laßt ihn euch zeigen. Und daß man ihn zusammen mit dem Liebsten sehen muß und auch ausprobieren, fügte sie dann noch hinzu.

Nach dem Nachtessen dann, in ihrem Bett, das feucht und klamm war – Wanzen schienen es außer ihr auch noch zu bewohnen –, sah

Crestina dieses Nürnberg vor sich, das die Badmagd beschrieben hatte. Vierhundert Türme sollten es sein, zumindest sage man das, sie habe sie freilich noch nicht gezählt. Crestina sah diese Türme aneinandergereiht, eine backsteinerne Mauer, die Menschen umschloß, wohl Geborgenheit geben sollte, bei ihr jedoch im Augenblick nichts anderes als Angstgefühle auslöste. Diese Stadt, in die sie morgen gehen würden, empfand sie als eine Stadt, so groß, mächtig und gewaltig, daß sie sich bereits unterworfen fühlte, noch bevor sie auch nur einen Fuß hinter ihre Mauern gesetzt hatte. Und sie fragte sich voller Ratlosigkeit, was sie hier überhaupt wolle.

Als die Kutsche am späten Nachmittag des folgenden Tages das Stadttor passiert hatte und sie eine lange Straße entlang fuhren, glaubte Crestina, das Haus der Helmbrechts, so wie es Lukas beschrieben hatte, am Straßenende zu erkennen.
Das wird es sein, sagte sie und deutete auf ein Gebäude, das sich durch seine Prächtigkeit eindeutig von den anderen unterschied. Es war ein Haus mit mächtigem, von zwei Säulen flankiertem Portal, die Fenster von einem Halbbogen gekrönt, darüber steinernen Zierat, Regenspeier mit Drachenköpfen aus Kupfer am Sims und auf dem Dach eine Figur, die vermutlich einen Heiligen darstellte.
Riccardo sagte, daß er nicht genau wisse, wo das Haus sei, er wisse nur, daß es im Viertel der Kaufleute liege, die Fernhandel trieben, irgendwo zwischen den Marktplätzen, der Kutscher müsse sich wohl erkundigen.
Das Haus, vor dem sie nach einigem Fragen schließlich hielten, war ein solides Bauwerk, aber keinesfalls besonders prächtig. Es hatte drei Reihen quadratischer Fenster übereinander, ein schlichtes Holztor als Eingang und ein kleineres zweites, das vermutlich in die Kellerräume führte. Daß es ein großes Handelshaus war, konnte man ihm zumindest von dieser Seite der Straße aus nicht ansehen.
Sie bauen, sagte Crestina und deutete auf die Sackbahnen, die in der Mitte des Hauses über zwei Stockwerke herabhingen. Bauen sie an?
Riccardo blieb ihr die Antwort schuldig, und als sie sich fragte, weshalb, wollte sie sie auch nicht mehr hören. Sie bauen für dich, Crestina Zibatti, sagte sie sich, und sie war keinesfalls sicher, ob sie sich darüber freuen sollte.

Noch bevor Riccardo den Türklopfer bedienen konnte, ging das Haustor auf, ein Mädchen riß sich von der Hand einer Frau los und lief ihnen entgegen.
Du sollst nicht so rasch laufen, Agnes! sagte die Frau, die etwa dreißig Jahre alt sein mochte, streng. So begrüßt man keine Gäste.
Ich wollte vor Lukas dasein, sagte das Mädchen eifrig und blieb vor Crestina stehen. Ich wollte nur gleich wissen, ob es stimmt, was er gesagt hat.
Und was soll stimmen? fragte Riccardo lächelnd und hob das Mädchen hoch.
Er hat gesagt, sie sieht aus wie die Heilige…
Crestina erfuhr nicht mehr, welcher Heiligen sie gleichen solle, weil das Tor sich plötzlich mit Menschen füllte, die herausquollen, und sie während der Vorstellung Mühe hatte, sich gleichzeitig Namen und Gesichter zu merken.
Wir haben euch bereits gestern erwartet, sagte Lukas, deswegen waren wir jetzt unaufmerksam.
Aber ich, sagte Agnes stolz, ich hab' sie kommen sehen.
Die Frau, die das Mädchen an der Hand gehalten hatte, sagte, sie sei Clothilde, eine Base von Lukas. Eine ältere Frau mit weißem Haar stellte sich als Tante Adelheid vor, Sebald Helmbrecht schüttelte Crestina freundlich die Hand und sagte: Nun, wenigstens zwei von uns kennst du ja bereits, und dieser wilde Junge hier ist Jeremias, einer der beiden Zwillinge.
Wir hatten Glatteis unterwegs, erklärte Riccardo und schob seine Schwester vor sich ins Haus. Wir wären sonst viel früher dagewesen.
Ihr kommt recht zum Nachtmahl, sagte Sebald Helmbrecht, und ich freue mich, daß ihr wohlbehalten angekommen seid. Es werde Schnee geben heute nacht, und er hoffe, daß seine Frau Mathilde, die über Land sei, noch rechtzeitig nach Hause komme.
Eine Magd führte Crestina und Riccardo in ihre Zimmer, entschuldigte sich dann, daß es noch kalt sei, aber sie hätten gestern bereits geheizt und heute seien sie unsicher gewesen, ob sie es tun sollten, weil jedermann sich im Winter verspäte.
Es ist schon gut, sagte Crestina und schaute sich in ihrem Zimmer um. Mit einem Strauß blühender Zweige empfangen zu werden, das sei mehr, als man erwarten könne zu dieser Jahreszeit.

Margarete hat sie bereits seit drei Wochen in einer Vase auf dem Kamin vorgetrieben, damit sie jetzt blühen, erklärte die Magd freundlich. Es seien eigentlich Barbarazweige, die man sonst für Weihnachten richte bei ihnen.
Wie schön, sagte Crestina und schluckte hinunter, daß sie angenommen hatte, Lukas könne diese Aufmerksamkeit für sie bereitgestellt haben. Als sie zu dem Bett hinüberging, sah sie auf dessen Decke ein Lebkuchenherz liegen. Und dies, ist dies von...
Das Mädchen lachte, sagte, nein, es sei auch nicht von dem Herrn, hier im Haus mache Margarete all diese Dinge, auch die Honigkerze auf dem Nachttisch und die Schale mit getrockneten Rosenblüten seien von ihr.
Wie schön, sagte Crestina glücklich, und es sei schade, daß sie Margarete bei der Begrüßung offenbar übersehen habe, aber da seien so viele Familienangehörige gewesen.
Ihr habt sie nicht übersehen, sagte die Magd, leicht verlegen, sie war nicht dabei. Dann knickste sie und wollte das Zimmer verlassen.
Ob das Mädchen noch das Gepäck auspacken könne, fragte Crestina freundlich.
Das Gepäck auspacken? fragte die Magd verwundert und blieb unschlüssig an der Tür stehen. Sie werde Frau Adelheid fragen, sagte sie dann rasch. Sie werde sofort fragen.
Crestina schaute sich um in dem Zimmer. Es war klein, nieder, sie fühlte die Decke über sich wie daheim im Mezzanin, wo sie im Winter lebten. Die Möblierung war karg. Lediglich eine Truhe, ein Spiegel, ein Stuhl, dazu ein schmaler Schrank, und auf der Waschkommode stand ein Krug, in dem das Wasser gefroren war.
Du wirst umlernen müssen, sagte sie zu ihrem Spiegelbild und schob die Haare zusammen, die sich bei der stürmischen Begrüßung gelöst hatten. Es wird vieles anders sein als zu Hause. Sie trat einen Schritt zurück, spürte den Duft der getrockneten Rosenblüten in der Nase und schloß die Augen. Zumindest *ein* Mensch meint es gut mit dir, murmelte sie dann. Und sie beschloß, sich fürs erste damit abzufinden, daß dies nicht Lukas war.

Glockenläuten

Beim Abendessen war die Familie vollständig versammelt. Bis auf Margarete. Sie sei unpäßlich, sagte Lukas und lockerte dabei den Kragen seiner Jacke, als Crestina sich nach seiner Schwester erkundigte. Der Tisch war sorgfältig gedeckt, ein Blumengesteck stand vor Crestina, und sie fragte nicht mehr, ob auch dafür Margarete gesorgt habe.

Das Gespräch, das ablief, während eine Schüssel um die andere hereingetragen wurde, war sicher das seltsamste, das Crestina je in ihrem Leben bei einem Mahl gehört hatte, und es begann, fast unmittelbar nachdem Sebald Helmbrecht das Tischgebet gesprochen hatte.

Nun, wer hat den Auftrag bekommen? wollte Lukas' Mutter Mathilde wissen und nahm sich eine dicke Scheibe Fleisch auf ihren Teller. Der Steinmetz oder der Holzschnitzer?

Für einen Augenblick hatte Crestina das Gefühl, als sei es Sebald Helmbrecht unangenehm, eine Antwort zu geben, aber dann sagte er kurz, ohne von seinem Teller aufzublicken, er habe sich noch nicht entschieden.

Holz verwittert, sagte Tante Adelheid, du mußt es alle paar Jahre neu streichen lassen.

Aber es sei graziler, sagte der Vater mit erhobener Stimme, und der Losunger habe ebenfalls eines aus Holz. Und Holz werde ganz gewiß in Mode kommen in den nächsten Jahren.

Der Losunger, soso, daher also der Wind! sagte die Mutter spitz. Aber selbst wenn Sebald sich zehn solcher Dinger an sein Haus bauen lasse, den Rat könne er damit gewiß nicht beeindrucken. Es gebe zwei Losunger, und mehr brauche eine Stadt wie die ihre nicht. Und überhaupt, was er mit diesem Ding eigentlich wolle.

Man kann die ganze Straße damit überblicken, sagte Clothilde rasch. Und sie sei dafür.

Wenn ich die Straße überblicken will, falls ich dazu überhaupt Zeit habe, gehe ich vor die Haustüre, sagte die Mutter. Und daher sei das Ganze nichts weiter als Geldverschwendung und Prunksucht. Und was die Stadt von Prunksucht halte, das wisse ja wohl jeder.

Es sei keine Prunksucht, sagte der Vater heftig, und im übrigen sei es sein...
Bitte nicht! wehrte Lukas ab, und Crestina sah, wie ihm die Röte ins Gesicht stieg. Bitte nicht mit *dein* Geld und *mein* Geld – wir haben Gäste.
Die Mutter lachte. Ganz recht, sagte sie dann und schob Crestina die Fleischplatte zu, ganz recht. Ob das bei ihr zu Hause auch so sei, daß der Sohn die Eltern kritisiere?
Er kritisiere nicht, wehrte sich Lukas, aber heute sei für ihn ein guter Tag gewesen, und so wolle er, daß er auch gut ausklinge.
Guter Tag? sagte die Mutter spöttisch. Na ja, wenn man ein Fünftel seines Gewinns verschenke, sei das sicher ein guter Tag, nur eben für den anderen, der es ohne sein Zutun einstecken dürfe.
Lukas legte die Gabel auf den Tisch. Woher kannst du davon wissen, fragte er dann nahezu fassungslos, das Gespräch war an diesem Nachmittag. Und nicht hier in der Stadt.
Na, woher wohl? fragte Mathilde Helmbrecht und lachte kurz auf. Sie habe ihre Boten, und die seien nun mal rasch.
Eine Weile war Stille. Lukas hatte den Teller weggeschoben, da ihm offenbar der Appetit vergangen war, während sich die Mutter mit großer Lust von der Köchin weitere Fleischstücke auf den Teller legen ließ.
Crestina schaute zu Riccardo hinüber, der ihr leise zulächelte, was wohl heißen sollte: Nimm es nicht so schwer, Schwester.
Mathilde Helmbrecht blieb an diesem Lächeln hängen, kaute mit vollen Backen und sagte dann: Er war übrigens vermischt, beim letztenmal, wißt ihr das eigentlich?
Alle aßen weiter, niemand wußte offenbar, wem dieser Satz gelten sollte, und so hob die Mutter ihre Stimme ein wenig und deutete mit der Gabel zu Riccardo hinüber. Ich rede von eurem Safran, sagte sie dann, eurem Safran aus Venedig.
Unserem Safran, Riccardo zog leicht die Brauen hoch, er wisse nichts von *unserem* Safran, weil er über die Geschäfte seines Vaters ohnehin nicht besonders gut informiert sei.
Es handelt sich nicht um die Geschäfte deines Vaters, sagte Sebald Helmbrecht hastig, meine Frau meint lediglich, daß es Safran aus Venedig gewesen ist, der nicht in Ordnung war. Und da er einer der Safranschauer sei in dieser Stadt, nun ja, daher wisse es eben seine Frau.

Bei uns verbrennt man sie, sagte Mathilde. Sie wisse nicht mehr genau, wann es gewesen sei, aber man verbrenne die Kaufleute samt ihren Safransäcken, wenn sie panschen.
Nun, wenn etwas nicht in Ordnung sei, Riccardo blieb freundlich, wischte sich mit der Serviette den Mund und wandte sich an Sebald Helmbrecht, dann dürfe seine Frau getrost sagen, was sie denke. Nur, er fühle sich keinesfalls für den Safran von ganz Venedig verantwortlich. Aber selbstverständlich stehe er gerne Rede und Antwort, später, auch wenn er glaube, daß er kaum irgend etwas von Wert über gefälschten Safran aussagen könne.
Später! Die Mutter lachte. Später sind wir wieder bei der Arbeit. Wir unterhalten uns bei Tisch über unsre Geschäfte, weil wir nur da Zeit haben.
Meine Mutter meint, daß wir ständig auf irgendwelchen geschäftlichen Reisen sind, sagte Lukas freundlich, und selbstverständlich unterhalten wir uns nicht immer nur über Geschäfte.
Das sei wohl so, nickte die Mutter; ja, das sei wohl so. Sonst hätten wir immerhin noch rechtzeitig erfahren, daß uns wieder eine Einquartierung bevorsteht. Wenn sie rechtzeitig davon gewußt hätte, hätte sie sie für ihr Haus vermutlich rückgängig machen können, aber so sei keinesfalls mehr sicher, ob ihr dies gelinge.
Einquartierung? fragte der Vater verblüfft und legte die Gabel hin. Davon wisse er nichts, und falls es eine gebe, eine Einquartierung, dann sei doch wohl er derjenige, der zuerst davon erfahren hätte.
Die Mutter lachte und tätschelte Crestina über den Tisch hinweg die Hand. Ihr Mann sei zwar im Rat der Stadt und ein hochangesehener Mann in Nürnberg, aber mit seinem Gedächtnis hapere es manchmal. Da vergesse er sogar, daß Krieg sei, obwohl auch er an ihm verdiene.
Alle lachten, und der Vater lachte mit. Lukas nahm Crestina beim Arm und sagte, nach diesem anstrengenden Abendessen brauche er einen Augenblick Luft. Sie standen auf, stiegen die Treppe hinunter und machten ein paar Schritte im Hof. Nun, was hältst du von meiner Familie? fragte Lukas seufzend.
Crestina versuchte, höflich zu sein, hatte Mühe, ein paar passende Worte zu finden, und vermutlich waren sie nicht eben überzeugend.
Der Streit um das Chörlein am Haus geht schon seit Jahren, erklärte

ihr Lukas, ob man es wolle und, falls ja, ob aus Holz oder Stein. Manchmal denke er, sie brauchen ihn, diesen Streit, seine Eltern. Aber bei ihnen beiden werde es gewiß nie Streit geben, sagte er dann, er sei ein ganz und gar friedliebender Mensch. Und sie dürfe sicher sein, daß sie in diesem Haus, das zwar nicht sein eigenes sei, immer gut beschützt werde.

Crestina nickte, versuchte den Schwarm von Gedanken, der sich bei diesem Satz in ihr Hirn drängte, zurückzudrängen, aber es gelang ihr nur halb. Sie schaute zum Himmel empor und glaubte plötzlich eine Sternschnuppe zu sehen.

Lukas lachte und sagte: Eine Sternschnuppe? Um diese Zeit ganz gewiß nicht. Dann drehte er Crestina zu sich herum und wollte wissen, was sie sich gewünscht hätte, falls es eine gewesen wäre.

Ich weiß es nicht, sagte sie und ging langsam zum Haus zurück, ich weiß es wirklich nicht.

Und sie war ganz sicher, sie würde es ihm nie sagen, daß sie sich gewünscht hatte, alles ganz rasch wieder rückgängig machen zu können: diese Stadt, dieses Haus, diese Familie und ihre Reise hierher.

Die erste Nacht in Nürnberg – sie würde sie nie in ihrem Leben vergessen. Wenn sie ihr hätte einen Namen geben sollen, so hätte sie sie die Nacht der Glocken genannt.

Es begann damit, daß sie glaubte, sie werde aus dem Bett geworfen und eine der mächtigen Glocken schlendere zum Fenster herein und bleibe geradewegs vor ihrem Bett stehen, ohne zu verstummen. Sie warf sich die Decke über die Schulter, lief zum Fenster, das sie einen Spaltbreit offengehalten hatte, um die dumpfe Luft aus dem Zimmer zu vertreiben, und schloß es. Aber das Dröhnen ließ kaum nach. Im Gegenteil. Sie hatte nun das Gefühl, als bekomme diese eine Glocke vor ihrem Bett inzwischen Verstärkung und als wandere eine zweite just auf das Haus zu und dringe mühelos durch Mauern und Türen.

Nach einer Weile öffnete sie das Fenster wieder und schaute auf die Straßen hinaus, die jedoch dunkel und still dalagen. Niemand, dem dieses Glockenläuten offenbar irgend etwas zu sagen hatte. Keiner, der zu dieser nächtlichen Stunde in die Kirche ging. Als das Läuten nach einer geraumen Zeit vertröpfelte, stieg sie in ihr Bett zurück, zog die Decke über den Kopf und versuchte zu schlafen.

Sie hätte später nicht mehr sagen können, wieviel Zeit vergangen war, bis sie aufs neue hochschreckte, doch ihr schien kaum eine halbe Stunde vergangen zu sein. Diesmal war ihr, als stünden nicht nur zwei Glocken vor ihrem Bett, sondern als hätten sich alle Glocken dieser Stadt vereinigt, um sie, Crestina Zibatti, hier zu begrüßen. Oder auch an irgend etwas zu gemahnen, von dem sie törichterweise nicht einmal wußte, was es war.

Am andern Morgen, als Crestina schlaftrunken aus dem Bett hochkam, Beine und Arme kalt, weil sie sie offenbar unter der dicken Bettdecke hervorgestreckt hatte, fragte sie sich verstört, wie oft sie wohl in dieser Nacht geweckt worden und wieviel Zeit ihr zwischendurch eigentlich zum Schlafen geblieben war.
Glocken, welche Glocken? fragte Mathilde Helmbrecht verblüfft, als sie davon bei der Morgensuppe erzählte.
Na ja, Lukas lachte, klopfte Crestina begütigend auf den Arm und sagte: Das ist sicher für jeden fremd zu Beginn. Später gewöhnt man sich daran, und noch später hört man es gar nicht mehr. Wie zum Beispiel meine Mutter.
Sie höre die Glocken sehr wohl, sagte Mathilde mit Nachdruck, nur es störe sie nicht, wie das offenbar bei dem Besuch der Fall sei.
Riccardo zog bei dem Wort Besuch die Stirn in Falten, sagte jedoch nichts, und Lukas schien es keinesfalls als störend zu empfinden, daß seine Mutter seine Braut als Besuch bezeichnete.
Eigentlich habe es in dieser Nacht doch gar nicht so häufig geläutet, sagte er dann, nur ein paarmal.
Ja, zweimal sei sie auch aufgewacht, sagte Tante Adelheid. Zuerst bei der Feierglocke um eins, da sei sie gerade eingeschlafen gewesen, und um zwei sei es ihr noch mal so ergangen.
Und beim Garaus um halb vier wacht Vater auf und bei der Frühmeß um halb fünf Base Clothilde, sagte Jeremias fröhlich. Das Ratsläuten um sechs sei dann für ihn, zur Tagmeß ruft man um acht, das Abläuten des Marktes sei um halb zehn und elf, ebenfalls um elf der Weinmarkt, um zwölf das Mittagsläuten, die Vesper um zwei, der Garaus zur Nacht um acht.
Du mußt nicht deine vorlaute Schwester ersetzen, sagte Clothilde streng und legte Jeremias' Hände richtig auf den Tisch. Beim Essen reden Kinder nicht.

Ich habe das Totengeläut noch vergessen und das Läuten bei der Pest, fuhr Jeremias rasch fort, aber das habe ich ja noch nie erlebt.
Unsere Zwillinge, sie sind wirklich äußerst gut erzogen, sagte die Mutter und lachte dabei kurz auf, irgendwer müsse da wohl nicht recht aufgepaßt haben.
Der Vater wischte sich den Mund und stand auf. Ich denke, unser Gast bekommt einen falschen Eindruck von dieser Stadt, und Glokkengeläut gibt es überall auf der Welt, wohl auch in Venedig, oder?
Crestina nickte höflich und beugte dann den Kopf wieder über ihre Morgensuppe.
Unser Gast bekommt gar keinen Eindruck von dieser Stadt, wenn er nicht redet, sagte die Mutter. Crestina werde erst einmal die deutsche Sprache besser lernen müssen, wenn sie sich zurechtfinden solle. Und ohne eine gute Kenntnis der Sprache könne sie ja wohl auch kaum arbeiten.
Arbeiten? Riccardo blickte lächelnd auf. An welche Arbeit denn gedacht sei.
Sie muß nicht arbeiten, wehrte sich Lukas. Niemand sagt, daß sie arbeiten muß.
Mathilde Helmbrecht warf ihrem Mann einen raschen Blick zu. Sie muß nicht, aber es wäre gut, wenn sie es könnte. Zumindest so lange, bis wir einen neuen Schreiber haben. Und schreiben kann sie doch – oder etwa nicht?
Meine Schwester kann schreiben und eure Sprache, sagte Riccardo, und Crestina spürte, daß er offenbar Mühe hatte, sich zu einem ruhigen Satz zu zwingen. Und sie hat ganz gewiß…
Ja ja, sagte Lukas hastig, gewiß. Gewiß kann sie schreiben, meine Mutter meinte ja auch nur, daß sie vielleicht…
Was meint sie vielleicht? fragte Riccardo zurück.
Nun, bis wir einen neuen Schreiber haben, wäre es doch ganz sinnvoll – oder etwa nicht? Ich meine, es wäre doch gut, unsere Sprache besser zu lernen, weil sie vielleicht –
Weil sie vielleicht wichtiger ist als Latein, Griechisch und Französisch – ist es das, was deine Mutter meint? fragte Riccardo ruhig.
Der Vater entschuldigte sich mit seinen Geschäften und ging zur Tür. Dort blieb er stehen und lachte. Seine Frau wisse ganz sicher, was das Richtige sei in diesem Haus. Sie sei eine ganz vorzügliche Hausfrau.

Nach dem Frühstück ging Crestina mit Riccardo durch die Stadt, blindlings und ohne zu wissen, wohin sie ihr Weg eigentlich führte. Sie zog den Mantel fest um die Schultern, weil sie fror, aber Riccardo merkte es nicht und ging mit starrem Gesicht ein paar Schritte vor ihr.
Es war deine Idee, hierherzufahren, sagte er schließlich.
Ja, das war es, sagte sie, aber inzwischen bin ich nicht mehr sicher, ob dies eine gute Idee gewesen ist.
Bevor du sie nicht in die Tat umgesetzt hast, kannst du nicht wissen, ob es eine gute Idee war oder eine schlechte. Du wirst abwarten müssen.
Und wie lange wird das dauern, dieses Abwarten?
So lange, bis du weißt, was sie von dir wollen. Und so lange, bis du sicher bist, ob du ihnen dies geben willst oder nicht.
Geben? fragte Crestina zornig und blieb stehen. Ich werde ihnen gar nichts geben. Angefangen bei ihrer Sprache. Und das ist ja wohl das erste, was sie von mir wollen.
Sie wollen nicht nur ihre Sprache, sagte Riccardo, sie wollen die Anpassung. Und die wollen sie ganz. Sie wollen, daß du ein Baum wirst, der so wächst, daß er zu ihnen paßt oder daß er hierher paßt. War dir das nicht von Anfang an klar?
Nein, sagte sie nach einer ganzen Weile. Nein.
Sie gingen schweigend nebeneinander her, bis sie irgendwann vor einer Kirche standen. Nein, es war mir nicht klar, sagte Crestina, während sie eintraten, aber ich habe sicher auch nicht viel darüber nachgedacht. Ich bin hierher gegangen, weil ich keinen anderen Ausweg gesehen habe. Verstehst du das?
Riccardo ging nach rechts und stieg dann vor ihr die Treppe des Südturms hinauf. Auf einer der Stufen blieb er stehen und stutzte, Crestina folgte ihm und blieb ebenfalls stehen. Die Stufe bestand aus einem Grabstein mit hebräischer Inschrift.
Weshalb tun sie das? fragte Crestina irritiert. Weshalb schänden sie Grabsteine? Nur weil es jüdische sind?
Bei christlichen würden sie es gewiß nicht tun, sagte Riccardo. Aber sie bauen ja auch Marienkirchen an die Stellen, an denen Synagogen zerstört wurden.
Crestina drehte sich um, stieg die Treppe wieder hinunter, und Riccardo kam ihr nach.

Ich weiß keine Antwort auf deine erste Frage, sagte er dann, als sie unten anlangten. Aber auch wenn ich eine wüßte, würde sie uns wahrscheinlich nicht weiterhelfen.

FRAUENLEBEN

Am nächsten Tag, als Crestina in aller Frühe in die Eßstube kam, sah sie am Tisch ein Mädchen sitzen, das um den Kopf ein Handtuch trug und voller Hast und ohne aufzublicken seine Morgensuppe löffelte. Der Ähnlichkeit mit Jeremias zufolge konnte es sich nur um Margarete handeln.
Ich habe wohl die Glocken verwechselt, entschuldigte sich Crestina, deshalb bin ich so früh auf.
Margarete lachte. Das geht allen so, die bei uns zu Besuch sind. Sie warf einen Blick zur Tür, nahm schnell ein Stück Brot aus dem Korb und sagte dann, wieder lachend: Und was haben sie dir von mir erzählt?
Erzählt? Crestina blickte sie verunsichert an, zögerte. Wieso erzählt?
Nun, sie müssen dir doch irgend etwas erzählt haben, weshalb ich nicht bei den Mahlzeiten dabei bin.
Du seist unpäßlich, haben sie gesagt.
Unpäßlich! Margarete verschluckte sich fast vor Lachen. Unpäßlich, das ist neu. Sonst heißt es immer, ich sei eingeladen von einer Freundin oder ich müsse etwas besorgen, was keinen Aufschub duldet. Unpäßlich! Margarete löffelte ihre Suppe voller Gier, so daß Crestina sich fragte, wann sie wohl zum letztenmal etwas zu essen bekommen habe. Unpäßlich, das klinge schon fast so vornehm wie bei Clothildes Adligem, den diese nicht bekommen habe, weil ihre Mitgift zu kärglich gewesen sei.
Ich eß' nicht immer so, entschuldigte sich Margarete, als sie Crestinas Blick bemerkte. Es ist nur so, daß ich fertig sein muß, bevor sie kommen. Also, wenn du's genau wissen willst: Ich habe Stubenarrest. Wegen dem da, fügte sie dann hinzu und deutete auf das Tuch um ihren Kopf.

Läuse? fragte Crestina lächelnd.
Ja, Läuse. Ich hätte sie ihnen ins Haus geschleppt, sagte Margarete mit vollem Mund, sagen sie. Neulich war es die Krätze, die die Köchin bekam, und danach irgendein Ausschlag, den Jeremias plötzlich hatte. Egal, wer irgend etwas hat, es bin immer ich, die daran schuld ist. Was macht ihr bei euch da unten gegen so was?
Anna nimmt irgendein Mittel, aber ich weiß nicht mehr genau, was sie da zusammenbraut.
Clothilde benützt etwas, was höllisch brennt, aber vermutlich benützt sie es nur bei mir, um mich zu bestrafen.
Vor der Tür waren Stimmen zu hören, Margarete legte den Löffel hin, obwohl der Teller noch nicht leer war, stopfte ein Stück Brot in ihre Kleidertasche und stand hastig auf. Ich muß gehen, sie wollen mich hier nicht sehen, und wenn ich nicht weg bin, wird mein Sündenregister noch länger, sagte sie und verschwand rasch durch die Tür zur Küche.
Tante Adelheid kam in die Stube, sah den halb abgegessenen Teller und schüttelte den Kopf. Sie habe noch nie ein Kind erlebt, das so oft bestraft werden mußte wie Margarete, sagte sie dann.
Clothilde, die nach ihr ins Zimmer kam, hörte den Satz und sagte, und sie habe noch nie ein Mädchen erlebt, das so oft Strafe verdient habe wie Margarete. Es hat alles seine Ordnung in diesem Haus, fuhr sie fort, und wer darin wohnt, hat sich in diese Ordnung zu fügen. Meinst du nicht auch?
Crestina zuckte zusammen, als Clothilde ihre Frage wiederholte, und sagte dann, ja, sicher sei das gut. Ordnung sei immer gut.

Nach der Morgensuppe begann das, was Lukas bereits in Venedig als Familienkennenlernen bezeichnet hatte. Wenn wir uns an Ostern hier bei uns im Haus treffen, dann sind wir immer viele Leute, sagte er, und er finde es gut, wenn sie wenigstens mit einigen davon vorher bekannt würde, damit sie auch wisse, in welche Familie sie hineinheirate. Und vor allem wolle er den Eindruck, den seine Mutter bisher gemacht habe, ein wenig verbessern. Es habe schon etwas für sich, wenn eine Frau sich im Geschäft des Mannes auskenne. Weil nämlich dann, erklärte er, wenn ein Mann früh stirbt, die Frau nicht so hilflos ist und wenigstens weiß, wie sie ihre Kinder durchbringen kann.

War es bei euch so? fragte Crestina, weil sie plötzlich das Gefühl hatte, daß sie Lukas am Vortag Unrecht getan hatte.
Ja, so war es. Lukas nickte. Seine Mutter sei mit zwanzig bereits Witwe gewesen und habe ihn und ein weiteres Kind zu ernähren gehabt, und wenn sie sich nicht im Geschäft ihres Mannes ausgekannt hätte, wer weiß, wo sie dann alle gelandet wären, im Armenhaus oder sonstwo. Und seine Mutter habe es bereits von ihrer Mutter gelernt, daß man für sich selber stehen könne, und das Geld, das heute da sei, sei nicht erst durch die dritte Ehe mit Sebald Helmbrecht in die Familie gekommen, dafür hätten auch Frauen gearbeitet. Verstehst du das?
Crestina nickte, versprach, die deutsche Sprache besser zu lernen, das Geschäft zu erlernen, versprach alles, was sie am Tag zuvor noch weit von sich gewiesen hatte.

Sie begannen mit ihren Besuchen in einer der Apotheken Nürnbergs, die einem Bruder von Sebald Helmbrecht gehörte, Fritz Helmbrecht.
Aus Venedig, sieh da, sagte er erfreut. Sein Gehilfe sei auch aus Venedig, er gehöre zu einer venezianischen Familie, den Tilliattos, die bereits seit Jahren hier lebten. Ob Crestina reite, wollte er dann wissen.
Ja, sagte Crestina, sie reite.
An einem der nächsten Sonntage finde eine große Jagd statt, und er würde sich freuen, wenn sie beide und die übrige Familie daran teilnehmen würden.
Sehr gerne, sagte Crestina rasch und schaute dann verblüfft zu Lukas auf, weil er mißbilligend den Kopf schüttelte.
Wenn Zeit ist, sagte Lukas bedächtig, wenn Zeit ist, nehmen wir gerne daran teil. Aber es sei sehr viel, was er seiner Braut alles zeigen wolle. Der Onkel wisse ja selbst Bescheid, wie groß die Familie sei.
Friedrich Helmbrecht lachte und drohte Crestina warnend mit dem Finger. Wenn du dich nicht wehrst, wirst du morgen keinen gesunden Knochen mehr haben, so wird dich Lukas über die Lande hetzen, und du kannst froh sein, wenn zwischendurch gerade noch Zeit ist, einen Bissen in den Mund zu schieben. Lukas verteidigte sich, sagte, es sei ein kleines Programm, das er zusammengestellt habe für den ersten Tag, und er sei sicher, daß sie es mühelos bewältigen würden.

Der Apotheker winkte ihnen freundlich nach, als sie ihn nach einem kurzen Umtrunk wieder verließen, und meinte, er werde sich später erkundigen, wer recht gehabt habe. Denn bisweilen habe er den Eindruck, daß sein Neffe und dessen Mutter auch gut und gern ohne Nahrung und ohne Schlaf auskommen könnten.

Am Abend dieses ersten Tages war klar, daß Friedrich Helmbrecht noch untertrieben hatte, auch wenn es unterwegs in überschwenglichem Maße zu essen und zu trinken gegeben hatte. Aber als sie alle beim Nachtmahl zusammensaßen, war Crestina weder fähig, auch nur irgendeinen der Orte, die sie besucht hatten, zu nennen, noch den Unterschied zu kennen zwischen all den Papiermühlen, Blechhämmern, Drahtziehmühlen, Schleifmühlen und Klingenschmieden, die sie besichtigt hatten, geschweige denn, daß sie noch wußte, wer zu wem in welchem Ort gehörte. Und so hatte sie auf die Frage von Lukas' Mutter, wie ihr denn das neue Hammerwerk in Roth gefallen habe, nur noch ein müdes Kopfnicken parat, es habe ihr gefallen, und den Sohn von Onkel Anton werde man ja irgendwann in Padua treffen, weil er dort zum Studium hingehe.

Er hat keinen Sohn, sagte Mathilde kurz und schaute Lukas mißbilligend an. Padua, das sei Tante Elsa mit ihrem Neffen.

Sie ist schwächlich, deine Braut, sagte sie nach dem Essen, als sie mit ihrem Sohn allein war. Ein bißchen herumgefahren, und schon kann sie Äpfel nicht mehr von Birnen unterscheiden. Und sie hoffe nur, daß diese Entscheidung auch richtig sei, die Lukas da gefällt habe.

Vater hat sie mitgefällt, sagte Lukas heftig.

Eben, erwiderte Mathilde Helmbrecht und lachte ihr kurzes Lachen. Eben.

Zima des Taquila, Zima Maiglianisch, Zima Duschkani, Voscha, Toscha Carschy, Zima des Bullia – das waren die italienischen Sorten. Proventisch, Liesele, Morokin, Mendis, Oranisch, Albiges – so hießen die französischen Sorten. Terra dorta, Catalon, Mettel, Gemain – die spanischen.

Seit Tagen saß sie nun schon im Kontor von Sebald Helmbrecht, hatte die Safranlisten vor sich und versuchte, sich die Namen einzuprägen, die ihr Lukas diktierte.

Es ist nicht anders als bei einer fremden Sprache, sagte er, weil er das

Gefühl hatte, daß Crestina Mühe hatte zu behalten, was er ihr diktierte. Und sie sei doch für Sprachen begabt.
Für Sprachen schon, aber offenbar nicht für Safran, seufzte sie.
Ihr Deutsch sei in dieser kurzen Zeit schon recht brauchbar geworden, ermunterte sie Lukas, selbst Clothilde habe bereits Anerkennendes gesagt, und ein Lob von Clothilde gelte viel.
Sie nickte, sagte, ein Lob freue sie gewiß, aber es sei noch immer alles fremd für sie, bis jetzt.
Es wird nicht mehr fremd sein, wenn du dich erst einmal auskennst, sagte Lukas zuversichtlich, wenn du weißt, womit wir handeln, und vor allem, wenn du erst einmal stolz bist auf die Familie.
Sie wagte einzuwenden, es sei seine Familie.
Es wird in Kürze auch deine Familie sein, sagte Lukas eindringlich, in dem Augenblick, in dem du vor dem Pfarrer das Jawort gibst, ist es auch deine Familie, und jedermann wird es so sehen. Und dann fragte er sie die einzelnen Familienangehörigen ab, wie ein Lehrer seine Schüler die unregelmäßigen Lateinverben. Also, noch einmal von vorne, bitte.
Und so zwang sie ihre Gedanken noch einmal zurück, ließ alle an sich vorbeimarschieren, die sie bereits kannte, die Kardätschenmacherin, den Büchsengießer, den Schellenmacher, den Fingerhuter, den Armbruster, den Harnischmaler, den Kompaßzüngleinmacher, den Messerer, den Helmschmied und den Laternenmacher, und sie hatte dabei das Gefühl, als könne sie von nun an im Rat der Stadt all diese Berufe samt ihren Anliegen und Sorgen mit grandioser Geste vertreten.

Sie lernte Tag für Tag, Stunde um Stunde, jede Sekunde schien genutzt, und nicht einmal wenn sie bisweilen am Nachmittag mit Clothilde und Tante Adelheid in der Stube um den runden Tisch herum saß und strickte oder Monogramme in Bettwäsche stickte – die Vorbereitung auf ihr Frauenleben, wie sie es nannten –, gelang es ihr, das am Morgen Gelernte aus ihrem Kopf zu verbannen. Auch wenn sie versuchte, unter dem Gelernten hindurchzuschlüpfen und ihre Gedanken auf andere Pfade zu schicken, sich Horaz-Verse aufsagte oder sich mit Aristoteles beschäftigte, gelang ihr das nicht, weil Tante Adelheid und Clothilde neben ihr sich die Köpfe darüber heiß redeten, daß die Köchin doch neulich, bei Gott, die Kapaunen von einem Händler gekauft habe, der dafür berüchtigt sei, daß er seine Ware nicht einwandfrei lagere, daß der Knecht etwas mit der Magd von gegenüber habe oder daß das Holz für den Kachelofen diesmal ganz gewiß kein Buchenholz sei, sondern frisches Kastanienholz, das entsetzlich stinke, wenn es nicht gelagert werde.

Unterbrechungen dieser Nachmittage gab es selten. Sie liefen mit einer eintönigen Gesetzmäßigkeit ab, die Crestina ängstigte, und sie endeten jeweils mit der Ermahnung Clothildes, sie solle darauf achten, daß sie ihre Sätze laut spreche, dann merke man am ehesten, wo ihre Fehler steckten, und könne sie korrigieren – was offenbar ein Kernpunkte ihres Erziehungsprogramms für die Kinder war.

Einmal kam Jeremias hereingestürzt und verkündete, daß am Sonntag die Jagd bei Onkel Friedrich mit den Tilliattos sei. Wir sind alle eingeladen, fügte er dann rasch hinzu, als er sah, daß Clothilde das Gesicht verzog.

Wenn er mit alle auch seine Zwillingsschwester meine, sagte Clothilde und strich ihre Stickerei im Stickrahmen glatt, dann sei diese Einladung fehl am Platze. Für die nächste Zeit kämen ganz gewiß keine Vergnügungen in Frage für Margarete, sie habe zu lernen.

Aber es sei ein Sonntag, sagte Jeremias nahezu flehend, es sei doch ein Sonntag.

Wer am Werktag nicht lernt, der muß es eben am Sonntag tun, sagte Clothilde kurz angebunden. Und jetzt solle er die Türe schließen, es sei kalt.

Jeremias blieb stehen und schaute zu Tante Adelheid hinüber, die jedoch nicht bereit schien, seinen Blick zu erwidern. Schließlich ging er mit hängenden Schultern zur Tür, was ihm ein nachgerufenes: Halt dich gerade! von Clothilde eintrug.

Tante Adelheid begutachtete das Monogramm von Crestina, fand es lobenswert gestickt, dann seufzte sie und fragte: Weshalb denn nun schon wieder? Margarete sei doch noch gestern völlig normal beim Mittagessen dabeigewesen.

Und gestern nachmittag, empörte sich Clothilde, gestern nachmittag habe sich dieses Kind, von dem sie inzwischen glaube, daß an ihm Hopfen und Malz verloren sei, wieder ein Bravourstück geleistet. Ich gebe ihr eine ganz normale Rechenaufgabe auf, die schon jedes Kleinkind lösen kann – ein Knecht arbeitet an drei Tagen sechsunddreißig Stunden, wieviel arbeitet er dann in einer Woche? –, und was macht dieses Kind aus dieser harmlosen Aufgabe? Einen Angriff auf das Frauentum. Jawohl, auf das Frauentum, wiederholte sie, als Crestina und Tante Adelheid sich verblüfft anschauten. Lisbeth, so habe ihr Margarete vorgerechnet, hole am Tag insgesamt zwei Stunden Holz, zünde drei Stunden Feuer an, schrubbe vier Stunden Böden, räume zwei Stunden Sachen auf, wasche sechs Stunden Wäsche... Clothilde überlegte, sagte dann, ach was, sie wisse schon gar nicht mehr, was da alles aufgezählt worden sei, aber zum Schluß sei dann herausgekommen, daß Lisbeth, wenn man das Schlafen abziehe, genau eine Stunde zum Leben habe, zum *Leben*, wiederholte Clothilde empört und spie das Wort in den Raum, als sei es ein Wort, das die Gassenjungen verwendeten.

Aber, wagte Adelheid einzuwenden, wenn sie dabei richtig gerechnet hat, was kann man denn dagegen einwenden?

Dagegen einwenden? Clothildes Stimme kippte nahezu über. Was man dagegen einwenden könne? Das frage ausgerechnet sie? Clothilde schob ihre Tasse zurück, so daß der Kräutertee überschwappte, und fuhr mit schriller Stimme fort: Und komm mir bitte nicht wieder mit den Milchzähnen und daß sie im neunten Lebensjahr, wenn jedermann zehn Milchzähne und zwölf bleibende hat, noch zwölf Milchzähne und erst acht zweite Zähne hatte, und daß der Körper erst im zwölften Lebensjahr, wenn jeder vierundzwanzig Zähne hat, stark wird. Das alles ist es nicht, auch andere Kinder haben keine normalen Zähne und sind trotzdem lenkbar. Es ist nichts anderes als dieser...

Ja ja, sagte Adelheid ergeben und erhob sich, es war der Sauglappen, ich bekenne mich schuldig.

Natürlich war es der Sauglappen, sagte Clothilde erregt, als Tante Adelheid den Raum bereits verlassen hatte. Einem vierjährigen Kind noch den Sauglappen zu erlauben, das sei verbrecherisch. Kein Kind könne gedeihen, wenn es so verzärtelt werde, wie es mit diesen Zwillingen geschehen sei.

Vielleicht haben sie viel geschrien, sagte Crestina. Auch sie und ihre Geschwister hätten den Sauglappen bekommen.

Wenn Kinder schreien, läßt man sie eben schreien, sagte Clothilde, und gewickelt, das heißt geschnürt, bis es eineinhalb gewesen sei, hätte man es auch nicht, dieses Mädchen. Weil Margarete bereits als Säugling so lebhaft gewesen sei, habe man ihr die Hände und Arme

nicht an den Leib gebunden. Und das sei der Grund. Keine Seele könne sich entwickeln, wenn man den Kindern nicht die Arme an den Leib binde, und wenn sie eigene Kinder hätte, dann würde sie sie so lange binden, bis sie gezähmt seien. Bereits als Kind.
Crestina schaute auf die große Wanduhr, stellte fest, daß es noch nicht Zeit war, um sich zurückzuziehen, und so tat sie, was sie inzwischen zu einer nahezu perfekten Form der Verweigerung entwickelt hatte. Sie stieg aus mit ihren Gedanken, ließ sich absinken in eine andere Welt, zu der weder das am Morgen Gelesene noch Clothilde Zutritt hatten, in der sie allenfalls am Rande einmal vorkamen, und wenn, dann stets in einer lächerlichen Form. So stellte sie sich diesmal vor, daß Clothilde des Morgens um elf Kakao trank, den ihr ein Diener ans Bett brachte, und daß sie dabei mit ihrem Cicisbeo den Tagesablauf besprach, was Crestina mit einer solchen Heiterkeit erfüllte, daß sie plötzlich laut zu lachen begann.
Und was freut dich so sehr, wollte Clothilde mißtrauisch wissen, daß du dich vor Lachen nahezu schüttelst?
Crestina tauchte wieder auf, versuchte, das Lachen von ihrem Gesicht zu vertreiben, aber es gelang ihr nicht, zumindest nicht sofort und unter den aufmerksamen Blicken von Clothilde. Es ist nichts, sagte sie schließlich, es ist ganz gewiß gar nichts, sie habe ohne Grund gelacht.

Sie ist nicht nur schwächlich, diese Braut, sagte Clothilde am Abend nach dem Essen zu Mathilde, sie ist auch unaufrichtig. Und sie, Clothilde, sei ganz sicher, daß Crestina nicht die Wahrheit sage, wenn man sie etwas frage.
Mathilde Helmbrecht nickte zustimmend und murmelte dann vor sich hin, daß noch nicht aller Tage Abend sei.
Gott sei Dank, flüsterte Clothilde und atmete auf, auch wenn sie sich unter diesem Satz alles und nichts vorstellen konnte. Aber sie baute ihn ein in ihr Nachtgebet, formte ihn um zu einem Wunsch. Daß Gott nämlich den Ausgang dieser Tage in ihrem Sinn lenken möge, was diese Crestina Zibatti anbetraf – und natürlich vor allem ihren Vetter Lukas.

Safranschau und Kriegsgeschrei

Sie hatten sie mitgenommen in die Stadt zur Safranschau. Als Belohnung, wie Lukas völlig ernsthaft gesagt hatte. Weil sie so fleißig gelernt habe. Und weil sie bereits mindestens zehn der Safransorten voneinander unterscheiden könne. Und weil sie mit ihrem Deutsch geradezu unglaubliche Fortschritte gemacht habe.
Diese Schauen – egal ob Pfeffer, Safran, Ingwer oder Nelken – fanden stets statt, wenn aus Venedig frische Gewürzlieferungen eingetroffen waren, und genau dies hatte bereits bei der Morgensuppe einen Streit zwischen Mathilde und Sebald Helmbrecht ausgelöst.
Du hättest ihn längst abstoßen sollen, den Pfeffer, hatte Mathilde gesagt, ich hab's dir bereits vor acht Tagen gesagt, daß du ihn abstoßen sollst. Jetzt wirst du auf ihm sitzenbleiben.
Er werde gar nicht auf ihm sitzenbleiben, sagte Sebald hartnäckig, das letzte Mal, als er ihren Ratschlag befolgt habe, sei eines der Schiffe nicht pünktlich angekommen, und er habe einen beträchtlichen Verlust einstecken müssen, weil er zu früh abgestoßen und hinterher ohne Pfeffer dagesessen habe. Und diese ganze Pfefferspekulation, sie gefalle ihm ohnehin nicht.
Wer nicht spekuliert, gewinnt nicht, hatte die Mutter erwidert und ihrem Mann mangelnden Wagemut vorgeworfen. Jeder Geschäftsmann müsse etwas riskieren, sonst sei er eben kein Geschäftsmann. Dann war sie vom Tisch aufgestanden und hatte mit einem leichten Lächeln gesagt: Vermutlich kommt heute nachmittag Schreck, was der Runde nur ein gemeinsames Stöhnen entlockte.
Noch bevor sie alle miteinander aufgebrochen waren, hatte es den zweiten Mißklang gegeben. Riccardo hatte Crestina gerade spottend alles Gute gewünscht zu diesem atemberaubenden Abenteuer, Margarete hatte ihr zugeflüstert, es sei alles entsetzlich langweilig, man prüfe den Safran nach seiner Sorte und woher er komme, dann mache man eine Plombe auf den Sack, markiere ihn, versiegele ihn und schreibe die Jahreszahl drauf, und das sei's dann auch schon, wohingegen Agnes bedauert hatte, daß man schon lange niemanden mehr wegen gefälschten Safrans verbrannt habe. Als Crestina dann nochmals ins Haus zurückging, weil sie ihr Tuch vergessen hatte,

hörte sie, wie Clothilde lautstark zu Mathilde sagte, dieser Gang sei pure Zeitverschwendung, wenn noch nicht mal sicher sei, ob diese Heirat überhaupt stattfinde.

Während Crestina neben Lukas durch die Stadt ging, hatte sie das Gefühl, jedermann wisse, daß sie zu den Welschen gehöre auf Grund ihrer Frisur, die er alle paar Minuten mit zusammengekniffenen Augen betrachtete.

Das Gebäude, in dem die Schau stattfand, das Gewürzschauamt, befand sich auf dem Egidienberg neben dem Pellerhaus, und als sie ankamen, hatte es den Anschein, als handle ganz Nürnberg mit nichts anderem als mit Gewürzen – in allen Räumen herrschte solch ein Gedränge, daß sie Mühe hatten, sich zu jenem Zimmer hindurchzufinden, in dem die Safranschauer waren. Da Sebald Helmbrecht gerade nicht anwesend war, stellte Lukas Crestina einem der Männer vor, den er offenbar am besten zu kennen schien. Der Mann unterbrach für einen Augenblick seine Arbeit, begrüßte Crestina freundlich, aber als Lukas sagte, seine Braut sei aus Venedig, verschwand alle Freundlichkeit. So so, aus Venedig, sagte er kurz und wandte sich wieder seiner Arbeit zu, aus Venedig also.

Der neben ihm stehende Kaufmann hatte offenbar mitbekommen, daß es hier um die Stadt ging, auf die sie nicht gut zu sprechen waren, und bemühte sich gleich gar nicht erst, freundlich zu sein. Sie mischen gefärbte Rindfleischfasern rein bei euch, sagte er, oder gefärbte Blütenblätter, sie färben mit Mennige oder Zinnober und vermischen den guten Safran mit wildem. Ja ja, bestätigte ein dritter, das sei so, ständig habe der Rat irgendwelche Briefe nach Venedig zu schreiben wegen dieser Betrügereien.

Betrügereien gibt es auch in anderen Städten, versuchte ein vierter zu schlichten, als er sah, daß Sebald Helmbrecht zurückkehrte, und man solle es gut sein lassen. Es sei nicht eben höflich, was sie da machten.

Höflich hin oder her, sagte der erste, man habe den Deutschen den Handel schwer gemacht, früher, nur weil sie den Safran gleich dort gekauft hätten, wo er wachse, in Apulien, der Toscana, in den Abruzzen. Man habe den Transitverkehr verboten, und als man ihn schließlich wieder erlaubte, hätten die Deutschen pro fünfhundert Pfund Safran eine Abgabe von zwölf Dukaten zahlen müssen.

Aber der Handel mit Venedig sei sehr wichtig für die Stadt, sagte der

vierte und lächelte Crestina zu, während Sebald Helmbrecht mit einer weitausholenden Handbewegung über die unzähligen Safransäckchen hinweg sagte, sie solle einfach hinschauen, dann merke sie schon, wie es gehe.
Ja, sagte sie, Margarete hat es mir bereits gesagt.
Ausgerechnet Margarete, sagte der Vater verblüfft, das Kind aus seiner Familie, das sich für nichts anderes interessiere als für Pferde und noch nie einen Fuß in dieses Haus gesetzt habe. Die Männer lachten und widmeten sich wieder ihrer Arbeit.

Deine Stadt mag uns Venezianer wohl nicht unbedingt, sagte Crestina, als sie mit Lukas wieder nach Hause ging.
Du bist empfindlich, erwiderte er verärgert, kaum tut jemand den Mund auf, und schon bist du beleidigt. Was haben sie denn viel gesagt?
Nun, sie haben gesagt, daß man in meiner Stadt Safran fälscht, daß wir also Betrüger sind. Und daß deine Stadt überall berühmt und anerkannt ist für diese Safranschau, weil es sie an anderen Orten nicht gibt oder nicht so wie bei euch. Kurzum, man kann eurer Ehrlichkeit absolut vertrauen.
Und, kann man das etwa nicht? fragte Lukas mit erhobener Stimme, so daß sich ein paar Leute nach ihnen umdrehten.
Doch, sagte sie rasch, natürlich kann man das.
Und was habe ich dann falsch gemacht? fragte Lukas gekränkt.
Nichts, sagte sie leise. Oder vielleicht hast du doch etwas falsch gemacht. Du hast mich nicht verteidigt vor diesen Männern.
Verteidigt? Er schaute sie ungläubig an. Wie hätte ich deine Stadt verteidigen sollen, wenn es doch der Wahrheit entspricht?
Ich bin doch nicht die Stadt, wehrte sich Crestina, mich hättest du verteidigen können, oder etwa nicht?
Er dachte nach, schien halbwegs überzeugt, dann legte er ihr besänftigend die Hand auf den Arm. Bald wird man dich nicht mehr mit dieser Stadt zusammenbringen, sagte er dann zuversichtlich. Wenn wir erst verheiratet sind, wird niemand mehr etwas sagen, was dich beleidigen wird. Weil du dann in diese Stadt gehörst und nicht mehr dorthin, nicht wahr?
Sie nickte gehorsam. Und fragte sich zugleich, wie sie nur je in ihrem Leben hatte auf die Idee kommen können, eine Ehe mit Lukas Helm-

brecht auch nur zu erwägen, geschweige denn vorher hierherzukommen.

Am Nachmittag hatte sie die Wohnstube für sich, wie sie zu ihrer großen Verwunderung feststellte. Sie saß über ihren Stickrahmen gebeugt, stickte weiterhin Monogramme in Agnes' Bettwäsche und fragte sich nach dem Sinn dieser Arbeit, die ihr mit einemmal so unsäglich lächerlich erschien – Agnes war vor kurzem neun geworden.
Als sie sich gerade überlegte, ob sie wohl besser getan hätte, einen Spaziergang zu machen, wie ihr Lukas empfohlen hatte, hörte sie vor der Tür Stimmen. Zunächst die entrüstete Stimme der Köchin, die etwas von dampfendem Brot sagte und daß der Schinken sicher noch gar nicht recht durchgebacken sei, und dann die ängstliche Stimme der Magd, die offenbar jemanden warnen wollte.
Als sie sich gerade überlegte, ob es wohl angebracht sei hinauszugehen, öffnete sich die Tür, und das erste, was sie sah, war der kahle Kopf eines Mannes, der überdimensionale Maße hatte und sich mit einer Perücke in der Hand unter dem Türsturz hindurchbückte und ins Zimmer trat. Für einen Augenblick blinzelte er ins Licht, dann drehte er sich um und befahl mit einer zornigen Handbewegung, daß die Köchin ein Tablett auf den Tisch stellte, auf dem ein in Brotteig gebackener Schinken ins Auge fiel, den die Köchin offenbar nicht hatte herausgeben wollen.
Ihr werdet euch den Magen verderben, sagte sie schadenfroh.
Er verderbe sich nie den Magen, sagte der riesige Mann, er könne auch Nägel und Zündschnüre essen und verderbe sich den Magen nicht.
Er kam näher an den Tisch, schaute Crestina verblüfft an und setzte langsam die Perücke auf. Wenn ich sie auflasse, komme ich nur mit einem Kniefall durch die Tür, sagte er dann mit aller Selbstverständlichkeit und keinesfalls als Entschuldigung. Ich heiße Schreck, fuhr er dann fort und streckte Crestina eine unförmige Hand entgegen. Ich bin zwei Meter und eins groß und singe keinesfalls Baß, wie alle immer glauben. Und dies ist ein Zwergenhaus.
Crestina durchforschte ihren Kopf nach diesem Namen, wußte genau, daß er nicht zu den Namen gehört hatte, die man sie hatte lernen lassen, also konnte Schreck wohl kaum zur Familie gehören.

Vage erinnerte sie sich, daß Mathilde bei der Morgensuppe diesen Namen genannt hatte, aber da sie nicht recht hingehört hatte, wußte sie ihn nicht einzuordnen. Sie legte ihre Hand in seine und hatte das Gefühl, in einem Schraubstock zu stecken, obwohl er sie nicht übertrieben festhielt.

Er hasse Leute mit laschem Händedruck, sagte der Mann mit einem linkischen Lächeln, und er sei eben so groß, dafür könne man ja nichts.

Bevor Crestina sich dazu äußern konnte, hatte der Mann einen Sessel aus der Ecke geholt und an den Tisch gestellt. Das sei seiner, sagte er dann, die anderen mache er nur kaputt. Er zog das Tablett zu sich heran, legte sich ein gewaltiges Stück des Schinkens in Brotteig auf einen Teller und goß sich Bier dazu ein.

Seid Ihr die neue Hauslehrerin? wollte er dann wissen. Und ob Margarete schon wieder eine verschlissen habe.

Crestina schaute ihn erstaunt an, Schreck blickte hoch, stand plötzlich abrupt auf und verneigte sich mit einem höfischen Kratzfuß. Nun übergoß er sie mit einem Schwall Italienisch, prostete ihr zu und sagte nochmals, er sei Schreck und alle würden ihn nur so nennen.

Crestina nickte überwältigt. Er genoß offenbar ihre Verblüffung und sagte dann, mit Genuß kauend: Ich war schon mit vierzehn Jahren bei Euch dort drunten. Bin dort in die Lehre gegangen, in die Kaufmannslehre. Aber es sei vergebliche Liebesmüh gewesen, deshalb habe ihn sein Vater wieder zurückgeholt und ein Handwerk lernen lassen. Aber die Sprache, er grinste sie an und hielt ihr ein Stück Schinken entgegen, die Sprache habe er ziemlich rasch gelernt. Nicht dort, wo sie die anderen gelernt hätten, sondern in Wirtsstuben, auf Jahrmärkten – und natürlich in den *stufe*.

Crestina hatte den Eindruck, daß es wohl an der Zeit sei, diesen Tisch zu verlassen, aber der Mann hielt sie am Ärmel fest.

Nicht doch, sagte er und schaute sie dabei lachend an, Sprachen lernt man immer am besten im Bett. Und er könne auch Spanisch und Portugiesisch.

Sie versuchte ein zweites Mal aufzustehen, aber er hielt sie aufs neue fest, diesmal nur mit den Augen.

Hat man Euch nicht von mir erzählt? fragte er dann sanft. Ich bin Schreck, der Rüstungshändler. Und außerdem der jüngere Bruder von Mathilde – wußtet Ihr das nicht?

Sie schüttelte den Kopf, und es war ihr klar, daß sie Mathildes Bruder nicht allein sitzen lassen konnte, sondern ausharren mußte, egal was sich dieser seltsame Bruder sonst noch einfallen ließ.

Ihr seid also die Braut von Lukas, sagte Schreck dann schmunzelnd, diese wählerische Braut, die heute so und morgen so entscheidet und dann nicht schnell genug unter die Haube kommen kann. Mit Sonderkurier! Er lachte schallend. Achtzig Gulden für einen Mann, für einen Mann wie Lukas, das sei beachtlich. Für einen zukünftigen vereidigten Safrangucker. Für einen Mann, der den Sinn des Lebens darin sehe, von früh bis spät mit spitzen Fingern gefärbte Rindfleischfasern aus rotem Pulver herauszuklauben. Safran riecht übrigens, flüsterte er ihr dann zu, und Männer, die damit umgehen, riechen ebenfalls. Tag und Nacht, sagte er mit Verschwörermiene und lachte schallend.

Sie schaute zu Boden, erwog wieder, ob sie nicht doch gehen solle. Aber er schien ihre Gedanken erraten zu haben. Er beugte sich mit einer raschen Bewegung vor und schob das Tuch von ihrem Hals. Ihr braucht keine Angst vor mir zu haben, sagte er dann besänftigend. Bei ihr stünden ja die Knochen aus dem Hals, und er möge keine mageren Frauen. Es sei denn, sie sind kratzbürstig, und vielleicht sei sie ja eine solche. Wieder blickte er sie prüfend an, und sie wartete schon darauf, daß er ihr nun den Mund öffnen und ihr Gebiß begutachten würde wie beim Pferdekauf. Ich bin das schwarze Schaf der Familie, fuhr er nach einer Weile fort und wischte sich den Mund an der Tischdecke ab, aber es stört mich nicht sehr. Sie sagen, ich habe keine Moral, aber auch das stört mich nicht.

Crestina wollte fragen, weshalb, aber Schreck gab die Antwort selbst. Er griff in seine Tasche, holte eine Hand voll mit gehacktem Blei heraus und schüttete es vor sie auf den Tisch. Ich habe das entwickelt, sagte er stolz, das ist besser als die bisherige Munition. Entwickle alle Munitionen, Waffen und Rüstungen selber, da bin ich wenigstens sicher, daß sie auch etwas taugen. Und das hier, dieses gehackte Blei, mache tiefere Wunden als alles andere vorher. Ihr seid doch hoffentlich nicht zimperlich? fragte er dann mißtrauisch. Zimperliche Frauen gebe es bereits genug in dieser Familie, man brauche nicht noch eine dazu. Er schob die Bleistückchen zu einem Berg zusammen und sagte dann plötzlich mit veränderter Stimme: Ich bin ein Monster für sie, versteht Ihr, ein Monster. Bin ich das für Euch

auch? Als er sie mit zusammengekniffenen Augen anschaute, beschloß sie ein weiteres Mal aufzustehen, weil sie sich dem Gespräch nicht gewachsen fühlte.
Monster? fragte sie irritiert und stellte dabei fest, daß es das erste Wort war, das sie zu diesem Gespräch beigetragen hatte. Wieso denn ein Monster?
Wegen allem. Wegen meiner Größe, meines Berufs. Aber wenn sie mich brauchen, dann kommen sie alle gekrochen, erwiderte er, nun voller Zorn. Meine Schwester, mein Schwager, meine Nichten, meine Neffen. Nur wenn ich dieses Haus betrete, sind stets alle weg, versteht Ihr?
Crestina erinnerte sich auf einmal, sah die Gesichter bei der Morgensuppe und hörte das Stöhnen.
Ich frag' mich manchmal, weshalb ich keine bekomme, sagte er dann, keine Frau, die es mit mir aushält, versteht Ihr? Alle zu zimperlich. Dabei ist es doch ganz einfach, mit mir auszukommen. Er holte ein Stück Papier aus der Tasche, auf das er mit ein paar raschen Strichen einen Harnisch zeichnete und einen zweiten daneben. Sucht Euch den aus, der der bessere ist! sagte er dann gespannt und schob ihr das Papier hin. Sagt mir, welcher Euch besser gefällt!
Sie tippte blindlings auf einen der beiden Harnische, und Schreck schaute sie an, als habe er eine Offenbarung. Ich wußte es ja gleich, sagte er dann nahezu andächtig, bereits als ich zur Tür hereinkam, hatte ich das Gefühl, daß Ihr jemand sein könntet, der einen minderwertigen Kölner Harnisch von einem Nürnberger Harnisch ohne weiteres unterscheiden kann.
Sie wehrte ab, sagte, es sei reiner Zufall, aber er bestand darauf, daß sie den Unterschied zwischen einem herkömmlichen Fußknechtsharnisch und einem neuen, von ihm entwickelten sofort gesehen habe. Das sei ungewöhnlich. Er starrte sie ungläubig an, und sie hatte das Gefühl, als wolle er nach dieser Prüfung wenn schon nicht um ihre Hand anhalten, so doch in Erwägung ziehen, was sonst noch möglich sei.
Ihr habt recht getan, sagte er und zog eine Kugel aus der Tasche, Ihr habt recht getan, daß Ihr so wählerisch wart, zu diesem Lukas paßt Ihr ganz gewiß nicht. Er strich mit einer raschen, zärtlichen Bewegung über die Kugel – eine Bewegung, die sie ihm nicht zugetraut hätte – und schaute dann hoch. Es glaubt mir niemand, sagte er leise.

Sie fragte unvorsichtigerweise, was.
Daß diese Hände nicht nur den Schmiedhammer führen, sondern auch anderes können. Aber diese Hände, sie sind einfach nicht gefragt.
Crestina spürte, wie sie langsam zu schwitzen begann. Sie hatte den Eindruck, als habe dieser grobe Mann eine nahezu magische Anziehungskraft, wo sie doch ganz sicher war, daß er ihr eigentlich unsympathisch erschien.
Wie heißt Ihr eigentlich? fragte sie schließlich wie unter Zwang.
Habe ich das nicht bereits ein paarmal gesagt? fragte er verwundert zurück. Ich bin Schreck.
Und nichts sonst? Keinen Vornamen?
Er lachte schallend. Doch, sagte er dann und klopfte sich dabei auf die Schenkel, ich heiße Friedhold.
Friedhold? Sie fühlte, daß auch sie das Lachen überkam, und lachte mit.
Er sah sie prüfend an und sagte dann: Ihr lacht, als hättet Ihr schon lange nicht mehr gelacht, stimmt es?
Sie hielt inne und beugte sich wieder über ihren Stickrahmen.
Geht mich ja nichts an, sagte er und schob die Kugel wieder in seine Tasche, aber könnt Ihr mir in drei Sätzen die Vorzüge von Lukas schildern?
Sie legte ihre Stickarbeit endgültig beiseite und stand auf.
Nein, geht nicht, sagte er leise, ich weiß, wir betreiben ein gefährliches Spiel, und Ihr seid nicht gewohnt, es zu spielen. Ich werde Euch jetzt etwas erzählen, belangloses Zeug, aber es wird Euch interessieren. Und Ihr werdet wieder abkühlen.
Und dann erzählte Schreck, wie die Stadt durch ihr geschicktes Lavieren es stets fertiggebracht habe, sich in diesem Krieg nahezu aus allem herauszuhalten, wie sie Einquartierungen und Truppendurchmärsche dadurch verhindere, daß sie an alle Parteien ihre Waffen liefere, wie sie seinerzeit sogar nicht davor zurückgeschreckt habe, an Max von Bayern Dürers vier Apostelbilder zu verscherbeln, aber wie dann letztendlich die Bürger unter allem zu leiden gehabt hätten! Haben einfach geglaubt, was ihnen dieser Carl von Liechtenstein gesagt hat, daß er nämlich eine Bestellung von mehreren tausend Rüstungen angenommen habe und daß sich dieser Auftrag in jedem Fall gegen den Kaiser richte. Aber er, Schreck, habe den ho-

hen Herren erzählt, was in Wirklichkeit sei und daß er mit dem Obristen von Schlammersdorf überhaupt keine geschäftliche Verbindung habe, und na ja, Schreck beruhigte sich etwas, die Stadt habe dann versichert, daß der Waffenhandel frei sei und daß sie nicht die Absicht habe, auf ihn oder andere Plattner irgendeinen Druck auszuüben. Und als der Kaiser protestiert hat, daß bei dem Probeschießen mit tausend Musketen alle zersprungen sind, hat sich die Stadt gewehrt und gesagt, diese Waffen seien eigentlich in Suhl geschmiedet worden, und erst nachdem man sie bei einem ersten Probeschießen geprüft habe, sei das Nürnberger Zeichen, das N und der Adler, auf die Musketen gepunzt worden.

Sie hatte sich wieder gesetzt, hörte ihm zu, dachte bei sich, wie wenig sie doch wußte von diesen Geschäften.

Hakenbüchsen, Zündschnüre, Armbrüste, Spieße, Hellebarden, Streithämmer, Helme, Lunten, Pulver, Steinschleudern, Wurfmaschinen, sagte Schreck voller Stolz, von mir könnt Ihr alles beziehen, was Ihr wollt. Und sein Vater sei bereits der berühmteste Büchsenmeister und Stahlhändler dieser Stadt gewesen. Und Mathilde, sagte Schreck voller Ehrfurcht, Mathilde habe bereits vor zwölf Jahren, als sie diesen Mann in Prag aus dem Fenster geworfen hätten, genau gewußt, daß es Krieg geben werde, und habe mit ihrem Vater immer genau geplant, was man zuerst herstellen wolle, noch bevor die Aufträge eingingen. Einundzwanzig Landesherren allein bei uns im Reich, sechs ausländische Königreiche und sechsundzwanzig Städte in Oberdeutschland und in Böhmen, sie alle seien Kunden der Nürnberger Plattner.

Als sein Redeschwall schließlich verstummte, fuhr Crestina hoch, weil sie dachte, sie sei inzwischen allein im Raum.

Schreck lachte, blinzelte ihr zu und fragte, ob er ihr nun anderes erzählen solle, etwa die Geschichte von dem Ganser und der Gans, die miteinander... Aber in diesem Augenblick ging die Tür auf, und Mathilde Helmbrecht blieb auf der Schwelle stehen.

Natürlich, die Geschichte vom Ganser und der Gans, sagte sie kopfschüttelnd. Wie viele solche Geschichten hat er dir denn schon erzählt?

Crestina wehrte ab, sagte, sie hätten über anderes geredet.

Geredet? wunderte sich Mathilde, könne man mit ihrem Bruder etwa reden? Sie habe immer gedacht, man könne eine ganze Tisch-

decke neben ihm sticken, ohne das Gefühl zu haben, daß man auch nur einen Satz sagen müsse. Wann bist du denn gekommen?
Um zwei, sagte Schreck stolz und lachte, um zwei.
Um zwei? Mathilde schaute Crestina ungläubig an. Wirklich um zwei?
Ja ja, wundere dich nur, sagte Schreck fröhlich, so lange hat mich noch niemand ausgehalten. Sie hat den Rekord. Du bist übrigens im Verzug, fuhr er dann fort. Du bist bereits seit vierzehn Tagen im Verzug. Ich habe bei dir vierhundertfünfzig Dreiviertelharnische bestellt, achthundert Trabharnische mit Ätzungen und zweihundert Halbharnische. Bis jetzt habe ich gerade tausendzweihundert Stück im ganzen.
Das kann ich dir gern erklären, sagte Mathilde. Wenn mir der Rat endlich einen Stückwerker bewilligen würde, hättest du deine Harnische schon längst, aber was sie mir bewilligen, ist allenfalls eine verlängerte Arbeitszeit, das ist auch schon alles. Und außer dir habe ich noch andere Auftraggeber. Da heißt es ständig, der Rat mischt sich nicht in Waffengeschäfte ein, aber selbstverständlich tut er es doch. Wenn sie mir erlauben, zwei Faß mit spitzigen Sturmhauben nach Polen zu schicken, so muß ich mich selber darum kümmern, daß sie nicht Nürnbergs Feinden in die Hand fallen. Mein Ätzmaler ist krank, und zwei Lohnknechte und ein Lehrknecht sind zu wenig.
Schon gut, schon gut, winkte Schreck ab und erhob sich. Dann müsse er eben noch warten. Einspringen könne er in keinem Fall, er habe anderes zu tun.
Gold suchen, gelt, spottete Mathilde. Hab's schon gehört, warst wieder beim Goldsuchen, was? Am Moritzberg haben sie dich gesehen.
Erz, nicht Gold, verbesserte sie Schreck, und nicht ich. Ich ganz gewiß nicht.
Dann irgendwelche Bauern, die du dir geholt hast. Sechzig Klafter tief willst du in die Erde rein, mit einem Schacht, haben sie mir erzählt. Als ob nicht jedermann wüßte, daß das längst vorbei ist. Schon seit hundert Jahren.
Das heißt nicht, daß man nicht trotzdem noch was findet, sagte Schreck mit gestrecktem Kinn, oder?
Hackenstahl, spottete Mathilde weiter, auch so eine alte Idee. Hast

ihn dir andrehen lassen, hab' ich gehört, anstelle von Kernstahl, den sie dir damit vermischt haben. Sie haben sich den Bauch gehalten vor Lachen, daß du es nicht gemerkt hast. Ich auch übrigens.

Du auch, natürlich, sagte Friedhold Schreck verärgert. Du hältst dir immer den Bauch, und das Gras wachsen hörst du auch, nicht wahr?

Du meinst die Geschichte mit dem Stahlhärten bei uns hier in der Stadt? fragte Mathilde fröhlich. Natürlich weiß ich das.

Er war um ein Viertel billiger als der Steirische Stangenstahl, wehrte sich Friedhold.

Ja ja, und dafür sprang die Hälfte ab, wenn du ihn im Wasser gehärtet hast, er war viel zu weich und ohnehin nur an der Oberfläche verstählt.

Aber er war Nürnberger Stahl.

Nürnberger Stahl, was soll das? Es komme auf die Güte an und nicht auf den Ort. Und die Stadt habe zu Recht diesen seltsamen Erfinder gleich wieder verjagt. Von meiner Arbeit ist übrigens noch nie etwas beanstandet worden bei der Schau, sagte sie dann süffisant lächelnd.

Kein Wunder, erwiderte Schreck zornig und stand auf. Weil der Plattschlosser, der bei den Schauern ist, vermutlich von dir Geld bekommt.

Mathilde lachte hell auf, setzte sich an den Tisch und zog Teller und Becher ihres Bruders zu sich heran. Hast du ihr auch die Geschichte von der Eselin und dem Hengst erzählt? fragte sie dann grinsend, während sie von dem Schinken abschnitt und sich Bier eingoß.

Das kannst du ja tun, sagte Schreck böse und ging zur Tür.

Gib auf deine Perücke acht! rief ihm Mathilde nach. Die Tür ist bereits voller Haarbüschel.

Crestina nahm ihre Handarbeit und erhob sich.

Hätt' sie schon nicht erzählt, diese Geschichte, sagte Mathilde, auf beiden Backen kauend. Schließlich sei sie nicht Schreck, der ständig Weiberröcken nachschaue und nie einen erwische.

Risi e bisi

Daß Margarete dennoch mit zur Jagd durfte, verdankte sie nach langem Hin und Her weder ihren Eltern noch Tante Adelheid und schon gar nicht Clothilde, sondern dem Apothekeronkel, der eines Abends zu ihrem Vater kam und kategorisch erklärte, daß er sich von nun an weigere, ständig Kräftigungsmittel für Margarete ins Haus zu bringen, wenn die natürlichen Mittel, den Körper zu ertüchtigen, überhaupt nicht eingesetzt würden. Ein Kind, das ständig Stubenarrest habe und kaum an die frische Luft komme, könne nicht gedeihen. Und wenn er neben seinen Freunden, den Tilliattos, alle Helmbrechtkinder – Agnes natürlich ausgenommen – zur Jagd eingeladen habe, so solle man tunlichst auch Margarete mitschikken.
Aber dann erst nach dem Kirchgang, versuchte Clothilde ein letztes Gefecht, ohne den Kirchgang erlaube sie es ganz gewiß nicht.
Gut, nach dem Kirchgang, sagte Sebald Helmbrecht zustimmend, er sei auch dafür, daß ein junges Mädchen seinen Körper ertüchtige, aber die Seele sei genauso wichtig.

Wir haben sie verloren! rief Margarete und ließ vor Glück ihren Rappen in Galopp fallen. Hurra, wir haben die ganze Meute verloren!
Sie waren nach der Kirche zu fünft losgeritten, Riccardo, Lukas, Jeremias, Crestina sowie Margarete, und sie hatten sich dem vereinbarten Treffpunkt schon ziemlich genähert, als die beiden Mädchen plötzlich feststellten, daß ihre Begleiter bei der letzten Wegkreuzung eine andere Richtung genommen haben mußten.
Wir sind frei! schrie Margarete zu Crestina zurück, die das langsamere Pferd hatte. Wir sind allein auf der Welt und frei, frei, frei!
Crestina lachte, versuchte mitzuhalten mit dem Galopp, aber Margarete nahm Zäune und zugefrorene Bäche mit einer solchen Wildheit, daß Crestina bisweilen den Atem anhielt und erst erleichtert aufatmete, als Margarete endlich unter einer mächtigen Eiche anhielt. Sie sprang vom Pferd, band es fest und gab ihm einen Klaps. Dann umarmte sie den Baum. Es ist mein Baum, sagte sie und rieb

ihr Gesicht an der rauhen Rinde, und ich habe ihn eine halbe Ewigkeit nicht mehr gesehen.
Dein Baum, hast du ihn etwa gepflanzt?
Margarete schüttelte den Kopf. Nicht gepflanzt, nur gerettet, als sie ihn fällen wollten, weil der Blitz eingeschlagen hatte. Das ist Onkel Friedrichs Wald.
Sie werden uns suchen, sagte Crestina und schaute mit dem Fernrohr in die Runde, sie werden sich Gedanken machen, wo wir sind.
Margarete öffnete die obersten Knöpfe ihres Reitkleides, streckte ihre nackten Brüste der Wintersonne entgegen und sagte lachend: Ich hoffe, es stört dich nicht.
Nein, nein, sagte Crestina rasch, wobei sie in eine andere Richtung schaute, es störe sie nicht.
Aber deine Kirche erlaubt es doch nicht, nicht wahr? Ich meine, daß man seinen eigenen Körper betrachtet, oder?
So sehr ist es wiederum auch nicht meine Kirche, daß ich mich nicht einmal getraue, mich im Spiegel zu betrachten, wenn ich dazu Lust habe, sagte Crestina.
Männer, sagte Margarete plötzlich übergangslos und schob ein paar Sonnenblumenkerne in den Mund, die sie aus ihrer Tasche holte, Männer, glaubst du eigentlich, daß sie überhaupt etwas von uns verstehen? Ich meine, daß sie spüren und fühlen, was wir fühlen?
Ich hoffe es, sagte Crestina, sah dabei Lukas Helmbrecht vor sich und wußte, daß sie es ganz gewiß nicht glaubt.
Vielleicht, sagte Margarete und öffnete ihr Kleid noch um einige Knöpfe weiter, vielleicht verstehen nur Frauen andere Frauen und Männer nur andere Männer wirklich.
Du denkst zuviel, sagte Crestina und stellte sich vor, wie Clothilde reagieren würde, wenn sie anwesend wäre. Für ein Mädchen mit dreizehn Jahren denkst du erstaunlich viel.
Margarete lachte. Jetzt sagst du nur nach, was du gehört hast. Sie sagen das ständig, daß ich zuviel denke. Aber was sie anderes denn tun solle, wenn sie in diesem Hause mit niemandem reden könne.
Ich weiß es nicht, sagte Crestina hilflos, ich weiß es nicht.
Du hast Riccardo, sagte Margarete plötzlich und schaute sie prüfend an, nicht wahr, du hast doch Riccardo?
Crestina strich sich das Haar aus dem Gesicht, versuchte ihr Pferd zur Ruhe zu bringen, dann sagte sie rasch, niemand habe jemanden. Und das sei's dann auch schon.

Margarete lachte wieder und fragte, ob sie schon die Sprüche auf dem Kachelofen gelesen habe.

»Die böse Lust mußt du bezwingen, sonst wird sie dir Verderben bringen«, sagte Crestina ernsthaft mit erhobener Stimme. Ob sie das meine?

»Die Sünde, die uns Lust verspricht, ist süßes Gift, o trau ihr nicht«, sagte Margarete, erhob sich und streckte den Zeigefinger in die Höhe. »Willst du der Sünde Lust genießen, so wirst du stets es schrecklich büßen.« Schon als kleines Kind habe sie diese Sprüche lernen müssen, sagte sie dann, in einer Zeit, in der sie nicht einmal gewußt habe, was Sünde überhaupt sei.

In der Ferne war Hundegebell zu hören, dann Schüsse und das Gelächter von Menschen.

Es sind Wildenten, sagte Margarete, sie schießen sie, obwohl keiner von ihnen Wildenten mag.

Bei uns sind es kleine Vögel, sagte Crestina. Und das sei noch schlimmer.

Sie werde, falls sie es überhaupt tue, nie in ihrem Leben jemanden heiraten, den man ihr aussuche, erklärte Margarete ohne Überleitung ernst. Sie werde nur jemanden heiraten, den sie liebe. Und sie müsse ganz sicher sein, daß sie diesen jemand auch noch mit achtzig oder neunzig lieben könne, sonst wolle sie überhaupt nicht lieben. Sie wolle entweder alles oder nichts.

Alles oder nichts, Crestina seufzte, so was sage man mit dreizehn, aber schon nicht mehr mit sechzehn. Manchen genüge schon eine Trutz- und Schutzburg, und das sei sicher auch schon viel.

Mir genügt es nicht, sagte Margarete entschieden und streckte sich in der Sonne, während sie lauschte, wie die Hunde inzwischen näher kamen. Es genügt mir nicht.

Was willst du dann?

Ich will, daß ich auch mit siebzig oder achtzig noch so lebe, daß sich mir die Haut spannt vor Glück, verstehst du? Und ich will niemanden an meiner Seite, der mich daran hindert.

Als die Reiter aus dem Wald herauskamen und ihnen zuwinkten, knöpfte Margarete ihr Kleid zu, spuckte die Hülsen der Sonnenblumenkerne in hohem Bogen auf die Erde und stieg wieder auf ihr Pferd. Gründest du mit mir eine Zunft oder eine *scuola* – oder wie immer ihr es nennt – gegen alle Trutz- und Schutzburgen dieser Welt? rief sie dann lachend Crestina zu und preschte in wildem Galopp davon.

Crestina hörte das Gespräch wider Willen. Es fand in der Remise statt, und es war zu spät, um zu gehen, als sie es hörte.

Sie war nach ihrer Rückkehr von der Jagd ins Haus gegangen, hatte dann aber festgestellt, daß ihre Haarspange verlorengegangen war, die ihr Riccardo erst zu ihrem letzten Geburtstag geschenkt hatte, und so war sie in den Stall zurückgekehrt. Offenbar genau in dem Augenblick, in dem Mathilde Helmbrecht den Stall von der Rückseite her betreten hatte.

Sie sagen, sie paßt nicht zu uns, deine Braut, sagte die Mutter und zerrte dabei irgendwelche Gegenstände über den Boden, sie paßt nicht zu uns und nicht in diese Stadt.

Wer sagt das, fragte Lukas, der sich um die Pferde kümmerte, viel zu ruhig, wie es Crestina schien.

Die Leute.

Welche Leute?

Welche Leute! Wer sagt das! Genügt es nicht, daß es gesagt wird? Die Leute hier fragen sich, was du an ihr findest.

Eine Weile war Stille, dann hörte Crestina die Schritte der Mutter, die zur Tür ging und offenbar den Hengst in den Stall holte. Du mußt ihn beschlagen lassen, sagte sie, ich sag' dem Schmied und seinen Gehilfen Bescheid für morgen.

Ich habe ihm schon Bescheid gesagt, gab Lukas zurück, er kommt übermorgen.

Übermorgen kommt er nicht, weil ich ihn dann selber brauche. Du mußt es dir schon für morgen einrichten.

Morgen fahre er mit Crestina nach Bamberg, sagte Lukas störrisch. Er habe es versprochen.

Ich denke, ihr fahrt morgen zur Drahtziehmühle von Onkel Georg?

Auch, sagte Lukas widerwillig, dort übernachten wir, und dann fahren wir nach Bamberg. Und was er an Crestina finde, könne er genau sagen, fügte er dann hinzu.

Der Hengst bäumte sich offenbar auf, wieherte wild, Crestina hörte Mathilde ein paar unwirsche Flüche ausstoßen, die einem Pferdeknecht Ehre gemacht hätten, dann schien das Gespräch zunächst beendet. Der Schmied und die Männer kommen morgen, sagte Mathilde nach einer Weile sehr sanft, und dieser Hengst wird morgen beschlagen. Es ist deine Schuld, daß er so ist. Du hast ihn dir nie un-

terworfen, hast ihm immer seinen Willen gelassen, als Fohlen schon hast du ihn verdorben.
Er habe ihn nicht verdorben, verteidigte sich Lukas, und ich sehe...
Weiß sie eigentlich, was Weckknödel mit saurem Fleisch sind und wie man eine ganz normale Milchbrotsuppe macht? fragte die Mutter dazwischen. Das wollten sie nämlich auch wissen, die Leute.
Und was hast du ihnen gesagt?
Was hätte ich ihnen schon sagen sollen? Daß sie einen Falken auf der Hand halten kann und Latein von Griechisch unterscheiden, was ich zumindest annehme.
Sie kann *risi e bisi* kochen, sagte Lukas laut, und außerdem...
Und außerdem braucht sie die Trense, sagte die Mutter, diesmal mit einem leichten Lachen in der Stimme, und sie braucht sie jetzt. Sonst geht es dir wie mit diesem störrischen Hengst, für den man inzwischen vier Männer beschäftigen muß, damit man ihn überhaupt beschlagen kann.
Meine Braut ist kein Fohlen, das zugeritten werden muß, sagte Lukas zornig.
Irgendein Gegenstand fiel auf den Boden, wobei nicht sicher war, ob er zu Boden geworfen wurde oder nur hinunterfiel.
Dann waren Schritte zu hören, Lukas' Schritte, wie es schien. Die Schritte entfernten sich, eine Tür fiel laut ins Schloß. Und dann noch mal die Stimme der Mutter, diesmal hart: *Risi e bisi* und einen Falken auf der Hand! Mein Sohn muß den Verstand verloren haben. Und mein Mann dazu, daß er so etwas hat gutheißen können.
Crestina hörte den Hengst wiehern, und sie war sich nicht sicher, ob Mathilde Helmbrecht ihn nicht im Zorn über die falsche Wahl ihres Sohnes geschlagen hatte.

Wie ein Mann ein fromb Weib
soll machen

Eine Woche später hatte Lukas sie in das Kontor seines Vaters mitgenommen und ihr zwei kleine Büchlein in die Hand gedrückt, sichtlich verlegen und trotzig zugleich. Sie solle sie lesen, hatte er gesagt, ohne sie dabei anzuschauen, sie solle sie lesen, es sei nützlich für sie.
Was drinstehe, wollte sie wissen und blätterte in den Büchern, wobei sie bereits beim ersten flüchtigen Lesen merkte, daß dies nur die Auswirkungen des Gespräches mit seiner Mutter sein konnten.
Sie solle sie in Ruhe lesen, wiederholte Lukas und tätschelte ihr dabei freundlich die Schulter. Das eine sei ein Ehebüchlein, das vom Verfasser dem Rat der Stadt Nürnberg gewidmet worden sei, und jedermann in der Stadt, der heiraten wolle, sei angehalten, es zu lesen. Es werde ganz gewiß auch ihr helfen, sich über den ehelichen Stand und ihre Pflichten zu informieren.

Später ging sie mit Riccardo an der Pegnitz spazieren, und sie lasen sich im Gehen gegenseitig aus den Büchern vor.
Hör zu, sagte Riccardo lachend, hör zu: »Liebe und Frauen sind nur Hinderniss und Ablenkung auf dem Weg zur Weisheit« – also ich befürchte, Lukas hat überhaupt nicht gelesen, was er dir da verordnet hat.
Crestina deutete auf das andere Buch und schüttelte den Kopf. Ich denke schon, daß er es gelesen hat, dieses ganz gewiß. »Der Mann ist das Haupt der Frau, so wie Christus das Haupt der Christenheit ist.«
Das ist von Paulus, sagte Riccardo, und jedermann kennt es. Während ich das bisher noch nie gehört habe. Hör zu: »Schlag sie, besonders morgen im Bett mit einer Gerte. Und will die Gerte nichts helfen, so besorge dir einen Prügel vom Mispelbaum. Damit gerb ihr die Lende.« Ob er das wohl vorhat, dein zukünftiger Ehemann?
Crestina las: »Von den Aufgaben der Weiber«, und sie stritten darüber, ob es in ihrer Sprache überhaupt ein Wort gab, das so grob war wie »Weiber«. Dann nahm Riccardo ihr das Buch aus der Hand, blätterte darin, schüttelte den Kopf und lachte. Hör zu, das ist für

dich gedacht, das mußt du lernen: Große und überflüssige Liebe der Eheleute sei nicht grundsätzlich zu loben, »denn Liebe bringt Unheil, zerbricht den hohen, denkenden Geist, nimmt den Menschen fort von großen und guten Gedanken und führt ihn zu unendlichen und verworfenen Dingen«. Da hast du es also, spottete Riccardo, große und überflüssige Liebe zum eigenen Weib ist schändlich! Und umgekehrt ja wohl sicher auch.
Sie schaute ihn an, kam sich vor, als habe Riccardo soeben in ihr geblättert wie in einem Buch, das sie bisher stets unter Verschluß gehalten hatte.
Stehen wir auch drin? fragte sie schließlich zögernd.
Riccardo klappte das Buch zu, schob es in die Tasche und schaute dann über den Fluß hinweg. Es wird noch länger Winter bleiben, sagen sie, es soll neuer Frost kommen.
Riccardo? sagte sie und berührte seinen Arm.
Ich weiß es nicht, sagte er und machte einen Schritt zur Seite. Vielleicht.
Als sie am Nachmittag für kurze Zeit in ihrem Zimmer war, nahm sie die Bücher nochmals zur Hand, blätterte sie durch und suchte nach der Stelle, an der Riccardo das Buch zugeklappt hatte.
Bei Cicero-Aussprüchen fand sie sie, und sie war ganz sicher, daß es nur dieses Zitat sein konnte, das sie betraf. Als »unordentliche Lieb« wurde hier bezeichnet, was sie beide wohl bereits seit ihrer Kindheit miteinander verband.

Es war der gleiche Tag, an dem es spätabends noch an ihre Tür klopfte. Crestina lag bereits im Bett, überlegte sich, wer es sein könne, aber inzwischen klopfte es bereits ein zweites Mal, und die Tür öffnete sich einen Spalt.
Darf ich hereinkommen? flüsterte Margarete und schaute hinter sich. Sie brauchen es nicht unbedingt zu wissen.
Crestina ließ sie ein, schalt sie wegen ihres kurzen Nachthemdes und sagte, indem sie auf die Eisblumen am Fenster zeigte: Du wirst dir den Tod holen.
Darf ich in dein Bett? fragte Margarete fröstelnd und schlug die Arme um die Schultern. Es ist kalt.
Crestina schlug die Bettdecke zurück, damit Margarete zu ihr schlüpfen konnte, und schob ihr den warmen Ziegelstein hinüber.
Weshalb schläfst du nicht längst? fragte sie kopfschüttelnd.

Ich muß mit dir reden, sagte Margarete und verkreuzte die Arme hinter dem Kopf.
Und das hat keine Zeit bis morgen?
Nein, sagte Margarete entschieden, das hat es nicht.
Und weshalb nicht?
Weil dann vielleicht schon alles anders ist.
Crestina seufzte, deckte sich und Margarete zu und sagte: Also, sag mir's, was so wichtig ist, daß man nicht einmal eine Nacht darüber schlafen kann.
Am Sonntag letzte Woche waren wir auf der Jagd bei Onkel Friedrich, sagte Margarete und zählte an ihren Fingern ab, stimmt doch, oder?
Ja, sagte Crestina irritiert, und was ist dabei so wichtig?
Am Montag wart ihr dann bei Onkel Georg, das ist der, der die Drahtziehmühle besitzt, erklärte sie geduldig, als Crestina sich besann.
Ja, sagte Crestina, das sei wohl richtig.
Am Tag darauf wolltet ihr zu Onkel Tobias nach Bamberg, du erinnerst dich, sagte sie eindringlich, aber es wurde dann verschoben.
Ja, sagte Crestina, natürlich erinnere sie sich. Dann setzte sie sich auf und sagte: Hör zu, kommst du mitten in der Nacht zu mir ins Bett, um aufzuzählen, wie ich deine Familie kennenlerne oder meine Tage mit Lukas verbringe?
Am Mittwoch wart ihr in Roth, am Donnerstag im Hammerwerk in Fürth, am Freitag was weiß ich wo, und am Samstag hat man dich in Ruhe gelassen, aber morgen geht es dann gleich weiter.
Crestina schob die Bettdecke beiseite und stieg aus dem Bett. Komm, sagte sie dann sanft, Kalendermachen können wir morgen, ich bin müde. Weißt du, Familienkennenlernen ist anstrengend. Und was an dieser Aufzählung wichtig sein solle, verstehe sie nicht.
Sie ist nicht vollständig, die Aufzählung, sagte Margarete hartnäckig und flehend zugleich, bitte.
Mir genügt sie, sagte Crestina, ich bin beeindruckt von eurer Familie.
Ja, genau das ist es ja, erwiderte Margarete rasch und setzte sich auch auf. Genau das soll es ja sein. Hast du eigentlich Spaß dabei?
Spaß? Crestina überlegte. Wieso sie dabei Spaß haben solle.
Also gut, interessiert dich dieses Hammerwerk wirklich und wie

viele Hämmer da laufen? Und woher Onkel Friedrich seine Arzneien bezieht? Und wie Tante Anna ihre Kardätschen macht?
Crestina überlegte und zuckte dann mit den Achseln.
Du bist feige, sagte Margarete und trommelte dabei auf die Bettdecke. Du bist so feige wie alle. Wie diese ganze Familie.
Hör zu, sagte Crestina sanft und strich Margarete über das Haar. Was soll das?
Margarete schlug plötzlich die Hände vors Gesicht und schluchzte. Bleib bitte hier, sagte sie dann fast lautlos, geh nicht wieder weg.
Aber ich bleibe doch, sagte Crestina stockend, fuhr dann mutiger fort: Ich bleibe doch hier.
Nein, sagte Margarete und wischte sich die Tränen aus dem Gesicht, du bleibst nicht.
Margarete, sagte Crestina, stieg ins Bett zurück und hatte dabei das Gefühl, als falle sie in ein abgrundtiefes Loch, was soll das alles?
Weshalb solltest du bleiben, sagte Margarete traurig, du kannst uns doch alle nicht ausstehen. Auch Lukas kannst du nicht ausstehen. Du bist nur zu gut erzogen, um es zu sagen. Vielleicht weißt du es auch noch gar nicht, daß du ihn nicht magst, fuhr sie dann sinnend fort, aber ich will nicht, daß du in ihre Falle tappst, verstehst du? Du weißt auch ganz einfach nicht, was sie mit dir vorhaben, eure Kinder werden im anderen Glauben...
Margarete, unterbrach sie Crestina. Bitte, wir sind nicht einmal verheiratet, wir haben...
Kannst du überhaupt unsre Gebete? fuhr Margarete fort, ohne hinzuhören. Du seist keinesfalls so fromm, wie sie es gerne hätten, sagen sie, und wenn Lukas außerdem es nicht bald schaffe, dir die...
Die Trense, sagte Crestina, halb lachend. Ich weiß, wenn er mir nicht bald die Trense anlegt, werde ich nie zu einer Frau werden.
Ja ja, sagte Margarete unglücklich, du machst dich darüber lustig, aber du kennst sie einfach nicht, für sie bist du ein Kind, das sie erziehen wollen, so wie sie mich erziehen wollen. Ein Leben lang wollen sie uns erziehen, vermutlich bis wir Großmütter sind.
Margarete, sagte Crestina und nahm das Mädchen in den Arm, du darfst das alles nicht so schwer nehmen.
Margarete befreite sich, suchte unter dem Kopfkissen nach einem Taschentuch, fand eines und putzte sich die Nase damit. Aus Batist mit Spitze, sagte sie dann bewundernd, wie wunderschön. Meine sind alle nur aus Leinen.

Du kannst es behalten, sagte Crestina. Nimm es, wenn es dir gefällt. Hör zu, Margarete, du...
Bitte, sag jetzt nicht, daß ich in mein Bett soll und morgen sei alles anders, bitte, sag's nicht, murmelte Margarete schläfrig, ich will hierbleiben.
Sie werden dich suchen morgen, und dann darfst du wieder nicht bei der Morgensuppe dabeisein.
Sie werden mich auch ohne das nicht bei der Morgensuppe dabeihaben wollen, sagte Margarete. Für die nächsten drei Tage bin ich sowieso aufs Zimmer verbannt, da kommt es auf das hier auch nicht mehr an.
Und weswegen war es diesmal?
Ich weiß es nicht mehr, sagte Margarete schläfrig, ich weiß es wirklich nicht mehr. Eine Strafe geht in die andere über, da vergißt man sie, verstehst du?
Crestina schob Margarete behutsam aus dem Bett, bis sie auf den Füßen stand, und drückte ihr das Taschentuch in die Hand. Komm, ich bringe dich in deine Stube, schlug sie dann vor.
Es geht, sagte Margarete und machte ein paar Schritte zum Fenster, ich schaffe es schon. Sie legte die Finger auf die Eisblumen, nahm sie wieder weg. Bist du schon jemals in einem Haus gewesen, das so kalt war wie dieses? fragte sie dann und betrachtete ihre Hand. Und wenn alle Menschen dieser Welt ihre Hände darauflegen würden, es würde nicht warm werden. Dieses Haus, es ist ein Eispalast.

SCHATTENTREIBEN

Es waren drei Tage vergangen, ohne daß Crestina über dieses seltsame Gespräch noch einmal mit Margarete hätte reden können, weil das Mädchen stets nur beim Abendessen anwesend war und anschließend von Clothilde sofort ins Bett geschickt wurde.
Am vierten Tag, es war ein Feiertag, flüsterte Margarete Crestina zu: Gehst du mit mir? Sie haben mir erlaubt, am Nachmittag in die Kirche zu gehen, und ich darf dich fragen, ob du mich begleitest.

Natürlich begleite ich dich, sagte Crestina bereitwillig und hatte zugleich das Gefühl, daß dies kein einfacher Nachmittag werden würde. Das Gefühl verstärkte sich, als Margarete sie zielstrebig aus der Stadt herausführte und zu schnellerem Gehen antrieb: Kannst du nicht rascher gehen, sonst sind wir nicht zeitig zurück.
Wo ist denn deine Kirche? fragte Crestina nach einer Weile, als sie schon übers freie Feld gingen.
Wir gehen in keine Kirche, sagte Margarete einsilbig, ich habe einen Vorwand gebraucht. Frag jetzt nicht! drängte sie, als Crestina stehenblieb. Und deine Seele bleibt rein dabei, spottete sie. Die Strafe bekomme ich, nicht du, falls sie es herausbekommen.
Das Haus, das sie kurze Zeit später betraten, war das Siechenhaus der Stadt, der Siechköbel. Es lag in der Nähe des Friedhofes und hatte früher einmal für Pestkranke gedient. Jetzt lebten darin Blinde, Taubstumme und Gebrechliche, Alte und Junge zusammen. Sie standen bereits auf der Straße und liefen den beiden freudig erregt entgegen. Rete, rief eine alte Frau, die aussah, als sei sie über hundert, Rete, bist du es?
Margarete umarmte die Frau und küßte sie. Die Frau tastete über Margaretes Gesicht, sagte dann, sie werde immer dünner, ob sie ihr nicht recht zu essen gäben in diesem reichen Haus.
Doch, doch, sagte Margarete beschwichtigend, es gehe ihr gut, und sie habe jemanden mitgebracht.
Ein schönes Fräulein, erklärten die Umstehenden bewundernd, sie sehe aus wie ein Engel.
Crestina fühlte sich in die Mitte genommen, zu der Alten hingeschoben, die tastend die Finger über ihr Gesicht gleiten ließ. Ja, sagte die Frau dann, wie ein Engel auf diesen italienischen Gemälden, ihr habt recht.
Crestina wehrte ab, hatte das Gefühl, in der seltsamsten Gesellschaft zu sein, die sie sich vorstellen konnte, und während Margarete sich nach allen Seiten hin unterhielt, mit den einen eine Zeichensprache sprach, die vermutlich den Taubstummen galt, und den anderen zärtlich über den Rücken strich, sagten alle dieses Kind, dieses Kind sei ihnen wohl von Gott geschickt.
Margarete lachte, blinzelte zu Crestina, sagte: Hörst du, was sie hier meinen, und zu Hause bin ich der Teufel.
Du mußt mir sagen, wer sie ist, dein Engel, sagte die Alte jetzt, wäh-

rend sie noch immer Crestinas Hand hielt. Wer ist sie? Deine Freundin?
Sie will Lukas heiraten, sagte Margarete, sie ist seine Braut, und sie kommt aus Venedig.
Minuten vergingen, bis auch in die hintersten Reihen der Umstehenden gedrungen war, daß dieses hübsche Mädchen aus Venedig kam. Alle stellten Fragen, bewunderten sie, auch daß sie ihre Sprache sprach, wurden sie nicht müde zu loben.
Siehst du? Crestina lachte zu Margarete hinüber. Auch ich bin nur hier der Engel, bei dir zu Hause spreche ich alles falsch aus.
Lukas... sagte die Alte und besann sich. Hat er noch immer diesen geraden Rücken?
Ja, sagte Margarete lachend, den hat er noch immer.
Sie müsse jetzt gehen, sagte die alte Frau plötzlich und schaute sich um. Ihre Mutter habe es nicht gerne, wenn sie bei Dunkelheit noch unterwegs sei, und sie spüre die Dunkelheit, auch wenn sie nicht mehr sehe.
Deine Mutter wird schon nicht schimpfen, sagte Margarete und küßte die Alte zum Abschied, sie weiß ja, daß du hier gut aufgehoben bist, aber wir müssen jetzt aufbrechen.
Die alte Frau entspannte sich sichtlich, lachte wieder, umarmte erst Margarete, dann Crestina. Hüte dich vor denen mit den geraden Rücken, sagte sie dann zum Schluß kichernd, hüte dich!
Die anderen Bewohner des Siechenhauses begleiteten die beiden noch durch die Felder, fast bis an den Rand der Stadt, dann blieben sie winkend zurück.
Wer war das? wollte Crestina wissen, als sie durch das Stadttor gingen.
Meine Großtante, sagte Margarete. Das war meine Großtante Lydia, die Tante meines Vaters.
Crestina blieb stehen, wollte zu fragen ansetzen, aber Margarete sagte nur: Sie gehört schließlich auch zur Familie, oder etwa nicht?
Hat sie wirklich noch eine Mutter, fragte Crestina nach einer Weile.
Nein, natürlich nicht. Anfangs habe ich auch immer versucht, ihr zu erklären, daß diese Mutter längst tot ist, aber ich habe ihr damit nur Angst eingejagt. Jetzt lasse sie es, da es sicher besser sei zu glauben, man habe eine Mutter, die schimpfe, als zu wissen, daß man gar keine mehr hat.

Das Haus, das sie als nächstes betraten, lag in einem finsteren Randviertel von Nürnberg, und Crestina war ganz sicher, daß sie hier noch nicht gewesen war.

Der Mann, der ihnen öffnete, stand an Häßlichkeit den Alten aus dem Siechköbel in nichts nach. Er hatte ein rundes Apfelgesicht, das strahlte, als er sie durch die Tür schlüpfen ließ. Dann trippelte er durch einen dunklen Gang vor ihnen her und führte sie schließlich in einen Raum, der eher einer Rumpelkammer glich als einer Wohnstube. In der einen Ecke stand ein hohes Bett mit einem buntkarierten Bettbezug, in einer anderen eine riesige Glocke, über der offenbar Kleider zum Trocknen aufgehängt waren, und in der dritten sah Crestina einen Ofen, auf dem in einer Pfanne etwas vor sich hinbrutzelte, was den ganzen Raum mit einem intensiven, süßen Duft erfüllte.

Oh, du hast sie schon gemacht, sagte Margarete enttäuscht und beugte den Kopf über die Pfanne, ich wollte sie doch selber machen.

Das nächste Mal, das nächste Mal, sagte der Alte und drückte Crestina in einen Schaukelstuhl. Ihr seid viel zu spät dran, es wird bald Nacht.

Genauso habe sie es gewollt, sagte Margarete, nicht Nacht, nicht Tag, das sei für sie die schönste Stunde. Und dazu Punschäpfel. Sie müsse zwar jedesmal den Mund ausspülen, wenn sie nach Hause komme, damit man den Alkohol nicht rieche, aber das mache ja nichts.

Der Alte lachte, holte aus einem Wandregal zwei Teller, pustete darüber und stellte sie auf den Tisch. Dann zündete er ein paar Kerzen an und holte die Punschäpfel vom Ofen.

Das Licht der Flammen zuckte über die Wände, hinter dem Tisch hing ein Kruzifix. Der Alte bemerkte den Blick Crestinas, hob die Schultern und sagte, das Kreuz stamme von seinem Großvater, und er lasse es hängen. Solle jeder denken, was er wolle, für ihn gebe es nur *einen* Herrgott, keinen katholischen oder protestantischen.

Sie aßen die Äpfel, die der Alte vorbereitet hatte, dann fragte ihn Margarete, ob er habe arbeiten können.

Ein wenig, sagte er, ein wenig nur. Aber ein Bild sei so geworden, daß er es verschenken müsse. Das hier. Er ging zu seiner Truhe, nahm ein Blatt aus einer Mappe, das einen grazilen, bläulichen Vo-

gel zeigte, und legte es vor Crestina hin. Sie müsse es nehmen, sagte er dann, er habe einen solchen Vogel – ein Paradiesvogel für ihn – immer malen wollen, aber es sei ihm nie gelungen. Die Hände, sie wollen nicht mehr, versteht Ihr? Und dann fragte er, ob sie die Geschichte dieses Vogels hören wollten.
Crestina deutete zum Fenster, es war inzwischen völlig dunkel draußen, aber Margarete schüttelte den Kopf. Die Geschichte, sagte sie, sie wolle die Geschichte des Paradiesvogels, und nicht nach Hause.
Als sie schließlich das Haus des Alten verließen, schlugen die Glokken bereits den Garaus.
Was werden wir ihnen sagen? fragte Crestina. Ich hätte dir nicht nachgehen dürfen.
Mach dir keine Sorgen, sagte Margarete fröhlich, mir wird schon etwas einfallen. Es sei ihr noch immer etwas eingefallen.
Mit der Wahrheit wirst du sie kaum überzeugen können, sagte Crestina zweifelnd.
Sie brauche sie nicht mehr, die Wahrheit, sagte Margarete trotzig, wenn die Wahrheit nichts nütze, dann lüge sie eben. Und es sei ihr egal.
Eine Weile gingen sie schweigend nebeneinander, dann schob Margarete ihren Arm unter den Crestinas. Also, dann erzähl' ich dir's eben, wenn du nicht fragst: Er ist ein Bruder meines Vaters, Onkel Ambrosius, und die beiden hätten das Geschäft eigentlich miteinander führen sollen, so hatte es ihr Vater bestimmt. Aber Onkel Ambrosius wollte seinen eigenen Weg gehen, er wollte malen und nichts als das. Also wurde er Glasmaler und machte Kirchenfenster. Aber dann vertrug er eines Tages die Farben nicht mehr, und so entschloß er sich, Glocken zu gießen. Das ging eine Zeitlang gut, dann gab's einen Unfall... Margarete stockte. Du hast die Glocke gesehen in der Ecke? Sie hat einen Riß. Und weißt du, ich finde es schändlich, wenn ein Bruder dem anderen vorwirft, daß so etwas nicht vorkommen darf in der Familie der Helmbrechts. Onkel Ambrosius hat es nie verkraftet, daß mein Vater das getan hat.
Sie sehen sich nicht mehr?
In der Kirche, sagte Margarete, manchmal. Mein Vater schämt sich heute, daß er ihm das vorgeworfen hat. Ich besuche ihn, nur ich. Und Lukas hätte dich ganz gewiß nie zu ihm gebracht.
Und wovon lebt er?

Er malt. Er lernte bei einem Papiermacher das Marmorieren, aber er arbeitet nicht für die Buchbinder, er malt Bilder. Solche, wie du gerade eines von ihm bekommen hast. Jetzt plagt ihn die Gicht, und er kann nicht mehr lange arbeiten. Aber verstehst du? sagte Margarete und blieb plötzlich stehen. Ich brauche ihn. Ich brauche ihn, weil er der einzige Mensch ist, der mich versteht. Er hat einmal gesagt, wir, Tante Lydia und ich, wir gehörten eigentlich gar nicht dazu, zu diesen Helmbrechts. Zu ihnen gehörten nur die Starken, die Sieger, die Erfolgreichen. Wir seien nichts weiter als Schatten in dieser Familie, die irgendwo dahintreiben, vielleicht nie ankommen. Aber vielleicht seien wir trotz allem glücklicher als eine Mathilde Helmbrecht, die am liebsten eine Hammerschmiede nach der anderen aufkaufen würde. Ich möchte nicht leben wie sie, verstehst du das?
Ja, sagte Crestina, das verstehe ich. Und nach einer Weile, als sie sich dem Helmbrechtschen Anwesen näherten: Was werden wir ihnen sagen?
Margarete seufzte. Ich weiß es nicht, sagte sie, ich weiß es wirklich nicht. Dann lachte sie plötzlich. Wenn sie gerecht sein wollen, müssen sie uns beide einsperren, und da sie sich das nicht getrauen, werden sie mich vielleicht auch schonen.

HEXENBRENNEN

Sie hat überhaupt nicht hingeschaut, empörte sich Agnes, als sie beim Abendessen saßen, sie hat einfach weggeguckt.
Du sollst beim Essen nicht reden, sagte Clothilde, obwohl sie gerne mehr gehört hätte von diesem Tag, den Lukas, Crestina, Agnes und Jeremias in Bamberg verbracht hatten, um einen Geschäftsbesuch zu machen.
Crestina hat sich einfach umgedreht, wiederholte Agnes, diesmal um eine Spur lauter, und weil sie nicht gucken wollte, gingen wir alle weiter, und keiner von uns durfte zusehen, obwohl der Platz voller Leute war. Dabei hat sie nicht mal geschrien.
Wer hat nicht geschrien? fragte Tante Adelheid jetzt und stellte gleichzeitig fest, daß die Kapaune um eine Spur zu weich seien.

Die Frau im Feuer, sagte Jeremias.
Die Hexe, sagte Agnes mit vor Aufregung roten Backen, und sie hat auch nicht gebetet. Und da waren auch noch viele andere Brandpfähle, aber da waren die Hexen schon alle verbrannt.
Für Clothilde schien der Augenblick gekommen, Agnes mit der Gabel auf die Finger zu klopfen. Kleine Kinder reden nicht bei Tisch, sagte sie dann, während Agnes das Weinen unterdrückte.
Widerrufen hat sie auch nicht, sagte Jeremias und kaute dabei mit vollem Mund. Aber geschrien habe sie doch, er habe es gehört, weil er noch etwas stehengeblieben sei.
Crestina sagte nichts. Sie nahm das Fleisch von der Platte, trank den Wein, den ihr Lukas eingeschenkt hatte, aber sie hörte nicht einmal hin, als die anderen sie fragten, wie viele Verbrennungen es denn in Venedig gebe im Jahr und ob sie dort noch nie eine gesehen habe.
Sie hat keine gesehen, sagte Riccardo.
Ob man in Venedig auch zuschaue, wenn sie Hexen verbrennen, wollte Clothilde wissen.
Riccardo hob die Schultern. Vielleicht. Er wisse es nicht so genau. Er habe noch von keiner Verbrennung gehört.
Wie man dann bei ihnen üblicherweise strafe, fragte Clothilde.
Mit Gift, sagte Riccardo lächelnd und machte eine Handbewegung über die Tischplatte hinweg, man vergiftet sie einfach.
Er mache Späße, sagte Clothilde steif, nie wisse man, wie man bei ihm dran sei. Und sie könne sich nicht vorstellen, daß man dort unten weniger brenne als bei ihnen, schließlich sei das Brennen ja eine Sache der Katholischen.
Du meinst, wir haben es erfunden? fragte Riccardo zurück.
Die Katholiken hätten in Würzburg neunhundert verbrannt und in Bamberg sechshundert, ob das nichts beweise? fragte Clothilde.
Nein, sagte Riccardo, es beweise nichts. Weil nämlich auch die Reformierten brennen.
Und wo bitte? fragte Mathilde Helmbrecht spitz.
Calvin, sagte Riccardo. Hat er etwa nicht Verbrennungen massenhaft zugelassen? Und in England und Nordamerika und Skandinavien, wißt ihr etwa davon nichts? Und habe Luther nicht ein zwölfjähriges Mädchen in der Moldau ertränken lassen wollen, nur weil er es für verhext hielt? Und gar der lutherische Rechtsgelehrte Benedikt Carpzow, ob sie noch nie von ihm gehört hätten? Die Zahl seiner Todesurteile solle in die zwanzigtausend gehen, heiße es.

Aber wir, sagte Agnes plötzlich voller Angst, wir sind doch die Guten, wir tun doch nichts Schlimmes?
Wir gehen jetzt ins Bett, sagte Clothilde entschieden und nahm Agnes bei der Hand, dann hören wir auch nichts Schlimmes mehr.
Man verstöre dieses Kind, sagte Adelheid mißbilligend, wenn man diese gräßlichen Dinge erzähle.
Er habe keinesfalls den Eindruck, daß dieses Kind durch Erzählungen verstört werde, sondern durch das, was es gesehen habe, sagte Sebald Helmbrecht, und beim nächstenmal könne Lukas ja auch ein wenig Rücksicht auf seine kleine Schwester nehmen.
Agnes habe das unbedingt sehen wollen, wehrte sich Lukas, er sei nicht dafür gewesen, dorthin zu gehen, aber schließlich würden ja alle zuschauen.
Du magst ihn wohl nicht besonders, unseren Martin Luther, sagte die Mutter, als Clothilde mit Agnes gegangen war.
Nein, sagte Riccardo, ich mag ihn nicht.
Ob das klug sei, wenn seine Schwester in Kürze einen Lutheraner heirate?
Er richte seine Gedanken und Meinungen nicht nach der Heirat seiner Schwester aus, sagte Riccardo und lächelte dabei freundlich in die Runde.
Na schön, sagte Mathilde, mit einemmal wieder friedfertig, aber es interessiere sie nun mal, ob sie in seiner Stadt überhaupt nicht brennen.
Doch, sagte Riccardo, aber keine Menschen.
Keine Menschen? Was denn dann?
Bücher, sagte Riccardo, sie verbrennen Bücher.
Bücher? Die Frage kam aus drei Mündern zugleich. Wieso denn Bücher?
Die Mutter schaute kurz hoch. Du schreibst doch auch, nicht wahr? Verbrennen sie auch deine Bücher?
Riccardo wischte sich bedächtig den Mund mit seiner Serviette, dann sagte er: nein, seine nicht.
Aber du bist nicht sicher, ob sie es nicht eines Tages doch tun? hakte Mathilde nach.
Nein, das sei er nicht. Niemand sei es.
Und wer eigentlich das Geschäft übernehme, wenn der einzig verbliebene Sohn nicht in die Fußstapfen des Vaters treten wolle, was ja wohl reichlich ungewöhnlich sei.

Da seien zwei Neffen, sagte Riccardo und legte die Serviette auf den Tisch, die erlernten gerade bei seinem Vater den Kaufmannsberuf.
Was er eigentlich schreibe, fragte Mathilde unbeirrt weiter.
Eine Geschichte seiner Stadt.
Ob das wichtiger sei, als ein Geschäft weiterzuführen, das seine Vorfahren aufgebaut hätten.
Mathilde! sagte Sebald Helmbrecht und schickte ein linkisches Lächeln zu seiner Frau hinüber. Seine Gemahlin interessiere sich einfach dafür, Riccardo möge es nicht als Neugierde empfinden, es sei gewiß keine.
Es ist Neugier, sagte Mathilde mit einem breiten Lächeln, und sie verstehe nicht, wieso Neugier schändlich sein solle.
Mir schien es eher ein Verhör zu sein, sagte Crestina ruhig und schaute in die Runde, bevor sie alle den Tisch verließen.
Sie ist zimperlich, deine Braut, sagte Mathilde später zu Lukas, sie ist nicht nur schwächlich und unehrlich, sondern auch noch zimperlich und aufmüpfig dazu. Niemand bei uns stört sich daran, wenn Hexen brennen. Niemand. Und niemand könne ihr verbieten, sich nach dem Broterwerb des Bruders der Braut zu erkundigen, das sei ihr gutes Recht als Mutter.

Crestina schob Kopfschmerzen vor, als Lukas sie später um einen Spaziergang bat, weil er der Meinung war, daß sie sich endlich einmal in Ruhe unterhalten müßten. Lukas schaute sie prüfend an. Er hasse diese gemeinsamen Abendessen, sagte er dann, sie brächten die Menschen nicht zusammen, sondern nur auseinander. Crestina legte ihm die Hand auf den Arm, sagte ein paar nichtssagende Sätze und haßte sich für diese Sätze, während sie die Treppe hinaufstieg.
Oben, vor ihrem Zimmer, saß Agnes im Nachthemd auf dem Boden und legte beschwörend den Finger auf die Lippen.
Alle paar Tage eine andere Schwester vor der Tür, sagte Crestina, das sei ungewöhnlich. Aber sie verbot sich, die Kopfschmerzen noch einmal vorzuschieben, als Agnes flüsterte: Bitte, heute endlich die Puppenstube, du hast es mir schon so oft versprochen.
Die Puppenstube, sie nickte, dachte bei sich, daß die Puppenstube ein schöner Abschluß dieses Tages sein werde, der bis zu diesem Zeitpunkt nicht eben ein heiler Tag gewesen war.
Also stieg sie mit Agnes die Treppen hinauf, die breiten Stufen, die

engen Stufen, bis sie schließlich unter dem Dach angelangt waren. Agnes stellte ein paar Kerzen auf, zündete sie an und nahm dann ein weißes Tuch von dem Puppenhaus, mit dem es vor dem Staub geschützt war.

Das Haus war dreistöckig, nahezu das Abbild des Helmbrechtschen Hauses, und es war bis ins letzte Detail eingerichtet, so daß man sich vorstellen konnte, man brauche nur hier einzuziehen und finde alles am rechten Platz. Schränke voll mit Linnen, der Spinnrocken in der Ecke, an dem eine Puppe saß, in der anderen Ecke ein Webstuhl, an dem gleich zwei Frauen beschäftigt waren, und im nächsten Stockwerk eine Nähstube mit Frauen, die den selbstgewebten Stoff für Kleider und Hemden zuschnitten.

Das ist ein wunderschönes Puppenhaus, sagte Crestina bewundernd und setzte sich auf den niederen Schemel vor dem Haus, da kannst du sicher stundenlang spielen.

Es ist nicht zum Spielen, sagte Agnes ernsthaft und stellte die winzige Lampe, die Crestina aus der Ecke eines Puppenzimmers genommen hatte, wieder an ihren Platz zurück. Man spielt nicht damit.

Man spielt nicht damit? Was tut man dann?

Man lernt, wie man eine Frau wird, sagte Agnes und nahm aus dem Wäscheschrank einen Packen mit sorgfältig gefaltetem Linnen heraus.

Wie... Crestina zögerte, wußte nicht, ob sie diesen seltsamen Dialog überhaupt fortsetzen sollte... und wie lernt man, wie man eine Frau wird?

Nun, man lernt es, sobald man weiß, wie man alles macht. Agnes nahm aus einer kleinen Schachtel ein blaßblaues Band heraus, legte den Wäschepacken vor sich auf die Knie und versuchte, den Stapel zusammenzubinden. Sie versuchte es einmal, zweimal, dann legte sie das Ganze Crestina auf den Schoß. Ich kann's noch immer nicht, sagte sie weinend, Tante Adelheid hat's mir schon so oft gezeigt, aber ich kann's einfach nicht. Auch den Spruch auf dem Bett kann ich noch nicht lesen.

Crestina nahm den Wäschepacken, schlug das Band der Länge nach darüber, und Agnes begann zu schluchzen. Crestina nahm das Kind in den Arm, versuchte, es zu trösten. Aber je mehr sie ihr Trost zusprach, um so heftiger schluchzte Agnes. Sie sagen, man bekommt keinen Mann, wenn man es nicht kann, sagte sie schließlich und putzte sich die Nase.

Wer sagt das? wollte Crestina wissen.
Alle, sagte Agnes, alle. Besonders Tante Adelheid sagt es.
Aber Tante Adelheid ist doch auch nicht verheiratet.
Eben deswegen, erklärte Agnes. Sie sagen alle, sie habe nie richtig stricken können und sie sei nicht gut gewesen im Nähen.
Dafür kann sie sicher etwas anderes, sagte Crestina.
Es gibt nichts anderes für eine Frau, was man können muß, sagte Agnes ernsthaft, und was man nicht kann, muß man lernen.
Aber du bist doch noch klein, versuchte Crestina sie zu trösten, du hast noch viel Zeit.
Nein, sagte Agnes traurig, das hat man nie. Und, und…
Was und?
Die Rute, sagte Agnes ergeben, man muß die Rute bekommen, damit man es frühzeitig lernt.
Und du… du…
Ja, sagte Agnes, inzwischen wieder gefaßt, voller Selbstverständlichkeit, natürlich, ich auch. Aber ich bekomme sie nicht mehr, sobald ich das hier kann. Deswegen übe ich ja fleißig. Hast du auch die Rute bekommen, früher, wenn du die Schleife nicht konntest?
Nein, sagte Crestina und seufzte, nein, das habe ich nicht.

Der Dutzendteich

Der Winter kehrte mit einer Heftigkeit zurück, die niemand für denkbar gehalten hatte. Innerhalb von wenigen Tagen froren Bäche und Weiher wieder fest zu, und das Hoffen auf das Frühjahr mußte für einige Zeit begraben werden.
Lukas hatte die Gäste aus Venedig mit hinausgenommen zu dem Dutzendteich, der eine knappe Stunde von Nürnberg entfernt war, und ihnen erzählt, daß die Kinder dort Schlitten fahren.
Crestina und Lukas fuhren in einem nicht sehr großen, von zwei Rappen gezogenen Schlitten, Riccardo ritt hinter ihnen drein, da in dem Gefährt nur Platz für zwei Personen war. Es war ein heller, klarer Tag, die Sonne schien kräftig, wenn auch ohne zu wärmen, und

es war, als sei halb Nürnberg an diesem Sonntag auf dem Weg zu dem Teich. Andere Schlitten fuhren an ihnen vorbei, größere, prächtigere, und Crestina hatte das Gefühl, daß es Lukas störte, wenn sie überholt wurden, weil er den Kutscher ständig zur Eile antrieb, obwohl sie genug Zeit hatten.

Für kommenden Winter werde ich einen bauen lassen, der mehr Platz hat, sagte er schließlich und schaute sich um, weil er sich offenbar vergewissern wollte, ob bereits der nächste Schlitten in Sicht war. Vielleicht werde ich ihn auch mit Intarsien versehen lassen, sagte er dann, als Crestina kaum hinhörte. Hörst du, mit Intarsien aus exotischen Hölzern.

Sie nickte folgsam, wiederholte: aus exotischen Hölzern, worauf Lukas sogleich noch weitere Kostbarkeiten aufzählte, nachdem er offenbar den Eindruck hatte, daß die Hölzer aus Übersee kaum Eindruck machten auf seine Braut. Manche haben sogar die aufgebogenen Enden der Kufen versilbert, fuhr er dann hartnäckig fort, während Crestina lachend Riccardo zuwinkte, der soeben an ihnen vorbeigaloppierte.

Ich sagte, sie seien versilbert, wiederholte er, diesmal um eine Spur lauter.

Crestina wandte sich ihm zu, lachte und fragte, was das heiße.

Wie bitte? fragte Lukas irritiert.

Nun, dieses Silber, was das ändere an dem Schlitten, sagte Crestina, noch immer lachend.

Lukas rückte eine Spur von ihr ab. Wir müssen nicht darüber reden, sagte er dann steif.

Sie legte die Hand auf seinen Arm, versuchte, ihn zu besänftigen, sagte etwas, was für ihn klang, als beruhige sie einen aufgeregten Hund, der eine Spur verloren hatte.

Eine Weile fuhren sie schweigend weiter, Lukas blieb von ihr abgerückt. Da hätte er ja auch mit dem Schlitten fahren können, rief ihnen Riccardo scherzhaft zu, wenn so viel Platz sei.

Was weiß ich eigentlich von ihm? fragte sich Crestina plötzlich mit schlechtem Gewissen und beugte sich zu Lukas hinüber. Bist du als Kind hier auch Schlitten gefahren? fragte sie, weil sie mit einemmal den Wunsch hatte, Lukas kennenzulernen als jemanden, der auch einmal ein Kind gewesen war, obwohl sie sich das nicht recht vorstellen konnte.

Er schreckte auf, sagte eine Weile nichts, dann lachte er jenes kurze Lachen, das sie an Mathilde Helmbrecht erinnerte. Schlitten gefahren?

Sie nickte, wunderte sich über seine Reaktion, sagte ja, als Kind, ob er dort Schlitten gefahren sei.

Als Kind? fragte Lukas, wie ihr schien mit einer Spur von Verärgerung, zurück.

Crestina lachte wieder, erkundigte sich, was so sonderbar an ihrer Frage sei, daß man sie nicht beantworten könne.

Er sei nie Schlitten gefahren, sagte Lukas schließlich nach einer Weile und starrte geradeaus.

Und weshalb nicht? fragte sie zögernd.

Weil dafür keine Zeit war, sagte er kurz.

Sie beschloß, dieses seltsame Gespräch nicht fortzusetzen, obwohl sie nicht verstand, weshalb eine so harmlose Frage wie die nach dem Schlittenfahren Lukas unangenehm sein konnte.

Da war keine Zeit, verstehst du, sagte Lukas unvermittelt heftig, nie war Zeit. Ich mußte arbeiten als Kind oder lernen.

Arbeiten? fragte sie verblüfft, hattet ihr keine Dienstboten?

Ja, hatten wir, aber erst später, sagte Lukas, erst in der zweiten Ehe. In der ersten Ehe lief alles verquer. Meine Mutter kam aus dieser reichen Rüstungshändlerfamilie, die ihr Geld schon seit Jahrzehnten mit Kriegen verdiente, und sie heiratete einen Plattner, ich glaube, er war zu der Zeit, als sie ihn heiratete, noch nicht mal Meister. Natürlich war es in den Augen ihrer Eltern der falsche Mann. Und als er innerhalb kurzer Zeit das Erbe meiner Mutter durchgebracht hatte, mit Trinken und Faulenzen, war er das auch in ihren Augen, nur war es da bereits zu spät. Ich denke, daß sie vermutlich sogar erleichtert war, daß er früh starb. Auch wenn sie mit uns Kindern allein stand, weil sie von ihrer Familie nichts annehmen wollte. Sie war einfach zu stolz, bei ihrem Bruder um Hilfe zu bitten, obwohl er dazu bereit gewesen wäre. Also mußten wir Kinder dann die Arbeit verrichten, die sonst die Lehrjungen machten oder auch die Frauen. Das mit den Frauen störte mich sicher am meisten, sagte Lukas bitter, Heftelin in das Papier stecken oder Scheiden nähen oder Nieten klopfen und Öhrlein an den Schellen biegen. Später dann durfte ich in der Schmiede arbeiten, dreizehn Stunden am Tag, nach der Sanduhr, weil man die Schlaguhren nicht hörte bei dem Lärm. An Feiertagen dann auch noch, weil die Beize, mit der man beim Blechschmieden vor dem Verzinnen den Rost entfernt, immer in Bewegung gehalten werden muß. Heiligabend, Karsamstag und Samstag vor Pfingsten waren es wenigstens nur neuneinviertel Stunden. Aber wir waren stolz auf unsere Mutter, die als Meisterswitwe das Geschäft weiterführen durfte. Noch bevor sie das zweitemal heiratete, hatte sie bereits zusammen mit anderen Meistern zu den Leuten gehört, die vor dem Rat ein Urteil über Stahl abgeben konnten.

Und in der zweiten Ehe, wollte Crestina wissen, irgendwoher müsse doch der Reichtum gekommen sein.

Da heiratete sie einen Hammermeister, bei dem ich dann in der Kammer schlafen durfte, die direkt in den Hammer hineingebaut war. Eisenhändler war er auch, und daher kam dann der Reichtum, weil er ein guter Geschäftsmann war. Nur war er das nicht sehr lange, in irgendeinem Krieg kam er um, als Artillerist. Aber zu der Zeit hatten wir bereits zwei Blechhämmer in Lauf und eine Drahtziehmühle. Und was meine Mutter in der Zwischenzeit alles dazugekauft hat – du hast es ja gesehen.

Sie überholten in rascher Fahrt einen Schlitten, der von nur einem Pferd gezogen wurde, was Lukas offenbar mit Genugtuung erfüllte. Dann kamen sie durch ein Waldstück, in dem der Schnee ziemlich hoch lag.

Wenn du mich jetzt fragen würdest, was ich als Kind neben diesen läppischen Arbeiten am meisten gehaßt habe, so wäre die Antwort ganz klar, sagte Lukas plötzlich. Es war der Abakus.

Sie starrte ihn verständnislos an. Der Abakus? Wieso der Abakus?

Weil er mir den Rest meiner Kindheit gestohlen hat.

Sie schaute zu ihm hinüber, fand sein Gesicht plötzlich seltsam entstellt und fragte sich, wie sie an diesem schönen Wintertag in eine solche Sackgasse geraten konnten.

Auch später, fuhr Lukas fort, als es uns längst gutging, sogar sehr gut, galten immer noch die gleichen Maßstäbe wie früher. Wenn andere Kinder auf die Straße durften zum Spielen, mußten wir in einer kalten Kammer sitzen und uns mit dem Abakus beschäftigen, wir alle übrigens, die Mädchen wie die Jungen. Unsere Mutter war der Meinung, es dürfe nie wieder geschehen, daß wir in dieser entsetzlichen Armut leben müssen wie früher, und davor würde uns nur Wissen und Können bewahren. Sie war nicht geizig, aber sie erzog uns in einer Genügsamkeit, die manchmal nicht mehr zu begreifen war. Lukas schwieg eine Weile vor sich hin, dann beugte er sich heftig zu Crestina hinüber. Einmal, in der Weihnachtszeit, kam ein Großonkel zu Besuch, und er schenkte mir auf dem Christkindlmarkt einen roten, wunderschönen Zuckerengel. Ich brachte ihn nach Hause, zeigte ihn glücklich meiner Mutter, und was tat sie? Sie nahm mir diesen wunderschönen Zuckerengel wieder ab und sagte, er komme unter den Weihnachtsbaum, es müsse alles seine Ordnung haben. Ich war damals drauf und dran davonzulaufen.

Als sie am zugefrorenen Teich ankamen, grüßte Lukas lächelnd nach hier und dort, er stellte Crestina und ihren Bruder allen möglichen Leuten vor, die sie nicht kannten. Auch Crestina lächelte höflich und versuchte, ohne Akzent ein paar artige Sätze zu sagen, was ihr offenbar auch gelang, denn Lukas tätschelte ihr zufrieden den Arm und sagte: Siehst du, wenn du dir Mühe gibst, geht es ja schon ganz ordentlich.
Auf dem Teich hatten junge Burschen ein Loch in das Eis gebohrt und darin einen starken Pfahl verankert. Ein großes Rad, an dem mit dicken Stricken Schlitten befestigt waren, drehte sich waagerecht auf der Spitze dieses Pfahls und jagte die Schlitten im Kreis über das Eis hinweg.
Crestina hängte sich an Lukas' Arm, sagte: Bitte, laß uns hier fahren, es muß wunderschön sein.
Aber Lukas lehnte ab, deutete unauffällig auf die Schlittengespanne links und rechts und sagte dann leise: Was glaubst du, was die Leute sagen, wenn sie mich hier in solch einem Schlitten wie die Kinder auf dem Teich herumfahren sehen, noch dazu mit dem Mädchen, das einmal meine Frau werden soll?
Sie fragte zurück, worin denn der Unterschied bestehe zwischen einem Pferdegespann mit Schlitten und einem Schlitten, der an einem Seil laufe auf dem Teich.
Doch Lukas hatte inzwischen offenbar seine gute Laune verloren und gab sich kaum mehr Mühe, seine Verärgerung über diesen – wie es Crestina schien – in seinen Augen vertanen Nachmittag zu verbergen. Du bist noch sehr jung, sagte er schließlich, und der Umstand, daß er es hilflos sagte, ließ Crestina für einen Augenblick ihren Ärger vergessen.

Ja, sagte sie nur, das bin ich.
Als Lukas sich schließlich für einen anderen Schlitten entschied, einen, auf dem man hinten aufspringen und mit raschem Anschieben über den Teich gleiten konnte, versuchte Crestina, Freude zu empfinden, aber diese dauerte nur so lange, bis Lukas sich bemühte, einen anderen Schlitten zu überholen.
Halt an! sagte sie und stemmte die Füße so fest gegen den Boden, daß ihnen Eiskrümel ins Gesicht stoben. Halt an, es ist jetzt genug.
Lukas hielt an, und für einen Augenblick schien es, als wolle er seinen Zorn vor ihr auskippen, dann schluckte er. Dort hinten kommt Riccardo, sagte er verärgert, und im Weggehen: Vielleicht macht es mit ihm mehr Spaß.
Es fiel ihr schwer, ein freundliches Gesicht zu machen, obwohl sie Mitleid mit Lukas hatte, und die Freude brach erst durch, als Riccardo hinter ihr auf den Schlitten sprang und sie rasch und immer rascher auf den zugefrorenen Teich hinaustrieben.
Sie hielt sich an den hochgezogenen Kufen fest, während Riccardo den Schlitten immer rascher in die Kurven trieb, dann warf sie die Hände in die Luft und schrie ihm zu: Wir fliegen. Sie glitten über den Teich, schwerelos, schienen irgendwo zwischen Himmel und Erde zu sein, weit weg von den Menschen, von Lukas auch, und sie rief Riccardo zu: Sag etwas, sag mir irgend etwas, etwas Verrücktes, sag's!
Riccardo lachte, rief ein paar Worte über ihren Kopf hinweg, sie verstand nicht, was es war, es konnte eine fremde Sprache sein oder die eigene, die sie seit Wochen kaum mehr benützt hatten. Er versuchte es ein zweites Mal, sie schrie gegen den Wind: Was heißt es?
Ich weiß es nicht, brüllte Riccardo zurück, ich weiß es nicht. Es ist keine Sprache, die es gibt. Ich habe sie erfunden, für dich, in diesem Augenblick. Sie gehört dir.

Später, allein in ihrem Pferdeschlitten – die Männer waren an einen Verkaufsstand gegangen, um etwas Heißes für sie zu besorgen –, holte sie einen kleinen Spiegel aus dem Muff und betrachtete ihr Gesicht, das rot war vom Lachen, vom Eis, von der Schlittenfahrt.
Du wirst ihn nicht heiraten, diesen Lukas Helmbrecht, flüsterte sie dann ihrem Spiegelbild zu, hörst du, du wirst es nicht tun, versprich es mir! Sie wiederholte den Satz, bis sie Riccardo und Lukas auf sich

zukommen sah, sie wiederholte ihn wie eine Beschwörungsformel, konnte kaum aufhören damit, als die Männer schon in Hörweite waren.
Er ist hundert Jahre alt, dieser Lukas Helmbrecht, flüsterte sie und schob den Spiegel wieder in den Muff. Oder gar hundertfünfzig.

RIALTO

Die Briefe kamen am Vormittag, und Riccardo machte erst gar nicht den Versuch, ihren Inhalt vor Crestina zu verbergen, weil sie es ohnehin wissen mußte.
Ich muß zurück, sagte er und blickte sie dabei ernst an, es wird nicht anders gehen.
Sie nahm ihm den einen der Briefe aus der Hand und schwenkte ihn vor seinem Gesicht. Vater schreibt, du sollst nicht kommen, sagte sie erregt. Er sagt, du kannst froh sein, daß in deiner eigenen Sache bisher nichts gelaufen ist, was ihn ohnehin wundere.
Und Taddeo schreibt, daß ich um Himmels willen kommen soll. Wenn ich als Zeuge ausfalle, dann werden sie Leonardo auch noch verurteilen.
Woher willst du wissen, daß sie Leonardo verurteilen? fragte sie. Es sei ja offenbar noch nicht einmal sicher, ob Alvise und Silvestro verurteilt würden, und schließlich seien die in erster Linie mit dem illegalen Buchhandel beschäftigt gewesen.
Riccardo lächelte. Ich auch, Schwester, ich auch. Du wußtest es nur nicht, wie? Sein Sündenregister stamme auch noch aus der Zeit, als er aufrührerische Reden zur Rechtfertigung seines Freundes Zen geschrieben habe.
Ich komme mit, sagte sie rasch.
Das wäre ganz sicher falsch, sagte Riccardo langsam. Du hast bis jetzt keine Entscheidung gefällt, für dich.
Ich habe sie getroffen, sagte sie lasch.
Nein, sagte Riccardo, das hast du nicht. Du schwankst. An einem Tag bist du bereit, Lukas zu heiraten, weil es dir als das kleinere Übel

erscheint, am anderen Tag bist du ganz sicher, daß du es nie tun wirst.
Du kannst mich nicht einfach so zurücklassen, wehrte sie sich. Und schließlich sei er immer noch... Sie lächelte. Ob er noch wisse, was er ihr einmal gesagt habe?
Was sollte ich sein?
Mein Seelenführer, oder?
Dein was?
Nun, was Männer für Frauen sind, wenn diese Frauen nicht wie normale Frauen leben wollen, sondern anders.
Riccardo lächelte. Ja ja, dazu bekenne er sich.
Und wie sie dann leben solle, wenn ihr Seelenführer sie einfach vor einer wichtigen Entscheidung verlasse?
Ich verlasse dich nicht, vorerst gehe ich nur für einige Tage nach Frankfurt, um jemanden zu suchen, der vielleicht ebenfalls bereit ist, als Zeuge aufzutreten. Du hast Lukas so lange.
Lukas, sagte sie voller Zorn, gut, man werde ja sehen, ob sie Lukas habe.

Zwei Tage später besprachen sie die Einzelheiten der Hochzeit, weil Lukas der Meinung war, daß dafür nun endlich Zeit sei. Die Nachbarn fragen bereits, sagte er steif. Und diese Szene am Dutzendteich habe ihm klargemacht, daß sie endlich wissen müsse, wo sie hingehöre.
Welche Szene? fragte sie.
Versprochen sei versprochen, sagte Lukas entschieden und führte sie zu der großen Stube, in der seine Eltern bereits auf sie warteten.
Weshalb muß es heute sein? hatte sie voller Angst noch vor der Tür gefragt. Morgen wird Riccardo zurücksein.
Es muß heute sein, weil es besser ist ohne deinen Bruder, hatte Lukas entschieden gesagt. Er sei es, der jetzt die Zügel in die Hand nehmen werde. Und er sei ganz sicher, daß sie sich wohler fühlen werde, wenn erst einmal alles bis ins letzte Detail besprochen und festgelegt sei.
Dieses Besprechen war nahezu so schlimm wie ein Alptraum. Es schien ihr, als gleite der Kalender eines Jahres an ihr vorbei, ohne daß sie die Möglichkeit hatte einzugreifen. An Ostern konnte die Mutter nicht, weil sie auf Kupferlieferungen warte, die sie niemand

anderem überlassen wollte. An Pfingsten war der Vater verhindert, weil Safransendungen aus Brüssel angesagt waren. Und es sei in jedem Fall notwendig, daß er der Prüfung beiwohne, weil es bereits beim letztenmal Unstimmigkeiten gegeben habe.
Lukas wollte keinesfalls im Sommer nach Venedig kommen, weil die Stadt dann wegen der Hitze stinke. Und damit waren sie bei dem Thema, das die Mutter offenbar ohnehin gern ausgeklammert hätte. Diese Stadt.
Gibt es wenigstens eine Kirche für uns, eine kleine Kirche, zum Beten? wollte sie wissen.
Es gibt keine, sagte Crestina. Es gibt deswegen keine bei uns, weil es die Lutheraner nicht gibt. Angeblich. So wie hier in Nürnberg keine Kirche für die Katholiken sei, die es ja auch, angeblich, nicht gebe.
Nicht angeblich, sagte der Vater sofort. Wir sind alle übergetreten damals, die ganze Stadt.
Aber die Kinder werden ja ohnehin im lutherischen Glauben erzogen, dann kann man ja auch gleich die Hochzeit hier feiern, schlug die Mutter vor.
Die Eltern der Braut richten die Hochzeit aus, warf Lukas ein, obwohl klar war, daß auch er die Angelegenheit lieber in Nürnberg erledigt hätte, damit man sich die Mühe sparen konnte, nachher sofort in die andere Kirche überzutreten.
Crestina geriet allmählich in einen schlafähnlichen Zustand, nickte nur noch, wenn sie etwas gefragt wurde, ohne später zu wissen, wozu sie genickt hatte, sie wollte dieses Gespräch einfach hinter sich bringen, egal wie.
Wenn es so sei, sagte die Mutter schließlich befriedigt, dann könne sie ja noch dem Probeschießen beiwohnen, damit sie diesmal ganz sicher gehe, daß die Rohre nicht wieder so lange in der Pegnitz liegen würden, bis sie rostig seien.
An diesem Punkt der Debatte griff Lukas ein und protestierte. Es sei seine Hochzeit, und man könne sie nicht auch noch davon abhängig machen, ob die Rohre seines Onkels Friedhold rostig würden. Er bestimme den Termin, und er finde Pfingsten gut. Also sei es entschieden.
Ich muß meine Mutter fragen, wagte Crestina leise einzuwenden. Sie müsse ja die Hochzeit ausrichten.
Deine Mutter? fragte Mathilde Helmbrecht voller Verblüffung, als

habe Crestina eine neue, ihnen allen völlig unbekannte Figur in dieses Spiel eingeführt. Wieso deine Mutter? Sie hat doch kein Geschäft und daher immer Zeit.
Es ist wohl wegen, sagte Lukas zögernd, ist es wegen diesem... na ja, daß er auch Zeit haben müsse.
Wer? fragte die Mutter irritiert. Doch nicht etwa wieder dieser Mensch mit dem komischen Namen, den sie sich ohnehin nie habe merken können.
Cicisbeo, half Sebald Helmbrecht seiner Frau nach.
Aber Mathilde fand es nicht einmal der Mühe wert, das Wort auszusprechen. Pfingsten, sagte sie, Pfingsten sei entschieden. Und die Rohre müßten dann eben warten. Und sie bringe ihre Bettwäsche mit, für unterwegs habe sie immer ihre eigene Bettwäsche dabei.

Nach diesem Gespräch fand ein Spaziergang statt, den Crestina ebenfalls nicht vergessen sollte. Zum erstenmal ging die Familie gemeinsam durch die Stadt, grüßte hierhin und dorthin, Lukas hatte den Arm um ihre Schulter gelegt, was er zuvor noch nie getan hatte, und sie hatte das Gefühl, als sei sie nun endlich in den Familienschoß der Helmbrechts aufgenommen. Sie kaufte Agnes auf dem Markt einen Liebesapfel aus Zucker, fütterte Margarete und Jeremias mit Lebkuchen, was ihr sofort ein mißbilligendes Lächeln von Mathilde eintrug, aber Lukas tätschelte ihr huldvoll den Arm und sagte: In einem Jahr wird alles ganz anders sein.
Was wird anders sein? fragte sie und wischte sich den Mund mit ihrem Taschentuch.
In einem Jahr brauchst du dich nicht mehr um Agnes, Jeremias und Margarete zu kümmern, in einem Jahr wirst du dich um unser eigenes Kind kümmern.
Sie zuckte zusammen, als habe sie einen Schlag bekommen, hatte das Gefühl, einen Schuldschein unterschrieben zu haben, ohne überhaupt zu wissen, was auf diesem Schein stand.
Und jetzt den Ring! rief Agnes begeistert, als sie sich dem Hauptmarkt näherten. Nicht wahr, jetzt den Ring, oder hat sie ihn schon gedreht?
Lukas wehrte lachend ab, nein, er habe warten wollen auf diesen Tag, an dem alles entschieden sei, endgültig, und kein Weg mehr zurückführe.

Den Ring, du mußt ihn drehen, wiederholte Agnes eifrig, und die Zwillinge zogen sie beide in Richtung des Schönen Brunnens. Steig hinauf!
Sie erinnerte sich plötzlich wieder an die Badmagd in jenem Dorf, damals, bevor sie Nürnberg erreicht hatten, und ließ sich von Lukas bereitwillig emporstemmen, um an den Ring zu kommen, der in das Brunnengitter eingelassen war.
Er hat keine Naht, sagte Jeremias, und Agnes und Margarete erzählten wilde Geschichten, wie dieser Glücksring einst angeblich entstanden sei.
Crestina hörte Glück und dachte daran, daß sie es gebrauchen würde in der nächsten Zeit, und sie drehte so rasch, daß Lukas sie verblüfft wieder auf den Boden stellte.
Einmal, sagte er dann. Nicht so oft, das ist zuviel, das geht nicht, im Augenblick.
Und weshalb nicht? wollte sie wissen.
Es bedeutet die Kinder, die ihr haben werdet. Jeremias lachte. Und so viel Platz haben wir im Haus nicht, weil da auch noch andere darin wohnen.
Später werden wir ein eigenes Haus haben, sagte Lukas stolz, ich werde dir eines bauen.
So groß wie ein Palazzo? fragte Agnes.
Bei uns braucht man keinen Palazzo, belehrte Lukas sie, bei uns braucht man warme Stuben im Winter, und ich glaube kaum, daß man die in solch einem großen Haus wie einem Palazzo haben kann. Ich habe gehört, daß dort unten alle das Gliederreißen haben. Ist es nicht so?
Ja, sagte Crestina folgsam, so ist es. Die ganze Stadt hat Gliederreißen.

Nachdem sich die Familie getrennt hatte, ging Crestina allein mit Lukas durch die Stadt. Sie gingen nebeneinander, wieder in gebührendem Abstand, wie sie es früher getan hatten, als der Hochzeitstermin noch nicht feststand. Offenbar hielt Lukas den Arm um ihre Schulter nur im Kreise seiner Familie für schicklich. Sie gingen über den Heumarkt, am Zoll vorbei, und schließlich standen sie vor der Fleischbrücke.
Das ist unser Rialto, sagte Lukas stolz und schob Crestina in die Richtung der Brücke.

Sie blieb verblüfft stehen, wischte sich die Augen, weil sie nicht sehen konnte, was und wo hier der Rialto sein sollte.
Die Brücke! sagte Lukas ungeduldig, so als sei Crestina blind. Diese Brücke hier, man hat sie nach den Plänen der Rialto-Brücke gebaut.
Crestina ging auf die Brücke zu, beugte sich höflich über ihr Geländer, versuchte Ähnlichkeiten zu entdecken mit der ihren in Venedig, aber sie fand auch nicht den entferntesten Hinweis.
Siehst du es nicht? drängte Lukas. Sie hat keinen Pfeiler in der Mitte.
Ja, sagte sie gefügig, das hat sie freilich nicht.
Na ja, räumte Lukas ein, als er den ungläubigen Blick Crestinas bemerkte, vielleicht ist sie nicht ganz so elegant wie die eure, wir haben eben andere Baumeister als ihr.
Ja, sagte sie wiederum gefügig, das habt ihr freilich. Und natürlich sei diese Brücke auf ihre Art und Weise auch schön.
Auf ihre Art und Weise, wiederholte Lukas und wirkte verstimmt. Wir haben übrigens noch mehr von euch übernommen, sagte er dann hastig, du wirst hier auf Schritt und Tritt an deine Stadt erinnert. Die Pestordnung zum Beispiel für das Sankt-Sebald-Spital, sie fußt auf euren Verordnungen, unsere Leihhausordnung ist von der euren beeinflußt, euer Einfluß auf unser Handelsgericht ist stark, und bei unserer Apothekengesetzgebung wart ihr sogar maßgebend. Er hielt inne und schaute sie hilflos an. Ich benehme mich wohl sehr seltsam, sagte er dann leise, dabei geht es mir um nichts anderes, als daß ich wissen möchte, ob auch alles seine Richtigkeit hat.
Was? fragte sie und zog den Schal enger um ihren Hals.
Das mit dem Hochzeitstermin. Sie sei ja wohl Zeuge gewesen, wie er es seiner Familie heute morgen gezeigt habe, wer hier entscheide.
Das hast du, gab sie zu, das hast du gewiß.
Und es sei in jedem Fall gut gewesen, daß ihr Bruder nicht dagewesen sei. Er schaute sie an, wartete auf ihre Zustimmung, drehte sie zu sich herum, als sie nicht antwortete. Ob sie es Riccardo mitteilen wolle, oder ob er es tun solle.
Tu du es, sagte sie leise und spürte, daß sie das Richtige gesagt hatte, weil Lukas ihr plötzlich mit einer überschwenglichen Geste die Hand küßte. So ist es recht, sagte er, wenn du erst gelernt hast, deinen Meister anzuerkennen, wird alles ganz einfach sein.

Zu Hause in ihrer Kammer stieg sie auf den Stuhl, holte ihre Hutschachtel vom Schrank und stellte sie vor sich auf den Tisch. Sie löste langsam die Bänder der Schachtel, öffnete sie ebenso langsam, als wolle sie, ehe sie sich dem Inhalt dieser Schachtel zuwandte, möglichst viel Zeit verrinnen lassen. Schließlich hob sie den Deckel hoch und holte aus einem der Seitenfächer ein flaches Lederetui heraus, das sie einst von ihrem Großvater geschenkt bekommen hatte. Sie hielt es zunächst, ohne es zu öffnen, an ihre Nase, schwenkte es leicht vor dem Gesicht hin und her, dann klappte sie die beiden Hälften auseinander und nahm ein dunkelgrünes, ledernes, leicht geschrumpftes Blatt heraus. Sie ging mit dem Blatt zum Fenster, hauchte einige Eisblumen von der Scheibe, so daß sie durch eine kleine Öffnung hinausschauen konnte, knickte das Blatt ein wenig und nahm den intensiven Duft der Zitrone wahr, den es verströmte.

Nach einer Weile setzte sie sich auf den harten hölzernen Stuhl und schloß die Augen. Sie beugte sich vor und zurück, sehr sanft, nicht rascher als ein Wiegenpendeln oder ein Schaukelstuhl.

Die *limonaia* war nah.

Sie erwachte mitten in der Nacht von dem Dröhnen der Glocken. Das heißt, sie glaubte zu erwachen, weil sie sah, daß Hunderte von Glocken sich in ihrer Kammer zusammengefunden hatten, auf Truhe und Schrank hockten wie dicke, fette Kröten und sie offenbar zwingen wollten, sich unter sie zu mischen. Sie fühlte sich aus dem Bett gedrängt, spürte um sich herum metallene Rundungen wachsen, ihre Glieder schrumpften, wurden zu Glockenkrone und Klöppel, dann wurde sie fortgerissen durch das Fenster, irgendwie, sie wußte nicht, wie es geschah. Sie sah sich nur laufen inmitten dieser Glocken, sie dröhnten und dröhnten, und sie dröhnte mit, aber offenbar machte sie es falsch. Lauf ordentlich! rügten sie die anderen. Tripple nicht! Du läutest völlig falsch. Sie wagte einen Einwand, stellte fest, daß sie keinesfalls das Volumen der anderen hatte, klein war, zerbrechlich und daher trippeln mußte, um überhaupt Schritt halten zu können. Wenn du willst, kannst du es, sagte eine der großen Glocken, du mußt nur wollen.

Sie fühlte sich durch die Stadt getrieben, ohne Sinn und Ziel, versuchte, sich dem tiefen Dröhnen der anderen anzuschließen, aber es gelang ihr nur mäßig.

Sie gehört nicht zu uns, sagte eine lautstark, guckt sie euch nur an, sie kommt von den Welschen.
Sie versuchte, besonders laut zu dröhnen, gegen dieses Welsche anzudröhnen, aber es gelang ihr nicht. Und plötzlich waren sie auch nicht mehr auf der Straße, sondern wieder im Hause des Sebald Helmbrecht, wo sie alle miteinander die Treppe hinaufstapften. Schon hoffte sie, man würde sie wieder in ihre Stube entlassen, aber die Glocken schoben sie weiter, stießen sie, bis sie sich alle im Dachgeschoß wiederfanden. Vor Agnes' Puppenhaus machten sie halt.
Das Band, sagte die größte der Glocken, gebt ihr das Band!
Sie fühlte Seide zwischen ihren Fingern, ein Knäuel von Seidenbändern, ein Wirrwarr von Enden und Anfängen, das sie nicht lösen konnte.
Die Schleife, sagten die Glocken und dröhnten dabei, zeig uns die Schleife!
Sie zerrte an den Bändern, riß hier ein Ende heraus, dort eines, spürte aber an dem Anschwellen des Dröhnens, daß sie die Zustimmung der anderen nie finden würde.
Den Schwengel! sagte eine, und sie fühlte, wie sie ihres Schwengels beraubt wurde. Sie ließen den Schwengel vor ihr kreisen, benutzten ihn als Rute, sie entwischte ihnen, aber sie holten sie ein.
Steig ein, sagten sie dann, steig ein, wenn du es nicht kannst!
Jemand öffnete den Kleiderschrank, sie zuckte zurück, fühlte ihren mächtigen Umfang, der aber offenbar keinerlei Hindernis darstellte.
Ich kann nicht, sagte sie.
Du kannst, sagten sie, wenn du willst, kannst du auch.
Dann umwickelten sie sie. Mit den blaßblauen Bändern, die sich so glatt und straff um sie legten, daß sie Mühe hatte mit dem Atmen. Sie nahmen sie, die nun keine Glocke mehr war, sondern eines der Wäschebündel, und schoben sie in den Schrank.
Fliege, fliege! dröhnten sie ihr zu. Sie fühlte sich emporgehoben, fallen gelassen, sie spürte Kälte in sich aufsteigen, Nässe, etwas fiel ins Wasser, es konnte nur sie sein. Dann ertönte ein dumpfes Lachen, das die ganze Stube erzittern ließ.
Sie schrie auf, erwachte jedoch nicht völlig. Und schlief sofort wieder ein. Das Bild wechselte. Sie wußte, sie war nicht mehr Glocke und nicht mehr Wäschepacken, sondern ein Baum. Ein blühender Baum mit frisch geöffneten scharlachroten Blüten. Sie steckte in ei-

nem Blumentopf, der viel zu klein war. Ihre Äste hingen über, und ihr Stamm neigte sich gefährlich nach der Seite, als Sebald Helmbrecht den Baum mühsam ins Zimmer schleppte. Sie wußte, sie sollte ein Weihnachtsgeschenk für Lukas werden, und alle standen schon in festlichen Kleidern unter dem Lichterbaum, bereit zu singen. Der Vater drückte den Baum Lukas, der peinlich berührt zurückwich, in den Arm. Der Baum kam ins Kippen, ein Teil seiner Erde fiel auf den Boden und auf Lukas' schwarzen Anzug. Mathilde legte das Gesangbuch aus der Hand, schüttelte verärgert den Kopf, ging in den Flur und kam mit einer Bürste zurück, um ihren Sohn zu säubern. Dann holte sie ihren Nähkorb und entnahm ihm eine Schere. Während die Familie zu singen begann, gab die Mutter Lukas die Schere in die Hand. Er ist viel zu groß für uns, sagte sie dann freundlich, zu hoch, zu breit, zu üppig. Du mußt ihn beschneiden. Lukas wehrte sich, nahm irgendwann die Schere doch und begann zaghaft, an dem Baum herumzuschneiden.

Nicht so, sagte die Mutter freundlich und nahm ihm die Schere aus der Hand, so wirst du erst an Neujahr fertig. Sie schnitt mit kräftigem Schwung den Gipfel des Baumes ab und reichte Lukas die Schere ein zweites Mal. Er begann, diesmal weniger zaghaft, zunächst an den Seitenzweigen, schnitt dann rasch weiter, weil er an der anderen Seite zuviel weggeschnitten hatte, gewann zunehmend Freude am Schneiden, hier ein Ast, dort ein Zweig, die Blüten waren ohnedies schon abgefallen. Er schaute zu seiner Mutter hinüber, die soeben dabei war, in einem Blumenkasten, der am Fensterbrett stand, die Töpfe zusammenzurücken. Sie lächelte ihm zu, und ermutigt schnitt er weiter, konnte kaum mehr aufhören, bis seine Mutter wieder zu ihm kam, mit einer Rolle Draht und einer Zange. Sie bog die verbliebenen kümmerlichen Äste mit Hilfe des Drahts zu einer gefälligen Form, trat einen Schritt zurück, schaute zu Clothilde hinüber, die zustimmend nickte und dazukam. Zu zweit formten sie weitere Äste zurecht, schnipselten auch noch den einen oder anderen um ein Stück zurück, bis Lukas um Einhalt bat. Die Mutter nickte, Clothilde lächelte, die Mutter nahm den Baum und trug ihn zu dem Blumenkasten hinüber. Sie drückte ihn zwischen die anderen Töpfe, noch immer störte einer der nahezu kahlen Äste, die Mutter schnitt ihn weg und bog einen anderen mit Draht zurecht.

So könnte es gehen, sagte sie dann befriedigt, so ist es sicher gut. Ich

habe ihn zu den Kakteen gestellt, verkündigte sie, damit er gleich weiß, daß er nur einmal im Monat Wasser zu erwarten hat.
Fröhliche Weihnachten, sang die Familie und gratulierte Lukas zu seinem Geschenk. Fröhliche Weihnacht!

Als Crestina erwachte, fand sie sich eingewickelt in ihre Laken, das Glas Wasser, das auf dem Nachttisch gestanden hatte, war umgestoßen, und ihre eiskalten Füße hingen seitwärts über der Bettkante.
Sie stieg aus dem Bett, schüttelte sich und ging ans Fenster, um es weit zu öffnen und die kalte Winterluft ins Zimmer zu lassen, obwohl sie fror. Erst nach einer Weile schloß sie das Fenster wieder, kniete nieder vor dem Bett und betete.
Sie betete zur Madonna von Torcello, und sie wußte, sie würde diese Madonna nie aufgeben können.

Tief unter der Stadt

Später war ihr klar, daß es wohl dieses Wort Rialto gewesen war, das wie ein Schneebrett alles hinweggefegt hatte, was sie sich an Hilfsmaßnahmen ausgedacht hatte, um diesen Verzicht, dieses Opfer, als richtig zu empfinden. Rialto und der Traum. Später war ihr auch klar, daß es vermutlich besser war, ein Leben lang eine »unordentliche Lieb« zu ertragen und möglicherweise nicht einmal mit Riccardo über diese unordentliche Liebe zu reden, als eine ordentliche Liebe mit Lukas zu haben, die überhaupt keine Liebe war.
Und es war ihr ebenso klar, daß sie den seltsamen Zustand ihrer Unentschlossenheit so rasch wie möglich beenden mußte, ganz gleich wie. Sie mußte es Lukas sagen, sofort, spätestens morgen, weil nämlich Riccardo, der den Hochzeitstermin mit aller Selbstverständlichkeit hingenommen hatte, bereits dabei war, sich nach einer Kutsche für die Rückreise umzuschauen. Für sich allein.
Als Lukas sie am Nachmittag bat, mit ihm in den Felsenkeller hinabzusteigen, damit er ihr endlich die Brauerei seines Onkels Nyklas zeigen könne, die von Anfang an auf ihrem Programm gestanden

habe, entschied sie sich, daß es dort unten sein solle. Niemand würde sie stören dabei, wenn sie ihm sagte, was sie ihm vermutlich schon vor Wochen hätte sagen müssen. Und Riccardo riet zu dem Besuch, sagte: Geh nur, es ist sicher interessant dort unten.

Sie stiegen hinunter, Treppe um Treppe. Ihr Kleid schleifte über die lehmigen Böden, es roch nach Bier, nach Nässe und nach irgendeiner Säure. Sie haben Essiggurken hier unten, erklärte Lukas, nicht viel, nur für den eigenen Gebrauch.

Die Luft wurde dünner, war aber merkwürdig frisch dabei. Lukas zeigte auf die Luftschächte und einen Aufzug, in dem sie die riesigen Fässer von oben nach unten beförderten.

Wie tief sind wir? wollte sie wissen.

Ich weiß es nicht genau, sagte Lukas, auf jeden Fall sehr tief. Dann lachte er. Wenn man schwarz gräbt, was sie jedoch keinesfalls getan hätten, dann fielen oben auch mal ein paar Häuser zusammen.

Als sie die unterste Sohle erreicht hatten, die Decke zum Greifen tief über ihren Köpfen, die hohen Fässer nur als dunkle Schatten an den Wänden entlang sichtbar, blieb er stehen.

Weshalb hast du mich hierher gebracht? fragte sie und hatte das Gefühl, als seien sie im Zentrum der Erde angelangt, von wo es nie wieder ein Zurück geben würde. Weshalb? drängte sie, da zu der Brauerei des Onkels bisher nicht ein einziges erklärendes Wort gefallen war.

Es hat mit meiner Kindheit zu tun, sagte Lukas stockend. Du hast doch neulich gesagt, du interessierst dich dafür, oder?

Weshalb? fragte sie und lehnte sich mit dem Rücken an die feuchte Wand.

Du machst dein Kleid schmutzig, sagte Lukas und schaute sie an.

Sag's mir! flüsterte sie und schloß die Augen.

Er sah sie noch immer an, stützte dann seine Hände links und rechts neben ihrem Kopf gegen die Wand, so daß sie sich gefangen fühlte, obwohl er sie gar nicht berührte. Und sie hatte plötzlich das Gefühl, als habe Lukas diese Kindheit als letztes Geschütz aufgefahren, um sie zu besiegen, wenn es denn sonst nicht anders möglich war.

Ich wollte endgültig wissen, ob diese Hochzeit überhaupt stattfindet, sagte er plötzlich. Er habe nächtelang wach gelegen und sich gefragt, ob sie überhaupt wahrgenommen habe, was da besprochen worden sei zwischen seinen Eltern und ihnen. Sag's mir, forderte er sie auf, sag's, ob sie stattfinden wird.

Sie öffnete die Augen, spürte seinen Atem auf ihrem Gesicht, aber sie hielt stand.
Sie wird nicht sein, sagte sie ruhig.
Er atmete tief, trat einen Schritt zurück. Und warum nicht?
Sie spürte die Nässe durch ihr Kleid dringen, aber sie blieb an die Wand gelehnt, ohne sich zu bewegen.
Es ist wegen meiner Eltern, sagte er leise, nicht wahr?
Sie zögerte einen Augenblick, entschloß sich dann, die Wahrheit zu sagen: Es ist wegen allem. Wegen der Puppenstube von Agnes, wegen der Engstirnigkeit von Clothilde, wegen der Geschäftigkeit deiner Mutter, wegen des Safrans deines Vaters, wegen Margaretes...
Lukas trat kopfschüttelnd zurück. Ich fürchte, es genügt. Es ist das längste Sündenregister, das ich je über meine Familie gehört habe.
Es ist kein Sündenregister, wehrte sie sich, es ist gewiß keines. Es ist nur...
Es ist was?
Ich kann nicht so leben, sagte sie leise, ich kann es nicht.
Wie leben? Was heißt das?
Ich kann nicht bereits bei der Morgensuppe darüber reden, daß der Preis für Zima des Taquila um einen halben Pfennig höher liegt als der des Zima Duschkani und daß Terra dorta einen Hauch von Fenchelgeruch hat, den die Kunden neuerdings nicht mehr mögen, und daß man deswegen besser mehr von Mettel kaufen sollte.
Und worüber redet man bei euch bei der Morgensuppe? fragte Lukas aufgebracht. Über Brokat oder Tuch, Reliquien oder worüber? Sag's mir, ich will's wissen, schließlich seid ihr genauso Geschäftsleute wie wir.
Sie spürte wieder seinen Atem auf ihrem Gesicht, wendete den Kopf und sagte dann: Es gibt sie nicht, diese Morgensuppe.
Lukas stutzte, trat einen Schritt zurück und lachte auf. Nein, natürlich gibt es sie nicht, die Morgensuppe. Wie konnte ich nur so töricht sein und vergessen, daß bei euch der Kakao auf silbernem Tablett bereits ans Bett serviert wird und daß deine Mutter dann den Tagesplan für ihr Vergnügen mit ihrem Cicisbeo bespricht. Er trat auf sie zu, stützte seine Hände noch enger links und rechts von ihrem Kopf ab als zuvor, so daß sie sie wie einen Schraubstock empfand, obwohl er sie noch immer nicht berührte. Ist es etwa das, was du dir vorgestellt hast, sagte er dann, und sie sah, wie sich sein Gesicht vor Zorn

veränderte, einen Cicisbeo am Bett, während ich unterwegs bin? Dann allerdings ist es sicher besser, wenn wir uns jetzt und heute für immer trennen. Bei uns hierzulande gehört eine Frau ihrem Mann, und zwar ganz und gar. Und nicht zur Hälfte einem seltsamen Vogel.
Ich weiß, sagte sie und hatte das Gefühl, als drehe sich die niedere Decke über ihr, und wenn sie nicht folgsam ist, die Frau, bekommt sie die Gerte. Und falls das nichts nützt, wird ihr die Lende gegerbt mit den Zweigen eines Mispelbaumes.
Er starrte sie an. Es war ihr klar, daß er nicht wußte, wovon sie redete.
Diese Bücher, die du mir gegeben hast, da steht es drin.
Lukas wischte sich den Schweiß von der Stirn und trat zurück. Nein, sagte er dann, aber ich nicht. Ich würde nie eine Frau schlagen. Gehorchen soll sie, aber schlagen würde ich sie nie.
Eine Weile war Stille, sie hörte die Tropfen, die von der Decke tropften, in eine Wasserpfütze fallen, es klang seltsam laut und fremd. Als wären sie tausend Meter unter der Erde.
Wovon redet ihr? fragte Lukas nach einer Weile ruhig, ich denke, ich muß es wissen, auch wenn ihr keine Morgensuppe habt. Worüber sprecht ihr? Oder besser: Worüber willst du reden, wenn du deinen Kakao trinkst oder sonstwas?
Über Horaz, sagte sie leise, über Aristoteles, über Cicero, über Sokrates. Oder auch nur über Sonette, die ich gerne schreiben würde, obwohl ich nicht weiß, wie es geht.
Du willst keine Geschäftsfrau sein? Ist es das?
Genau genommen will ich nicht mal eine Frau sein, sagte sie zögernd. Das sind meine Ängste. Und es ist für mich einfach unvorstellbar, daß ein kleines Kind bereits sein höchstes Glück darin sieht, solch eine Frau zu werden.
Sie haben dich falsch erzogen, sagte Lukas hart. Dein Bruder vor allem.
Laß Riccardo aus dem Spiel, sagte Crestina rasch, er hat nichts damit zu tun.
O doch, das genau hat er, sagte Lukas heftig. Und, er zögerte einen Augenblick, kam wieder näher, glaub mir, es ist falsch, was ihr tut.
Und was tun wir? fragte sie, mit einem Mal hellwach.
Es ist falsch, sagte Lukas, es geht gegen die Bibel.

Gegen die Bibel? Sie lachte leise, was tun wir, was gegen die Bibel geht?
Es ist trotzdem falsch, auch wenn ihr es gar nicht tut. Ihr denkt es.
Was? Was denken wir?
Ich habe gesehen, wie ihr zusammen auf dem Teich Schlitten gefahren seid, sagte Lukas heftig. Ich habe es mit eigenen Augen gesehen.
Und, was war auf diesem Teich, was du gesehen hast? Wir waren glücklich, das war alles. Ist Glück etwas Verbotenes?
Es war nicht nur Glück. Es war – lassen wir es.
Vermutlich kannst du dich nicht damit abfinden, daß ich das Spinnen von Wolle, das Weben von Röcken und das Garnieren von Hüten nicht zu meinem Lebensinhalt machen möchte, das wird es sein, was dich stört. Und dieses Kaufen und Verkaufen und wieder Kaufen und wieder Verkaufen – ich kann ihm nun mal nichts abgewinnen. Das ist alles.
Aber du lebst schließlich auch von diesem Kaufen und Verkaufen, oder? Täte es dein Vater nicht, so könntest du dir nicht leisten, dieses wunderschöne Kleid hier unten zu beschmutzen, ohne dir etwas dabei zu denken.
Wir sollten gehen, sagte sie, wir reden in unterschiedlichen Sprachen. Und sie waren schon immer unterschiedlich. Ich habe es nur nie gewußt.
Ja, sagte Lukas und hielt sie unvermittelt an den Armen fest, wir sprechen verschiedene Sprachen, das ist gewiß. Dich haben bereits am ersten Abend die Sprüche auf unserem Kachelofen gestört, oder? Du und dein Bruder – ihr habt euch darüber lustig gemacht, oder etwa nicht?
Uns hat die doppelte Moral gestört, beim Kachelofen wie bei eurem Waffenverkauf, bei eurem Profit. Das ist keine Moral, nach der einen Seite zu verkaufen und nach der anderen.
Und wo beginnt für dich die Moral? Wenn wir nur an die Wallensteiner verkauften – ist es das etwa, was dich stört? Unsere andere Religion? Lutheranerin zu werden, das war's doch auch, womit du dich nicht abfinden konntest?
Ja, das war's auch, sagte sie ruhig. Weil ich nun mal euren Luther nicht mag.
Und weshalb nicht? Was stört dich an ihm?
Seine wilden Bücher sind es, dieser abgrundtiefe Haß auf alles, was

jüdisch ist, ich versteh' ihn nicht. Auch nicht, daß deine ganze Stadt zu ihm übergetreten ist.
Und findest du deine Stadt etwa hochlöblich, eine Stadt, die ihre Bürger zur Denunziation erzieht? Aus aufrechten Menschen Lügner, Verleumder und Verräter macht?
Nein, das finde ich nicht gut. Lukas, bitte, laß uns gehen, flehte sie. Es ist grotesk, was wir hier tun. Ich weiß nicht, wie viele Meter unter der Erde wir uns streiten über deine Stadt oder meine, und dabei ist es doch das gar nicht.
Und was ist es dann, wenn nicht das?
Der andere Stern, sagte sie leise, verstehst du, es ist der andere Stern, auf dem jeder von uns lebt.
Er starrte sie an, und für einen Augenblick hatte sie das Gefühl, er wolle sie schlagen. Dann jedoch, offenbar mit einem raschen Entschluß, näherte er sich ihr. Sie konnte seinen Zorn spüren. Er preßte seinen Mund auf den ihren, ohne sie dabei anzufassen, glitt ab, weil sie den Kopf zur Seite drehte. Er machte einen zweiten Versuch, noch zorniger als zuvor, sie hielt ihm stand. Diesmal befahl sie sich, diesen Kuß durchzustehen, weil er das einzige bleiben würde, was Lukas je von ihr haben konnte. Als er von ihr abließ, schwer atmend, starrten sie sich an, sekundenlang, wie zwei Gegner, die noch im ungewissen sind, ob ein neuerliches Kämpfen zu Sieg und Niederlage führen wird. Dann drehte sich Lukas um und ging langsam, jedoch mit erhobenem Kopf von ihr weg.
Sie blieb stehen, sah ihn beim Schein der Fackeln irgendwo zwischen den Fässern verschwinden und dachte, daß wohl irgend etwas mit ihr nicht stimmen konnte, wenn sie Männer stets nur zu zornigen Küssen inspirierte.

Die Pegnitz im Rücken

Sie saß in ihrer Kammer, packte allein ihre Sachen zusammen, weil sie es abgelehnt hatte, daß ihr jemand dabei half. Nicht einmal Riccardo wollte sie bei sich haben.
Sie überlegte, ob sie die Männerkleidung gleich hier anziehen solle, da es ja nun gleichgültig war, was man von ihr hielt. Aber dann ließ sie es, weil sie keine Lust mehr hatte zu unnützen Gesprächen und nicht einmal sicher war, ob sie bei diesem Wetter reiten würden. Sie legte das Bild von Margaretes Onkel in ihre Tasche und hörte gleichzeitig Schritte die Treppe heraufkommen. Rasche Schritte, flüchtige Schritte, es konnte nur Agnes sein.
Sie ging zur Tür und öffnete sie. Agnes warf sich ihr heftig in die Arme. Ich kann heiraten! rief sie glücklich und riß Crestina dabei fast die Rüschen vom Ärmel. Hörst du, ich kann heiraten. Komm mit! sagte sie lachend und zog Crestina die Stufen zum Dachboden hinauf. Ich kann's endlich.
Noch bevor sie vor dem Puppenhaus standen, wußte Crestina, worum es ging.
Ich kann die Schleife binden, sagte Agnes voller Stolz, nahm eines der Wäschebänder aus dem Puppenschrank und schlang es zu einer Schleife. Sie biß sich dabei auf die Lippen, runzelte die Stirn, und Crestina hatte das Gefühl, daß Agnes gleich in Schweiß ausbrechen würde, um ihr endlich dieses Schleifenbinden vorzuführen.
Siehst du, sagte sie voller Stolz, als das blauseidene Band um den Wäschepacken geschlungen war, ich kann es. Und jetzt kann ich heiraten, nicht wahr? Ich habe tagelang geübt, sagte Agnes ernsthaft, jeden Tag, damit ich alles richtig mache, wenn ich erst groß bin. Und lesen kann ich inzwischen auch. Sie nahm das Himmelbett aus dem Puppenhaus und las Wort für Wort die Inschrift:

> Die Liebe macht das Leben süß,
> In frohem Ehestandes Bunde
> Sie zaubert uns ins Paradies,
> Gott segne diese Stunde.
> Die Lieb vertreibt das Hauskreuz oft

Und macht viel Gram gelinder,
Und aus der Lieb entspringen auch
Im Bett oft kleine Kinder.

Agnes klatschte in die Hände, schlang die Arme um Crestinas Hals und sagte ernsthaft: Aber dafür bin ich noch zu klein.
Ja, sagte Crestina und drückte Agnes an sich, dafür bist du noch zu klein.

Der Abschied war mehr als frostig. Die Mutter sei über Land, hatte es geheißen, der Vater mußte angeblich zu einer Sitzung des Rats, Margarete hatte Stubenarrest, und Tante Adelheid war Kranke besuchen. Lediglich Jeremias und Agnes waren zu ihr gekommen und hatten ihr zwei Zettel zugesteckt. Der eine stammte von Margarete und enthielt einen Gruß und die Versicherung, daß sie ganz bestimmt eines Tages nach Venedig kommen werde, und der andere war von Schreck. Crestina lachte laut, als sie ihn las: Habt recht getan, was wollt Ihr auch mit ihm. Schreck riecht nicht nach Safran, vergeßt es nicht, auch nicht des Nachts.
An der Haustüre, als der Kutscher bereits das Gepäck in das Gefährt geladen hatte, kam Clothilde aus dem Stall. Nun, hast du erreicht, was du wolltest, sagte sie mit starrem Gesicht.
Es tut mir leid, sagte Crestina leise, glaub mir, es tut mir leid.
Du hast ihn zum Gespött der ganzen Stadt gemacht, bist du dir darüber im klaren? fragte Clothilde aufgebracht.
Ich konnte es nicht wissen, daß es so kommt, sagte Crestina stokkend.
Nicht wissen? Clothilde lachte auf. Weißt du, was sie gesagt haben, die Nachbarn, gleich in den ersten Tagen? Eure Braut, meinten sie, sieht aus, als würde sie die Pegnitz am liebsten schon jetzt im Rücken haben.
Riccardo, der mit dem Kutscher verhandelt hatte, kam hinzu und legte den Arm um Crestinas Schulter. Das werden wir nun auch gleich haben, sagte er fröhlich und führte seine Schwester zur Kutsche.

Sie fuhren bereits seit drei Stunden, meistens schweigend. Sie fuhren durch verwüstete Dörfer, an zerstörten Kirchen vorbei, sie fuhren

durch Städte, in die die Bauern aus dem Umland verzweifelt mit ihrem Hab und Gut hineindrängten, um den Plündereien zu entkommen. Sie fuhren über Straßen, die der Regen aufgeweicht hatte, und durch Felder, die aussahen, als hätten hier seit Menschengedenken Kriege stattgefunden. Wenn die Kutsche anhielt, weil ein Hindernis auf ihrem Weg lag oder weil sie abbiegen und Umwege fahren mußten, wurden sie mal links, mal rechts an die Wände gedrückt. Fiel Crestina gegen Riccardo, rückte sie jedesmal wieder demonstrativ ein Stück von ihm ab, so daß er sie schließlich verblüfft fragte: Gibt es etwas, das dich an mir stört, Schwester?
Weshalb hast du mich unbedingt noch in diesen Felsenkeller geschickt? fragte sie, ohne ihn dabei anzuschauen.
Riccardo zog die Brauen hoch. Geschickt? Ich habe gedacht, Lukas wollte dir die Brauerei des Onkels zeigen, oder etwa nicht?
Die Brauerei war ein Vorwand, sagte sie zornig, und du wußtest das genau.
Riccardo strich sich über die Rüschen an seiner Jacke, schaute dann lächelnd zu Crestina hinüber. Es sei immerhin schön, wenn einem die eigene Schwester so viel Klugheit zutraue, sagte er, aber hellseherische Fähigkeiten besitze er nun mal keinesfalls.
Gib es zu, sagte sie leise, gib zu, daß du gewußt hast, was dort unten geschieht. Gib's zu. Oder ich lasse die Kutsche anhalten.
Die Kutsche anhalten? Riccardo schaute sie kopfschüttelnd an, lächelte dann wieder und zog seine Handschuhe glatt. Sieh an, meine Schwester erpreßt mich. Na schön, ich gebe es zu, vielleicht wußte ich wirklich, daß es so laufen würde, so laufen mußte.
Du hast es schon in Venedig gewußt, sagte sie rasch, diesmal um eine Spur lauter, nicht wahr?
Was sollte ich gewußt haben?
Daß es nie zu dieser Heirat kommt.
Riccardo zuckte mit den Achseln. Vielleicht. Vielleicht auch nicht. Ich weiß es nicht.
Und falls du es gewußt hast, weshalb dann all diese Strapazen? Hunderte von Meilen nach Norden, nun wieder Hunderte von Meilen nach Süden, sagte sie zornig, und auch noch bei diesem abscheulichen Wetter.
Auf dem Herweg war es doch schön, sagte Riccardo friedlich. Du hast gesagt, es sei eine wunderschöne Reise. Hast du etwa nicht vie-

les gesehen, was dich interessiert hat, vieles gehört, was du hast wissen wollen?
Sie sah ihn nicht an, fragte nur nach: Weshalb?
Weil du es herausfinden mußtest. Allein. Weil du es endlich wissen mußtest.
Wieso mußte ich das? Du hättest es mir sagen können. Es hätte mir genügt.
Man muß es selber finden, sagte Riccardo, sagen nützt nichts. Du bist inzwischen alt genug, um dir eine eigene Meinung zu bilden über die Dinge. Dinge, die am Horizont stehenbleiben, entwickeln einen Reiz, der ihnen nicht zukommt.
Und was wäre gewesen, wenn ich ihn doch geheiratet hätte? Immerhin gab es einen Augenblick, da war er mir sehr nahe.
Riccardo lächelte sie an. Der verweigerte rote Zuckerengel? Ich dachte es mir gleich, als du es mir erzählt hast.
Und?
Man heiratet niemanden wegen eines roten Zuckerengels. Nicht einmal du, Schwester. Und er war dir dabei keinesfalls so nahe, er tat dir lediglich leid.
Eine Zeitlang schwiegen sie vor sich hin, bis sie hörten, wie der Kutscher vorne fluchte. Die Kutsche schwankte, neigte sich zur Seite und blieb abrupt stehen.
Riccardo beugte den Kopf aus dem Fenster und sagte: Bald werden wir laufen müssen, wenn der Schlamm nicht aufhört.
Und was nützt es, wenn man es weiß, wenn ich es weiß? fragte sie nach einer Weile leise, so leise, als dürfe es niemand hören außer ihnen beiden. Was nützt es zum Beispiel uns?
Das werden wir irgendwann wissen. Nicht jetzt, aber irgendwann.
Und was tun wir, bis dieses Irgendwann eintritt?
Wir leben weiter, wie wir bisher gelebt haben.
Und das ist die ganze Weisheit? fragte sie ungläubig.
Ja, sagte Riccardo, das ist die ganze Wahrheit. Eine andere gibt es nicht.

Abends in ihrem Bett, das feucht und schimmelig roch – ob es sauber war, wußte sie auch nicht –, grübelte sie über Riccardo nach, über das, was er gesagt hatte. Ihr war, als sei irgend etwas anders als zuvor, vor dieser Reise, aber es fiel ihr kein Ausdruck ein, wie sie es hätte benennen können. Das Wort entzog sich ihr, sobald sie glaubte, es an einem Zipfel fassen zu können. Ihr war, als sei sie von Riccardo weggerückt und wachse doch gleichzeitig auf ihn zu, doch schien dieses Auf-ihn-zu-Wachsen ihrer Entscheidung zu entspringen, nicht seiner, so als sei nun sie diejenige, die führte, nicht mehr er, als hätten sie die Zügel vertauscht. Aus ihrer Ratlosigkeit war zwar keinesfalls die Gewißheit geworden, wie dieses Leben weitergehen würde, aber immerhin wußte sie nun, was sie nicht wollte. Und es störte sie für den Augenblick kaum, daß sie noch nicht wußte, was sie wollte.

La Bocca

Die Ankunft des Inquisitors

Sie erreichten die Stadt in der Abenddämmerung. Und sie wunderten sich, weshalb der Ort wie ausgestorben schien. Kein Mensch auf den Straßen, auf den Plätzen, niemand, der Wasser holte, Körbe nach Hause schleppte, kein Karren, der durch die engen Gassen holperte.

Sie sind in der Kirche, sagte die Magd, als sie endlich einen Gasthof gefunden hatten, der noch eine Spur von Leben zeigte. Alle sind in der Kirche.

Jetzt, um diese Zeit? fragte Riccardo.

Ja, sagte die Magd, jetzt um diese Zeit. Er ist endlich angekommen, fügte sie dann flüsternd hinzu, und an dem Glitzern ihrer Augen konnten sie ablesen, wer »er« war: der Inquisitor.

Sie gingen auf ihre Zimmer, wollten sich das Essen bringen lassen, aber die Magd sagte, daß die Herrschaften auch ebensogut in der Wirtsstube essen könnten, es seien keine weiteren Gäste im Haus.

Sie zögerten einen Augenblick, wollten widersprechen, weil sie Wirtsstuben alles andere als liebten, weder die leeren noch die vollen, aber die Magd war bereits wieder gegangen, bevor sie einen plausiblen Grund parat hatten, weshalb sie auf dem Zimmer bleiben wollten.

Also saßen sie in einem großen Raum an einem von einer Kerze nur spärlich beleuchteten Tisch. Das Essen, das sie bestellt hatten, kam rasch, der Wein war gut, und das Tischtuch sah frisch gewaschen aus.

Sie hatten soeben den Fisch gegessen und sich gefragt, aus welchem Gewässer er wohl stammen mochte, als die Tür aufging. Die Flügel öffneten sich breit, ließen einen Schwall von Männern herein, die sie nicht gehört hatten, weil die Gäste es offenbar bisher vorgezogen

hatten zu schweigen. Jetzt, innerhalb der dicken Mauern des Hauses, brauchten sie dies nicht mehr zu tun. Sie explodierten förmlich, stießen die Worte aus, die sie zurückgehalten hatten, redeten durcheinander, überstürzten sich, flüsterten dann und begannen von neuem. Namen fielen, wurden in Frage gestellt. Der nicht, sagte jemand, der doch nicht. Der wohl, sagte ein anderer, und habe dessen Frau nicht erst letzten Donnerstag Fleisch gekauft? Was das beweise, wenn jemand am Donnerstag Fleisch kaufe? Alles, sagte ein anderer, denn das Fleisch sei für den Freitag, und damit sei sicher, daß sie keine Katholiken seien, sondern Lutheraner. Er wird endlich Ordnung bringen, sagte einer mit einer langen Narbe über der Stirn, er wird diesen Augiasstall ausmisten. Die anderen übertrumpften ihn, schienen sich dann aber in zwei Lager zu spalten, von denen sich das eine nahezu auf den Tisch warf, an dem Crestina und Riccardo speisten.
Woher die beiden kämen, wollten sie dann wissen, sie sähen nicht aus wie Landsleute.
Von Nürnberg, sagte Riccardo. Das schlechte Wetter habe sie zur Fahrt mit der Kutsche gezwungen. Inzwischen würden sie wieder reiten, aber heute seien sie nur zwanzig Meilen weit gekommen, weil ein Pferd gelahmt habe.
Aber Deutsche seien sie doch keinesfalls, sagte ein anderer und schaute sie dabei mißtrauisch an.
Nein, sagte Riccardo, wir stammen aus Venedig.
Eine Sekunde war Stille, als wälzten sie alle die Worte, die sie soeben in der Kirche gehört hatten, in ihren Köpfen, um zu überprüfen, ob Unheil von hier ausgehe, von diesem Tisch, und wie man sich zu verhalten habe.
Venedig, sagte der mit der langen Narbe, dort sei man weit voraus. Dort habe man bereits Ordnung gebracht in die Köpfe der Leute. Hier, er machte eine weitausholende Gebärde, die den ganzen Raum umschloß, hier in dieser Stadt sind sie erst am Anfang. Aber wenn alle mithelfen, alle das tun, wozu sie der Inquisitor soeben von der Kanzel herunter aufgefordert habe, dann sei es auch gewiß hier bald so wie in Venedig.
Einige nickten eifrig mit dem Kopf, andere gingen unauffällig zu einem langen Tisch, an dem der Rest der Männer Platz genommen hatte, der offenbar anderer Meinung war.

Wieviel man denn in Venedig bekomme, fragte einer Riccardo. Er wisse ja wohl, wofür.
Riccardo sagte, ohne lang zu überlegen, es gebe bei ihnen fünfhundert Dukaten.
Für einen allein? fragte der Mann ungläubig.
Nein, sagte Riccardo, ein Drittel für den Denunzianten, ein Drittel für die *cattaveri* und das letzte Drittel für die Stadt.
Das wolle er aber auch hoffen, sagte der mit der Narbe, daß es in Venedig nicht die ganzen fünfhundert für den Denunzianten gebe und hier nur ein schäbiges Drittel. Wir sind nämlich alle gleich, sagte er dann lautstark und nahm das Glas entgegen, das ihm der Wirt zuschob. Alle.
Ihr habt eine schöne Frau, sagte ein anderer und starrte Crestina an. Er habe noch nie eine so schöne Frau gesehen.
Riccardo zog es vor, nicht zu sagen, daß dies seine Schwester sei, weil er Crestina nicht unnütz den Anzüglichkeiten der Männer aussetzen wollte. Aber als nur kurze Zeit später die Magd an den Tisch kam und sagte, sie habe das Zimmer des gnädigen Fräuleins geheizt, wenn die Herrschaften nach oben gehen wollten, war die Schonzeit vorbei.
Also wohl nicht Frau, sondern vielleicht Schwester, sagte einer mißtrauisch, und weshalb Riccardo dann gesagt habe, sie sei seine Frau.
Er habe nicht gesagt, daß es seine Frau sei, erwiderte Riccardo ruhig.
Aber auch nicht widersprochen, sagte ein anderer.
Und weshalb er denn nicht widersprochen habe, fragte ein dritter eifrig. Eine so harmlose Frage wie die nach der Schwester oder Frau könne man ja schließlich überall beantworten.
Crestina legte die Serviette auf den Tisch, griff sich an die Stirn und sagte lächelnd, sie sei sehr müde, und Kopfweh habe sie auch. Riccardo stand mit ihr auf, aber die Stille, die ihren Abgang begleitete, ließ nichts Gutes erwarten. Sie waren noch kaum an der Treppe, hörten sie das Wort Lutheraner.
Im Dunklen stolperten sie die Treppe hinauf, Crestina packte ihre Sachen, die sie soeben ausgepackt hatte, wieder ein. Sie werden es sich nicht nehmen lassen, ihre neu erworbene Macht auszuprobieren, sagte sie mutlos, das beste wird sein, wir ziehen weiter. Egal,

was ihr Mißtrauen erregt, es mündet stets in den Vorwurf der Häresie.
Riccardo sträubte sich zunächst, führte ins Feld, daß es schließlich keinesfalls verboten sei, wenn sich ein Bruder mit seiner Schwester auf Reisen befinde, aber Crestina wandte ein, daß es darum nicht gehe. Es gehe für diese Leute nur um die Macht, die sie soeben aus der Hand des Inquisitors empfangen hätten. Und natürlich gehe es auch um die Dukaten für die Denunziation, und sie sei sicher, daß an diesem Abend in dem Gasthaus mindestens zehn Häretiker geboren würden, die es in Wirklichkeit gar nicht gebe.
Sie ließen das Geld für die Zimmer und das Essen überreichlich auf dem Tisch liegen, hofften, daß es die Magd nicht würde in ihre eigene Tasche stecken, und verließen den Gasthof leise durch die Hintertür.

Sie ritten die ganze Nacht hindurch, erreichten schließlich am späten Morgen die Lagune und kurze Zeit später auf dem Landweg den Palazzo.
Sieht aus wie Taddeo, sagte Crestina, als sie um die Ecke bogen und bereits von weitem einen alten Mann erblickten, der den bronzenen Türklopfer heftig gegen das Haustor schlug, und dies nicht nur einmal, sondern wiederholt.
Es ist Taddeo, sagte Riccardo und beschleunigte den Schritt, da bereits Leute aus den Fenstern der umliegenden Häuser schauten und Taddeo soeben mit hängenden Schultern kehrtmachen wollte. Als er die beiden sah, stürmte er auf sie zu und umarmte Riccardo und Crestina überschwenglich.
Ich war schon dreimal hier, sagte er dann atemlos, nein, sogar viermal, aber es macht nie jemand auf.
Um diese Zeit? wunderte sich Riccardo. Das müsse ein Irrtum sein.
Nein, sagte Taddeo traurig, das ist es sicher nicht.
Und weshalb nicht?
Sie haben Silvestro, Marcello und Enrico bereits verurteilt, sagte Taddeo leise, und nun ist Leonardo an der Reihe. Er schaute an den gegenüberliegenden Häusern empor, dann begann er zu flüstern. Weißt du, wer mit dem Sant' Ufficio zu tun hat – das ist, wie wenn er die Pest hätte, verstehst du?
Ich weiß, sagte Riccardo und legte Taddeo die Hand auf die Schul-

ter. Ich nehme an, die anderen wollen sich treffen, um zu beratschlagen?
Taddeo nickte. Bei Silvestro, heute nachmittag, in dem alten Lagerschuppen hinter San Moisè.

DER WIDERSTAND

Der Empfang im Palazzo war zwiespältig und keinesfalls so, wie sie gehofft hatten. Außer Anna, die mit Mehl an den Händen aus der Küche kam und Crestina um den Hals fiel, und Jacopo, der eilig die Treppe herabeilte, als er den Schlüssel im Schloß hörte, gab es niemanden, der sie begrüßte.
Die Mutter sei unterwegs, sagte Anna verlegen und warf einen Blick hinter sich zur Tür, die auf den Kanal hinausführte.
Schon lange? wollte Crestina wissen.
Anna zögerte. Nein, nicht lange, sagte sie dann, was wohl heißen sollte, daß Donada Zibatti soeben mit der Gondel weggefahren war.
Der Herr, beeilte sich Jacopo mitzuteilen, komme bestimmt heute...
Weshalb man Taddeo nicht geöffnet habe, unterbrach ihn Riccardo.
Jacopo schaute Anna an, Anna senkte den Blick und drehte ihren Schürzenzipfel in den mehlbestäuben Händen.
Nun, da sei doch dieser Prozeß von Leonardo, nicht wahr? sagte Jacopo schließlich stockend, und es sei eben so. Er schaute noch immer hilfesuchend zu Anna hinüber, aber Anna drehte wieder ihren Schürzenzipfel. Und Taddeo sei doch...
Was ist mit Taddeo? drängte Riccardo. Weshalb läßt man ihn nicht ins Haus?
Die Mutter habe gemeint, erklärte Anna jetzt, es sei nicht gut wegen den Nachbarn. Schließlich könnte man auf die Idee kommen, man gehöre selber dazu, und die Mutter habe...
Das genügt, schnitt Riccardo Anna die Rede ab und hob seinen

Mantelsack auf, bevor Jacopo danach greifen konnte. Es interessiert uns nicht, auf welche Idee irgendwer kommt, fuhr er dann fort und stieg die Treppe hinauf. Auf dem ersten Treppenabsatz blieb er stehen, bis Crestina neben ihm stand. Es hat uns nie interessiert, fügte er dann zornig hinzu und ging weiter, den Arm um Crestinas Schultern gelegt.

Du hättest aufmachen sollen, sagte Anna später zu Jacopo, es ist nicht recht, was wir tun. Taddeo sei ein alter Mann, und ihn so zu behandeln verstoße gegen alle Regeln der Höflichkeit.

Er habe die Befehle seiner Herrschaft auszuführen und nichts sonst, sagte Jacopo zornig, so habe er es ein Leben lang gehalten, und so werde er es auch weiterhin tun.

Sie nicht, sagte Anna trotzig, sie ganz gewiß nicht. Das nächste Mal werde sie öffnen. Befehle der Herrschaft seien eine Sache und die Verpflichtung, ein guter Christ zu sein, eine andere.

Konntet ihr keinen besseren Raum finden als diesen? fragte Riccardo kopfschüttelnd, als er am Nachmittag den engen Lagerraum von Silvestros Laden betrat, in dem die gestapelten Folianten bis zur Decke reichten. Man kann kaum atmen hier drin.

Das ist auch nicht so wichtig, sagte Silvestro, wichtiger ist, daß kaum jemand wagt, hier hereinzukommen, wenn er draußen an der Wand die armdicken Risse vom letzten Erdbeben sieht.

Und weshalb treffen wir uns nicht bei dir? hakte Riccardo nach und wandte sich an Benedetto. Dein Lager ist genauso verborgen, aber man kann dort wenigstens atmen.

Weil ich dieses Haus für die drei nächsten Monate nicht verlassen darf, sagte Silvestro lächelnd und füllte die Becher, die auf einem kleinen Tisch standen, mit Wein, wegen Hausarrest.

Riccardo schaute sie der Reihe nach an: Agostino, Marcello, Alvise, Benedetto und Silvestro. Weshalb sind wir so wenige? Haben die anderen auch Hausarrest, oder was sonst?

Ich war nur einen Tag eingesperrt, sagte Marcello, bei Wasser und Brot, und gegen acht Dukaten Strafe haben sie mich dann laufen lassen. Andere aber haben sie auspeitschen lassen, von San Marco bis zum Rialto wie üblich, und Enrico ist in der Verbannung.

Verbannung! Riccardo lachte auf. Manchmal ist es unvorstellbar, wie naiv sie sind. Wenn einer dreißig Meilen außerhalb der Stadt ist,

glauben sie, sei sein Kopf bereits ein anderer. Und Leonardo, wie ist es passiert? Wer hat ihn denunziert?
Das wissen wir nicht, sagte Marcello, fest steht nur, daß eines Tages ein Mann in den Laden kam und verschiedene Bücher kaufen wollte.
Was für ein Mann?
Nun, ein Beauftrager der Inquisition, ein Spitzel, was sonst, sagte Agostino.
Und?
Leonardo ging in den Nebenraum und brachte ihm die Bücher, sagte Alvise, und als der Käufer drei weitere verbotene Bücher verlangte, holte sie Leonardo ebenfalls.
Seit wann ist Leonardo leichtsinnig? wollte Riccardo wissen.
Leichtsinnig? wunderte sich Benedetto. Wieso? Jeder von uns verkauft bisweilen gebannte Bücher auf diese Art. Das ist nun mal unser Risiko. Wenn wir nur die Leute beliefern, die bestellt haben, dann verdienen wir nichts. Wir müssen schließlich leben.
Und wann war das?
Vor vier Wochen, sagte Silvestro.
Und was ist inzwischen geschehen?
Was soll schon viel geschehen sein? sagte Benedetto. Du weißt so gut wie wir, daß er zwei Jahre eingesperrt bleiben kann, und es geschieht nichts. Das ist ihre Waffe. Es liegt in ihrer Hand, wann sie den Prozeß eröffnen. Genauso wie es in ihrer Hand liegt, die Zeugen auszuwählen. Paß auf dich auf, wenn du aussagst.
Ich bin Zeuge, nicht Angeklagter, sagte Riccardo und wollte aufbrechen. Ich muß gehen, mein Vater erwartet mich im Fondaco.
Da gibt es noch etwas, was du wissen solltest, sagte Marcello langsam.
Riccardo ging zur Tür. Muß es jetzt sein?
Ja, sagte Silvestro, wir denken schon. Setz dich. Sie wollen einen neuen Index drucken.
Das ist kaum eine Neuigkeit, sagte Riccardo und blieb stehen, davon reden sie schon seit Jahren.
Mag sein, sagte Benedetto, aber jetzt ist es endgültig. Er soll in zwei Jahren erscheinen.
Riccardo streifte sich die Handschuhe über und ging zur Tür. Wir können beim nächstenmal darüber reden, ich muß wirklich weg.

Und wir werden es kaum verhindern können, daß sie einen neuen drucken. Vermutlich ist ganz einfach Zeit dafür. Und was wollt ihr überhaupt, der erste erschien 1559, und dann hatten sie eine ganze Weile genug davon.

Ja, vielleicht, sagte Alvise, nur als sie 1590 den nächsten machten, konnte es ihnen nicht rasch genug gehen, 93 kam dann der nächste und 96 schon wieder einer.

Hör zu, sagte Silvestro und nahm Riccardo beim Arm, es hat auch mit dir zu tun. Vielleicht.

Mit mir? Was soll der Druck eines neuen Index mit mir zu tun haben?

Opera omnia, sagte Agostino leise und blickte zu Boden.

Eine Weile war Stille, Riccardo schaute sie alle der Reihe nach an. Zunächst verblüfft. Dann begann er zu lachen, erst leise, dann immer lauter. *Opera omnia,* das ist die größte Ehre, die mir je widerfahren ist, so berühmt zu sein wie Agrippa von Nettesheim oder Ochino, ich kann's kaum glauben.

Hör zu, sagte Silvestro eindringlich, wir kennen alle deinen Humor, und wir wissen ihn auch zu schätzen. Nur hier gehört er nicht her. Du bist im Gespräch, heißt es, sicher ist noch nichts. Aber du könntest die Gefahr wenigstens ernst nehmen.

Riccardo zog die Handschuhe langsam von seinen Händen und lehnte sich an einen der Foliantenstapel. Hört her, sagte er dann, ich denke, ihr kennt mich und meine Bücher und alles, was ich sonst noch geschrieben habe, weil ihr es gedruckt habt. Es sind drei dünne Bändchen mit Sonetten, die vielleicht nicht alle besonders brav sind, aber kaum so, daß es Aufsehen erregt hat, als sie entstanden. Dann gibt es ein Buch über die *terraferma,* damit kann man auch keine Nonne zum Erröten bringen, und ein paar dünne Hefte mit unterschiedlichen Themen.

Und deine Schmähgedichte über den Dogen? fragte Silvestro.

Da war ich ein halbes Kind, empörte sich Riccardo.

Meinst du, das interessiert sie? sagte Benedetto. Du hast sie geschrieben, wann, ist ihnen völlig egal. Und außerdem hast du Satiren gemacht und dich für Renier Zen eingesetzt.

Ich denke, er ist rehabilitiert, sagte Riccardo. Und was hat das mit dem Sant' Ufficio zu tun?

Gar nichts. Für die bist du ja auch im Augenblick noch kein Risiko.

Und für wen dann bin ich ein Risiko?
Für die anderen, sagte Silvestro.
Das ist das Ungeheuerlichste, was ich je gehört habe, erregte sich Riccardo. Wegen drei dünnen Bändchen mit Sonetten...
Mir scheint, du kennst deine eigenen Texte nicht mehr, sagte Silvestro. Da gab's nicht nur Sonette, da gab's, wie gesagt, Satiren, oder etwa nicht?
Aber nicht in Buchform, wandte Riccardo ein, nicht als Buch.
Nein, das nicht, aber als Blätter, die in der ganzen Stadt kursierten. Und das ist für sie noch schlimmer.
Da weiß ich nicht mal mehr genau, was das alles war, sagte Riccardo. Einmal war es ein Bild, das ich in Rom in einer Druckerei gesehen hatte, als Titelblatt eines Buches. Hoch oben am Himmel war der Heilige Geist zu sehen, tief unter ihm Peter und Paul, die Heiligen der Kirche. Und zwischen ihnen Bücher, brennende Bücher. Und der Strahl des Heiligen Geistes traf Peter und Paul, die ihn weiterleiteten auf diese Bücher, damit er sie entzündete.
Und daß sie gebannte Bücher in Rom als Abfallpapier benutzt haben, hat dich damals auch zu einer Satire inspiriert, sagte Benedetto. Aber das alles ist es ja gar nicht, es ist dein neues Buch. Es geht um dieses Manuskript, das bei Leonardo lag.
Na und, was ist damit?
Leonardo hat es durch alle Instanzen gejagt, die nötig waren, es waren insgesamt sieben, das weißt du. Und er hat weder das *testamur* von der Inquisition noch das *imprimatur* vom Rat der Zehn bekommen.
Es ist eine Beschreibung unserer Stadt, empörte sich Riccardo, und ich kann überhaupt nicht einsehen, was ihnen...
Was ihnen daran nicht paßt, kannst du dir ausrechnen. Es paßt ihnen nicht, wie du sie siehst, unsere Stadt.
Und wie sehe ich sie?
Schäbig, sagte Silvestro lakonisch, mit einem Wort schäbig, sagen sie.
Du wirst ihr nicht gerecht, ergänzte Benedetto, sagen sie.
Du siehst ihre Schönheiten nicht, meinte Marcello, willst sie nicht sehen, sagen sie.
Und du entstellst sie, fügte Agostino hinzu. Du sagst, sie sei grausam.

Und wie, bitte, wollen sie diese Stadt gesehen haben? fragte Riccardo und ballte die Fäuste.
Sie wollen sie so, wie sie heißt, erwiderte Benedetto. Heiter. Die Serenissima. Die Heiterste. Hast du das vergessen?
Riccardo ging vor der Tür auf und ab. Wie kann eine Stadt heiter sein, wenn in ihr die Andersgläubigen härter bestraft werden als Leute, die gegen den Dogen sind? Wenn sie ihre Bürger dazu erzieht, andere Bürger zu bespitzeln, zu bewachen, zu jagen?
Sie sagen, sie hätten sich dem Papst widersetzt, hätten es geschafft, die Stadt im Gegensatz zu Rom vor dem Zusammenbruch des Buchhandels zu bewahren, sie hätten die Jesuiten verjagt und bei Todesstrafe verboten, daß unsre Kinder von Jesuiten erzogen werden.
Und das genügt?
Ihnen schon, sagte Agostino.
Ich habe dieses Buch geschrieben, wie ich es für richtig halte, sagte Riccardo wütend. Und wenn es ihnen so nicht paßt, so sollen sie mich meinetwegen auch unter Hausarrest stellen. Mich stört es nicht. Ich bleibe gerne in meinen vier Wänden und schließe die Tür.
Riccardo, versuchte Silvestro den Freund zu besänftigen, es ist nicht viel, was sie offenbar wollen, ein paar Abschnitte weg, ein paar dazu, so hat es uns Leonardo erzählt.
Und was soll weg und was dazu?
Es paßt ihnen nicht, daß du über die Bücherverbrennungen schreibst, sagte Marcello, es paßt ihnen nicht, daß du schreibst, daß die Zeugen einen Eid darauf leisten müssen, ihre Beziehung zur Inquisition geheimzuhalten. Daß du erzählst, in unserer Stadt gebe es tausend Lutheraner, mögen sie auch nicht. Es gibt keine Lutheraner in unsrer Stadt, sagen sie. Und daß diese Republik sich die Polizei spart, gefällt ihnen schon gar nicht. Daß sie nämlich all ihre Bürger statt dessen zu Spitzeln erzieht, bereits die Kinder, es macht kein gutes Bild in der Welt, verstehst du? Und Renier Zen hast du aufs Podest gehoben, machst ihn zum Helden, wo sie ihn doch gerade nicht so sehen wollen.
Ist er das etwa nicht, ein Held? Einer der ganz wenigen Männer in unserer Stadt, der es wagte, gegen den Dogen anzutreten, und deshalb von dessen Söhnen fast ermordet wurde, ist das kein Held?
Er ist ein Held, er ist es, beschwichtigte ihn Agostino. Wir sehen das nicht anders als du. Aber muß man es so laut sagen? Andere Autoren

sagen gewisse Dinge auch, aber sie verstecken es in ihren Büchern, verstehst du? Die Leute wollen etwas suchen und dann finden, vielleicht auch rätseln, ob es das ist, was sie sich vorgestellt haben. Das ist es. Vermutlich wollen sie wirklich weiter nichts als hier ein bißchen weg und dort ein wenig dazu.

Nein, das ist es nicht, sagte Riccardo. Das genügt ganz gewiß nicht. Sie wollen die Unterwerfung, und die wollen sie ganz. Aber von mir bekommen sie sie nicht. Sie haben sie auch von unseren Vätern und unseren Großvätern nicht bekommen.

Sie haben sie wohl bekommen, sagte Benedetto leise, vielleicht weißt du es nicht mehr in allen Einzelheiten, aber sie haben sie bekommen.

Ich weiß das Jahr nicht mehr genau, sagte Riccardo erregt, aber es waren unsere Großväter, unsere Großonkel, es waren achtundzwanzig Buchhändler, die sich zusammentaten und damals vor das Sant' Ufficio traten. Sie weigerten sich, den Index zu drucken, und der Kardinal wurde weiß vor Zorn: Eine Stadt wie diese, eine katholische Stadt, und ihre Buchdrucker widersetzten sich dem Willen des Papstes und weigerten sich, den Index zu drucken?

Das ist nur ein Teil der Geschichte, sagte Benedetto, es gab auch noch einen anderen, und der ist weniger rühmlich, weil an ihm die Gilde fast zerbrochen ist. Zunächst verweigerten alle die Inventarlisten, die sie beim Zoll verlangten, aber dann, nach wiederholtem Drängen und Drohungen, brach einer aus und lieferte die Listen ab und dazu die verbotenen Bücher. Außerdem schrieb er an die übrigen Buchhändler und empfahl ihnen, ebenfalls zu gehorchen. Der Prior, mein Großvater, rügte ihn, und er rügte auch den nächsten, der die Listen abgab und die Bücher. Aber nach drei Monaten war selbst er soweit, daß er sich unterwarf und die Listen abgab.

Mag sein, daß es so war, erwiderte Riccardo, aber trotz allem hatten die da oben gespürt, daß es etwas gab, was sich ihnen widersetzte, und einer sagte einmal, das sei wie bei einer Hydra, wenn man einen Kopf abschlage, wachsen zehn andere nach.

Du wirst es nicht schaffen, sagte Agostino. Meinen Großvater brachten sie um, nur weil er verbotene Bücher geschmuggelt hatte. Dann sagt mir doch gleich, was ihr von mir verlangt! Daß ich gefälliger schreibe? Etwas, was den Leuten gefällt? Etwa Briefe in Versen auf Bestellung? Oder Gedichte für Hochzeiten? Theaterstücke für ein Publikum, das nichts weiter will, als sich vor Lachen auf den Bänken kugeln?

Man kann auch Plato übersetzen, für irgendeinen Auftraggeber, oder die *Ilias* für die Medici, wie das einige Schriftsteller heute tun, schlug Agostino vor.

Man kann sich auch prostituieren, höhnte Riccardo, als offizieller Hofhistoriker für Venedig tätig sein, nicht wahr, mit einem Jahresgehalt von dreihundert Dukaten, oder Hofpoet werden oder sonst etwas, was nicht unbequem ist.

Riccardo, um Himmels willen, verteidigte sich Marcello, tu nicht so, als wären wir deine Feinde!

Meine Freunde seid ihr vielleicht schon, aber ihr versteht nichts vom Schreiben.

Vielleicht, gab Silvestro zu, vielleicht.

Und von mir versteht ihr auch nichts, sagte Riccardo und streifte die Handschuhe wieder über.

Benedetto seufzte und stand auf. Doch, sagte er dann, ich glaube schon, daß wir etwas von dir verstehen. Zumindest ich habe behalten, was du mir irgendwann einmal nachts beim Wein gesagt hast. Daß selbst die Hölle für dich bewohnbar wäre, wenn du nur Tinte, Feder und Papier bei dir haben könntest. Ich fragte dich damals, was tust du, wenn das Papier zu Ende ist. Dann, hast du gesagt, dann schreibe ich trotzdem weiter. Auf das, was da ist. Wände, Tische, Stühle und, wenn es sein muß, auch auf den Fußboden. Und wenn die Feder zu Ende ist? fragte ich. Darauf du: Dann nehme ich die Fingernägel, so lange, bis sie abgeschrieben sind und nicht mehr existieren. Ist es das, was du meinst?

Riccardo drehte sich um und verließ den Raum.

Wir haben es falsch gemacht, sagte Silvestro nach einer Weile. Er hat recht. Wir haben uns benommen, als gehörten wir zur anderen Seite.

Wir haben uns benommen wie Freunde, die nicht wollen, daß einer nach dem anderen von ihnen hinter dunklen, feuchten Mauern verschwindet, sagte Benedetto heftig.

Aber wir versuchen, ihn zu überreden, daß er diese Stadt so beschreibt, wie wir alle genau wissen, daß sie nun mal nicht ist. Wir wissen doch sehr gut, daß wir, die *popolani*, das Volk, dieses Monster der Verleumdungen und des Verrats sterben lassen können,

wenn wir uns nur zusammentun. Wenn niemand mehr denunziert, ist das Monster machtlos, und es kann nichts unternehmen.
Aber es wird nun mal denunziert, sagte Silvestro müde, und wir tun's auch, weil wir Menschen sind mit Fehlern, mit großen und kleinen Fehlern.
Ja, das sind wir, sagte Benedetto, wir sind Menschen. Und wenn wir eine Hydra sein wollen, dann sind wir im Gegensatz zu früher eine ziemlich feige Hydra.

Spät am Abend ging Crestina durch das Haus. Sie nahm es wieder in Besitz, saugte es auf in sich, die Höhe der Räume, ihre Weite. Das Kaminzimmer, die Bibliothek, die Kapelle, den *salotto,* sie durchlief sie, einmal, zweimal, so, als betrete sie sie zum erstenmal. Und als könnten ihr diese Räume, dieses Haus helfen, Nürnberg abzuschütteln. Und nicht nur Nürnberg, sondern zugleich auch Lukas, Clothilde, die Sprüche auf dem Kachelofen und sämtliche blauen Seidenbänder von Agnes' Puppenstube.
Im *salotto* blieb sie unter den Bildern der Gaspara Stampa und Vittoria Colonna stehen, schaute zu ihnen hinauf und erzählte ihnen mit grandioser Geste, was die Eltern gesagt hatten. Sie habe getan, was sie hätte tun können, mehr Zeit für diese nicht fügsame Tochter zu verschwenden, sei sinnlos, so die Mutter. Weder Kloster noch Ehe, dann wirst du lernen müssen, dein Leben selber zu gestalten, so der Vater. Crestina schaute hinauf, erwartete Antwort von zwei Frauen, die vielleicht vor der gleichen Frage gestanden waren. Wie hatten sie gelebt? Wie hatten sie ihr Leben gestaltet?
Sie ging auf den Balkon hinaus und hörte aus dem Nebenhaus plötzlich Musik. Eine Harfe wurde gespielt, dazu eine Gitarre, eine Frauenstimme sang ein melancholisches Lied. Crestina machte zögernd ein paar Tanzschritte, dann ein paar weitere, sie hob die Arme, ließ sie schweben, tanzte hinüber in die *sala,* durchtanzte den Raum, obwohl die Musik hier nicht mehr zu hören war. Sie tanzte weiter, sanft zunächst, als wolle sie die ganze Stadt liebkosen, dann immer wilder. Sie wirbelte durch den Raum, schüttelte Nürnberg ab, fegte es in die Lagune. Ihr Kopf war voll mit Musik, durch die geöffneten Fenster blies ihr der Schirokko ins Gesicht, sie umarmte ihn, lachte, weinte und sank irgendwann erschöpft zusammen.
An der Treppe zur *sala* stand Riccardo im Dunkeln und schaute ihr zu. Und er kam sich ratlos vor wie nie zuvor.

LEAS KRANKHEIT

Das, was Abram später als Leas Zeit der Wunderlichkeit zu bezeichnen pflegte, begann einige Monate nach dem Tode von Benjamin.
Lea kam zur Tür des Ladens herein, die Haare vom Wind zerzaust, am Arm einen Einkaufskorb, der jedoch leer war.
Wo warst du? fragte Abram befremdet, weil es weder die Zeit war, zu der Lea sonst in der Stadt einzukaufen pflegte, noch die Kleider angemessen schienen, die sie trug, so kurz vor dem Sabbat.
In der Stadt, sagte Lea hastig und versuchte, an Abram vorbeizuhuschen. Nur ganz rasch noch in der Stadt.
Zu dieser Zeit, am Freitag nachmittag, wo du sicher sein kannst, daß bald die Trompeten den Sabbat ankündigen?
Sie habe alles vorbereitet, sagte Lea schnell und war schon an der Tür, er wisse ja, daß sie Fisch, Lichter und Wein stets schon am Donnerstag einkaufe.
Wo warst du dann in der Stadt? fragte Abram geduldig.
Bei San Marco, sagte Lea, schaute diesmal jedoch zu Boden, als stehe sie nicht vor ihrem Ehemann, sondern vor einem ihrer Großväter, die beide gleich streng waren.
Lea, sagte Abram eindringlich, was ist mit dir? Was tust du bei San Marco, ohne Grund, am Sabbat abend?
Sie habe geschaut, ob ein neues Dekret angeschlagen sei, sagte sie schließlich.
Ein neues Dekret? Abram legte die Brille zur Seite und das Buch, in dem er gerade gelesen hatte. Welches neue Dekret?
Nun, welches wohl, sagte Lea und hob ihre Stimme dabei, ein Dekret über die *ebrei*, über wen wohl sonst.
Die Verordnungen für uns werden vor San Marco, am Rialto und hier im Ghetto angeschlagen, weshalb also mußt du vor San Marco schauen? Und welches Dekret? Und seit wann sie sich überhaupt für so etwas interessiere? Und dazu noch am Freitag nachmittag? Ein Leben lang habe sie gesagt, daß sie nur zum Metzger, Bäcker oder zum Weinhändler zu gehen brauche, und schon wisse sie, was in der Welt geschieht.
Du meinst also, Frauen haben sich nicht für Dekrete zu interessieren, sagte Lea und warf den Kopf zurück.

Draußen ertönte inzwischen der erste Trompetenstoß, Abram schaute zum Fenster hinaus. Die Straßen begannen sich zu leeren, beim zweiten Trompetensignal würden die meisten in ihren Häusern sein und darauf warten, daß die Frauen die Sabbatlampen herabziehen und anzünden.
Sie gehe sich umziehen, sagte Lea entschieden, es sei Zeit.
Abram nickte, wußte, daß seine Gedanken an diesem Abend und in der Nacht nicht zur Ruhe kommen würden. Eine Frau, die sich für die Dekrete vor San Marco interessierte. Er wußte genau, er brauchte kaum eine Hand dazu, um die Frauen aufzuzählen, die so etwas tun würden. Jüdische Frauen. Und dies noch dazu am beginnenden Sabbat.

In der Nacht wachte er auf, als er das Knistern von Papier hörte. Zunächst nahm er an, es sei eine Maus, die sich wieder einmal ein Loch gegraben hatte von den Levis zu ihnen, aber dann sah er im Schein des Mondes Lea vor ihrer geöffneten Truhe stehen. Sie starrte auf einen großen Bogen Papier, der halb zerfetzt war, und Abram bezweifelte, daß sie bei diesem Licht überhaupt etwas erkennen konnte.
Sie wollen mehr verlangen, sagte Lea plötzlich, als wisse sie ganz genau, daß Abram aufgewacht war. Sie wollen sogar ziemlich viel mehr dieses Mal.
Abram dachte im ersten Augenblick, Lea rede irr, aber dann war ihm klar, wovon sie sprach. Lea, sagte er vom Bett aus und keinesfalls gewillt aufzustehen, es ist ein Uhr nachts, und ich bin ganz sicher, daß kein Mensch hier im Chazer sich zu dieser Stunde mit der *condotta* beschäftigt. Nicht einmal die *capi* der *università*.
Eben, sagte Lea, eben. Wir werden das nicht zahlen können, nicht wahr, wir werden es nicht können? Und was geschieht dann? Sie werden uns wieder verjagen wie damals. Sie werden es mitten im Winter tun. Wie 1571.
Lea! Abram schlug die Decke zurück, stieg aus dem Bett und trat zu Lea an der Truhe. Wir werden es zahlen müssen, und ich bin sicher, daß die Gemeinde es auch zahlen wird. Er nahm Lea den Papierbogen, einen Aushang der Behörde, aus der Hand und wollte ihn in die Truhe zurücklegen, was aber kaum möglich war, da die Truhe bereits bis an den Rand mit anderen Plakaten gefüllt war.
Woher hast du das alles, fragte er, nahezu entsetzt.

Was? fragte Lea und wollte den Deckel zuklappen, aber Abram hinderte sie daran.
Dies alles, diese Plakate, sagte Abram und nahm einen ganzen Pakken aus der Truhe. Kleine Anschläge, große, halb zerfledderte, manche noch ganz neu.
Nun, sagte Lea, und er spürte, daß sie Mühe hatte, ihm ins Gesicht zu sehen, es wehe doch oft der Wind in dieser Stadt, nicht wahr, und wenn es stürmisch sei... Lea geriet sichtlich in Bedrängnis, nun, dann reiße der Wind, der Orkan, eben manchmal solch ein Plakat von der Wand los. Oder von den Türen.
Und wenn kein Wind wehe, wollte Abram wissen. Lea, was ist, wenn kein Wind weht, fragte er unerbittlich weiter, sind dies denn alles Windplakate?
Nein, flüsterte Lea kaum verständlich, nicht alles Windplakate.
Und ob ihr klar sei, was sie in der *università* sagen würden, wenn sie erführen, daß seine Frau Plakate abreiße in der Stadt.
Sie werden sagen, sie hat ihren Sohn verloren, sagte Lea mit schwankender Stimme, das werden sie doch sicher sagen, oder?
Abram schloß die Truhe, nahm Lea in den Arm und führte sie zu ihrem Bett. Ich weiß es nicht, sagte er, während er sie zudeckte, ich weiß es wirklich nicht, was sie sagen werden.
Und er verwünschte den Tag, an dem er Lea jenes Gartenstück geschenkt hatte, mit dem alles begonnen hatte.

Ihr Kopf gehört mir nicht mehr, sagte Abram drei Tage später verzweifelt zu David. Es sei, als galoppiere dieser Kopf auf einem immer schneller werdenden Pferd davon und lasse ihn, Abram, allein zurück. Und dies schon seit einiger Zeit. Seit dem Tod Benjamins.
David schob Abram wie so oft in den hintersten Winkel seiner Werkstatt, sagte, er müsse noch etwas fertigstellen für diesen Abend, aber sie könnten dabei reden. Was es denn sei.
Das Laterankonzil, sagte Abram unglücklich, sie hat nach dem vierten Laterankonzil von 1215 gefragt. Und nach dem Erlaß von Papst Innozenz III.
Sie hat wonach gefragt? wollte David wissen, und es war ganz offensichtlich, daß auch er beeindruckt war.
Ich sag's dir doch, nach dem Erlaß von Innozenz III.
Und was will sie damit?

Ihn lesen, was sonst, sagte Abram und erhob sich so heftig, daß er dabei fast Davids Leimtopf umstieß.

Und weshalb läßt du sie ihn nicht lesen?

Weil ich ihn gar nicht habe, sagte Abram zornig, und er habe auch keinesfalls Lust, bei der nächsten Buchmesse in Frankfurt durch die Reihen der Drucker und Verleger zu laufen und sich nach irgendeinem päpstlichen Erlaß umzusehen, wobei er nicht mal wisse, ob man so etwas überhaupt dort finde. Sie ist wunderlich, meine Frau, sagte er verzweifelt, ganz und gar wunderlich.

Es war nicht irgendein Erlaß, gab David zu bedenken, es war ganz und gar kein quisquiliger Erlaß.

Das wisse er auch, sagte Abram heftig, aber das rechtfertige nicht Leas mehr als absonderliches Verhalten. Er werde mit ihr jetzt zum Arzt gehen.

David kratzte sich am Ohr und meinte, er sei unsicher, ob man mit einer Frau zum Arzt müsse, nur weil sie sich plötzlich für Dinge interessiere, für die sie sich bisher nicht interessiert habe. Es gibt zweierlei Menschen seit diesem Erlaß, sagte er dann, es gibt seitdem Juden und Nichtjuden.

Die gab es schon immer, warf Abram ein.

Ja, natürlich, nur konnte man sie bis dahin nicht voneinander unterscheiden, äußerlich, fuhr David fort. Aber seit diesem Erlaß sei das anders, nun könne man sie unterscheiden, weil man die einen markiere. Er stellte den Stuhl, an dem er gerade arbeitete, mit einer Heftigkeit auf den Boden, daß Abram zusammenzuckte. Sie haben uns Hüte verordnet, rote und gelbe spitze Hüte, und uns einen runden, gelben Fleck auf die linke Schulter nähen lassen, so daß jeder Nichtjude schon auf zehn Meter sehen kann: Hier kommt einer, der anders ist als ich.

Sie sagt, es sei, als brenne man Tieren die Besitzermarke ein, flüsterte Abram. Sie sagt, sie rieche das verbrannte Fleisch, wenn sie diese Zeichen sieht. Ist so etwas noch normal?

Schaff ihn herbei, den Erlaß, sagte David, es ist das einzige, was du für sie tun kannst.

Es war vieles, das Abram in der nächsten Zeit herbeizuschaffen hatte, nicht nur den Erlaß des Papstes Innozenz III.: Dekrete der Stadt, Verordnungen der Gemeinde, Urkunden über die Geschichte

des Ghettos. Lea, die sich zuvor selten für dergleichen interessiert hatte, saugte plötzlich alles Wissen auf wie ein trockener Schwamm oder genauer wie einer, dem man, seit er existierte, verboten hatte, Wasser aufzunehmen.
Wozu das alles, wollte Abram wissen, wozu? Welchen Sinn das ergebe.
Wenn sie sich nicht nur für den Mann, die Kinder, das Haus interessiert hätte, könnte Benjamin noch leben. Zumindest vielleicht, fügte sie hinzu, als sie Abrams ungläubiges Gesicht sah.
Wie sie denn darauf...
Aber Lea schnitt ihm das Wort ab: Komm mir nicht mit der *università*, sagte sie, und sag mir nicht, daß sie sich um alles kümmert. Wieso zum Beispiel gibt es noch immer nur vier Brunnen für nahezu fünftausend Menschen im Chazer? Und davon drei im *ghetto nuovo* und nur einen hier bei uns? Und ob diese *università* noch immer nicht daran denke, endlich die Kanäle tiefer auszuheben, damit das Wasser abfließen könne und der Gestank verschwinde, oder eine andere Brücke zu bauen als die von San Pietro di Castello, wo selbst ihre Toten noch dem Haß der Christen ausgesetzt seien? Hat – und sie trat einen Schritt auf Abram zu – überhaupt jemand nur den Vorschlag gemacht, etwas zu ändern? Hat es jemand getan oder nicht? fragte sie, als Abram nicht antwortete.
Abram schüttelte hilflos den Kopf.
Ob man das alles hinnehmen wolle, die Steine selbst noch auf die Toten? Nur weil sie Juden seien, blieben nicht einmal ihre Toten ungeschoren, von den Lebenden ganz zu schweigen.
Lea, sagte Abram, Lea, wir leben gut, im Gegensatz zu...
...zu den Juden in Rom, sagte Lea verbittert. Ja, komm mir nur immer mit den Juden aus dem Serail in Rom, damit ist ja dann alles und jeder gerechtfertigt.
Abram schwieg, dachte bei sich, daß sie so unrecht nicht habe, und fragte sich, weshalb noch nie jemand aus der *università* den Vorschlag gemacht hatte, eine andere Brücke zu bauen.
Fünf *capi*, sagte Lea unerbittlich, fünf *capi*, und keiner, der mit den Toten leidet.
Abram senkte den Kopf und seufzte.

Lea spürte, wie sie sich verhärtete, aber sie widersetzte sich dem nicht. Sie ließ es mit sich geschehen, auch wenn sie merkte, daß sie damit Abram in Angst versetzte. Sie konnte ihn, der gewöhnlich sofort einschlief, bisweilen nachts atmen hören, und sie wußte, es war nicht der Atem eines Schlafenden, sondern der eines Wachen.
Sie wußte, daß alles, was sie dachte, tat oder in Angriff nahm, falsch war. Sie wußte, daß sie den Christen nicht die Schuld dafür aufladen konnte, daß sie die Ärzte aus dem Chazer gerufen hatten, während doch Benjamin diese Ärzte gebraucht hätte in diesem Augenblick, aber sie tat es eben doch. Es war, als forme sie alles, was sie von außen wahrnahm in dieser Zeit, bereits in der nächsten Sekunde zu einem Gebilde aus Haß um, das von Tag zu Tag wuchs, sich aufblähte und irgendwann über sie hereinbrechen und sie zudecken würde.
Abram versuchte, ihr zu helfen, bezichtigte sich des Hochmuts, weil er nie auch nur eine Sekunde in Erwägung gezogen hatte, daß dieses Kind geradesogut ein Mädchen hätte werden können. Aber mit dieser Selbstbezichtigung verstärkte Abram nur Leas Schmerz. Nun führte sie den Namen Benjamin ins Feld. Wie sie nur Moisè so habe abtun können, den Namen des Führers und Gesetzgebers Israels nicht passend finden für ihr Kind. Es sei sie, die gezüchtigt werden sollte, nicht Abram.
Und Lea nahm sich Zeit für die Anklagen gegen sich selbst. Es war so, als würde sie sich völlig in sich zurückziehen, kaum einen Kontakt mehr zur Außenwelt suchen. In die Stadt ging sie nur noch selten, und als Samson eines Tages von den Listen erzählte, die von den Wärtern an den Toren des Ghettos geführt wurden, verließ sie auch den Chazer nicht mehr. Nicht, daß sie bis dahin nichts gewußt hätte von diesen Listen, aber nun schienen sie plötzlich in eine Nähe gerückt zu sein und eine Rolle zu spielen, die sie bisher nicht hatten.
Was schreiben sie auf? fragte sie Abram.
Sie schreiben auf, wer das Ghetto verläßt, sagte er ruhig, und er wußte genau, daß er diese Ruhe würde nötig haben bei dem Verhör, das ihm bevorstand.
Wie schreiben sie es auf?
Was meinst du damit?
Ich meine, ich möchte genau wissen, was da steht.
Da steht: Lea Coen ist hinausgegangen um vier Uhr mit ihrem Sohn Samson an der Brücke von San Girolamo. Lea Coen ist zurückge-

kehrt um sechs Uhr ohne ihren Sohn Samson an der Fondamenta di Cannaregio.

Lea starrte vor sich hin und wiederholte murmelnd die Worte, die Abram gesagt hatte, als habe sie Mühe, sie in ihrem Gedächtnis zu bewahren.

Aber Abram war sicher, daß sie diese Sätze nicht vergessen würde bis an das Ende der Welt. Lea Coen ist hinausgegangen...

Wie lange wird es da stehen? fragte sie nach einer ganzen Weile, während Abram sich bereits in Sicherheit wähnte vor weiteren Fragen.

Was, wie lange?

Nun, heben sie sie auf, diese Listen oder Bücher, in denen das steht? fragte Lea ungeduldig.

Ich nehme an, erwiderte Abram. Wozu sollten sie es sonst aufschreiben, wenn sie es anschließend gleich wieder wegwerfen.

Wie lange heben sie es auf?

Lea, Abram warf die Arme in die Luft, was tust du dir an mit dieser Fragerei? Sie ist sinnlos.

Wie lange? forderte Lea. Hundert Jahre? Zweihundert, dreihundert oder gar noch länger?

Abram strich sich die Haare aus dem Gesicht, sah Lea an und sagte: Bitte, Lea.

Das bedeutet also, es steht dort für immer, sagte Lea tonlos. Es kann einer kommen, meinetwegen in dreihunderteinundsechzig Jahren, er geht dorthin, wo sie es aufheben, und er kann dann lesen: Lea Coen ist hinausgegangen um vier Uhr. Ist es so?

Ja, sagte Abram, so ist es.

Dann werde sie diesen Chazer ganz gewiß nicht mehr verlassen, sagte Lea entschieden, weil es ihr Unbehagen bereite, ihren Namen für immer und alle Zeiten in jenen Listen zu wissen.

Abram seufzte, nickte jedoch zu Leas Entschluß, um sie nicht weiter zu erregen, aber für ihn stand fest, daß er nun endgültig einen Arzt aufsuchen würde, um mit ihm über Lea zu reden.

Das, was Ihr wollt, gibt es nicht, sagte der Arzt, zu dem Abram zwei Tage danach ging. Es gibt keine Arznei, die ihr die Angst nimmt und den Zorn. Ich kann ihr ein Beruhigungsmittel geben, Baldriantee und anderes, aber es wird nicht das sein, was sie braucht. Ihr könnt ihr nicht das Denken abgewöhnen mit einer Arznei.

Es ist nicht nur das Denken, sagte Abram hartnäckig, der seine Dukaten, die er in der Tasche trug, bereits für endlose Kuren mit Baldriantee dahinschwinden sah. Sie tut Dinge, die sie nie zuvor tat.
Welche Dinge? wollte der Arzt wissen.
Sie verläßt den Chazer nicht mehr.
Und?
Nun, sagte Abram ungeduldig, jemand, der den Chazer nicht mehr verläßt, von einem Tag zum anderen, der müsse doch krank sein. Glaube er zumindest.
Ob er wisse, weshalb sie den Chazer nicht mehr verlassen wolle.
Sie will nicht, daß ihr Name in diesen Listen steht. Sie hat Angst, daß irgendwer auch noch in drei- oder vierhundert Jahren kommen und dann lesen könnte, Lea Coen ist hinausgegangen um vier Uhr an der Brücke von San Girolamo und ist zurückgekehrt um sechs Uhr an der Fondamenta di Cannaregio.
Der Arzt lächelte, legte Abram die Hand auf den Arm und sagte, wenn dies eine Krankheit sei, die man behandeln müsse, dann müsse er auch für sich eine Medizin erfinden. Auch er habe Angst. Und es sei ihm mehr als unangenehm, wenn er bei jedem Krankenbesuch, den er nachts außerhalb des Chazer mache, angeben müsse, wen er besucht habe, weshalb nachts und um welche Krankheit es sich handle. Und er sei der Meinung, daß es sein Gutes habe, wenn Lea über diese Angst nun rede, vermutlich sei sie immer dagewesen und Lea habe sie nur unterdrückt. Es ist gut, wenn sie sie rausläßt, wenn sie darüber redet.
Als Abram nach Hause ging, in seiner Manteltasche die Dukaten, die er bereit gewesen war, für Leas Heilung auszugeben – der Arzt hatte nur ein paar mindere Münzen verlangt –, kam er sich so alt vor wie nie zuvor. Und zornig war er auch. Baldriantee! Wie konnte er vor Lea hintreten und sagen, sie solle Baldriantee trinken! Ganz abgesehen davon, daß er zum Arzt gegangen war, ohne Lea überhaupt zu fragen, ob es ihr recht sei. Vermutlich würde sie nur sagen, daß dieser Arzt nun schon ein weiteres Auge sei in dieser Stadt, das sie beobachte. Er beschloß, ihr von diesem Besuch nichts zu erzählen. Ein Kind, dachte er in seinem verzweifelten Bemühen, ihr zu helfen, vielleicht könnte sie noch mal ein Kind haben, aber er wußte, daß Lea dazu gewiß nicht mehr fähig war, weder innerlich noch überhaupt. Und er schon gleich gar nicht mehr. Also wollte er das tun,

was der Arzt gesagt hatte: Sie sollte ihre Angst herauslassen, sollte über sie reden dürfen. Er wollte ihr sogar helfen, Dinge anzusprechen, die sie vielleicht von sich aus gar nicht angesprochen hätte. Er wollte ihr Bücher empfehlen, die sie nie gelesen hatte, weil sie sich üblicherweise nur auf die Fluten von Kochbüchern zu stürzen pflegte, die in Venedig, dem Zentrum der Kochkunstliteratur, ständig neu erschienen. Sie las die Rezeptsammlungen behutsam, kaum aufgeblättert, so daß sie sie anschließend wieder in den Laden zurückstellen konnte, was Abram, wenn auch mißbilligend, zuließ. Nun wollte er dafür sorgen, daß Lea endlich auch andere Bücher las, und er überlegte sich bereits, welche er auswählen würde.

Bücher? Lea runzelte die Stirn, als Abram sie am Abend mit in den Laden nahm und an die Regale führte. Weshalb sie Bücher lesen solle, die sie nie interessiert hätten, fragte sie mißtrauisch. Was es damit auf sich habe.
Nun, vielleicht bist du einfach nicht ausgefüllt, sagte Abram und hatte dabei das Gefühl, als könne Lea an seinem Gesicht ablesen, wo er am Morgen gewesen war.
Bücher, sagte Lea, ohne sich die Hände an der Schürze abzuwischen und eines in die Hand zu nehmen, Bücher seien für sie noch immer der Inbegriff der Angst. Kaum seien sie gedruckt, glaube irgendwer, daß Unheil von ihnen ausgehe, und schon seien sie auf dem Scheiterhaufen.
Lea, wollte Abram sie korrigieren, aber doch nicht...
Ich rede von der Talmudverbrennung, unterbrach ihn Lea mit erhobener Stimme, und zwar nicht nur in Bologna, Ravenna, Mantua, Rom und Florenz, sondern auch hier bei uns, 1553.
Und später auch noch einige Male. Und sie hätten es getan, weil dieser Bischof gesagt habe, jüdische Bücher seien schädlich für das Christentum. Und sie hätten es stets am Sabbat getan, die Häuser durchsucht, die Bücher auf die Straße geworfen und sie dann auf der Piazza von San Marco verbrannt. Und daher sei sie der Meinung, daß Bücher von jeher die Quelle von Unruhe und Unheil gewesen seien.
Er wolle ihr schöne Bücher geben, sagte Abram, nahm Leas Schürzenzipfel und wischte ihr mit ihm die Hände ab. Es seien neue Bücher gekommen, gestern erst, sie solle sie sich einmal ansehen.

Das habe sie bereits, sagte Lea und schaute Abram dabei ruhig an. Die Deckblätter sind alle falsch, fuhr sie dann fort und nahm von einem Stapel Bücher, die in der Ecke lagen, die beiden obersten hoch. Die Titelseiten gehörten zu Kochbüchern, und darunter verberge sich *Von der Freiheit eines Christenmenschen*. Ob er das überhaupt wisse.
Eine Weile war Stille. Abram hatte das Gefühl, als starrten ihn die Kochbücher, von denen Lea behauptete, es seien gar keine, hämisch an und ergötzten sich an seinem Entsetzen.
Nein, sagte Abram schließlich, nein. Er sagte es zunächst ruhig, dann voller Zorn. Nein, er wisse es nicht. Und ob sie etwa im Ernst annehme, daß er sich auf so etwas einlasse. Dann verließ er den Laden, ohne Leas Entschuldigung noch wahrzunehmen.

Abram schlief nicht gut in den folgenden Nächten. Daß Lea richtig schlief, konnte er nicht annehmen, aber sie taten beide so, als wisse einer vom anderen nicht, wie schlecht er schlief. Sie hätten sonst darüber reden müssen, worüber Abram nicht reden wollte. Und nicht reden konnte. Er war noch einmal sämtliche Stationen durchgegangen, die er von der Buchmesse in Frankfurt aus gereist war, hatte alle Kontakte in Basel berücksichtigt, aber er fand den Ort nicht, an dem die Bücher hätten verwechselt werden können, und es fiel ihm auch niemand ein, der ein Interesse daran gehabt haben könnte, die Fässer zu vertauschen und ihm diese Bücher unterzuschieben. Es mußte sich also um ein Versehen handeln. Die Bücher waren gewiß für einen jener Buchhändler in der Stadt bestimmt gewesen, von denen in einschlägigen Kreisen bekannt war, daß sie verbotene Bücher verkauften.
Abram hätte natürlich das Ganze auf sich beruhen lassen und in einer mondfinsteren Nacht die verwechselten Bücher ganz einfach in einen der Kanäle kippen können. Aber was im Kanal war, war nicht einfach weg. Es wäre ein Trugschluß gewesen, dies zu glauben. Bei Niedrigwasser kam ans Tageslicht, was immer in diesen Kanal versenkt worden war, und sie hatten Niedrigwasser. Die Gondeln und Barken lagen in den Seitenkanälen auf dem Trockenen, und die meisten Häuser konnten auf dem Wasserwege nicht mehr erreicht werden, weil die Trittstufen nahezu einen Meter über dem Wasserspiegel endeten.

Abram beschloß also, zunächst nichts zu tun. Deshalb riß er auch die falschen Deckblätter nicht heraus, er beließ alles, wie es war, weil er hoffte, daß sich die Angelegenheit irgendwann aufklären würde. Unabhängig davon spürte er aber, daß irgend etwas in ihm ins Wanken geraten war, und er ertappte sich dabei, daß er, wie Lea, diese Stadt plötzlich von tausend Augen überwacht sah.
Und er fragte sich, wann diese Augen die Wände seines Ladens durchdringen und die Bücher mit den falschen Deckblättern entdecken würden.

DER PROZESS

Je näher der Tag des Prozesses kam, um so ruhiger wurde Riccardo und um so unruhiger Crestina. Sie saß teilnahmslos beim Essen, antwortete kaum auf Fragen, die ihr gestellt wurden, und lehnte es ab, das Haus zu verlassen.
Es ist nicht mein Prozeß, sagte Riccardo am Vorabend des Tages, an dem dieser stattfinden sollte, eindringlich, ich bin Zeuge, nicht Angeklagter.
Sie nickte gehorsam, dann schüttelte sie den Kopf. Gibt es da wirklich einen Unterschied, fragte sie verzweifelt. Leonardo hat dich doch nicht gebeten, sein Zeuge zu sein, du bist doch *ihr* Zeuge, oder?
Natürlich bin ich *ihr* Zeuge, aber das heißt doch...
Sie haben auch schon Zeugen gefoltert, unterbrach ihn Crestina, weißt du das?
Ja, das weiß ich. Aber nicht hier bei uns.
Du mußt einen Eid leisten, daß du deine Beziehung zur Inquisition geheimhältst, weil...
Auch das weiß ich, sagte Riccardo.
Weil sie der Meinung sind, daß ihre Waffe nur wirkt, wenn sie im verborgenen wirken kann.
Crestina, sagte Riccardo, hör mir zu.
Und dann gibt es doch diese Wände, flüsterte Crestina plötzlich. Es gibt sie doch, oder ist es nur ein Gerücht?

Welche Wände? fragte Riccardo, obwohl klar war, was gemeint war.
Jene beweglichen Wände in den Gefängniszellen, die sich Tag für Tag um einige Zentimeter vorschieben, so daß der Gefangene schließlich das Gefühl hat, daß er zermalmt wird. Und außerdem...
Sie stockte. Außerdem gibt es auch die Dunkelzellen am Rialto.
Ich habe niemanden ermordet, noch war ich als Spion für diese Stadt tätig, sagte Riccardo heftig, aber er wußte zugleich, er drang nicht mehr zu ihr durch. Es ist ein Prozeß, bei dem...
Ein Prozeß? fragte Crestina unbeirrt. Was ist das in diesem Falle? Normalerweise gibt es eine Anklageschrift, einen Verteidiger und dann jemanden, der bei all dem zuhört. Was gibt es davon hier? Nichts. Und ich frage mich, weshalb sie dies alles tun. Ihre Hirne müssen krank sein, sonst würden sie es nicht tun. Aber weshalb, so frage ich mich ebenfalls, läßt man Menschen mit kranken Hirnen über Menschen mit gesunden Hirnen zu Gericht sitzen?
Crestina, du fragst zuviel, sagte Riccardo erschöpft.
Dazu hast du mich erzogen, sagte sie.
Ich weiß, gab Riccardo zu. Ich habe dich dazu erzogen, weil ich nicht wollte, daß du so wirst wie unsre Mutter, die eine Mutter nie war. Ich habe dich mit Reuchlin gefüttert, mit Erasmus, den großen Humanisten, ich wollte, daß sie deine Vorbilder werden. Sie, nicht die Kirche, weder die eine Kirche noch die andere. Crestina... Riccardo nahm sie in den Arm, aber sie entzog sich ihm.
Wo kann ich auf dich warten? fragte sie, während du bei ihnen bist?
Bleibe hier, hier im Haus, schlug er vor.
Sie wickelte die Fransen ihrer Stola um ihre Finger und schwieg. Neulich habe ich mit Clara gesprochen, sagte sie dann leise, darüber, was Männer von Frauen verstehen.
Riccardo atmete auf. Und was verstehen wir von euch? fragte er lächelnd.
Wenn du annimmst, daß ich zu Hause sitzen kann und auf dich warten, verstehst du sehr wenig von mir.
Welche Antwort hast du erwartet? Daß ich mir vorstelle, du wartest betend in San Marco? Oder was sonst?
Torcello, sagte sie mit einem leichten Lachen, das zumindest solltest du von mir wissen, daß ich nie in San Marco bete, immer nur in Torcello.

Hör zu, Riccardo nahm ihre Hände in die seinen, geh in die Stadt und kaufe dir endlich den Ochino, den du schon so lange wolltest. Während der Bruder als Zeuge in einem Prozeß über verbotene Bücher gehört wird, liest seine Schwester eines der meistgehaßten und streng verbotenen Bücher der Inquisition. O nein!
Na ja, vielleicht kein sehr guter Rat, räumte Riccardo ein, und doch: Liefere dich nicht zu sehr deiner Angst aus, es ist nicht gut.
Es geschieht, sagte sie, man kann es nicht steuern.

Sie trafen sich in einem kleinen Park in der Nähe des Arsenals. Sie saß auf einer der Bänke, starrte unentwegt in die Richtung, aus der Riccardo kommen mußte, und schrak zusammen, als ihr jemand von hinten die Augen zuhielt. Eine Sekunde lang spürte sie seine Finger auf ihrem Gesicht, sie wollte sie festhalten, zum Bleiben verführen, aber bevor sie reagieren konnte, hörte sie Riccardo lachen. Was, um alles in der Welt, hast du denn da? fragte er sie und hob ihren Korb hoch.
Ich habe *zoccoli* gekauft, sagte sie atemlos, als sei sie meilenweit gelaufen, *zoccoli* mit Bergkristallen und Opalen. Gefallen sie dir?
Riccardo nahm die Schuhe aus dem Korb und lachte noch immer. Da schicke ich meine Schwester während dieses Prozesses mit dem Auftrag in die Stadt, sich ein Buch zu kaufen, und was tut sie? Sie kauft sich *zoccoli*. Und dies alles, während ihr armer Bruder zur Galeere verurteilt wird.
Sie zuckte zusammen, sah ihn prüfend an.
Doch er schüttelte lachend den Kopf. Zieh sie an, sagte er dann zärtlich.
Wo? fragte sie verblüfft.
Hier, sagte er, jetzt gleich.
Und die Leute? fragte sie und schaute sich um.
Seit wann haben uns je die Leute interessiert, sagte Riccardo übermütig und nahm die *zoccoli* aus dem Korb. Er streifte ihr die Schuhe vom Fuß und half ihr in die *zoccoli*. Sie passen wunderbar zu Ihrem Hut, Signorina, sagte er dann galant und bot ihr den Arm.
Sie hängte sich bei ihm ein, ebenfalls lachend, beklagte sich, sagte: Sie drücken, diese *zoccoli*.
Aber er ließ nicht zu, daß sie sie wieder auszog. Nun, da du sie schon einmal gekauft hast, werden sie auch ausgeführt, und jeder soll sie sehen.

Sie gingen durch die Stadt, über Brücken, Treppen, durch enge Gassen, kauften sich *frittole* bei einem fliegenden Händler und aßen sie, auf beiden Backen kauend, gleich neben dem Stand auf.
Crestina lachte und sagte: Anna, stell dir nur vor, Anna. Was sie wohl sagen würde, wenn sie uns hier sehen könnte.
Und Jacopo erst, sagte Riccardo vergnügt, meine Erziehung durch Jacopo war kaum weniger streng als deine durch Anna. Wenn er gedurft hätte, hätte er mich als Kind sicher mehr als einmal eingesperrt oder sonst etwas mit mir angestellt.
Crestina nickte, wurde plötzlich still, wischte ihre Finger an einem Taschentuch sauber und schaute ihn dabei an.
Ich muß zu Taddeo, sagte Riccardo ernst, und danach zu Silvestro und den anderen.
Und?
Hab Geduld, sagte er, ich erzähle es dir heute abend. Es ist vorbei. Warte auf mich, auch wenn es spät wird.
Sie nickte, zögerte einen Augenblick.
Er sagte: Das mit der Galeere, es war Unsinn, aber das wußtest du, oder?
Ja, sagte sie, es war natürlich Unsinn. Aber er hätte damit nicht spaßen dürfen, dachte sie, als sie von ihm wegging. Galeere, das gehörte zu den Worten in dieser Stadt, an die sie nicht rühren wollte, nicht denken, Galeere, *babàu*, Rat der Zehn, Sant' Ufficio. Es waren Worte, die sie ängstigten, wenn sie nur irgend jemand aussprach, egal wer. Und sie hatte stets das Gefühl, daß sie sofort Wirklichkeit werden konnten, sobald man nur an sie rührte.

Es war Nacht, sie saß auf der Altane und wartete. Sie wartete ruhig, es war ein anderes Warten als am Vormittag, da sie kaum fähig gewesen war, ihre Unruhe zu bändigen. Sie schaute über den Kanal hinweg. Er war fast still zu dieser Stunde, nur einzelne Gondeln auf dem Wasser, Fackeln, deren Schein über die Paläste hinweghuschte, hier eine Rosette aus der Dunkelheit herauswachsen ließ, dort einen filigranen Bogen zauberte, ein wuchtiges, eichenes Tor beleuchtete, an dem das Wasser hochschwappte.
Es kam ihr vor, als sei es erst gestern gewesen, daß sie hier oben ihre wilden Kinderspiele gespielt hatten, sich zwischen Annas frisch aufgehängter Wäsche versteckt und ihre schmutzigen Fingerabdrücke

auf den sauber gewaschenen Leintüchern hinterlassen hatten. Sie ließ sich zurückgleiten in diese Kindheit, schloß die Augen und stellte sich vor, sie sei eingeschlafen wie so oft früher, wenn Riccardo sie schlummernd in ihr Zimmer getragen und in ihr Bett gelegt hatte. Aber sie wußte, daß irgend etwas anders geworden war. Etwas hatte sich geändert seit Nürnberg, es schien ihr, als sei eine Umkehr eingetreten in ihrer Beziehung zu Riccardo, so, als müsse sie nun die Stärkere sein und alle Kraft diesem Bruder geben.

Als sie Riccardos Schritte hörte, mußte Mitternacht längst vorbei sein.

Er setzte sich zu ihr, und während sie ihm Wein eingoß, sagte er: Schön, daß du gewartet hast.

Willst du es jetzt noch hören? fragte er nach einer Weile.

Nein, sagte sie, jetzt nicht mehr. Es paßt nicht mehr hierher. Sie wolle nur auf das Wasser hinunterschauen, sonst nichts.

Er nickte und sagte: Das will ich auch. Nach einer Weile stand er auf, ging vor ihr auf und ab und horchte in die Nacht hinaus. Da schlägt eine Nachtigall in der Ferne, sagte er dann, hast du sie gehört?

In diesem Jahr habe ich überhaupt noch keine gehört, sagte sie.

Er setzte sich wieder neben sie. Eine Sekunde lang, heute morgen, sagte er dann plötzlich, dachte ich, sie würden mich zwingen, verstehst du, zwingen, etwas anderes zu sagen, als das, was ich wollte. Aber vermutlich getrauten sie es sich dann doch nicht.

Was hast du gedacht in dieser Sekunde?

Ich dachte an etwas sehr Seltsames, sagte Riccardo langsam, ich dachte nicht an mich, sondern an sie.

An sie?

Ja. An ihre Seelen. An die Seelen all der Päpste, die sich diese schrecklichen Dinge ausgedacht haben. Ich fragte mich, ob sie vielleicht vergessen haben, daß sie eine Seele besitzen, und wie sie es anstellen wollen, wenn sie sich mit dieser Seele eines Tages vor Gott zu verantworten haben, nachdem sie zuließen, daß all dies geschieht, daß Menschen gefoltert werden, gequält, verbrannt. Ich dachte an all ihre Waffen, an Wasser, Gefängnis, Scheiterhaufen, und daß es im Grunde doch schwache Waffen sind. Sie treffen nicht. Sie können nur den Körper zerstören, nicht die Ideen, die in den Köpfen der Menschen sind. Und ich dachte auch an jene Päpste, die gar nichts

tun, nichts verordnen, nur einfach zugucken, wie ausgeführt wird, was andere vor ihnen sich ausgedacht haben. Päpste, die einfach schweigen und wegschauen von dem, was geschieht in der Welt. Und ich fand, daß dies noch schlimmer ist, als anderen die Arme ausrenken, die Beine brechen oder die Zunge herausreißen zu lassen, es ist, als würden sie dies alles selber tun. Riccardo hielt inne, stand auf und legte den Arm um Crestinas Schulter. Verstehst du, er zögerte, verstehst du, was ich meine? Oder... Er zögerte wieder. Vielleicht ist es auch wichtig für dich, für uns beide wichtig. Ich dachte auch daran, daß ich da überall durchkommen muß, möglichst ungeschoren, weil du irgendwo bist und darauf wartest, daß ich durchkomme.
Ich denke schon, daß ich es verstehe, sagte sie langsam und stand ebenfalls auf.
Und während sie leise die Treppe hinunterstiegen, fragte Crestina plötzlich: Wo steht das eigentlich, die Sache mit den beiden Menschenhälften, die einst eins waren und die die Götter dann gespalten haben?
Das steht bei Plato, sagte Riccardo, im *Gastmahl*. Irgendwann, wenn wir Zeit haben, werden wir es wieder lesen.

Zur Zeit deines Grimmes
verfahre mit ihnen

Öffne den Käfig!
Lea stand an der Tür des Ladens, einen dünnen Mantel eng um die Schultern geschlungen, obwohl es Sommer war, und schaute Abram abwartend an.
Er wußte inzwischen, daß ihre Stimmungen wechselten. Konnte sie an einem Tag wie ein Erzengel vor ihm stehen und Dinge anmahnen, die den Chazer betrafen und an die bisher nie jemand gedacht hatte, so schlug an anderen Tagen ihr Zustand um, sie war dann nur noch Gefühl und betrat nicht einmal mehr die Kammer, in der Benjamins Wiege gestanden hatte.

An manchen Abenden, meist gegen Neumond, pflegte sie dann, wenn er noch in seinem Hinterstübchen las, plötzlich hineinzukommen. Sie blieb vor ihm stehen, zunächst stumm, wartete, bis er den Kopf hob.
Öffne den Käfig! sagte sie dann, sonst nichts.
Bitte, öffne ihn, flehte sie, wenn Abram wagte, einen Blick nach draußen zu werfen, um nach dem Wetter zu schauen. Aber er wußte inzwischen ohnehin, daß es Lea völlig egal war, ob es regnete, der Sturm über den Kanal blies und Schornsteine herabriß oder die Wellen der Lagune das Wasser noch tief in den Kanälen überschwappen ließen.
Öffne den Käfig! war der Befehl, dem er zu gehorchen hatte, als trage auch er damit Schuld ab an dem Tod dieses Sohnes.
Abram schloß das Buch, in dem er gerade gelesen hatte, ging auf Lea zu und legte ihr die Hand auf die Schulter. Er öffnete die Ladentür und schloß sie hinter sich, nachdem sie ins Freie getreten waren. Sie gingen um den Brunnen herum, die Gasse entlang. Es war stets der gleiche Weg, die Straße des *ghetto vecchio* entlang, bis hin zur Fondamenta di Cannaregio. Bevor sie den Wächter erreichten, kehrten sie um, gingen den Weg zurück, wieder die enge Gasse entlang, am Brunnen vorbei, an den Synagogen, über die Brücke hinüber zum Campo des *ghetto nuovo*.
Sie brauche andere Geräusche, andere Gerüche, andere Stimmen, andere Sprachen, pflegte Lea zu sagen. Aber er wußte, daß es das nicht war, bei Nacht gab es das alles nicht. Er wußte genau, daß es die Sterne waren, die hier auf dem großen Platz anders wirkten als in der Enge der Häuserzeile, in der sie wohnten, wo die Gebäude acht bis neun Stockwerke hoch waren.
Die Augen, hier sind sie ferner als bei uns, sagte Lea eines Abends, als ein Gewitter über der Stadt hing, das in Kürze über sie hereinzubrechen drohte. Nicht wahr, sie sind doch ferner?
Ja, sagte Abram und drückte Leas Arm an sich.
Meinst du, sie können auch hier alles sehen?
Nein, sagte Abram, hier ganz gewiß nicht. Und er machte eine energische Gebärde in Richtung Himmel, die sowohl eine Abwehr als auch eine Beschwichtigung sein konnte.
Hast du ihre Augen geschlossen? flüsterte Lea.
Ja, sagte Abram, das habe ich. Keiner wird uns sehen, keiner wird wissen, was wir tun, niemand wird uns beobachten.

Aber in dreihundert Jahren, sagte Lea voller Angst und preßte sich an Abram, in dreihundert Jahren oder gar noch später, nicht wahr, da werden irgendwelche Menschen noch immer lesen können, was sie hier von uns aufgeschrieben haben, heute. Sag's mir noch einmal, flüsterte sie kaum hörbar, wiederhol's mir.
Abram schluckte. Lea Coen ist hinausgegangen um vier Uhr an der Brücke von San Girolamo, sagte er dann und versuchte, seiner Stimme einen festen Klang zu geben. Lea Coen ist zurückgekehrt um sechs Uhr durch das Tor der Fondamenta di Cannaregio.
Acht Tage, dachte Abram bei sich, als sie zurückgekehrt waren, acht Tage soll sie noch haben, dann muß irgendeine Entscheidung gefällt werden.

An dem Tag, an dem Abram das Stück Land verkaufen mußte, weil Lea es so befahl, war für ihn klar, daß es nun endgültig Zeit war, etwas zu unternehmen.
Der Weinstock, er hat Trauben, hatte er noch am Morgen gesagt, erst leise, behutsam, weil er glaubte, Lea damit umstimmen zu können. Dann störrisch, nahezu grob: Er hat zum erstenmal Trauben. Und der Feigenbaum wird bestimmt im nächsten Jahr Feigen tragen.
Lea wischte mit einer raschen Handbewegung den Gedanken an Trauben und Feigen zur Seite. Keinen Weinstock, keinen Feigenbaum, kein Stück Land, keine Erde. Es interessiere sie nicht mehr. Alles habe seine Zeit, und die Zeit der Erde sei vorbei. Für wen auch, fügte sie hinzu, solle man so etwas halten.
Für Enkelkinder, sagte Abram.
Für Enkelkinder? Lea lachte bitter auf, und Abram fürchtete für einen Augenblick, Lea wolle auch nichts mehr von Enkeln wissen, zumal sie bis jetzt nur eine Enkelin hatten. Sie werden ihr eigenes Leben leben wollen, sagte sie, und nichts mit den Sehnsüchten ihrer Großmutter zu tun haben wollen. Und dann schaute sie müde und kopfschüttelnd die Urkunde auf dem Tisch an. Was hast du nur riskiert für so etwas, sagte sie leise, und Abram sah, wie ihr die Tränen übers Gesicht liefen. Für ein Stück Land wärst du bereit gewesen, auf die Galeere zu gehen. Was habe ich doch für einen Mann.

Abends, als Lea schon schlief, ging Abram zu David. Sie ist krank, sagte er, glaub mir, sie ist wirklich krank. Ich kann nicht länger abwarten, was mit ihr geschieht. Es wird sein müssen.
Eine Jüdin in San Clemente, sagte David ruhig, sie werden sie nicht nehmen, falls es das ist, was du meinst, und überhaupt bin ich der Meinung, daß man einfach zuwarten sollte, irgendwann wird es zu Ende sein.
Wenn es zu spät ist, sagte Abram.
Was hat sich geändert? wollte David wissen. Das letzte Mal, als du hier warst, hat sie Dekrete gesammelt. Und wir sind uns darüber einig gewesen, daß man, wenn jemand Dekrete sammelt, ja schließlich nicht gut von einer Geisteskrankheit reden kann. Nicht einmal, wenn sich jemand widerrechtlich in den Besitz solcher Dekrete setzt und sie bei Nacht und Nebel abreißt, weil er sonst nicht anders an sie kommen kann.
Zu den Dekreten, die sich bei uns häufen, die Truhe füllen, kommt inzwischen längst etwas anderes, sagte Abram müde. Inzwischen liest sie die Chronisten.
David stellte den Stuhl, an dem er arbeitete, vor sich hin und beugte sich verblüfft zu Abram hinüber. Sie macht was?
Sie liest mir abends im Bett jüdische Chronisten vor, besonders die, die die Leiden unseres Volkes schildern, wie zum Beispiel dieser Joseph Ha Cohen mit seinem Buch *Das Tränental*. Und sie zwingt mich, wach zu bleiben, empörte sich Abram, und ihr zuzuhören.
David stützte die Hände auf die Lehne des Stuhls und begann zu lachen. Falls das eine Krankheit sei, wenn jemand die Chronisten lese, sagte er, dann sei er ebenfalls krank. Er lese sie auch.
Aber du zwingst mich nicht, dir zuzuhören, wehrte sich Abram.
Ich bin auch nicht mit dir verheiratet, erwiderte David belustigt.
Ich werde mir einen anderen Freund suchen müssen, sagte Abram gekränkt, einen, der mich nicht auslacht, wenn ich zu ihm komme mit meinem Kummer.
David stellte seinen Stuhl zur Seite und holte eine Flasche Wein und zwei Gläser aus dem Schrank. Du mußt warten, bis es vorbei ist, sagte er dann und goß ein. Irgendwann, da sei er ganz sicher, würden all diese Seltsamkeiten wieder vorbei sein, und er wünsche fest, daß es bald sei.

Acht Tage später kam Abram wieder zu David, ließ sich, ohne recht hinzuschauen, irgendwohin niedersinken, so daß er samt einem beschädigten Stuhl vor seinen Freund auf den Boden rutschte.
Der war sowieso nicht mehr zu reparieren, sagte David mit aller Selbstverständlichkeit und räumte die Bruchstücke des Stuhles zur Seite, was Abram offensichtlich nicht einmal recht wahrnahm. Und? Was ist es diesmal?
Jetzt will sie brüllen, sagte Abram verstört. Und wenn David nun wieder sage, daß Lea nicht verrückt sei, dann wolle er den Arzt dazuholen, mit dem er heute gesprochen habe. Den vom Hospital nämlich.
Sie will was? fragte David zurück.
Sie will brüllen, wiederholte Abram laut, brül-len.
David schien sich nicht weiter aufzuregen. Brüllen sei gut, sagte er, weshalb sie denn brüllen wolle.
Sie will brüllen, als würden du und ich uns streiten, ob die Gemara recht hat oder die Mischna, wenn es um die genaue Festlegung der Tage geht, an denen die Esther-Rolle am Purim-Fest gelesen wird, was die Formulierung aufgrund der Ährenreife, der Baumreife und des Frühlingspunktes bedeutet und wie sie auszulegen ist. Ob das etwa auch noch keine Verrücktheit sei? Eine jüdische Frau aus dem Chazer, die es den Männern nachtun wolle.
Wenn Lea brüllen will, sagte David, dann kann sie zu mir kommen. Er brülle gerne mit ihr, und ihm sei es gleich, was die Nachbarn denken. Man könne ja dazu vielleicht das hintere Zimmer nehmen, das auf den Kanal hinaus gehe.
Abram stand auf und starrte David an. Soll ich euch lieber nicht gleich alle beide nach San Clemente bringen? fragte er dann. Vielleicht ist es uns Juden inzwischen erlaubt, dort verrückt zu sein?
David lachte, nahm Abram beim Arm und sagte, er wolle ihn nach Hause begleiten. Als sie an Sara Coppios Haus vorbeikamen, deutete er zu den Fenstern hinauf, aus denen gerade lautes Stimmengewirr tönte. Dort kann Lea all die Dinge haben, die sie möchte, sagte er dann, allerdings braucht sie da nicht zu brüllen. Dort rede man gesittet über all das, worüber sie beide, er und Abram, bisweilen brüllend stritten.
Sara Coppio? Nie würde Lea in diesen Salon gehen, oder wie immer das heiße, was ja wohl nur ein großes Zimmer sei. Eine jüdische

Frau, die mit jüdischen und nichtjüdischen Männern diskutiere, wie ein Mann, das sei für Lea das schiere Grauen.
Als sie vor Abrams Laden standen, sagte David noch einmal, daß Lea kommen könne, wann immer sie wolle. Er sei da.
Abram seufzte. Hilf ihr, sagte er leise, hilf ihr, falls du es kannst. Aber tu's bald. Bevor es zu spät ist. Dann schlurfte er mit hängenden Schultern davon.

Lea spürte die Verhärtung in sich wachsen, von Tag zu Tag, aber sie tat noch immer nichts dagegen. Sie fühlte, wie der Haß sich einem Geschwür gleich in ihr breitmachte, zu wuchern begann wie ein bösartiges Gewächs, aber sie ließ ihn gewähren. Sie beobachtete sich dabei wie unter einer Lupe, und sie störte sich nicht daran, daß sie Abram Kummer bereitete. Sie wußte, daß sie in eine Sackgasse geraten war, als sie begonnen hatte, die Welt aufzuteilen in Christen und Juden, und sie wußte, daß sie unrecht hatte, wenn sie den einen nur das Böse zuordnete und den anderen nur das Gute. Sie nahm sich diese Christen vor, unterzog sie einer genauen Untersuchung und zerlegte sie sozusagen in ihre einzelnen Bausteine.
Geld zum Beispiel, sagte sie zu Abram, sie werfen uns vor, daß wir nichts anderes im Kopf haben als Geld. Ich frage dich, was ist anderes in ihren Köpfen als ebenfalls Geld? Geld, das sie uns abnehmen können, Geld, das sie aus uns herauspressen wollen, obwohl sie wissen, daß wir es nicht besitzen, Geld, das sie verlangen, weil sie uns damit die Daumenschrauben anziehen können und weil sie nur zuzuwarten brauchen, bis wir nachgeben, weil sie genau wissen, daß man uns andernorts ebensowenig haben will wie hier in der Stadt. Und daß sie Juden in der Stadt haben, fällt ihnen ohnedies erst ein, wenn Schlachten bevorstehen, die sie nicht ohne unser Geld schlagen können, oder wenn sie Gebäude bauen wollen, für die sie kein Geld haben, wie etwa den Palast des Dogen. Lea machte eine Pause und holte Atem. Manchmal denke ich, fuhr sie dann leiser fort, manchmal denke ich wirklich, daß Samson recht hatte damals, als er nur Geld machen wollte, weil wir uns nur mit viel Geld das Recht erkaufen können zu leben. Und dann ist es ja auch völlig egal, welches Bild wir von uns selber haben. Wenn wir so sind, wie sie wollen, daß wir sein sollen, dann können wir vielleicht zwischen ihnen hindurchschlüpfen, uns unsichtbar machen.

Abram pflegte solchen Monologen nur noch stumm beizuwohnen, und er hatte das Gefühl, daß Lea auch nicht mehr erwartete von ihm, als daß er dabeisaß. Er konnte getrost ein Buch weiterlesen neben ihr, Lea störte es offenbar nicht. Sie erzählte vor sich hin, was sie gehört hatte, und manchmal fragte er sich, woher sie dies alles wußte. Manchmal hatte er das Gefühl, sie gehe von Tür zu Tür und sammle einfach ein, was man ihr erzählte, um es zu Hause zu sortieren, um wegzuwerfen, was nicht verwendbar war, und den Rest in ihr Gebäude des Hasses einzubauen.

Im Register bei den Prozessen, sagte sie eines Tages, weißt du, im Register, das der Rat der Zehn führt und die Fünf Weisen oder wer sonst noch, weißt du, wie sie ihre Register führen?

Bevor Abram aufschauen konnte von seinem Buch, hatte sich Lea bereits selbst die Antwort gegeben.

Weißt du, sie machen es so: Sie zählen die Namen all derer auf, die einen Prozeß laufen haben, zum Beispiel Giovanni Batista oder Anna Calli oder Giambatista Orlani, aber wenn dazwischen ein Jude auftaucht, dann schreiben sie einfach *ebreo*, verstehst du? ereiferte sie sich. Keinen Namen, nur *ebreo*. Die Namenlosen, das sind wir, auch wenn sie uns anklagen wegen Gotteslästerung oder Häresie, das spielt keine Rolle, wir sind nichts weiter als die *ebrei*.

Ja, sagte Abram, ja, das sei wohl so. Und dann seufzte er, und er fragte sich zum x-ten Male, ob sein Leben in Zukunft nur noch aus Seufzern bestehen werde und ob er mit Lea nie mehr werde normal reden können.

Il morbo

Il morbo – das Wort hing über der Stadt wie ein frisch geschliffenes Schwert, von dem man nicht wußte, ob und wann es zuschlagen würde.

Es war Anna, die es vom Fischmarkt mit nach Hause brachte, aber Jacopo sagte sofort, daß er die Ratten in den Kanälen bereits vor Tagen gesehen habe. In der Küche drunten im *androne* redeten sie sich die Köpfe heiß, die Diener, die Mägde, der Barkenführer, sie wandten das Wort in ihren Mündern hin und her, klopften es ab auf seine Glaubwürdigkeit und entschieden dann, daß nicht sein könne, was nicht sein dürfe. Sie sagten alle *il morbo*, nicht die Pest. So, als hätte diese Stadt, wenn sie die Seuche nicht exakt benannte, vielleicht doch noch eine Chance, daß es sich um eine von den tausend anderen Krankheiten handelte, die es gab.

Es habe draußen begonnen auf San Clemente, erzählte Anna, und sofort waren alle der Meinung, daß es sie dann ohnehin nicht betreffe: Was auf den Inseln ist, ist weit weg.

Er habe schon vor Tagen gehört, ein Gerücht nur, aber immerhin, es sei auf San Agnese gewesen, sagte einer der Diener. San Clemente und San Agnese, sie wiegten sich nahezu in Sicherheit. Diese Inseln, mochten sie doch sehen, wie sie mit dem Unglück fertig wurden, solange es die Stadt nicht betraf, betraf es auch sie nicht.

In Cannaregio, sagte ein anderer und wiegte den Kopf, falls es in Cannaregio sei, sei es schon etwas anderes.

Niemals kommt der Pesthauch von Cannaregio bis zu uns herüber, wehrten sie sich. Und wenn sie *uns* sagten, so meinten sie damit das ganze Haus, zu dem sie sich zugehörig fühlten. Und überhaupt sei es sinnlos, sich zu überlegen, wo diese Krankheit, falls es sich überhaupt um sie handle, zuerst aufgetreten sei. Wann immer sie aufgetreten sei in früheren Zeiten, man habe ohnehin nie feststellen können, wo zuerst.

Doch – damals, 1576, sagte eine der Mägde, da sei es dieser Mann gewesen, der sich in Triest angesteckt habe, und das wisse sie von ihrem Vater.

Und dann, erzählte ein anderer, hätten diese beiden Ärzte aus Padua behauptet, *il morbo* sei überhaupt nicht ansteckend, womit klar sei, daß weder Ärzte noch sonst irgendwer wisse, was es mit dieser Krankheit auf sich habe, und schließlich, wozu habe man den Magistrato della sanità und seine *provveditori*, die würden der Sache schon Herr werden, wo gebe es sonst so etwas wie diese Behörde in anderen Städten.

Beim Mittagessen wurde auch droben im *piano nobile* debattiert, was es mit diesem Gerücht auf sich habe, ob es eines sei oder nicht, was der Magistrato unternehme und ob es überhaupt Sinn habe, sich darüber aufzuregen.

Auf jeden Fall habe ich, als ich davon hörte, sagte Donada und blickte lächelnd in die Runde, in der Stadt gleich einen Vorrat an Tuchen und Spitzen besorgt und dazu drei Paar neue *zoccoli,* denn wer kann denn noch etwas auftreiben, falls es wirklich *il morbo* ist.
Du wirst wohl kaum mehr Gelegenheit haben, deine *zoccoli* auszuführen, spottete Riccardo und wies die Schüssel, die sie ihm reichen wollte, zurück. Wenn es *il morbo* ist, dann wird von einem Tag zum anderen alles zum Stillstand kommen.
Ja, sagte Alfonso Zibatti und nickte besorgt mit dem Kopf, so sei es wohl. Er hoffe wenigstens, daß seine zwei Schiffe, die an diesem Morgen angekommen seien, noch in Ruhe entladen würden, denn wenn erst einmal die Hafenarbeiter auf die Inseln geschickt würden, in die *contumacia,* die Quarantäne, dann könne er seine Waren wohl selbst vom Schiff schleppen.
Die Inseln. Das Wort ließ sie erschauern, obwohl niemand recht wußte, was es mit diesen Inseln genau auf sich hatte, vor allem mit der einen, die Lazzaretto vecchio hieß. Es waren insgesamt drei Inseln, die die Phantasie der Bürger stets beschäftigten. Auf die eine, San Lazzaro, wurden die Leprösen abgeschoben, um dort ihr Leben zu Ende zu leben. Auf die andere, Lazzaretto nuovo, kamen alle, die verdächtigt wurden, irgendeine ansteckende Krankheit in die Stadt einzuschleppen, und auf der dritten, Lazzaretto vecchio, mußte etwas stattfinden, worüber man lieber gar nicht sprach. Man zitierte Dante, wenn man von dieser Insel sprach, Dantes *Inferno,* und wechselte so rasch wie möglich zu heiteren Themen, weil es sinnlos war, sich mit Dingen zu beschäftigen, die so fern geschahen.
Es werde die Armen treffen, sagte die Mutter entschieden, sicher nur die Armen, weil sie in Löchern wohnten, sich nicht für Hygiene interessierten und bei ihnen all die Ratten zu finden seien.
Die seien auch hier zu finden, warf Riccardo ein, und der Vater versuchte, ihn mit einer beschwörenden Geste zum Schweigen zu bringen, weil sie beide die Ratten an diesem Morgen auch im Palazzo gesehen hatten. Sie waren auf den Stufen zum Wassertor hin und her gelaufen und erst, als Alfonso einen Holzprügel nach ihnen warf, wieder im Wasser verschwunden.
In diesem Haus gebe es keine Ratten, also keinen *morbo,* und Gerüchte möge sie nicht, entschied die Mutter und beendete das Mahl. Solange sie hier in diesem Palazzo das Sagen habe, solle es ein Hort

der Schönheit und Freude sein, und an diesem Abend werde sie ein Fest geben, ein Fest wider das Unschöne in dieser Welt, und sie befehle jedermann, der zu diesem Fest komme, die Sorgen des Tages zu vergessen. Wer davon zu reden beginne, werde des Hauses verwiesen.

Riccardo lehnte es ab, auf diesem Fest zu erscheinen. Er zog sich in sein Zimmer zurück, schickte nur Crestina nach unten, weil er den Ärger scheute, aber er selber wollte sich der Lüge, wie er es nannte, verweigern. Und er bezweifelte, daß es seiner Mutter gelingen werde, *il morbo* von diesem Fest fernzuhalten. Und natürlich gelang es Donada auch nicht, selbst wenn niemand gewagt hätte, in ihrer Nähe darüber zu reden.
In kleinen Gruppen standen sie beisammen, gaben sich heiter und kamen trotzdem nicht daran vorbei, sich nach den Ursachen der Seuche zu fragen.
Das Brunnenwasser sei es, sagte einer, es sei schon immer das Wasser aus den *pozzi* gewesen. Und wer Geld habe, der kaufe sich eben reineres.
Das Wasser der Wasserverkäufer, das aus der Brenta komme, sei auch nicht besser, meinte ein anderer, das werde nur immer gesagt.
Es seien die Gerüche der Gerber, die ihre Felle quer über die Straßen spannten, sagte ein dritter, dieser Gestank, es sei ganz klar, daß es nur davon kommen könne.
Die Juden mit ihren Lumpen, Knochen und alten Kleidern seien schuld, sagte wieder ein anderer, und sein Gesprächspartner zog die Astrologie zu Rate und stellte fest, es könne nur vom Uranus herkommen, der gerade herrsche, das sei ganz eindeutig, denn die Karten, die er sich habe legen lassen, hätten das gleiche gesagt. Es ist einfach so, diese Krankheit hat ihren Rhythmus, alle acht bis zehn Jahre ist es soweit, damit haben wir uns abzufinden. Und sicher ist es noch weit, bis sie die Stadt schließen.

Aber sie schlossen die Stadt diesmal rasch, zumindest rascher als bei der letzten Pest. Ohne eine Gesundheitsbestätigung durfte bald niemand mehr nach Venedig, und die Mannschaften der ankommenden Schiffe wurden, falls auch nur die Spur eines Verdachts bestand, nach Lazzaretto nuovo gebracht, auf die Insel der *contumacia*. Dort

hatten sie dreißig Tage zu bleiben, bis sich der Verdacht als negativ erwies. War der Befund positiv, wurde der Betroffene auf die berüchtigtste Insel gebracht, nach Lazzaretto vecchio.
Für die Stadt und ihre Bewohner stellte sich die Frage, was geschehen sollte. Nicht nur die Besitzenden, die außerhalb der Stadt ihre Landhäuser hatten, setzten alles daran zu fliehen, auch von jenen, die die Stadt nötig gehabt hätte, die Ärzte, die Beamten, die Priester, war es keinesfalls sicher, daß sie blieben. Jeder hatte plötzlich jemanden außerhalb der Stadt, für den er verantwortlich war, eine alte Mutter, einen kranken Vater, Kinder – die Begründungen waren so zahlreich wie die Ratten, die immer mehr wurden. Sie huschten durch ausgetrocknete Kanäle, zogen in Scharen durch die Straßen und Gassen, saßen in Abfallkörben auf dem Markt und ließen an tausend Stellen ihren Kot zurück, von dem manche behaupteten, wenn man auf ihn trete, könne das bereits die Krankheit nach sich ziehen, weil ihre Erreger auch durch die Haut aufgenommen würden.
Zu den gesuchtesten Leuten in diesen Tagen gehörten die Barkenführer. Sie verdienten in wenigen Stunden mehr als sonst in Monaten, weil die Fliehenden zu allem bereit und ihnen nahezu ausgeliefert waren. Wer keine eigene Gondel besaß, keine Barke oder sonst ein Wasserfahrzeug, hatte keine guten Aussichten, die Stadt verlassen zu können, bevor es zu spät war.
Alfonso Zibatti hatte vorgesorgt. Er hatte alle Boote füllen lassen mit dem, was er als das Notwendigste bezeichnete, und es war zum erstenmal in ihrer Ehe, daß er seiner Frau gegenüber ein Verbot aussprach: Von ihren Kleidern durfte sie nur einen Bruchteil mit auf die Boote nehmen, weil er den Platz für Lebensmittel, Kerzen und Brennholz brauchte. Als von Brennholz die Rede war, hatte Donada, die das Verbot, wenn auch nicht akzeptierte, so doch duldete, die Hände über dem Kopf zusammengeschlagen. Brennholz, im Juli! Alfonso müsse verrückt sein. Was sie denn mitten im Sommer, wenn man es vor Hitze ohnehin kaum aushalte, mit Holz tun sollten.
Aber Alfonso blieb hart. Im Winter, sagte er, im Winter werde sie froh sein, daß er dieses Holz mitgenommen habe.
Im Winter, in dieser Villa an der Brenta, die einen einzigen Kamin habe und ein Sommerhaus sei, was er denn im Winter dort wolle.
Leben, sagte der Vater ruhig und schob Donada in die Gondel, kein Mensch könne wissen, wie lange es dauere.

Später konnte niemand mehr recht sagen, wie es eigentlich geschehen war. Ob der Eigensinn der Mutter daran schuld gewesen war, die im letzten Augenblick noch heimlich einen schweren Korb mit Kleidern und Perücken auf das Boot hatte bringen lassen, oder ob eine Welle die Gondel in dem Augenblick nahezu kentern ließ, als Crestina den Schritt von der Treppe auf die Planken machen wollte. Fest stand nur, daß Crestina den Bootsrand verfehlte und Riccardo hinzusprang, um sie zu stützen, womit er sie zwar davor bewahrte, ins Wasser zu fallen, nicht jedoch vor dem Sturz auf die Marmortreppe. Daß ein Bein gebrochen war, stand sofort fest, jedermann konnte es sehen, so schief stand der Knochen. Sie brachten Crestina zunächst ins Haus und legten sie auf die Bank im *androne*. Anna brachte ein Medikament, schüttete ein paar Tropfen davon in ein Glas Wasser und gab es ihr zu trinken.

Alle standen um sie herum, und in dieser Sekunde wurde zum erstenmal sichtbar, was *il morbo* bereits jetzt in ihnen bewirkt hatte und wie die Zukunft aussah: Jeder würde sich selbst der Nächste sein. Die Mutter hatte die Gondel zwar auch wieder verlassen, stand mit im Kreis, aber es war ganz klar, sie würde niemals zustimmen, daß wegen eines gebrochenen Beins alle hierblieben. Denn daß Crestina in diesem Zustand nicht fähig war, die Fahrt hinter sich zu bringen, schien sicher.

Es war schließlich Riccardo, der die Zügel in die Hand nahm, während der Vater schwankte zwischen dem Bemühen, es Donada recht zu machen, und dem, der Situation gerecht zu werden.

Wir bleiben hier, entschied Riccardo. Jacopo solle ebenfalls bleiben, und wenn sie einen Arzt gefunden hätten, der das Bein einrenke, würden sie versuchen nachzukommen.

Ich werde bestimmt ein Boot auftreiben, sagte Jacopo bereitwillig, auch wenn ihm anzusehen war, daß er die Stadt lieber gleich verlassen hätte. Irgendeines werde ich bestimmt noch bekommen.

Sie verabschiedeten sich bewußt heiter und warfen sich Scherzworte zu. Nur Anna umarmte Crestina ernst und voller Inbrunst, drückte sie wiederholt an sich, bis Riccardo sagte, seine Schwester werde sich gleich noch das andere Bein brechen, wenn Anna sie weiterhin so heftig herumzerre.

Als die Gondel um die Biegung des Canal Grande verschwand, saß Crestina mit Riccardo hinter der geöffneten Balkontür und schaute dem Boot nach.

Weißt du, wieviel übriggeblieben sind? fragte Riccardo heiter, als er sah, wie Crestina mit den Tränen kämpfte. Nahezu die Hälfte der Stadt blieb übrig, bei der letzten großen Pest. Ob sie das nicht zuversichtlich mache.
Crestina mußte lachen, obwohl ihr kaum danach zumute war. Wenn wir heiraten dürften, sagte sie dann, würde ich dich ganz gewiß schon wegen deines Humors zum Mann nehmen.

ZEIT DER ZWEIFACHEN ANGST

Was werden sie mit uns tun? Lea stand vor einem aufgeschlagenen Buch, deutete auf ein Bild, auf dem Menschen mit spitzen Hüten aufs Rad geflochten waren, unter dem ein Feuer brannte. Wird es das wieder sein?
Das war vor dreihundert Jahren, sagte Abram rasch, nicht heute.
Woher er wissen wolle, daß das, was vor dreihundert Jahren geschehen sei, heute nicht wieder geschehen könne, fragte ihn Lea.
Weil eine andere Zeit ist, weil wir unter Menschen leben, die mehr wissen als damals, sagte Abram und hoffte, daß das, was er sagte, auch stimmen möge.
Warum, fragte Lea und schaute Abram verzweifelt an, warum gibt es die Toten nur in der Stadt und nicht bei uns? Über tausend Tote in der Stadt während der letzten beiden Monate und bei uns keine. Weshalb?
Sollen wir etwa um Tote beten? fragte Abram voller Zorn. Sollen wir Gott bitten, daß er die Juden nicht ausspart von dieser Seuche?
Sie werden es wieder sagen, flüsterte Lea, sie werden es genauso machen, wie sie es vor dreihundert Jahren gemacht haben. Und die Feuer werden wieder brennen. Aber wir haben die Brunnen nicht vergiftet.
Nein, wir haben keinen Brunnen vergiftet, sagte Abram heftig. Wie auch? Wir haben unsere eigenen Brunnen hier im Chazer. Niemand wird so etwas sagen.
Lea schaute Abram an und nickte langsam. Sagen nicht, aber denken gewiß.

Der erste Tote im Chazer war Moses Tzarfati aus dem *ghetto vecchio,* und er starb Anfang September. Der zweite war Jakob Cohen, den sie Scocco nannten. Er starb während des Laubhüttenfestes Sukkot. Von da ab brauchte Lea nicht mehr um Tote zu bangen, es gab sie nun nahezu jeden Tag. Und es verging auch kein Tag mehr, an dem sich die Nachrichten nicht häuften, was alles zu tun sei gegen die Krankheit, Verordnungen und Gesetze überstürzten sich.
Einhundertzwanzigtausend Dukaten verlangte die Serenissima von den Juden, um den Magistrato della sanità laufend mit den nötigen Dingen zu versehen, siebenhundert Ballen Kleider mußten nach Lazzaretto nuovo geschickt werden zur Desinfektion, sie waren, falls sie überhaupt zurückkamen, zerstört, und der Verlust war riesengroß.
Als die Todesfälle sich auch im Chazer häuften, erlaubte die Stadt, daß für die gesunden Juden Häuser außerhalb der Stadt angemietet wurden, aber da es keine exakten Hinweise gab, wo diese Häuser sein sollten, trauten sich viele nicht wegzugehen, weil sie befürchteten, daß es in jedem Fall falsch sei, dieses Angebot in Anspruch zu nehmen.
Hältst du es für denkbar, daß sie uns auch auf die Insel bringen? fragte Diana, als sie an einem der Herbsttage Lea am *pozzo* traf.
Juden *und* Christen? Lea lachte auf. Glaubst du wirklich, daß *il morbo* vermag, was noch nie etwas oder jemand geschafft hat? Die Betten sollen bereits knapp sein, drei Kranke in einem. Kannst du dir vorstellen, daß sie etwa Juden und Christen zusammen in ein Bett legen?

Als bei Abram die ersten Beulen unter dem Arm auftraten, sagte Lea voller Zuversicht: Es ist nur *di rispetto,* nicht *di sospetto,* wie es die Ärzte nannten, wenn sie die bloße Ähnlichkeit vom echten Verdacht unterscheiden wollten. Sie sagte es den ganzen Tag hindurch, schien Abrams Stöhnen zu negieren, stülpte dieses *rispetto* über seine Schmerzen, auch wenn er den Kopf schüttelte.
Als Samson am Abend nach Hause kam, seinen Vater sah, das verfallene Gesicht, nahm ihn Lea am Arm und sagte: Mach dir keine Sorgen, es ist nicht *il morbo,* er ist es gewiß nicht. Es sieht nur so aus, nichts weiter. Wie viele Krankheiten gibt es, bei denen Beulen auftreten. Wie viele, nicht wahr?
Samson wusch seinen Vater, pflegte ihn, versuchte Leas Litanei zu

überhören: nur *di rispetto,* nichts weiter. Sie blieb im Hause, sah Abrams Leiden und flüsterte ihm zu: Es ist nicht *il morbo,* nicht *il morbo.* Abram lächelte und legte seine Hand beruhigend auf Leas Hände. Nein, nein, ganz gewiß nicht *il morbo.*
Als Abram am dritten Tag die Augen schloß, stand Lea an seinem Bett, unfähig, Tränen zu vergießen. Wie konnte er nur sterben, flüsterte sie, wo es doch nur *di rispetto* war.

Die Brücke von San Pietro di Castello war diesmal leer. Keine Kinder, die Steine warfen, keine Leute, die auf die Toten aus dem Ghetto herunterspuckten. Die Stadt schien leergefegt von Menschen, so als hätte ein Befehl sie alle in ihre Häuser verbannt wie an einem strengen christlichen Fasttag.
Irgendwoher läuteten Glocken, dröhnten Signalhörner auf der Lagune. Boote tauchten aus dem Nebel auf, verschwanden im Nebel, begegneten sich wieder. Die Boote der Christen nach den Inseln San Francesco del Deserto und Mazorbo, die Boote der Juden nach San Nicolà auf dem Lido.
Wenn die Boote aus dem Nebel auftauchten, wußte man, ohne hinzuschauen, wohin sie fuhren. Glitten sie beinahe geräuschlos heran und kündigte nur der Ruderschlag der Barkenführer ihr Kommen an, dann brachten sie die Toten zu den Friedhöfen, ihre Körper sichtbar unter weißen Tüchern. Särge gab es schon lange nicht mehr, in den Massengräbern hätten sie auch keinen Platz gefunden. Die anderen Boote, die mit den Lebenden oder Halblebenden, hörte man bereits aus der Ferne. Sie brachten ihre Passagiere auf die Insel der Kranken. Keines, aus dem nicht die Schreie der Leidenden vernehmbar waren, keines, aus dem nicht Stöhnen drang, Fieberreden, keines, das nicht schwankte, weil irgendwer sich zu wehren suchte gegen Gott und Mitmenschen oft gleichzeitig.
Sie sahen den Hut alle zur gleichen Zeit. Ein schwarzer Hut, die Form deutlich erkennbar. Auch wenn die Ränder bereits aufgeweicht schienen, so war doch klar, daß er erst vor nicht allzu langer Zeit ins Wasser gefallen sein mußte. Der *capel nero,* das venezianische Barett. Der Hut, den sich Lea ein Leben lang für eines ihrer Familienmitglieder gewünscht hatte, der Hut, der in der Skala ihrer Wünsche an oberster Stelle gestanden hatte und für den sie bereit gewesen wäre, Kopf und Kragen zu riskieren, wenn einer der Ihren ihn

nur einmal hätte tragen können. Dieser Ausbruch aus dem Käfig, für eine Stunde oder einen Tag nur – Lea wußte, daß es nicht normal war, was sie stets gewollt hatte, aber sie bekannte sich dazu.

Der Hut schaukelte auf dem Wasser hin und her, schwankte nach der einen Seite, dann nach der anderen, wie ein Kuchenteig, der seine endgültige Form noch nicht gefunden hat. Sie starrten alle auf diesen Hut, und Lea, die ihre Hand auf dem weißen Laken hatte, das Abram bedeckte, so daß sie ihn noch fühlen konnte, zog die Hand für einen Augenblick zurück. Ihre Lippen, die sich, seit sie aufgebrochen waren, ständig nahezu lautlos bewegt hatten, hielten mit einem Mal still. Das Ruder näherte sich dem Hut, streifte ihn, ließ ihn zurück, schien mit ihm zu spielen, und eine Welle warf ihn gegen die Bootswand, als sei es nun doch Zeit, daß irgendwer sich dieses Hutes annahm. Samson sah zu seiner Mutter hinüber, sah, wie sie schluckte, wie ihre Hände sich verkrampften, sich in das Laken wühlten, als könne sie von dort irgendeine Botschaft erwarten.

Samson wartete auf ein Zeichen, auf ein Kopfnicken oder irgend etwas, das signalisieren würde, daß dieser Hut, der im Leben so oft Gegenstand eines Familienstreites gewesen war, sie jetzt als Symbol oder so etwas einte, und es war unwichtig, ob sie es im Augenblick entschlüsseln konnten oder nicht.

Samson fischte den Hut in dem Augenblick, in dem er zu versinken drohte, auf. Er hielt ihn kurz außerhalb des Bootes hoch, wollte ihn abtropfen lassen, schüttelte ihn ein wenig, aber der Filz hatte sich vollgesaugt und gab die Nässe nicht frei. Dann streckte er den Hut seiner Mutter entgegen. Lea starrte ihn an, für einen Moment schien es, als wolle sie ihre Hand von dem Laken lösen, diesen Hut entgegennehmen, für Abram entgegennehmen, ihn vielleicht auf dieses Leichentuch legen, obwohl sie wußte, daß niemand von ihnen auch nur irgend etwas auf einen Toten legen würde, keine Blumen, keine Geschenke, nichts. Im Tod hatten alle gleich zu sein.

Dann schüttelte sie den Kopf. Wirf ihn zurück, sagte sie. Es war nie sein Hut. Es war immer nur ich, die ihn für ihn wollte. Aber vermutlich habe ich nie begriffen, daß er ihn gar nicht brauchte.

Sie begruben Abram draußen auf der Insel San Nicolò, Samson sprach Kaddisch. Sie begruben Abram, mit dem Gesicht nach Jerusalem gewandt, damit er bis an der Welt Ende, bis zur Ankunft des

Messias, so dort liegen würde. Mit all den anderen zusammen, deren Umrisse unter der Kalkschicht noch sichtbar waren, denn der Sand darüber war spärlich, kaum höher als eine Handbreit, sie konnten ihn nicht höher häufen, weil sie nicht wußten, wieviel Platz sie noch brauchen würden für all jene, die in dieses Massengrab folgen würden.
Als sie zurückfuhren, das Boot leer, der Nebel noch dichter als zuvor, hatte Lea das Gefühl, amputiert zu sein. Keinen Mann mehr, keine volle, intakte Familie, keine kleinen Kinder, die zu versorgen waren. Sie hatte das Gefühl, dieses Leben sei zu Ende gelebt und alles, was nun kommen würde, sei nur ein Hinleben auf den Tod, den sie soeben miterlebt hatte. Nicht einmal Abrams Namen würde sie in späteren Tagen lesen können, weil auf einem Grabstein, falls überhaupt einer aufgestellt würde, gewiß nicht Hunderte von Namen Platz hatten.

ENDZEIT

Sie suchten drei Tage nach einem Arzt. Jacopo suchte, und Riccardo, obwohl er Crestina nicht allein lassen wollte, suchte ebenfalls. Der, den Jacopo am dritten Tag anschleppte, stand an der Tür, den weißen Umhang der Pestärzte um die Schultern, Kopf und Gesicht mit der spitzen Pestmaske bedeckt, die mit Kräutern gefüllt war und ihn wie einen großen, unheimlichen Vogel aussehen ließ.
Riccardo hatte Crestina in den *salotto* gebracht, in einem Liegestuhl, unter den Jacopo Rollen geschraubt hatte, so daß er beweglicher war. Dort saß sie, während ihr Riccardo vorlas, um sie die Schmerzen vergessen zu lassen, als der Arzt an der Tür erschien. Die Geschwister starrten ihn an, fühlten, wie langsam das Grauen in ihnen hochstieg.
Es ist nicht *il morbo*, sagte Riccardo, und Crestina legte ihm die Hand auf den Arm, weil sie das Gefühl hatte, daß Riccardo in seinem Zorn, den sie spürte, etwas tun könnte, was diesen Arzt auf der Stelle würde umkehren lassen. Sie hat nur das Bein gebrochen.

Der Arzt zuckte mit den Achseln und sagte dann, noch immer an der Tür stehend und für sie durch die Maske kaum verständlich, es sei für niemanden *il morbo*. Keiner wolle ihn haben. Es sei für jeden etwas anderes, er kenne sich aus inzwischen. Ob er die Kranke sehen könne, die Stellen, an der er auftrete, *il morbo,* die Achseln, die Schenkel.
Crestina spürte, wie Riccardos Arm unter ihrer Hand zusammenzuckte. Mit einer raschen Bewegung drehte er den Stuhl und warf die Decke zurück, so daß der Arzt erschrocken einen Schritt zurückwich, dann zeigte er auf das geschwollene Bein.
Der Arzt blieb stehen, betrachtete Crestina mißtrauisch aus der Ferne, trat dann einen Schritt vor, als nähere er sich einem gefährlichen Tier, und zog schließlich langsam die Maske von seinem Kopf, wobei er sorgfältig darauf achtete, daß die Kräuter nicht herausfielen.
Er achte auf Sicherheit, sagte er dann. Er sei in diese Stadt gekommen, um Geld zu verdienen, und nicht, um sich gleich beim erstbesten Patienten den Tod zu holen. Aber diese Schwellung da, er tastete das Bein ab, sei ja wohl kein *bubbone,* sondern stamme von einem Bruch. Ja, ja, er sei ganz sicher, daß es ein Bruch sei, sagte er, nachdem er kräftiger gedrückt und Crestina vor Schmerz die Augen geschlossen hatte.
Er müsse das Bein einrichten, sagte er dann, und er brauche dazu Holzbretter.
In seinem Arztgepäck, fragte Riccardo zögernd, ob er da nicht...
In seinem Arztgepäck, das er unten an der Tür habe, sei kein Material, um gebrochene Beine zu schienen. Er sei in die Stadt gekommen, weil man ihm als Pestarzt acht Dukaten pro Monat und Spesen angeboten habe und dazu noch freie Beköstigung.
Wo? fragte Crestina.
Nun, wo wohl, auf der Insel draußen.
Da war sie also wieder, diese Insel, und während der Arzt mit ein paar Handgriffen, von denen die Geschwister nicht sicher waren, ob sie richtig oder falsch waren, das Bein geradestellte, erkundigte sich Crestina nach ihr.
Bei diesem Haus, sagte der Arzt, brauchten sie ja wohl keine Sorge zu haben, daß sie dorthin müßten.
Ob nicht arm und reich in dieser Zeit eins seien, fragte Riccardo, ob diese Republik nicht versucht habe, die...

Diese Republik, der Arzt lachte auf. Was diese Republik sage, wünsche und befehle, sei hinfällig in solchen Zeiten, die hätten ihr eigenes Gesetz. Und er kenne die Menschen. In der Not seien sie nicht wiederzuerkennen. Jeder sei sich selbst der Nächste.
In fünf Wochen könnt Ihr wieder mit ihr tanzen, mit Eurer Frau, sagte er dann, als er den Fuß in Tücher gewickelt hatte. Vielleicht sei ja dann auch alles andere wieder vorüber.
Tanzen! sagte Riccardo und küßte Crestina auf die Stirn, als der Arzt endlich gegangen war. Er hätte ihn verprügeln können. Aber es war ihnen beiden klar, daß in solchen Zeiten der schlechteste Arzt immer noch besser war als gar keiner oder einer der Barbiere, von denen es kaum noch welche gab.

Es wird bald vorüber sein, sagte Jacopo zuversichtlich, als sie an einem der nächsten Tage an der geöffneten Balkontür saßen und auf den Kanal hinabschauten. Irgendwann werden alle gegangen sein, die gehen wollen und gehen können.
Es schien, als sei diese Stadt ein riesiger, überfüllter Bauch, der sich endlich von seinem Überfluß befreite, wieder schlank und rank werden wollte und alles ausspie, was zuviel war. Vielleicht, daß dann auch wieder Ordnung einkehrte in das Chaos, das Tag und Nacht auf dem Wasser und in den engen Gassen herrschte. Karren um Karren, Wagen um Wagen und Boot um Boot zog hinüber zum Festland. Auf dem Kanal gab es Zusammenstöße, es wurde geflucht, Gondeln zerbrachen, weil alle glaubten, sie kämen schneller voran, wenn sie sich nur recht rücksichtslos auch noch in die winzigste Lücke hineinzwängten, die sie entdecken konnten.
Es sollen inzwischen mehr als vierundzwanzigtausend sein, die geflohen sind, erzählte Jacopo. Aber vielleicht seien es auch mehr, wer wolle denn schon Zahlen wissen bei diesem Inferno.
Riccardo verließ das Haus fast nie mehr, weil die Gefahr drohte, daß Banden eindrangen, wenn sie annehmen konnten, daß das Haus leer war. Und nahezu alle Palazzi waren leer. Riccardo hatte eine Pistole oben im *salotto*, eine andere unten am Wassertor deponiert und eine dritte sowie seinen Degen beim Haustor zur Straße, Jacopo war ähnlich ausgerüstet. Sie fanden das richtig, niemand hätte auch nur im geringsten daran gezweifelt, daß man sich verteidigen müsse. *Bravi*, meinte Jacopo eines Tages zögernd, vielleicht wäre es doch gut gewesen, wenn der Vater damals...

Aber Riccardo schnitt ihm das Wort ab. Wer Gewalt demonstriere, ziehe sie auf sich, auch wenn jetzt natürlich vieles anders sei.

Als es in den September ging, schien Ruhe einzukehren in der Stadt. Die Menschen hatten sich eingerichtet in ihrer Not, allen Ballast abgeworfen, und nun lebten sie, so gut es ging. Mit Verordnungen, die auf dem Papier existierten, in der Realität jedoch kaum befolgt wurden. Auch Riccardo und Crestina hatten sich eingelebt in dem Haus, sich an seine Größe gewöhnt, die ihnen um die Schultern schlotterte, an seine Stille, die sie bisweilen erschreckte, aber zugleich auch mit einem Glück erfüllte, von dem sie sicher waren, daß es ihnen später nie wieder vergönnt sein würde. Ein Glück, das ihnen *il morbo* gewährte und nichts sonst.

Daß das Bein nicht so rasch zusammenwuchs, wie der Arzt versprochen hatte, störte sie daher nicht besonders, und sie wußten nicht, sollten sie froh darüber sein oder in Sorge. An manchen Tagen fühlte Crestina in einigen Zehen Taubheit, aber sie sprach nicht darüber, weil sie Angst hatte, daß Riccardo nach einem neuen Arzt Ausschau halten und sich gefährden würde, denn Ärzte gab es inzwischen noch weniger als zuvor. Nicht einmal für »Personen von Wert«, wie es hieß, und sie war längst nicht mehr sicher, daß sie als eine solche galt.

Sie überlegte hin und her, was besser sei unter diesen Umständen, zu bleiben oder doch an die Brenta zu fahren, falls es möglich war, überhaupt einen Barkenführer zu finden, der sie sicher an die Brenta brachte und sie nicht unterwegs irgendwelchen Banditen auslieferte, die an ihre Wertgegenstände gelangen wollten.

Und eines Tages erübrigte es sich dann, überhaupt noch die Frage, ob Brenta oder nicht Brenta, zu diskutieren.

Es sei ein Brief abgegeben worden, sagte Jacopo und streckte ihnen – die Handschuhe übergestreift – einen Umschlag entgegen, man könne ja nie wissen, sagte er entschuldigend.

Riccardo nahm den Brief entgegen, roch an ihm, schüttelte sich und öffnete ihn dann: ein weißliches Pulver fiel aus dem Umschlag heraus. Das Schreiben war von Nadelstichen durchlöchert und mehrfach gewellt, so daß sie kaum lesen konnten, was auf ihm stand.

Sie haben ihn geräuchert, sagte Riccardo lächelnd, sie haben noch Zeit, Briefe zu desinfizieren. Dann setzte er sich zu Crestina.

Es war ein Brief ihres Vaters, und er war sehr kurz. Sie sollten nicht kommen, hieß es, *il morbo* habe auch in die Villa Einzug gehalten. Der Diener Giovanni sei gestern gestorben, und ob Donada davonkomme, sei ungewiß. Wer von den übrigen Dienern schon tot ist, ich will es gar nicht sagen. Lebt wohl, und seid umarmt, bis wir uns wiedersehen, falls Gott es zulassen wird, stand in krakeliger Schrift am Ende des Briefes.
Sie saßen über das Papier gebeugt und spürten, wie die Stumpfheit, von der sie vor Wochen bereits mit Entsetzen gesprochen hatten, sich langsam in ihnen einnistete. Der Tod, sie wußten schon nicht mehr, wie tief er sie traf, ob sie das Ende Donadas mehr entsetzen würde als das Ende von Onkeln und Tanten, oder wer es sein mußte, damit die Trauer bis auf den Grund ihrer Seele reichte.

Als der November begann, hofften sie auf das Ende der Krankheit. Im Winter, so sagten die Ärzte, lebe der Rattenfloh kürzer, er brauche die Wärme. Aber der Floh schien sich nicht an das zu halten, was allgemein galt, aber vielleicht galt es auch gar nicht allgemein, und die Ärzte vermuteten nur, daß es so sein könne. Die Schreckenszahl betrug im November auf jeden Fall mehr als vierzehntausend Tote, davon rund zwölftausend allein in der Stadt und an einem einzigen Tag einmal mehr als neunhundert.
Die drei Bewohner des Palazzo beschlossen, das Haus nur noch im äußersten Notfall zu verlassen und zunächst sämtliche Vorräte zu verbrauchen, bis einer von ihnen vor die Tür gehen würde.
Es ist wie in einem Käfig, beklagte sich Jacopo, und die beiden anderen spürten, daß es ihm lieber gewesen wäre, wie bisher in die Stadt gehen zu können. Man erfährt nichts mehr, beschwerte er sich, und wie langweilig es sei, wenn er mit niemandem mehr reden könne und nicht mal mehr eine Gondel habe zum Reparieren.
Aber Riccardo blieb hart: Solange der Brunnen im Haus Wasser gibt, solange wir Brot backen können und solange Annas Vorräte reichen, bleiben wir beisammen.
Aber dieses Eingesperrtsein, klagte Jacopo, diese Langeweile, das sei doch nicht gut.
Dann, sagte Riccardo, werden wir uns eben überlegen, wie wir diese Langeweile überwinden können. Er werde sich schon etwas einfallen lassen. Vor allen Dingen gelte es, an etwas anderes zu denken, es

komme darauf an, daß man diese Krankheit nicht noch dadurch herbeirede, indem man sich ständig mit ihr beschäftige.
Und so saßen sie denn an diesem Abend, am nächsten Abend und an all den folgenden Abenden beisammen, versuchten *il morbo* aus ihrem Kopf zu verbannen, nicht von ihm zu reden, so zu tun, als sei dieser Palazzo wohl deshalb so menschenleer, weil er umgebaut werden mußte oder aus sonst einem Grund. Sie spielten zu dritt Karten, schlossen Jacopo nicht aus, der sich zunächst zierte. Als er sie dann zum Tarot überreden wollte, wehrten sie sich allerdings. Dafür sei jetzt nicht die rechte Zeit, sagte Riccardo.
Wieso nicht die rechte Zeit? wollte Jacopo wissen. Und ob Riccardo etwa nicht genug Mut habe, etwas zu erfahren über die Zukunft.
Wir spielen es aber mit meinem Spiel, sagte Riccardo schließlich. Und Crestina, die inzwischen wieder leidlich gehen konnte, müsse draußen bleiben.
Jacopo stimmte zu, legte die Karten für Riccardo, schien etwas zu erwarten, was nicht eintraf. Sie versuchten es ein zweites Mal, diesmal umgekehrt. Jacopo schaute Riccardo mißtrauisch an, dann begehrte er auf. Wo der Tod sei?
Riccardo lachte, schob die Karten mit einem großen Schwung zu einem Haufen zusammen und sagte, den habe er vorweg in den Kamin geworfen.
Es war klar, daß Karten zu spielen nicht genügte, um sie das Draußen vergessen zu lassen. Es galt, sich Wege auszudenken, wie sie dieses Leben zu dritt führen sollten. Jacopo bestand darauf, daß alles beim alten bleibe: jeden Morgen den Kakao ans Bett der Dame des Hauses, er mit dem Silbertablett daneben, Riccardo auf ihrem Bett sitzend, um ihr irgendwelche Briefe vorzulesen, die schon längst nicht mehr kamen, weil es keine Boten mehr gab. Also nahmen sie alte Briefe, weil es alte Briefe, wie Crestina fand, sicher wert waren, wieder einmal gelesen zu werden – etwa zu hören, wie es Tante X in Y und Onkel V in Z ging oder ergangen war, damals, als es *il morbo* noch nicht gab. Nachdem Jacopo eines Tages sinnend gesagt hatte, er habe sich immer überlegt, was man eigentlich als Frau empfinde, wenn man morgens zu später Stunde im Bett liege und Briefe oder Freunde empfange, brachten ihn die Geschwister dazu, sich ins Bett zu legen und sich von ihnen das Frühstück servieren zu lassen. Sie lachten aus vollem Halse, als Jacopo die Kakaotasse mit ungewohn-

ter und zittriger Hand an den Mund führte und die Hälfte des Inhaltes dabei auf die Kissen kippte. Nun wisse er es, sagte er seufzend, als er wieder aus dem Bett stieg, und er sei von der Vorstellung geheilt, daß dies schön sein müsse. Es ist kompliziert, und ich bin froh, nur immer das Silbertablett dabei halten zu müssen.
Sie überprüften die Vorräte, die sie noch im Haus hatten. Drei, vier Monate würden sie vielleicht reichen, sagte Jacopo abwägend, möglicherweise auch länger, das hänge eben davon ab.
Wovon? fragte Riccardo, ohne nachzudenken.
Nun, wer von ihnen übrigbleibe.

Ein paar Tage später brachte Jacopo im Schlepptau seines Bootes eine lädierte Gondel nach Hause. Er werde sie reparieren, sagte er entschieden, dann habe er wenigstens etwas zu tun.
Sie fragten nicht, weshalb er einen Ausflug in die Stadt gemacht und woher er die Gondel hatte. Sie ließen ihm auch die Freude, sich nicht mehr so eingesperrt zu fühlen, als er eines Tages mit ein paar Hühnern daherkam, die er oben auf der Altane unterbrachte. Er hoffe, es seien fleißige Hühner, sagte er, Hühner, die jeden Tag ein Ei legen, und nicht solche, die nur fressen. Und als die Vorräte rascher abnahmen, als sie gedacht hatten, unternahm Jacopo wieder Fahrten nach der Giudecca, um Kohl, Rüben und Lauch herbeizuschaffen. Wein erhielt er von einem Händler, der ihm, als er glaubte, sterben zu müssen, noch ein ganzes Regal voll ausgesuchter Weine schenkte, eingedenk der guten Freundschaft, die sie jahrelang verbunden habe, wie er sich ausdrückte.
Aber sie spürten trotz allem, daß ihre Bemühungen, den Palazzo freizuhalten von bedrängenden Gedanken, letztendlich nicht halfen und daß es unmöglich war, ein Leben jenseits des Dunstkreises dieser Gedanken zu führen.
Il morbo, sagte Jacopo eines Tages zögernd und gab Crestina einen kleinen Beutel, hier sei sein Geld dafür.
Geld? Wofür?
Nun, Jacopo hatte Mühe, die richtigen Worte zu finden, sie wisse doch inzwischen, wie alles vor sich gehe. Der Arzt nur an der Tür oder gar nur am Fenster, und schon sei entschieden, wo man hinkomme. Wenn man ihm aber Geld gebe, dann könne man – er wisse das – haben, was man wolle. Der Arzt schreibe in diesem Fall, daß es

nicht *il morbo* sei. Und viele, die nicht auf die Insel müßten und in der Stadt sterben könnten, seien solche, die den Arzt bestochen hätten.
Crestina seufzte, nahm den Beutel, unschlüssig, wohin mit ihm, doch Jacopo winkte ihr zu folgen, eilte leichtfüßig, als hätte er ihr soeben die Dukaten für ein kunstvolles Grabmal übergeben, in die Küche, hob den Deckel eines alten Topfes hoch, der oben im Regal stand, und ließ den Beutel darin verschwinden.
Und dann, sagte er, nicht mehr ganz so zufrieden, dann sei da noch etwas. Dazu müßten sie wieder hinauf. Abermals ging er voraus, etwas langsam schon, und sie ertappte sich dabei, daß sie argwöhnte, es könne bei ihrem alten Diener bereits soweit sein. Aber Jacopo stieg zielsicher eine Treppe nach der anderen hinauf.
Die Abstellkammer? fragte sie verblüfft. Was sie in der Abstellkammer solle. Jacopo öffnete die Tür, sagte, sie solle nicht erschrecken, aber das sei der Ort, an dem er sie nicht anstecken würde, er habe alles vorbereitet: ein notdürftiges Bett, Wasser zum Waschen und Nahrung. Nahrung für drei Tage, länger dauere es ja meist nicht. Und nachher, er wiegte den Kopf, er hoffe, daß er nicht allzuviel Ungemach mache. Hier sei die Adresse von einem der Arsenalarbeiter, die die Toten abholen. Es gehe schneller, wenn man auch ihnen... Sie wisse ja schon. Er holte wieder eine kleine Geldkatze hervor und legte sie auf das Notbett. Sie könnten ihn hier ganz sich selbst überlassen. Er wolle nur nicht auf die Insel. Nicht dorthin. Jacopo schaute Crestina flehend an. Nur nicht dorthin.
Sie ging hinunter, suchte Riccardo und setzte sich zu ihm. Sie berichtete ihm von Jacopo, von dem Geld, dem Bett in der Kammer und von der Angst des Alten vor der Insel. Ich würd's gern wissen, sagte sie dann. Bringen wir es hinter uns.
Er wird wunderlich, sagte Riccardo zornig. Weshalb mußte er es dir sagen, weshalb kommt er damit nicht zu mir?
Du kannst mich nicht vor allem bewahren, sagte sie, irgendwann wirst du mich nicht mehr vor allem bewahren können. Eines Tages werde ich es lernen müssen, ohne deinen Schutz zu leben.
Wünsch sie mir nicht an den Hals, diese Krankheit, sagte Riccardo, nicht mehr ganz so zornig wie zuvor. Er sei zwar nicht so abergläubisch wie Jacopo, aber ganz frei sei davon ja wohl keiner.
Ich bin erwachsen, sagte sie und schaute ihn an, und ich kann mehr ertragen, als du vielleicht glaubst. Erzähl mir von der Insel!

Riccardo seufzte, fragte: Von welcher? Von Murano, Burano, Torcello? Überhaupt Torcello, er habe Lust, mit ihr wieder einmal dort hinzugehen.
Riccardo, bitte, sagte sie, du weißt, was ich meine. Erzähl es mir!
Wie kann ich dir von etwas erzählen, was ich nicht kenne, was ich noch nie gesehen habe? Und wenn ich es kennen würde, wozu soll es dienen, daß ich dir davon erzähle?
Falls wir eines Tages dorthin müßten, würde es mir helfen, sagte sie leise. Ich könnte mich darauf einstellen, es würde mich nicht überfallen.
Wir werden nicht dorthin müssen, sagte Riccardo hart. Nicht wir. Vielleicht die von Cannaregio oder sonstwo, aber nicht wir.
Bist du dir darüber im klaren, daß das unmenschlich ist, was du da sagst?
Ja, sagte Riccardo, das sei er sich. Jeder sei unmenschlich, wenn er in die Situation komme, zwischen sich und den anderen einen Strich zu ziehen. Jeder würde in solch einer Situation immer zunächst an sich denken.
Du würdest auch an dich denken, bevor du an Jacopo denkst? wollte sie wissen.
Riccardo stand auf, legte ihr die Hand auf die Schulter und sagte: Ja, natürlich.
Und an mich, sagte sie dann sehr leise, wann würdest du an mich denken?
Riccardo bückte sich zu ihr hinunter und küßte sie flüchtig auf das Haar. Weißt du das wirklich nicht? sagte er dann. Komm, laß uns nicht mehr davon reden.

Die Stunde, in der sie von der Insel reden mußten, kam bereits einige Tage später. Und Jacopo sagte nachher, für ihn sei es keinesfalls eine Überraschung gewesen, die Karten hätten es ihm zuvor angekündigt.
Es begann bereits am frühen Morgen, als der Türklopfer gegen die Tür schlug, noch bevor auch nur einer von ihnen aus dem Bett gestiegen war. Leute aus der Nachbarschaft drängten sich, kaum das Jacopo die Tür geöffnet hatte, in das Haus, stellten Eimer auf den Boden und machten ihm klar, daß der *pozzo* von gegenüber kein Wasser mehr gebe.

Weshalb kein Wasser?
Sie hoben die Schultern, sagten, sie seien hierhergeschickt worden von der Gesundheitsbehörde, man müsse das Wasser dort holen, wo offenbar noch welches sei.
Sie brauchten das Wasser selbst, sagte Jacopo und versuchte, sich vor den Brunnen zu stellen, er müsse zumindest erst fragen.
Drei Personen in diesem großen Haus, habe es geheißen, sagte eine Frau und sah sich um, da könne es ja kaum möglich sein, daß kein Wasser übrig sei.
Als Riccardo kurze Zeit später die Treppe herunterkam, sah der Boden rund um den Brunnen aus, als habe eine Wasserschlacht stattgefunden, weil sich die Leute aus Angst, das Wasser könne auch hier zu Ende gehen, um jeden Eimer nahezu geprügelt hatten. Das Haus müsse offenbleiben, hatten sie beim Weggehen gedroht, sonst würden sie die Behörden benachrichtigen, daß dieses Haus leer sei. Was das bedeutete, wußten alle, Beschlagnahmung wie bei sämtlichen Häusern, die von Pestkranken verlassen waren und deren Inventar zur Räucherung weggegeben wurde.
Am Nachmittag hörten sie in der Abstellkammer, die Jacopo sich vorsorglich als Krankenstube eingerichtet hatte, nagende Geräusche, und als sie nachschauten, waren es Ratten, die soeben damit begannen, die dort bereitgestellten Vorräte zu verzehren. Als Riccardo abends kurz auf die Straße ging, um dem ständigen Eingesperrtsein zu entkommen, schleppte er sich schon bald darauf wieder ins Haus zurück. Ohne Geldkatze, eine Beule am Hinterkopf und einen Fuß nachziehend, weil er von einer Gruppe wild aussehender Fremder, die bereits seit Wochen in der Stadt ihr Unwesen trieben, überfallen worden war. Ob es sich dabei um *bravi* handelte, ließ sich nicht mehr feststellen.
Nachdem Crestina seine Wunden verbunden hatte, legte sie sich schlafen, hörte jedoch kurze Zeit später, wie unten die Haustüre ging. Sie wartete auf die Schritte Jacopos, hörte sie nicht und stieg selbst hinunter, weil sie annahm, daß vielleicht irgendwer zu nächtlicher Stunde noch Wasser holen wollte. Aber in der Tür stand ein Mann, der zögernd seinen Mantelsack abstellte und sie dann anlächelte. Sie brauchte einige Sekunden, bis sie merkte, daß dies Riccardos Freund Enrico war, denn sein Gesicht war so schmal wie nie zuvor.

Sie eilte auf ihn zu, wollte ihn umarmen, aber Enrico trat einen Schritt zurück. Besser nicht, sagte er unsicher und deutete auf die offene Tür. Crestina blieb, wo sie stand, fragte sich, was dieser Besuch zu bedeuten habe, und bat dann Enrico mit ihr zu kommen, um Riccardo zu wecken.
Er schläft schon? fragte Enrico verwundert. Dein Bruder, der Nachtmensch?
Sie erzählte ihm von dem Überfall, und er zeigte ihr eine frisch verheilte Wunde am Arm und sagte, diese Stadt stehe nicht nur unter der Knechtschaft des *morbo*, sondern auch unter der der *bravi*.
Er bat sie, Riccardo nicht zu wecken, fragte nur, ob er diese Nacht hier bleiben könne, sein Haus sei beschlagnahmt und voll belegt mit Kranken.
Sie nickte, holte Laken und Wäsche und brachte ihn im ehemaligen Zimmer Alessandros unter. Morgen könne man dann weitersehen.

Tags darauf, sie hatte verschlafen, sah sie die beiden bereits am Tisch sitzen. Enrico erzählte gerade, verstummte aber, als sie hinzukam. Sie half Jacopo zunächst in der Küche, kam zurück und erlebte das gleiche: Das Gespräch brach ab, als sie den Raum betrat. Diesmal blieb sie an der Tür stehen und wartete auf den Fortgang der Unterhaltung. Enrico fragte sie freundlich, was eigentlich aus ihren Malstudien geworden sei. Nun, da sich alles verändert habe, müsse sie ja sicher öfter zum Malen kommen.
Sie sei damit beschäftigt, Fische in Salz einzulegen und Eier in Kalk sowie Fleisch zum Pökeln vorzubereiten und zum Malen sei sie noch nicht eine einzige Stunde gekommen, erklärte Crestina.
Aber dann sicher zum Musizieren, sagte Enrico und deutete auf das Cembalo.
Sie schaute zuerst Enrico an, dann Riccardo. Ihr könnt gern alles abfragen, sagte sie, was ihr wollt, aber irgendwann möchte ich wissen, worum es geht.
Worum es geht! Riccardo lachte eine Spur zu laut und wollte sie um Getränke schicken, aber sie gab nicht nach. Sie sei eine erwachsene Frau, sagte sie, und sie brauche vor nichts beschützt zu werden. Sie wolle es endlich wissen.
Erzähl's ihr, sagte Riccardo, sie wird sonst niemals Ruhe geben. Erzähl's ihr, ohne Rücksichten, fügte er hinzu, damit sie es ein für allemal weiß.

Enricos Blick wanderte von Crestina zu Riccardo und dann zu seinen Händen, die er gefaltet vor sich auf den Tisch gelegt hatte. Es sei sinnlos, das zu erzählen, wehrte er dann ab, wozu solle er auch. Entweder man erlebt es mit, oder man kümmert sich nicht darum.
Du warst also dort, sagte sie schließlich, nicht wahr?
Ja, erwiderte Enrico und sonst nichts mehr.
Sie kann's nicht erwarten, davon zu hören, spottete Riccardo.
Ich glaube, ich sollte besser gehen, sagte Enrico unsicher.
Riccardo kam um den Tisch herum. O nein, sagte er rasch, ich glaube, es ist an der Zeit, daß sie endlich erfährt, wie es ist. Sonst geht sie eines Tages noch auf die Straße und fragt irgendwen.
Ich kann nicht, sagte Enrico, ich kann nicht. Es ist schlimmer als die Hölle.
Schlimmer als die Hölle? fragte sie. Wieso?
Erzähl's ihr, sagte Riccardo hart, sie glaubt es noch nicht. Erzähl ihr, wie sie die Wunden nicht zuheilen lassen, nur damit sie länger das Geld bekommen vom Magistrato della sanità für die Verpflegungstage! Erzähl ihr, wohin das Kalbfleisch, der Wein und die Eier kommen, die den Kranken zustehen laut Verordnung. Sag ihr, was geschieht, wenn es keine Notare mehr gibt, um ein Testament zu machen, und wenn die Capellane dies tun dürfen. Erzähl ihr, was mit denen geschieht, die im Delirium liegen und in den Kellern angekettet gehalten werden wie Tiere. Erzähl ihr alles, was du weißt!
Crestina starrte Enrico an, dann Riccardo, sah sein zorniges Gesicht, als habe sie etwas Verbotenes gefordert, und schwankte, ob sie weiterfragen solle. Es gibt doch Gesetze, sagte sie schließlich stokkend, diese Gehälter der Priore, die seien doch doppelt so hoch in solchen Zeiten, habe sie gehört, und zusätzliche Verordnungen habe man doch auch erlassen, damit alles seine Richtigkeit habe.
Auf dem Papier, sagte Enrico und nickte mit dem Kopf, auf dem Papier sei nahezu alles perfekt geordnet, aber eben nur auf dem Papier. Wer von den Beamten des Magistrato della sanità zum Beispiel gehe schon hin, wie es das Gesetz vorschreibe, und befrage vier oder sechs Kranke, ob sie auch das Essen bekommen, das ihnen zustehe, wer? Und wer von den Kranken würde schon zu sagen wagen, daß er nicht bekommen habe, was ihm zusteht, wenn er anschließend wieder dem Prior und dessen Leuten ausgeliefert sei, dessen Komplizen, die er nur angestellt habe, damit Denunziationen erst gar nicht funk-

tionieren. Und wenn einer feststelle, daß seine Wunden künstlich offengehalten worden seien, wer würde selbst für hundert Dukaten Belohnung hingehen und sich beklagen? Ich nicht, sagte Enrico, ich gewiß nicht. Keiner, der geheilt entkommt, wird reden, weil er Angst hat: vor Gewalt, vor Vergeltung, vor Rache. Schon wer als Barkenführer arbeite, sei mit dem Teufel im Bunde, kein anständiger Mensch wolle heute Barkenführer sein, auch wenn er so viel Gewinn machen könne, daß er sein restliches Leben lang, falls er es behält, nicht mehr Barkenführer zu sein braucht.

Manchmal gönne er es diesem Staat, sagte Riccardo, daß all das, was er sich ausgedacht habe, nicht funktioniere. »Personen von Wert« sollten behandelt werden, Ärzte sollten zu ihrer Verfügung stehen, damit sie überlebten, Adlige zuvörderst, aber *il morbo* mache keinen Unterschied zwischen den Adligen und dem gemeinen Volk.

Wißt ihr, sagte Enrico und sah dabei Crestina an, wißt ihr, was ich manchmal dachte, als mich in jenem Saal das Stöhnen und Schreien der anderen nicht schlafen ließ und es niemanden gab, der mir ein paar tröstende Worte hätte sagen können, weil die Pfleger dafür nicht auch noch Zeit und Kraft hatten? Ich dachte, wir haben alle dieses Leben viel zu wenig geliebt, um es richtig zu leben. Und dies ist nun die Strafe dafür – *la bocca* verschlingt uns alle. *La bocca*, das sind die Denunziationen, das ist die Pest.

Richtig leben, was er damit meine, wollte Riccardo wissen.

Richtig leben heißt für mich, daß ich nun das Gefühl habe, daß ich jeden Tag, jede Stunde, ja, jede Minute etwas von meiner Freude darüber, daß ich lebe, abgeben muß, daß ich mir bewußt bin, daß ich lebe. Und daß ich dies auch zeige, nach außen. Feste, sagte er dann und lächelte, Feste zu feiern, das habe ich mir vorgenommen. Falls ich je wieder aus diesen Mauern dort entlassen würde, dann wollte ich ein Fest feiern, ein Fest des Lebens, ein wildes Fest, ein ausgelassenes Fest, eines, das alle, die es feiern, nie wieder vergessen.

Und so feierten sie dieses Fest des Lebens, wie Enrico es nannte. Crestina hatte alle Rosen geschnitten, die noch in den großen Kübeln auf der Altane blühten, Jacopo hatte in der *sala* einen langen Tisch gedeckt, und wer noch lebte von den Freunden und Bekannten, hatte, falls er noch einen besaß, einen Diener zur Verfügung gestellt

und mitgebracht, was zu entbehren war. Sie aßen und tranken, lachten, und schließlich führten einige ein halbes Theaterstück auf, kein ganzes, weil der, der es geschrieben hatte, vorzeitig gestorben war.
Den Schluß, riefen die Gäste, verratet uns den Schluß!
Aber niemand wußte einen Schluß zu diesem Stück, in dem der Tod nicht vorkam, dafür aber eine pralle Frau, das Sinnbild des Lebens, die die Pest davonjagte.
Einen Fiedler hatten sie auch aufgetrieben, und so tanzten sie die ganze Nacht hindurch, gebärdeten sich wild in den Masken, die die meisten von ihnen trugen. Irgendwann mittendrin sagte Jacopo plötzlich in der Hoffnung, endlich einmal Glauben zu finden, daß er früher an *carnevale* stets bei der *Kraft des Herkules* mitgemacht habe. Sie riefen: Zeig es uns! Und Jacopo, von Anna und den Dienern stets verdächtigt, daß er nur geprahlt habe, stellte sich in die Mitte des Raumes und ließ die Gäste seine Muskeln sehen, die noch immer beachtlich waren. Er bat die jungen Männer zu sich, ordnete sie um sich, und wenn es auch nicht fünfunddreißig waren wie bei der ursprünglichen Darbietung, kamen immerhin zwanzig zusammen, und alle übrigen klatschten begeistert Beifall, als Jacopo, wenn auch zitternd und schwankend, auf der Spitze der Menschenpyramide den Zogolin darstellte. Sie klatschten weiter, wollten die Tierhatz des *carnevale* auch noch sehen. Jacopo, mach uns den Bären! riefen sie, und Jacopo zerrte ein Fell von der Wand, warf es sich über, hüpfte im Kreis und ließ sich bereitwillig jagen. Als sie ihn schließlich erschöpft aus der Runde zogen, lachten sie über sein Gesicht, in dem genau das stand, was dieser Abend sie hätte vergessen lassen sollen: die Angst vor dem Tod.
Irgendwann zu später Stunde, Crestina hatte getrunken, mehr getrunken als sonst, fand sie sich wieder in einem Zimmer, das leer war bis auf ein Bett. Es mußte eines der Dienstbotenzimmer sein, die sie noch nie betreten hatte. Mit wem sie sich dort befand, konnte sie nur ahnen, nicht wissen. Enrico war es nicht, es handelte sich wohl um einen der Fremden, die jeder der Eingeladenen mitgebracht hatte, weil aus dem eigenen Freundeskreis nicht mehr genug Menschen für dieses Fest aufzutreiben waren.
Sie sagte: Nein, als er sie zum Bett drängte. Nein.
Weshalb nicht? fragte der Mann verwundert und versuchte, sie auf das Bett zu drücken. Die Welt geht ihrem Ende zu.

Das interessiere sie nicht, sagte sie ruhig und machte sich starr, als seine Hand versuchte, sich unter ihre Bluse zu zwängen. Es habe jeder seine eigene Welt.
Dann mit einem Male stand Riccardo in der Tür. Er stand nur da, sagte nichts. Der Fremde nahm ihn wahr, murmelte eine Entschuldigung und zog sich zurück.
Bist du in Ordnung? fragte Riccardo, ohne den Blick von ihr zu lassen.
Ja, sagte sie, es ist nichts geschehen.

Am anderen Morgen, den Kopf noch umnebelt von dieser Nacht, die Glieder schwer vom Wein und vom Tanz, stand sie in der *sala*, sah die Tische umgekippt, die Tischtücher vom Wein getränkt, die Reste des Essens auf dem Boden. Sie empfand plötzlich Scham, bückte sich voller Gier, um ein Stück Brot aufzuheben, und schob es in den Mund. Sie sammelte die Teller ein, von denen die Hälfte angeschlagen war, die Gläser, soweit sie nicht zerbrochen waren, und auch das Silber war nicht mehr vollzählig. Daß es nicht die Freunde gewesen sein konnten, schien klar. Daß sich unter den Masken alle möglichen Leute ins Haus eingeschlichen hatten, es war vorauszusehen gewesen, doch wenn sie sich ernsthaft fragte, wie wichtig ihr diese Verluste waren, so stellte sie fest, daß sie inzwischen einen Abstand zu den Dingen entwickelt hatte, der heilsam war und in Zukunft nur noch heilsamer sein konnte.

Jacopo hatte sie stets voller Angst gewarnt, es dürfte nicht geschehen unterwegs, irgendwo in der Stadt. Wenn einen niemand kenne, nähmen sie einen einfach mit, um ihn auf die Insel zu bringen, egal, wie voll die Insel bereits sei. Die Nachrichten, die in die Stadt herüberdrangen, ließen annehmen, daß sie die Kranken dort schon lange nicht mehr einzeln in die Betten legen konnten, sondern zu dreien oder gar zu vieren. Die Strohsäcke für diese Betten, die stets verbrannt werden mußten, wenn jemand auf ihnen gestorben war, seien nur noch so dünn, hieß es, wie ein flaches Brett. Jacopo also, der stets verhindern wollte, daß es einen von ihnen auf der Straße erwische, kam dazu, als Riccardo in einer Gasse unweit des Palazzos zusammenbrach. Er mußte mitansehen, wie die Männer, die die Kranken wegschafften, genau in diesem Augenblick um die Ecke ka-

men, als seien sie bestellt, und Riccardo zu einer Barke brachten, in der bereits eine ganze Reihe von Kranken lag. Jacopo mußte zusehen, wie sie Riccardo zu den anderen legten, mehr warfen als legten.
Er rannte, so rasch ihn seine Füße trugen, zum Palazzo, um Bescheid zu geben. Riccardo, stieß er, kaum Atem holend, hervor, Riccardo. Sie bringen ihn gerade weg! Und oben in seinem Zimmer sei der Korb, den Riccardo vorbereitet habe für den Fall, daß es nötig sei.

Lazzaretto vecchio

Wo ist Euer Schmuck, Euer Silber? Eure Kostbarkeiten, wo sind sie?
Crestina starrte den Mann an, der sich nach ihrer Ankunft auf der Insel um sie bemühte, entsetzt und irritiert zugleich. Welchen Schmuck? Welches Silber?
Der Mann wühlte in Riccardos Korb, sah kurz hoch und wiederholte dann seine Frage, als er offenbar nicht das fand, was er suchte.
Sie habe kein Silber, sagte Crestina hilflos. Es sei alles so schnell gegangen, und sie habe ohnehin nur ein paar Sachen für sich einpacken können, hier in ihrem Bündel.
Der Mann durchsuchte auch das Bündel, wühlte dann wieder in dem Korb, wühlte heftiger, warf Stöße von Papier auf den Boden und nochmals Papier und sagte dann ungehalten, es müsse alles registriert werden, alles von Wert. Es habe alles seine Richtigkeit zu haben, für später. Und Papier, sagte er dann nahezu zornig, das habe er noch nie erlebt, seit er hier Dienst tue, daß ein Kranker in seinem Korb nichts weiter mitbringe als Berge von Papier und Tintenfässer und Federn.
Crestina sah zu Riccardo, der auf einer Trage lag, hinüber, fragte sich, ob Jacopo ihr vielleicht den falschen Korb gegeben habe oder ob dieser in der Barke mit einem ähnlichen verwechselt worden sei.
Riccardo schlug die Augen auf, schien für eine Sekunde klar denken zu können, dann sagte er laut und deutlich: Papier ist Silber.

Papier ist was? fragte der Mann mehr zornig als höflich.
Silber, wiederholte Crestina. Sie hören es ja.
Der Mann ging weg, kam mit einem anderen zurück, der etwas höflicher wirkte als der erste und vielleicht der Prior der Insel war. Ob der Kranke etwa ein Schriftsteller sei, erkundigte er sich.
Ja, sagte Crestina, das ist er.
Sie ließen sie passieren, Riccardo auf seiner Trage, sie mit dem Korb und ihrem Bündel hinterdrein. Sie nahm Riccardos Hand, die schlaff an der Seite der Trage herabhing, und drückte sie, obwohl sie spürte, daß ihm offenbar die Kraft fehlte, den Druck zu erwidern.

Der Saal war lang und an einigen Stellen mit Vorhängen abgeteilt. Die Betten standen so eng, daß ein Durchkommen zwischen ihnen kaum möglich war. Die Träger legten Riccardo in ein Bett, in dem bereits ein Mann lag. Crestina wollte protestieren und ein eigenes Bett für ihren Bruder fordern, doch ein Pfleger lenkte ihren Blick auf die übrigen Betten im Raum. Sie waren durchweg mit zwei oder gar drei, in manchen Fällen sogar mit vier Kranken belegt.
Der Kranke, neben den Riccardo zu liegen kam, war ein alter Mann, der bewußtlos schien, so daß ihn der Pfleger mit einem harten Ruck zur Seite schob. Crestina setzte sich ans Fußende des Bettes, zog den Korb neben sich, legte ihr Bündel daneben und schloß die Augen. Und betete. Sie betete um den Tod für Riccardo.

Gegen Abend kamen mehrere Pfleger, brachten Brühe, Kalbfleisch und etwas Gemüse.
Crestina betete noch immer um den Tod für Riccardo. Sie nahm nicht wahr, daß er sich in dem Bett aufgesetzt hatte und die Hand nach ihr ausstreckte.
Zwei der Pfleger kamen, um den alten Mann, der inzwischen gestorben war, mitzunehmen. Jemand gab Crestina einen Löffel in die Hand und eine Schüssel. Er hat Hunger, sagte eine Stimme.
Sie stand auf, sah Riccardo sitzen, das Gesicht, das zuvor von Schmerzen entstellt war, geglättet.
Weshalb bist du mitgegangen, wenn du mich jetzt verhungern läßt, sagte er dann mühsam und offensichtlich bemüht, sie aufzuheitern.
Sie brauchte Sekunden, um seine Worte zu verstehen und klammerte sich im nächsten Augenblick an die Vorstellung, daß Riccardo zu

den Überlebenden gehören könne, verschüttete nahezu die Suppe vor Glück.
Riccardo aß die Suppe, die sie ihm löffelweise eingab, betrachtete Crestina aufmerksam und schüttelte den Kopf. Verlaß dich nicht darauf, daß ich es schaffe, nur weil ich jetzt diese Suppe folgsam esse. Das ist ein Trugschluß.
Weshalb, sagte sie ruhig, weshalb soll es ein Trugschluß sein?
Weil ich es weiß, sagte Riccardo und sank zurück.
Ein Arzt kam vorbei, untersuchte Riccardo, winkte einem der Pfleger und begann mit den Vorbereitungen für einen Aderlaß.
Riccardo öffnete die Augen und sagte laut und entschieden: Nein. Keinen Aderlaß. Ich möchte meinen eigenen Tod.
Dann wird es nur drei Tage dauern, sagte der Arzt und hatte offenbar Mühe, seinen Ärger zu verbergen, drei oder vier Tage.
Und ebenso viele Nächte. Riccardo lächelte den Arzt an. Dann eben nur drei oder vier Tage und Nächte. Das ist mehr als nur eine Nacht.
Hättest du dich nicht doch fügen sollen? fragte Crestina zweifelnd, als der Arzt unverrichteter Dinge abgezogen war.
Du meinst, er hätte mir dann jene einundzwanzig Tage versprochen? fragte Riccardo. Die Tage, die man braucht, um es zu überstehen?
Vielleicht hätte man sie dir nicht nur versprochen, vielleicht wären sie gekommen.
Gib mir den Korb, sagte Riccardo, verschwende keine Zeit.
Sie starrte ihn an, während erneut Pfleger kamen, um zwei Männer auf einmal zu Riccardo in das Bett zu legen. Sie fühlte sich überflüssig und hilflos wie nie zuvor in ihrem Leben.

In der Nacht schien es, als sinke Riccardo ins Delirium. Sie versuchte, einen der beiden Ärzte, die sie bisher entdeckt hatte, zu holen. Den einen fand sie im Freien beim Wein, die Stimme des anderen kam lachend hinter einem Busch neben der Kirche hervor, dazu ein lautes Frauenlachen. Sie lief zurück in den Saal, gerade rechtzeitig, als zwei Pfleger Riccardo auf eine Trage legten.
Sie wollte sich über ihn werfen, weil sie dachte, dies sei das Ende. Aber Riccardo sagte plötzlich laut und deutlich: Hast du es nicht gehört? Es sind drei Tage und drei Nächte. Wir werden sie haben.

Sie wußte nicht, wohin sie ihn trugen. Sie lief ihnen einfach nach. Der Mond beleuchtete den Pfad. Als sie ein Waldstück durchquerten, sah sie neben dem Weg einen Rosenstrauch und an einem seiner Zweige eine einzelne letzte Rose, die dunkelrot, fast schwarz sein mußte. Schließlich standen sie vor einem Haus, in das zu ebener Erde ein düsterer Gang hineinführte. Sie hielt die Pfleger zurück und fragte voller Entsetzen: Wohin bringt ihr ihn?
Dahin, wo alle hinkommen, die zu laut schreien, sagte der eine.
Zumindest hat er ein Bett für sich, sagte der andere und entzündete eine Fackel.
Sie gingen den Gang entlang, der an beiden Seiten von Räumen gesäumt war, die sich in nichts von Gefängniszellen unterschieden. Die Pfleger leuchteten in eine dieser Zellen hinein, und Crestina sah, daß soeben zwei Tote herausgetragen wurden. Am Ende des Ganges stellten die Pfleger die Trage dann in einer Zelle ab. Sie befestigten eine Fackel an der Wand, entzündeten dazu einige Kerzen, die am Boden festgeklebt waren, und legten Riccardo auf ein Bett. Sie ließen die beiden zurück, doch nach einer Weile kam der eine wieder und brachte Gefäße mit Rosenwasser und verdünntem Essig, Wasser zum Waschen und Getränke.
Dann waren Crestina und Riccardo allein.
Wo sind wir? fragte er nach einer Weile.
Sie sagte: Ich weiß es nicht. Mir kommt es vor, als seien wir auf einem anderen Stern.
Es ist ruhig hier, sagte Riccardo schläfrig, sehr ruhig.
Ja, sagte sie und zog einen Schemel zum Bett, so daß sie neben Riccardo sitzen konnte. Es ist sogar sehr ruhig hier, sagte sie und versuchte, das seltsame Quietschen, das aus einer dunklen Ecke des Raums zu ihnen drang, zu überhören. Hast du Schmerzen?
Er schüttelte den Kopf, schien dann einschlafen zu können.
Während sie dasaß, wurde das Quietschen hinter ihr lauter. Sie wußte, daß es Ratten waren, auch wenn sie sich vormachen wollte, daß es keine seien.

Lies mir den Plato vor.
Sie schreckte hoch, zuckte zusammen. Sie mußte eingeschlafen sein. Sie sah Riccardo im Bett sitzen, sein Gesicht gerötet vom Fieber. Sie dachte an das Rosenwasser und den Essig.

Aber bevor sie noch aufstehen konnte, sagte Riccardo: Nein, kein Rosenwasser, keinen Essig. Den Plato.
Welchen Plato, fragte sie verstört.
Den aus dem Korb. *Das Gastmahl*.
Sie überlegte, wo sie den Korb gelassen hatte, aber sie konnte sich nicht erinnern.
Der Korb steht dort, sagte Riccardo und deutete zum Eingang der Zelle.
Die Fackel zuckte in einem Windhauch, als Crestina den Korb zum Bett trug.
Was möchtest du hören, fragte sie und wischte Riccardo den Schweiß von der Stirn.
Die Seite, wo der Zettel steckt.
Sie nahm das Buch aus dem Korb, es steckten drei Zettel darin. Welche Stelle von den dreien?
Die mit der Hälfte des Menschen.
Sie suchte die Stelle, erinnerte sich, daß sie sie damals gemeinsam gelesen hatten, auch gestritten wegen ihr. Sie schaute auf, spürte Riccardo von sich weggleiten. Als er stöhnte, wollte sie das Buch zuschlagen, aber er zwang sie vorzulesen.
Lies, sagte er, kümmere dich nicht um mich.
Sie las, konzentrierte sich auf den Text, las weiter, auch als sie sah, daß er sich krümmte.
Das ist es, was ich meinte, murmelte Riccardo nach einer Weile: »Daher ist jeder von uns das Gegenstück eines Menschen, weil wir wie die Schollen aus einem in zwei geschnitten wurden. Ewig sucht jeder sein Gegenstück.«
Sie antwortete nicht, las weiter, so lange, bis sie sicher war, daß Riccardo den Text nicht mehr hören konnte.
Vergiß den Körper, hatte er einmal gesagt. Versprich es mir, daß du ihn vergißt, wenn es mich treffen sollte. Er ist unwichtig, ganz und gar unwichtig. Was zählt, ist das andere. Dinge, von denen niemand weiß außer mir und dir. Dinge, die wir uns nie gesagt, die zu denken wir uns verboten haben. Vielleicht auch nicht gesagt haben, weil wir sie für überflüssig hielten.

Als sie erwachte, wurde es Tag. Sie sah ihn hereinkriechen in diesen dunklen, feuchten Gang, ganz langsam schickte er sein Licht auch in ihre finstere Kammer, die sie jetzt zum erstenmal richtig sah.

In der Ecke stand ein zweites Bett, davor lagen breite Riemen. Irgendwer hatte erzählt, daß sie die Kranken, wenn sie tobten, mit diesen Riemen ans Bett schnallten, aber sie wußte nicht mehr, wer es erzählt hatte.
Da das Quietschen der Ratten inzwischen aufgehört hatte, herrschte wieder Stille. Dann waren Stimmen zu hören, Pfleger kamen und brachten Huhn und Fleischbrühe, legten Tücher für die Verbände auf das andere Bett und gingen wieder.
Crestina hatte das Gefühl, in einem zeitlosen Raum zu leben, in einer Muschel, die sie umfing, die sich bisweilen jedoch öffnete. Aber das, was hereindrang, war ebenfalls Zeitlosigkeit. Sie hatte Mühe, in hergebrachten Normen zu denken. Eine Sekunde schien ihr so lang wie die Zeit, die die Sterne brauchten bei ihrem Gang von Horizont zu Horizont. Sie wußte, von nun an würde sie von einem Sichöffnen der Muschel zum nächsten leben.
Sie flößte Riccardo die Brühe ein und schob ihm ein wenig von dem Huhn zwischen die Zähne. Er versuchte, das Fleisch zu schlucken, aber sie sah, daß er Mühe hatte damit.
Wann hast du es gewußt? fragte er und wischte sich den Mund mit einem Lappen ab.
Sie brauchte nicht nachzudenken. Sie wußte die Antwort, bevor diese in ihrem Kopf Gestalt annahm. In jener Nacht, erwiderte sie, ohne ihn dabei anzuschauen, vor Aschermittwoch.
Riccardo lachte leise vor sich hin. Bei jenem Kuß, sagte er dann, bei jenem seltsamen Kuß.
Ja, sagte sie, bei jenem Kuß.
Nürnberg war also nur die Folge dieses Kusses?
Ja, sie nickte, Nürnberg war nur die Folge dieses Kusses.
Eine Zeitlang glaubte ich, er bedeute dir wirklich etwas, aber dann... Riccardo verzog das Gesicht zu einer Grimasse und sagte: Schau weg! Er brauchte eine Weile, bis er weiterreden konnte... aber dann war mir klar, daß er für dich kaum mehr als einen Tölpel darstellte, dieser – wie hieß er noch?
Bevor sie Lukas' Namen nennen konnte, sank Riccardo wieder in einen Dämmerzustand.

Der nächste helle Augenblick zwischen vielen anderen, die sie an sich vorübergleiten ließ, ohne jeden in sich aufzunehmen, weil sie es nicht ertragen hätte, war mitten in der Nacht.

Wie viele sind es eigentlich?
Sie schreckte hoch, wußte nicht gleich, wo sie sich befand. Sechs, sagte sie dann, ich glaube, es sind sechs.
In meinem Kopf dröhnt es, als wären es hundert, sagte Riccardo. Beschäftige sie!
Sie nahm den Teller, den er nicht leer gegessen hatte, und kippte ihn in hohem Bogen vor den Eingang zur Zelle. Sie hoffte, die Ratten würden ihr wildes Gelage draußen veranstalten, aber sie täuschte sich. Die Tiere kamen, während sie sich balgten und bissen, bis in die Mitte des Raumes gerannt.
Du warst nie gut im Rechnen, sagte Riccardo müde und drehte sich auf die Seite. Es sind mindestens neun oder gar zehn.

Irgendwann wußte sie nicht mehr, ob sie schlief oder wachte. Sie wollte jede Minute mit ihm verbringen, keine verschenken. Einmal, als sie zu sich kam, fand sie ihn im Bett sitzend. Er hatte ihre Finger zwischen den seinen und lächelte sie an: Ich hab' dich nie aufwachen sehen neben mir, sagte er und streichelte ihre Hand, nie. Du siehst schön aus, wenn du schläfst, Schwester.
Sie sagte, daß es ihr egal sei, wie sie aussehe. Ob häßlich oder nicht, ob eine Falte oder tausend, es sei ihr egal. Sie wolle nichts weiter als reden können, reden wie in *Tausendundeine Nacht*.
Reden, sagte Riccardo und nickte, ja, reden, das war immer schön. Er legte sich zurück, ließ ihre Hand aus seiner gleiten.
Draußen wurden Stimmen laut. Die Pfleger brachten neue Kranke, aber sie legten sie nicht in ihre Zelle.
Crestina atmete auf, streckte sich, befestigte eine neue Kerze auf dem Boden. Mit Riccardo eines Tages nicht mehr reden zu können, war mehr, als sie glaubte, ertragen zu können. Und sie fragte sich, mit wem überhaupt, wenn nicht mit ihm, sie je auch nur einen einzigen Satz würde wechseln können, der Inhalt hatte.

Verlaß dich nicht auf die einundzwanzig Tage, warnte Riccardo sie am dritten Tag, verlaß dich nicht auf sie.
Crestina wehrte ab, versuchte, ihrer Stimme einen festen Klang zu geben. Schau an, sagte sie, drei Tage von einundzwanzig sind bereits vorüber.
Es mögen andere sein, die nur drei haben, sagte Riccardo. Nicht

wahr, das ist es, was du denkst? Es soll andere treffen, andere, bei denen es gleich ist, ob es drei oder einundzwanzig Tage sind, denkst du das?
Ja, sagte sie und schaute an ihm vorbei, weil sie wußte, daß es schlimm war, was sie dachte. So ist es.
Sie sprang auf, lief im Kreis herum und trat nach den Ratten, die aufgeschreckt aus den Ecken gekommen waren, weil sie offenbar annahmen, es sei Fütterungszeit. Dann kniete sie wieder bei ihm vor dem Bett. Haben wir alles falsch gemacht?
Nein, sagte er und strich ihr übers Haar, wir haben alles ganz richtig gemacht.
Wir haben es nicht getan, weil es diesen schlimmen Namen hat, sagte sie, weil es Blutschande heißt, nicht wahr, deswegen haben wir es nicht getan. Weshalb kann es nicht anders heißen? Stern unserer Zärtlichkeit vielleicht oder sonst irgendwie.
Stern unserer Zärtlichkeit, sagte Riccardo, das klingt schön. Woher hast du es?
Ich habe es erfunden. Jetzt gerade. Für dich, sagte sie leise.
Er hob ihre Hand an den Mund, küßte Finger um Finger. Danke. Kannst du mir sagen, wie es gewesen wäre?
Er überlegte, lächelte. Vielleicht hättest du dann endlich deine Limone reden hören.
Meine Limone?
Ja, erinnerst du dich nicht mehr? Jacopo hat dir als Kind erklärt, wie man aus Kernen Zitronenbäumchen ziehen kann. Du hast es versucht, einmal, zweimal, beim drittenmal klappte es endlich, aber die Pflanze wuchs nur sehr langsam. Du bist zu Jacopo gelaufen und hast um Rat gefragt, und Jacopo hat gesagt, du sollst mit der Limone reden, Pflanzen wollen das. Du hast es getan, und als es ohne Erfolg blieb, bist du zu mir gekommen, um dich zu beklagen, weißt du noch? Sie spricht nicht mit mir, hast du gesagt.
Ja, erwiderte sie lächelnd, ich erinnere mich. Und du hast gemeint, eines Tages wird sie mit dir reden, du brauchst nichts weiter als Geduld.
Riccardo setzte sich mühsam hoch. Ich habe mir damals nichts sehnlicher gewünscht, als einmal in meinem Leben, für einen Tag nur, eine Frau zu sein, so empfinden zu können wie eine Frau, wie du.
Vielleicht tust du das, ohne daß du es weißt, sagte sie.

Das glaube ich nicht. Ich konnte damals weder dieses Reden mit einer Limone nachempfinden, noch kann ich vermutlich jemals das empfinden, was eine Frau fühlt, wenn sie mit einem Mann zusammen ist. Ich meine, daß es so ist, daß alles zusammenklingt.
Du hast nie so empfunden?
Nein. Es ist nun mal nicht so bei Männern, die auf diese Art und Weise leben wie ich.
Nie?
Er seufzte. Nie. In den *stufe* spürt man es nicht so. Es sind zwei Körper, die sich vereinigen, das ist auch schon alles.
Dann wissen wir es also beide nicht, wie es ist?
Wenn du es so nimmst, ja. Dann wissen wir es beide nicht, wie es ist, das ganz Große.
Dann können wir nur weiter davon träumen?
In diesem Leben, ja. Aber – er richtete sich auf – im nächsten Leben wird es anders sein. Ich verspreche es dir. Ich finde dich. Und du darfst ganz sicher sein, daß ich dann nicht dein Bruder sein werde.
Bis dahin ist lange, sagte sie leise. Sag's mir jetzt schon. Wie sieht er aus, dieser Traum?
Man... er dachte nach, ... spürt seine Seele nicht mehr, fuhr er dann fort. Sie hat keine Ränder. Man hat nur noch eine gemeinsame Seele. Oder wieder eine gemeinsame, so wie es bei Plato in seinem *Gastmahl* steht.
Dann, sagte sie zögernd, müssen wir Geduld haben bis dahin.
Ja, erwiderte er müde und legte sich zurück, das müssen wir wohl.

Sie schreckte hoch von einer Berührung, dachte im ersten Augenblick, es sei eine der Ratten, die ihr über die Hand gelaufen war.
Ich wollte dich nur aus deinem Alptraum wecken, sagte Riccardo.
Aus meinem Alptraum?
Ja, sagte er, du hast geredet.
Geredet?
Ja, er lachte leise auf. Soll ich dir sagen, was? Zima des Taquila, Zima Duschkani, Zima des Bullia, Zima Maiglianisch. Erinnerst du dich?
Sie mußte lachen. Safransorten! Mein Gott, weshalb ausgerechnet Safransorten an solch einem Ort?
Sie waren dir wichtig, damals, sagte Riccardo. Du hast drei Tage an

ihnen herumgelernt und konntest sie dann immer noch nicht auswendig. Und jetzt kannst du sie, jetzt, wo du sie nicht mehr brauchst.
Erinnerst du dich noch an die Sprüche auf dem Kachelofen? fragte sie plötzlich.
O ja, er lachte wieder. »Eigennutz und Aberglauben können jede Lust uns rauben.«
»Sein Sinn und dein Verlangen sei immer lilienrein, so werden deine Wangen stets schöne Rosen sein«, fuhr sie fort.
»Fehlt es im Haus und Kopf am Lichte«, rezitierte Riccardo und drohte mit dem Finger, »so gibt's manch garstige Geschichte.«
»Nachlässigkeit in allen Dingen«, das sagte Clothilde immer zu Margarete, »wird dich in großen Schaden bringen«, schloß Crestina.
Ja, ja, diese seltsamen Sprüche, meinte Riccardo müde, wir haben nie auch nur einen ernst genommen, wir fühlten uns immer ganz erhaben darüber. Vielleicht war es falsch. »Wie man die Aussaat hier bestellt, so erntet man in jener Welt.« Er nahm ihre Hand, legte sie auf seine Stirn und sagte: Laß sie einfach da liegen. Es ist gut zu wissen, daß sie da liegt. Ich meine, nur für alle Fälle, damit ich gleich weiß, daß du es bist, wenn ich wieder aufwache.

Sie begruben ihn im Morgengrauen.
Crestina hatte ihre Hand noch auf seiner Stirn, als die Pfleger sie weckten und ihr sagten, daß es vorüber sei.
Der Prior fragte sie, ob sie bleiben wolle. Sie wisse ja, es seien stets zu wenige Helfer, und die Zahl der wenigen werde von Tag zu Tag dezimiert.
Als sie sagte, daß sie es sich überlegen wolle, meinte der Prior, falls sie gehe, müsse sie zunächst auf die andere Insel, auf Lazzaretto nuovo, um ihre Quarantäne abzuwarten.
Ich weiß, sagte Crestina, ich werde mir alles in Ruhe überlegen.
Sie verbrachte die Nacht in einer winzigen Kammer zusammen mit drei Pflegerinnen, dann wußte sie, daß sie gehen mußte. Daß sie es nicht ertragen würde, jeden Morgen an der Stelle vorbeizugehen, an der Riccardo begraben lag, mit Hunderten anderen zusammen in einer riesigen Grube.
Sie packte ihren Korb, gab dem Prior Bescheid und ging ein letztes

Mal über die Insel. Sie kam in das kleine Waldstück, in dem sie bei ihrer Ankunft die schwarzrote Rose gesehen hatte. Sie war inzwischen voll aufgeblüht, verströmte einen Duft, den Crestina nicht zu benennen wußte. Er lag irgendwo zwischen Zimt und Vanille und erinnerte sie an den Rosengarten hinter der *limonaia*. Sie blieb stehen, sog den Duft ein, und an den Rändern ihres Bewußtseins nisteten sich plötzlich Verszeilen ein, von denen sie nicht wußte, woher sie in diesem Augenblick kamen. Sie mußten mit dieser Rose zu tun haben, vielleicht auch mit Plato, der ihr nicht mehr aus dem Kopf ging, seit Riccardo kurz vor seinem Tod noch von ihm gesprochen hatte. Sie nahm sich vor, aufzuschreiben, was da zu ihr kam, aber dann hörte sie Schritte hinter sich, und sie wandte sich um.

Sie blüht immer zweimal im Jahr, sagte eine Nonne lächelnd, einmal im Mai und einmal im November. So können wir uns doppelt an ihr freuen.

Crestina nickte und dachte, daß dies wohl gut war, sich zweimal im Jahr am Duft einer Rose erfreuen zu können, bei all den schrecklichen Gerüchen, die in diesen Zeiten über der Insel hingen.

Das fremde Kind

Lea erwachte aus der Starre, in der sie seit Abrams Tod gefangen gewesen war, als ihr Samson eines Tages – es war an einem Freitag – das Kind in den Arm legte. Ein fremdes Kind, verkrustet vor Dreck und mehr tot als lebendig, es hatte nicht einmal mehr die Kraft zum Wimmern.

Was soll ich damit? fragte sie entsetzt und schaute Samson an. Weshalb bringst du mir ein fremdes Kind ins Haus?

Es ist kein fremdes Kind, sagte Samson zögernd, es ist Esthers Kind.

Esthers Kind, sagte Lea voller Empörung, dieses Kind ist...

Es sei nicht wirklich Esthers Kind, wehrte Samson ab, aber Esther habe es angenommen, aufgenommen. Es habe in einem dieser leer gewordenen Häuser gelegen, in Spalatos, seine Eltern seien tot.

Lea starrte auf das Kind, das mit geschlossenen Augen vor ihr lag, und plötzlich verstand sie alles.

Sie sind auch tot, flüsterte sie, nicht wahr, sie sind alle tot?

Ja, sagte Samson und legte den Arm um Leas Schultern, sie sind tot.

Esther, ihr Mann, meine Enkelin, murmelte Lea nach einer ganzen Weile vor sich hin, alle tot. Nur dieses Kind ist übriggeblieben. Ein völlig fremdes Kind.

Esther hat es behandelt, als wäre es ihr eigenes Kind, sagte Samson eindringlich. Die Nachbarn hätten ihm erzählt, daß sie es mindestens zwei Monate gepflegt habe, bevor sie selbst erkrankt sei.

Ist es ein... Lea zögerte, verbot sich die Frage, stellte sie dann doch: Ist es ein jüdisches Kind?

Samson seufzte, nahm das Kind, legte es auf den Küchentisch, befreite es von den Windeln und schob es zu Lea hinüber. Das Kind war ein Junge, und er war beschnitten. Meinst du etwa, fragte Samson, Esther hätte sich darauf eingelassen, ein christliches Kind zu sich zu nehmen, es jüdisch aufzuziehen und sich allen Strafen auszusetzen, die darauf stehen?

Das Kind öffnete die Augen und begann zu wimmern, als Lea seine verkrampften Finger zu lösen versuchte und die dürren Arme betastete, an denen die Haut schlaff herabhing.

Es war zweimal verlassen, sagte Samson eindringlich, erst im Haus seiner Eltern und dann bei Esther.

Und viele findet man überhaupt nicht oder erst, wenn sie tot sind, sagte Lea leise und drückte das Kind, so wie es war, plötzlich an ihre Brust.

Der Messias, murmelte sie dann vor sich hin, der Messias. Es könne immer und überall der Messias sein, und sie wolle dieses arme Kind gewiß nicht verstoßen.

Am Spätnachmittag, als sie mit Diana beisammensaß, das Kind sauber gebadet und gewickelt in ihrem Arm, erfuhr sie von Samson, was noch zu erfahren war. Es war wenig. Jemand hatte das Kind in Esthers Haus gefunden und es dann Leuten mitgegeben, die nach Venedig fuhren, in der Hoffnung, daß dort noch jemand von Esthers Verwandten am Leben sei.

Sie hatten die Wiege in ihr Zimmer gestellt, Benjamins Wiege. Lea hatte es zugelassen und sogar mitgeholfen. Er wird schon durchkommen, sagte sie zu Diana, Gott wird ihn mir nicht nehmen. Wir haben unseren Tribut an diese Krankheit gezahlt. Vier Personen erschienen ihr genug, auch wenn sie wußte, daß andere mehr entrichtet hatten und vielleicht noch entrichten würden, denn noch war die Pest keinesfalls vorüber, und noch immer raffte sie ganze Familien hinweg, so daß der Staat das Erbe antreten mußte, weil niemand mehr Zeit gefunden hatte, den Nachlaß zu regeln.

Dieses Kind, sagte Diana, nachdem sie sich von Lea verabschiedet hatte, draußen vor der Tür zu Samson zuversichtlich, dieses Kind wird sie überleben lassen.

Samson nickte und ging in die Stube zurück, wo Lea bereits die Sabbatlampe herabgezogen hatte. Sie standen neben dem Tisch, das Kind in der Wiege zwischen sich. Lea zündete die Kerzen an und sprach den Segen über den Wein. Sie lauschte in sich hinein, war ganz sicher, daß Abram sie hören konnte, seinen Sohn hören konnte, wie er das Brot segnete. Und sie wußte, daß er, auf welche Weise auch immer, um sie sein würde, wann immer sie ihn brauchte.

Niemandsland und Heimkehr

Die Fahrt von einer Insel zur anderen war mühsam und lang. Sie waren zu fünft im Boot: Crestina, zwei weitere Frauen und zwei Männer. Einer von ihnen, der Ruderer, den ihnen der Prior mitgegeben hatte, war klein und schwächlich, er hatte ein vom Wein gerötetes Gesicht und sah aus, als sei er nur mit Not der Pest entronnnen. Die Lagune glich einem Ameisenstaat, in dem aufgrund irgendeines Ereignisses ganze Heerzüge von Ameisen kreuz und quer unterwegs waren, ohne daß auch nur eine recht zu wissen schien, wo das Ziel dieser seltsamen Fahrt zu suchen sei. Hunderte von Gondeln, die die Inseln ansteuerten, um dort Tote abzuladen, Hunderte von Gondeln, die die Hospitäler mit Nahrungsmitteln versorgten oder Kleider brachten, zahllose Kähne, die Möbel transportierten, um sie irgendwohin zur Entseuchung zu bringen, wo längst niemand mehr war, der sich ihrer angenommen hätte.

Ich habe Angst, nach Hause zu kommen, sagte die eine der beiden Frauen leise. Auf der Insel ging alles seinen Gang, und man fühlte sich irgendwie aufgehoben.

Ja, sagte die andere gleichgültig, so ist es. Aber da sie bereits wisse, daß von ihren Angehörigen niemand mehr lebe, sei sie vor Überraschungen gefeit.

Der Mann neben dem Ruderer starrte teilnahmslos vor sich hin. Er knetete seine Finger, schien sie zu zählen, knetete sie erneut und begann wieder, so zu tun, als zähle er sie.

Die eine Frau tippte sich an die Stirn, die andere nickte.

Sie erreichten das Lazzaretto nuovo in der Abenddämmerung. Crestina dachte zunächst, sie sehe eine Fata Morgana und die Vielzahl der Gondeln, Kähne und Schiffe, die die Insel umgaben, bestehe nur in ihrer Phantasie. Es sah aus, als sei dies eine belagerte Stadt, auf deren Fall sich die Insassen der umliegenden Schiffe lautlos vorbereiteten. Es waren Schiffe unterschiedlichster Bauart und Größe, von ältesten Lastkähnen bis zu geräumigen Koggen, die das Arsenal zur Verfügung gestellt hatte, um die Pestverdächtigen von den Gesunden abzusondern.

Sie habe gehört, es sollten mehr als zehntausend sein, sagte die eine Frau.

Wovon werden die leben, sagte die andere voller Angst. Zehntausend Menschen, wovon leben die?

Der Ruderer brauchte eine Weile, bis er ihr Boot durch den Wirrwarr der anderen Schiffe durchgeschleust hatte und sie die Insel genauer betrachten konnten, die Hauptgebäude und die vielen kleinen Holzhäuschen im Weinberg dahinter. Als die Dunkelheit herabfiel, erhob sich ein Gesang, ein frommes Lied, das weitergereicht wurde von Boot zu Boot, von Schiff zu Schiff, bis es über der Lagune hing wie ein Schwarm von Vögeln, der sich zum gemeinsamen Flug zusammenfindet.

Sie saßen in ihrem Boot, die beiden Frauen weinten, lagen sich in den Armen, und der Mann, der seine Finger knetete, starrte in die Ferne, offenbar ohne auch nur irgend etwas wahrzunehmen. Als sie anlegten, nahm ihn Crestina am Arm und übergab ihn den Nonnen, die sie empfingen.

Sie entdeckte Clara am andern Morgen.
Sie sah eine Nonne mit einem Stapel von Tellern, auf dem ein Suppentopf stand, mit behutsamen Schritten eines der angekommenen Boote verlassen und über den brüchigen Steg gehen. Als die Nonne das Ufer erreicht hatte, blickte sie erleichtert hoch, sah Crestina und stolperte dabei vor Überraschung, so daß der Suppentopf ins Wanken geriet und die Brühe sich über Crestina ergoß, die auf Clara zugeeilt war.
Was hast du? fragte Clara lachend, als Crestina zu schluchzen begann. So schlimm ist es doch nicht, wenn ein wenig Suppe verlorengeht, obwohl wir knapp sind mit Essen.
Es ist nicht die Suppe, sagte Crestina und wischte sich über das Gesicht, es ist der Vorgang an sich, verstehst du?
Nein, sagte Clara kopfschüttelnd, sie verstehe das nicht.
Weißt du, es ist dieser Vorgang, der plötzlich wichtig ist: Man muß ein beschmutztes Kleid reinigen, man kann es nicht so lassen. Verstehst du mich jetzt?
Clara schüttelte hilflos den Kopf, weil sie nicht einsah, was an dem Reinigen eines beschmutzten Kleides wichtig sein sollte.
Es gab nichts mehr, was wichtig war, sagte Crestina später, während sie mit Clara über die Insel ging und ihr erzählte, was sich zugetragen hatte. Es war alles ganz und gar unwichtig geworden, bedeutungslos. Es gab nur noch das eine: Leben oder Tod. Und sie könne sich nicht vorstellen, daß sie je wieder in ihrem Leben irgendeiner Sache solch eine Bedeutung zumessen werde wie zuvor.
Clara nickte und sagte, daß sie das verstehe oder zumindest glaube, es zu verstehen. Wahrscheinlich könne man nur wirklich begreifen, was man auch erlebt habe. Und dieses Leben hier zwischen den Schiffen sei zwar auch kein normales Leben, aber immerhin schwebe nicht ständig der Todesengel über ihnen.
Normal, sagte Crestina, sie bezweifle, ob sie sich je wieder normal fühlen könne. Sie komme sich vor wie gezeichnet. Für immer und alle Zeiten.

Sie erlebte die nächsten Tage in einem schlafähnlichen Zustand. Sie wohnte mit Clara in einem dieser winzigen Holzhäuschen inmitten des Weinbergs, aber sie war nicht bereit gewesen mitzuhelfen, als Clara sie danach gefragt und gemeint hatte, daß es ihr guttun werde, sich ablenken zu können. Sie hatte den Kopf geschüttelt und gesagt, sie brauche Zeit. Und sie wisse auch gar nicht, ob sie sich ablenken wolle.

Crestina verbrachte die Tage, indem sie auf der Insel umherstreifte, die Schiffe beobachtete, deren Zahl noch immer von Tag zu Tag wuchs. Wenn sie lange genug am Ufer gesessen und auf die Lagune geblickt hatte, ging sie in ihre Hütte zurück und betrachtete lediglich den Weinberg.

Einmal sah sie den Mann, der auf dem Boot ständig seine Finger gezählt hatte, zwischen den Reben herumlaufen, vor einem der Stöcke blieb er stehen und schaute ihn an. Er betastete den Stock wie ein Blinder, zog dann ein Klappmesser aus seiner Jacke und hielt es unschlüssig in der Hand. Crestina sprang auf, lief zu ihm hinaus und sprach ihn an. Er wirkte nicht mehr so abwesend wie auf der Barke, schien ihr zuzuhören. Welchen Monat haben wir, fragte er dann plötzlich.

Crestina schluckte, fragte sich, ob sie nicht lieber eine Schwester holen sollte, aber dann dachte sie, daß sie es selber meistern werde. Es ist November, sagte sie.

Der Mann starrte sie an. November, wiederholte er ungläubig, wieso ist es erst November? Wißt Ihr, er nahm das Messer und deutete auf die Triebe, man macht es sieben zu drei, sagte er dann, bei mir zu Hause macht man es sieben zu drei. Und bei Euch?

Sie hob hilflos die Schultern, gestand, es nicht zu wissen.

November, er nickte, schaute über sie hinweg, irgendwohin, klappte das Messer wieder zusammen. Man macht es erst im Januar, Februar geht auch noch. November ist nicht gut. Er nickte ihr wieder zu, und sie hatte das Gefühl, daß er sie jetzt wirklich wahrnahm, dann machte er zögernd ein paar Schritte den Hang hinunter. Plötzlich blieb er stehen und blickte sich um. Wie viele sind es bei Euch? fragte er dann.

Crestina schaute ihn verblüfft an. Wie bitte?

Der Mann nahm seine Hände hoch, begann wieder das Spiel mit seinen Fingern. Er zählte vor sich hin, diesmal laut, kam offenbar nicht zurecht, zählte ein zweites Mal. Bei mir sind es acht, sagte er dann und blickte ziellos über die Lagune hinweg. Zwei in der Stadt, drei im Lazzaretto vecchio, zwei auf San Servolo und einer auf San Clemente. Dann drehte er sich endgültig um und ging den Weinberg hinunter.

Sie fragte sich, wo er war.
Nachts, wenn sie schlaflos lag und den ruhigen Atem Claras neben sich fast als störend empfand, kreisten ihre Gedanken um Riccardo. Sie weigerte sich anzunehmen, daß er dort unten war, in jener Grube, mit Kalk und Sand bedeckt. Aber sie fand keinen anderen Ort, an dem sie sich ihn vorstellen konnte. Sie wußte nur, er konnte nicht einfach weg sein, verschwunden, irgendwo im Weltall, auf das Gericht Gottes wartend.
An manchen Tagen hatte sie das seltsame Gefühl, als spüre sie ihn in sich wie eine Frau das Kind, das sie erwartet von einem geliebten Mann. Sie hielt Zwiesprache mit ihm, ertappte sich bei Selbstgesprächen, die Clara eine Weile kopfschüttelnd hinnahm, bis sie sie darauf ansprach. Hör zu, hier bist du, nur du allein, niemand sonst, komm zu dir!
Sie wisse nicht, was sie machen solle, erwiderte Crestina ratlos.
Du mußt etwas tun, drängte Clara, irgend etwas. Hilf mir beim Essenausteilen oder bei irgend etwas sonst.
Crestina schüttelte den Kopf. Nein. Vielleicht solle sie alles aufschreiben.
Aufschreiben? Was?
Was geschehen ist, dort im Lazzaretto vecchio.
Falls es dir hilft, wieder normal zu werden, dann schreibe es auf, sagte Clara.
Sie hatte Riccardos Korb mit dem Papier unter das Bett geschoben, weil sie ihn nicht mehr sehen wollte. Als sie ihn jetzt hervorholte, sah sie wenig Sinn darin, das Papier auch nur herauszunehmen. Sie wußte weder ob noch was sie schreiben wollte, noch wie sie es überhaupt anfangen sollte. Auch wenn sie sich bisweilen an das zu erinnern versuchte, was ihr an jenem Morgen, als sie vor der schwarzroten Rose gestanden hatte, durch den Kopf gegangen war. Wenn du Sonette schreiben willst, hatte Riccardo einmal gesagt, dann mußt du Petrarca lesen. Sie hatten ihn gemeinsam gelesen, damals, seinen *Canzoniere*, sie hatten sich darüber unterhalten. Petrarca, der Laura an die Pest verlor, hatte seine Trauer in Verse gegossen, sich dadurch wohl befreit von der Erinnerung an den Tod der Geliebten. Aber sie wußte nicht, ob sie sich von der Erinnerung an den Tod Riccardos durch Schreiben befreien wollte und ob sie dies überhaupt konnte. Sie wußte zu dieser Stunde nichts über sich, allenfalls daß sie offen-

bar weder zur Nonne taugte noch zur Ehefrau. Und daß alles andere, wozu sie vielleicht eines Tages taugen könnte, Zeit brauchen würde. Abstand wohl auch.

Als Weihnachten herankam, erwog sie, nach Hause zu gehen. Aber die Furcht, allein in diesem Palazzo zu sein – wobei allein bedeutete, ohne Riccardo zu sein –, hielt sie davon ab. Sie hatte nichts von ihren Eltern gehört, weil Venedig noch immer eine geschlossene Stadt war, aber wenn sie ehrlich zu sich war, hatte sie sich auch nicht sehr darum bemüht. Donada, falls sie noch lebte, war ihr ferner denn je, und da ihr Vater weitgehend das Geschöpf seiner zweiten Frau geworden war, hatte sie auch Schwierigkeiten, sich ihm nahe zu fühlen.
So lebte sie weiter, von Tag zu Tag, empfand sich in einer Art Niemandsland, in dem ihr Leben nach außen nahezu normal ablief: Sie versorgte inzwischen Kranke, teilte Essen aus, bemühte sich, der Oberin einen Teil der Gespräche abzunehmen, wenn Verwandte der hier Anwesenden kamen und Auskunft forderten. An den Abenden saß sie mit Clara zusammen auf den Booten und sang fromme Lieder, an deren Heilkraft sie nicht glaubte. Nachts lag sie noch immer wach, versuchte einen Punkt in sich zu finden, von dem aus ein Weiterleben sinnvoll erscheinen konnte. Aber je mehr sie suchte, um so weniger hatte sie das Gefühl zu finden, was sie suchte. Sie fühlte sich stumpf, sah ihre Seele schrumpfen und fragte sich, wann sie zuletzt gelacht hatte. Oder ob es je etwas geben werde, worüber sie wieder lachen könnte.

Im März kam der Schirokko, und die Krankheit flammte erneut auf. Der Sand blies über die Bewohner der Insel hinweg, legte sich auf ihre Kleider, drang in Mund und Ohren. Das Essen, das man zu ihnen herüberbrachte, knirschte zwischen den Zähnen, so daß es bisweilen ungenießbar war und sie es ausspucken mußten.
Im April erfuhr sie vom Tod ihrer Eltern. Irgendwer hatte die Nachricht überbracht, sie erfuhr nie, wer es gewesen war. Die Oberin hatte es ihr mitgeteilt, sachlich, nüchtern, wie sie nun schon seit Monaten den Angehörigen Todesfälle mitzuteilen pflegte. Crestina stellte fest, daß es ihr nicht mehr gelang, den Tod der Eltern anders zu sehen als die anderen Tode, die sie mitangesehen hatte. Einige

Tage war sie entsetzt darüber, versuchte einen Unterschied zu machen zwischen ihrer Trauer über die Toten, die hier starben, und der über ihre Eltern, dann gab sie es auf und bekannte sich zu ihren abgestumpften Gefühlen: Der Tod hatte sie alle gleichgemacht. Und nach wie vor begrub man sie auch alle gleich. Ohne Sarg, ohne Tücher in irgendwelchen Gruben auf irgendwelchen Inseln. Eine Schicht Menschen, eine Schicht Kalk, eine Schicht Sand – bis man darüber gehen konnte.

Sie verließ die Insel im Oktober, als die Zahl der Kranken und der Verdächtigen in der Stadt sank. Im August waren es noch fast eineinhalbtausend gewesen, die starben, im September etwas mehr als sechshundert, dann stieg die Zahl zwar wieder etwas an, aber Crestina hatte gehört, daß die Stadt bald die Entscheidung treffen wolle, daß alles vorbeizusein habe. Woher man diese Gewißheit nahm, wußte niemand, aber später stellte sich heraus, daß die Vermutung richtig war.

Sie verließ die Insel aber auch, weil sie immer mehr Nachrichten erhielt, die sie mit Entsetzen und mit Neugier zugleich erfüllten. Es seien Feste im Gange in der Stadt, hieß es, wilde Feste, Gelage in den Palästen und auf den Straßen. Es sei ein unvorstellbarer Luxus ausgebrochen, und man werfe das Geld mit vollen Händen aus dem Fenster. Man genieße das Leben, als könne es noch immer morgen zu Ende sein.

Sie wollte wissen, ob das stimmte und wie das war. Dies war das erste Gefühl, das sich in ihr regte seit Riccardos Tod, etwas, das das Denken an etwas anderes überhaupt wieder zuließ, auch wenn sie genau wußte, daß nichts von dem, was sie hörte, mit ihr zu tun haben konnte. Sie wollte Zuschauer sein, nichts weiter, ein Stück auf einer Bühne sehen, von dem sie nicht geglaubt hatte, daß es je wieder stattfinden würde.

Und so stieg sie eines Tages in ein Boot, während Clara am Ufer stand, ihr weinend nachwinkte und eine beschwörende Geste hinter dem Rücken des Barkenführers machte. Crestina nickte ihr beruhigend zu, zeigte auf die anderen im Boot und mied den Blick des Ruderers. Er sah nicht anders aus, als der, mit dem sie einst gekommen war – das Gesicht gerötet vom Wein, die Augen gierig auf ihren

Korb gerichtet, als würde auch nur irgend jemand von diesen beiden Inseln mit Reichtümern zurückkehren.
Zwei Männer, die mit ihr in der Barke saßen, unterhielten sich darüber, ob man wohl schon wieder Wasserträger gebrauchen könne, ob es bereits erlaubt sei, Brunnenwasser zu trinken, denn vermutlich sei alles Übel überhaupt nur von diesem Wasser aus den *pozzi* gekommen.
Laß es ruhen, sagte der andere und winkte ab, laß es ruhen, ob *Pozzo*-Wasser oder Ratten, es ist vorbei.
Und für wie lange, fragte der erste, für wie lange so etwas vorbei sei. Und ob beim nächstenmal die Behörde vielleicht rascher reagiere als diesmal.
Laß es ruhen, sagte der andere noch einmal, sie hat doch reagiert.
Aber wann! empörte sich der erste. Wann! Zunächst sei alles totgeschwiegen worden wie bei der letzten Pest auch.
Meinst du, du hättest es besser gemacht, wenn du dort oben im Rat der Zehn gewesen wärst? Glaub das nur nicht! Du hättest es genauso gemacht, dort ein bißchen abgewiegelt, dann wieder gehofft, wieder abgewiegelt und wieder gehofft.

Crestina ging an einer Stelle an Land, an der sie Obst und Gemüse kaufen konnte, ein Markt finde noch nicht statt, hatte man ihr gesagt. Sie kaufte auch Wein, Brot und Käse und fragte sich, wie sie das Haus vorfinden, ob sie sich überhaupt darin würde aufhalten können.
Die Palazzi, hatte einer der beiden Männer gesagt und sich dabei vor Lachen und Wohlbehagen auf die Schenkel geschlagen, die Palazzi, es gebe keinen, der nicht ausgeweidet sei wie ein Suppenhuhn. Und so weit treffe nun endlich einmal die Gerechtigkeit Gottes zu, daß es Arme und Reiche gleichermaßen getroffen habe.

Sie fand das Haus offen, das Tor angelehnt, so daß jeder hinein konnte. Neben der Tür lag noch das kreuzförmige Warnzeichen, das an allen von den Behörden gesperrten Gebäuden angebracht worden war.
Sie betrachtete nachdenklich das Zeichen und überlegte, ob es überhaupt Sinn hatte, in den Palazzo hineinzugehen. Wie es in den geplünderten Häusern aussah, konnte sie sich gut vorstellen, auch

ohne das Gespräch der beiden Männer im Boot. Als sie ihren Korb und das Bündel abstellte, spürte sie langsam Hunger in sich aufsteigen. Seit der Morgensuppe hatte sie nichts mehr gegessen, und gelaufen war sie inzwischen mehr als eine Stunde.

Ein Windstoß enthob sie der Entscheidung. Er warf das Tor auf, ließ es knarren wie eh und je und langsam wieder zurückfallen – die Neugier war stärker als ihre Angst. Sie nahm Korb und Bündel, drückte das Tor mit dem Ellenbogen auf und ging hinein. Von innen lehnte sie sich gegen das wieder geschlossene Tor, aber das Schloß wollte nicht einspringen.

Zunächst schien alles so zu sein wie an dem Tag, an dem sie das Haus verlassen hatte. Die halb reparierte Gondel lag noch immer vor dem Wassertor, Jacopos grüne Schürze daneben auf einer Steinbank, sein Werkzeug auf dem Fußboden. Der Brunnen war geöffnet, ohne Deckplatte, ein Eimer davor, halb gefüllt, daneben lehnte eine Karre mit einem Korb, in dem ein wildes Durcheinander von Schüsseln, Gläsern und Kleidern herrschte. Es war, als habe dieses Haus geschlafen, fast ein ganzes Jahr geschlafen während ihrer Abwesenheit. Sie sah die Bretter, mit denen das Tor von außen vernagelt gewesen war, als die Sperrung verfügt wurde. Jemand mußte sie später, als ihre Möbel in San Giacomo oder sonstwo verbrannt worden waren, hereingeschleppt haben. Vielleicht, damit nicht gleich sichtbar war, daß es sich hier um ein unbewohntes Haus handelte, oder auch nur, weil man das Holz sicherstellen wollte.

Ein Geruch drängte sich beißend in Crestinas Nase. Es war der Geruch des Todes, vermischt mit dem Geruch der Räucherung, der Desinfektion. Sie ging auf die Tür des Raumes zu, in dem immer die Wäsche gewaschen worden war, stieß sie auf und fand dort ein halbes Bett, daneben ein Beil. Es war das Bett ihrer Eltern, sie erkannte die Löwenköpfe. Jemand mußte es nach der Räucherung als Holzvorrat benutzt haben. Sie ging weiter, trug den Korb in die Küche, die nahezu unbetretbar war. Umgeworfene Tische, das Geschirr von den Wandborden gerissen, auf dem Tisch Reste einer vertrockneten Mahlzeit, der Geruch von Fischen über allem. Auf dem Boden lagen zerschlagene Flaschen, die einst weißen Fliesen waren rot von verschüttetem Wein. Sie ging zum Fenster, öffnete es weit, atmete die Luft der Lagune ein, fühlte, wie ihr Magen rebellierte, und biß in einen der Äpfel, die sie mitgebracht hatte. An ein Verweilen in diesem Raum war nicht zu denken.

Sie stieg die Treppe hinauf und betrat die *sala*, die *sala*, in der einst getanzt, geredet und gespielt worden war und in der ihr Cembalo gestanden hatte. Nun war sie leer bis auf ein paar dünne Möbelbeine, die sie beim Näherkommen als die des Cembalos erkannte. Der Rest mußte den gleichen Weg gegangen sein wie die Hälfte des Betts ihrer Eltern.

Sie durchquerte zögernd die *sala*, überlegte, welchen Raum sie als nächstes ertragen konnte, welche Zerstörung besser zu verkraften war: die der Bibliothek oder die der Kapelle. Aber die Entscheidung wurde ihr auch hier leichtgemacht. Aus der Kapelle hörte sie das Gurren von Tauben, ein Flügelschlag, ein zweiter, dann stob ein Schwarm der Vögel über sie hinweg, zog einen Kreis in der *sala*, kehrte in die Kapelle zurück und hatte den Raum durch das zerschlagene Fenster bereits verlassen, noch bevor sie ihn betreten hatte. Auch er würde für lange Zeit unbenutzbar bleiben, stellte sie nach einem flüchtigen Augenschein fest, es würde Wochen brauchen, bis sie die Spuren der Tauben beseitigt hatte. In der Bibliothek fand sie einen großen Teil der Bücher zerfleddert auf dem Boden oder halb zerrissen in einen Korb geworfen, der den Weg zum Ofen aus irgendeinem Grunde nicht mehr geschafft hatte. Die oberen Regale waren allerdings noch einigermaßen geordnet. Wer immer hier gewütet hatte, er war zu faul gewesen, einen Stuhl oder eine Leiter zu nehmen, um hinaufzusteigen. Sie ging weiter, in den *salotto*, der am wenigsten gelitten hatte, wohl deswegen, weil hier ohnehin nie viele Möbel gestanden hatten.

Das nächste Geschoß kostete sie die meiste Kraft. Im oberen Mezzanin hatte man offenbar Kranke untergebracht. Die restlichen Betten des Hauses standen in einer Reihe, auf dem Boden lagen benutztes Verbandszeug, Flaschen, Schalen, Messer und Tücher. Sie hätte sich nicht gewundert, auch noch Tote in den Betten vorzufinden.

Je höher sie stieg, um so unruhiger wurde sie. Einen Raum, einen einzigen Raum nur, bat sie, laß unversehrt sein. Es braucht nicht der meine zu sein. Aber einer wenigstens sollte es sein.

Die Tür zu der Abstellkammer, die sich Jacopo für den Krankheitsfall hergerichtet hatte, stand offen, das Bett war zerwühlt, ob von Jacopo oder einem Fremden, war nicht festzustellen. Ihr Zimmer war nahezu leer, die Truhen geplündert. In der Ecke stand ein hoher bronzener Leuchter, ein Mohr mit einer Schale, auf der eine Münze lag. Wer immer den Leuchter aus dem Mezzanin in ihr Zimmer geschleppt hatte, sie würde es nie wissen. Sie stieg zu Riccardos Zimmer hinauf, brauchte eine halbe Ewigkeit, wie ihr schien, weil sie auf jeder Stufe innehielt. Laß es heil sein, murmelte sie vor sich hin, laß es heil sein.

Zunächst sah es aus, als sei sie auf dem Dachboden gelandet, als sie den Treppenabsatz erreichte, der voll lag mit allem, was man offenbar unten nicht hatte brauchen können: Körbe, Stühle, Tische, Truhen. Aber sie hatte nur Augen für den Schrank. Jemand – vermutlich Jacopo – mußte ihn vor die Tür zu Riccardos Studio gerückt haben. Sie bahnte sich einen Weg durch das Möbelgewirr, stemmte sich mit voller Kraft seitlich gegen den Schrank und bewegte ihn um einige Zentimeter von der Stelle. Dann probierte sie es nach der anderen Seite, wo der Boden weniger uneben war, so daß sie besser schieben konnte. Als sie den Knopf in der Tapetentür zu greifen vermochte, hielt sie an. Sie wartete eine Weile, bis sie wieder ruhig atmen konnte, dann öffnete sie behutsam die Tür, nur einen Spalt, bis sie das Zimmer einigermaßen überblicken konnte. Es war unversehrt. Sie blieb stehen, betrachtete diesen kleinen Ausschnitt, als sei er ein Bildsegment, das besonders gelungen war. Dann schloß sie die Tür. Sie überlegte, ob sie den Schrank wieder zurückschieben solle, ließ es aber sein. Sie wollte daran glauben, daß das Recht wieder zurückgekehrt sei in diese Stadt.

Gegen Abend saß sie oben auf dem Dach, auf der Altane. Sie hatte sich einen Tisch heraufgeholt, die Sonne schien, und war sie auch nicht mehr so warm wie im Sommer, so konnte man doch draußen sitzen.
Die Stadt unter ihr wirkte friedlich. Keine Glocken, die läuteten, kein wildes Durcheinander von Booten, die auf der Flucht waren, nur ein paar Gondeln, die gemächlich dahinglitten, einige Lastkähne, Barken und ein zierliches Schiffchen, in dem ein schwarzer Sklave eine vornehm angezogene Dame über das Wasser ruderte – es schien, als habe alles gar nicht stattgefunden, als sei alles ein Traum gewesen, der nur für einige zum Alptraum geworden war.
Sie stand auf, nahm ihren Teller, den Weinkrug, blieb stehen und sah plötzlich ein Bild auf ihrer Netzhaut, sah sich, Riccardo, Bartolomeo und all die Vettern und Basen hier oben zwischen Annas

frischgewaschener Wäsche herumtoben, die Abdrücke ihrer schmutzigen Finger auf den Laken. Und Anna, die am liebsten zornig gewesen wäre, sie aber nur verhalten schalt. Die Kindheit, sie ist kurz, pflegte sie zu sagen, wenn die Eltern eine strengere Bestrafung forderten.

Crestina schlief gut in dieser ersten Nacht. Sie hatte sich notdürftig in ihrem Zimmer eingerichtet, ein Bett, einen unversehrten Tisch aufgestellt, eine Truhe, die sie abgewaschen hatte, ausgewaschen, und sie hatte darauf verzichtet, darüber nachzudenken, ob in dieser Truhe noch immer *il morbo* hing. Die Pest war gekommen, ohne daß man hätte sagen können, wie, und sie würde gehen, ohne daß man erklären konnte, warum. Und beim nächstenmal, wenn sie wieder zuschlagen würde, vielleicht in zehn Jahren oder in zwölf, würde es vermutlich wieder so sein. Und Crestina war ganz sicher, daß diese Krankheit ihr Geheimnis behalten würde, solange es sie gab.

Sie lebte ein seltsames Leben während der nächsten Tage, noch einmal ein Leben wie im Niemandsland. Dieses Haus, es war viel zu groß für sie, sie wußte nichts mit ihm anzufangen. Ein Haus ohne Wärme und Leben, ohne menschliche Stimmen – es blieb für sie ein Totenhaus, was es ja vermutlich eine Zeitlang gewesen war. Und doch war es ihr einziges Gegenüber, dieses Haus. Sie ertappte sich dabei, daß sie mit ihm redete, es um Rat fragte, was nun werden solle mit ihnen beiden. Wir können nicht bis an der Welt Ende zusammenbleiben, versuchte sie ihm zu erklären, wir beide, wir müssen irgend etwas tun, damit sich das Rad weiterdreht.

Aber sie wußte nicht, wie sie das Rad in Gang bringen sollte. Sie hatte dieser Welt nichts weiter zu bieten als einen Kopf, der vollgestopft war mit Wissen, vermutlich völlig unnützem Wissen. Wer, so fragte sie sich, würde es zum Beispiel für wertvoll halten, Horazsche Oden oder Vergil ohne große Mühe ins Französische übertragen zu können. Sie fragte sich, wer überhaupt sich für diesen Kopf interessieren würde. Sie konnte ihn einsetzen als Erzieherin, als Gouvernante, vielleicht auch als Lehrerin, aber sie glaubte, vorweg zu wissen, daß sie in allem nur mittelmäßig bleiben würde, weil niemand mehr hinter ihr stand, der ihr Kraft gab. Sie fühlte sich wie ein Torso und wußte zugleich, daß sie lernen mußte, von nun an als Torso zu leben. Ohne Riccardo. Auch wenn er ihr überall fehlte, sie seinen Rat vermißte, selbst bei den banalsten Dingen.

Wohin, so fragte sie sich, nachdem sie tagelang das Haus gesäubert hatte – die Räume, für die ihre Kräfte nicht ausreichten, wie für den mit den Krankenbetten, hatte sie einfach abgeschlossen –, wohin mit all den beschädigten Büchern, die nicht nur in der Bibliothek auf dem Boden gelegen hatten, sie hatte sie nahezu in allen Zimmern stapelweise gefunden. Irgendwer mußte den ganzen vergangenen Winter hier im Haus gelebt haben und der Meinung gewesen sein, Wärme könne man nur mit Hilfe von Büchern, kostbaren oder nicht kostbaren, erzeugen, denn die Holzstapel in den Vorratsräumen waren unberührt. Sie trug diese beschädigten Bücher in die Bibliothek, reinigte sie, soweit es ging, entfernte die Knickecken und blieb dann ratlos vor ihrem Säuberungswerk sitzen. So lange, bis sie an Taddeo dachte, mit seinem kleinen Laden auf der Rialto-Brücke, aber sie war nicht sicher, ob dieser Stand, ob Taddeo überlebt hatte, und sie wollte sich nicht mit neuen Toten belasten.

In der Nacht fiel ihr dann der Buchladen im Chazer ein, wobei sie sich nicht erinnern konnte, ob dieser Abram Coen, bei dem sie mit Riccardo manchmal seltene Bücher gekauft hatte, mit alten oder neuen Büchern handelte, aber es schien ihr eine gute Idee zu sein, dort einmal nachzufragen.

Es war der erste Tag, an dem sie das Haus verließ, seit sie zurückgekommen war. Sie hatte den Palazzo nicht allein lassen wollen bisher, und der Schlosser, den sie bestellt hatte, um das Tor reparieren zu lassen, war noch immer nicht gekommen, weil es viele Häuser gab und viele zerstörte Türschlösser. Es war ein warmer Herbsttag. Einige sagten zwar, es sei schon wieder zu warm und hoffentlich kehre die Krankheit nicht zurück, aber Crestina gehörte nicht zu denen, die so dachten. Diese Plage mußte sich endlich zufriedengeben, ihr Hunger war gestillt, für einige Zeit mußte ihr genügen, was sie erreicht hatte: Die Stadt war um ein Viertel der Bewohner dezimiert worden, manche sagten sogar um mehr.

Neue Welten

Es dauerte einige Zeit, bis Lea sich vorstellen konnte, wie sie ihr Leben weiterleben würde. Es dauerte ebenso lange, bis sie sich dazu durchgerungen hatte, Abrams Buchladen aufzugeben. Und es dauerte nochmals, bis sie sich entschied, ihn Baruch Levi zu überlassen zur Erweiterung seines Gemüsegeschäftes.
In der Nacht vor der Übergabe erwachte sie kurz vor Morgengrauen. Sie wußte, sie hatte nicht geschrien, und sie fragte sich, ob sie in Zukunft möglicherweise nie mehr im Traum schreien würde, weil es niemanden mehr gab, der sie auffing.
Sie stieg aus dem Bett, überlegte kurz, ob sie warme Milch trinken solle, verwarf den Gedanken und schlang sich ein Tuch um die Schultern, um in den Laden hinunter zu gehen. Dort setzte sie sich auf einen Stuhl und nahm ein paar Bücher in die Hand, die noch ungeordnet auf dem Tisch lagen. Da auch auf dem Boden noch ganze Stapel unsortiert geblieben waren, vermutete sie, daß der Junge, den sie mit dem Ordnen beauftragt hatte, früher weggegangen war, als sie ihm erlaubt hatte. Sie schob den Index auf dem Ladentisch von sich weg, war froh, daß sie ihn nie brauchen würde, daß von ihm kein Unheil mehr ausgehen konnte. Als sie an den Regalwänden emporschaute, seufzte sie, weil ihr plötzlich klar wurde, daß in jedem dieser Bücher Abram steckte. Sie waren seine Kinder gewesen, jedes einzelne, und nicht erst, nachdem die eigenen aus dem Haus waren. Die Einsicht, daß sie bereit war, Abrams Kinder zu verschachern, überfiel sie plötzlich fast mit Gewalt, und sie stellte sich vor, was er sagen würde, wenn hier plötzlich Zwiebeln und Tomaten lagerten und Saras Gekeife den Raum erfüllte.
Sie ging in Abrams Hinterstübchen, nahm einen Becher aus dem Regal und zapfte sich aus dem kleinen Fäßchen, das er stets in der Ecke stehen gehabt hatte, einen Becher Rotwein. Sie trank den Wein bedächtig und stellte fest, daß ihr das gefiel, obwohl sie es noch nie getan hatte, es sich auch nie zugestanden hatte.
Und plötzlich wußte sie, daß das, was sie tun wollte, falsch war. Daß alles, was sie in den vergangenen Wochen in ihrem Kopf herumgewälzt hatte, falsch war. Zunächst hatte sie natürlich daran gedacht,

daß Aaron oder Samson den Laden weiterführen könnte, und Samson hatte sich auch sofort bereit erklärt, ihn neben seinem Studium zu betreuen. Aber Lea wollte davon nichts wissen, das Studium war ihr nach kurzer Überlegung wichtiger als der Laden. Und in Aarons Pläne wollte sie nicht eingreifen, obwohl ihm Samson bereits heimlich geschrieben hatte. Dann spielte sie eine Weile mit der Idee, einen Verkäufer anzustellen, der den Laden leiten sollte, aber sie verwarf auch diese Idee bald wieder, weil die Vorstellung, ein fremder Mensch könne in die geheiligte Ordnung ihres Mannes eingreifen und auch nur ein Buch anders hinstellen, als Abram es hingestellt hätte, sie so erschreckte, daß ihr fast schlecht geworden wäre. Vorübergehend verfolgte sie den Plan, sich mit einer anderen Frau zusammenzutun und hier einen Wolladen zu eröffnen.
Und dann kam die Phase, in der sie alles verwarf: ohne Abram keine Bücher und sie weit weg in einer anderen Stadt. Und als Baruch Levi auf sie zukam und den Laden wollte, schien alles perfekt.
Während sie jetzt mit dem Becher Wein in der Hand hier saß, hatte sie das Gefühl, Abram stehe plötzlich neben ihr und hauche ihr einen neuen Gedanken ein, einen, den sie bisher noch nicht gehabt hatte. Auf einmal wurde ihr bewußt, daß es diesen Jungen gab, und vielleicht wollte dieses fremde Kind eines Tages etwas mit Büchern zu tun haben, weshalb es nahelag, erst einmal mit allem abzuwarten. Sie trank den Becher leer, nahm ihn mit hinauf in die Wohnung, um ihn in der Küche abzustellen, und ging in die Kammer, in der das Kind schlief. Der Junge schlief ruhig, hatte sich nur etwas losgestrampelt, sie deckte ihn behutsam zu und legte sich dann wieder in ihr Bett. Beim Einschlafen stellte sie sich belustigt vor, was geschehen würde, wenn sie am nächsten Tag Baruch Levi erklärte, daß er für seine Tomaten und Zwiebeln eine andere Bleibe suchen müsse.

Am anderen Morgen lief sie zu Diana hinüber, setzte sich zu ihr in die Küche und verkündete, daß sie den Laden nicht weggeben werde. Diana dürfe raten, weshalb.
Diana legte die Küchenschürze ab, bot Lea ein Stück Honigleikech an und setzte sich zu ihr. Hat Samson etwa eine Frau gefunden? fragte sie dann.
Lea schüttelte den Kopf und brach ein Stück von dem Lebkuchen ab. Nein, das sei es nicht.

Kommt Aaron zurück, und bleibt er hier?
Das wisse sie nicht, aber immerhin, das könne vielleicht auch einmal sein.
Nicht Aaron, nicht Samson – Diana legte den Finger an die Nase und sagte dann mißtrauisch: Du willst doch nicht etwa wieder heiraten?
Lea lachte, sagte: Nein, nein, gewiß nicht. Sie gehöre zu Abram, egal, ob er tot sei oder lebe. Nach solch einer Ehe heirate man nicht mehr, ganz abgesehen davon, daß solch ein verrücktes Huhn wie sie, das sich vor Sternen fürchte, niemand wolle. Das Kind, sagte Lea hilfreich, es sei für das Kind. Und sie und Samson, das würden sie schon schaffen bis dahin.
Diana verschluckte sich. Lea, sagte sie dann eindringlich, Lea, dieser Junge, wie alt ist er denn jetzt?
Woher sie das wissen solle, meinte Lea achselzuckend. Er sei zwischen eins und zwei, das habe der Arzt gesagt, und im übrigen spiele das keine Rolle.
So wetterwendisch wie du ist niemand, den ich kenne, sagte Diana. Erst gar keinen Laden mehr, dann die Söhne, irgendwann einen Verkäufer, dann Tomaten, ein Wollgeschäft und wieder Tomaten – und nun doch Bücher wegen des Kindes. Ob sie ihr plötzlich ungefährlich erschienen, diese Bücher, gegen die sie doch immer so viel gehabt habe?
Keinesfalls, erwiderte Lea, keinesfalls, sie habe nur plötzlich das Gefühl gehabt, daß Abram nicht damit einverstanden wäre.
Diana seufzte, sagte, wenn Lea bei allem, was sie tue, die Toten befragen wolle, dann sei das Leben wohl kompliziert.
Mag sein, sagte Lea, aber ich weiß, daß es richtig ist, wie ich mich entschieden habe.
Ob sie ihre Weisheit etwa immer noch aus diesem seltsamen Buch beziehe, aus diesem – wie hieß es noch?
Lea lachte. *Der rote Drache*, sagte sie dann. Nein, dieser *Rote Drache* sei weit weg. Und diese Art von Träumen brauche sie nicht mehr.

Man erklärte Crestina, Lea sei oben.
Sie fragte: Wo oben?
Da oben. Hilfsbereite Finger zeigten an dem Haus hoch, das in den

Himmel zu wachsen schien. Sie ist bei dem Kind. Dort wo das Kind sei, sei Lea.

Crestina stieg den ersten Treppenabsatz empor, steile, schmale Stufen, jemand mit großen Füßen mußte diese nahezu quer stellen. Sie erklomm den zweiten Treppenabsatz, den dritten, den vierten, beim fünften hörte sie mit dem Zählen auf und wischte sich den Schweiß von der Stirn. Und sie fragte sich, wieso sie auf diese verrückte Idee kommen konnte, hier nach einer Frau zu suchen, die sie zwar einige Male gesehen, mit der sie aber noch nie auch nur ein Wort gesprochen hatte. Nach einer Frau mit einem Kind, dabei schien dieses Haus nur aus Kindern zu bestehen. Sie quollen ihr aus den Türen entgegen, umringten sie und staunten sie an, als wäre sie ein Wesen von einem anderen Stern. Fremde, die in diesem Haus die Treppen hinaufstiegen, gab es vermutlich selten, die Geschäfte wurden nicht in den Wohnungen dieser Häuser abgeschlossen.

Nach – wie es ihr schien – zahllosen weiteren Treppenabsätzen stieß sie auf eine Frau mit einem Säugling auf dem Arm, die ihr sagte, nein, Lea sei nicht hier oben, sie sei vorhin wieder hinuntergegangen. Unten im Laden sei sie. Vielleicht. Aber wenn sie das Kind sehen wolle, das sei hier.

Welches Kind? fragte Crestina.

Nun, Leas Kind, sagte die Frau.

Das auf Eurem Arm?

Nein, sagte die Frau und drückte den Säugling an sich, das sei ihr eigenes. Leas Kind stecke nicht in solch armseligen Kleidern wie das ihre.

Crestina beschloß, die Frage nach Leas Kind nicht weiter zu verfolgen, sondern die Treppe, so rasch sie nur konnte, wieder hinunterzusteigen, weil sie das Gefühl hatte, daß sie den Geruch von Essen, kochender Wäsche und Abtritten – oder wie immer sie es hier im Chazer nennen mochten – nicht länger ertragen konnte.

Sie rannte die Treppe hinunter, blieb dabei mit ihrem Beutel irgendwo hängen, stolperte fast, stand aber dann endlich wieder unten vor der Haustür und zog die Luft ein. Sie hielt sich fest, weil ihr schwindlig war, fühlte sich auch hier unten eingekreist von Kindern, die um den *pozzo* herum wilde Spiele veranstalteten, und fragte sich, ob die Serenissima, die Behörden, die die Verordnungen erließen, je von diesem Viertel Kenntnis genommen hätten.

Der Buchladen war offen, ein Karren mit einem Grabstein stand davor. Es war ein nahezu unbehauener Stein, und er trug als Inschrift lediglich die Jahreszahl 1631 und ein einziges Wort: HEBREI. Und offenbar war dies genau das, was die Frau in der offenen Ladentür mit tiefem Zorn erfüllte. So sehr, daß sie nicht mehr wahrnahm, was um sie herum geschah.

Eine Jahreszahl und dann HEBREI! Ob irgendwer auch nur daran gedacht habe, was das bedeute? Auch ihr Mann liege dort, in diesem Massengrab in San Nicolò, und weshalb nicht die jüdische Jahreszahl, weshalb nicht ein Segensspruch, »Seine Seele sei gebunden in den Bund des Lebens«, weshalb nicht in Hebräisch, weshalb, weshalb, weshalb... Ob diese *università*, und niemand anderes könne es ja bestimmt haben, ob diese *capi* dort oben sich überhaupt nicht in die Gedanken und Gefühle anderer Menschen hineinversetzen könnten.

Der Mann, der vor ihr stand, offenbar der Steinmetz, wischte sich verlegen die Haare aus dem verschwitzten Gesicht und sagte dann, er habe das getan, was man ihm aufgetragen habe. Die Jahreszahl und wer dort begraben sei. Und das seien ja wohl *ebrei*. Er wisse sehr wohl, was das heiße, auch wenn er kein Jude sei und diesen Auftrag von der Gemeinde nur bekommen habe, weil kein jüdischer Steinmetz mehr lebe.

Namenlos seien die Juden bereits in all den Büchern, in denen sie in dieser Stadt auftauchten, sagte die Frau laut, und der Mann drehte sich erschrocken um, weil er keine Lust hatte, auf offener Straße mit dieser offenbar streitsüchtigen Frau zu diskutieren, die keinerlei Hemmungen zu haben schien, alles zu sagen, was sie dachte, die alles und jeden kritisierte, vor allem die Männer und die Gemeinde gleich noch dazu.

Als Lea alles gesagt hatte, was, zumindest ihrer Meinung nach, zu sagen war, entdeckte sie Crestina. Sie hielt einen Augenblick inne, suchte in ihrem Gedächtnis nach diesem Gesicht und fand schließlich die Gedankenkette: Aaron, Padua, der Bruder dieser Frau, Riccardo Zibatti hatte er geheißen, und Aaron hatte ihr die beiden einmal gezeigt, als sie aus Sara Coppio Sullams Salon gekommen waren. Auch daß sie Esther verboten hatte, zu jenem Fest in der Villa an der Brenta zu gehen, fiel Lea ein. Sie war unsicher, wie sie dieser Frau im Augenblick gegenübertreten solle, aber noch bevor sie lange

überlegen konnte – der Steinmetz hatte ihr Zögern benutzt, um rasch mit seinem Karren weiterzuziehen –, lächelte Crestina sie an.
Und Lea beschloß, dieses Lächeln zu erwidern.
Ob sie in den Laden gehen dürfe, fragte Crestina, weil sich die Schar der sie umringenden Kinder mit jeder Minute zu verdoppeln schien.
Ja, gewiß doch, sagte Lea und trat zurück. Aber eigentlich sei der Laden geschlossen.
Sie wolle auch nichts kaufen, sondern etwas anbieten, sagte Crestina lächelnd und trat ein.
Anbieten? Lea schaute sie verblüfft an. Etwas anbieten? Was es denn anzubieten gebe?
Crestina lächelte noch immer. Nun, eben Bücher.
Bücher? Lea kramte in ihrem Hirn, vermutlich hatte sie diese Frau falsch eingeordnet, wahrscheinlich war sie gar nicht die Schwester dieses Riccardo, sondern jemand aus dem Reich, möglicherweise gar eine Person, die mit verbotenen Büchern zu tun hatte. Als sie an diesem Punkt ihrer Überlegungen angelangt war, verfinsterte sich ihre Miene, und sie war drauf und dran, die Frau wieder hinauszukomplimentieren. Die Szene mit den *cattaveri* vor dem Laden bei Benjamins Beerdigung war noch immer in ihrem Gedächtnis, zumal sie noch nicht geklärt war.
Aber Crestina hatte schon ihren Beutel geöffnet und ein Buch herausgezogen, das sie Lea entgegenstreckte. Es war ein Kochbuch, ein altes Kochbuch, und obwohl Leas Mißtrauen nun erst recht gestärkt wurde – sie hatte die Bücher mit den falschen Deckblättern keinesfalls vergessen –, nahm sie das Buch doch in die Hand und öffnete es. Sie schlug die erste Seite um, die zweite, las sich dann fest. *Risi e bisi* auf lombardisch, sagte sie dann verwundert, was denn der Unterschied sei zu dem hiesigen Gericht.
Crestina lachte, nahm Lea das Buch aus der Hand und blätterte darin weiter. *Risi e bisi* auf römisch, las sie vor, auf sizilianisch, auf neapolitanisch. Plötzlich blätterten sie gemeinsam, erst langsam, dann immer rascher, und dann lachten sie lauthals. Dieser Schreiber, er müsse wohl bei seiner Mutter nichts anderes zu essen bekommen haben als *risi e bisi,* und sie überlegten sich, noch immer lachend, wie *risi e bisi* wohl auf dem Mond schmecken müsse: venezianisch natürlich.

Und Lea, deren Mißtrauen inzwischen verschwunden war, meinte, sie verwende auch gerne Erbsen, allerdings Kichererbsen, und mit ihnen mache sie Chumus.
Humus? fragte Crestina verblüfft. Das klinge irgendwie nach Erde.
Wieder mußte Lea lachen. Chumus, das sei ein Erbsenbrei, ein jüdisches Gericht, das man bei ihnen als Vorspeise esse.
Irgendwann, als sich das Gespräch über dieses seltsame Kochbuch zu erschöpfen schien, fragte Lea, weshalb ihr Crestina dieses Buch eigentlich gebracht habe.
Da seien noch mehr Bücher, sagte Crestina, bei ihr zu Hause.
Alles Kochbücher?
Nein, nein, natürlich nicht. Es seien die Bücher ihres Vaters und ihrer Brüder, und sie seien zum Teil beschädigt. Sie wolle sie verkaufen.
Beschädigt? Lea schüttelte befremdet den Kopf, was sie denn mit beschädigten Büchern solle? Dies sei ein Buchladen – und hier reckte sie das Kinn empor – mit neuen Büchern. Und Abram, ihr Mann, habe nur mit neuen Büchern gehandelt. Er sei stets dagegen gewesen, auch alte Bücher zu verkaufen, weil das die Kunden verwirrt, alt und neu, das passe nicht zusammen.
Crestina bedauerte, sich nicht mehr genau erinnert zu haben. Dann müsse sie es eben woanders versuchen, meinte sie.
Lea wiegte den Kopf hin und her, fragte dann zögernd, wie viele Bücher es denn seien.
Das wisse sie nicht genau, sagte Crestina. Als sie von der Insel zurückgekommen sei, habe sie das Haus verwüstet vorgefunden. Daher rühre die Beschädigung der Bücher, deren Zahl sie noch nicht absehen könne.
Von der Insel also. Lea gewann plötzlich Interesse an diesen Büchern, sie wußte nicht genau, weshalb, vielleicht auch nur aus dem Gefühl der Dankbarkeit heraus, daß ihr und den Ihren wenigstens diese Insel erspart geblieben war. Natürlich könne man es sich überlegen, sagte sie zögernd, im Augenblick sei auch bei ihr alles noch offen. Der eine Sohn im Gelobten Land, der andere im Studium, er heirate vielleicht irgendwann, aber ob seine Frau mit Büchern zu tun haben wolle, sei ungewiß. Aber sie, sie habe sich jetzt zunächst einmal entschlossen, das Geschäft nicht aufzugeben, es vorläufig zu behalten. Für dieses Kind, das ihr da sozusagen zugeflogen sei und für

das sie sorgen wolle. Dabei verstehe sie eigentlich nicht eben viel von Büchern. Es habe sogar eine Zeit gegeben, in der sie Bücher nahezu gehaßt habe, weil sie ihrer Familie nie Gutes beschert hätten.
Bücher gehaßt, Crestina schüttelte verwundert den Kopf, wie man Bücher denn hassen könne. Vielleicht habe sie die falschen Bücher gehabt oder gelesen.
Sie habe sie gar nicht gelesen, früher, erwiderte Lea zögernd. Nun ja, vielleicht sei das falsch gewesen. Aber sie könne ja noch hinzulernen, aufs Alter, sagte sie lachend. Und dann – aus einem plötzlichen Entschluß heraus, der durch nichts untermauert war – fragte sie, ob sie diese Bücher, um die es da gehe, vielleicht einmal sehen könne.
Crestina sagte, sie freue sich, erklärte den Weg und daß das Haus offen sei, weil das Torschloß erst repariert werden müsse. Es gibt auch andere Kochbücher, sagte sie zum Abschied, ohne *risi e bisi*. Und dann lachten sie beide.

Zwei Tage später stand Lea vor dem Palazzo. Sie hatte Samson nicht gesagt, wohin sie ging. In die Stadt eben, mehr nicht.
Sie hatte sich dem Haus von der Gassenseite her genähert, weil sie sich seltsam vorgekommen wäre, hätte sie ein Boot benutzt – sie machte alle Wege zu Fuß. Und im übrigen hatte sie auch in ihrem ganzen Leben noch nie ein solches Haus von der Wasserseite her betreten. Das stand anderen zu, nicht ihr.
Der Eingang von der Gasse versetzte Lea in Staunen. Niemand würde hinter diesem Tor einen Palazzo vermuten, niemand in solch eine enge Gasse einbiegen, wenn er zu solch einem Haus wollte. Sie sah den geflügelten Löwen, der als Türklopfer diente, und berührte ihn zaghaft. Ein flügelloser Löwe, der nicht das Symbol der Stadt gewesen wäre, hätte ihr weniger Unbehagen eingeflößt, aber dann schalt sie sich töricht. Eine Frau, die eine Geschäftsfrau werden wollte, konnte nicht bereits beim ersten geschäftlichen Tun in Sentimentalitäten verfallen.
Sie ließ den Löwen gegen die Tür fallen, erschrak von dem Geräusch und trat einen Schritt zurück, weil sie nicht sicher war, wer ihr öffnen würde. Als nichts geschah, schlug sie den Löwen ein zweites Mal gegen das Tor, erschrak beim Aufprall bereits etwas weniger – und entdeckte, daß die Tür nur angelehnt war. Sie erinnerte sich, was Crestina vom Schloß gesagt hatte, und ging einfach hinein.

Lea sah sich zunächst in dem Raum um, den sie betreten hatte. Er war groß, lag im Halbdunkel, und im hintersten Ende, da, wo die Tür zum Kanal sein mußte, entdeckte sie eine Gondel. Sie lag schief auf dem Marmorboden, der Bug war eingedrückt, der Aufbau an einer Seite aufgeschlitzt. Sie erschien Lea wie ein riesiger schwarzer Vogel, der vom Himmel gestürzt war und dem die Kraft fehlte, sich wieder zu erheben. Lea trat näher, strich mit der Hand über das zerschlissene Leder und dankte Gott, daß sie nicht für dergleichen zu sorgen hatte. Was würde es wohl kosten, solch eine Gondel wieder instand zu setzen. Sie blieb stehen, rief dann leise *permesso!* – aber alles, was sie hörte, war ihre eigene Stimme, die von den Wänden zurückschallte. Ein Echo, dachte sie, dabei über sich selber lächelnd, ein Echo im eigenen Haus!

Sie drehte sich um und fühlte sich nahezu magisch angezogen von der breiten Treppe mit den Figuren zu beiden Seiten. Als sie die unterste Stufe betrat, stellte sie fest, daß sie die Füße spielend in Gehrichtung setzen konnte und daß sie das Geländer nicht brauchte, weil kein Schwindel sie ergriff wie bei den steilen Treppen im Chazer. Sie stieg hinauf, sehr langsam, sehr bedächtig, rief ab und zu *permesso!*, obwohl ihr längst klar war, daß Crestina außer Haus sein mußte.

Sie blieb stehen, als sich am Ende der Treppe die Weite des Raumes vor ihr auftat. Die *sala* im *piano nobile*. Es war ihr klar, daß es dieser Raum sein mußte. Sie brauchte eine Weile, bis sie den Mut fand, ihn zu betreten. Und sie tat es dann mit nahezu tastenden Schritten, ging zögernd bis zur Mitte des Saales, blieb stehen, blickte hoch und erschrak. Soviel Luft über sich, soviel Raum! Sie hatte das Gefühl, in den Weltraum geworfen zu sein, über sich nichts als den Himmel, so weit schienen ihr Balken und Decke entfernt. Sie suchte rasch Schutz in der Nähe der Wände, beobachtete das Licht, das von links, von der Kanalseite her, kam und die *sala* durchflutete. Als sie das zweite Mal zur Mitte ging, tat sie es anders als zuvor. Sie tat es bewußt, setzte die Füße gezielt, fast energisch auf den Boden, schaute wieder nach oben und träumte in ihrem Kopf rasch ein paar Dinge, die widersinnig waren. Sie machte ein paar Tanzschritte, und dachte: Abram, wäre er da über mir in diesem falschen Deckenhimmel, er würde mich wohl endgültig für meschugge erklären.

Sie ging zur Lichtseite des Raumes, schaute zum Kanal hinunter, sah die Sonne auf dem Wasser glitzern und seufzte ein paarmal tief. Niemand, der Lärm machte, niemand, der sich um Wäsche stritt, die gewaschen werden sollte, niemand, der die Kinder zusammenschrie, nichts von alldem. Nun, sie werden anderes haben, was sie drückt, sagte sie sich dann und drehte sich um, weil sie Schritte hörte.

Sie habe sich leider verspätet, sagte Crestina, als sie die Treppe heraufkam. Es dauere noch immer alles länger, noch nichts gehe seinen normalen Gang. Und bei den Behörden, da sei es am schlimmsten.

Ja, sagte Lea, das kenne sie, bei ihnen im Chazer sei es auch nicht anders. Aber sie habe keine Langeweile gehabt, sondern hier am Fenster gestanden und auf den Kanal hinuntergeschaut.

Crestina bat Lea in die Bibliothek und deutete auf die Regalwände. Ich habe bereits herausgenommen, was ich für mich will, dies hier ist zum Verkauf.

Dies alles? Lea erschrak ein wenig. So viele Bücher auf einem Platz habe sie nicht erwartet, und so groß sei das Geschäft nicht. Es sei ohnehin noch alles vorläufig, und sie habe inzwischen die Idee gehabt, daß sie das Geschäft vielleicht aufteilen könne. Den Handel mit neuen Büchern für Samson und Aaron, falls er komme, sowie das Kind. Den anderen, Lea atmete zweimal durch, bevor sie ihren Satz herausbrachte, den anderen, den mit gebrauchten Büchern, dann für sie. Sie wolle es versuchen, es habe einen Reiz, wie sie inzwischen festgestellt habe, wenn man etwas ganz neu beginnt.

Sie solle aussuchen, was sie brauchen könne, in Ruhe, sagte Crestina, dann sehe man weiter.

Lea nickte, zog ein kleines Heft aus der Tasche und fragte, ob sie sich die Titel aufschreiben dürfe. Sie müsse ja nachschauen in den Katalogen, was die Bücher einst neu gekostet hätten. Sie lauschte dabei ihren Worten nach, fand, daß es gut klang, dieses In-den-Katalogen-Nachschauen, Abram hätte es sicher nicht besser machen können, und er würde ihr die Tanzschritte in der *sala* gewiß verzeihen, wenn er sie hier sitzen sehen würde: sein Weib Lea an einem langen Tisch, umgeben von Büchern, ein Heft vor sich, in das sie gewissenhaft deren Titel, Verlag und Erscheinungsjahr eintrug.

Sie blieb sitzen bis zum Abend, arbeitete ohne Unterbrechung, und selbst als ihr Crestina etwas zu essen brachte, nahm sie es kaum wahr. Sie war wie berauscht von dieser Arbeit und legte erst sehr spät die Feder aus der Hand. Danach unterhielt sie sich mit Crestina über Bücher, und das Gespräch über Bücher wurde zum Gespräch über das Leben, über den Tod. Und Lea, die früher bei dieser Art von Reden, wenn sie sie mit Abram führte, stets ein Gefühl der Minderwertigkeit verspürt hatte, fühlte plötzlich eine Kraft in sich wachsen, die ihr bis dahin fremd war. Und sie hatte das Gefühl, daß sie, die sich bisher immer in Abrams Haut miteingebunden gefühlt hatte, soeben auf dem Weg war, sich eine eigene Haut zu erobern. Und es erschien ihr weiterhin, als könne sie zum erstenmal in ihrem Leben mit jemandem über diesen Vorgang reden. Mit dieser Frau hier. Einer Christenfrau zwar, die sie aber offensichtlich besser verstand als die Frauen im Chazer, Frauen, die dem Manne auf eine Art und Weise unterworfen waren, die Lea nun – vielleicht seit dem Tod Benjamins, vielleicht auch erst seit Abrams Weggang – nicht mehr guthieß.

Hier zu sitzen, mit dieser anderen Frau zu reden, auch wenn sie anderer Meinung war als diese, es bedeutete ihr etwas, es gab ihr den Mut, auch über sich zu reden. Dieser Junge, sagte sie, dieses fremde Kind, sei wichtig für sie, sehr wichtig. Es verkörpere ihre Familie, auch wenn die Söhne, wie sie hoffe, bald Schwiegertöchter bringen und mit diesen wieder Töchter und Söhne zeugen würden. Sie brauche aber eine Familie, so sei es nun mal. Aber immerhin, sie verschränkte die Hände und sah Crestina dabei an, sie verstehe auch das andere, das, was Crestina vielleicht wolle. Wenn sie hier alles weggebe, sie zögerte, wolle sie offenbar keine Familie.

Nein, keine Familie, sagte Crestina lächelnd, für den Augenblick zumindest.

Weshalb nicht? wollte Lea wissen.

Crestina erklärte, sie sei sich noch nicht recht darüber im klaren, sie habe bis jetzt nichts weiter als eine Spur für sich. Riccardo habe einmal gesagt, daß es Menschen geben müsse, die Familie hätten und für diese Familien lebten, sein Leben aber sei dies nun mal nicht. Es müsse auch welche geben, die die Welt vorantreiben, Männer wie Michelangelo zum Beispiel oder andere Künstler. Und es sei schwierig, die Welt voranzutreiben, wenn man eine Familie habe, hat Riccardo gesagt, fügte Crestina entschuldigend hinzu. Er hatte nicht in dieser Enge leben wollen, die eine Familie nun mal bedeute. Die Verantwortung bei Tag und Nacht für Haus und Hof und Frau und Kind. Und, Crestina lächelte wieder, womöglich für eine Frau wie

ihre Stiefmutter, die den Äußerlichkeiten so sehr verfallen gewesen sei, daß sie bei der ersten Falte in ihrem Gesicht am liebsten den Himmel zur Rechenschaft gezogen hätte und sich gebärdete, als seien es die Pocken. Es müsse Grenzen geben, habe Riccardo gesagt, Grenzen des Geistes, und in seinen Augen seien dies strenge Grenzen. Und sie sei in diesem Sinne erzogen worden von diesem Bruder, er sei ihr eigentlicher Erzieher gewesen, nicht ihre Eltern.
Ehe oder Kloster, sagte Lea nachdenklich, ja, das sind wohl die beiden Pole bei Christen. Bei uns Juden braucht eine Frau nicht lange zu entscheiden, was sie will, es gibt nur den einen Weg: Ehe und Familie. Aber selbstverständlich hätte ich die Familie auch dann gewählt, wenn ich eine Christin wäre. Und die Welt vorantreiben, Lea machte eine Pause, das sei ein großes Wort. Für sie ganz gewiß zu groß, und ob es überhaupt für Frauen gedacht sei, wage sie zu bezweifeln.

Am nächsten Tag kehrte Lea zurück zu ihrer Arbeit im Palazzo. Und danach Tag um Tag. Als die Regale sich leerten, arbeitete sie langsamer, weil sie sich unterdessen an die Gespräche gewöhnt hatte, die sie mit Crestina führte, wenn sie eine Pause machte oder die Arbeit beendet hatte.
Sie hatte sich inzwischen vertraut gemacht mit der Welt der Bücher, hatte alte Kataloge besorgt, Preise studiert und gemeinsam mit Crestina überlegt, was ein Buch, das nicht mehr neu war, kosten dürfe. Crestina fühlte sich an die Zeit in Nürnberg erinnert, nur daß ihr jetzt das Erörtern von Preisen und Kosten Spaß machte.
Die Bücher, die Lea kaufen wollte und mitnahm, transportierte sie auf dem Wasserweg, und sie war stolz, daß sie dies schaffte, ohne Samson um Hilfe bitten zu müssen – einen Barkenführer, den sie engagiert hatte und der den verabredeten Preis nicht einhalten wollte, tauschte sie kurz entschlossen gegen einen anderen aus. Samson nahm die neue Tätigkeit seiner Mutter mit Aufatmen wahr. Er war erleichtert, daß sie wieder Anteil nahm am Leben, und empfand das Leben zu dritt – er, Lea und das Kind – als ein gutes Leben. Eine kleine Familie, aber immerhin eine Familie, hatte Lea zu Diana gesagt und ihre Überzeugung geäußert, daß Samson eines Tages sicher ein guter Vater sein werde.

Der Junge, den sie Moisè benannt hatten, hatte die Schreckenszeit der Pest offenbar überwunden. Seine dürren Hautsäcke hatten sich inzwischen gefüllt, waren prall und rund, und sobald Lea sich ihm ganz widmen konnte – tagsüber hatte sie ihn in Abrams Hinterstübchen in einem Laufgitter bei sich –, streckte er ihr lallend die Arme entgegen, um sich an ihre breite Brust zu drücken. Reden konnte Moisè zwar noch immer nicht richtig, er brachte kaum ein paar Worte hervor, aber Lea wollte ihm Zeit lassen, und so erzählte sie ihm Geschichten. Verrückte Geschichten, fand Samson, ganz und gar verrückte Geschichten. Die Geschichte ihres Traumes zum Beispiel, ihres neuen Traumes, erzählte sie am liebsten, auch wenn klar war, daß das Kind davon nichts verstand.

Stell dir vor, sagte sie und ging mit Moisè zu einem der drei Ghettotore, die nach wie vor nachts von christlichen Wächtern abgeschlossen wurden, stell dir vor, eines Tages wird es sie nicht mehr geben. Sie legte die Hände des Kindes auf das rauhe Holz, ließ es darüber streichen und bewegte die Torflügel ein wenig in den Angeln. Es sind starke Tore, sagte sie dann, aber auch wenn es starke Tore sind, man wird sie eines Tages niederreißen. Soldaten werden es tun, fremde Soldaten. Sie werden die Tore auf den großen Platz des *ghetto nuovo* schleifen, und dann werden wir sie verbrennen. Alle drei Tore. Hörst du, sagte sie eindringlich, als das Kind die Finger in ihre Haare wühlte und fröhlich an ihnen zog, hörst du, wir werden die Tore verbrennen und dazu tanzen. Alle werden wir tanzen, sagte sie und umriß den Chazer mit einer weiten Handbewegung, alle.

Wenn sie das Kind genug gefüttert hatte mit Toren, die fallen, und Menschen, die tanzen würden, deutete sie zum Himmel hinauf und zeigte ihm die Sterne. Weißt du, flüsterte sie dann, Abram, er konnte machen, daß sie ihre Augen schließen, Abram konnte es, ich kann's nicht. Aber ich bin sicher, daß aus diesen Sternen eines Tages ganz normale Himmelskörper werden, dann sind sie keine Augen mehr, die diese Stadt dort oben hingesetzt hat, um die Menschen auskundschaften zu lassen.

Von dem großen Haus am Canal Grande erzählte sie dem Kind auch, von der *sala*, die so groß sei, daß man nur an den Wänden entlanggehen könne, damit man sich nicht verliere darin. Und eines Tages nahm sie Moisè auch mit, weil Crestina gesagt hatte, sie wolle wieder ein Kinderlachen hören in diesem großen Haus. Sie saßen auf

der Altane, Moisè spielte mit Holzpferdchen, Murmeln und Kreiseln, die Crestina noch irgendwo gefunden hatte. Die beiden Frauen sahen ihm zu und vergaßen das Reden. Dann mußten sie ihn wohl für einen Augenblick aus den Augen verloren haben, denn als sie wieder aufschauten, tapste er fröhlich auf sie zu, in den Händen Büschel von Blumen. Er hatte sie aus den Pflanzkübeln, die hier oben die Pestzeit überdauert hatten, herausgerissen. Er kippte die Blüten in Leas Schoß, betrachtete dann verblüfft seine schwarzen Hände, von denen die Erde vor den beiden Frauen langsam auf den Boden rieselte.
Crestina lachte und sagte, als sie Leas entgeistertes Gesicht sah, rasch, es sei nicht schlimm, sie habe die Töpfe ohnehin neu bepflanzen wollen.
Lea blieb stumm, schaute nur auf das Kind, das ihr jetzt seine schwarzen Hände entgegenstreckte, fröhlich in ihr Gesicht patschte und unverständliche Worte dazu lallte, als sie es hochnahm.
Es ist bestimmt nicht schlimm, beteuerte Crestina noch einmal, und Lea überlegte, ob sie ihr erzählen solle, was es mit dieser Erde, die da auf den Boden rieselte, für eine Bewandtnis habe. Aber sie befürchtete, sich damit nur lächerlich zu machen, und so nickte sie nur, während sie das Kind heftig an sich drückte. Der Junge wehrte sich, fuhr mit seinen Fingern erneut über Leas Gesicht, der es gleichgültig war, daß Erde und Tränen sich mittlerweile zu einer dunklen Schmiere vermischten, über die sie alle drei lachten.

BARTOLOMEO

Es war schon spät am Abend, als Crestina den Türklopfer hörte, dann einen Schlüssel, der im Schloß gedreht wurde, aber offenbar nicht paßte. Sie versuchte, das Fenster in der *sala* zu öffnen, stellte fest, daß es noch immer klemmte, und entschloß sich, nach unten zu gehen.
Wer ist da?
Eine Weile war Stille, sie hörte ein Räuspern, dann war es wieder

still. Als sie zurückgehen wollte, schlug erneut der Türklopfer gegen das Tor, und eine Männerstimme sagte leise: Ich bin es.
Sie brauchte kaum eine Sekunde, um zu wissen, daß die Stimme Bartolomeo gehörte, aber ein paar weitere Sekunden, um sich darüber klarzuwerden, ob sie öffnen solle oder nicht. Einer also hatte überlebt, und in ihren Augen war es der Falsche. Sie zwang sich, diesen Gedanken nicht zurückzunehmen, so wie sie es früher immer getan hatte. Sie ließ ihn stehen, atmete dreimal durch, dann öffnete sie das Tor.
Du hast das Schloß auswechseln lassen, sagte Bartolomeo vorwurfsvoll, deswegen paßt mein Schlüssel nicht mehr.
Ja, sagte sie, das Schloß ist kaputt gewesen. Aber sie machte weder eine Handbewegung, daß er hereinkommen solle, noch ließ sie erkennen, ob sie überhaupt mit ihm reden wolle.
Bartolomeo schien unschlüssig, wie er diese Begegnung gestalten solle, offenbar hatte er sie sich anders vorgestellt. Es ist spät, sagte er schließlich entschuldigend, ich werde morgen wiederkommen. Da sie nichts darauf sagte, dachte er, sie kann es morgen so gut wie heute erfahren.
Gibt es etwas, worüber wir reden müßten? fragte sie schließlich, als er weiterhin stehenblieb.
Ja, sagte Bartolomeo rasch, das gibt es. Er sei bei ihren Eltern gewesen, habe auch eine Nachricht von ihnen für sie, falls sie noch am Leben sei. Aber das habe niemand mehr erwartet. Jedermann habe angenommen, sie seien beide tot. Von der Insel komme ja kaum einer... Er ließ den Satz unvollendet.
Ich weiß, sagte sie und überlegte ein zweitesmal, ob sie ihn hereinbitten solle oder nicht.
Er wartete, drehte sich dann langsam um und entfernte sich zögernd.
Komm herein, sagte sie rasch aus einem Gefühl heraus, das sie nicht erklären konnte. Immerhin war dieser Bartolomeo ein Zipfel ihrer verlorenen Familie, und zwei der Richtlinien ihrer Erziehung durch Riccardo waren: Höre immer erst den anderen, bevor du ihn verurteilst, und schlafe eine Nacht, bevor du eine endgültige Entscheidung triffst!
Sie ging voraus, wußte seinen Blick im Rücken, aber es war ihr gleichgültig in dieser Stunde. Sie fühlte sich müde und leer, vermißte

bereits die letzten Bücher, die heute das Haus verlassen hatten. Sie führte Bartolomeo in die Küche, stellte erst jetzt fest, daß er eine Brille trug, eine Kutte auch, wußte aber nicht, zu welchem Orden sie gehörte, es entstanden ohnehin in diesen Zeiten der Unruhe jeden Augenblick irgendwelche neuen Kongregationen, so daß man sie kaum alle kennen konnte.

Sie warf ein paar Holzscheite auf die Glut, lauschte dem Knistern und stellte einen Becher auf den Küchentisch. Einen nur, weil sie nicht vorhatte, mit Bartolomeo zu trinken. Sie goß ihm Wein ein.

Er nahm den Becher, wog ihn in seiner Hand, stellte ihn wieder hin. Es wäre schön, wenn du mich weniger verachten würdest, als du es offenbar tust, sagte er dann.

Ich verachte dich nicht, erwiderte sie leise. Du bist mir nur so fremd wie schon immer. Es hat sich nichts geändert in diesen eineinhalb Jahren, seit wir uns nicht mehr gesehen haben.

Ja, sagte Bartolomeo, hob den Becher nun doch an die Lippen und trank in langsamen Zügen den Wein. Du hast recht, fuhr er dann fort, fremd waren wir uns immer. Die Mauer zwischen uns, sie reichte bis an den Himmel. Er lächelte, sah sich um und machte eine Handbewegung, die den ganzen Palazzo zu umfassen schien. Dies alles war die Mauer.

Sie überlegte einen Augenblick, ob es Sinn habe zu reden, stand auf, holte einen zweiten Becher und goß sich ein. Nein, sagte sie dann, ebenfalls lächelnd. Dies alles war nicht die Mauer. Die Mauer hast du aufgerichtet, du allein. Ich hätte arm sein können wie jene Maus hier in der Küche, die wir stets jagten und nie fingen – nicht einmal du fingst sie –, und wir wären uns trotzdem fremd geblieben.

Kannst du mir's erklären, sagte Bartolomeo langsam, ich habe es nie begriffen.

Es war deine Art zu denken, sagte Crestina. Du warst eigentlich… sie zögerte. Ja, du warst nie ehrlich, das war's, was mich am meisten an dir störte.

Nie ehrlich? wunderte sich Bartolomeo. Wieso?

Ja, sagte sie, das warst du. Und dann ließ sie es aus sich heraussprudeln, all das, was sie ein Leben lang gedacht, aber ihm nie gesagt hatte. Du sagtest stets: die Kirche, das Sant' Ufficico, der Papst. Aber es war nie der Papst, nie das Sant' Ufficio oder was sonst. Es warst immer nur du. Du hast dich immer hinter alldem versteckt, weil du dich stets schwach fühltest. Mit dem Papst und dem Sant' Ufficio kamst du dir stark vor. So verblaßte deine Schwäche, du konntest aufsteigen, warst dann plötzlich mehr als wir. Und du hast bei alldem Lust empfunden. Deine Macht auszuspielen hat dir Lust bereitet. Und das Geld! Crestina lachte auf. Du warst gieriger auf das Geld als wir alle zusammen, du hast es nur stets kaschiert. Und die Brille, die du nun trägst, du hättest sie dir damals schon kaufen können, wir alle wußten, daß du das Geld dafür gehabt hast. Aber du wolltest uns damit quälen, daß du durch eine dicke Lupe schauen mußtest, um überhaupt lesen zu können. Geld wolltest du von uns nie nehmen.

Bartolomeo stellte den Becher wieder auf den Tisch. Du hättest mir helfen können, sagte er, aber du hast es nie getan. Du wärst der einzige Mensch gewesen, der es hätte tun können, aber du wolltest nicht.

Weil ich Angst vor dir hatte, sagte sie leise, ich hatte mein Leben lang Angst vor dir. Nur als du vorhin dort unten am Tor gestanden hast, hatte ich sie zum erstenmal nicht. Ich weiß nicht, weshalb, aber es scheint, als hätte ich in der Zeit auf der Insel verlernt, was es heißt, Angst zu haben. Es ist einfach alles unwichtig geworden, von einem bestimmten Punkt an.

Bartolomeo nahm den Weinkrug, goß sich ein und füllte auch Crestinas Becher nach. Dann sagte er, ohne sie dabei anzusehen: Und dabei solltest du diesmal eigentlich das erstemal wirklich Angst vor mir haben. Er knöpfte die Kutte auf, öffnete einen Lederbeutel, den er auf der Brust trug, und zog ein Stück Papier heraus, das er vor sie auf den Tisch legte.

Sie sah es liegen, ein gelblichweißes Blatt, in der Mitte zusammengefaltet, und sie hatte das Gefühl, daß Unheil von diesen Papier ausgehe.

Sie schob es weg von sich und sagte: Es interessiert mich nicht, dein Papier, nimm es wieder. Und ich denke, wir sollten schlafen gehen. Ich mache dir ein Lager in irgendeiner Kammer. Als sie aufstehen wollte, hielt er sie am Ärmel fest und sagte so, daß sie nicht Widerstand leisten konne: Setz dich, du mußt es wissen! Sie kommen morgen, morgen früh.

Wer? fragte sie. Wer kommt?

Er faltete das Papier auseinander, hielt es dicht vor seine Augen wie eh und je – die Brille konnte kaum eine gute Brille sein – und las.

Sie hatte sich gesetzt, sobald er mit dem Vorlesen begonnen hatte, fühlte sich seltsam leicht, während sie zuhörte, als berühre sie, was er las. Nachdem er geendet hatte, lachte sie. Sie lachte so laut und ungebärdig, daß er annahm, der Inhalt des Schreibens habe sie um den Verstand gebracht. Warum auch nicht? Diese Krankheit, der Tod der ganzen Familie und dann dies.
Als sie nicht aufhörte zu lachen, schüttelte er sie, faßte sie dabei nur leicht an den Armen, weil er ihren Körper nicht spüren wollte, und ließ sie sofort los, als sie stillhielt.
Weißt du, sagte sie und holte Atem, es ist nur so seltsam, heute nachmittag habe ich den Rest der Bücher verschenkt.
Welche Bücher? fragte er irritiert. Welche Bücher? Er hatte die seinen mitgenommen damals, er hätte alles andere zurückgelassen, aber nie diese Bücher. Bücher waren schon immer das Kostbarste für ihn, was es gab.
Sie lehnte sich zurück, goß sich nochmals Wein ein, lächelte und sagte: Deine Bücher. Denn nach dem, was du mir da vorgelesen hast, waren es ja nun gar nicht mehr meine Bücher, die ich verschenkt habe.
Bücher. Bartolomeo faltete das Schreiben wieder zusammen, und sie spürte seine Enttäuschung, seine Verärgerung. Sie hatte ihm wohl nicht das Schauspiel geboten, das er sich erhofft hatte: eine Frau, eine schwache Frau, gedemütigt, gebrochen, eine weinende Frau. Er hatte es sich immer gewünscht, daß sie vor ihm weinen würde, aber sie hatte es ihm nie gegönnt, schon als Kind nicht. Nicht einmal damals bei diesem Gewitter. Die Schwäche, ihre Schwäche, die ihm so gutgetan hätte, sie hatte sie stets nur einem einzigen Menschen gegenüber gezeigt, und dieser Mensch war nun tot.
Woher hast du das? fragte sie nach einer Weile, obwohl sie wußte, daß zumindest die Worte ihre Richtigkeit hatten, die Demütigung hätte er nicht riskiert, daß sie ihn der Lüge überführen würde.
Es ist die Abschrift des Testaments, das dein Vater auf seinem Totenbett...
Sterbebett, unterbrach sie ihn. Oder?
...auf seinem Sterbebett gemacht hat. Schließlich war sonst niemand mehr da von der ganzen Familie, niemand. Und er sei just an jenem Tag vorbeigekommen und...
Seltsamer Zufall, sagte Crestina, nicht wahr?

Na schön, es habe ihm jemand Bescheid gesagt, gab Bartolomeo zu, aber da er der einzige Verwandte der Familie gewesen sei, habe alles seine Ordnung. Und sie wisse ganz gewiß, wie streng die Vorschriften gerade in solchen Zeiten seien für die Abfassung eines Testamentes, in der Stadt, auf der Insel oder sonstwo.
Auf der Insel! Sie lachte auf. Wie kann jemand über die Insel reden, wenn er nicht dort gewesen ist? Es sei so, wie wenn ein Blinder von den Farben reden wolle. Und immerhin hätte er nachforschen können, es gebe ja schließlich Behörden. Und Totenbücher, oder ob er noch nie davon gehört habe?
Wir wußten nichts von dir oder von euch, jedermann sagte, ihr seid zusammen auf die Insel gebracht worden, verteidigte er sich.
Aber es gab doch Überlebende, oder?
Natürlich gebe es Überlebende, räumte er ein, auch er sei schließlich ein Überlebender. Und genau aus diesem Grund habe ihm ihr Vater alles vermacht. Aber er wolle es gar nicht haben, wehrte er ab und legte einen Zettel auf das zusammengefaltete Papier. Er habe alles seinerseits seinem Orden vermacht, mit diesem Papier, und er sei sicher, daß auch ihr Vater damit einverstanden gewesen wäre.
Mein Vater hätte seinen Besitz nie einem Orden vermacht, sagte sie heftig, mein Vater war zunächst Humanist und erst in zweiter Linie Katholik.
Solange er lebte, war er sicher Humanist, sagte Bartolomeo, aber im Angesicht des Todes ist manch einer wieder ein strenggläubiger Katholik geworden, egal, was er vorher war. Er habe Calvinisten, Lutheraner und alle möglichen Leute umkippen sehen in solch einer Situation.
Mag sein, sagte sie und nahm das Blatt, das Bartolomeo auf die Abschrift des Testaments gelegt hatte. Von der *limonaia* steht nichts drin, sagte sie dann, als sie es gelesen hatte, auch nichts von dem dazugehörenden Ackerland und dem Weinberg.
Von welcher *limonaia*? fragte Bartolomeo irritiert.
Nun, Crestina hatte aus dem Blatt ein Schiffchen gefaltet und schob es langsam zu Bartolomeo hinüber, die *limonaia* bei der Villa, es gibt nur diese eine, oder?
Er nahm das Schiffchen in die Hand und sagte störrisch: Es ist so, wie es hier steht. Und diese... Was meinst du eigentlich damit?
Die *limonaia*, sagte Crestina laut und deutlich, es würde mich wun-

dern, wenn du dich nicht mehr an sie erinnerst. Du weißt doch, wir spielten als Kinder immer in ihr, erinnerst du dich wirklich nicht mehr? An jenen Tag zum Beispiel, mitten im Winter, als du – sie mußte plötzlich lachen und hatte Mühe weiterzusprechen, weil sie sah, wie sich sein Gesicht veränderte –, als du...
Hör auf! sagte Bartolomeo rasch. Hör bitte auf! Er nahm seinen Becher, trank ihn leer und stellte ihn hart auf den Tisch. Ich sehe euch alle noch stehen, mit lachenden Gesichtern, sagte er dann erregt, ich sehe euch stehen hinter der Scheibe, wie ihr zu mir hereinschaut. Ihr alle, Bartolomeo ballte die Fäuste, ihr wart die unmenschlichsten Spielgefährten, die ich mir je vorstellen konnte.
Unmenschlich? Sie mußte wieder lachen, obwohl ihr klar war, daß sie eigentlich nicht hätte lachen dürfen. Es war ein Spaß, weiter nichts. Immerhin haben wir versucht, dir ein Handtuch zu bringen, aber du warst nicht einmal bereit, hinter dem Stuhl hervorzukommen und es dir an der Tür abzuholen.
Hättest du es abgeholt? fragte er zornig. Nackt?
Ich weiß nicht, sagte sie vergnügt, ich weiß es wirklich nicht. Ich hatte die Kleider ja auch nicht versteckt oder in die Brenta geworfen oder was weiß ich, was deine Freunde mit ihnen getan hatten.
Meine Freunde! Bartolomeo lachte auf. Es waren gewiß nicht meine Freunde, es waren die von Riccardo, und ich konnte mir sehr gut vorstellen, wie sie sich vor Lachen gekrümmt hätten, wenn ich nackt herausgekommen wäre und mich auf die Suche nach meinen Kleidern gemacht hätte. Lieber wäre ich erfroren.
Sie trank ihren Becher aus, goß sich und ihm nochmals ein und nickte. Ja, das wärst du wohl. Aber versteck dich nicht wieder hinter der Vorstellung, daß wir dich alle gehaßt haben. Das stimmt nicht.
Ich habe euch gehaßt, sagte Bartolomeo, euch und eure sogenannte Liebe. Sie war nie mehr als ein schäbiges Mitleid – oder eine verblasene Großmut. Eine Großmut, in der ihr euch alle gesonnt habt. Ihr habt sie für eure eigene Herrlichkeit gebraucht, damit ihr euch gut fühlen konntet, einen armen, häßlichen Verwandten bei euch aufgenommen zu haben.
Und dieser arme, häßliche Verwandte läuft dann einfach von einer Stunde zur anderen weg und kommt nicht wieder. Weshalb?
Weshalb? empörte sich Bartolomeo. Fragst du das wirklich? Gab's da nicht etwas, was mich dazu zwang?

Ich habe später nicht mehr geglaubt, daß du es warst, der uns diese Mönche mit ihrer Visitation auf den Hals gehetzt hat, sagte sie nachdenklich.

Später, was nützte mir ein Später, erwiderte Bartolomeo bitter. Fest steht, daß du es damals geglaubt hast wie all die anderen. Ihr habt euch doch vermutlich gar nicht gefragt, ob das überhaupt möglich war. Ihr wußtet einfach, daß nur ich es gewesen sein konnte. Aber ich war es nun mal nicht. Ich weiß auch nicht, wer es war, sicher irgendein neidischer Nachbar.

Hast du eigentlich auf diesen Tag hingelebt? fragte sie plötzlich.

Auf welchen?

Nun, auf heute, auf den Tag der Rache.

Er zuckte mit den Achseln. Tag der Rache? Ich glaube kaum, daß es das ist. Es hat alles seine Ordnung, das dürfte dir klar sein. Dieser Palazzo, diese Villa an der Brenta, sie gehören meinem Orden.

Sie stand auf, stellte ihren Becher in den Spülstein. Wir werden sehen, sagte sie dann, wir werden sehen. Und genaugenommen, brauche sie diesen Palazzo nicht mehr. Auch nicht die Villa. Die *limonaia* sei ihr wichtig.

Die *limonaia*... Bartolomeo stand auf, streckte sich, sagte, er sei müde von dem langen Ritt. Die *limonaia,* was man mit der schon viel anfangen könne.

Es interessiere sie nicht, was man mit ihr anfangen könne, sagte Crestina kurz, und sie hoffe auch nicht auf sein Verständnis. Was sie mit ihr tue, mit dieser *limonaia,* gehe nur sie selbst etwas an.

Natürlich, sagte er spöttisch, natürlich. Ob sie etwa immer noch glaube, daß er es gewesen sei, der diese Mauer damals aufgerichtet habe?

Sie drehte sich um, ließ ihm die Kerze, die auf dem Tisch stand, und verließ die Küche.

Er folgte ihr, sah, wie sie vor ihm herging, ganz anders als damals in jener Gewitternacht. Und er mußte sich eingestehen, daß alles ganz anders gekommen war, als er es sich vorgestellt hatte.

Das Sonett

Sie sahen sich nicht mehr am anderen Morgen. Bartolomeo mußte das Haus verlassen haben, während sie noch schlief. Sie kleidete sich an, ging in die Küche und beseitigte die Spuren des nächtlichen Besuches. Dann setzte sie sich an den Tisch und schrieb einen Zettel, den sie unten ans Tor heftete. Wer immer die spärlichen Möbel aus dem Haus tragen wollte, er sollte es tun. Nur die *limonaia* wollte sie sich einrichten, irgendwann und irgendwie, nicht heute und nicht morgen. Heute war anderes zu tun.
Sie stieg die Treppe hinauf, die nächste, die dritte, stellte fest, daß sie zu rasch gelaufen war, und hörte ihr Herz klopfen. Dann stand sie vor der Tapetentür zu Riccardos Zimmer. Sie wußte, daß sie es nun betreten mußte. Einen Augenblick, bevor sie nach dem Türknopf griff, zögerte sie, schloß die Augen, um sich klarzumachen, daß sie sich, wenn sie diese Tür nun öffnete, für immer und alle Zeiten zu sagen hatte, daß es Riccardo nicht mehr gab. Daß sie ihn nie wieder hier an seinem Schreibpult würde sitzen sehen, nie wieder zu seinen Füßen hocken konnte, wenn er ihr aus irgendwelchen Büchern vorlas, aus Büchern, die sie als Kind zum Teil gar nicht verstand, aus denen er ihr aber trotzdem vorgelesen hatte. Nie wieder würde sie atemlos zu ihm hereinrennen können, um ihm eine Kindernichtigkeit zu erzählen, die er jedesmal dennoch ernsthaft und lächelnd zur Kenntnis nahm, obwohl sie ihn sicher kaum bewegte.
Sie hörte unten im Haus Stimmen, Möbelrücken, das Lachen von Männern, die vermutlich Sachen aus dem Haus trugen. Irgend etwas fiel mit einem lauten Knall auf den Boden und zerbrach. Eine Weile war Stille, dann hörte sie, daß Glas zusammengescharrt wurde, aber sie fühlte sich nicht veranlaßt, nachzuschauen, um was es sich handelte. Dieses Haus, es war bereits ausgelöscht in ihr. Ausgeweidet, wie es zurückbleiben würde, nur noch eine Hülle ohne Leben, konnte es ihr nichts mehr anhaben.
Sie drehte den Knopf, spürte, daß er sich sperrte wie eh und je, woran auch Jacopos ständiges Ölen nichts hatten ändern können, und öffnete schließlich die Tür. Auf der Schwelle blieb sie stehen, verlagerte das Körpergewicht, so daß sie das Knarren der Dielen hören

konnte, dann trat sie endgültig ein. Sie nahm den strengen Ledergeruch der Büchereinbände wahr, und auch der Tabaksduft von Riccardos Pfeife schien noch in der Luft zu hängen. Sie ging zum Fenster, das Sonnenlicht fiel schräg in den Raum, sie wußte, sie würde den Tag und einen Teil der Nacht damit verbringen, diese Bücher zu verpacken, zu entscheiden, was sie mitnehmen solle. Und sie wußte bereits jetzt, daß es jene Bücher sein würden, die sie an Riccardo erinnerten und mit denen sie sich gemeinsam beschäftigt hatten.

Sie brauchte eine Weile, bis sie den Mut fand, sich an das Schreibpult zu setzen. Als Kind hatte sie sich stets gewünscht, hier sitzen zu dürfen, aber nun erschien es ihr so, als vertreibe sie damit Riccardo endgültig. Sie nahm einen Federkiel aus der Schale, zog langsam das Tintenfaß zu sich heran und schüttelte es, da die Flüssigkeit eingetrocknet zu sein schien. Dann öffnete sie die Schublade und nahm ein Blatt Papier heraus. Sie beobachtete sich dabei, kontrollierte ihre Langsamkeit, als müsse sie sich dieses Schreibpult erst Stück für Stück ertasten.

Sie spürte, daß etwas in ihr war, was sie herauslassen mußte, daß sie vielleicht – dessen war sie noch nicht ganz sicher – nichts weiter zu tun brauchte, als sich zu öffnen, um es aus sich herausfließen zu lassen. Noch wußte sie nicht, ob es ihr je gelingen würde, selbst die Hölle bewohnbar zu machen mit einer Feder, einem Glas Tinte und einem Packen Papier, wie Riccardo es einst ausgedrückt hatte. Sie wußte auch nicht, ob sie würde schreiben können, ohne zu wissen, ob es kalt oder warm ist, ob die Sonne scheint oder es in Strömen regnet, ob sie würde schreiben können, ohne zu essen, ohne zu trinken und ohne zu schlafen. Sie wußte nur, daß sie schreiben wollte. Und daß es ihr bereits jetzt gleichgültig war, wo sie schreiben würde: auf diesem Schreibpult, auf Bänken oder Tischen, in Kähnen, unter Brücken, in finsteren Hinterzimmern oder unter den Kuppeln von San Marco.

Und während drunten das Lachen noch lauter wurde, die Stimmen verrieten, daß einzelne sich schon die Treppe herauf wagten und ein schlurfendes Geräusch sie vermuten ließ, daß die alte Truhe aus der *sala* die Stufen hinuntergezerrt wurde, fühlte sie sich plötzlich an ein Ereignis erinnert, das weit zurücklag. Sie mochte damals neun gewesen sein, höchstens zehn, Riccardo hatte ihr zum Geburtstag eine kleine Katze geschenkt, und diese Katze fiel ins Wasser und versank

vor ihren Augen. Es war ihre erste Begegnung mit dem Tod gewesen, und sie witterte ihn von da an überall. Als Riccardo ein paar Tage später wie üblich nach Padua aufbrechen wollte und die Gondel bereits bestiegen hatte, lief sie ihm nach, sprang ebenfalls in die Gondel, die fast kenterte, und klammerte sich voller Angst an den Bruder. Sie versuchte, ihn zum Bleiben zu bewegen, weil sie Angst hatte, er könne nie wieder zurückkommen. Als alles Zureden nichts half, stieg Riccardo wieder aus und ging mit ihr in die *sala* zu dieser Truhe. Er nahm ein altes Würfelspiel heraus, doch sie wehrte ab: Nein, kein Spiel, Riccardo solle bleiben, und sonst nichts. Aber Riccardo nahm sie mit auf sein Zimmer und teilte dort oben einen der Würfel mit einem scharfen Messer in zwei Teile. Sie schaute ihm verständnislos zu, nahm die beiden Würfelhälften in die Hand und drückte sie zusammen, damit sie wieder eine Einheit bildeten.
Es ist ein Symbol, erklärte ihr Riccardo schließlich, man erkennt sich darin wieder. Wieviel sie von dem, was er ihr dann erzählte, wirklich verstanden hatte, wußte sie nicht mehr genau. Sie wußte nur noch, wie ungeheuer es sie beeindruckt hatte, daß bei den alten Griechen dieses Symbol dazu diente, sich nach dem Tode wiederzufinden. Und Riccardo war es mit diesem seltsamen Gedankenspiel immerhin gelungen, daß sie ihn erleichtert hatte nach Padua reisen lassen, weil sie nun ganz sicher war, daß sie mit diesem geteilten Würfel ihren Bruder selbst nach dem Tod wiederfinden würde.
Als sie sich jetzt an diese Geschichte erinnerte, fiel ihr die Holzschachtel in Riccardos Regal ein. Sie war noch an ihrem Platz, und, in Seide verpackt, lagen die beiden Würfelhälften vor ihr. Sie schloß die Augen und alles lief mit einem Mal in ihr ab, als sei es nicht vor Wochen geschehen, sondern als geschehe es jetzt, gerade in diesem Augenblick: die Stunde ihres Abschieds von der Insel, die schwarzrote Rose mit ihrem intensiven Duft und jene Sätze, die sich damals am Rand ihres Bewußtseins eingenistet hatten. Sie konnte sie plötzlich greifen, sie betrafen Platos *Gastmahl* über die Teilung des Menschen in zwei Hälften, die sich bis an das Ende der Welt suchen würden.
Und während im Haus die Stimmen noch lauter wurden – jemand begann, laut und hemmungslos zu singen –, tauchte sie die Feder in die Tinte und zog das Papier zu sich heran. Sie strich mit der Hand über die rauhe Fläche, es war schweres Papier, schon leicht vergilbt,

Riccardo hatte es wohl in der Sonne liegen lassen. Sie legte die beiden Würfelhälften vor sich auf das Schreibpult, wußte nicht recht, ob sie lachen oder weinen, ob sie diese Symbolik der Alten ernstnehmen solle, denn falls Riccardo sie ernstgenommen hatte, hatte er schlecht geplant für die Zukunft. Beide Hälften lagen hier, und doch hätte eine bei ihm sein sollen.

Während sie vor dem Pult saß, die Geräusche des Hauses mehr und mehr vergaß und das Gefühl hatte, als gebe es nur noch sie in diesem Raum und ein Stück unbeschriebenes Papier, wußte sie plötzlich, daß das, was sie schreiben wollte, ein Sonett werden würde. Und als ihr dies klarwurde, hatte sie auch das Gefühl, als löse sich etwas in ihr. Sie lauschte in sich hinein, nur ein paar Augenblicke lang, dann begann sie zu schreiben.

Sie schrieb rasch, als brauche sie nur abzuschreiben, was bereits irgendwo stand, als pflücke sie dieses Sonett, das vielleicht schon immer in ihr vorhanden war, einfach von sich ab. Wort für Wort, Zeile um Zeile.

Und während sie schrieb und nichts mehr hörte von all den Geräuschen im Haus, wußte sie plötzlich, daß sie nicht nur dieses Sonett haben wollte, daß sie vielleicht viele Sonette in sich hatte. Und daß sie alle aufschreiben wollte, eines um das andere, im Laufe ihres Lebens. So kurz oder so lang dieses Leben auch währen mochte.

> Die Götter, die uns alle einst gespalten,
> Ihr wütend Urteil auch an uns vollbracht,
> Ins Weltall stießen sie uns, gaben Nacht,
> Damit wir blind und klirrend dort erkalten.
>
> Sie machten halb, was einst für ganz gehalten,
> Zerbrachen zornig, was sie selbst erdacht.
> Uns blieb die Rache, die wir voll erbracht:
> Ein namenloses Heer mit kraftlos grausamen Gestalten.
>
> Die Häuser leer, am Himmel kalte Sonnen.
> Die wärmen nicht, wo doch dein Atem fehlt.
> Ich friere einsam. Und traure. Ob all der ungelebten Wonnen.
>
> Und sah den Trotz, der deine Stirn erhebt:
> Wir weigern uns. Wir werden nie verbrennen.
> Wir lachen ihrer. Selbst in Äonen werden wir uns wiederkennen.

Worterklärungen

ITALIENISCH

babàu	Kindersprache: schwarzer Mann
ballottaggio	Wahl mit Kugeln, Stichwahl
banca	Bank
banchetto	Bankett, Festmahl
baùtta	venezianisches Karnevalskostüm aus schwarzem Dreispitz, schwarzem Cape und einer Maske
bocca	Mund, Maul
bravi	Leibwächter; auch gedungene Mörder
bubbone	Beule, Geschwulst
bucintoro	Prachtschiff des Dogen
canzoniere	Liederbuch
capo	Kopf, Haupt, Führer
cappa	Mantel, Umhang
cappello	Hut
carnevale	Karneval, Fasching
casa	Haus, Familie
catecumeno	Katechumene
cattaver	Ghettobeamter
condotta	Übereinkunft
contumacia	Quarantäne
Corpus domini	Fronleichnamsfest
domenica	Sonntag

dormitorio	Schlafsaal
ebreo	Hebräer, Jude
familiare	Familienangehöriger
festa	Fest, Feiertag
frittola	in Fett und Teig gebackene Trauben
gettare	Metall gießen
giovedi grasso	letzter Donnerstag vor der Fastenzeit
imperatore	Imperator, Kaiser
imperatrice	Herrscherin, Kaiserin
inquisitore	Inquisitor
lazzaretto	Lazarett
limonaia	Gewächshaus für Zitronenbäume
locanda	Wirtshaus
lunedi	Montag
martedi grasso	Faschingsdienstag
monte di pietà	ursprünglich franziskanische Kreditbanken, die als Gegenpol zu den Pfandleihhäusern der Juden gedacht waren
morbo	Krankheit, Seuche
moresca	Maurentanz
negro	Neger; auch: schwarz
nero	schwarz
nuovo	neu
parlatorio	Sprechzimmer
permesso!	Verzeihung!
piano nobile	Obergeschoß
popolani	Leute aus dem Volk
pozzo	Brunnen
provveditore	Inspektor
refettorio	Speisesaal
ridotto	Wandelhalle; auch: eine Art Lotteriespiel

risi e bisi	Reis mit frischen Erbsen
rispetto	Rücksicht; *di rispetto:* zweifelhaft, entsprechend zeitgenössischer Pestberichte
rosso	rot
sabato	Sonnabend, Samstag
sala	Halle, Saal
salotto	Wohnzimmer, Salon
scrittorio	klösterliche Schreibstube
scuola	Schule; auch: soziale Institution
sospetto	Verdacht; *di sospetto:* auf Verdacht
stufa	Ofen; auch: Dampfbad
supremo	höchst, größt
tedesco	deutsch
terra	Erde, Boden
terraferma	Festland
tribunale	Gericht
università	Universität; auch: Kommune
vecchio	alt
venerdi	Freitag
zingaro	Zigeuner
zoccoli	plateauartige Holzsandalen

Jüdisch/Hebräisch

Bar-Mizwa	Feier zur religiösen Mündigkeit (für Knaben nach dem dreizehnten Lebensjahr, für Mädchen nach dem zwölften) in der Synagoge
Bima	erhöhte Plattform in der Synagoge zur Lesung der Thora
Challa	als Zopf geflochtenes Weißbrot für den Sabbat
Chanukka	achttägiges Lichtfest zur Erinnerung an den Aufstand der Juden unter den Makkabäern und an das Ölwunder
Chasan	Vorbeter in der Synagoge
Chazer	das Ghetto in Venedig
Chumus	Kichererbsenbrei
Chuppa	Baldachin, unter dem die Eheschließung stattfindet
converso	span. Konvertit, zwangsgetaufter Jude
Galil	hebr. Umkreis; daraus: Galiläa
Gemara	Erläuterungen der Mischna; bildet mit dieser zusammen den Talmud
Jad	Hand; auch: hölzerner oder silberner Thorazeiger, der beim Vorlesen benutzt wird, um die Heilige Schrift nicht zu berühren
Jom Kippur	Versöhnungstag, heiligster Festtag der Juden
Kaddisch	Gebet im täglichen Gottesdienst; bei Beerdigungen darf Kaddisch nur von Männern gesprochen werden
Ketubba	Ehevertrag
Kichlech	Gebäck für den Sabbat

Leikech	Lebkuchen
limpieza de sangre	span. Reinheit des Blutes, Abstammung aus rein christlichen Familien
Marrane	kastilisch-portugiesisches Schimpfwort (Schwein). Bezeichnung für Juden, die 1492 aus Spanien und 1496 aus Portugal vertrieben und zum Übertritt zum Christentum gezwungen wurden; dem jüdischen Glauben aber blieben sie im geheimen oft treu
Masel-tow!	Viel Glück!
Mesusa, Mehrz. Mesusot	Holz- oder Metallkapsel mit Bibelsprüchen auf Pergamentröllchen, am rechten Türpfosten der Wohnung oder des Hauses angebracht
Midrasch, (Mehrz. Midraschim)	die jüdische Auslegung der Bibel; auch: Unterricht und Schule
Mischna	kanonische Sammlung der Gesetzesschriften des Judentums; bildet mit der Gemara den Talmud
nuevos cristianos	span. Neuchristen, getaufte Juden
Pesach	Passahfest, zum Gedenken an den Auszug aus Ägypten
Purim	Losfest, freudiges jüdisches Gedenkfest zur Erinnerung der Errettung der Juden vor der Vernichtung in der persischen Diaspora
Responsen	rabbinische Rechtsgutachten
Sanser	Makler
Schammes	Synagogendiener
Schofar	kultisches Blasinstrument aus einem Widderhorn

Sohar	Hauptwerk der Kabbala
Sukkot	Laubhüttenfest
Tallit	Gebetsmantel, Gebetsschal
Talmud	Sammlung der Gesetze und religiösen Überlieferungen; s. a. Mischna und Gemara
Thora	die fünf Bücher Mose
Zimmes	Gerichte aus gekochtem Obst, die sowohl zu Fleisch und Gemüse gegessen werden wie auch als Nachtisch

Für Hinweise und Hilfe danke ich:
in Deutschland dem Generallandesarchiv Karlsruhe, der Hochschule für jüdische Studien in Heidelberg, dem Staatsarchiv Nürnberg, dem Archivar des Stadtarchivs in Sulzburg und dem kleinen Museum der Erbschänke *Zum Schwan;*
in Venedig dem Archivio di Stato, dem Museo Correr, dem Archivio della Curia Patriarcale, dem Museo Ebraico und der Kustodin des jüdischen Friedhofs.
Im besonderen gilt mein Dank dem Direktor des Centro Tedesco di Studi Veneziani für viele Hinweise und die Erlaubnis, am Ort meiner Recherchen wohnen zu können, der Sekretärin des Centro für Kontakte, die es mir ermöglichten, die ehemalige Pestinsel besuchen zu dürfen, und den Stipendiaten des Centro für Gedankenaustausch, Hinweise und fachliche Gespräche.

SCHAUPLÄTZE

1 Der Palazzo
2 Canal Grande
3 Ghetto
4 Rialto-Brücke
5 Piazza di San Marco
6 Piazzetta
7 Merceria
8 Canale Orfano

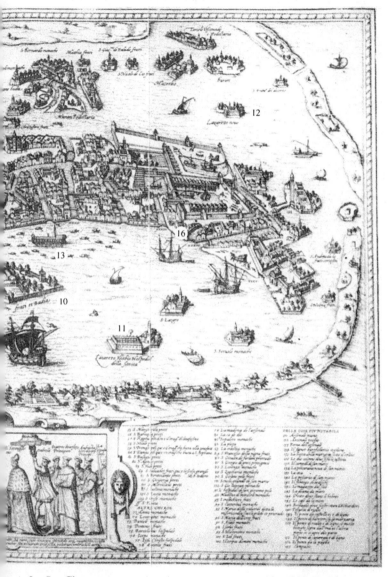

9   San Clemente
10 Gärten von San Giorgio
11 Lazzaretto vecchio
12 Lazzaretto nuovo
13 *il bucintoro*
14 Fondaco dei Tedeschi
15 San Moisè
16 Arsenal

Große historische Romane entführen in vergangene Zeiten

Im Bann alter Legenden – farbenprächtige Epen und packende Geschichten aus bewegten Epochen.

Eine Auswahl:

Gisbert Haefs
Roma
3-453-86982-6

Maren Winter
*Das Erbe
des Puppenspielers*
3-453-87030-1

Iris Kammerer
Der Tribun
3-453-87359-9

Robert Harris
Pompeji
3-453-47013-3

Ralf Günther
Der Leibarzt
3-453-21223-1

Ellen Alpsten
Die Zarin
3-453-87807-8

Beverly Swerling
Der Traum des Baders
3-453-86487-5

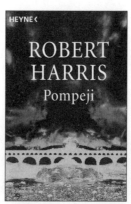

3-453-47013-3

HEYNE

Iris Kammerer
Der Tribun

Germanien 9 n. Chr. Die Varusschlacht – Wendepunkt der römischen Geschichte – hätte verhindert werden können. Doch der römische Gesandte Tribun Gaius Cinna wird verraten und findet sich schwer verletzt als Geisel eines cheruskischen Fürsten wieder. Die römischen Legionen sind vernichtet, und auch der germanische Heerführer Arminius will Cinnas Tod.

Ein historisches Epos über die rettende Macht von Freundschaft und Liebe in finsterer Zeit.

3-453-87359-9

HEYNE